昆曲小镇系列丛书

杨守松 著

大美昆曲

（增订本）

江苏凤凰文艺出版社

图书在版编目（CIP）数据

大美昆曲 / 杨守松著. — 增订本. — 南京：江苏凤凰文艺出版社，2021.6 (2024.3重印)
ISBN 978-7-5594-6360-9

Ⅰ. ①大… Ⅱ. ①杨… Ⅲ. ①报告文学-中国-当代
Ⅳ. ①I25

中国版本图书馆CIP数据核字(2021)第221655号

大美昆曲（增订本）

杨守松 著

出 版 人	张在健
策 划	于奎潮
责任编辑	孙楚楚
装帧设计	观止堂_未 氓
责任印制	刘 巍
出版发行	江苏凤凰文艺出版社
	南京市中央路165号,邮编:210009
网 址	http://www.jswenyi.com
印 刷	苏州市越洋印刷有限公司
开 本	787毫米×1092毫米 1/16
印 张	22.75
字 数	450千字
版 次	2021年6月第1版
印 次	2024年3月第2次印刷
书 号	ISBN 978-7-5594-6360-9
定 价	52.00元

江苏凤凰文艺版图书凡印刷、装订错误，可向出版社调换，联系电话025-83280257

前言

昆山腔六百年了！

昆山腔而昆曲，昆曲而昆剧，六百年间，二百年成形，二百年辉煌，二百年衰颓。

美声美，唱而不舞；芭蕾美，舞而不唱；交响美，不舞不唱。唯有昆曲，且歌且舞，亦文亦武。昆曲文辞美，声腔美，身段美，服饰美，水袖舞蹈美……昆曲集中国文学艺术之大成，为中国文化之至醇至美。

昆曲大美。

美到极致，雅到奢侈！

嫡嫡亲亲的美人呵……

美人如花隔云端。

大美小众——如花美眷，似水流年。

曲高和寡——孤芳自赏，也顾影自怜。

雨丝风片，断井颓垣，残梦一线！

问天，暗自神伤，何时拍雅曲，明月度新声？

问地，潸然泪下，何方佳人在，良宵觅知音？

昆曲命不该绝，昆曲如有神助。传习所薪火相传，《十五贯》横空出世，紫禁城一票难求……

折腾，起落，上天入地，剥茧抽丝，绵韧光鲜。

大难依然不死，大灾依然大美。

全世界三大古典戏剧中，古希腊戏剧、印度梵剧早已杳如黄鹤，唯有昆曲尚在。

昆曲，神曲也！

杜丽娘游园、惊梦、寻梦、离魂、回生、圆驾，生可以死，死可以生。

梦之美丽，梦之神奇，梦之顽强，梦之伟大，至情至圣也！

昆曲是中国梦的一个符号,一个图腾,一个折射政治、经济和文化起落兴衰的标志。

大千世界,熙熙攘攘。优而不雅、富而不贵、名而不实、快速行进的人们啊——

想一想吧,你还有梦吗?

停一停吧,停下来等等你的灵魂……

慢一拍,留半步,到园林,在厅堂,赏春色,听昆曲,未必"早晚玩之叫之拜之赞之",只要知之听之赏之呵护之,足矣!

寂寞,清心,进入昆曲的灵魂。

昆曲文化里面有我们的灵魂。

目录

上篇
001　等你六百年

003　等你六百年
015　复活
030　在劫难逃
042　终于过节了
051　昆曲"入遗"幕后
059　始作俑者不言功
067　我拿"青春"赌明天
079　昆曲在香港
089　面朝大海　春暖花开
100　龙的传人

中篇
109　人与戏

111　风雅大师
122　两个聋子的对话
133　大武生　"活关公"
142　"好声音"与"活皇帝"
152　满庭花雨　姹紫嫣红
164　高处不胜寒
178　孤独为艺术发酵
196　张充和的"昆曲之路"
207　"昆虫"追梦八十年
218　异国他乡有知音

227　下篇
盛世元音

229　昆大班传奇之"源"
243　何谓学者　何谓大师
256　江南昆曲老名士
264　传承、创新和创作
276　昆曲遇见"小人物"
290　又见"玉山雅集"
298　千古名剧《浣纱记》
311　大美昆曲　美从何来
328　昆曲故乡人和事
342　盛世元音中国梦

356　后记

上篇

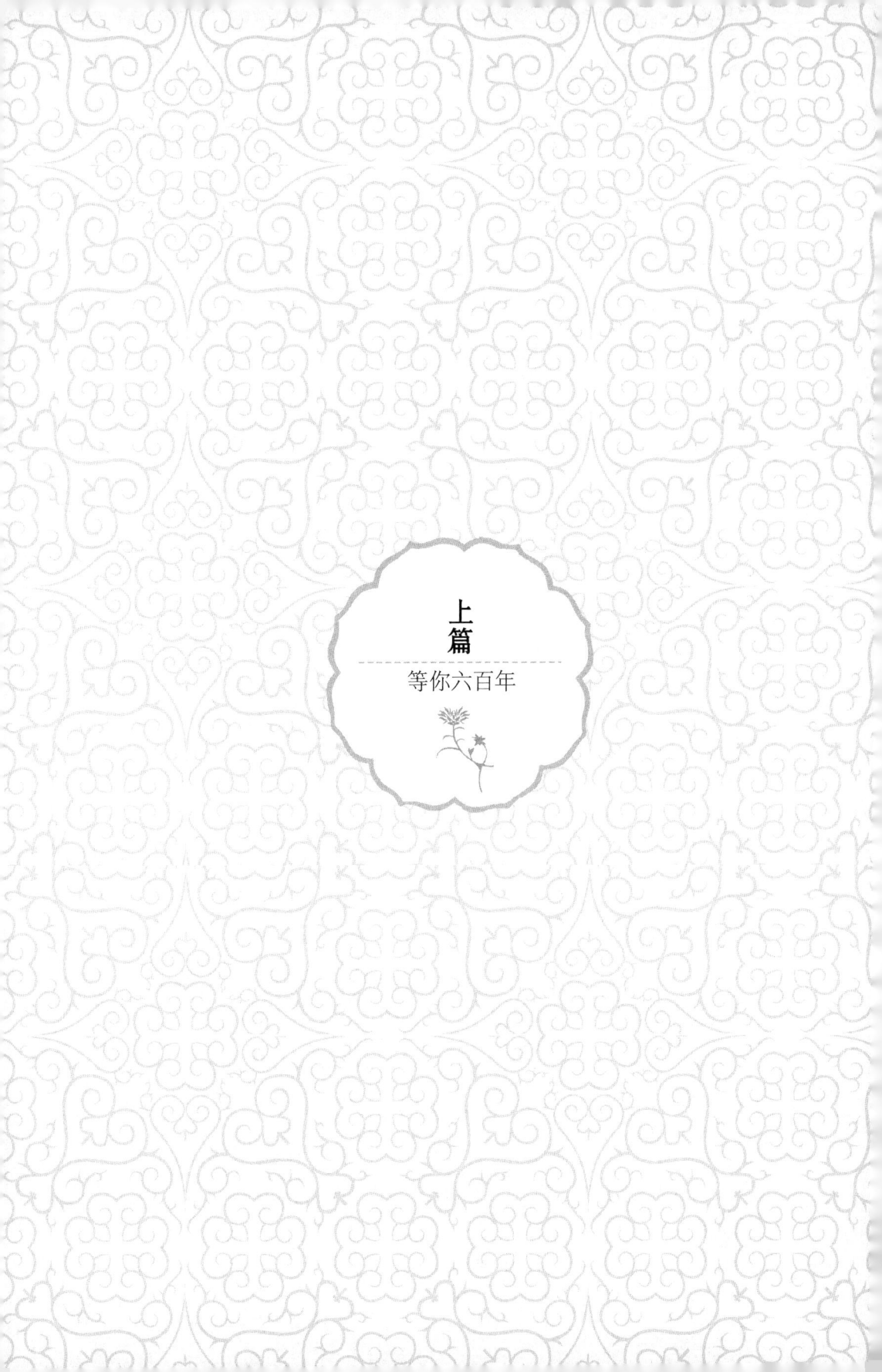

等你六百年

等你六百年

1921年，在上海，中国共产党诞生；在苏州，昆剧传习所成立。

政治的梦和文化的梦，不能相提并论，但是，至少可以这样说，如果没有前者，中国不会发展成今天的样子，而如果没有后者，那么，中国文化的一个经典符号，很可能就消失了！

悄然出世　辉煌二百年

中国的昆曲在明清之际曾经辉煌了二百年之久。

大约在六百多年前的元朝末年，昆曲发源于江苏昆山傀儡湖、阳澄湖交界的正仪（今属巴城）一带，它起初的名称叫昆山腔。

昆山腔是元明南戏五大声腔（弋阳腔、海盐腔、余姚腔、杭州腔、昆山腔，前四种声腔已经失传）之一，明代中叶（正德、嘉靖年间），魏良辅"十年不下楼"，对昆山腔进行了改革，融南北曲为一体，于是有了水磨调，即昆曲。

根据史料记载，明万历至清乾嘉年间，是昆曲在中国最为辉煌的"盛世"。

这期间，昆曲北上，在京城迅速流传、风靡，并且从明朝一直延续到清朝中期。万历年间，昆曲以苏州为中心向全国拓展，流转大江南北，至于南方闽粤，直达西部边陲。

在扬州——

陆萼庭《昆剧演出史稿》说，"明神宗万历一朝五十年中"，苏州、南京和扬州是昆曲的三个中心。

徐渭在《南词叙录》中说，明中叶，扬州便流行余姚腔、弋阳腔、海盐腔、昆山腔，而魏良辅改造后的昆山腔逐渐显示它的婉转流丽，加之梁辰鱼的《浣纱记》横空出世，昆山腔成为主流已成大势。扬州的文人"一见钟情"，无论得势或者失意，往往在昆曲中浸淫。

昆曲的流传，必定要和本土文化融合。昆曲到了温州，就"吃野草"，成为"草昆"；到郴州到四川，就"吃辣椒"，成为湘昆、川昆；到北京，"吼西北风"，成为北昆……昆曲(所谓"大曲")到扬州,就和扬州的民歌小调(所谓"小唱")结合,汲取营养,成为"扬昆"。至今活跃在昆曲中的扬州白,便是一个明显的例证。

明亡清始,饱受屠城之祸的扬州,因其据南北水运要冲,经济命脉的独特优势使之迅速恢复元气,盐商巨贾渐次聚集扬州。他们附庸风雅,一掷千金,或者高薪聘请曲师教唱,以显其地位尊贵,或者蓄养家班,其阵容之强大,几乎囊括当时所有的大腕明星。

盐商的兴起和文人的喜好,使得昆曲在扬州迅速发展。扬州所辖泰州、高邮,也出现了许多昆曲家班。家班首推俞锦泉家女昆部,"粉白黛绿不知数""俞君声伎甲江南""千秋风雅""彻夜娇歌"(冒襄语)。

李斗《扬州画舫录》记载,乾隆皇帝六次南巡,"两淮盐务例蓄花、雅两部以备大戏",而且"分工派段,恭设香亭。奏乐演戏,迎銮于此"。

文人士大夫和盐商的推崇,使得民间的昆曲清唱成为"时尚",天启、崇祯年间,扬州妓女和秦淮八艳差不多,也以习唱昆曲抬身价,市民们亦以歌曲为荣耀,还在关帝庙、熙春台"斗曲",其情其景,和苏州虎丘曲会类似。

扬州的昆曲,在郑板桥《扬州》诗中有十分形象的描述:"画舫乘春破晓烟,满城丝管拂榆钱。千家养女先教曲,十里栽花算种田。"

还要指出的是,汤显祖的老师罗汝芳,是泰州学派创始人王艮的三传弟子,泰州学派后期重要人物李贽的挚友达观和尚与汤显祖心有灵犀,汤翁"寸虚"的佛号就是达观所赐。《玉茗堂集》中有两首诗记下了汤翁在泰州的足迹。

孔尚任和泰州更是难分难解,《桃花扇》之修改、首演与完善,都在泰州完成……

无论从哪个角度,都可以印证陆萼庭关于扬州为全国昆曲三个"中心"之一的说法。

在杭州——

张岱《陶庵梦忆》说,杭州余蕴叔家班有一次演出时,"万余人齐声呐喊",而苏州枫桥杨神庙的职业昆班的演出,"四方观者数十万人"。难怪陆文衡在《啬庵随笔》中说是"通国若狂",可见,当时对昆曲的追捧,比现在的追星还要疯狂!

在温州——

明万历年间温州人姜准所著《歧海琐谈》说:"每岁元夕后戏剧盛行,虽延过酷暑,勿为少辍。如府有禁,则托为禳灾、赛祷……且戏剧之举,续必再三,附近之区,罢市废业,其延姻戚至家看阅,动经旬日……"

清人劳大与《瓯江逸记》说:"温州向多倡家……其俗最好演戏。或于街市,或于寺庙庵观,妇女如云,搭台纵观,终日不倦。"

在郴州——

明万历初,有吴县人朱裳到郴州游幕,连他家的"苍头"都会唱昆曲,冬天下雪,他约了同僚好友,在离郴州不远的万花岩山洞口大唱昆曲。

湖南人在外地做官,也把昆曲带回家。清同治年间,陈士杰任江苏按察使回乡,多次邀请江浙昆曲艺人到桂阳演戏。

在桂阳八个民间宗祠戏台题壁上,发现上演的剧目有 146 个,其中不同剧目 119 个!1974 年,临武县香花公社甘溪坪大队的草台上,发现有用化妆粉写的"宣统二年,胜昆文秀班在此连演十六天"的字样。甘溪坪是个只有一百多户人家的村庄,昆曲戏班能演十六天,可见昆曲深入民众的程度。

在太原——

乾隆二十一年(1756 年)8 月 17 日,山西各地秀才到太原省试后,举行了规模盛大的"曲子大会",与会者"几五百人"。在比较偏远的省份,众多秀才汇聚一起唱曲,可见昆曲的影响范围之广。

在新疆——

乾隆三十三年(1768 年),纪晓岚被发配乌鲁木齐,曾作诗《游览十七首》,写到昆曲家班演戏的事,诗曰:"越曲吴歈出塞多,红牙旧拍未全讹。诗情谁似龙标尉,好赋流人水调歌。"吴歈,即吴地流行的昆曲雅韵,且"出塞多",足见其盛。

在皇宫——

"东"风西渐,俗登庙堂。一时间,连皇帝都上了瘾,康熙对做昆笛用的竹子都亲自过问,可见其喜欢、重视到了何等地步!康熙五下江南,两次有昆曲供奉,直至迷到"岂可一日少闲"。乾隆八十大寿,皇太后六十大寿、八十大寿庆典,都调集大批南方伶人进京演出,其规模、其声势,可谓壮观。乾隆六下江南,初次巡幸,"因喜昆曲,回銮日,即带回江南昆班中男女角色多名",给他们在景山内垣安排的住处有一百多间,人称"苏州巷",足见皇帝喜好之深,皇家梨园之盛。

顺带说一句,就连入主北京的农民起义军领袖李自成,也有在崇祯十七年(1644 年)让陈圆圆为他唱昆曲的记载!

"上有所好,下必甚焉。"王公贵族、豪门内府、文人雅士,作为一种"身份"的标志,皆以欣赏昆曲为荣。

随之,一大批职业昆班如雨后春笋般出现,苏州一带就有数千"专业"演员!他们大多在专业的戏班,也有的在"家班",多靠演出昆曲为生。这样的戏班、家班,遍布北京、天津、苏州、杭州、扬州、上海,直至湖南、广西、山西……星罗棋布,遍地开花(当今全国昆曲演员号称"八百壮士",却比当年一个苏州的演员人数还少……)。

演出多，"明星"多，捧场的追星的不计其数，大画家大书法家文徵明痴迷昆曲，可以一个月不洗脚不沐浴，往往从早上一直听到晚上，是个典型的"昆虫"！

来自歌剧之乡的意大利传教士利玛窦，不仅惊叹于中国的经济殷实富裕，而且亲身感受了昆曲在中国人生活中无可取代的地位。他在《中国札记》中写道：

这个民族太爱好戏曲表演了！这个国家有很多年轻人从事这种活动，戏班的旅程遍布全国各地，他们忙于公众或私家的演出，凡盛大宴会都要雇佣这些戏班，客人们一边吃喝一边看戏，十分惬意，以致宴会有时要长达十个小时，戏也一出接一出演下去，直到宴会结束。

正是在这样丰厚的土壤中，产生了一大批戏剧作家，出现了数以千计的昆曲剧本。沈璟是这批剧作家的杰出代表之一。

根据《中国昆剧大辞典》副主编之一顾聆森先生的研究，沈璟（1553—1610）生于吴江松陵镇。万历二年（1574年）进士，历任兵部职方司主事，礼部员外郎，吏部稽勋司、考功司、验封司员外郎，光禄寺丞等职。在光禄寺丞任上称病辞官，自此隐居在家整整二十年，埋头曲学理论研究与场上实践，创作传奇十七种，总称"属玉堂传奇"，有七种传世。

沈璟认为，高雅的昆曲与新兴市民阶层的审美有着较大距离，于是打出"本色论"的旗帜，为市民代言。他提倡昆曲语言应回归生活，做到通俗易懂。但在同时，他又倡导音律，编著《南九宫十三调曲谱》，以确保魏良辅所创的水磨腔在流播过程中的正宗地位。沈璟的理论为众多曲家所推崇，在明代曲坛形成了一个曲学流派，即"吴江派"。

沈璟的理论主张受到汤显祖的质疑。汤的剧作崇尚高雅，强调"意、趣、神、色"，又认为音律应该让位于作品的立意和俊词妙辞。于是在明代曲坛发生了著名的学术争鸣，史称"汤沈之争"。争鸣最终趋于折中，吴江派重要成员王骥德主张"词与法两擅其极"，吕天成也提出"守词隐先生之矩蠖，而运以清远道人之才情"的"双美"之论。

沈璟的贡献在于，由他倡导的"本色"运动致使昆曲走出贵族厅堂而进入市民草台，造成民间职业昆曲戏班的大发展，从而使剧种走向全国而成为全国性大剧种。其"音律"理论又使昆曲在广泛传播的过程中不失昆曲的正宗韵味，为雅俗共赏的吴门曲派奠定了基础。

无疑，昆曲辉煌的二百年间，最为杰出的人物是汤显祖。他凭借以《牡丹亭》

为代表的"临川四梦","上承'西厢',下启'红楼'",成为中国戏剧史上与关汉卿、王实甫等巨擘相比肩的伟大剧作家,而从文学、美学和哲学思想的高度和深度上说,他则与同时期的莎士比亚遥相对应,堪称东西方的双璧。

汤显祖的出现不是偶然的。他是成百上千的剧作家中涌现出来的佼佼者,是在千万昆曲迷的呼唤中应运而生的大作家,也是中国封建体制下逼酿出来的愤世嫉俗、追求爱情自由和精神释放的叛逆英雄。

虎丘曲会　空前绝后

昆曲最为兴盛的时候是乾隆年间,仅苏州就有大小四十七个剧团,每天都有昆曲演出。"家家收拾起,户户不提防!"（每家每户都会唱"收拾起""不提防"两个昆曲唱段。）可以说,昆曲的盛行,已经到了不分民族不分身份贵贱的地步。《红楼梦》里有多次演剧活动的描写,绝大多数是昆曲。特别是康熙年间,《长生殿》和《桃花扇》的演出,京城朝野和富商云集的扬州官民争相观看,其轰动性,绝不亚于当今任何一次明星大腕的演出。

清人曹去晶于雍正八年（1730年）写的《姑妄言》中说——

你道这好儿子不送去念书,反倒送去学戏,是何缘故？但他这昆山地方,十户之中有四五家学戏。以此为永业……就是不学戏的人家,无论男女大小,没有一个不会哼几句,即如杞梁之妻善哭其夫而变国俗是一个道理。故此天下皆称为昆腔。

最为突出的表现,就是延续二百年的苏州虎丘山中秋曲会。
一年一度,年年盛会！
中秋月圆,苏州曲会。"倾城阖户""靓妆丽服"。家家门户开,户户倾巢出,小巷人如潺潺流水,大街满似潮水奔湍。市民从四面八方会聚,歌手从大江南北赶来。对此,明代文学家张岱《陶庵梦忆》有生动详尽的记载——

土著流寓、士夫眷属、女乐声伎、曲中名妓戏婆、民间少妇好女、崽子娈童及游冶恶少、清客帮闲、傒僮走空之辈,无不鳞集。自生公台、千人石、鹤涧、剑池、申文定祠下,至自试剑石、一二山门,皆铺毡席地坐。登高望之,如雁落平沙,霞铺江上。

天暝月上,鼓吹百十处,大吹大擂,十番铙钹,渔阳掺挝,动地翻天,雷轰鼎沸,呼叫不闻。更定,鼓铙渐歇,丝管繁兴。杂以歌唱,皆"锦帆开,澄湖万顷"同场大曲。蹲踏和锣丝竹肉声,不辨拍煞。

无须更多的描述,苏州曲会的壮观场面已经跃然纸上!
"万人云集"。他们都是观众,又都是演员,歌手与曲友,明星与百姓,王公贵族与士农工商,上流君子与三教九流,全都是虎丘曲会的参与者;
"万人齐唱"。他们同度一支曲,同唱昆山腔,"动地翻天,雷轰鼎沸",那气氛,那声势,那秋风浩荡气势磅礴声震寰宇的壮观场面啊!
也许,只有2008年的北京奥运会开幕式才可与之相媲美!
奥运会是倾一国之力举办的,而几百年前的苏州曲会,却是民间自发开展的。
其实,苏州曲会就是地道的选秀大赛。歌者都要经过筛选,层层过关,逐轮减少,再经过半决赛、决赛,最后产生冠军。"状元"登台亮相了,千人石上万众欢呼,生公台下山呼海啸,虎丘的树为之颤抖,虎丘的塔为之倾斜,剑池的水为之震荡。
接下来,张岱对"人渐散去"的情景有更为绝妙的描述:普罗大众的狂欢让千万人享受了昆曲的饕餮大餐之后,那些名士曲友、士夫眷属意犹未尽,继续"曲会"——

更深,人渐散去,士夫眷属皆下船水嬉,席席征歌,人人献技,南北杂之,管弦迭奏,听者方辨句字,藻鉴随之。
二鼓人静,悉屏管弦,洞箫一缕,哀涩清绵,与肉相引,尚存三四,迭更为之。
三鼓,月孤气肃,人皆寂阒,不杂蚊虻。一夫登场,高坐石上,不箫不拍,声出如丝,裂石穿云,串度抑扬,一字一刻,听者寻入针芥,心血为枯,不敢击节,唯有点头!然此时雁比而坐者,犹存百十人焉。使非苏州,焉讨识者!

夜深人静曲不散,万籁无声胜有声。
如此天籁之音,如此知音"识者"!
此景只应天上有,人间只有明朝闻!明朝那些事,包括昆曲歌者的超凡脱俗与高雅圣洁,以及全民参与的疯狂程度,我们还了解多少?
那年那月,没有参加过苏州虎丘曲会的歌者是没有地位的,是被人瞧不起的,是不会被曲界承认的。而一旦在虎丘曲会拿到了"名次",身价立刻看涨……

昆曲的盛世,成就了中国文学和艺术史上一个堪与唐诗宋词和明清小说并驾齐驱的艺术门类。

花雅之争 "最高指示"不管用

是自然和社会的规律,还是政治或者经济的演变,或者就是常说的物极必反?昆曲在产生、发展直至辉煌到"万众齐颂"的顶点之后,开始日渐式微。

前文说到,痴迷昆曲的绝不仅仅限于文人雅士和达官贵人,平民百姓对它也追捧到痴狂的程度。然而,我们也可以想见,毕竟昆曲文辞虽美却往往艰深难懂,音韵虽雅却节奏缓慢,还有就是往往用典过多,这对于乡野匹夫来说,的确是个"问题"。欣赏昆曲是必须有钱、有闲还得有文化才行的。而普通民众的文化素养和条件都不足以适应昆曲。

这样,地方戏或杂以地方戏特色的其他剧种就"趁虚"而入了。尽管,社会上一度把昆曲称作"雅部",而将先后进京的地方戏一概轻蔑地统称为"花部",是"乱弹",但是,"乱弹"的"花部"却以其顽强的生命力与"雅部"的昆曲进行了顽强的搏斗。它们以自己的方式争取观众,而老百姓却越来越喜欢更加通俗甚至带点"黄"色的地方戏。

于是,皇帝不高兴了。乾隆五十年(1785年),清廷颁发谕旨:北京只许演出昆、弋(北昆)雅部戏曲,其余花部诸腔一律禁止!

只许雅部"放火",不许花部"点灯"!

但是,"花部"并没有因为皇帝的不喜欢就自生自灭,它们和"雅部"的昆曲展开了拉锯战,差不多类似今人所说的"游击战"了:你进我退,你走我来,禁而不止,封而不死,"夹缝中求生存",一有机会,就长驱直入——乾隆五十五年(1790年)皇帝八旬"万寿",宫中派人选调各地戏班进京献演,为皇帝祝寿,不知是忘记了清廷的"谕旨",还是忽略了皇帝曾经的好恶,或者是形势使然,扬州的三庆徽班浩荡进京演出了!

不说一炮而红,但是"三庆"的演出的确非常受欢迎。于是四喜、春台、和春等徽班也陆续进京。

"四大徽班"进京,引起了"崇雅禁花"者的强烈不满,他们启奏皇上,于是再一次掀起了对"花部"的围剿和镇压:嘉庆三年(1798年)颁布上谕:"乱弹、梆子、弦索、秦腔等戏,声音既属淫靡,其所扮演者,非狭邪蝶亵,即怪诞悖乱之事,于风俗人心殊有关系。此等腔调,虽起自秦、皖,而各处辗转流传,竞相仿效,即苏州、扬州向习昆腔,近有厌旧喜新,皆以乱弹等腔为新奇可喜,转将素习昆腔抛弃,流风日下,不可不严行禁止。嗣后除昆弋两腔仍照旧准其演唱,其外乱弹、梆子、弦索、秦腔等戏,概不准再行唱演。所有京城地方,着交和珅严查饬禁;并着传谕江苏、安徽巡抚,苏州织造,两淮盐政一体严行查禁。"

如此上谕,有点"格杀勿论"的味道,其严厉之态,不可谓不凶,然而,善于应变的徽班韬光养晦,收拾起徽调而改唱昆曲,你说昆曲好我就唱昆曲,你能奈我何?所以照样生存活跃于京都街坊市民之中。

朱家溍(1914—2003)先生根据故宫档案资料证明说:"同治二年至五年,由升平署批准成立,在北京演唱的戏班共有十七个,其中有八个纯昆腔班、两个昆弋班、两个秦腔班、两个琴腔班(其中包括四喜班)、三个未注明某种腔的班(其中包括三庆班)。各领班人所具甘结都完整存在。说明到同治年间,昆腔班仍占多数。光绪三年,各班领班人所具甘结也都存在。当时北京共有十三个戏班,其中有五个纯昆腔班,比同治年减少一些,但占总数三分之一强。"据此可见,昆腔让位给乱弹的时间,不是乾隆、嘉庆年间,也不是道光、同治时期,而是很晚的光绪末年。

最终,随着封建皇权的衰落,"上谕"失去原先的作用之后,徽班故态复萌,重整旗鼓,恢复并强化了自己的优势,直至逐渐取代昆弋腔而成为京城的主流。

"最高指示"不管用,昆剧辉煌不再有!

在衰落的过程中,昆剧的丰富营养却滋养了南北各个剧种,尤其是引发了京剧的形成,使其得到迅速发展。官方欣赏旨趣随之转移,慈禧太后也赶上了京剧这个"时髦",王公贵族察言观色,一概拥戴京戏。随着岁月的流逝,昆剧由"祖师爷"变成了"小媳妇",恢宏的皇城几乎没有了昆剧的一隅之席。在南方,正宗的南曲仅存苏州一个全福班,甚至这个三十余人的"江湖"班也渐渐难以为继。

昆曲辉煌成"梦忆"

国家风雨飘摇,民族存亡未卜,全福班"福"不全,祸难却接二连三。根据桑毓喜先生的记述,民国九年(1920年)初,全福班应邀赴上海新舞台演出,全班上下全力以赴,希冀在大上海能够起死回生,谁知观众寥寥,演了十余场后就草草收场!

之后,为了重整旗鼓,全福班又煞费苦心,召集部分已经离开的名角返回以充实阵容,还假借与已经报散十六年、原在上海声望很大的苏州著名昆班大章、大雅"三班联合演出"的名义,于上海天蟾舞台日夜公演,历时五十八天,连演九十场,确也轰动一时,只是很快遭到熟知内情的观众的揭底,有人在《申报》著文说:"所谓三班合演者……欺人语耳……冀可以号召座客而已!"

事实上,这种借尸还魂、虚张声势之举,根本无法逆转气若游丝的昆曲的厄运。

翌年6月,在上海业余昆曲家包月秋、杨定甫等参股的鸣盛公司的支持下,全福班与上海"小世界"游乐场签约一年,经济盈亏均算在鸣盛公司头上。两个月后,苏州创建了昆剧传习所,全福班的台柱沈月泉等人离班前往执教,骨干力量一走,"小世界"的演出再无精彩可言,加上演员大多年龄偏高,有人又染上吸食鸦片的恶习,虽能上场,却往往力不从心,"闭目静听,尚可迁就,若凝神细辨,尊范实不堪承教。生涯之不振,或即因是"。

其间,上海最大的游乐场"大世界"扩建竣工,自民国十一年(1922年)起,邀请全福班献艺。当时,在"大世界"的广告栏目中,以头条醒目位置介绍"文全福班昆戏",但仅仅在八天以后,广告栏目就被"群芳台"取而代之……

民国十一年(1922年)旧历岁尾,与"小世界"合约期满,全福班悻悻回苏,适逢吴中曲友在长春巷"全浙会馆"会串三天,被邀约充任班底,此后全福班即停止活动,名存实亡。

民国十二年(1923年)秋,全福班的演艺人员又重新聚拢,在"全浙会馆"演出,也许人们已经预感到这样的演出即将谢幕,一个辉煌的昆曲时代已经日薄西山,甚至行将就木,所以,已入昆剧传习所的沈月泉、沈斌泉等名角也凛然登台。

尽管条件寒酸,但也正因为意识到这很可能是一场凄然的"绝唱",所以他们演得特别认真,全身心投入。倪传钺回忆说:"大面尤顺卿穿双破鞋子,连里面穿的破袜子也露出来了。"

就是在这样落拓恓惶的情景中,一个延续百年之久的著名昆曲老班"全福班"宣告解体,寿终正寝了!

北昆南下,给南昆一个刺激

昆曲的挽歌不绝于耳,北方的荣庆班却在萧萧风雨中昂首进京了!

刘静所著《韩世昌与北方昆曲》一书记载,在河北众多的昆弋戏班中,高阳县河西村的荣庆班最负盛名,"昆曲大王"韩世昌正是荣庆班的领衔人物。

1918年初,荣庆社应北京天乐园的主持人、著名河北梆子演员、梨园领袖田际云之邀,社长王益友率众进京,在前门鲜鱼口的天乐园演出。

这时的荣庆班不仅有赫赫有名的韩世昌,更有陶显庭、侯益隆等昆弋名家。经过精心策划,第一天的开场戏是陶显庭的《醉打山门》,韩子峰的《巧连环》,张小发的《芦花荡》,陈荣会、侯益太的《饭店认子》,随后韩世昌出演《费贞娥刺虎》,侯海云出演《春香闹学》,最后压轴大戏是侯益隆和马凤彩的《通天犀》。整个阵容强大,文武昆弋兼备,演出效果出人意料,一炮打响。

从此,荣庆班在北京站稳脚跟,雄踞艺坛。

荣庆班的进京,不仅是北方昆曲的辉煌一幕,在整个昆曲的发展史上,也是不可或缺的一页。

荣庆班在北京声誉鹊起的消息很快传到上海。民国八年(1919年),上海尤鸣卿特别约请韩世昌到上海演出。

韩世昌和荣庆班一众首次来到上海,在上海丹桂第一台戏院、三庆园等处的舞台上演了他的代表作《游园惊梦》《佳期·拷红》《思凡·下山》,让整个上海震惊。报界一片赞誉之声,说韩世昌"几乎与梅兰芳各坚壁垒,相持不下"。《吴小如戏曲文集》一书中说:"韩年轻时曾大红大紫,与梅程二位大师一时有鼎足之势。当时迷程的观众被戏称为得了'秋瘟',而醉心韩氏者被戏称为患了'伤寒'(寒韩谐音)。"

荣庆班在上海唱了一个多月,南昆名家徐凌云、潘祥生、李竹岗等几乎每天都看戏捧场。曲友们更是兴奋欢聚,常常是百八十人聚会,招待韩世昌他们。

无疑,荣庆班的演出,给奄奄一息的南昆注入了些许生机,尤其是刺激和激发了有识之士拯救昆曲的急迫之心。

俞振飞对此有非常高的评价:"荣庆社崛起在北方,给予南北昆界一个很大的刺激和推动。因此,促使南方的有识之士在全福班消歇以后,也下了决心创办了昆剧传习所。"

一百年后的2020年9月,在高阳"昆曲荣耀·盛世高阳"迎国庆昆曲演唱会上,北方昆曲剧院领导人曹颖和北京戏曲评论学会会长靳飞对韩世昌作了高度评价,靳飞说:韩世昌先生以一人之力,复兴昆剧,带动了全国性的昆剧复兴运动,以毕生精力投入到昆剧艺术之中,几度独立支撑危局。韩世昌先生以其卓绝的艺术成就及毕生的努力坚守昆曲艺术,为昆曲艺术在20世纪的赓续传承作出了无以替代的贡献。

命不该绝　昆剧传习所成立

1911年,辛亥革命,封建帝制寿终正寝。

十年以后,1921年,中国发生了两件大事——

在上海,中国共产党诞生;

在苏州,昆剧传习所成立。

一个是政治,一个是文化。

政治的梦和文化的梦,在同一年出现,是巧合,还是天意?

不能将两者相提并论,但是,至少可以这样说,如果没有前者,中国不会发展成今天的样子,而如果没有后者,那么,中国文化的一个经典符号,很可能就消失了,也许连进博物馆的资格都没有了!

昆曲的衰微,除了政治、经济和社会诸方面原因外,其本身的曲高和寡也是一个不可不说的因素。曲学大师吴梅说:"今之能歌昆曲者,百人中殆不满二三。即此二三人中,真能歌者,且鲜一见也。"(《吴梅戏曲论文集》,中国戏剧出版社,第67页)每况愈下,昆曲的式微已经是"在劫难逃"。

然而,昆曲命不该绝,昆曲如有神助!

就在昆曲苟延残喘、行将就木的时候,1921年初,"棉花大王"穆藕初等人发起建立了"昆剧保存社"。名曰"保存",可见其初衷也是出于无奈,至于能否保存以及究竟能保存到什么地步,恐怕发起者也是心里没底的,只是竭尽所能,为昆曲的"保存"做点实际的事情,比如,他们资助并推荐由百代公司灌制了多张唱片,其中俞粟庐先生手书其唱片曲词、工尺谱,由穆藕初题字而印成的《度曲一隅》保存至今。

嗣后,苏州的"补园"主人张紫东也坐不住了。

苏州园林,乃中国私家园林的典范。每一座园林都有个文化意味十足的名字,诸如拙政园、沧浪亭等,都是可以品咂玩味的,那么,这个"补园",又"补"从何来? 或者,蕴涵了什么玄机,以至于后来竟然"补"上了昆曲这大美一"景"!?

补园乃张履谦先生请吴门书画名家参与修建。文人造园,自是文园结合,园中有文,文在园中,处处都见出曲径通幽、一唱三叹的书卷气。这恰好与昆曲的韵味吻合。在补园,没有文化是感觉不到它的雅致的。没有文化,也就糟蹋了补园。所以主人请了家教,为他的子女"补"上国学课,琴棋书画,唐诗宋词,还有昆曲,并专门延请了定居在苏州范庄前义巷的曲家俞粟庐为昆曲老师。于是苏州文人名士,多随之来到补园学曲,其中就有后来成为曲学大师的吴梅和昆曲大师俞振飞!

正是在补园的艺术熏陶下,张紫东对昆曲产生了敬畏之心。

这位学有所成的知识分子,不仅传统学问渊博,而且对于新文化也很热衷,他的书房里除了《资治通鉴》等古籍外,还有梁启超和鲁迅的书,甚至还订了邹韬奋编的《生活周刊》。张紫东是个戏曲迷,年青时随父进京,晚上常去戏院、堂会,看遍京剧名角的表演,他后来投身昆曲艺术就是顺理成章的事了。

辛亥革命后，张紫东回到苏州，成为士绅，同时，也成了著名的曲家。他先后习老生、老外，又向全福班艺人沈锡卿、沈月泉、吴义生学身段、台步，悉心钻研，终成气候，被曲友称为"吴中老生第一人"。

迷恋昆曲，却又见昆曲日渐衰微，张紫东心里非常焦虑，常和曲友说起，其中就有毕业于北京高等工业学校的贝晋眉、东吴大学的肄业生徐镜清，他们对昆曲有着同样的爱好和忧虑，于是共同发起，在"禊集""道和"曲社的基础上，齐集民间资力，创办了一个以培养昆剧演员为宗旨的学堂式科班，定名为"昆剧传习所"。

为了创办传习所，张紫东、贝晋眉、徐镜清三人邀约了地方上有名望和热爱昆曲的汪鼎丞、孙咏雩、吴梅、李式安、潘振霄、吴粹伦、徐印若、叶柳村、陈冠三等人，组成十二人的董事会，其中十人各赞助一百元，合资共千元，作为开班的启动资金。

选址在苏州城北，桃花坞西大营门五亩园，这里原来是私家花园，历经变更，久已荒芜，时为轮香局善堂，做寄放灵柩之用，也为这，所以花费比较小，经过协商，从殡舍中腾出十多间，租赁给传习所作为教室、宿舍和食堂。董事会成员、道和曲社社长汪鼎丞题写了传习所匾额。

1921年8月，昆剧传习所正式挂牌开班。招收学员的告示贴出后，由于艺人地位不高，报名的很少，所以由熟悉的曲友介绍的居多。规定学员年龄在九至十四岁之间，全福班著名艺人"大先生"沈月泉是主考。

其间，和张紫东等曲家过从甚密的穆藕初，对昆曲的衰颓表现了同样的关注。昆剧传习所成立不久，因为资金拮据等原因面临困境，穆藕初得知，为了昆曲的传承与香火的延续，他毫不犹豫，慷慨解囊，出资支持。

1922年，传习所原计划招收学员三十名，穆藕初接办后，扩招为五十名。规定学员试学半年，确认有培养前途的，才写"关书"（契约）正式学戏。学三年，演两年，五年满师。

正是这五十名"传"字辈艺人，学会了昆曲四百个折子戏，将大美昆曲的血脉传到了1949年……

复活

事情十分有趣，清代中叶业已濒于衰亡的昆曲，在解放后的新中国，突然因为《十五贯》这个戏的改编及艺术上的革新，而恢复了生命。这绝不是偶然的。实际上救活昆曲这个古老剧种的不是《十五贯》这个戏，而是"推陈出新"的方针。

——郭汉城

《十五贯》进京时的指导员

有一位伟人说过，历史是一个小姑娘，什么打扮就什么样。我们所做的一切，做过了就成了历史，一天以后就成了历史，而历史却是被人打扮过的，所以往往昨天的事情，今天就给弄走样了。

20世纪50年代的《十五贯》，在中国昆曲发展的历史上，无疑占有非常重要的地位，但是关于这出戏的前因后果，说法却不一样，就在笔者采访初期（2008年），偶然看到一本书上说，作家丁玲在杭州养病期间，"发现"有个戏班在演昆曲，就拉了病友袁牧之看了《长生殿》，之后两人到北京"逢人便造舆论"，云云。

《十五贯》究竟是怎么会到北京演出的？

到底是谁推荐给毛主席看的？毛主席看了几次？

周总理是在这之前还是之后看的？

为什么一出戏竟然会有那么大的影响？

2008年12月23日下午，我寻寻觅觅，找到杭州孝丰路一个非常陈旧的小区，一套非常逼仄的公寓房，底层，前后两进，后面是客堂兼餐厅，前面是主卧兼书房，有些凌乱，却围了三四个人，都是向主人求墨宝的。

钱法成是中国书法家协会会员。由于青光眼，他一只眼睛的视力几乎等于零。但是，上门求字的依然不断。都是熟悉的朋友啊，所以也很难推却。他自制了一套用线绳牵拉的方法，不用"墨童"就可以将纸张前后牵动。他还是诗词学会、戏曲协会的顾问等，尽管是虚衔，他却认真为之，忙得不亦乐乎！就在我采访的时候，就有好几个电话进来，都是什么什么活动要请他参加之类。

等求字的人走了，他才坐下来，慢慢跟我说《十五贯》进京的过程。

就同一件事，第二天我采访了王世瑶，他是王传淞的儿子，当年演的是娄阿鼠的街坊小邻居。后来他成了浙昆的第二代"娄阿鼠"。就在我采访他的前一天，他还在指导排练《十五贯》，这时演"娄阿鼠"的，已经是第五代"万"字辈的演员了。

根据他们二人的叙述，还有浙江省文化艺术研究院主办的《文化艺术研究》2008年"增刊"的部分内容、《黄源回忆录》以及后来的补充采访，现将相关内容综合整理于后。

剩水残山，断井残垣

1949年以前，一般戏班都是以家族、亲属为主。王世瑶的父亲王传淞、母亲张凤云、大姨张艳云、小姨张娴，一起跟他的外公张柏生学唱苏滩戏。这期间，"传"字辈刚出道，在上海大世界演出，后来，仙霓社的衣箱被日军炮火烧毁，艺人各奔前程，王传淞参加了国风剧团，他带了张家三姐妹，还介绍周传瑛等"传"字辈演员参加。

因为在上海站不住脚，就到乡下去，"画纸为衣，束草为带"，在太湖沿岸、苏南浙北的农村集市上的草台、茶馆、庙宇、蚕房甚至是桥堍、墙角演出，被称为"叫花班子""讨饭班子"。倘若遇上地痞流氓和国民党的残兵"老爷"，还要备受欺凌……

七八个颓梁乱瓦，五六搭剩水残山。

莫道是天籁之音，都付与断井残垣！

凄凄惨惨戚戚，冷冷清清泣泣——

据周传瑛回忆，仙霓社解散后，当家大官生赵传珺饥寒交迫猝死街头，打鼓师赵金虎不堪贫病折磨卧轨自尽。

2014年10月采访朱世莲时，她说，她的舅舅张兰亭死在昆山周庄。南浔有个票友的女儿来看戏，把她父亲的新鞋子拿来给张兰亭穿上。买棺材的钱都没有，是靠"施棺材"下葬的。所谓"施棺材"，就是演"抬会"。"抬会"相当于今天的"众筹"，就是有人发起筹钱，你出点，我出点，凑齐了先供急用。然后慢慢还，他们就用演出来还这棺材钱。

最惨的是王传淞的母亲。老人家生病多日，没钱看病，还得跟着戏班子跑码头。她的还不到十岁的孙女王世莲也一样"跟班"，日晒雨淋、饥寒交迫是常有的事。那几天在南浔演出,王世莲和奶奶睡在戏台边的角落里,奶奶咽气时,父亲王传淞还在台上演出《奈何天》,下来后知道,犹如晴天霹雳,痛不欲生,可是戏还没演完,只好强忍悲痛继续演出……

朱世藕给王世瑶的一封信上说——

> 那时的剧团是病贫交加,有两种病在剧团里横行,一种是疟疾,我们的母亲张凤云只要一闻桂花香就会犯这个病,周传瑛老师演武松打虎,发着抖在台上打"老虎";还有一种就是可怕的结核病!我就曾吐过血,可怜的母亲不知从哪里弄来了一只鸡蛋说是给我补补,我是在嫁了牧之之后因生孩子发高烧才查出来治好的;张娴姨妈也常吐血,边吐血边唱戏;可怜的舅舅张兰亭因大吐血死在一个镇子的戏台上,真所谓活着干,死了算,头天晚上的胡琴还是舅舅拉的呢,半夜里就大吐血死了;还有表妹因淋巴结核死在人家的祠堂里……

因为苏滩有观众,而他们班子就有苏滩演员,为了生存,从大戏《贩马记》开始,苏、昆就同台演出了。《水浒·活捉》,前面是苏剧,后面是昆剧。这样,"国风"剧团就改名为"国风苏昆剧团"。

朱国梁功不可没

班主朱国梁据说是领养的,后来朱氏家族为了分家财,把他扫地出门。他没路走,就拜师学艺。他上过上海的政法学堂,有文化有思想,极其聪敏,出师就能"唱赋",编了词骂日本鬼子,见到听到什么新闻,随即编了戏文,当天就能演出。朱国梁成了上海滩的名人,收入也颇为可观,不久便以黄金"顶"了房子,成家立业,生儿育女。

朱国梁是唱苏滩的,但对昆曲演员,却十分看重,不惜一切招揽人才。他的举措惊世骇俗,令人难以想象;尽管,这在昆曲圈内已经不再是秘密,但世俗难违,笔者还不方便如实写出。只是,有一点是确定无疑的,朱国梁对昆曲的贡献,甚至可以用"伟大"两个字形容——

正是他宽广大气的胸怀,让周传瑛、王传淞感恩戴德,心悦诚服地在这里安营扎寨,昆曲的薪火也得以保存,也才可能有日后的《十五贯》……

2015年4月我在杭州社会福利中心采访张世萼的时候,老人哽咽着说:是苏剧养活了昆剧,现在昆剧好了,千万不要忘记苏剧对昆剧的好……

不能忘记苏剧的好。

不能忘记朱国梁的好！

1949年后，"国风"要注册登记，开始是想放到苏州的。可是，说不清是什么原因，没有登记成功。

其间，也曾经想到在昆山注册，可惜的是，在昆曲故乡同样遭到冷遇。

1952年，剧团辗转到嘉兴演出，适逢地方戏会演，主办方就邀请他们参加，他们就赶排了《光荣之家》，说的是抗金英雄的故事，由当家花旦朱世藕主演，和抗美援朝的时局很配合。当时演出条件当然很苦，大刀、标枪等道具是用纸糊的，戏服是自己裁剪做的。

就是这场演出使得他们的命运有了转机。杭州市文化处的丛先生来看演出，回去就说了这件事。文化处觉得这个剧团很不错，12月初便邀请他们去杭州解放剧场演出。大家商量，杭州是大城市，值得去搏一下，要是在杭州能站住脚，就留下。

杭州演出后，反映很好。省文化局将"国风苏昆剧团"更名为"浙江国风昆苏剧团"，民营公助。因为挂"省"里了，省文化局要求集中学习一个月，地点在浣纱小学，一个地名可以和昆剧《浣纱记》联系在一起的地方。演员们住在一起，肥皂、帽子等生活日用品都有，还发三四毛钱的生活费，衣食无忧，心满意足。大家也就安心扎根在杭州了。

1954年，上海华东戏剧学院招生，请郑传鉴、周传瑛、王传淞等人去教戏，并且开出月薪一百八十元的工资！这在当时无疑是极高的收入。这当然好，可是老师一走，这个剧团就难以为继了，剧团就空了，尤其是，想到朱国梁对他们的好，他们舍不得啊，就没走。

没走，才有了下文！才有了《十五贯》！

黄源主持改编《十五贯》

1954年，为了纪念洪昇逝世二百五十周年，浙江省图书馆馆长张宗祥建议剧团排《长生殿》。张是前清举人，也是周传瑛和"国风"的文化老师。为排戏，省局拨了五千元。周传瑛等人都惊呆了，世上哪有这样的好事啊?！为了报答这样的好政府，大家积极性十分高涨，七天就排了一台《长生殿》，周传瑛饰演唐明皇，张娴演杨贵妃，王传淞演高力士。

同年，浙江省开文代会，成立了戏剧家协会，周传瑛任副主席。

1955年春，田汉到杭州，看了"浙江国风昆苏剧团"的戏，演员精湛的演艺和对昆曲的执着追求感动了田汉,他向省长沙文汉提出,让他们去北京演出。沙省长答应后,把任务交给了国务院新任命的浙江省文教部副部长、文化局局长黄源。黄源从上海到杭州上任,随行的是几车藏书,对此,当时的省直机关热议了好一阵子。

1954年,黄源就在上海看过"浙江国风昆苏剧团"演出的《长生殿》,觉得这是一个"有根底"的剧团,"要帮助它",可没想到第二年自己到浙江工作了。

接着,上海电影局局长张骏祥陪同印度电影代表团到杭州,送走客人后,黄源陪张骏祥看《十五贯》。"破旧的剧场中,观者寥寥。但我们两人全神贯注地看完了这出戏,骏祥同志舒了一口气,说:'这戏真激动人心呵!'"

黄源更是有心人,当晚就翻阅了有关资料,并且决心改编,第二天就调来《十五贯》的演出本,又从梅兰芳那里借来朱素臣的原著,紧接着就成立了以他为组长,文艺处处长、作家郑伯永为副组长,著名越剧导演陈静为剧本整理执笔和执行导演的"三人小组",小组中还有周传瑛(演况钟)、王传淞(演娄阿鼠)、朱国梁(演过于执)、包传铎(演周忱)、龚祥甫(演熊友兰)和人称"笛王"的李荣圻。

在黄源的主持下,陈静执笔写本子。开始分歧很大,主要是一条线还是两条线,最后决定强调一条主线,就是反对主观主义、官僚主义。李荣圻和周传铮同时谱曲。排戏没有场地,是借用上海"蔡同德制药厂"在杭州的闲置厂房,就是现在西湖边上华侨饭店那个地方。演员们都打地铺,晴天在室外排戏,雨天在室内排。

二十天写戏,三十天排好,也是一个奇迹。

1956年元旦,《十五贯》在杭州人民大会堂(亦有说是胜利剧院)正式演出,反响很好,可是很快就引起争论,有说老本子好,有说新编的好。省文化局就说,白天演老本子,晚上演新本子。白天晚上轮流演同一出戏的两个版本,有些演员把台词都搞混了念岔了。后来大家意见比较集中了:还是新编的好。

《十五贯》怎么会去北京演出

《十五贯》演出成功,黄源至关重要,陈静的编剧和演员们的精彩表演缺一不可。五十多年以后,拂去历史上的政治因素,对本子做这样那样的评介或者批评,都是正常的,但是无论谁,对于演员的精彩而经典的表演,都没有任何疑义。

杭州的演出形成了不小的热潮,连演了二十四场。这在浙江是破天荒的事。

为了《十五贯》的演出和推广,黄源是动了一番心思的。杭州演出,再怎么也很难有大的影响。他就策划去上海演出。上海他有广泛的人脉,可以充分用起来，为《十五贯》擂鼓呐喊。

1956年2月，他们去上海。当然很谨慎，小心探路。因为是小剧团，到了上海连名称都改了，加了"实验"两个字，叫作"浙江实验昆苏剧团"。开始连场地都没有，后来在永安公司七楼演出，为了节省开支，自己打扫、管理，电梯演出时开，不演时大家都爬楼梯。

据当代业余曲家、著名梅派艺术研究家、戏曲评论家、时任梅兰芳秘书的许姬传在《〈十五贯〉的艺术成就》一文中回忆："在（上海）一次宴会中，我与戏曲学校负责人周玑璋同席，他对我说：'你对昆曲有研究，浙江昆苏剧团来沪演出《十五贯》，请你看一下质量如何。'因为这是一出公案戏，公安局打算宣传这个剧目。""我在永安公司剧场看过《十五贯》后对周玑璋说：'这本戏，把一部几十出的传奇，改编成三个半小时一天演完，台词更为通俗易懂，演员的表演，在传统的基础上又有了发展，值得宣传提倡。'"

没想到的是，上海市领导魏文伯、陈丕显和正在上海视察的中宣部部长陆定一也看了。魏文伯和陈丕显决定在中苏友谊馆剧场为华东局及上海市区以上干部演出，"公检法"也包场看戏。先后演出了二十五场。

春天在料峭的寒风中涌动了。

陆定一对周传瑛说，北京再会，我在北京等你们。

中宣部部长说话了！

消息传到浙江，省文化局要求剧组人员赶紧回杭州，准备进京演出。

《十五贯》的成功世人皆知，它的艰难曲折却少有人说。从2001年浙江人民出版社出版的《黄源回忆录》中，我们可以看出一些端倪。

《十五贯》在杭州演出了。如何引起省委的注意和支持，在浙江打开局面？黄源煞费苦心，从上海请来了他的朋友章靳以、赵景深等人，先看戏，再写文章宣传。文章在上海发表，可是浙江领导未必就知道，知道了也未必注意。

早在开始演出时，黄源就想在报上发个消息，消息写好他还亲自签了字。可是，《浙江日报》不给发表。因为省委分管报纸的一位领导认为这个戏脱离实际，是"胡搞"。黄源很诧异，问怎么回事，报纸那边也不说是领导的意思，但就是不发。后来，省长沙文汉出面批了才发表。

在去北京演出前，黄源请省委书记江华看《十五贯》，看完戏，书记对黄源说，这个戏讲的都是苏州话，恐怕到北京演出观众听不懂。

黄源心里一紧，怎么也得让省委支持啊！

上海演出回来后，浙江正在开省人代会。黄源安排为代表们汇报演出一场。江华的爱人吴仲廉是省高级人民法院的院长，她从法院判案的角度看戏，看完戏就说,这个戏好看,在北京演出会得到好评。

江华看后,也同意去北京演出。

书记、省长都同意了,《十五贯》才顺利进京。

当是时,去北京演出是大事! 省文化局请示省政府后决定,将民营的"浙江国风昆苏剧团"改为国营的"浙江昆苏剧团"。同时,将要求进步的周传瑛发展为中共预备党员,并由他担任团长,滑稽演员蒋笑笑和王传淞任副团长。剧团准备了《十五贯》和《长生殿》两台大戏,还有一些折子戏,于1956年4月4日启程去北京。

文官喜欢,武将亦然

进京演出,带队的是省文化局副局长陈守川。

黄源当面交代,每天晚上打电话汇报情况,以便他出主意、遥控指挥。

陈守川到北京不久,又要回浙江处理其他工作,省文化局就派钱法成火速赴京,任"指导员"。

钱法成是嵊州人。嵊州是越剧之乡,也是经济学家、人口学家马寅初和越剧表演艺术家袁雪芬的故乡。钱法成从小喜欢越剧,最早看的昆曲是俞振飞等人从香港回来后的汇报演出,"'传'字辈都参加的",连续五天五夜,他看得入了迷,在省文化局做人事保卫和党团工作的他,突发奇想,居然就打报告给黄源,要求到民营的"国风"去工作。须知这是1955年啊。没人理会,因为太不可思议了。可是现在情况变了,"国风"是"国营"的了,再就是,剧团没有一个正式党员,他去了其实就相当于"党代表"了。得到组织批准后,钱法成喜不自禁,立刻打点被褥和零用物品,急急忙忙就爬上了火车。

坐了两天一夜的火车,到了煌煌都城,好不容易才摸到尚小云剧团。先行到达的剧团全体人员都住在这简陋的地方。

开头演出,还是卖票的,看的人不多,人们不了解昆曲,了解的也以为昆曲早就没有了,想不到北京会有昆曲的演出。加上刚刚举行过话剧会演,观众有点审美疲劳。只是文艺界很推崇,梅兰芳、欧阳予倩、田汉、白云生、戴不凡等人都来看戏。梅兰芳还买票请朋友看,一场都不落;田汉还写文章,激赏《十五贯》。

许姬传在《〈十五贯〉的艺术成就》一文中回忆:"1956年,浙江昆苏剧团带了《十五贯》到北京演出,起初上座率并不理想。周恩来总理看了《十五贯》后,在北京饭店召开座谈会,梅兰芳先生和我准时前往,那天与会的演员、导演、剧评家六七十人,都站着。周恩来站在桌后讲话:'我看了昆苏剧团的《十五贯》,这是传统公案戏,改编本以通俗易懂的语言,描述了况钟经过调查研究,诱捕娄阿鼠,弄清案情真相,平反一桩复杂冤案的故事,演员的精彩演技,体现了剧本精神,这出戏应该说是新中国成立以来一出富有教育意义的好戏,由于昆曲的艺术形式特殊,没能引起观众的重视,我们要大力提倡宣传。'"总理指着欧阳予倩先生说:"你要写文章介绍这出戏。"又指着梅先生说:"你要写两篇。"于是梅先生赶写了《昆苏剧团的〈十五贯〉观后》,1956年4月22日发表于《光明日报》。又为《戏剧报》写了《谈〈十五贯〉的表演艺术》。其他人也纷纷写稿介绍。

接着,中宣部文艺处处长林默涵在广和剧场看了《十五贯》,觉得很不错,就向公安部部长罗瑞卿推荐。

文官喜欢,武将亦然!

廖奔博士提供的材料中说,罗瑞卿对戏曲早有爱好,葛一虹主编的《中国话剧通史》(文化艺术出版社1990年版)第185、186页记载:"1933年……阴历除夕之夜,刚刚成立一个月的战士剧社在一座古庙里搭起戏台,演出了四幕话剧《庐山之雪》……此剧由罗瑞卿导演……由罗瑞卿演蒋介石、童小鹏演宋美龄、李卓然演德国顾问……军团政委聂荣臻演红军政委、军团团长林彪演红军司令员、军团政治部主任罗荣桓演红军政治部主任……台上台下群情激奋、热闹异常……《八一南昌起义》是聂荣臻指导编写的,由罗瑞卿导演……《杀上庐山》……仍由罗瑞卿导演。"

有这个"履历"和艺术情结,加上演员的精彩表演,罗瑞卿看了《十五贯》之后激动不已,立即向毛主席汇报。

毛主席当下决定,去看《十五贯》。

向春风解释春愁

有一个历来被忽视的事实是,毛泽东主席本来就喜欢昆曲。

新中国成立后,中南海怀仁堂举办的第一场晚会就是昆曲晚会!

早在1918年,毛泽东到北大图书馆任职。北大有蔡元培、吴梅,他们都是昆曲的极力推崇者。也正是在北大期间,毛泽东观看了韩世昌、白云生和侯永奎的《游园惊梦》《林冲夜奔》,这使得这位通晓古典诗词的伟人,对昆曲留下了深刻的印象。

三十年弹指一挥间,当年的图书馆管理员成了新中国的领袖。当年的昆曲名角,如今成了怀仁堂的座上宾。

据丛兆桓先生回忆,1950年春天,元宵节刚过(亦说是除夕),毛主席就提出要看昆曲。晚会的节目都是主席亲自点的：侯永奎的《林冲夜奔》，韩世昌、白云生的《游园惊梦》，还点名要"堆花"（集体昆舞），并且关照：不许改词，一律照旧。

次年，1951年，差不多也在同一时间，再次举办了一场昆曲晚会。

之后，1956至1959年间，毛主席用来招待来访的伏罗希洛夫和西哈努克亲王的，也是昆曲！

1975年8月，毛主席在做白内障手术前，叫秘书放了岳美缇用昆曲演唱的《满江红》。同年深秋，病重的主席提出要看侯永奎的《夜奔》，因侯永奎生病，换成侯永奎儿子侯少奎演。侯少奎代替病重的父亲演出后，毛主席满意点头：后继有人……

1956年4月16日，文化部通知钱法成，要他到中南海保卫部，商量去怀仁堂演出的事。很认真，也很严肃，要求他必须绝对保证安全，而且要演出水平，不要因为兴奋和紧张，弄出些小失误，破坏了演出效果。

钱法成并不知道演戏给谁看，但他猜想，肯定是中央首长。初次进京的他，头一回挑这么重的担子，的确是捏了一把汗的。只是他也清楚，剧团的人都是"苦出身"，政治思想好，不会出什么事，他郑重地向组织做了保证。

回来后与周传瑛商量，一起开会动员。他没有反反复复念"紧箍咒"，而是说，中央领导和普通观众一样，也是看戏，我们也要和平时一样演戏，不要激动。为了不致因为要看首长而引起拥挤和骚动，他还做出了一个令全体剧组人员欢欣鼓舞，而在一般人看来是过于大胆的决定：演出结束后，所有的人包括拉幕布的、搬凳子的，还有炊事员等，全都上台谢幕！这样一来，人们反而安定了情绪，再也不担心因为不是主要演员而不能和首长见面握手了。

4月17日，毛泽东主席观看了《十五贯》。

我们不知道这时候毛泽东在想什么，但是我们知道，1945年黄炎培访问延安时说到历代历朝"其兴也勃焉，其亡也忽焉"的"周期律"时，毛泽东十分自信地回答："我们已经找到新路，我们能跳出这周期律。这条路就是民主。只有让人民起来监督政府，政府才不敢松懈……"

《十五贯》不正是说的"人民"监督政府的事吗？

周恩来非常清楚毛主席为什么喜欢《十五贯》，后来他接见演职人员时就说得十分透彻："《见都》一场那面堂鼓就很好嘛。你要见他，他官僚主义，不见你；你一击鼓，他就只好出来了。我们现在有些官僚主义者甚至在'击鼓'后还不出来，我们有的官僚主义者恐怕连这个巡抚都不如呢！这很危险。"

这不，共和国成立不久，官僚主义就抬头了，用这出戏来"监督"一下，给官员敲响警钟,可说是"及时雨"了!

"向春风解释春愁"。毛泽东显然是看到了《十五贯》巨大的政治意义。

带队的钱法成绝对不可能知道这样的"背景"。他的任务是保证演出成功,谢幕时不要因为激动而忙乱。

的确,4月17日的演出非常成功,没有出现任何细节上的失误。

演出结束后,毛主席笑着双手举过头顶鼓掌。全体剧组人员上台谢幕,因为幕后人员都参加了,所以除了演员外,剧组其他人员衣着显得很不整齐,不仅长短参差、颜色不一,甚至还有穿打补丁的衣服的!

在钱法成的记忆里,毛主席坐在第三排(亦有说第四排)。演职员谢幕时,毛主席和刘少奇、彭德怀等中央首长没有上台,站在下面热烈鼓掌,向演员挥手。

这时候,后来出名的汪世瑜刚进剧团,是跑龙套的小演员,同样很小的王世瑶则是小配角,也是站在边上,不过,他至今还清楚地记得,"毛主席很魁梧"。

周总理"坐谈"五十分钟

4月19日,在广和剧场演出,场内坐满了买票看戏的观众。灯光暗时,《十五贯》就要演出。谁都没有想到的是,这时周恩来总理悄然入场了。原来他就在隔壁的北京烤鸭店请客,结束后赶过来看戏。钱法成说:"这边的锣鼓声烤鸭店都可以听得见的"。

演出谢幕后,周总理在文化部副部长刘芝明陪同下走上舞台,撩开大幕出现在正卸装的演员面前,陈守川和大家一起迎上前去,总理说的第一句话就是:"你们浙江做了一件好事!"演职人员围过来,有的去搬太师椅给总理坐,总理摆摆手,在戏箱上坐了,叫大家也随便坐下,然后就拉家常似的说:我们很需要《十五贯》这样的戏。况钟实事求是,重视调查研究,这是符合唯物主义思想的。

周总理还特别强调:"不要以为只有演现代戏才是进步的。昆曲的一些保留剧目和曲牌,不要轻易改动,不要急,凡适合于目前演的要多演,熟悉了以后再改。改,也要先在内部试改,不要乱改。"

有个叫乔裕茂的,是管服装的,比总理年龄小得多,总理笑着和他握手,问长问短,很随和。乔裕茂激动得一夜没睡,第二天就把他从"前清"时蓄起、留了六十多年的辫子和蓄了三十多年的山羊胡子一起剪了、刮了!

"坐谈"中,总理得知剧团演出运输费高,税收高,经济很困难,之后他就向中央反映,召集有关部门研究,4月30日,国家主席刘少奇就下令,减免全国文化娱乐税,同时,铁道部也宣布,降低剧团布景灯具托运费。

满城争说《十五贯》

4月21日,文化部在吉祥戏院召开隆重的表彰奖励大会。
会上,传达了毛主席的三点指示:

《十五贯》是个好戏;
要奖励;
要向全国推广。

文化部奖励了五千元人民币,这在当时算是巨奖了!

表彰大会后,文化部向全国发出通知说,《十五贯》"是一个思想性和艺术性都很高的、有着很深的教育意义的优秀剧目,特建议全国各戏曲剧团尽可能普遍采用演出。"

据《浙江日报》五月底的报道,仅在浙江省内,就有六十多个剧团移植了《十五贯》,其中杭州越剧团就连演了二十五场,观众五万八千人次。全国有数千个剧团移植演出,演出场次和观众人数多到无法统计。

1956年"五一"节,国务院和文化部给浙昆登天安门观礼台的观礼券竟然有八张之多!

王世瑶回忆这件事说,"这比后来'样板戏'的待遇还要高"。

那份激动是无法形容的。一个不眠之夜!大清晨他们就从崇文门步行到天安门,和全国各地的劳动模范一起登上观礼台,在万众欢腾的气氛中,又一次近距离见到了毛主席。

5月2日晚上,毛主席、周总理和朱德总司令、董必武、邓小平、彭真等党和国家领导人在中直机关又一次观看了《十五贯》。

第三次演出是在紫光阁小舞台,晚上十点过后才开始演的。政治局开会,结束后政治局委员都来了。这回演的是四个折子戏,昆曲《长生殿·小宴》《渔家乐·相梁·刺梁》,苏剧《疯僧扫秦》《貂蝉拜月》。

文武百官看昆曲,满城争说《十五贯》!

从中央机关到公检法,到各行各业,都争取包场看戏,中央还明确指示,要给普通老百姓看《十五贯》的机会,就是要向全社会公开售票。

在北京期间,白发苍苍的戏曲艺术大师和卓越的戏曲教育家、中国戏曲学校的校长萧长华,还特地请剧组去交流,之后又派了三个学生,跟着浙江昆苏剧团学戏,跟了整整一年,后来都成了才。

最值得一说的是,他们还去了清华大学演出。

1949年以后,昆曲第一次走进了大学校园。

一出戏救活了一个剧种(上)

天天演出,差不多一天就要换一个剧场。后来他们移师新建的天桥剧场演出,就住在二楼的走廊里,中间是假的门框,分成三块:男的二十多人,住一头,大通铺;中间是单身女的;再一头是七对夫妻,每对之间用蚊帐隔开。就这样,条件也比原来好多了。

5月17日,周总理在中南海紫光阁召开了《十五贯》的座谈会。首都二百多名文艺界人士参加了会议。剧团钱法成、周传瑛、王传淞等八人出席,国务院派了三辆小车来接他们,他们等了一会儿,车子没到,就急了,生怕迟到,决定"急行军"走过去,谁知他们刚走,车子到了,没接到人,只好往回开,车子开过他们身边,却没有一个人发现。结果,他们还是迟到了,会议因此晚开了半小时。

这次会议由周扬、钱俊瑞、田汉、马师曾主持。从上午九点半开到下午三点半,中午吃的是锅贴,每人一个搪瓷盘,七八个锅贴。

会议气氛非常热烈,听了发言之后,周总理发表了热情洋溢的长篇讲话——

《十五贯》有着丰富的人民性,相当高的思想性和艺术性。不要以为只有描写了劳动人民才有人民性……

我们都是从旧社会过来的,犹如小孩从母体中生产出来一样。我们还或多或少地带有封建思想和资产阶级思想的残余,官僚主义就是这种残余的一种表现形式。我们有的官僚主义者比戏中的巡抚还严重,这巡抚是我们的镜子……况钟实事求是,重视调查研究,这是符合于唯物主义思想的。

《十五贯》轰动了全国,是有它的历史原因的。昆曲受过长期的压抑,但是艺人们的努力奋斗,使得这株兰花更加芬芳……这也说明了一个道理,只要奋斗,就有出路;不奋斗,就无法生存。

第二天,《人民日报》根据总理讲话的精神,用田汉的一句话做标题,由副刊部的袁鹰执笔,发表了一篇影响深远的社论:《从"一出戏救活了一个剧种"谈起》。

北京轰动了,全中国都被一出戏吸引了!

这里还要说到剧评家伊兵(1916—1968,原名周纪纲、周丹虹,笔名李文,浙江嵊县人),当时他是中国戏剧家协会副秘书长、书记处书记兼《戏剧报》主编。浙江昆苏剧团进京开始演出《十五贯》时,评论界曾出现不同意见,但他始终认为,《十五贯》是一部很有教育意义的好戏。在紧要关头,他亲笔写了一个报告呈送周恩来总理。他还将自己的见解写成剧评,题为"昆曲《十五贯》的新面目",发表在5月15日出版的半月刊《文艺报》(1956年第9期)上。

5月27日,浙江昆苏剧团结束辉煌的北京之行,文化部副部长郑振铎宴请欢送。

这次进京演出,他们赚了十二万元,回来后用两万元在杭州观巷买了一座旧院子,供全团人住下,还有一个会议室,也可以做小的排练场。多年流浪的剧团终于有了一个家!

南返时,沿途在天津、济南、南京、镇江、苏州演出,然后直达上海——这时中央要求做两件事,一是出国访问演出,再就是要拍电影《十五贯》,征求剧团方面的意见,他们考虑,有些演员年岁已经不小了,拍电影好,可以留下资料。就直接到上海了。

笔者从《洛地文集》中看到了关于这件事的另外一个版本——

> 周传瑛曾经接到中央文化部的通知,叫他准备出国演出《十五贯》。但是,后来没得出国了。为什么?倒不是"反右派",而是因为鼎鼎大名的麒麟童周信芳要出国,没有戏,把《十五贯》搬去了。为了保证周信芳的出国成功,不那么大名鼎鼎的周传瑛就没得出国了。

作为佐证,洛地记录了一个极为重要的细节——

> 这时,《十五贯》也被麒麟童搬去了,出国事业"泡汤"了。周传瑛又悄悄地把压在箱底、谁都不知道的、一次也没穿过的那套西装拿出去,悄悄地请人改成中山装。后来,过了二十多年以后,周传瑛说起这件事,就禁不住自嘲自笑。

无论如何,他们拍电影没有错。

在1949年以前,这些演员长期颠沛折腾,生活非常窘迫,这次去北京,等于一下就从地下到了天上,连轴演出尤其是过度的兴奋,造成身体和精神上的过多消耗,回浙江后不久,"走"了好几个,演过于执的朱国梁早逝,敲大锣的张四海五十多岁就去世了！黄源和郑伯永、陈静在第二年都被打成右派，郑伯永戴帽下放农村，四十多岁就病逝了。陈静活到"文革"以后，还创作导演了几台好戏。黄源享年九十七岁，成为当年那拨人中最长寿的。

《十五贯》不仅国内反响巨大，在苏联和西方世界也产生了一定影响。西德作家龚特尔·魏森堡将《十五贯》翻译成德语，在汉堡演出，受到欢迎，还推广到其他德语国家。《汉诺威新闻报》评论说："《十五贯》巧妙地告诉我们，做一件正义的事，也需要智慧和毅力。"

一出戏救活了一个剧种（下）

《十五贯》进京之前，全国正规的昆剧团只有浙江昆苏剧团，全团四五十人，此外，浙江省内还有两个昆曲戏班——宣平昆剧团和永嘉昆剧团，都是小得可怜，生存艰辛，难以为继。北京、上海、江苏和湖南，都没有昆剧团。

1949年后，百废待兴，百业待举，很难会有很多人花很多精力去注意戏曲，尤其是昆曲。一是昆曲被认为是帝王将相、才子佳人的戏，是封建腐朽的东西，被视若敝屣；二是昆曲过于高雅，阳春白雪，少有人能欣赏，只能任其自生自灭。

然而，昆曲命不该绝！尽管时代更迭，世事兴替，昆曲人却筚路蓝缕，薪火相传，自强不息，为雅为文为艺术，苦苦坚守。

昆曲命不该绝！昆曲等到了1949年的新政权，昆曲人自己艰辛努力，昆曲遇到了机遇，昆曲从乡镇到城市，从省市到首都，昆曲生存和发展的机遇到来了。

1956年10月，江苏省文化局发现中央如此重视的昆曲，在江苏居然没有一个剧团，就赶紧做工作，先指导再指令，当月23日，将苏州民间职业剧团改建为江苏省苏昆剧团。

1957年6月，北京成立了北方昆曲剧院，韩世昌任院长，白云生等任副院长。周恩来总理亲笔书写了韩世昌的任命书！建院大会在文化部大厅举行，陈毅出席，发表热情洋溢的讲话，并同与会者合影留念。

1957年冬，湖南嘉禾县举办了湘昆学员训练班。以此为基础，于1960年成立了郴州专区湘昆剧团，现在是湖南昆剧团，地址依然在郴州。

1960年4月，江苏省苏昆剧团一分为二，一部分留下（2001年改团建院，更名为江苏省苏州昆剧院），一部分去了南京。

1961年，上海成立了以上海戏曲学校昆曲班学员为主体的上海青年京昆剧团。后来京、昆分家，成立了上海昆剧团。

分散在全国各地的昆曲从业人员，就如拆散的零件被聚合到了一起，成为完整的机器,可以运转,可以生产了!

昆曲复活了,昆曲有救了!

《十五贯》进京演出,功莫大焉!

《十五贯》进京,演员的高超艺术,昆曲的高雅魅力,加上与政治的契合,高层欢迎,艺术需要,百姓喜爱,这就使《十五贯》在1949年以后的华夏大地产生了轰动和流行的效应。一时间,为文的捧,为武的看,为官的说,为民的传,《十五贯》几乎渗透到了祖国大地的每一个角落,在传媒非常简单的1950年代,主要靠了政府权力的作用,昆曲的地位和影响迅速提升和扩大,迎来了1949年后昆曲发展的第一个高潮。

这一刻,昆曲是如此美丽!

在劫难逃

> 昆剧老艺术家都已达到高龄,若再不抓好,不能将传统优秀剧目及表演艺术继承下来,将要犯大错误……
>
> ——周巍峙(1986年)
>
> 昆山真正的宝贝是昆曲,这是谁都抢不走的。昆山要打昆曲的旗号,让国人知道昆曲在故乡昆山多么受重视。
>
> ——俞振飞(1990年)

在劫难逃

《十五贯》轰动朝野,《十五贯》救活了昆剧。

救活了,却未必就能活得好,尤其是,未必能活得长久、活得青春。

毋庸讳言,《十五贯》的走红,相当程度上是得益于它与现实政治需要的契合,正因为着眼的是政治,所以同样因为政治的原因,过不久,昆曲又被冷落,渐趋式微。

只恐西风又惊秋,暗中不觉流年换!

"文革"期间,昆曲一样在劫难逃。尽管所有的昆剧团都想"紧跟"形势,为工农兵服务,浙昆排演了《红灯传》,上昆排演了《琼花》,周总理和叶剑英都加以赞赏。

但是"旗手"江青不喜欢。

其实江青是懂昆曲的。1975年,江青抓"整理传统",为昆剧传统戏录音、拍电影。江青点名要计镇华唱的《弹词》《搜山打车》《酒楼》,最后都拍成了电影。

现在,出于政治需要,江青说:"我最讨厌昆曲。昆曲肯定不行!这是无法挽救的……"

张春桥亦步亦趋,扬言"昆曲你想给它生命也不行"!

昆曲急剧衰落,全国七个昆班大多解散或者撤销。1976年,"文革"结束。

昆曲与国民经济一样，几乎到了"崩溃的边缘"。

上海昆剧团成立

最可怜的是上昆被张春桥指令解散，演员遭到批判和迫害，大多心灰意冷，能改唱样板戏算是最好的结局了。得俞振飞真传的蔡正仁，也只能把昆曲留在遥远的记忆和偶尔出现的梦境里面。

忽一日，著名画家谢稚柳通过朋友找到蔡正仁说："你们应该马上恢复昆剧团！"

蔡正仁有点蒙，"四人帮"刚刚下台，十年浩劫所留下的烙印还远未消退，怎么也不敢想到要唱昆曲啊！

谢稚柳是个昆曲迷，一直看上昆的演出，十年没有昆曲的日子，让他感到寡淡无趣，现在天亮了，得赶紧把昆曲唱起来啊！他分析了当下的形势，认为恢复昆剧团的时机已经到来……看出蔡正仁心动了，又继续为他出点子：最好的办法是你牵个头，给市委主要领导彭冲写信，争取市委批转，市委批转就有希望了！

彭冲在江苏就是戏曲爱好者，记得"文革"前夕，他还和南京大学的学生去一个小剧场看锡剧。可以说，谢稚柳是看准了的。蔡正仁热情上来，一口答应。

1976年12月，蔡正仁和华文漪、顾兆琪等人联名书写的一封言辞恳切的信，被谢稚柳送到了上海市委领导苏振华、彭冲、王一平的手上——

> 华文漪亲口问毛主席：北昆解散了，您可知道？
> 主席回答：我不知道。
> 可是北昆的同志讲，北昆的解散，江青说是根据毛主席的指示而解散的。由此可见，江青、张春桥下令解散北昆和上海的昆剧团，是背着伟大领袖毛主席干的……他们假借毛主席的名义，歪曲主席的指示，把昆曲扼杀在新生的摇篮里，真是罪恶滔天。
> ……我们都已是人生过半了，我们这些末代昆曲演员和音乐工作者，有决心也有信心成为社会主义新昆曲的第一代……在社会主义文艺百花园中增添一朵光彩夺目的兰花。

显然，用词造句脱不掉那个时代的烙印，但信中所要表达的意思却是十分明确的。

在递信的同时,蔡正仁四方联络,一个一个游说,要把已经作"鸟兽散"的同学和演员找回来。可是谈何容易啊,远离昆曲十年,要嗓子没嗓子,要身段没身段,唱念做打舞,如同陌路人:荒废了年华,荒疏了艺术,那荒唐的岁月啊!

　　所以要赶紧抓住青春的尾巴,趁着这大好时光,把艺术的青春抢回来啊!

　　然而,当蔡正仁和顾兆琪找到王芝泉时,惊讶甚至惊愕了:王芝泉已经发福!

　　那个小巧玲珑精致无比的王芝泉呢?

　　那个英姿可人的大武旦王芝泉呢?

　　王芝泉心下明白,就这副模样是登不了台的,上台也是"坍台",所以她说,只要能回舞台,我一定练到往日的风采!

　　果然,王芝泉用惊人的毅力苦练成仙:直到2012年接受采访时,她依然精干玲珑,神采依旧!八年后的2020年8月,造访我工作室时,她还是那么精神,目光炯炯,神采奕奕!

　　回来了,"鸟兽散"又作"龙凤聚"!

　　回来了,大班二班都是昆班,生旦净末都是演员。

　　演员是演戏的。

　　演什么?同样离不开那个时代,传统戏不能演或者还不敢演,现代戏就很"安全"。这样就想到了《琼花》。1977年7月13日,现代昆剧《琼花》在徐汇剧场演出,这是"文革"后上海的第一场昆曲演出,昆迷们欣喜若狂,奔走相告,新闻媒体争相报道,声势颇为热烈。

　　须知,这时候蔡正仁他们给市委领导的信还没有回音,不说石沉大海,杳如黄鹤,至少还没有任何动静。这样,演出不好说是向高层施压,但一定是传递了信息,也说明昆曲人急迫难耐的心情:我们要回来,我们回来了!

　　就在他们奔走忙碌的同时,俞振飞的一封亲笔信辗转送到了叶剑英手上。1977年底,叶帅到上海,在锦江饭店观看了《挡马》《游园惊梦》《太白醉写》几个传统的折子戏,演出结束后,叶帅会见并宴请了全体演员。

　　一切都在催化、都在推动、都在促成一个目标:恢复并建立上海昆剧团。

　　1978年元旦,经上海市委同意,上海昆剧团正式挂牌成立。

　　还有一个小插曲。文件批复是"上海昆曲剧团",蔡正仁觉得有点别扭,他说,上海有"京剧院""越剧院""淮剧院",我们为什么偏偏就多个"曲"字?文化部门领导觉得有理,却不好做主,答应向上反映,结果,改名建议还真就获得同意了!

　　不过,多年以后蔡正仁说起,似乎有点小小的遗憾,因为有人说,北京的"北方昆曲剧院",名字里也有一个"曲"字啊!

其实，名称无关紧要，关键是上海有了昆曲的专业剧团，有了"七梁""八柱"，有了自大班以来的二班、三班、四班、五班……

两省一市昆曲工作座谈会

乍暖还寒时候，有一件颇为有意思的事。

《十五贯》曾经轰动京城，影响全国，可是策划改编和演出的黄源却被打成"右派"，迟迟不得平反。

"文革"结束后，文化部正式发文，可以恢复演出的剧目中，《十五贯》赫然在列。江苏省委闻风而动，派出周世琮、林继凡等人到杭州，住在金城饭店（杭州市府招待所），他们把房间的床铺拆掉作排练场，跟"传"字辈学戏排戏。学成后回南京，准备公演前，为慎重起见，江苏省委正式发函到浙江省委，意思是：《十五贯》是浙江做成功的，我们江苏首先演出不妥当，是不是你们浙江先演出，然后我们再跟上。

浙江接函后，在环城西路的省电影公司（今已拆）二楼召开省委常委会。全体常委悉数到场，观看了电影《十五贯》，而后展开讨论。由于黄源还没有正式平反，浙江省委做出三条结论——

第一，戏不演；第二，电影不放；第三，不宣传。

这样，"文革"后，还是江苏首先恢复了《十五贯》的演出。

不过，最终浙昆还是公演了《十五贯》。重新排练时就在原黄龙洞团部二楼破旧的排练场，已经七十多岁的黄源让家人扶着到现场观看……

接着，还是在江苏，1978年4月，由江苏省委组织，在南京召开了两省一市（江苏、浙江、上海）昆曲工作座谈会。

这次会议在当代昆曲史上，实是浓墨重彩的一笔。

事情还要从头说起。"文革"期间，江苏省苏昆剧团以江苏省京剧二团的名义存在着，直至1972年恢复原有建制。只是当是时，放在南京太过显眼，便将其"下放"苏州，以为掩护。"文革"后期，身在苏州的优秀昆曲演员们排演了古装戏《逼上梁山》，这石破天惊之举传到南京，令众多省委领导兴奋不已，明确指示文化部门要有所行动。

1975年前后，戏剧专家、有"剧坛大将"之称的吴石坚来到苏州，名义上是协助剧团进行现代戏创作，实际上是来调查"文革"期间被驱散的昆曲演员的去向下落。探访进行得十分隐秘，吴石坚只向他极信任的几个朋友透了底，说：省领导指示，调查现状，以便将昆曲演员召回南京。闻说此事，散落全省甚或已然改行的演员们只觉往岁颠沛，浑似一梦，而今梦醒了，他们又可以回南京、回去演昆曲了！

囿于客观情势，吴石坚这个工作一度中断。但到底苦心人天不负，陆续两年的努力，吴石坚掌握了大量一手材料。"文革"一结束，1977年，江苏率先在南京重建了江苏省昆剧院，至于之前带到苏州的建制，则留给当地，即是今天苏州昆剧院的前身。

初返南京，没有院址，省里便腾出朝天宫正在展出《收租院》的"阶级教育展览馆"暂用；没有住房，省里便特批建造宿舍楼，每家一套——在当时，这可是了不得的举措！

次年（1978年）的两省一市昆曲座谈会，正是在这个基础上，为恢复昆曲艺术、检视昆曲现状、商讨在新形势下昆曲面临与亟待解决的问题而召开的一次昆剧界的盛会！

这次"座谈会"的会务竟然是"省委办公厅"，可见其规格和受重视程度之高。

名曰"两省一市"，实则是个全国性活动，连远在湖南的湘昆也来人参加了。周传瑛、沈传芷、王传淞等二十多位劫后余生的"传"字辈先生也悉数到场。

名曰"座谈"，实则还组织了演出，就在西康路的省委礼堂。"文革"后硕果仅存的老艺术家们联袂登台。据其时供职于省办公厅的陆军回忆，俞振飞演的《醉写》、王传淞演的《写状》、周传瑛演的《访测》……无不令人叫绝。要知道，那时古装戏的演出还未全面开放。正是在这次座谈会上，绵延多年的"禁忌"被打破，被长期视为"靡靡之音"的古装戏重见天日，被批判为"三名三高"的艺术家们重拾旧衣，人因戏立、戏以人传，无不焕发出明灿的光彩。

也是在这次座谈会上，昆曲人明确提出了继承与抢救的问题。省昆一批中青年演员，也以若干新学剧目，做了汇报演出。石小梅演出《寄子》时，入戏颇深，台下人睹戏伤情，一片唏嘘，王传淞说"骗了我几滴老泪！"画家高马得也说："那眼泪是为自己流的……"

正是这一次座谈会，开启了"文革"后昆曲振兴的先河，给在探索中困惑忐忑的昆曲人以希望和鼓舞，给在迷茫中观望等待的昆曲界吹来一股清新之风。

振兴昆剧指导委员会

1981年11月，文化部、中国剧协与上海、浙江、江苏两省一市的文化局、剧协分会在苏州举办昆剧传习所成立六十周年纪念活动。参加纪念活动的有全国许多省、市的戏剧工作者一千余人。文化部副部长吴雪、全国剧协副主席张庚、马彦祥,以及俞振飞、陈沂、黄源、匡亚明、郭汉城等参加了纪念活动。

在开幕式上,吴雪代表中央文化部和全国剧协向"传"字辈老演员赠送了纪念匾,表彰他们继承和发展昆曲艺术的功绩。

这时,"传"字辈演员只剩下十六人。劫后重生,重逢时悲喜交集。追忆同学少年,风华几度沧桑!

纪念活动中演出了八台戏。刘传蘅剃须演出,周传瑛、姚传芗、郑传鉴等先后登场。倪传钺演出名剧《交印》,获行家的高度评价:"老将风度,衰而不竭,沉而见壮……实不同凡响"。

值得一提的是,为了纪念昆剧传习所创立六十周年,倪传钺寻寻觅觅,找到当年传习所的所在地,并且一一指认,哪是练功房,哪是演出小舞台,哪是食堂、宿舍……而后倾注深情,用中国山水画形式精心绘制了《昆剧传习所旧址图》。笔墨苍劲秀润,布局严谨,设色清雅,虚实相宜,绘出了昆剧传习所的景色概貌。画作右上方题:"昆剧传习所旧址。余曩曾学艺于此。今逢创立六十周年,作此志念。辛酉之秋,古吴倪传钺,时年七十又四。"书法稳健,钤有朱文"倪",白文"传钺"两印。

又,据笔者亲见,倪传钺亲手所绘传习所旧址图,有两幅,一在苏州昆剧院所属"昆剧传习所",还有一幅在台湾"中央大学"昆曲博物馆。

冬去春天才来,乍暖还寒时候。改革开放初期的文化尤其是昆曲,还远远没有取得它应有的地位。上海昆剧团的成立,也并不意味着昆曲全面复苏。

据蔡正仁回忆,1984年夏,上昆要排《长生殿》,蔡正仁和华文漪还有导演秦锐生到北京去看有关的电影资料。煌煌都城,找个旅馆却难。问是干什么的,说是上海昆剧团的……就说没有没有。跑了好多家,就是没房间,实在憋不住了,导演就跟旅馆老板讲,华文漪、蔡正仁是我们剧团的主要演员,上海人都知道他们两个人。什么蔡正仁、华文漪,我们哪知道?很冷淡。那是什么滋味?后来还是托人,总算有了一个寄身之处。

住下以后,他们去看望中国戏剧家协会副主席刘厚生,刘厚生听说以上情况,长叹一声:真是难为你们了。言归正传,就说你们回去是不是可以组织一下力量,请俞振飞出面,起草一封信,给党中央。

回到上海,昆剧团的党支部书记陶影和蔡正仁、岳美缇、方家骥、陆兼之五个人成立了一个写作小组,一块讨论,写了三张纸头,两千多字。俞振飞参与讨论,出主意,提建议,稿成后,让岳美缇誊写,他还特地在信后附写两行字:因患白内障,写小字有困难,故嘱学生岳美缇代书,敬希鉴谅。

这封信通过荀慧生的夫人张伟君的帮助,再经习仲勋夫人齐心同志送卓琳,卓琳直呈胡耀邦，耀邦同志11月22日收到，24日即批示文化部——

　　文艺战线很广，问题不少，建议一个专业一个专业地理出问题，制定或修改具体政策、措施加以解决……

　　不久，中央书记处和国务院批准的《关于艺术表演团体的改革意见》文件下发，文件中明确说："对有些古老的艺术品种（如昆剧），观众面虽然狭小，但具有深厚的艺术传统和较高艺术水平，应予以保留和扶持。"

　　据此，文化部发出《关于保护和振兴昆剧的通知》，接着又成立了"振兴昆剧指导委员会"，俞振飞担任主任。

　　1986年1月11日至14日，文化部"振兴昆剧指导委员会"在上海开会，宣布"昆指委"成立。第一次全委会确定了"昆指委"工作条例。周巍峙总结新中国成立以来所做的昆曲工作，分析昆曲面临的形势后说："昆剧老艺术家都已达到高龄，若再不抓好，不能将传统优秀剧目及表演艺术继承下来，将要犯大错误……"

　　不久，"传"字辈和马祥麟等十四位老师在苏州昆剧团集中，在文化部艺术局俞琳副局长、戏曲处林毓熙处长等人的组织下，讨论教学计划，周传瑛一番话尤其发人深省："六十五年前的今天，就在这一墙之隔的五亩园内，也是为了抢救濒临衰亡的昆曲，我们进了第一所昆剧学校：昆剧传习所……"

　　4月1日，培训班开学，学员有：上昆蔡正仁、张洵澎、张静娴、北昆洪雪飞、蔡瑶铣，浙昆王奉梅、王世瑶，湘昆张富光、雷子文，江苏昆剧院石小梅、胡锦芳，苏州苏昆剧团陶红珍、尹建民，还有董敏以及上海、江苏戏校昆剧老师、乐队人员等，共计一百零八人，旁听生二十七人。

　　他们中的大多数人后来成了昆曲的骨干力量，不少人是如今的昆曲耆老、国宝级艺术家。可以想见，培训班对昆曲的传承起到了多么难能可贵的作用！

　　1986年4月至1988年5月，历时两年，"昆指委"举办了四期培训班，抢救昆曲传统剧目一百三十三出，完成教师教学录像剧目七十出。

　　昆曲前辈们对培训班倾注了全部热情。

　　其间，周传瑛生病，不肯住院，躺在床上为学员说戏；

　　沈传锟身患癌症开刀，主动要求将自己的《祝发记·渡江》录像，他穿着白色的住院服，连唱带做，留下了最后的艺术影像；

　　患了癌症动过手术的邵传镛说："我不知道什么时候就要走了，在走之前，一定要将我身上的戏留给你们！"

　　同样值得尊敬的是周巍峙和文化部的领导，还有具体负责培训的钱璎、徐坤荣、顾笃璜等人。1988年5月以后,第一届"昆指委"已经停止活动,但在名誉主任周巍峙的关心支持下,完成了录像带的后期制作,并且为全国六个院团各复制了一套。

昆山申报举办"中国昆剧节"

其间,发生了昆山人引为自豪但却是五味杂陈的一件事——

1983年,昆山恢复亭林园,副县长王道伟负责,请复旦大学陈从周教授做顾问。

陈从周有时就住在亭林园半山腰的翠微阁。他是园林大家,更是昆曲迷。他招收研究生,必需的前提是要会唱昆曲。他曾经写过一篇关于昆曲与园林的文章,把园林与昆曲的渊源,从美学的角度说得非常到位。

陈从周心直口快,一次吃饭时,他突然冒出一句:你们昆山不好,不好!在座的有文化局局长,还有县领导,听了这话,大家都愣了。陈从周也觉说话突兀了些,但依然按捺不住心中的怒气,说,我们绍兴人连黄酒都不想卖了——绍兴人不卖黄酒,昆山人不唱昆曲,可耻!可耻!

在座的昆山人脸红了。倒是文化局局长顾鹤冲找到了解围的办法,他说,我们昆山也有会唱昆曲的,在座的就有。陈从周忙问:有吗?顾鹤冲指指程振旅,说:他会。程振旅说:我稍微会唱几句。陈从周说:你唱给我听。程振旅就清唱了"原来姹紫嫣红……"一段,陈从周看到昆山还有唱昆曲的,尽管唱得不怎么样,但依然非常高兴,他说:我是昆曲的保皇派!我们就是要有昆曲,昆山这个城市,要绿化,要昆曲,不搞昆曲可耻,不搞绿化"死化"!

昆山人受到刺激,昆山人开始反思。

昆曲发源于昆山,世人皆知,而昆山和昆曲《牡丹亭》的关系,却鲜为人知。

据清末《昆新两县续修合志》记载:"太史第,太仆少卿徐应聘所居。在片玉坊,内有拂石轩。(注:应聘与汤显祖同万历癸未科,显祖客拂石轩中,作《牡丹亭》传奇。)"

尽管,学界对此不太认同,但祖先如此说,想来也不是空穴来风,人物、时间、地点以及作品名称等,一应俱全,堪称完美,直叫人拍案惊奇,大呼:汤显祖,《牡丹亭》,原来和昆山片玉坊有如此渊源!

《牡丹亭》作于昆山,昆山人引为骄傲和自豪,到了21世纪,相关部门在城市建筑规划上,也把"片玉坊"作为一个看点,打造一个标志性的景观。

关于《牡丹亭》,不得不说的还有一个俞二娘。明人张大复的《梅花草堂笔记》中说:"娄江(昆山)女子俞二娘,秀慧能文词,未有所适。酷嗜《牡丹亭》传奇,蝇头细字,批注其侧。幽思苦韵,有痛于本词者……"俞二娘觉得自己的命运和杜丽娘一样,终日悲伤,郁郁寡欢,最后竟然"断肠而死"!临终前从她纤纤细手中滑落的正是汤显祖的《牡丹亭》……

故事还有下篇。汤显祖得知消息后,有感而发,写下《哭娄江女子二首》:"画烛摇金阁,真珠泣绣窗。如何伤此曲,偏只在娄江。何自为情死,悲伤必有神。一时文字业,天下有心人。"

以上两件事,都说明昆山跟昆曲的密切关系。或许正因为此,昆曲的元素,昆曲的文化,在世世代代的昆山人心中,具有无可取代、至高无上的神圣地位。所以昆山人决心为昆曲发声发力,也是题中应有之义。

要么不做,做就一鸣惊人——

昆山曾经积极准备和申报承办"中国昆剧节"。

这是一件被忽略和遗忘了的往事。

蔡正仁多次对笔者说:(你们)怎么也不能忘记吴克铨!

吴克铨是拙作《昆山之路》的主角,写《昆曲之路》、写《大美昆曲》并没有采访他,实际上他和昆曲也有一段很深的情缘。

2011年8月15日下午,在昆山前进路279号三楼"开发区研究会",昆山市原市委副书记夏梁鑫带着一叠原始资料,就昆山申报"中国昆剧节"的来龙去脉作了详细的陈述。

1990年11月10日,昆山市委书记吴克铨和副市长夏梁鑫到南京,在大行宫人民剧场看上海昆剧团蔡正仁的《长生殿》。第二天,他们请俞振飞、李蔷华夫妇,还有上昆团长蔡正仁吃饭,省委副秘书长朱通华也参加了,地点是丁山宾馆。就是这次见面,谈起昆曲"回娘家"的事。俞振飞等人都说,讲昆山有"三宝"——昆石、琼花、并蒂莲,其中真正属于昆山的只有昆石,也就那么一个小山包,早就不能开采了。昆山真正的宝贝是昆曲,这是谁都抢不走的。昆山要打昆曲的旗号,让国人知道昆曲在故乡昆山多么受重视。

1991年2月9日,上海昆剧团与昆山确定了"友好攀亲合作关系",还形成了文字——

昆山是昆曲的发源地,昆山人民对"上昆"怀有特殊的感情,要求上昆能经常到昆山演出,并通过辅导活动,让昆曲在昆山得到普及……振兴昆曲,振兴昆山。

一、每年或定期举办昆曲回娘家活动。二、上昆重点对"小小昆曲班"进行培训辅导;在党政机关团体、昆曲研究会和昆曲业余票社中开展教唱活动,并逐步扩大到中小学和基础条件好的厂矿与城镇,使昆曲成为昆山主要的群众性业余戏剧活动之一。

　　由昆山市、上昆共同努力,争取1992年九月、十月在昆山举办首届中国昆剧节……

双方还决定,昆山与上昆联合成立"上海昆山振兴昆剧促进会",上昆每年到昆山推广普及和演出昆剧,由昆山提供差旅食宿,昆山每年资助上昆人民币三至五万元。

当时,"昆山之路"刚刚起步,经济很拮据,实际每年支付两万元,也已经很不容易了。

蔡正仁很知足,说,(昆曲)"总算找到知音了"。

这件事,当时舆论造得不小。上海新闻媒体很敏感,以兴奋的笔调作了多篇报道。《上海昆剧团昆山攀亲》(《解放日报》1991年2月10日)、《副市长为何手舞足蹈》(《新民晚报》1991年2月13日)、《生命之树长青》(《新民晚报》1991年2月16日)、《昆曲认亲》(《新民晚报》1991年2月18日)。其中一篇写的是副市长夏梁鑫:不是说要学昆曲吗?副市长也学唱了,所以叫"手舞足蹈"……

接下来,重头活动是举办昆剧节。

1991年2月23日,昆山市委副书记李全林,市委常委、宣传部部长陈伯荣,副市长徐崇嘉,办公室主任钱解德等人参加了十五人会议,会议纪要说,"与会同志就'昆剧节'的硬件建设和软件工作进行了讨论,形成了初步意见",同时成立了以市长周振华为主任的领导班子。

接着,积极筹备和实施了两件大事——

一个是决定建昆山大戏院。昆剧要演出,尤其是要争取办中国昆剧节,现有的剧场不合适。只有总工会的电影院和人民路上的"人民剧场"还行,但蔡正仁说,拿不出手,也施展不开。

政府专题研究,决定建大戏院。

吴克铨带着蔡正仁到城东一片农田去看,说,就在这里建个大戏院,你看怎么样?

蔡正仁看了很诧异,也难以想象:这怎么可能?

没到两年,大戏院建成了!这在当时的沪宁一线,是非常神气的。芭蕾舞剧团来演出,说,他们在别处,因为剧场小,不得不减少小天鹅数目,一直减,只有在昆山大戏院,小天鹅一个不少,完整版演出。

再一个是建昆曲博物馆。蔡正仁提议建馆并请俞振飞题了字。在当时经济不宽裕的条件下,据说建馆花了一百八十万,在那时算是天文数字了!这也说明昆山人当时的文化意识、文化自觉和对昆曲价值的认知。

可惜的是,尽管后来"博物馆"又花巨资重建,却是多了硬伤,少了内涵。"博物馆"有名无实,徒有一副空架子。

如今,"博物馆"已规划易地建造,一切从头开始。

前面两件事,是为举办昆剧艺术节做准备,双方协议里写了的。可昆山是县级市,怎么好举办"中国"昆剧节?

蔡正仁说,你们写,写好了我来送文化部!于是昆山政府出面写了报告,要求举办中国首届昆剧节。

事情发展比原来想象的要快。蔡正仁直飞北京,报告送交文化部,接着,昆山市委副书记沈明德和副市长夏梁鑫又到北京去活动,找关系,直接跑到文化部,找到了艺术局局长曲润海。

文化部很积极,很给力,因为没过多久,批文就下发了。

无论是经济还是文化,"昆山之路"都是超常规的,在办昆剧节这件事上,昆山"越级"申请。文化部也"越级"发文到昆山!

昆山拿到了一份盖有"中华人民共和国文化部"大印的文件,时间是 1991 年 4 月 29 日——

文化部文艺函【1991】812 号文件,题目是:关于同意举办"首届中国昆剧艺术节"的复函。

昆山接文后,马上开始筹备,同年 11 月 30 日,《关于筹办"首届中国昆剧艺术节"的情况汇报》直送到中华人民共和国文化部。

这份"昆政发【1991】154 号"文件说,"硬件"和"软件"同时准备,硬件方面:(1) 投资八百万元,建造"昆山大戏院"。(2) 投资近千万元,建昆山电视台,确保昆剧节实况转播。(3) 投资一千五百万元建造一座较高档次的宾馆……

一份具体筹办昆剧节的资料上写明,"主办"单位是中华人民共和国文化部和昆山市人民政府,"协办"单位是江苏省文化厅、苏州市文化局、各昆剧院团。

昆剧节的时间确定在 1992 年底至 1993 年上半年。并且对所有事项都有详细的设想和规划,甚至已经考虑到了征集名家字画、昆剧节主题歌、会标等。

在当时的情况下,这个计划是非常超前的。

然而,非常遗憾,由于种种原因,昆山举办首届昆剧节的意愿没有实现。

所谓"种种原因",除了经济实力欠缺、硬件设施跟不上或来不及建造外,还有主要领导、有关领导多有变动——书记吴克铨调苏州人大,市长周振华去省乡镇企业局、副市长夏梁鑫去苏北挂职……

计划没有变化快啊！

昆剧节没办成，昆山并没有放手，昆山依然对昆曲一往情深，积极承办了昆剧传习所成立七十周年的纪念活动。

正由于昆山一个县级市有这样的积极性，并且大胆提出了办节的构想，这对文化部门的领导和专家学者必然产生了不可小觑的影响，所以之后专家们连续叫了八年，争取了八年，终于在2000年办成了中国首届昆剧艺术节。

终于过节了

从"文化搭台,经济唱戏",到"经济搭台,文化唱戏",是我们这个时代发展过程中的一个质的转变,一个伟大新征程的起点。

部长与局长对话

就在昆山领导和昆曲人煞费苦心、兴师动众筹办中国昆剧节的同时,外面的世界已经变得光怪陆离,突出的表现就是物欲横流,一切向钱看!

"文化搭台,经济唱戏"这个一度十分流行的口号,曾遭到香港学者郑培凯的强烈质疑。只是,社会的发展只能按照它自身的轨迹前行。从政治挂帅到以经济建设为中心,的确是历史上的伟大进步。在这样的背景下,出现"文化搭台,经济唱戏"的现象,也许是难免的;至于一切向钱看,也因为中国人太穷了,不只是"矫枉过正"难免,就是传统观念里的"君子爱财,取之有道",也毕竟是"爱"在先而"道"在后啊——如是说,没有任何趋同附和的意思,只是说,这现象的出现,完全避免很难。

正因为难以避免,更因为其顽固强大,所以才更需要文化人和文化官员的先知先觉、先行先做!

现实摆在面前——

传统戏曲演出市场普遍缩小,昆曲急剧低迷萎缩,往往是"台上演员比台下观众多"……

大美昆曲,再一次受到无情而残酷的考验。

1987年8月26日,文化部批发了文艺字(87)第1008号文件《关于对昆剧艺术采取特殊保护政策的通知》。

同年10月7日,由苏州昆剧研习社发起的首届中秋"虎丘曲会"在虎丘千人石上举行。

1999年6月,"昆指委"在郴州开会,第八次说到要举办全国昆剧艺术节……

然而,要办节,尤其是在昆曲十分不景气的情况下办节,这不仅需要一笔可观的资金,更需要人们对昆曲大美的理解和赏识。这就难了!

之前,每次的"昆指委"会议,都有专家提出,昆曲如此沉寂,艰苦度日,甚至难以为继,要改变现状,光是少数专家或者几个领导在这里开会讨论发牢骚,然后叹气散会,是解决不了实质性问题的,所以专家提出,应该举办昆剧艺术节,让昆曲人振奋起来,让全社会重视起来。

这个建议好啊。可是接下来的问题是:钱从哪里来?谁肯出?

当是时,人们只是把文化作为发展经济的一种手段,所谓"文化搭台,经济唱戏",要拿几十万几百万来为文化,尤其是为国人比较陌生的昆曲办一个"节",实行"经济搭台,文化唱戏",谈何容易!

八年前"昆指委"会议在苏州召开时,就提出要办昆剧艺术节了,当时还是泛泛而谈吧,没有太当真,倒是"昆山之路"上的市委书记吴克铨,却有了前文所记的明确态度和实际行动,如果他没有调离,或许早就梦想成真了!

现在,"昆指委"每次开会,都要说这个话题。说归说,就是没人接,谁也不肯答应,谁也不敢接招,谁都不想做这个"赔本"的买卖。

1999年的郴州会议上,郭汉城、刘厚生这些戏曲界的专家、权威,已经对办节失去信心了,他们说,八年啦,抗日战争也就八年啊,不要再讨论了……

想起小时候盼过年的情景了。那时候穷,只有过年才有肉吃,才会蹲在灶门口,眼巴巴地等着吃妈妈熬过油的猪油渣……那种扳手指数日子盼过年的心情是一种煎熬,可是再煎熬也是有盼头的,一年三百六十五天,总会有数到头的时候的。可是现在,昆曲人要过节,喊了八年,盼了八年,依然遥遥无期,这又是一种什么样的煎熬?

没指望了,只能发发牢骚,骂娘。

可是,骂谁啊?

文化部艺术司司长王文章不想办节吗?副部长潘震宙不想办节吗?他们完全清楚,昆曲办节意味着什么,他们何尝不想又何尝不在尽力?

可是,难啊!没有钱,空口说白话,总是解决不了问题。再怎么说,再怎么做工作,没人接话,没人出钱,奈何?!

潘震宙征求苏州文化广电局局长高福民的意见:怎么样,苏州能不能接?

"潘部长说得很诚恳,他了解昆曲,知道昆曲的价值,他为昆曲做了不少实事、好事,我们都很尊敬他的,这次'昆指委'会议在郴州开,也就是有意识给湘昆一个机会,据说后来湖南省给湘昆的拨款就增加了,而且,潘部长还通过变通的方式,直接给了湘昆一笔钱,所以潘部长跟我谈话后,我就想,我们苏州是昆曲的发祥地，苏州的经济也有了一定基础，主要是，文化部这么重视，专家学者这么重视，昆曲应该是能够复兴的，对于经济比较发达的苏州而言，也是非常需要昆曲这个文化名片的。"

高福民在说到这件关乎昆曲命运转折的大事时，当时的情景历历在目，言语间表现出对文化部的尊重和理解。尽管，潘震宙是以商量的口吻和他说的，实际上，他非常清楚，部长左右为难，既觉得专家说的完全正确，却又为找不到适合的单位"接招"而无奈、无助。高福民斟酌再三，部长的诚意，昆曲的需要，潜在的责任，苏州的条件……种种因素促使他产生了一种冲动——

部长为何？

部长为文化，部长为昆曲。

苏州可为，何不为？！

当然，这样牵涉到全局、全国的大事情，一个文广局的局长是做不了主的。他说，部长，我清楚了，我要向领导汇报……

东江落水与点石成金

第二天一早，按照原定议程，会议组织去东江漂流。

人们发现，一向乐观开朗的高福民神色有些凝重。昆剧节能不能办？苏州到底会不会接？话好说，事难做。高福民不说，人们也不好问。谁都没有底。有几个代表，就在高福民身边不停地"唠叨"，想出各种理由劝他接招。高福民也不说接，也不说不接，偶或尴尬地笑笑，说，今天是玩，就开开心心地玩吧！

为了缓和气氛，潘震宙和王文章也说，你们都不要逼他了，工作上的事，明天开会再说。

正说着，东江到了。高福民第一个上了漂流艇，只见东江湖开阔浩渺，不仅雄奇，而且灵秀，温温的湖水映照着碧蓝的天，四周青山层峦叠嶂迤逦远去，但觉神清气爽，胸襟豁然——正在乐而忘忧，忽然乐极生悲：脚下一崴，漂流艇鲤鱼翻身，高福民落水东江！

没想到的是，高福民落水，人们没有惊呼惊慌，反而哈哈大笑，击掌欢呼：好，高局长落水，昆剧节有希望了！

这是什么逻辑啊？！

生活中的逻辑往往就是反常规的。

同一天，在苏仙岭参观"三绝碑"。所谓"三绝碑"，是指北宋词人秦少游写《踏莎行·郴州旅舍》，苏东坡写跋，米芾书法。张学良被软禁苏仙岭，读到"雾失楼台，月迷津渡……"，不禁仰天长叹：秦观失意，我失自由，千古一心，绝矣！

苏仙岭有道观，当地百姓都说"很灵"！就有人劝高福民抽签，他说，我不相信。蔡瑶铣说，灵不灵，当场验证。我代你抽一签，如何？高福民笑而不语，蔡就虔诚抽签，一看，竟然是"点石成金"的上上签！

于是众人欢呼：好了，我们的昆剧节有希望了！

这是流传至今的一则趣闻。

三个电话决定的"遵义会议"

高福民自己也觉得神奇：看来，苏州的确是要举办首届昆剧艺术节了！

原来，昨天晚上，他已经打了三个电话——

第一个电话打给昆山市委书记张卫国。

张卫国担任过苏州的市委常委、市委宣传部部长，现在到昆山兼任书记，高福民和他很熟悉。"当时想，如果昆山能答应，我就继续往下面做工作，如果昆山回绝了，就到此为止。"

没想到的是，张卫国说，昆山是昆曲的故乡、发源地，办昆剧节应该出力。你先拿个方案，我们再具体商量。

第二个电话打给苏州市委常委、宣传部部长周向群。

这里先说一句，后来江苏省昆剧院"改制"，某些领导就跟周向群说，苏州怎么样？要不要改？要不要转？周向群的回答掷地有声：苏州是昆曲的发源地，昆曲是苏州的名片，苏州有能力有条件，苏州"养"得起一个昆剧院！她说，苏州昆剧院不转、不改……

周向群接到高福民的电话后，如此回答：没问题，我们接！

第三个电话打给钱璎。

钱璎是苏州的老文化局长，对昆曲一如既往地热心投入，她是昆曲界公认的有重要贡献的人，给她打电话，主要是想听听她专业方面的意见，看看苏州有没有能力办好昆剧艺术节。

钱老听了很高兴，她说，领导这么表态，这么支持，你就接下来，需要我做什么，随叫随到。

三个电话，打了两个多小时！两个多小时，决定了中国当代昆曲史上差不多可以说是开创乾坤的一件大事！

"这之后,我又给文广局分管的成从武副局长打了个电话,他是滑稽剧团出来的,对戏曲界很熟悉,什么样的大活动都能掌控,所以和他交流,就是对昆剧节的具体操作问题开始构思和沟通了。

"第二天开会,会上的气氛有点紧张,因为谁也不知道我打了这么多电话,更不知道电话的内容和结果,几个老专家意见很激烈,说,如果昆剧节的事再不能定,以后这样的会议再也不要开了!

"潘部长很为难,他也不知道之前发生了什么事,只是用期待的目光看着我说:怎么样,老高,你是不是就接下来?

"我心里已经有了底,说,好的,我们苏州办。

"我的话音刚落,这么二十来个人的小会议室,除了七个昆曲院团和昆班的领导、所在地的文化局局长,就是专家学者,就这些人,马上发出一阵欢呼!"

中国首届昆剧艺术节,就这样定了。

这次郴州会议,被一些人称作昆曲史上的"遵义会议"。

党和政府给力

答应了,决定了,怎么办?并没有底。昆曲吃饭都成问题,免费的星期专场都没有人看,还办什么节?

可是,答应了,没有余地,没有退路,只能朝前走。

回到苏州,高福民赶紧和成从武商量,弄了个具体方案。周向群召集钱璎、顾笃璜和张华寅三个对昆曲有研究的老同志开了好几次会议,就昆剧节的整体方案反复研究、补充和完善。三个人全力以赴,精心设计、策划,提供给部、局领导参考。记得方案已经定了,顾笃璜忽然提出,要请"继"字辈演员演出,于是再讨论,认为可行,就采纳了这个建议。

资金是个未知数,又不能完全靠哪一家来承担,后来就采取政府出资、社会集资、票房收入三结合的方式来解决。

不能忘记,昆山市委书记张卫国首先表态,并给了第一笔资金。

不能忘记,苏州市委宣传部向市委、市政府汇报,从财政拿到了第二笔资金。

更不能忘记的是,江苏省委宣传部拨了专款五十万元!

须知,省委宣传部这样做还是第一次,是特例。

如今,"特例"已经成为"惯例",每一届昆剧节,省委宣传部都给钱都给力!

从文化部到北京市有关领导,都尽了力——

时任苏州市文广局副局长的成从武,专程赶去北京,找到了文化部戏剧处的李宏副处长,又找到当时的艺术局局长王文章,向他们汇报了昆剧节筹备情况,同时请求文化部给予资金上的支持。但文化部本身经费就很紧张,为昆剧节单独立项,多有难处。他们说,北京有个京昆基金会,爱好京剧的常务副市长张百发是分管领导,建议一起找下他,兴许能有点收获。

成从武不会不犯嘀咕:我乃苏州那么小的一个文广局副局长,怎么去见首都北京市的常务副市长?

他们就说,长安大戏院是副市长任内建造的,现在这个戏院的经理是京昆基金会的秘书长,找他出面联系要容易得多,再有,请副部长潘震宙出面,至少在职务上和副市长差不多对等了,说话也就多了几分底气。

果然,潘部长出面,请副市长,地点就在长安大戏院楼上的餐厅。

边吃边谈,渐渐就切入主题:举办中国昆剧节,请北京的京昆基金会给予支持。

需要多少钱啊?

成从武说,二十万吧。

好!

就这么定了。

今人听了,或许会觉得好笑:堂堂北京市的常务副市长,就给二十万?殊不知,对成从武来说,二十万也是鼓足了勇气说的。在那个年代,能够有二十万元的赞助,算是很了不得的一件事了。再说,昆剧节和北京没有任何关系啊,能给予资助,无论多少都是值得称赞的!

无论如何,两位副部级官员为昆曲如此用心、尽心,至今想来,依然令人心生敬意。

昆曲故乡昆剧节

2000年3月,草长莺飞的季节,中国首届昆剧艺术节在昆曲的故乡昆山开幕,然后移师苏州。

经济搭台,昆曲唱戏!

从"文化搭台,经济唱戏",到"经济搭台,文化唱戏",是我们这个时代发展过程中的一个质的转变,一个伟大新征程的起点。

全国七个昆曲院团和昆班,都精心准备,使出看家本领,在苏州和昆山的舞台上演出传统经典剧目十台、二十八场次。

全国所有的昆剧院团都感激苏州。因为不演出也在排啊;排了而没有机会演出，多难受啊！

都说，这是昆曲人的"世纪大团圆"！

老友相逢，相看俨然，恍如隔世，说起这么多年的寂寞和艰辛、磨难，大家牢骚满腹，唏嘘一片！

这时，九十三岁的"传"字辈老人倪传钺说话了，他说，能见上这一面，多么不容易！不要埋怨了，政府也是有难处的，想想我们八九十岁还能见面唱昆曲，多么难得！解放前传习所的日子怎么过的？一天不演戏，一天没有收入，一天就没有饭吃！比起来，现在好多了啊。大家珍惜这个机会，为昆曲做点事，最要紧，最要紧……

倪传钺的话，说得很实在，说到了老人们的心里，人们的心情好多了，大家一起唱曲拍曲，开怀畅谈，无不感慨，无不兴奋，转而就山呼万岁，感谢政府为昆曲做了一件大好事！

过节了，昆曲人终于过节了，就如穷人的孩子盼到了过年，那种兴奋和快乐，使得昆曲人一个个仿佛都减去了十岁、二十岁！

幽兰雅韵　异彩纷呈

昆曲要过"节"的消息传开后，业者欢呼，奔走相告！中国戏剧家协会顾问郭汉城、刘厚生都撰文祝贺，首届中国昆剧艺术节组委会主任、中国文化部副部长潘震宙说——

> 昆剧艺术是我们中华民族对世界文化艺术的一个重大贡献。
>
> 这次活动不仅是对昆剧艺术的一次全面展示，同时也是民族艺术的一个盛大节日！

《人民日报》还发了《首届中国昆剧艺术节将举办》的新闻，《中国文化报》更是发表了一篇颇有意味的消息：古老的昆曲要过节了！

的确，这不仅是1949年以后的第一个昆剧节，也是百年未有的盛会。海内外昆曲从业人员和曲友曲家纷至沓来，老中青小四代昆曲演员荟萃献艺。名家大家自不必说，仅下面三个小"花絮"就令人振奋不已——

苏州精心准备了一场年轻演员主演的《长生殿》四折戏，演员都是"小兰花"的成员。四折的唐明皇和杨贵妃分别由四对不同的演员出演。这时他们多在十八九岁，正值青春的释放和艺术的成长期。面对这样一个大型的昆曲节日，演员们无不尽力尽心。

这场特别的演出,不仅给昆剧节增添了青春亮丽的色彩,也显示了苏州昆曲的后备力量。如今大家已经公认的有成就的演员俞玖林、沈丰英、周雪峰等,都是在这次昆剧节上亮相的"唐明皇""杨贵妃"。

在昆山亭林公园,与会代表兴致勃勃观看了昆山第一中心小学"小昆班"演出的《游园》和《下山》,根据组织者的意见,《下山》中一个小和尚改为五个小和尚,五个光头一出戏,特别逗趣又搞笑,演员甫一登台,台下掌声就响起来;当五个小和尚甩着脖子上的佛珠鱼贯退场时,闪光灯亮个不停,全场欢声雷动! 记者采访"小和尚"黄瑞时,他摸着自己的光头说:为了《下山》,我已经是第五次剃光头了!

4月3日,苏州市博物馆古戏台。渔家女邬飞霞混进梁府,刺死大将军梁冀,而相士万家春已经认出了她! 四目相对,邬飞霞惊恐万状,在舞台中央,一段"跪蹉",博得满堂喝彩! 扮演邬飞霞的是日本姑娘田尚香——北京师范大学的留学生,她跟随北昆张毓文学戏八年,如今是日本昆剧之友社在北京的负责人,这次在昆剧节亮相,她自言"感到非常骄傲"。

最早怕办不起来,办了又担心冷场,没有观众缺少知音。孰料,一千多张套票供不应求,其中海外就订出去一百多套。苏州方面的票房收入十多万元,画册、邮品和昆曲 VCD 等旅游纪念品销售收入二十多万元。二十余台演出,场场爆满。忠王府古戏台座位少,不少观众连着三个小时站着看戏!

来自美国、加拿大、日本和中国台湾、香港地区的曲友纷纷赶来苏州,一睹昆剧节盛况,还亲自参加演唱活动。台湾的林芷莹是在校大学生,随团来苏州后,每一场演出都不落下,为此只能赶来赶去,有时一天要看三场。据统计,这些远道而来的观众平均每人在苏州逗留五天半。

好戏醉人,好戏留客。昆曲票友、曲友和曲家闻讯后从海内外赶来,有的已经白发苍苍,也远涉重洋赶赴盛会,有的则扶老携幼,全家出动,还有的是坐了轮椅恭临现场,那激动那兴奋,谁见了都感慨系之;还有与会者干脆留下来,访名师,会曲友,流连忘返……

同期举办的虎丘曲会,一千五百人参加,场面十分壮观。尽管,这已经很难与历史上的虎丘曲会相提并论,但毕竟是在几十年沉寂落寞之后的第一次曲会啊!

只有经济上的复兴不是真正的复兴,也不是真正的强大,只有精神上文化上也同时复兴了,才是真正的复兴,真正的强大。

昆剧节功德无量

在昆曲列入世界非物质文化遗产名录之前（特别提醒：是"之前"而不是"之后"），中国政府成功举办了中国第一届昆剧节。

昆剧节的举办，对于昆曲人梦寐以求的昆曲文化生态的建设，起到了关键的作用。曾经直接参与和具体操办昆剧节的原苏州市文联主席成从武说："借助昆剧节的东风，中国昆剧博物馆在2003年办起来了。在文化部和苏州市的双重领导下，博物馆收集和整理了大量资料，收集、抢救了各类文物三千余件，对昆剧的研究和传承，起到了无可替代的作用。"

举办昆剧节的另一个收获是培养了观众。之前演昆曲，送票人也坐不满。有的在剧场门口摆个"捐款箱"，一块两块的硬币也见不到多少。现在卖票，上座率一般在八成九成，好的戏往往一票难求。昆曲赖以生存和发展的土壤日渐丰厚了。

昆剧节体现了文化部对文化保护传承和推广的杠杆作用，实现了小众向"大众"的宣传和推广。举办昆剧节以后，20世纪80年代办了又停的虎丘曲会开始恢复。海内外的曲友把昆剧节和虎丘曲会当作自己的节日，并且把由此激发的热情，延伸到平时的曲会之中。曲会活动进入了1949年以来最兴盛的时期。

不仅专业院团日渐兴旺，第五届昆剧节，中戏、上戏也参与演出了。民间的昆曲团体和纷繁多彩的昆曲演出也随着昆剧节的举办而不断涌现。尤其是关注和研究昆曲的专家学者人数日渐增多。

也正是借力这股东风，苏州于2004年颁布了《苏州市保护、继承、弘扬昆曲遗产工作十年规划纲要》。

2005年，苏州因此获得文化部首届文化创新奖唯一的特等奖。

2006年，《苏州市昆曲保护条例》正式实施。地方政府为昆曲保护立法，这也是全国首创。

一切都在往好的方向发展。

写到这里，可以看出，从1921年到2015年，昆曲的命运尽管坎坷曲折，但还是走到了今天，而且活得越来越好，越来越美！

原因很简单：民间和政府都在尽力。

这就是"中国模式"。

昆曲"入遗"幕后

中国是人类非物质文化遗产代表作的倡导者之一,中国也是第一批签约国。

昆曲在第一批人类口头和非物质遗产代表作评选中,获得全票通过。这对于正在兴起的传统热、国学热,无疑是一个有力的推动。

(昆曲)申报的过程,非常复杂,也非常紧张,多亏了幕后那些踏踏实实做事情的人!

——孙家正

当时我们没有钱,资金比较紧张,我们做单子、文本都是拿别的资金填补的。有人问我,部长(孙家正)给不给钱?我说给不给钱我们都要做下去,这是大事情。

——王文章

昆曲历史新的一页

昆剧节,好景艳阳天,万紫千红开遍!

也有担心,中国的事情孩儿脸,牡丹虽好它春归怎占得先,昆曲繁荣又怕为云为雨飞去远!

就在中国政府举办首届昆剧艺术节的时候,联合国教科文组织也开始启动一个影响深远、惠及千秋万代的文化项目。

2000年,设在法国巴黎的联合国教科文组织,同时启动了两个项目,一是"人类口头和非物质遗产代表作",二是制定非物质文化遗产保护"公约"。

这是堪称伟大的工程。伴随着经济发展、科技进步与全球化的推进,越来越多的文化遗产遭到灭顶之灾,濒临灭绝,联合国教科文组织的官员忧虑重重,他们意识到了问题的严重,尤其是感觉到了文化官员的责任,他们开始行动了。

宣布"代表作"是联合国教科文组织的第一个大型行动计划。

联合国的行动受到成员国的一致欢迎。

2001年5月18日,教科文组织总部,专家齐会,记者云集,各国代表端坐聆听,只见松浦晃一郎微露笑意,公布了十九项"人类口头和非物质遗产代表作"的名单。

昆曲位列其中!

中国常驻联合国教科文组织代表团大使张崇礼走上主席台,郑重接受证书的那一刻,中国昆曲的历史就翻开了崭新的一页!

昆曲搭上了"头班车"。

2003年,教科文组织第三十二届大会通过了《公约》,三十个月之后的2006年4月20日,《公约》生效。《公约》生效以后,"人类口头和非物质遗产代表作"的名称改为"人类非物质文化遗产代表作"。已经入选和今后新入选的,一律纳入"人类非物质文化遗产代表作"名录。

对遗产的抢救和保护的认识,都因为《公约》的制定而出现了历史性的变化。

采访中往往听到这么一个说法:昆曲"入遗"后,中国政府开始重视昆曲的保护了。

事实上,从前文就可以看出,中国的一些文化精英,一批具有忧患意识的知识分子,包括政府官员,一直在关注昆曲的生死存亡,政府早就开始昆曲的抢救、保护和传承工作了。

需要强调的是,中国是"人类非物质文化遗产代表作"项目的倡导者。

2009年3月2日,全国政协副主席、中国文联主席孙家正非常明确地对笔者说,中国是倡导者之一,中国也是第一批签约国。还说:"联合国教科文组织的总干事松浦晃一郎,一上任就来中国拜访我,提出人类口头和非物质文化遗产问题。当时我告诉他,中国民族民间文化的保护,物质文化遗产叫文物,是以物质为载体的,要么陶瓷,要么青铜器,要么古建筑,这都叫文物;而口头文化遗产呢,是以人为载体的,这些概念都是我提出来的。非物质文化遗产是以人为载体的,是口传心授的,因此,保护传承人就很重要。"

所以,中国不是"响应"联合国号召,中国本身就是倡导者。

孙家正还强调说,申报的过程,非常复杂,也非常紧张,"多亏了幕后那些踏踏实实做事情的人"!

艺术研究院申报有功

2009年3月4日,文化部王文章副部长对我说——

昆曲申报"人类非物质文化遗产代表作",孙家正部长起了很大的推动作用。他让外联局分管申报事宜,具体工作交给艺术研究院。

申报过程非常艰难!申报材料我们报了联合国以后,联合国又打回来,又修改,包括制作两个小时影像资料,还有十分钟的VCD的说明,这十分钟制作就包括昆曲的历史价值、现状、传承的意义、现在遇到的困难等,要十分钟就看得明白,看不清楚的话就看两个小时的录像带。

我们就又成立一个专家组,有十个人左右,专门收集音像资料,来讨论、论证。这样就做了一个十分钟的VCD……昆曲的渊源、形成、发展、文化背景、今天遇到的困境以及我们在传承方面做的工作,包括措施,所有这些,十几分钟就要说得清楚,这个难度很大。

材料修改以后报到联合国,联合国又退了回来!反复三四次修改,最后才通过。

要制作录像资料。艺术研究院没有专业的录音棚啊,就托朋友找到中央电视台。台里可以帮忙,但只有夜里三点以后棚里才会空。就是说,只能这个时间段去。

当时我们没有钱,资金比较紧张,我们做单子、文本都是拿别的资金填补的。有人问我,部长给不给钱?我说给不给钱我们都要做下去,这是大事情。那时我们很困难,那时我们研究院人均收入是北京在职职工人均收入的67%,达不到北京在职职工的人均水平。那时没有钱,但是没有钱我们也要做好这件事情。

最后,申报成功了,文化部给了十五万元,不是奖励,只能算是补偿吧。

现在有钱了,每次申报项目,财政部给三百万元。

昆剧艺术节,苏州在最困难的时候接手承办了,所以,文化部决定昆剧节"永远落户苏州"。

同样,申报世界遗产,也应该是"永远"由艺术研究院承办吧?

2008年12月4日上午,文化部外联局国际处调研员邹启山接受采访时说——

2000年,我在中国常驻联合国教科文组织代表团工作,具体负责与教科文组织的文化合作事务。见证并参与了中国"代表作"的申报工作。总干事松浦晃一郎宣布以后,我们反应很快,主动给国内建议,给文化部传真了有关资料,还提出,一定要争取搭上"头班车"!

孙家正部长很重视，立即安排外联局准备，召集专家论证。

这样，我们在国外，在"前方"，也可以说是"前锋"，国内呢，文化部外联局国际处副处长张敏、中国艺术研究院外事处处长王路、戏曲研究所所长王安葵，"三驾马车"，全力以赴。

申报的标准有一条，就是申报对象要是快要消亡的。所以我们考虑，要是表演艺术最好，因为是可以看得见的。有消亡危险的东西很多啊，昆曲也是之一，但它还有六大院团在，是既有消亡危险，又可以争取抢救的。这方面大家比较有共识。

文稿的撰写是经专家集体讨论的，执笔是王安葵。反复讨论，反复修改。因为谁都不懂，谁都是生平头一回，开始连名称也没有弄清楚，只是冥冥之中好像有个什么声音在呼唤似的，总觉得这件事情非同小可，一定要全力以赴，争取赶上"头班车"！

从来没做过，所有的程序、材料，都是学中干、干中学的。这样，传真、电报、电子邮件，什么手段都用上了，光传真就传了好几十回，而且一传就是一大堆！

记得有一回，是快要到截止日期了，录像资料还没有修改送来。我们在巴黎联合国教科文中心，可以说是心急如焚！过时不候啊！急中急的办法，就是赶紧做，做好了，赶紧送来。

那边电话说，好了，马上去寄特快。

国际特快，至少也得三天吧。我说，来不及了！有没有更好的办法？

也是天意，这之前，迪士尼将花木兰的电影改编了，让杂技演员来演出，在国内挑选了演员，经过排练，要到巴黎来。我赶紧联系，让他们将这十分钟的录像带，飞过遥远的长空，直接带到了巴黎！

这天是星期六，演出队住在迪士尼乐园，还要准备演出，也是忙得不可开交。真个急煞人也！也容不得我犹豫选择，马上决定自己开车，就像打仗似的，急如星火赶往离巴黎市区三四十千米的迪士尼乐园！

迪士尼游人如织，眼花缭乱的大千世界，好不容易找到中国杂技队的人。

拿到录像，如获至宝！

可是，就在去教科文组织送录像的路上，忽然发现，录像还没有配音！没配音，等于一盒哑巴带，送了也白送。

完了！

急得团团转，汗珠子直沁脑门。也是急中生智，突然想到在联合国教科文组织中文科的钱先生,就掉转车头,风驰电掣般赶去找他,也没有报酬,也没有客套,就是说事情十万火急,请他务必帮忙!

钱先生就连夜翻译,连夜配音……

特别要说明的是,"代表作"没有排名,没有先后,都是按照英文字母顺序来排列的,都是一样的,平等的,不存在谁是第一的问题。

世界博物馆日,中央电视台采访我,意思是中国的昆曲是第一名,我说,不是的!其实是并列的。

只是,评委会主席后来说,第一批十九项"代表作",只有四项是全票通过的,其中就包括了昆曲。

看得出,邹启山在陈述这个过程时,激动的心情依然难以平复,他说,申报成功,不仅给昆曲带来莫大的发展机遇,而且对中国的文化建设起到了促进作用,其效应是巨大的。

"九死一生"的采访

2008年12月5日,上午去中国艺术研究院,主要是了解"申遗"的过程。这件事太重要,但至今没有一个比较完整的文字记述。要了解清楚,一定要找到执笔起草申报材料的王安葵先生。

约好了十点钟见面,我九点不到就出发了。我住的内蒙古宾馆楼下就有公交车,可以到中国艺术研究院附近"奥体中心东"站,为了省钱,就在宾馆门前上了108路公交车。

坐了大约有七八站,到了,下来后却依然不知道"研究院"在哪里,想想这钱还是省不了的,只好打的,就在"安全岛"上等车。出租车很多,却怎么也不见"空车"。所谓"过尽千车皆不是",就是这种感觉了。这天北京气温骤降,风口那个冷!站一会儿就受不了。正急慌无助时,忽见十字路右前方路口有出租车下客,就条件反射般直冲过去!殊不知,正有一辆小三卡从天桥斜坡上下来,下行的惯性使得车速非常快,两个"快"猛撞到一起,刹那间我被撞倒,前倾,滚翻,然后侧身躺在马路上。脑子一片空白,周围一片静寂,仿佛什么声音都没有了,繁忙如流水般的马路上什么声音都没有了。

一片空白!

一场梦!

挣扎着爬起来。肋骨疼痛,左手小指血肉模糊……

九死一生的车祸之后，我就这么含着泪，痴痴地往前走，泪干了，研究院也到了！正是约好的十点钟。

比我大不了几岁的戏曲研究所研究员、中国昆曲研究会副会长王安葵显出长者的怜惜，他带我去卫生室包扎了伤口，而后端来一杯热乎乎的茶水，惊魂甫定的我顿时暖和了身心。

集体智慧获胜

见我情绪稍稍稳定了，王安葵才开始了慢慢地叙说：

当时，我是戏曲研究所的所长。我首先想的是：报什么？艺术研究院组成了一个专家班子，进行讨论，开始的方案并不集中，中国的非物质文化遗产太多，平时不注意，一旦要选出一个或几个申报到联合国教科文组织，就有些眼花缭乱，不知道选哪一个好了。

讨论反复了好几次，最后渐渐形成了共识，对象和范围比较集中了：昆曲、古琴、蒙古长调、剪纸、川剧。

大体意见出来后，有关的专家就争先恐后，分头准备材料。

申报昆曲的材料确定由我来写。

已经翻译成中文的表格，大体上是三方面的意思：文化的价值；濒危的程度、原因；保护、传承的措施。

对昆曲，我以前也是一般了解，没有专门研究过。现在要我写，时间又很急，不容有丝毫耽搁。好在研究院资料比较多，就翻阅，不是大海捞针，也是急用先学，好不容易写了个初稿，拿到专家委员会讨论。

这次讨论是五份材料、五个表格一起研究的。大家提出了修改意见。我就再加工，再拿出来讨论，不仅是内容的修改补充，而且要确定五个中哪一个是首选。好在争论不是很大，意见相对集中，从艺术价值、存在范围和抢救可能等各方面考虑，专家组比较倾向于昆曲。

专家意见向文化部外联局汇报。外联局又按程序报给部长。

文化部部长会议确定，同意专家们的意见，首选昆曲。其余四项作为备选。

很难啊，都是"老革命"遇到了新问题，就连一些词语，除了"人类口头和非物质遗产代表作"这个名称在来函中已经是中文外，其他的，好多词语怎么理解都没弄清楚哪！比如，"文化空间""社区"，什么意思？怎么理解？怎么填写？连什么意思都没有弄懂，怎么可能填好呢？于是再斟酌，再琢磨，再修改。

除了文字，还要录像资料。幸亏录音录像室未雨绸缪，很早就在戏曲研究所副所长刘沪生等人的努力下，做了不少资料性工作，现在用起来就省力多了！刘沪生和录音录像室的人一起，日夜查阅、寻找、编辑、剪辑，做了个片子。

表格和录像资料做好后，通过外联局送到巴黎。

研究所的人松了一口气，可是，没几天，反馈的意见来了，不行，还要加工修改……

应该说，这次成功，凝聚了集体的智慧和汗水。而且，前人为我们做了很多工作，早在1959年，张庚任副院长时，就组织编写了《中国戏曲论著集成》，还有《昆曲曲谱》，院里也收藏了很多此类书籍。北昆韩世昌、南昆俞振飞，等等，都做了录像资料。

申报成功后，戏曲研究所又出版了《昆曲理论研究丛书》，共十本。

当天晚上，笔者给王安葵先生电话，问及中国申报时写的是"昆曲"还是"昆剧"。

他说，是昆曲。昆剧比较明确，就是戏剧的意思，而昆曲还包括了清唱，含义反而比较广泛。

又，吴新雷老师说，其实在清代中后期，昆曲与昆剧就同义并称了。

所以，一般情况下，昆曲与昆剧是可以通用的。但在特定情况下，昆曲可以包含昆剧，但昆剧不能包含昆曲。

修成正果不言苦

中国艺术研究院数据库管理中心主任、前外事处处长王路是负责翻译申报文稿的，他说——

当时做得非常辛苦！因为没有做过，也不了解这件事情究竟有多么重要。

王安葵的压力很大，因为他是头一道程序，都催他。他弄好了，我们外事处三个人负责翻译。对一些关键词语，都是反复推敲才定的。

送去了又要重新写，就是有些不合规范，不符合联合国教科文组织的要求,就催他再改,天天催,天天给他电话,他改了,我们再翻译。翻译好了再送。

一点也不能马虎,一刻也不敢耽误。有一次,怕来不及,我骑了自行车到音乐研究所(片子是音乐研究所制作的),拿到了就直接到邮局用快件寄出了。

写了、做了、申报了,一次又一次修改了。能不能修成正果?谁都没有底。到了2001年三四月份,巴黎传来的消息说是没问题,可是只要没有正式公布,谁也不敢保证不出意外。

日子是在煎熬中度过的。

5月18日,我陪艺术司司长曲润海去香港开会,因为时差,中国方面还没法得到巴黎会议的消息。我是怀着忐忑不安的心情去香港的,因为想起来大家辛辛苦苦那么多不说,就昆曲本身而言,那么美雅的艺术,如果不能搭上"头班车",岂不是冤哉枉哉!

两天后,我在香港看到《明报》用一个整版的篇幅刊登了昆曲被列入人类口头和非物质遗产代表作名单的消息!

那时的心情是无法用言语表达的,大家都知道我平时说话慢声慢语的,当时却去买了一张电话卡,马上给一起参加翻译的蔡良玉、蔡玉琴打电话,急吼吼地把这个喜讯告诉他们……

始作俑者不言功

钱多了,文化少了,昆曲的处境反而更加严峻了。

有一个荒谬吊诡的现象,就是对昆曲投入越大,越是"大制作",反而对昆曲危害越大。

——古兆申

青春版《牡丹亭》横空出世

白先勇是在最恰当的时候出现的最恰当的人。

青春版《牡丹亭》获得了巨大的成功。

2004年4月29日至2013年6月,青春版《牡丹亭》已经在国内外演出二百三十多场[①],观众达六十多万人次,其中,年轻人占到60%,而第一次看昆曲的占到30%以上。

在四川大学的一次演出,观众多达七千人。

无疑,在近代昆曲演出史上,这是一个空前的奇迹。

2007年5月,文化部在北京主办了青春版《牡丹亭》的第一百场演出,文化部艺术司为此专门著文说——

青春版《牡丹亭》是文化部、财政部"国家昆曲艺术抢救、保护和扶持工程"的优秀剧目;

在保持昆剧艺术典雅写意、精美细致的表演风格的同时,将传统艺术风貌与当代观众审美诉求相调适,宣扬了东方审美的人文性,使古老的昆曲艺术焕发了时代的青春光彩……

同时,白先勇、王蒙、刘川生(北师大党委书记)、侯自新(南开大学教授、原校

---

① 截至本书修订的2020年底,已经演出391场。——作者注

长)、苏志武(中国传媒大学校长)、廖奔(中国文联书记处书记)、高福民(苏州文广局局长)、黄树森(广东省人民政府参事)、叶长海(上海戏剧学院戏剧文学系主任)、朱栋霖(苏州大学教授、博士生导师)、周秦(苏州大学教授、博士生导师)、张淑香(台湾大学中文系教授)、刘尚俭(宝业集团主席)、陈怡蓁(台湾趋势文教基金会执行长)、余志明(香港迪志文化出版公司主席)、何鸿毅(香港何鸿毅家族基金会主席),以及青春版《牡丹亭》主创人员汪世瑜、张继青、翁国生、周友良、蔡少华等人,都撰写了文章。

该说该写的都有了。

这里要说的是"题外话",即:这出戏是怎么来的。

绝不是心血来潮,也不是一蹴而就,更不可能一朝一夕就取得成功,它有一个酝酿和逐渐成熟的过程,还有诸多方面的机缘巧合,说白了,就是在中国思想解放、经济复兴的大背景下,白先勇、古兆申等文化人不断探索和思考的结果。

2008年11月20日下午三时,古兆申先生如约来到香港都会海逸酒店茶楼。

古兆申,广东高州人,六十二岁,中等个儿,香港中文大学文学硕士、香港大学哲学博士、香港大学中文学院荣誉讲师。

香港的学术界和大陆的比较而言,似乎更多注重于实而不是名:古兆申仅仅是"讲师"而已,在大陆,讲师是个根本拿不出手的"职称"!甚至一般的人几乎都不知道讲师是怎么回事。至少也得是教授啊,教授前面有个"副"字都觉得不够分量……

香港有一个非常好的学术氛围。有不同意见,哪怕是"分手"了,也给予对方极大的理解和宽容,只要在总体上对传承和发展昆曲有利,一样力挺,一样尊重,在行动上给予足够的理解和支持!

温文儒雅的古兆申,是个让人有点捉摸不透的人——

他是2006年中国昆剧艺术节以创新为主旨的节目会演的反对者之一,可是他却为浙江省昆剧院创编了昆曲《暗箭记》!

分明是从《暗箭记》脱胎而来的《公孙子都》,获得了文化部"精品工程"大奖,在相当范围和很大程度上受到肯定,而如今的演出广告上却不见"古兆申"三个字;

2000年,他为浙江京昆艺术剧院改编昆剧《牡丹亭》上、下本。后来古兆申邀请白先勇到香港给中学生和大学生讲昆曲,反应热烈,白先勇受到启发,觉得年轻人是有可能喜欢看昆曲的。2004年,白先勇邀请古兆申参加青春版《牡丹亭》制作。后来《牡丹亭》大红大紫,他却仅仅只是个挂名的"顾问"。

另据一个采访对象说,他是因为和白先勇意见相左,所以"离开"了剧组的。

事实怎样呢？

古先生非常明确地说，不是，不是这样的。

但他并没有就这个具体问题展开，他主要说了香港和台湾关于昆曲研究及推广的情况，而正是这个介绍，使我了解了青春版《牡丹亭》的来龙去脉。

人到中年　迷上昆曲

1985年，香港文化界一群热心人士，得到霍英东基金会的赞助，创办了"香港中华文化促进中心"，宗旨是推广中华文化。须知在港英时代，政府是不会主动推广中国文化的。香港的文化人自己起来"促进"了。当时香港大学教授姚德怀是该中心理事之一，特别关注戏曲文化。1989年香港市政局新建的文化中心落成，邀请了内地的六大昆班来港演出八场，古兆申和香港文友如香港中文大学教授黄继持、梁秉中，雕塑家文楼等看了多场，都十分欣赏，古兆申更到了入迷的程度。古兆申因为和演员们有接触，了解到昆剧那时处境非常困难，便向姚德怀建议，在香港"中华文化促进中心"成立一个"昆剧研究及推广小组"。那时文楼是该中心的理事会主席，黄继持、梁秉中等也是理事，"小组"得到他们一致的支持而成立。

这些人1983年开始看昆曲，当时俞振飞带领上海昆剧团在香港演出，在文化界引起很大反响。但是组织演出者不懂昆曲，不会宣传，上座率不高。古兆申以前就知道昆曲，他老师姚克是吴梅的学生，也任过鲁迅的英文秘书，是一位剧作家、导演，古兆申大学本科的戏曲史就是他教的。姚克退休后去美国了。古兆申在黄继持老师家也听过梅兰芳唱的昆曲《游园惊梦》，"文革"后还看过周传瑛、王传淞演的昆剧电影《十五贯》。看舞台上的昆剧是1983年上昆来港演出的《牡丹亭》《十五贯》《烂柯山》，一看就迷上了，天天看。那时观众不多，但文化界一致叫好。

昆曲，那么美啊！

兴致来了，昆曲却不见了，"后来好久没看到昆曲"。

1987年，香港中文大学给俞振飞颁发荣誉博士学位，香港中华文化中心举办了俞老的示范讲座，古兆申第一次看到昆剧大师素身示范的风采，为之倾倒。

1989年，尖沙咀文化中心大剧院音乐厅落成，举办了一个月的集聚了国际演艺精华的演出，包括意大利的男高音帕瓦罗蒂等世界顶级的艺术家都被请来了；也到中国文化部去问，最能代表中国戏剧艺术的是什么，答案当然是昆曲。

于是中国六大昆剧院团都到香港演出。一周演出十场，精彩绝伦，让香港文化界大开眼界。

也在这一次，他们结识了汪世瑜等昆曲艺术家，了解到：昆曲虽美，处境却不妙。

古兆申有个观点：商品经济时代一切向钱看，对传统艺术的破坏，比政治挂帅的时代更甚。

政治挂帅时代，《十五贯》在反官僚主义中起了文艺教育的作用，以一出戏拯救了昆曲这个濒危的剧种。本来昆曲被认为是才子佳人的靡靡之音，是不可能出头的，但因为《十五贯》的教育作用，昆曲反而受到了重视。

到了商品经济时代，钱多了，文化少了，昆曲的处境反而更加严峻了。他们请搞话剧的来为昆剧演出编剧、导演，让搞西方音乐的来为昆剧编唱腔、作背景音乐，舞台演出也完全变了样，结果弄出来的东西不伦不类。

有一个荒谬吊诡的现象，就是对昆曲投入越大，越是"大制作"，反而对昆曲危害越大。昆曲已经不是昆曲了。

昆曲小组"推广"的第一件事情就是请资深演员开讲座，郑传鉴、姚传芗、蔡正仁、计镇华、张继青、汪世瑜、王奉梅等人都请了。

开了一系列讲座，渐渐有了影响。梁秉中向他的朋友、后来做了香港特区政府财政司司长的梁锦松先生私人募集了二十万元作为"小组"的活动及工作经费。

因为跟浙昆比较熟，当时觉得抢救很重要。当时王奉梅四十多岁了，古兆申觉得她应该趁年轻多学戏，学老一辈艺术家的戏。就出钱，让她学《寻梦》《离魂》等，学好了，录像，做了一二十个戏。

其间，他跟顾笃璜、徐坤荣认识了，徐坤荣从江苏省昆副院长位子上退了，他把苏昆的顾笃璜带到浙昆，一起讨论，希望能为昆曲"传"字辈的教学和录像筹到一些钱。古兆申就建议"小组"从梁锦松给的二十万元中拿出八万元给他们。

最早做浙昆的《牡丹亭》

同时，"小组"又搞一些和推广昆剧相关的旅游活动："游江南，看昆曲"。那时香港很难得有昆曲演出，所以就组团到内地去看。白天参观游览，晚上看昆曲。

1992年冬有了第一个团，到南京看省昆的戏，台湾的一些学者、作家也来参加了。林怀民、蒋勋、樊曼侬、辛意云都参加了。先是只看一个昆剧团，后来再来，看两个团，大多数人没有看过昆曲，看了都说好。

当时知道苏州有昆剧团,但是很少接触,觉得比较弱,所以策划游江南,或联系剧团到香港、台湾演出,多是找浙昆、上昆和江苏省昆合作。

台湾有个"新象文化基金会",负责人是樊曼侬女士,该组织较早把世界各地的表演艺术精华引到台湾,上海昆剧团是两岸交流后第一个去台湾演出的昆剧团,便是他们引进的。当时他们还不了解其他昆剧院团。徐炎之是与俞振飞同辈的老曲家,在台湾建立了水磨曲社,在他的教学影响下,台大及一些大学成立了曲社。俞振飞早期的笛师许伯遒,许的妹妹许闻佩,在台湾有许多学生,焦承允也有一批学生,都有曲社活动,"水磨曲社"现在还在。

有这些曲社的曲友做基本观众,上昆就去演出了。媒体也支持。后来浙昆也去了,郑传鉴、姚传芗也去了。

古兆申和白先勇是文学上的朋友。白先勇的小说《游园惊梦》,香港很早便改编为粤语、话剧,电影导演徐克的夫人施南生曾参与演出。白先勇从小喜欢昆曲,两岸交流后,台湾有昆曲演出,他常常从美国赶回来看。他和樊曼侬也搞过昆曲《游园惊梦》,京剧演员徐露演的。除了樊曼侬,贾馨园小姐也搞大陆昆剧演出,张继青在台北新舞台演《牡丹亭》《朱买臣休妻》等名剧,就是她邀请的。

台湾观众的昆曲"梦"慢慢完整起来了。

1993年,樊曼侬邀请古兆申策划浙江昆剧团第一次赴台演出,压轴戏是王奉梅主演的《牡丹亭》,和张继青的版本差不多,但姚传芗老师重排这个戏时又略为作了修改加工。但该剧只搬演了上本,樊曼侬认为,一定要把下本搞出来。第二年古兆申和樊曼侬到浙昆商量这件事,团长汪世瑜建议请洛地先生编写台本,仍邀请姚传芗老师排。后来因为汪世瑜要兼任小百花越剧团团长,太忙,这件事拖了几年,姚老师也走了。

又过了几年,古兆申和白先勇、汪世瑜,还有台湾"中央大学"洪惟助教授在台北看昆剧,大家重提这事。汪就建议由古兆申或洪惟助来改编。后来任务就落到了古兆申身上,他就编了下本。白先勇很欣赏汪世瑜,就说让汪和王(奉梅)合演。

当时为什么不搞三本?古兆申觉得就现代剧场的演出时长而言,两本已经破格了。而且那时古兆申同意吴梅先生的看法,就是:戏演到《回生》主题已相当完整,如作者《题词》所说:情不知所起,一往而深。生者可以死,死者可以生。后来的青春版《牡丹亭》台本的中本就参考了古兆申的下本。

浙昆演过了上、下本,港台都轰动了,但这边却没有声音。浙昆很朴素,不懂宣传。

白先勇认为还有遗憾。就《牡丹亭》原著来说,《回生》是第三十五出,下面还有二十出，即还有三分之一的情节要展现，汤显祖用那么大的心力写后面的戏，一定有他要表达的深意。汪世瑜也认为爱情的神话不能止于两个有情人结为夫妇，还要看他们以后能否长相厮守。汪和白都认为该有第三本，来完成一个超时空、超生死，又能回归现实的爱情神话。

在周庄看苏昆演昆曲

又过了一两年。

贾馨园女士很崇拜顾笃璜老师，她请苏昆去台湾演出，古兆申也去看了。那次王芳和赵文林演《琵琶记》和《荆钗记》的折子戏，还有柳继雁演的《满床笏》。古兆申觉得苏昆也有很好的演员。于是后来带团去游江南，就去看了苏昆的戏，也有意组织他们去香港演出。负责接待的是苏州文化局外事科的蔡少华，还开了个座谈会，贾馨园说古兆申偏心浙昆，对苏昆关心不够。古兆申说那是因为了解不多，为昆曲并没有偏心的问题，应做什么就做什么。

这次来访，听说有小演员在周庄演出，天天演，古兆申很感动。这不正是他们十多年前想要做的传承工作吗？那时筹了点钱，想让年轻演员有演出的机会，但浙昆、上昆、省昆没有时间照应这些问题。这次听了这个消息，古兆申很高兴。苏昆也许没有明确的传承计划，或者纯粹是为了旅游事业的兴旺，但是年轻演员有机会演出总是好事。就去看了，这么巧，正是俞玖林、沈丰英演《惊梦》《寻梦》，古兆申还到后台去看他们，鼓励他们。

回香港后，古兆申建议康文署邀请苏昆来香港演出。因为当时苏昆没几个香港观众熟识的演员，在大剧院演出怕观众没有保证，便建议在小剧院演出试试。康文署很快答应了。其实香港大会堂的小剧院最适合昆曲演出，演员不挂扩音器，保持原声演唱，效果甚佳。当年11月，苏昆在香港演出，很成功，座席全满，评价很高，城市大学郑培凯教授和《信报》前总编沈鉴治都写了文章称赞。

白先勇讲课　苏昆演戏

2002年，白先勇到香港城市大学，郑培凯请他讲自己的作品，古兆申也去了，好多中学生来听，中学课本里有白先勇的作品。本来是讲给大学生听的，四百多个座位，早满了，还有好多中学老师带学生来！就请学校开了十三个教室，连线让他们听。因香港的中学语文课本选了白先勇的作品，香港许多人都知道白先勇。

看到这个情景,古兆申产生了联想:白先勇小学在香港念的,中学也在香港一所天主教学校念了两年,他会讲广东话,许多香港人都是他的读者,他那么会讲,也喜欢昆曲,请他讲讲昆曲也许会大收宣传之效。

于是就给白先勇打电话,问什么时候来讲昆曲给学生听。

仿佛就等这句话似的,白先勇说,可以啊,不过要有示范,要唱,还要化装登场,同时又特别强调:"演员一定要是俊男美女!"

这样,古兆申就想到了两个人。就打电话给已经任苏昆院长的蔡少华,说,机会来了,请白先勇来香港讲昆剧课,你们剧院可愿意配合?如果周庄的年轻演员能够配合,最好。蔡说可以,我去安排。他就派杨晓勇带队,来了四个乐师,一个化妆师,俞玖林、吕佳等五个演员,沈丰英身体不好,没有来。

在苏昆,古兆申也看过顾卫英和周雪峰的戏,觉得他们也是很好的青年演员,唱念方面不错;但从扮相看,顾显得太成熟,和杜丽娘的形象有一定距离。汪世瑜推荐沈丰英。古兆申又认为:周雪峰唱功好,但嗓音较近官生,且舞台形象有点吃亏,不如俞玖林俊朗。后来白先勇排青春版就选了沈丰英和俞玖林。

古兆申提出白先勇讲四场,白说,有那么多人要听吗?古说我对你这个品牌很有信心。结果讲完四场又补了一场,共讲了五场。

港大一场是在陆佑堂讲的。20世纪50年代初俞振飞在这里演过昆曲。白先勇先讲,苏昆的几个人演出,然后再讲。出乎意料,全场满座!五百个座位,大中学生济济一堂。在有一千二百个座位的沙田大会堂讲了三场,场场爆满,三场加起来有四千多观众。第四场是售票的,二十元一张票,一样爆满。

白先勇的讲座,讲题是"昆剧中的男欢女爱"。他说,要让年轻人知道古人是怎么谈情说爱的。跟以前示范不同的,在舞台上的是青春亮丽的年轻演员。底下青年学生的反应就不同了:昆曲很古老,但是跟他们年龄相仿的人也能演出,也能受到这样的追捧!通过年轻演员的演绎,昆曲走进了年轻人的心。演出结束,明信片、感谢信雪片似的飞到苏州……

还有一个收获就是:舞台上的年轻演员,对吸引青年观众走进这个古老的剧种起到了"穿针引线"的作用。

决定要做青春版《牡丹亭》

不久,古兆申去台湾看昆曲演出,白先勇也在,汪世瑜也在,又聊起来了。既然中学生也接受昆曲,何不搞个青春版的《牡丹亭》?还提出要汪世瑜和张继青来教。大家都拍手赞成。

后来白先勇到上海,当时谢晋打算把他的小说拍成电影,古兆申说你去上海,何不顺道去苏州看看?就去了。白先勇看到了"青春",心动了。过了年就约古兆申和汪世瑜到苏州商量,这才定了下来。

原来古兆申也写了第三本,白先生觉得太文人化了,删掉了和江湖大盗李全相关的喜剧性内容,可能青年人看了会觉得不够热闹。白先勇希望更多文化界人士参与,于是就邀请了台湾几个知名的学者参加编剧,古兆申的本子就供他们参考。他们编好了文学本,古兆申和汪世瑜再修改成舞台本。文本和台本有差别,其中中本、下本的文本和台本差别比较大。

这就是青春版《牡丹亭》的来龙去脉。

功成名就都看见,之前默默无闻的贡献几人知?成功之前的艰辛和艰难几人说?

"古兆申作为一个文人,我认为非常了不起,第一,没有为这个意气用事;第二,他虽然远离了我们的主创团队,但出于对白先勇的一种崇敬,对昆曲的一份崇敬,对青年的不断关注,侧面的进入也没有停止过,对我们一直在关注着。古兆申是名副其实的顾问,做了很多的工作。

"他没有在任何场合说过白先勇和青春版《牡丹亭》的不好!非常难得。"

苏州昆剧院院长蔡少华的话,说得客观公正。

我拿"青春"赌明天

青春版《牡丹亭》好处就是把昆曲带到大学里,特别是带到世界大学里去……在国外推了一圈,又"出口转内销",到咱们的大学里去推广。现在的大学生,有些追求时尚,追求现代、先锋的味道,一看把昆曲带到美国去演出都很受欢迎,就觉得到我们这里我们也要去看一看!这就起到了推波助澜和普及的作用。

——廖 奔

关于青春版《牡丹亭》,白先勇"起了非常重要的作用"。他使"昆曲年轻化",从演员到舞美等,整个审美都要年轻化。本子要年轻化,演员要年轻化,观众也要年轻化,只有这样,昆曲才有希望,才有生命力。

——汪世瑜

苏州:天时地利人和

为什么会选择苏州?

天时地利人和。

白先勇在香港讲课时,"发现"了俞玖林。他感觉这个人从气质到嗓音很少见,他跟苏昆院长蔡少华说,这个人要好好培养,在机场又跟汪世瑜说,一定要培养俞玖林,一定要让俞跟汪学习。

2003年1月,春节的前几天,古兆申打电话给蔡少华说:"白先勇要来你这里了。"基于白先勇的知名度和特殊身份,做过外事工作的蔡少华立刻向市里汇报,宣传部部长周向群说:好,要以礼相见,好好接待。

周向群出面设宴欢迎,蔡少华安排了三场青年演员的戏:一台在周庄,一台在剧院的剧场,还有一台在观前街的沁兰厅。

凤凰卫视全程跟踪采访。

每天看戏,每天聊戏,往往谈到凌晨四点。白先勇很欣慰,他说苏昆还有这样一批人,默默地在做,他感到这些璞玉都有希望,但是要有好的老师指点,要打造。

打造,"打"什么?"造"什么?白先勇没有说,蔡少华也没有问。

白老师,你出面来做一场戏吧。

我做戏大概不行,我讲推广评论,我是欣赏,做戏一定要张(继青)老师、汪(世瑜)老师,要把最好的老师请来。

蔡少华说,你只要出面,大旗一挥,这些人都会来!

慢慢地就有了个初步意向,要从做一个戏开始,就说到《牡丹亭》。

白先勇说,让我回去研究研究。

也就是从这个时候开始,白先勇一方面向台湾的一些人征求意见,一方面和古兆申商量,和汪世瑜商量。几乎每天都给蔡少华打电话,好多年孕育在心底的想法渐渐明晰起来。

白先勇得到了好多人的支持,比如台湾"新象"公司的樊曼侬,她说要是你来做这个戏,肯定行!

"真的吗?"

"市场肯定没问题。"

"做不做,还要听专家的意见。"

白先勇化缘两千万

2003年2月,春寒料峭,白先勇召集了各路"诸侯",在苏州会诊。

就如一项重大战役之前的"诸葛亮会",白先勇反复念叨,能不能做?能不能排?

每天开会,每天问:行不行?行不行?

他需要众多的参谋,需要大家的智慧,需要集体的决策。

应该说,这时候只是想到去台湾做一场演出,很有影响的一次演出,恐怕包括白先勇在内的所有人,都没有想到演出会产生轰动,更没想到五年后的广泛影响。

他们看了三场戏,看苏州昆剧院演员的戏。看一场,开一次会,最后张继青和汪世瑜说,这些演员是不错,但现在马上排戏,肯定不行!

白先勇明白两位老师说话的分量。

他胸有成竹:拜师,训练……这是必须的。

还有"刚需":钱。

而这时年度预算早已经结束,要增加这笔钱,难!

可是,这么好的机遇,不能放弃啊,一定要抓住!

钱呢?

开始大家都很热情,谈到钱,动真的了,没人接话了。白先勇说,你苏州昆剧院排演,你总得拿钱吧,总不能我一个人来承担全部资金吧?最后说,我们大家一起想办法好不好?

硬着头皮上。

蔡少华很为难,后来说,要不这样吧,苏州昆剧院在地方政府的支持下作为一方,白先勇作为海外投资的一方,叫作合作投资。

文广局副局长成从武出面,把这个意思传递出去,意在争取方方面面的支持。

昆曲故乡最早表现了它的诚意:市委书记曹新平一句话,四十万服装费用就解决了。

尽管,这才是零头的零头,但它却是宝贵的第一笔资金。

白先勇说,我这个人为你们做事情,没有收你们一分钱,我也不为赚钱,你们投钱都要我来,怎么……?

下面的话应该是:要是我只管做事,你们弄钱就好了。

说归说,白先勇始终在奔走呼唤,利用他的人脉四处化缘。有朋友对我说,白先勇有乃父的风范,没有子嗣的牵挂,人们觉得给他的钱会用得很干净。《牡丹亭》早期的制作,80%的制作费是白先勇化缘化来的,第一阶段整个投入就是两千万。

这样就开始了正规的训练,魔鬼式的训练。

四个月下来,大家有一个目标了。在这个过程中,演员很辛苦,汪世瑜和张继青更辛苦。从唱念、身段、基本功、修养等方面,进行综合考虑和专业上的培训。

这么一弄,社会上的反响来了:苏昆到底在做什么?这些训练有没有效?

汪世瑜及时提出,要跟外界接触,要宣传。白先勇很懂中国国情,向主创人员汇报,向社会汇报,请老师,像钱璎、顾笃璜,包括曲家,都请他们来看。

不看不知道,一看,年轻人的基本功长了一截。

四个月以后,就正式开始商议怎么排练了。

首先是文本,怎么做?有各种各样的《牡丹亭》的演出版本,其中就有古兆申的。白先勇集各家之长,请华玮、张淑香、辛意云等人组成团队,进行剧本的创作。

2003年9月27日,在苏州举行了"两岸三地合作打造'青春版《牡丹亭》'"的签约仪式。

师傅领进门，修行在自身

为什么提"青春版"？

白先勇作为功力深厚的作家，对男欢女爱理解得十分透彻。他知道年轻人喜欢什么，更知道市场需要什么。也为这，从名称考虑到演员选拔，都体现了他对昆曲如何走向青年、走向市场的良苦用心。

《牡丹亭》，都在演，我们这个怎么说？一样叫《牡丹亭》，不仅雷同，也没有"亮点"，不算惊艳。如果把"牡丹亭"三个字拿了，无论什么名字都缺乏它固有的号召力。

不知谁，提到了"青春版"。

踏破铁鞋无觅处，得来全不费功夫。

白先勇说，对，就叫"青春版《牡丹亭》"！

"青春版"内涵的挖掘和理解，是在制作的过程中逐步明确丰富的。

演员的选拔，到开排之前的训练都没有宣布，直到最后正式排了才决定。

柳梦梅非俞玖林莫属，杜丽娘呢？

有三个演员一起参加训练，可以说，各有所长，谁都可以把杜丽娘演好。

白先勇要让年轻人喜欢昆曲，他希望年轻人追星，追昆曲之星，所以，他心目中的杜丽娘一定是外形最为靓丽的。

白先勇是对的。

沈丰英胜出。

接着，白先勇提出，演员要正式拜师。

这对汪世瑜和张继青来说，都是勉为其难的事情。"开始死也不肯！"他们教过很多学生，但从来没有按照旧时规矩收过徒弟啊。

张继青说，当年南京大学校长匡亚明也多次当面说过，要她收徒弟，她也支吾着应付过去了。如今已经退休多年，怎么反要收徒弟了？

可是白先勇寸步不让：一定要拜，而且一定要按照传统的规矩，举行隆重的拜师仪式！

2003年11月19日，汪世瑜和张继青、蔡正仁，同时在苏州兰韵剧场举行了收徒仪式。蔡正仁收周雪峰，汪世瑜收俞玖林，张继青则接受了顾卫英、沈丰英、陶红珍三人的三跪九叩大礼。

"师傅领进门，修行在自身。"

幸运之神降临了，幸福之门还要自己去打开。

汪世瑜说，台上一分钟，台下三年功。生活在社会，首先要贡献，才会被承认。艺术也是，要花工夫，三年五年，十年八年，才会出彩。你要成为一个受人赞扬的人，不苦练是达不到的。尤其是我们这一行，要改造你的身体、器官、关节，都要改造，俞玖林以前有点"扣"（含胸），要拉，拉直，他说肌肉在撕裂，是魔鬼训练。人踩在背上，拉胸！因为舞台上要挺，所以必定要吃苦。

这一行本来就是苦的，要有准备，冬练三九，夏练三伏，侯少奎练功，一天出几身汗？！不能投机取巧，来不得半点虚假。排戏是靠"磨"出来的。"惊艳"只是一刹那，要枯燥地练几十遍，上百遍，重复劳动，加上老师一代一代传的教的，有成千上万遍了！这才有舞台上的光彩。

所谓"魔鬼式训练"，虽然不至于像侯少奎说的那样"练功就如上刑罚"，但也是伤筋动骨费精耗神的"准刑罚"。

汗水已经不咸，痛感已经麻木。

最要命的是累！

俞玖林说，练功结束只要碰到诸如椅子那样的对象，就会像触电一样，立刻昏昏睡去⋯⋯

"空场"的台湾首场演出

几次和俞玖林说，带你的老师（白先勇）到巴城来看看。

青春版《牡丹亭》，刚刚开始策划的时候，白先勇就来过巴城，我们一起在阳澄湖畔的船上吃螃蟹，我还请金乃冰副市长赶来作陪。记得白先勇当时就说，他小时候就知道，吃阳澄湖大闸蟹，就到巴城来。

2009年12月2日，俞玖林和白先勇、张继青，还有苏州昆剧院的艺术家一行十余人来了。巴城的领导热情安排，接待得很周到。看得出，白先勇的心情比较放松，煮酒论蟹，妙语不断，只是，说得最多的依然是青春版《牡丹亭》，其中，2004年在台湾的首场演出，尤其令人感慨，印象深刻。

第一场演出，宣传非常厉害，广告铺天盖地。可是演出效果会如何，谁心里都没有底。生死皆在这一场的"烤"验和煎熬，所有的演职人员都悬着心，谁都不敢怠慢。

大幕拉开时，给人的感觉是"没有一个观众"，是"空场"！静得没有一丝声音。太奇特的场景。演春香的沈国芳吓得两腿哆嗦，因为从来没有见过这样的场面。这也可以看出他们的心情紧张到何等程度。其实演出的票早卖光了。不是空场，是满座！所有的人都静静地等候。而演出结束的那一刻，全场观众起立,长时间鼓掌……

直到这时,白先勇才松了口气,与同道相拥而呼:我们成功了!

演员们则傻了,傻到不敢相信自己的眼睛,不敢相信会有这样的场面,傻到从来都只在梦中出现过的做明星的感觉居然会在自己身上出现!

之后在一场苏州大学的演出很关键。过道里都是人!学生们对昆曲的热捧和痴迷,让白先勇萌生了之后进高校进行系列演出的念头。

颇有意思的是,尽管青春版《牡丹亭》在海内外演出获得巨大成功,在采访沈丰英和俞玖林的老师时,他们都表现得非常谨慎,看不出因为徒弟成功而矜持自得的神态。

张继青从来不说好听的话,总是不断地批评,指点沈丰英改进这改进那。她说,你现在的位子能坐多久,要靠自己了。有那么多人在帮你,你有今天是不容易的,要继续努力!

直到在北京,举行第一百场演出时,张继青才对身边一起看戏的吴新雷说,以前还担心这个徒弟能不能带出来,今天看了,可以了!

汪世瑜说,俞玖林、沈丰英是年轻人中的佼佼者,已经有了一定造诣。但要成为艺术家,还有距离。还要努力,否则会被淘汰。不要认为得奖了就怎么怎么样,光想到自己,表现自己,要想到昆曲,想到你的责任,你是昆曲人,是昆曲的代表。表现自己有很多方式,不一定是做昆曲人。纯粹的表演可能就会变成"卖唱"。还没有超越前人,还在不断模仿、学习的过程中,还不是俞玖林的"柳梦梅",不是沈丰英的"杜丽娘"。在前人基础上,经过磨炼,相信他们的表演会有所突破,会更精彩。

引领昆曲　功莫大焉

青春版《牡丹亭》掀起了一股"白旋风"。

不在昆曲界,不是昆曲人,却偏偏做了一件昆曲事!

不在大陆,不是官员,却偏偏把大陆和港台三地的精英捏合在了一起!

不是企业家,没有资金,也从来没有为金钱烦恼过,却偏偏做了高级乞丐,筹集了两千万元,保证了青春版《牡丹亭》的顺利排演。

昆曲走进大学校园,最早是1917年,蔡元培请吴梅到北京大学任教,从而把昆曲带进高校,1949年以后,《十五贯》也曾走进大学,但影响是短暂的,如今昆曲走进大学,走进有文化的年轻人中间,则如星星之火,几乎引发燎原之势,其影响如此之深广,是很多人始料未及的。

青春的心态,青春的活力,造就了青春的"牡丹",造就了昆曲的"青春"!

因为青春版《牡丹亭》,两位青年演员脱颖而出,成为引人瞩目的新秀。在北京师范大学演出,大学生感觉俞玖林的眼睛总在朝他们"放电"!沈丰英被大学生团团围住,满校园都是"我的嫡嫡亲亲的好姐姐"!

观众痴狂了,白先勇激动了:我们成功了!

昆曲成为了"时尚",昆曲的"慢",冲淡了流行歌曲的"快",传统文化向时尚与通俗的流行文化展示了自己强大与坚韧的魅力。

白先勇功莫大焉。

这方面的宣传太多,精通造势的白先勇为此已经策划出版了十几本书……

青春版《牡丹亭》的巨大影响,已经走出了昆曲,走出了文化界,甚至走出了中国。

吴新雷老师对白先勇做过比较深入的访谈。

作为一个作家,我想要为自己所思考的问题找到答案。

2008年10月21日,彻夜失眠。觉得要写昆曲,但昆曲内涵太深,容量太大,如何写好,需要耗费心血,还不知会有什么样的结果。只是,骑虎难下,上了昆曲这条"雅船",就没有了退路,没有了回旋的余地。

上午,和苏州昆剧院的人一起,从南京乘火车到上海,直接赶到了"大可堂"。匆匆吃了午饭,就进入会堂,为下午两点半"《玉簪记》全球首演新闻发布会"做准备。没想到的是,具体负责新闻发布会的竟是以前在《文汇报》副刊部工作的肖关鸿先生,我们认识很久了,他说他和白先勇很熟,白先勇在上海的一些活动,都是他联系组织的。

白先勇非常懂得策划与包装,青春版《牡丹亭》热度未减,他就已经准备好了下一部剧《玉簪记》。为了扩大《玉簪记》的影响,他同样采取了青春版《牡丹亭》的宣传策略,先在上海召开新闻发布会。因为《玉簪记》的"琴棋书画"缘,他还特地请来了古琴大师李祥霆伴奏……

地方很小,记者很多。也许白先勇所需要的正是这样的效果。白先勇笑容满面,一手挽着俞玖林,一手挽着沈丰英。此刻,他被记者包围着,他的时间被昆曲"包围"着。找他采访很难。我想在这样的场合,要采访到我所需要的东西是不可能的,所以只有观察,只有记录。

第二天,我赶到苏州昆剧院,白先勇早已经在这里了。

苏昆红楼,会议室。白先勇在和主创人员开会,研讨《玉簪记》排练和演出的具体事项。我有点不忍心打扰他,但犹豫再三,还是径直闯了进去。我悄悄坐下,悄悄将吴新雷老师写给他的字条给了他。他看了马上说,好啊,请吴老师来看戏!

当下我就接通了吴老师的电话,白说,请吴老师来看《玉簪记》!

然后我就说采访的事,正说着,他的秘书郑女士说,白老师身体不好,你看他……忙得实在不行。她的意思非常明确,不要采访了。

白先勇却说,没关系,他是吴新雷老师关照的……我们明天……下午找时间谈。

次日上午,白先勇和岳美缇、华文漪一起,在兰韵剧场看《玉簪记》的响排,李祥霆配琴。《琴挑》一折,反复了好几次,具体到是否用鼓,鼓点的轻重,反复琢磨,最后还是加了鼓,鼓点很轻。

其间,郑女士不断地帮白先生接电话,有的是要采访,有的是请吃饭等。近午,蔡少华一行带白先生走了,古琴也随之而去。

对话白先勇

下午四点,白先生接受采访。忽然他又想起什么,就又去剧场,和演员说了几句,才回到红楼小会议室。以下是访谈的内容(郑女士在场,偶有插话)——

杨守松(以下简称"杨"):有人说您是"唐·吉诃德",您并不介意。这次我发现,人们都尊称您为"白老师"。而我觉得,您更像一位传教士,或者,您是以宗教般的虔诚,用唐·吉诃德的精神,在为昆曲的复兴苦苦鏖战。可以这样说吗?

白先勇(以下简称"白"):(微笑)是的。我是昆曲迷。和昆曲的缘分始自上海。我九岁在那里看梅兰芳演戏,就有了一个梦。现在我就是在圆梦。青春版《牡丹亭》的成功,给了我经验和信心。但是也累,实在是累。前年累倒了,在美国休息一年,可是牵牵挂挂的还是昆曲!牡丹开了虽好,还要继续啊!昆曲的美,就如眼睛里揉不得一粒沙子!所以要磨,水磨腔,就靠磨,磨,磨,磨死人还要磨!

杨:现在昆曲成为时尚了。

白:时尚有两种,一种是流行,流行过了就没有了;一种是高雅的时尚,高雅的东西,不仅会流行,还会流传下去。西方的古典音乐,也曾经时尚,流行了,也流传下来了。昆曲也是这样。

杨:昆曲列入世界非物质文化遗产名录,我的理解是,对于昆曲的保护、传承,应该是包括两个方面的。一方面,如顾笃璜先生那样,坚持"原汁原味"。他对青春版《牡丹亭》的个别说法我虽然不完全认同,但也是可以理解的。当然，从实际情况看，对于昆曲，更需要的是像您这样，实行"活态"的传承，将昆曲"青春化"，从剧本的"年轻化"到演员、音乐、舞美，特别是观众，都要年轻化，只有这样，昆曲才不会消亡，才会永远年轻，充满活力。可以这样说吗？

白：对啊。我们一开始就有这个理念，要沟通，传统与现代沟通、交流、结合。否则就走调了。我说，一个时代，一种表演风格，同治、光绪年代的京剧，跟梅兰芳时代的京剧，都不一样。梅兰芳和他的祖父不一样，他是继承了，发展了，革命了。适应新时代，他才成为一代"伶王"，才会有四大名旦。

我们面对的是21世纪，要年轻人进戏院，大学生进戏院，坐下来，几个小时坐下来，几天几个晚上坐在戏院，如何才能做到这一点？

关键是怎么找到结合点。一切为了走向生活，走向青春的、生命的。说什么不能动啊，要原汁原味。怎么理解？是不是汤显祖的是原汁原味，乾隆时候的就不是原汁原味了？我们是传承，是现代的原汁原味，不应该是汤显祖那样的"原汁原味"，汤显祖在天有灵，也会含笑颔首的。

杨：一百年后的昆曲，也会和现在不一样。

白：对呀！戏不是演给自己看的。戏要有观众，要看结果。戏的服务对象是观众，观众认可，就行了，成功了。

杨：青春版《牡丹亭》吴新雷老师看了五遍。那天在南京，我打电话，他又去看了。

白：吴老师见证了我的设想和实践。吴老师从一开始就看了，参与了评论。

杨：在英国演出时，著名的汉学家霍克斯也去了。

白：他是翻译《红楼梦》的嘛，他讲《红楼梦》里面有《牡丹亭》。他说，"美极了！"他是最懂的，最传统的了。

还有，海外的观众肯定了。我们带去的不仅是一出戏，更是中华民族的文化。

过去说昆曲曲高和寡，现在不是"和寡"，是"曲高和众"。《牡丹亭》演了一百五十九场，有超过二十万的观众，60%～70%是年轻人，其中超过十万人是大学生，空前的轰动！《牡丹亭》使年轻的观众接受昆曲、爱上昆曲了。演出结束，几百名大学生拥上去，要求签名、合影。证明《牡丹亭》的确是美的，昆曲的确是美的，昆曲是百戏之师，了不得的。

在美国、欧洲演出，面对西方表演艺术的传统，拿希腊悲剧、英国莎士比亚戏剧和意大利的歌剧来做比较,他们的成就的确非常高,可是我们的昆曲上演以后,他们的教授、戏剧专家,几乎都感觉非常"惊艳":没想到中华文化这么美,没想到你们几百年前就有这么高的成就!

两方面的成功,说明我们的方向走对了,角色选对了,老师也选对了——我们是募款请老师来的。这样几方面机缘都凑在了一起,所以我们成功了。

杨:您说,俞玖林和沈丰英是您的"两个宝贝",为什么?您对他们的表演和表现打多少分?您会一直关注他们,"扶上马,送一程"吗?您期望他们今后走什么样的路?明星之路?学成大器?或者,昙花一现?

白(笑):因为他们的扮相俊丽,很难得气质、嗓子也好;人很聪明;当然光有这些还不够,还不行,最幸运的是,有最好的老师教他们。

昆曲最大的问题是传承,很多"大师"快退休了,他们都是中华文化的瑰宝,他们一身的宝啊,我心里很急,希望能让他们的绝活永远永远活在舞台上!我一个一个说动他们,绝活要留下来,要传下去。我希望俞和沈成大器。我相信他们会成功。我对他们说过,你们要是成了大器,一定要把昆曲传承下去。他们对我承诺了。我很高兴。

白先勇为什么能成功

一半是小说,一半是昆曲。

小说和昆曲,都是白先勇精神世界的外延。

白先勇为什么能够成功?

汤显祖伟大,《牡丹亭》伟大,昆曲伟大!

然而,偏偏是白先勇做了这样一件可以流芳百世的嘉业。

白先勇是一个无可取代的"引领者"。

首先是他的影响力与号召力,因为这,他才能将祖国大陆和港台三地的精英人物捏在一处,捏到成功,也因为这,才会有那么多的企业家雪中送炭;

毋庸讳言,他的影响力和号召力中,部分有着乃父的功劳;

白先勇是个文化人,儒而知官、知商、知青春,内在的智慧甚至是智谋,颇有当年"小诸葛"的遗风,他是按"市场"规律来运作的;

白先勇甘做"义工"的精神、意志,非常人所能够相比。

因为爱,就好好地爱,狠狠地爱,不离不弃地爱!

同时,不可否认的是,中国改革开放,市场繁荣,经济强盛奠定了中国人自信的基石,人们开始追寻文化的灵魂,寻找失落的精神家园,白先勇的追寻和这种时代的需求是完全契合的;

苏州为白先勇的成功做了前期的"准备"和投入,没有苏州市政府领导和苏州昆剧院的理解、默许和支持,白先勇再伟大,也做不成"无米之炊"。

文化部给了白先勇以特别的关注与支持;媒体给了青春版《牡丹亭》以超乎寻常的热捧。

还有,文化精英几十年绵延不息的努力,使昆曲在台湾得以"不绝如缕",特别是20世纪90年代开始的"昆曲之旅"及后面的昆曲传习计划等,都为青春版《牡丹亭》在台湾的轰动做了观众准备和文化铺垫。

当然,毫无疑问的是,青春版《牡丹亭》的团队是一个非常优秀的团队,从艺术指导到编辑、舞美、服装、灯光直至摄影等,都是出色的。

音乐总监周友良全心全力地投入,使得"曲正戏成"。2015年1月,由苏州大学出版社出版的周友良编著的《青春版〈牡丹亭〉全谱》一书,足以说明他对青春版《牡丹亭》的成功起到的重要作用。

何况,还有"始作俑者"古兆申等人大量心血的倾注和无私的奉献。

所以,青春版《牡丹亭》的成功不是白先勇一人之力实现的。

时势造英雄也。

谁能拯救昆曲

谁能拯救昆曲?谁拯救了昆曲?

古兆申先生有篇文章曰《联合国也救不了昆曲》,这题目的字面意思,我认为是正确的。

联合国教科文组织将昆曲列入人类口头和非物质遗产代表作名录,无疑对保护和传承昆曲起到了巨大作用。

只是,有两个不容忽视的前提——

第一,中国的经济发展了,比起20世纪50年代、60年代、70年代,不知要强盛多少倍了。正是有了这样的物质基础,成为"遗产"的昆曲才有可能在如此广泛的范围内得到厚待和推广。如果是改革开放以前,在社会不稳定、人民基本生活都成为问题的情况下,谁还有心情看昆曲?至少绝对不会有现在这样的景象。

第二,中国一部分有责任感的知识分子,一部分有使命感和文化情怀的文化官员,他们始终在关心、在思考、在努力,他们一直在为昆曲的复苏做着不懈的努力,前文所述,中国第一届昆剧节的举办,就是一个典型的实例。

所以,离开中国社会和中国经济的发展,离开中国文化人持久不懈努力所建立的基础,任何人、任何机构都不可能拯救昆曲于大厦之将倾。

比较客观比较公允的说法是:只有中国政府,只有改革开放,只有中国有情怀的文化人,才可以、才必须,也才能够拯救昆曲!

毫无疑问,仅有政府的重视也还不够,或者说光有政府的资金投入还不够,还必须有昆曲人自己的不懈追求,还需要社会各界包括港、澳、台和海内外华人以及所有喜爱和懂得昆曲价值的人的关注和支持。

所有这些,"一个都不能少"!

昆曲在香港

> 每一个年轻人,你都有选择的自由,你有不喜欢中国文化的自由,可是你没有无知的自由。你可以不喜欢但是你不能无知。
>
> ——郑培凯

《牡丹亭》写到澳门

《牡丹亭》第二十一出《谒遇》,僧人唱道:"一领破袈裟,香山嶴里巴。多生多宝多菩萨,多多照证光光乍。"

香山嶴里巴在第六出《怅眺》、第二十二出《旅寄》中也出现过。

何谓香山嶴里巴?

香山指澳门,澳门旧称"濠镜(境)",属广东省香山县管辖。1562年,葡萄牙人在澳门建起了"圣保禄"教堂。后来,教堂两次毁于火灾。1602年再次重建,历经三十五年于1637年完工。1835年的一场大火,又把教堂烧毁,劫后残留的前壁就是今天的大三巴牌坊。

汤显祖怎么会到香山(澳门)?

汤显祖有着典型的文人品性,不媚权势,几次名落孙山,二十三岁才勉强中了进士。他没有遵循官场规律去拍马献媚,反倒于万历十九年(1591年)上书,批评朝政腐败。这还得了?皇帝大怒,把他贬到广东雷州半岛南端荒凉的徐闻县做典史。正是这一贬,汤显祖南行,顺道出珠江口,游览了澳门,"碧眼愁胡""花面蛮姬"都出现在他的诗文中,他还在《牡丹亭》中呈现了有关场景,"香山嶴里巴"的出现也就不是空穴来风了。

汤显祖怀才不遇,且无端遭贬,自是越发看清官场的腐败,《牡丹亭》中多有写到,《谒遇》一折中,就有如下对话——

生(柳梦梅):禀问老大人,这宝来路多远?

净(钦差):有远三万里的,至少也有一万多程。

生：这般远，可是飞来、走来？
　　（净笑介）：哪有飞走而至之理！都因朝廷重价购求，自来贡献。
　　（生叹介）：老大人，这宝物蠢尔无知，三万里之外，尚然无足而至，生员柳梦梅，满胸奇异，到长安三千里之近，倒无一人购取，有脚不能飞！

　　在这里，汤显祖借柳梦梅之口，活脱脱就把朝廷腐败"蠢尔无知"以及他怀才不遇反遭贬的现实揭露无遗。

　　需要说明的是，如今我们见到的大三巴，是最后一次建造的且经大火焚烧残留的前壁，汤显祖写到的"香山隩里巴"早就杳无踪影。

　　2013年10月最后一天的早上，我从深圳一处借住的民居醒来时才四点多，太早了，就等天亮。五点半起来，赶去深圳某旅行社指定的上车地点。

　　三个小时后到了澳门，首先扑进视线的就是在建的赌场。规模宏大，气势非凡。

　　导游不停地鼓吹在赌场赢钱暴富的故事，游客欢呼雀跃，仿佛不一会儿去赌场，也会一瞬间就成亿万富翁！我只笑而不言。我说我是为大三巴来的。导游一脸茫然，不去赌场，来澳门做什么？难道大三巴就是你"旅游"的目的？旁边的游客也十分不解，甚至觉得我这个人有些怪异。

　　不在乎别人的眼色，只顾自己冥想。想那汤显祖自恃"满胸奇异"却又怀才不遇，这才把全部才情倾注到《牡丹亭》中，这才有了临川四梦——奇人奇士之梦，竟然成就了中国文学艺术史上的伟大和辉煌。

　　此乃中国之幸，世界文化之幸也！

　　倘若汤显祖攀龙附凤，仕途一路畅通，官至极品，中国文化最美丽的一个梦的图腾，也许就子虚乌有了吧？

　　就这么到了大三巴。游人潮水似的来来去去，摄影留念都找不到空隙。其实所有挤在大三巴前拍出来的照片，画面上的人都显得很渺小——你要用大三巴做背景，镜头只能仰视！

　　就想，大三巴当然值得留念，只是十万名游客中，大约也不会有一个会把它和汤显祖联系在一起吧？

　　其实，我前两次到澳门不也一样吗？那时怎么也没有想到，早在四百多年前，伟大的文学家和戏剧家汤显祖就从我们脚下的路面走过了。

　　澳门不知道汤显祖。

　　可是澳门有三十五个赌场，威尼斯赌场是"全世界最大的"。澳门赌场每天利润是十个亿。

后来看到柯军的昆曲日记之"澳门"篇,说到 2005 年,澳门第十六届艺术节期间有昆曲演出。不过遗憾的是,好像从出席开幕式的特首何厚铧到包括昆曲演员在内的与会的演艺人员,似乎都没有说到澳门跟《牡丹亭》的缘分。

　　试想,如果都知道二平方千米的澳门,曾留下过伟大的汤显祖的足迹,那澳门的文化底气会不会有所不同?

　　可正是由于这次的艺术节,有一个年轻人迷上了昆曲——2019 年中新社记者采访时说:澳门艺术节上,白先勇的青春版《牡丹亭》在澳门上演,第一次接触昆曲的八零后青年李卉茵连看三天,如痴如醉。

　　"情不知所起,一往而深"。李卉茵不想止步于欣赏,她要自己唱。可是,澳门找不到昆曲老师,她就加入了南京戏曲名家裘彩萍的网络课堂。通过视频教学,老师一对一指导她的发音咬字。仅唱腔,李卉茵就学了三年,"老师很严格,我也不怕吃苦。说粤语的人学昆曲其实有点吃亏,像又学了一门外语,一节课只能学会一句唱词。"

　　后来,她参加遂昌举办的首届"牡丹亭"杯全国昆曲曲友大赛。也许因为她是第一个出现在全国性曲友比赛现场的澳门人吧,李卉茵一举摘铜,成为首位获得全国性昆曲奖项的澳门人。这让李卉茵深受鼓舞,信心倍增。为了进一步学好唱好,她拜入香港昆曲名家邢金沙门下学身段,每周从澳门到香港去上课,坚持至今。

　　接着,李卉茵代表澳门登上央视戏曲晚会舞台、到塞浦路斯表演、为到访的摩纳哥王妃演出……李卉茵的"业余爱好"被越来越多人知道,白先勇口中的那颗"播在澳门的昆曲种子"在发芽成长。

　　"如果澳门只有我一个人唱昆曲,会非常无聊,希望有更多人跟我一起玩。"李卉茵成立了澳门中华昆曲文化协会,经过一年多推广,会员已有六十多人。

　　她常前往校园做公益讲座,邀请大湾区里唱昆曲的伙伴一起表演,"有学生还会跟着学两句,昆曲在年轻人心里不再是只有爷爷奶奶辈才会喜欢,反而很潮。"

　　澳门的昆曲掀开了新的一页。

刻骨铭心:从国外找回自己

　　第二天上午,在香港城市大学中国文化中心采访了郑培凯教授。我说昨天特地到澳门去了,因为《牡丹亭》里写到,所以要去现场看一下。

　　我问,现在澳门有没有昆曲?

郑教授说，有几个人喜欢，但没有香港这么红火。他写过一篇汤显祖去澳门的文章，汤显祖去时的澳门不是今天这个样子，也还没有大三巴，但是大三巴这个地方有这么一个教堂，后来被烧掉了。现在这个教堂汤显祖没见过，可汤显祖是见过传教士的。

大三巴这个名字是因为圣保禄大教堂，"圣保禄"从葡文（São Paulo）音译成中文，说成"三巴"，就叫三巴寺。耶稣会后来盖了另外一个教堂，当地人就把这个老的叫大三巴，新的叫小三巴。小三巴跟大三巴一点关系都没有，因为小三巴叫圣约瑟教堂。前面那个是大的，后面这个是小的，所以就叫大三巴、小三巴，这是中国人的叫法。

接着，郑教授就昆曲的一些现象说了自己的见解——

现在是众声喧哗的时候。以往你不太会看到众声喧哗，因为一定是大家有兴趣了（才会众声喧哗），没有兴趣怎么会众声喧哗？

对我们来讲也烦，很烦！因为我们有时候缠在里面。

郑教授是研究历史的，跟所有研究昆曲的人学科背景不一样。"所以就发现，我跟他们的观点，或者关心的东西也不完全一样。"

"我就是关心昆曲怎么会令大家产生这么大的兴趣，它本来是要消亡的，可是它活下来了，它为什么会活下来？这跟我们中华文化的文化底蕴有什么样的关系？因为我们就是在这个底蕴里面生活的，虽然曾经有一百多年都在打击传统文化，可是呢，我们是在这个传统文化里面长大的。我们呼吸这个空气、吮吸这个奶水长大。

"虽然我们都是像狼一样，非要把它整倒，可是你把中国文化里最优秀的东西完全抛弃，这个是我们过去做得比较过火的。因为很简单，你问大多数的中国人，他心里头还是希望中国文化好啊。他可能心里会觉得我们没有西方发达，文明衰落了。但还是希望它好，所以他看到昆曲的时候，会觉得，哇，这么美好的东西！

"我觉得这个很重要。在西方统治的这一两百年里，有的文明就很惨，因为它底蕴不够。你比如说非洲的，非洲将来怎么办？它没办法复兴自己，复兴不起来。我想来想去我们中国还是很幸运的，（文化）活下来了。昆曲是一个很好的例子。不是说这个文化活下去就是靠昆曲，不是的，可是它的确是一个非常好的例子，让我们看到文化可以复兴。

"我写的一篇文章就讲，其实我们有的人虽然向往西方，可是呢，心里面隐隐约约地总觉得中国有过辉煌的时候。汉唐的时候啊，唐诗宋词元曲，你心里头是有一个向往的，那种东西你日常生活里好像碰不到，等到有一天你看到昆曲的演出,突然你就发现,你这个想法不是假的,真的有这么美好的东西可以展现在你眼前……"

说来颇有意味的是,包括郑培凯请来的古兆申,他们最早都是写新诗的!他们是写诗的朋友。写新诗,不写旧诗,因为旧诗你写不过唐宋诗人。两个人都是"西化"派。古去法国留学,郑到美国去。他们向往的是西方的文化,白先勇也一样,他们全都是这样子开始然后"回头"的。

回头的原因很有意思。就如敦煌壁画的守护者常书鸿在法国找回自己、找回中国文化精髓,因而决然放弃优厚的条件回国,成了敦煌第一代守护神一样,郑培凯、古兆申他们在外国生活,在西方生活,他们发现西方的文化不仅传承有序,而且对中国的传统文化非常尊重和推崇,这个给他们的刺激很大。这使"西化"的他们感到震惊,而后反思,回头想一想,想一想就会去寻找自己这些好东西——我们自己也有好东西。

"我们都经历了这个过程,讲起来的话也都是刻骨铭心的,因为等于说自己找自己。等于从国外找到自己,找到自己身上。"

并不是说要把外国那套介绍到中国。不是的。白先勇也好,郑培凯也好,最主要的是在追寻一些东西,追寻文学、艺术方面的一些东西。要追什么不知道,但是他们年轻的时候,最大的刺激是西方的东西,觉得西方的这些东西真是好,"我想现在大陆很多年轻人也是这么觉得,因为这两三百年,西方发展得比中国好。可是后来你在追寻的过程当中,就会发现中华文化五千年里的好东西。这些东西好在哪里?它维系了五千年的东西在哪里?那你总归找得到的。"

1991年到1995年,郑培凯在台湾做客座教授,其间,跟一些朋友参与了昆曲的相关工作。尽管他从20世纪70年代开始就研究汤显祖,可是却没有看过昆曲的舞台演出。在美国看不到,在台湾地区也看不到。小时候就看过京剧《游园惊梦》,小时候只知道《游园惊梦》。

台湾唱京戏,不唱昆曲。台湾有很多京剧团,陆、海、空军中都有,比如"陆光""海光""大鹏"(空军),"联勤"也有,"联勤"就是后勤补给的。每个军种都有自己的京剧团,而且还是科班培养,所以经常有演出。

1949年从大陆去台湾的,大多喜欢京戏,他们不知道昆曲。可是京戏是从昆曲中吸收养分的,而且京戏《游园惊梦》也照着昆曲来演。

台湾有一些昆曲社,他们拍曲,不演出。拍曲很好,可是影响的圈子很小。真正影响人的是演出。为什么台湾在1992年以后对昆曲非常迷,就是因为上昆、浙昆、江苏省昆都去了台湾,演出"风靡得不得了",原来昆曲真的就是载歌载舞。有唱、有演,不是说只是拍曲,因为拍曲是非常高雅的人坐在那里唱的。而且没有这个唱跟演的结合的话就只是纯音乐性的，它不是戏剧舞蹈那种完整的舞台艺术。所以台湾的曲家是没有能力上台的，他们身段都不会。不像大陆留下来一些老的，老派的一些演员他们还会身段，像徐凌云这些老的曲家，是家传，俞振飞也是这样的出身。台湾没有这样的。

1992年，大陆的昆曲院团去台湾演出，这对台湾的冲击很大。像台湾的贾馨园、古兆申都跟着剧团跑。郑教授在台湾也跟古兆申他们一起。

1998年，郑教授到香港城市大学中国文化中心工作。

郑培凯和城市大学"中国文化中心"

在这之前，香港偶尔有康文署请大陆的昆曲团来演出，当然不是经常性的，而且也无法培养新一代、年轻一代的观众。

再往前推，港英时代，昆曲就更没有留下多少痕迹了。俞振飞来演出过，那时香港有一些人对昆曲有点兴趣。可是俞振飞很郁闷，就是没有人看昆曲，他想要在香港搞个昆曲团，可是没搞好，他挂了自己的名，可是没成，所以后来就去上海戏校了。这之后香港就没有昆曲了。当然有一些人会一点，但是完全没有一个固定的（曲会）什么的。

城市大学学生必修中国文化课。在英国统治下，学生对中国文化的认识实在很粗浅。你吸引他，他不喜欢，他觉得中华文化是个落后的文化。洗脑洗得很厉害。所以你要怎么吸引他呢？你上课用传统的"子曰诗云"吧，烦死了，传统方法教历史，这么多名字，烦死了，没有用。

后来就想，要把中国文化教得活一点，艺术很重要，表演艺术最容易吸引人。因为他要坐在那里看的。后来也有人说，那你为什么专门提倡昆曲，别的戏不是也很好？事实是我所有的中国传统的表演艺术都介绍的，二胡也介绍古琴也介绍，什么都有的。但是戏曲基本上以介绍昆曲为主，一个很重要的原因，因为昆曲里面的内蕴比较丰富，文词优美，是古典文学。

办教育因为用的是政府的钱，所以问起来，你总要给个说头，你怎么一天到晚演戏，怎么不教书？有个说头，这个说头很清楚，昆曲在艺术表演上是巅峰的，最顶尖的。所以把重点就放在推广昆曲上面。

很有趣的是，城市大学最早请的人是裴艳玲。因为当时裴艳玲刚好在香港，那时候她是河北梆子团团长，也是唱昆曲的，她也会唱京戏。

郑教授说，他觉得裴艳玲这个人很了不起，所以就找她。裴很客气，听他想在大学里头推展昆曲，推展中国传统戏曲的想法，一拍胸口：你要我来我就来了!

裴艳玲来了,还带来了广东粤剧的一个大佬,阮兆辉。他们来谈中国戏曲啊文化啊,阮兆辉从小就进戏班子的,现在他是香港粤剧的一个头头,也在推展粤剧。

郑教授说,到了20世纪末,推中国传统戏曲的时候,就觉得,大环境跟过去完全不同了。我们必须把它奠定在文化基础上;你说要普及啊,变通俗啊,变成大多数老百姓喜闻乐见的,这个是不可能的。你有电影、有电视连续剧、有卡拉OK,五花八门,什么都有。你要大多数老百姓把看昆曲作为他们的娱乐方式,这不可能。所以定位得定清楚。

在这样的状况下就开始了,就去联络昆剧团,早期来得多的是浙昆,然后是上昆、江苏省昆,后来才联系上北昆、湘昆,苏昆联系也比较多。

昆曲找到了。不是要你自己去演、去唱,而是不能让它消失掉。假如唐诗宋词元曲是现代文学还可以吸取营养的东西,那么表演艺术也一定能从昆曲里吸收养分,所以不能让它死掉,死掉你就缺少了养分。

现在城市大学每个学期都请大陆的昆剧院团来演出。这是学生必修的,你非要来看不可。你不喜欢,但上一门课你总要来吧。

郑培凯有一个口号:每一个年轻人,你都有选择的自由,你有不喜欢中国文化的自由,可是你没有无知的自由。你可以不喜欢但是你不能无知,你可以看完以后痛骂,你可以看完以后说这个实在是太差了,都可以,但是你不能不来!

是的,你没有无知的权利。

之前,大多数学生都没有接触过昆曲,从来不知道昆曲是什么玩意儿。剧团来演出以后,都觉得好,都喜欢,这个很重要。"参加讲座及演出观赏的同学,不只是对昆曲有兴趣的学生,而且是来自所有科系,并且理、工、商、法专业的占大多数。"

郑教授很高兴,以上情况说明,昆曲入校园是很成功的。

城市大学已经做了十五年。

讲座系列、艺术示范连在一起,每个学期一般有二十个艺术示范,平均每学期五到八个是跟昆曲有关,少讲一点五个的话,加上暑期一共三个学期,一年差不多放十五到二十个录像带,每个带子差不多两个小时,都是一些原始的材料。

这是一笔巨大的财富。可是中国文化中心管不过来了。将来都会移存到图书馆去,开放给感兴趣的人。

余志明先生的赞助

2013年11月1日下午,香港城市大学中国文化中心一个不大的会议室内,召开了"昆曲传承研讨暨新书发布会"。

传承计划自2008年开始,郑培凯向特区政府的大学研究资助委员会申请,得到"21世纪昆曲传习与中国文化传承计划"项目的资助,同时得到宜高科技创业集团主席余志明先生的资助。

余志明何许人也?

2004年,青春版《牡丹亭》在香港演出,宜高科技创业集团主席余志明坐在白先勇和余秋雨中间,一边看,一边听他们解说,"度过了一个美丽的晚上"。他和太太第一次认识到昆曲是中国美学的精华,并为之惊叹。

之后城大的昆曲讲座,夫妇俩都尽可能出席。

接下来,他们想,应该为昆曲传承做点事。

对于郑培凯教授提出的昆曲传承计划,余志明夫妇觉得,这个计划不仅为青年学子提供理解中国文化的钥匙,也透过当代艺术大师的亲自讲述,给大家留下宝贵资料,这些演讲,结集成书后,对培养青年演员及传承艺术有莫大好处。

他们随即答应给予资助。

"昆曲传承计划"请昆曲艺术家来城大示范讲座,采用文字与影像双轨记录的方式,对艺术家进行"口述历史"系列访谈,力图将近代昆曲代表剧目的传承脉络完整保存。作为第一阶段的成果,由郑培凯主编,陈春苗、张慧记录整理的侯少奎、张继青和汪世瑜的三本书,由北大出版社出版。

出版社带来的几十套书,还没开会,就被与会的曲友们抢光了!卖书的钱,全部作为昆曲传承之用。

出席会议的有古兆申和"一生只做戏剧一件事"的毛俊辉,新任中国文化中心主任李孝悌,北大出版社编辑童祁,姚继焜、张继青夫妇,侯少奎、吴洁贞夫妇;叶肇鑫和余志明也在特邀嘉宾之列。

余志明对中国文化怀有敬畏之心,他在发言中说——

> 戏曲行内有句话,"台上一分钟,台下十年功"。武术界也有句话,"宁传十手,不传一口"。老师不说,学生一世也学不会的。但是今天我们的昆曲大师,都口传心授,亦述亦演,把一生中最宝贵、最有价值的台上台下的经验,大公无私地公开了,让大家可以对昆曲艺术多些了解,从而多些爱护,这

也是这一系列出版计划的最终目的……希望日后香港有更多高等学府参与传承昆曲的学术研究,重新审视我们文化传统的价值,一起推动和保育中国传统文化。

一个企业家对传统文化的敬畏和热心传承的拳拳之心,让我非常敬重。

我只是一个昆曲老师

香港浸会大学中文系,教昆曲清唱与文学,教了十多年了。老师叫张丽真,在中学教书三十年,积累了丰富的教学经验。她认为,看昆曲,不光从舞台的角度看,也要从古典音乐的角度看,让学生学会怎么去审美。当一个戏迷不一定能学会审美,但只要给他享受,给他欢乐,他就觉得满足了。演员要唱得更好,或者更规范,他一定需要有些懂的观众,要是观众的水平低,对表演也会有着负面的影响。一般院团或者表演者,他们的功能不是在于教育那个方面,那么艺术教育方面另外需要别的人去做,相辅相成。

张丽真不是一个戏迷,喜欢昆曲是从喜欢昆曲的音乐开始的。可是香港没有曲家,她就去拜访各地的曲社,包括上海的、南京的、北京的,去拜访那里的曲家,然后一起在中国文化中心拍曲。王亨恺、汪世瑜、王奉梅、张世铮、蔡瑶铣等,经过香港的时候,她就请他们来拍曲。

开始时,香港还有一个曲家,叫殷菊侬,在清曲界有一个说法,"南殷北袁(敏宣)",她们都是唱俞派的,殷老师尽管不是俞振飞老师的弟子,但是她学俞振飞的曲学得非常精,她的唱腔也是非常非常好。张丽真说,自己跟殷老师认识的时间比较短,跟着学曲的时间也不长,但是在殷老师身上学到了很多东西。

2001年,杭州举办纪念周传瑛诞辰一百周年活动,张丽真参加了,还唱曲,之后去北京拜访朱复和张允和,这成为她一生中非常美好的记忆。

后来石小梅到香港表演,带了一本书给张丽真,是南京王正来的《曲苑缀英》简谱。原来王正来在杭州听了张丽真的唱,感觉很好,所以托石小梅带书给她。这让她"受宠若惊"。2002年的圣诞节,张丽真就去南京看望王正来,跟王正来学曲。面对面地受教,"对于昆曲的认知就从原来的一个层次,跳到另一个更高的层次,当然不是我自己的层次,是老师给我开了眼界"。这样她就从一个喜欢听、喜欢唱的阶段,进入一个喜欢研究的阶段。

可惜学的不是很多,王正来2003年就过世了。

后来就到北京去,跟朱复学。每次去北京,朱复每天都教。

能跟两个大曲家学曲,是一种机缘,也是一种幸运。

在这个基础上,2012年,年轻的曲友就提出说,我们应该成立一个曲社。香港昆曲研习社由此诞生。

张丽真说,曲家,从狭义来讲,唱非常规范,非常有度,可以传授,另外,能谱曲,能读曲;对曲的研究已经成家,这样才能说是曲家。"我三个方面都不是,所以千万不要称我是曲家,我只是一个昆曲老师。"

"昆曲老师"张丽真很钦佩王正来,他们有过很多通信。对于拍曲,王正来对她有很多细微的指点。拍曲的时候,他常常提醒,要读一些有关昆曲理论的书,还要懂四声,懂平仄。有时候也会讲格律。

王正来在世的时候,花了十年的时间把乾隆时代官修的《九宫大成南北词宫谱》全都翻译,变成简谱。这对现代人研究古典音乐是非常重要的。但是他在世的时候,没有办法出版。

张丽真想要在香港帮他出版。可是很难,费用很高,她就去找人赞助。另外就是没有人会编,太专业。张丽真找香港中文大学中文系帮忙,结果还是自己来做编辑,因为别人不懂。后来,顾铁华先生给予资助,该书终于在2009年由香港中文大学出版社出版了。一套十册,很庞大的工程,整套书重量达14.5公斤!还不是精装的。

张丽真说,王正来老师至少还有八本书没有办法出版,希望有人可以帮忙,他家里还有很多很多宝贵的资料。

2020年8月,笔者从微信朋友圈得知,王正来的遗著之一《纳书楹玉茗堂四梦全谱新译》,由中国出版集团现代出版社正式出版了!

面朝大海　春暖花开

在台湾地区,由于樊曼侬、贾馨园小姐的努力,曲友的支持,而后有洪惟助教授和我的促成,如今,昆曲传习计划已生生不息地办了六届,将近十年的时间,培育了数百名昆曲爱好者……在台湾地区,昆曲已呈现了复兴的气象。

——曾永义(2009 年)

为什么昆曲的复兴从台湾开始,因为台湾早大陆几十年形成了一个中产阶级,同时有了一批年轻的知识分子,出现了一批所谓附庸风雅的人。有了钱有了饭吃,生活过得好了,才会反过来追求这些。

——田　青

精英培育　昆曲"不绝如缕"

不仅西北边陲、南方闽粤,昆曲也跨越白云沧海,在宝岛台湾发芽、绵延,不绝如缕,直至今日之渐渐浸淫成了气候。

根据对台湾大学教授曾永义,"中央大学"教授洪惟助,"政治大学"教授、戏曲学院副校长蔡欣欣和台北"故宫博物院"前教展处处长朱惠良等人的采访,还有他们所撰写的论文,综合整理于后。

台湾的昆曲活动,最早文献资料显示,乾隆三十四年(1769 年),朱景英任台湾府鹿耳门海防同知时,邀集同仁观赏其剧作《桃花缘》及李玉的《清忠谱》。

乾隆四十八年(1783 年),苏州梨园公署重修老廊庙竣工所立的"翼宿神祠碑记"中,有"台湾局"捐款"三十一两六十三钱"的记载,洪惟助教授推测,在当时,台湾至少有两个以上的昆团存在。只是,至今缺少其他佐证。

不过,在台湾较为普及的"北管乐"中,明显可见昆腔寄居其中的踪影。见诸记载的"凤仪社乐局"早在 1716 年前后即已成立。清代随闽粤移民去台的北管子弟班,其"扮仙乐"之《天官赐福》《富贵长春》《封相》《卸甲》等都是昆腔套曲。还有北昆传统之《倒铜旗》及《扈家庄》,也在演出戏单之中。

日本侵占台湾时期,十三腔与北管,依然在台湾民众的生活中占有一席之地。台湾报纸上多有昆曲演出的报道,1936年8月15日的《台湾日日新报》更有"台北同志音乐会"聘请林成金、徐金水……教授昆曲的记载。

根据记载,节庆时日,台湾"文武各官会燕于公所,常在考棚公宴,召伶人登台演剧"。其间,"名角云集",都是咸同年间在地豪绅自上海聘名师教习,其中如本是官家子弟的"天麟旦",好度曲,饰演花旦如小家碧玉可人,"且善昆剧"。

同时,大陆戏班来台演出,演出剧目中,也多有昆剧或昆腔。

当然,由于昆曲的"和寡"以及诸多历史原因,昆曲并未在台湾成为"常民文化景观",也没有成为民众的集体记忆。关于昆曲,我们只能在历史的只言片语中找到零碎的踪影。

1945年抗战胜利后,昆曲在台湾当是喘了一口气,但是带动昆曲扎根的真正推手,是在20世纪40年代末随国民党到台湾的学界耆老与昆曲曲友。台大郑因百、张清徽,"政大"卢声伯,师大汪薇史等,不仅为台湾地区的戏曲初辟榛莽,且通过课堂拍曲、参与曲社等,引领了一批年轻学子亲近昆曲进而从事研究,曾永义、洪惟助、赖桥本、王安祈等日后的精英在昆曲研究方面的造诣,都是他们教导影响的成果。

其间,夏焕新、焦承允、徐炎之与张善芗夫妇等昆曲曲家,汇聚了张元和、许闻佩等大陆来台的昆曲同好,定期聚会,以曲会友。徐炎之等三人于1949年9月组织了台北"同期曲会",夏焕新、焦承允等人则在1951年另组曲集,该曲会1962年由焦承允以蓬莱瀛洲之意,改名蓬瀛曲集。

正是这两个最早的曲会,延续了台湾昆曲的命脉。

其后,1968年,大陆"文化大革命"的时候,台湾"中国文化学院"张其昀院长倡办"中华昆曲研究所",夏焕新任所长。学院多次举办昆曲欣赏晚会,1980年更召集各大专院校昆曲社团,参与台北市戏剧节,演出了《游园》《寄子》《断桥》《长生殿·小宴》,1982年"台北市社会教育馆"开设"昆曲研习班",夏焕新主持,为期五年。此外,"艺专""文化学院"也都开设昆曲课程。

经学者与曲友共同努力,1950年,台北女一中昆曲社率先成立,1956年,师大昆曲社、台大昆曲社相继成立,当时高中与大专院校也纷纷成立昆曲社团,共有十一个之多。

常年致力于昆曲薪传的徐炎之与夏焕新,先后在1985年、1987年获得了台湾"民族艺术薪传奖"。

1987年,为庆祝徐炎之九十寿诞,由徐门弟子领军,成立了台湾第一个业余昆剧团"水磨曲集"。

值得一提的是，1980年的"新象国际艺术节"上演出了《牡丹亭》。1982年"新象活动推展中心"主办《游园惊梦》舞台剧演出，白先勇编剧。1984年，中心邀请白先勇策划"中国古典文学与戏剧：昆剧《牡丹亭》"，徐露前演春香（《闹学》），后演杜丽娘（《游园惊梦》），一时传为美谈。

没有因为政治的因素而起起落落，文化精英们的文化自觉，使昆曲在台湾"不绝如缕"："不绝"，没有断；"如缕"，如丝如线，纤弱单薄。

也正是因为丝丝缕缕的存在，20世纪90年代开始的新一轮昆曲推广才有了基础。

"新象"和"雅韵"，推进两岸交流

有了社会的进步和文化人的反省与自觉，昆曲的被认识和被推广也是水到渠成了。

在官方认可的同时，以"经纪公司"的商业模式操作，制作、传播与引进大陆优秀表演团队赴台交流演出的"财团法人新象文教基金会"与"雅韵艺术传播有限公司"，成为昆曲在台湾演出推广的重要推手。

"新象"在许博允和樊曼侬伉俪的执着努力下，陆续"输入和输出"各类艺术活动，从20世纪80年代组织昆曲演出，到90年代邀请大陆昆曲名家与昆团来台公演，都发挥了实际效应。

"雅韵"1997年曾协助苏州顾笃璜编印《昆剧传世演出珍本全编》，整理了一百八十余种昆曲舞台演出本。而经台湾企业家陈启德和顾笃璜的穿针引线，更促成了《长生殿》的排演。后来采访王芳的时候，她也特地说了这一点。

台湾蓬瀛曲社的贾馨园，不仅喜欢昆曲，而且自己也能唱会演，1992年，她组织了四十余位学者与研究生、大学生到大陆进行"昆曲之旅"，这对台湾的昆曲传承和推广，起到了极大的作用，最为重要的成果就是，曾永义和洪惟助回台后就开始推进"昆曲传习计划"。

出版了《画说昆曲》《绘声绘影说昆曲》的曲友韩昌云，现为台北昆曲研习社执行长，她写了下面一段文字——

> 1992年2月，包括了学者专家、曲友、台大昆曲社、文化大学以及其他院校的学生等一行人，来到了天寒地冻的上海，随即专车前往苏州。我们看了一台堂会戏，戏码我记得有《相约》《讨钗》《卖子》《投渊》等。戏很好看，虽然是苏州白，但神奇的是，我完全不觉得有语言隔阂，无非是入了夜实在太

冷，最后冻得受不了，我们几个人开始在后头一面看戏一面跳，想办法让自己暖和起来，成了看戏奇景。

第二天还是第三天，我们又看了苏州大学中文系昆曲班的汇报演出，剧目有《琴挑》和《狗洞》，我依然清楚地记得《琴挑》里，潘必正有一个偷闻陈妙常发香的小动作，现在已被归为糟粕，昆剧舞台上早已废去不用。那回的看戏经验便成了一个很古老的回忆，也是昆剧表演演变的历史见证。

昆剧之旅的第二站是杭州。我们是连夜坐船，从大运河上过去的，当时有几位苏大的男同学，从杭州开始加入我们的旅程。于是我们白天一起游玩，每天晚上看戏。这是我第一次看王奉梅老师的戏，后来又在曲会中听王老师唱曲，被老师的幽静气质和甜美音色深深地吸引，我从来没有听过这么好听的声音啊！昆曲怎么这么好听？！王奉梅老师的《寻梦》把台大的男同学都唱哭了，女生更不用说，剧场里默默哭倒一片。

第三站是上海。上昆的戏很好看，我们一行人都被震慑住了，尤其是王芝泉老师的《扈家庄》《请神降妖》，让人看到几乎忘了呼吸，其他我还记得的戏有周志刚与梁谷音老师的《扫花》，蔡正仁老师的《迎像哭像》、刘异龙老师和梁谷音老师的《活捉》等，可惜我因为私人行程，错过了岳美缇老师的《玉簪记》。

昆曲传习计划

"昆曲之旅"不仅促动文化精英们开始全身心投入昆曲的保护和传承，同时还培养了一批年轻的昆曲爱好者，他们大多成了"昆迷"，至今活跃在台湾的昆曲界。

1990年，台湾地区"文化建设委员会"开始推进昆曲传习计划，第一届至第三届由"中华民俗艺术基金会"承办，台湾大学中文系曾永义教授担任主持人，"中央大学"中文系洪惟助教授担任总执行。该计划旨在为社会大众提供一个研习昆曲艺术的管道，使昆曲艺术在台湾得以继续传承与发扬。设有唱曲班、昆笛班，设置了专业课程，另有专题讲座。唱曲班与昆笛班依学员进度分初级班与高级班，唱曲班兼学身段。专题讲座涉及昆曲的历史，昆曲的文学、音乐、表演、近代发展及与其他剧种关系等多方面主题，使学员对昆曲艺术有更深入的了解。

1996年9月至2000年底，第四届至第六届昆曲传习计划改由传统艺术中心筹备处,"国光戏剧艺术学校"承办。1999年夏,"国光剧校"与"复兴剧校"合并,改制为台湾戏曲专科学校后,昆曲传习计划遂由该校继续承办。

依循提高专业素养并成立剧团的理想,自第四届开始,除了继续开办向社会大众推广昆曲的传习班外,另成立昆剧业余剧团与师资培养小组,招收优秀业余曲友与专业京剧演员,共同学习昆曲,同时培养未来的昆曲师资。第五届起,师资培养小组更名为"艺生班",除表演组艺生外,另招考唱曲组艺生以及文武场艺生。师资涵盖台、港、大陆,乃至美国等地名曲友、学者与昆剧演员及剧校教师。

看一下前后六届参与授课的演员、曲家与学者的部分名单,就可以窥见其阵容和规格了:台、港及海外的有:张充和、许闻佩、顾铁华、曾永义、洪惟助、王安祈、赖桥本、林逢源、萧本耀、朱惠良。大陆的有:华文漪、侯少奎、蔡瑶铣、蔡正仁、王芝泉、岳美缇、计镇华、梁谷音、张静娴、汪世瑜、王奉梅、张志红、沈世华、顾兆琳、张洵澎、王英姿、王泰祺、王世瑶、张世铮、龚世葵、林为林、石小梅、张继青、姚继焜、吴继静、成志雄、李小平、王明强、蒋晓地、王大元、周惠林、韩建林、丁尧安、朱为总等。

八年六届的"昆曲传习计划",培养了四百余名学员。学员来自社会各阶层,从小学五年级学生至大学教授均有。

据韩昌云回忆,在传习计划执行期间,不仅她本人积极"游说"成立昆剧团,曾永义老师更是振臂疾呼,再三强调"昆曲在台湾扎根,必须要朝业余剧团迈进,有计划地传承、演出,这样一来,传承才能有所积累,而不是散枪打鸟,学完就散"。

1999年,在第六届传习计划的基础上,洪惟助以"艺生"班的学生为班底,成立了台湾第一个专业昆曲表演团体"台湾昆剧团"。

朱惠良说,台北市的昆曲演出团体在最近十多年中,发展异常迅速,2001年只有两团,之后以每年一至两团的速度增加,到2011年已增加到十团:台湾昆剧团、昆曲梨园乐府、台北昆剧团、兰庭昆剧团、描风昆剧团、$\frac{1}{2}$Q剧场、咏风剧坊、幽兰乐坊、台北昆曲研习社、中华昆曲艺术协进会。

十个昆团在2001年到2011年十年间,总计获得台北市政府的补助为1537万元新台币,占台北市全部艺文补助额2%左右,平均一年153万。

补助虽然微薄,但并没有降低台北昆曲爱好者的参与热情。

需要说明的是,这些团体基本上是业余的,且团体之间人员交叉互用也比较常见,但是有一点却是肯定的:其中的主要成员都是昆剧传习计划的学员。

"国光剧团"与"台湾戏曲学院"京昆剧团,参与"昆曲传习计划"的团员不少,在年度公演中逐步增加昆剧剧目,2004年首演的新编昆剧《梁山伯与祝英台》,是第一部由台湾团队创作演出的昆剧,曾永义编剧,"国光"、台湾戏专以及台湾昆剧团演员同台合作演出。由于反响热烈,之后更远赴上海、广州与北京演出。

2008年"国光剧团"以一元人民币的价格,将《梁祝》的版权卖给了江苏省昆剧院,展现两岸昆曲艺术交流的情谊。

为了让昆剧舞台艺术得以长久保存,在"文建会"的支持下,曾永义和洪惟助在1992年与1996年,由"中华民俗艺术基金会"执行两期,以三机作业的方式,前后录制了大陆六大昆剧院团的一百三十五出戏。

《昆曲辞典》和昆曲博物馆

在录影计划之前,与昆曲传习计划同时,洪惟助跟当时"文建会"的主委谈了几次,1991年底"文建会"同意编《昆曲辞典》,由"中央大学"承办,该项目于1992年1月至1993年6月获得补助;1992年1月至6月搜集资料,成立研究室;1992年7月至1993年6月完成第一册初稿;1994年7月至1998年6月由教育主管部门补助,完成了音乐、表演、舞台美术、组织、演出场所、演出习俗、佚文传说与大事年表等的基础研究。

之后,《昆曲辞典》项目组织者邀请海峡两岸戏曲学者、专家共同研究撰稿,将第一册初稿和教育主管部门资助完成的基础研究,重新修订并交付审查后,再作整理修订,2000年完稿。

《昆曲辞典》分上、下两册,于2002年出版。

以下是洪教授的回忆——

我们1991年开始办传习计划,就想到编《昆曲辞典》,就想到成立昆曲研究室,这三个其实是一起构想的。

首先成立"中央大学"戏曲研究室,编《昆曲辞典》。这个构想比传习计划晚一点,传习计划开始,我们就开始讨论这个事情。

过去在台湾研究戏曲,把所有台湾图书馆找遍,所有的资料不能满足二分之一。我觉得应该成立一个资料室,比如说昆曲,我们大部分的资料可以在这里找到,这是我第一个要做的事情。第二个要做的就是编《昆曲辞典》,因为昆曲这么重要的一个剧种,历史上竟然没有辞典或者百科全书这样的东西出现,我觉得应该要来做这个。1991年我休假一年,4月我就去南京,住了两个月,每天就到胡忌家,每天就跟吴新雷他们谈昆曲,谈《昆曲辞典》的构想。

《昆曲辞典》1992年1月开始编,2002年出版,前后十年。原来准备三年完成,"文建会"主委人走了,换了人项目就停了!只好且战且走,每年去要钱。

一共五千多个词条,图片一千零三张。我这个给公家出,给公家出的好处是他不在乎销路,不在乎赔本。比如说我出这个书,他就愿意赔本,无所谓,书店就要考虑到成本啊。另外我在出版的时候办了一个发布会,花台币一百万,若是一般书店,就要考虑到我一百万怎么收回成本。

颇有意味的是,吴新雷主编的《中国昆剧大辞典》,完全是个人行为,自始至终没有政府支持,所有事务也都是吴新雷和俞为民、顾聆森三个夫子自己做。他们1991年开始编写,六年完成,却没有钱出版。最后还是因为向南大校庆"献礼"的"机遇",才得以出版,从项目启动到出书,前后整整十年。

台湾的《昆曲辞典》前后也是十年,最难的不是钱,而是大陆资料的收集,其中,包括吴新雷老师在内的大陆学者、昆曲团体和演员,都给予了积极无私的配合。

两本昆曲辞典,两岸一样心情。

炎黄子孙的心是相通的。

文化精英的心是相通的。

如今的博物馆有名无实者比比皆是,如"昆曲博物馆",大陆也不止一个,而且还在筹建新的……

看看台湾"中央大学"戏曲研究室有关昆曲的资料清单吧——

洪惟助教授随意说到,当时(20世纪90年代初)买的东西,比如说在北京买的一百多块钱的东西,现在一万块都买不到。《戏曲丛刊》买了一至四集,然后到上海买了第五集,五百块,第九集,七百五十块,现在到北京去买要两万块。这是好几年前,现在有没有涨价?当时七百块钱一大堆,第五集他自己买一套,也为研究室买一套,到了第九集他就想我这里有了就算了,我家里也摆不下那么多,不然现在也是一笔宝贵的财富了……

正是在这个过程中,洪惟助计划在"中央大学"建"昆曲博物馆",就在戏曲研究室旧址上翻建、装修。

原预估需资金五千万元新台币,实际上远远不够。但就这点,也因为学校校长调离而搁浅了。

我说，实在不行的话，这些资料就卖了吧。一定有人需要。比如昆山的"昆曲博物馆"空空如也，哪怕花大价钱，能收藏这些资料也是很值得的。

洪教授笑而不语，他知道这是不可能的，他也知道自己所做工作的价值，他坚信新任校长一定会理解和支持他的计划。

2013年8月23日，洪教授带我参观了他的资料库。尽管，不能与苏州的"中国昆曲博物馆"相提并论，但是就我所知，迄今为止，可称得上昆曲"博物馆"的，仅此两家。

在这里，简易的戏曲研究室，却收藏了极为丰富珍贵的资料：

录影计划一百三十五出戏的盒带，都在保险箱，恒温恒湿保管。

俞粟庐、王瑶卿的字画。

俞振飞九十岁，他去祝寿。问俞老，您的戏服能不能给"央大"来收藏？俞老说"文革"一场，还不知道有没有了，有也恐怕找不到了吧。三年后，先生去世，洪惟助无限唱叹，心想，俞老过世，他的戏服怕"没戏"了！殊不知，过后李蔷华见洪惟助，把俞老的戏服送给了他，原来俞老有遗嘱，这戏服找到了就给洪教授他们！

笔者在俞振飞戏服前伫立良久，心想：不知道大陆有没有哪家"昆曲博物馆"收藏了俞振飞的戏服？

"传"字辈的周传瑛、王传蕖、沈传芷，还有韩世昌的戏服，这里都有！

上海昆大班的戏服，全有。

还有"大先生"沈月泉原藏的乾隆三十一年的昆曲手抄本。

倪传钺的手稿好多，其中苏州昆剧传习所的绘图也赫然挂于壁上——倪传钺绘过两幅传习所图，一幅较早的在苏州，较晚的就是这幅。

终将成功的台湾"昆曲博物馆"，现有资料——

沈月泉、吴梅等手抄本五百种。

俞振飞、周传瑛等人的戏服三十多套。

录像、录音资料七千多种。

文献资料一万多件。

照片近万张……

"故宫"新韵

2013年8月26日一早，比约定时间提前一个多小时，赶到了"台北故宫博物院"。门还没开，就躺在条凳上想休息一会儿。有清洁工过来说，不好躺的，我就坐起来,听蝉,傻想。记得有一位台商对我说过,蒋介石把大批文物带到了台湾,"他没有放进自己口袋里!这是很了不起的!"他的意思是如果不带走,那批文物很可能流失到私人手里了,到美国到英国的博物馆去了。现在大陆人到台湾旅游观光,几乎没有不到"台北故宫博物院"的。这不,八点还不到,人们已经排起长长的队等候参观了……

九点整,与新任院长冯明珠和教展处处长林国平,还有朱惠良一起,在会客室小坐、小叙,而后安排参观。中午就在"故宫餐厅"用餐,朱惠良说她刚拿了一笔稿费,就由她请客,我们边吃边聊……

2008年夏天,受周功鑫之邀,朱惠良辞了教书的工作,回到"台北故宫博物院"。后来,她和李宝春聊戏曲,就说,博物院里有一个文会堂,使用率不高,院长也觉得很可惜,是不是可以做一个戏曲形式的教育推广互动?

于是提出"'故宫'新韵"的计划,院长表示赞同。

2009年开始,"台北故宫博物院"推出文物与传统戏曲结合的跨界活动:"'故宫'新韵"演出系列,首演昆剧《长生殿》,以院藏唐人《明皇幸蜀图》《宫乐图》与唐代铜镜等文物作为舞台美术以及文宣等的设计元素,昆剧《牡丹亭》以及昆剧折子戏《康熙皇帝赏剧选粹》等,均与典藏文物结合。

《长生殿》有五十折,而当时定的"'故宫'新韵"的戏是每周三下午两点半到四点,一个半小时。他们找到台湾大学中文系的李惠绵教授,还有兰庭昆剧团的王志萍,一起讨论把《长生殿》浓缩到九十至一百分钟。最后挑出了八折戏,大概一百分钟。由张世铮、周雪雯夫妇导演,温宇航和陈美兰主演。

第一次演出的时候,朱惠良很紧张,她就坐在第一排。杨贵妃自缢在马嵬坡,白练一吊,整个灯光是红色的,然后一下就黑掉了。剧院里很安静,她就想,怎么没有人拍手啊?就转头看看四周,发现很多女观众都在掉眼泪,很多人还沉浸在戏里面,于是带头鼓掌,观众都醒过来,掌声雷动。

首场演出轰动,以后更是场场爆满。文会堂原有的二百七十个座位已经远远不够,连座位中间的楼梯也坐满了人。因为这只是一项教育推广活动,并不出售门票,所以只是在公交车上打一些广告,但是演出之后就一传十、十传百地传开了,于是每个星期三就有很多人专门来看戏。

每档戏演三个月,演出期间,同步规划五至十场教育推广讲座与亲子活动,将传统戏曲表演艺术注入博物馆推广教育中,不仅为文物增加了活力与生气,同时也给传统戏曲团体提供了演出的机会,培养传统戏曲观众,将静态的文物与动态的戏曲结合,二者呈现更多元的风貌,观众随着戏曲表演进入历史的时空隧道,深入文物中所蕴藏的历史文化脉络;而戏曲表演也透过美丽的文物画面，丰富了舞台美学。"'故宫'新韵"不仅为观者打造了戏曲与文物虚实相生赏心悦目的视听飨宴，更为非遗的保存、传承与推广提供了一个创意十足的崭新模式。

昆曲同期　遭遇"意外"

2013年8月，在台湾十天，每天采访连轴转，真个不虚此行，收获颇丰。

8月25日下午，参加台北同期。

坐捷运到台电大楼对面，耕莘文教院四楼，才一点多，简朴的教室里已有七八人在"暖嗓"了。轮值的黄丽萍女士告诉我，9月21日举办中秋曲会，今天过来，就是演练一下节目……

今天的同期人多，光笛师就有三位，实在也是像模像样的了。不一会儿，昨天才在"中央大学"戏曲室见到的戏曲博士生和台大毕业的昆曲社社友等三名女生来了，她们唱《折柳·阳关》时，我拍照发到微信上，一会儿，意外见到上海昆剧团沈昳丽回应：她们都是我的好朋友！

世界这么"小"，昆曲这么"大"——小众的艺术，竟然"大"到了在台湾遇见大陆演员的粉丝曲友。

正兴奋，曲友韩昌云拿了本我写的《昆曲之路》来了，要我签名。真的意外，愣了下，问，哪来的？买的啊。哪买的？她笑笑：台湾啊。

接下来，采访了几个人，"意外"不断——

姚天行，从师范大学"国语"教学中心退休后，在学校开文化班，教老外昆曲。她说，只要有五个人报名，就可以开班。老外最感兴趣的是化装、拍照，最后一课成果展，有唱《牡丹亭》之【山桃红】的，也有化装走台的。不唱不演的就做观众——老外给老外捧场！

李冬龄，大学毕业后到美国芝加哥，在美国也唱昆曲，遇见两个同好，一个上海人（五旦），一个北京人（女老生），加上她（六旦），就演《游园》，到芝加哥大学示范演出，还到社区演出、推广，"每个月都开车五个小时，到华盛顿去上昆曲课"！还说，2010年她回台湾，"迷死了昆曲"的上海人夏兰石、夏永游只好母女合作演《游园》……

梁冰枏，苏州人，父亲梁小鸿，是刘海粟学生，跟"传"字辈老师姚传芗、方传芸学过。耳濡目染，她自小就会唱昆曲。她在成功大学教中文，也唱昆曲。她说，成功大学1948年就有"国剧社"，京昆都唱。她退休到台北后，副教授高美华、硕士生曾子津继续传唱，她定期去指导他们。最近十年，因为京胡老师去世，没人唱京剧了,"国剧社"干脆只唱昆曲了。每年11月11日校庆,都公演。"父亲在世时一直想成立昆曲社,可是他自己不会吹笛子,始终没成功,谁知他不在了,倒是实现了。"

都说台湾没有昆曲,原来也是有的!

更意外的还在后面:朱惠良在走廊里出现了!前年她在镇江画家、作家王川家里看到我的《昆曲之路》,很惊讶,立马要了去,今天她来参加"同期",便有老友相遇的喜悦……

六点半多了,曲友唱罢,先后离去,这时突然听见说,温宇航来了——温宇航是台湾唯一进过专业学校的昆曲演员,一般他是不参加同期的,今天突然出现,实在是个很大的"意外",待他唱完,赶紧和他聊天……

快七点了。同期散去,我独自下楼——

又是一个意外:楼下是唱诗班,天主教徒们正在虔诚唱诗。

不由驻足凝望,心想,唱诗班是不是在和刚刚楼上昆曲的雅音呼应呢?

美丽总是一样的,爱美之心总是一样的,唱诗班和台北同期呼应,台湾的文化人对昆曲的执着和传承,不也和大陆文化人心有灵犀遥相呼应吗?

龙的传人

因为是龙的传人,所以很多港台企业家对中国的文化都有一个梦,其中更有一部分人,很早就在做昆曲梦——

先于青春版《牡丹亭》,陈启德资助的《长生殿》,在台湾产生了前所未有的影响。

香港叶肇鑫,历经艰辛,做成了一个人的昆曲"百家讲坛"!

还有一个顾铁华,不仅雪中送炭,倾心资助昆曲,而且粉墨登场……

陈启德出资五百万,排演《长生殿》

差不多就在第一次中国昆剧艺术节举办的同时,台湾财团法人"国际新象文教基金会"董事长樊曼侬开始筹备,在2000年至2001年间,举办"跨世纪千禧昆剧精英大会演"。

两岸的文化交流开启不久,樊曼侬就制订了这么一个大胆的计划,如今想来,的确令人钦敬。

这期间,苏州顾笃璜赶排了十分传统的《钗钏记》,观看这个演出的,有一个比较特别的人,她叫贾馨园,之后她找到了顾笃璜,当下谈定,由她安排于次年去台湾演出。

不久,贾馨园介绍台湾石头出版社的陈启德先生与顾笃璜先生见面。

一个是昆曲耆老,一个是属意昆曲的企业家,二人相见恨晚,谈得非常投机,陈启德决定拿出五百万元,请顾笃璜排《长生殿》。

《长生殿》是顾笃璜早就想排的戏,只是没有钱,他只好把梦埋在心里。如今海峡那边有人出资,他顿时来了精神,不顾年老体弱,立刻开始整理剧本……

陈启德还请了台湾的电影界名人叶锦添先生来设计服装和舞台造型。

彩排时,陈先生亲自飞过来看。正是早春二月,剧场条件太差,"那个后台像是十年都没有人用的,都是灰,破破烂烂的。空调只出声音不出暖气,到休息的时候所有人都在跳跳跳,太冷了!"

这次先生把夫人也带来了。陈夫人觉得你花那么多钱去弄的什么鬼啊？结果一看，尽管条件很差，但戏还真是个好戏，做出来蛮像样的，她蛮高兴。

按合约，2003 年 8 月赴台演出。

一场"非典"将这个计划彻底打乱！商店里一般的预防感冒的药品都买不到了。陈启德知道这边情况后，马上快递了两大箱物品来，一箱是大陆脱销的口罩，一箱是常用药物，这给剧组的人带来了不小的安慰。

2004 年 2 月，延期了半年，由缪学为和成从武带领的苏州昆剧院《长生殿》剧组终于到了台湾。

刚刚经历了一场"非典"袭击，台湾内部又经历了一场"大选"，作为主办者的陈启德，心里暗暗捏了一把汗：还会有人来看昆曲吗？

完全没有想到的是，《长生殿》在台湾引起了轰动，引发了台湾的"文化地震"——

2 月 17 日，台北新舞台。

观众"惊艳"，先生"惊喜"。

有一位九十多岁的老观众，他说已经无法用语言来表达自己的感动，竟然狂呼：昆曲万岁！

……

陈启德要让昆曲走得更远。

2004 年 12 月，《长生殿》在北京保利大剧院演出，三十元一张票，三天九十元，但票价却被票贩子炒到了一千五百元！

中央电视台记者对王芳开玩笑说，王老师，你有没有票？我们宁可去倒票做票贩子了。

在香港的演出也盛况空前。

2007 年初到比利时演出。

开始去推荐，皇家歌剧院经理问，是不是像京剧？有猴子的（京剧的猴戏比较多）？

不是。

是不是魔术表演？

也不是。

反复解释说明，最后剧院勉强接了。

结果出奇地美好。场场爆满。演到第三场，结束时只见台下寂静无声，白沓沓一片——观众被感动得哭了，掏出纸巾擦眼泪，擤鼻涕都不敢出声。后来李、杨"团圆"，"哗"一下掌声雷动，如暴雨不歇。谢幕谢不了，一次又一次，最后实在没办法,只好将场内灯光开了,再把舞台灯光转暗,观众才依依不舍地离去。

剧院经理说,比利时观众很绅士的,从来没有这样站起来鼓掌的,说明是非常激动,控制不住了。

有一个小小的细节:带队的成从武那几天感冒,看演出时禁不住轻轻咳嗽,马上就有观众朝他瞪眼睛……

列日市市长出席首演,本来打算看半场,中场休息时就离去的。看了半场后,他不走了。后来干脆每天都来,看了三个晚上,上、中、下都看了!还到后台看望演员,他说,从来没看过东方这么好的艺术,你们都像是从云端里飘来的"仙人"!

中国驻比利时大使章启月接见剧组人员时说,文化的力量是跨越国界的,它做到了政府不能做的事情。此前,很多比利时人不了解中国,甚至还以为中国人都还留着辫子,还有人看了《红高粱》,就以为中国是这么落后。现在一下子看到这么美妙的昆曲,中国的形象在他们心底一下子变得美好起来……

纯粹的昆曲,纯粹的人

2013 年 8 月 27 日下午,台北火车站对面的一家百货商店楼上,许佩珊(《长生殿》执行长)、黄晓薇(《南柯梦》行政总监)、杨汗如(《南柯梦》制作人之一)三人向我讲述了陈启德先生的故事。

我说,究竟是什么促使陈先生这么做呢?

许佩珊说,陈先生做工程,苏州、昆山都有企业,西部还有矿业,事业蒸蒸日上,私人收藏也情有独钟,尤其钟情于明清字画古玩,他觉得他就该是那个年代的文化人转世。信佛的他甚至说,他上辈子就是苏州人。所以到苏州,就有"回家"的感觉,苏州不只是小桥流水,也不仅是风花雪月,苏州有昆曲,苏州有顾笃璜这样耿直而顽强的昆曲的守护者。他深深地感动了。

为昆曲,也为"故乡",他义无反顾。

《长生殿》之后,先生想继续为"故乡"做事,当然还是和昆曲相关。

黄晓薇说,其实他一直想要继续做,只是说要找到合适的题材、演员,并不是那么容易的。还有就是找什么样的导演。

他曾经想做《桃花扇》,但是因为有时候你正在想,别人已经做了。比如说你想做《红楼梦》,人家做了,你现在做好像是一种凑热闹,他也不想要。而且有时候就会被比较,有时候这种比较又不公平。他也会考虑到这个……所以,无论你做得好不好,你现在再做都会尴尬。

这就想到了《南柯梦》。

《南柯梦》的本子对于他来讲很有意境。其间他常常问，最后大彻大悟到底是什么？淳于棼最后为什么会大彻大悟？

他曾讲过，《南柯梦》的故事对他来讲，有信仰上的意义。

为什么选择江苏省昆？

首先他是比较想要扶持青年演员。刚开始还是想去苏州。但是一方面考虑到，白先勇老师用过的一些演员已经成名了，会不会很难管束；另一方面也觉得，可以试一下当时没有得到机会的一些好的演员。他就去看他们的戏，也不止一次。但是苏州昆剧院的行当非常不整齐，老生、武生、花脸，几乎是没有的。

《南柯梦》里有五个花脸。后来黄晓薇就想到，南京有三个花脸，所以就跟陈先生发了个信说，要不要考虑那边。后来他就同意去看看江苏省昆的演员。当然江苏省昆的花脸也不全，其实最全的应该是上昆。但是陈先生有一种扶弱济贫的感觉，他就觉得上昆已经这么强了，也不用扶持他们。后来他去南京看了，觉得还不错。

这次投资，还是五百万元，执行长是黄晓薇。

黄晓薇很认真，问陈先生：您做这个戏的目的到底是什么？

陈启德略一思索，说了三点，还亲手写下来给她，说，仔细地认真地去执行这三点——

第一，这出戏一定要能够培养昆曲新的观众，在台湾。因为那个时候没有想到要到别的地方去演，只想到在台湾演出。

第二，要培养台湾的制作、主创团队，有能力去做昆曲。

第三，这个戏要好看。

想法也很单纯。就写了这三点，至今晓薇还留着。

因为这三条，导演就选择了话剧的导演，话剧导演处理剧本的方式、舞台的运用、舞美的设计，到后来营销的方式，都是跟传统做昆曲的不太一样。

后来，对有些事情进行讨论的时候，晓薇的意见跟陈先生不同，或者发生争执，就拿出这三点来讨论。比如第一版出的DM，做宣传，陈启德就反过来跟她讲，你真的觉得这个可以吸引新观众吗？这个看起来也是很老哎！很多类似这样的沟通，就是一直希望达到他刚开始要达到的目的。

这三个是最重要的，利益是另外一回事。这跟过去做企业的思维逻辑是不一样的。

黄晓薇说，《南柯梦》的演员施夏明跟单雯，一生一旦，都不错。施夏明很认真，"他应该是所有老师都很喜欢的学生。谦恭又好学。他每次演的都不一样，每次演完有一点不一样我都会去找他聊，他就一直想一直想。我觉得（江苏）省昆有几个演员真的是蛮可爱的。"

2012年10月，《南柯梦》在台湾演出。演了四场。两轮。

在天津的演出，媒体报道都用了很大篇幅，戏评都很好。很多年轻的小观众在微博上说喜欢。

晓薇说，她一条讲《南柯梦》服装图案的微博，阅读量达到三十五万人次！其他一些小段落，也常常有两三万的阅读量。年轻观众在网络上对《南柯梦》非常关注，讨论很多。

在天津的演出，"就算没有完全把花销打平，基本上也不会赔太多"。她说，陈先生有这个心理准备，他很高兴，他觉得已经非常好了！戏做好了就很高兴，他希望能够多演，让多一点的人看。

一个人的"百家讲坛"

六十八岁的叶肇鑫是香港的昆曲曲友。就是这位貌不惊人的小人物，却做成了一件"大工程"。

从2010年开始，他拿出自己积蓄的三分之二，还抵押了一栋房产，筹得五百万元，将二十九位平均年龄在七十岁以上的昆剧艺术家聚集到他的"讲坛"上，"一人一说，一戏一题"，每个演员最擅长也最经典的折子戏，多在这个"讲坛"上展示。

昆剧舞台五彩缤纷，"大师"说戏千古流芳！

台湾学者曾永义、洪惟助等人，在20世纪90年代，历经千辛万苦，将正处于壮年时期的昆剧艺术家的一百三十五出戏录影留存，现在他们再像二十多年前那样演出，已经不太可能了，然而，他们却可以将自己的演出经验和对戏剧的理解，通过说戏的方式告诉听众。

一个是演出，一个是讲座。

一个是录影，一个是录音。

人老了，艺术却成熟了。

不能都演，却可以全讲。

录影录音，功德无量！

叶肇鑫是做金融的，和昆曲结缘是因为香港城市大学中国文化中心举办的昆曲讲座。退休赋闲的他报名听课。讲课的大都是赫赫有名的艺术家。这一听就是两年，一百七十堂课啊，他听得有滋有味，越听越是痴迷不舍！

可是，叶肇鑫慢慢发现，听课的大多是学生，青春年少，用心的并不是很多，恐怕是因为学分才听课的吧。再就是，他听出窍门也感觉到了这样讲课的不足之处。他对汪世瑜说，讲课看视频，是通俗易懂、容易接受不错，可是讲得太少，不深入，不细致。他设想，能不能像解剖麻雀那样，用一个小时甚至两个小时来讲一个折子戏？

这样就不是给没有入行的学生讲课，而是从专业的角度说戏了。

"大师"说戏的工程开始酝酿。他和汪世瑜、朱为总、蔡少华一起商量，都说好。

想得很简单，做起来却困难。演员能演不一定会讲啊。对一些人来说，说戏比演戏要难得多。演戏演了几十年，凭的是经验、感觉还有悟性，说戏则似乎完全是另外的一种艺术。所以有时候，讲一堂课，要准备几个月……

没有做过，先尝试着办吧。他拿出五十万元，作为先期资金，请几位艺术家说戏。

2010年1月，侯少奎在苏州昆剧院剧场说了一出《刀会》。这是北昆的当家折子戏之一，先生说戏，依然有乃父之风，气势气韵都十分到位，"大江东去浪千叠……"一声吼，声震屋宇。

开局不错。叶肇鑫很欣慰。

可是五十万元很快就用完了。面对此情此景，有些答应说戏的艺术家改口了，也有的则提出一些让人难以接受的要求。

显然，作为从未和昆曲人直接交往过的叶兆鑫，对"大师"们的了解还是比较简单的或者说是表面化的。

实际上，名曰"大师说戏"，而说戏者未必都是大师。真正的大师是要留给后人去认定的。至少笔者没有给任何一个活着的昆曲人以"大师"的头衔。如果说艺术家，倒真是不少。而艺术家也是"各有千秋"的，艺术是，为人也是。叶先生开始时没有想到事情会如此复杂——不只是钱，还有其他。

好在，文化部领导一开始就明确地给予肯定和支持，还和全国各昆剧院团打招呼，在说戏过程中给予方便。这使得叶兆鑫有了坚持下去的底气。

叶兆鑫坚持了，挺住了，因为他非常清楚，不能继续，就是宣告失败，就留下了永远无法弥补和拯救的"烂尾楼"！

叶肇鑫是学数学的，他估算了下，做一百出戏，包括人工和讲课费，大约五百万元就够了，也不能说是"无底洞"吧。

斟酌再三，他决定独自承担"说戏"的费用。

不至于破釜沉舟，但至少也是表明了决心：他将房子做了抵押……

叶肇鑫的决心让人们看到了希望。

岳美缇说，他应该有点钱，但是他每次参加《大师说戏》录影，都是坐火车到深圳，再转飞上海，为了省钱。但对我们，他总是安排在上海等地接送，尽可能不让我们挤动车。

要做好"说戏"，钱固然重要，但更需要组织者的虔诚和投入。

石小梅在说戏中先后哭了五次！她是沈传芷的得意弟子，沈传芷晚年多病，石小梅照顾了三年。沈传芷辞世前把她叫到床前，对她说，现在我把《连环记·小宴》这个戏说给你。

沈传芷教完石小梅，三个月后就辞世了！

叶肇鑫听说，三顾茅庐。

终于，石小梅同意说《小宴》……

2011年11月，《昆曲百种·大师说戏》录制完毕。

舆论似乎总在聚焦同样一个问题：这样的工程，为什么偏偏是由香港的一位民间人士而且是"圈外人"来做的呢？

不需要多说。

二十多年前台湾学者录制一百三十五出昆剧折子戏，现在叶肇鑫录制"大师说戏"，说明的是同一个道理：昆曲大美，昆曲属于全人类，每一个钟情于中华文化的人来做，都在情理之中，更何况是龙的传人！

2011年8月，文化部赵少华副部长找到叶肇鑫，在北京万寿宾馆，谈了一个多小时。王文章、董伟都是"说戏"的支持者。他们支持《大师说戏》的出版，表示会用多买等方式，对叶肇鑫的行为表达"肯定和支持。"

有一个细节，可以说明叶肇鑫承担了怎样的压力：

妻子只知道他"赞助"了最初的五十万元，后来得知连家产都抵押给银行了，哭得不行……

2013年11月2日，在香港城市大学张永珍楼，叶先生向我吐露了他的心声，他的成功的喜悦和自豪，以及他的辛苦和辛酸。有些人，有些故事，现在不能说，不好说，他也只给我说了一点点——的确，还是留给后人去品味，去"研究"吧！

《大师说戏》由湖南电子音像出版社出版。湖南省新闻出版局和中南出版集团都将其作为精品工程在做。一百一十片，排成两排，很精美。封面有卡片，设计非常人性化。

这是系列之一。

系列之二、之三，总编辑朱为总做旁白、点评，共七百段，每套五本，全文一百五十至一百八十万字，画龙点睛。因为要求都不一样，到后来，朱为总说，我"江郎才尽"了！但还是做了。分简体、繁体两种版本。

系列之四、之五，由张世铮任制作总监，汪世瑜为艺术总监，出版社两个编辑参与，从一百一十讲里面抽取精彩语录、警句、妙句，将近一千段。也出了简体、繁体两个版本。

系列第六、第七，内容也各有侧重。

第八个是外文版，可能要放在美国出版，还没最后定。这样做，是"给研究中国文化的人看，不是拿来做普及教育的"。

说到所做的工作，叶先生说自己不是英雄，只是做了自己想做的事。

香港有个顾铁华

顾铁华是江阴人，说起来，还是昆山顾鼎臣和顾亭林的后裔。因为从小就受到戏曲的浸染，长大后，始终没有远离戏曲，即便在做生意取得成功之后，依然心心念念戏曲，倾尽全力为中华文化的传承和传播作贡献。

顾先生太太费肇芬说，他不会喝酒、不会麻将、不赌钱、不下舞池，我是马会的会员，他没有进过马会，买马他都不懂，好像"乡下人"一样。所以在这种情况下，他喜欢昆曲，我绝对百分之一百地支持他。他没有其他兴趣，唯一的兴趣就是昆曲，所以那么辛苦赚来的钱，应该做他喜欢的事。

20世纪60年代，他在德国，是一个财团的中国代理。从德国坐飞机先到香港再到上海，大概要十三个小时，他的唯一嗜好就是在飞机上听俞振飞的录音带，听了上百遍还是要听。一边听一边学。

对昆曲的痴迷到什么程度？他自己说是"魂牵梦绕"，几乎"不可一日无此君"。有一次，他曾经在上海连演六台戏，李薇华、李蔷华等一些艺术家都帮他一起演，京昆加起来六台戏。一天他约了郑传鉴老师在他下榻的锦江饭店排戏，有电话找他，大意是说有一笔大概一百万美金的生意。他拿起电话就说："我现在唱戏，不谈生意！"

为了更进一步学好唱好演好，通过朋友牵线，顾铁华一心要拜俞振飞为师。俞振飞说，我听听他唱得怎么样，听了以后说"倒蛮像我的"，就讲了这么一句话，就表示愿意、可以。

1979年10月5日，收徒仪式在上海浦江饭店举行。是日高朋满座，嘉宾云集。因为顾铁华是"文革"以后俞老收的第一个海外弟子。所以中国新闻社编印的《中国新闻》第8799期，以"德国华侨顾铁华拜俞振飞为师"的醒目标题，向海内外发布了长篇通讯。

俞振飞在1984年8月16日香港《文汇报》登载的《送华文漪赴港演出有感》一文中，对顾铁华大加赞赏：尽管当时我对他指导不多，他却能把我的玩意儿"偷"去不少。特别是他的唱、念，堪与我的其他学生媲美……

1996年顾铁华资助的《顾曲周郎》在北京参加全国昆曲会演，赵朴初先生见他演得好，对昆曲有一份情结，就鼓励他成立昆曲的基金，顾铁华欣然应允，不久便成立了"顾铁华振兴昆曲基金会"，这是海内外第一家个人出资的基金会。基金会有几个原则：1. 要推广昆曲；2. 资助各个地方曲社的活动。当时，只要有曲社写信向基金会表明费用不足的实际情况，基金会就给予支持。20世纪80年代初，顾先生自己也还没有买车，却给上昆送汽车、送复印机；同时，还和张继青、华文漪、蔡瑶铣等艺术家合作，摄录并出版了《中国昆曲精品集粹》；投资出版了《粟庐曲谱外编》、资助出版了《昆曲精选教材300种》。上海昆五班的双胞胎、还有现在在北昆的一些演员，都是受其资助念完大学的。他资助苏州艺校购置了戏服道具，还资助上海戏校出版《昆曲300种》；同时，顾太太还提议，给昆曲老师们设立奖教金，给小朋友发营养费；湘昆的学生到上海来学习昆曲，他也资助了他们。

关于《九宫大成》校注，香港曲友张丽真找到香港中文大学利氏基金，希望其提供资助。书的规格比正常的还要小一点，顾铁华看到后说，这类书要出得像样些，张丽真说："经费不足。"顾铁华说："缺多少钱，费用我来出。"后来书的第一页写明，缺的钱是顾先生支持的。

在香港，顾铁华还创办了"姹紫嫣红——中国传统戏曲曲艺进校园"活动。

所有这一切，在当时，都是雪中送炭！

1989年，南北昆曲会香江。"传"字辈老师出身很苦，1989年顾先生将"传"字辈老师全部请到香港，住在他家里。顾先生叫周志刚一同前往照顾好"传"字辈老师，吃住管好。这也是创举。"传"字辈老师集中在香港亮相，这是第一次也是唯一的一次。

2014年，顾铁华与李和声先生在香港中文大学开办京昆通识课程。

2014年5月12日，顾铁华被香港中文大学授予"荣誉院士"称号，并举行了隆重的颁授仪式。

2020年1月3日，笔者在顾铁华先生的家里采访，在场的有周志刚、朱晓瑜夫妇和费三金先生。在采访快要结束时，我忽然问到先生到底为昆曲付出了多少钱，顾铁华和费肇芬夫妇都说不上来。我粗粗匡算，一定在亿元以上，至于"以上"是多少，恐怕谁也说不清楚了。

更加难以表述的，是顾先生对中国传统文化的挚爱和倾力付出的这份情怀！

中篇

人与戏

风雅大师

  六十年来，我国昆曲事业是和俞振飞同志的艺术实践分不开的。人们一谈到昆曲，就自然会联想到俞振飞同志，正如一谈到京剧，就立刻会想到梅兰芳一样。

  俞振飞同志饰演的巾生，就摆脱了脂粉气，突出了"风雅"，也就是大家异口同声一致赞赏的"书卷气"……

——周传瑛（1980 年）

  我对俞老最初是同情，后来我们有了感情，最后感情变成了爱情。年轻人可能会笑我们：你们这么大年纪还会有爱情吗？是的，我很爱他。爱他的艺术，爱他的修养，爱他的人品……

——李蔷华

大师评说大师

  1980 年 4 月，文化部、中国文联、上海市文化局、上海市文联等单位联合举办"俞振飞演剧生活六十周年纪念活动"。这是继梅兰芳、周信芳之后，国家第三次为一个艺术家举办这样规格的活动。

  周传瑛在《曲海沧桑话今昔》一文中，对俞振飞作如是评价——

  六十年来，我国昆曲事业是和俞振飞同志的艺术实践分不开的。人们一谈到昆曲，就自然会联想到俞振飞同志，正如一谈到京剧，就立刻会想到梅兰芳一样。

  他演的巾生戏和我们学的在表演上颇有差异。按我们老师的路子，巾生在表演上需带有脂粉气，例如角色的手法和台步（经常用窜步、碎步），近似闺门旦。而俞振飞同志饰演的巾生，就摆脱了脂粉气，突出了"风雅"，也就是大家异口同声一致赞赏的"书卷气"……

周传瑛是"传"字辈的领军人物之一,他对俞振飞作如此评价,俞振飞在昆曲史上的地位、对昆曲的贡献,由此可见。

说俞振飞的艺术特色,一是"风雅",二是"书卷气",更是点睛之笔。

风雅,昆曲之雅,中国传统文人之雅,在俞振飞身上表现得尽善尽美,无论柳梦梅(《牡丹亭》),还是李太白(《太白醉写》),不同的人物形象,都有着中国传统文人的风雅之气。所谓"书卷气",在于先生家学渊源,自小就饱读诗书,之于昆曲,不仅仅是爱好,更是传统文人对传统文化的敬重与敬畏,至今普遍沿用的《振飞曲谱》,就足以见出先生的学养。

1985年5月,先生在上海兰心大戏院和美籍华人、奥斯卡电影奖终身评委卢燕女士演出《游园惊梦》,黄佐临、白杨等文艺界知名人士一同观看了演出。先生把风流倜傥的少年柳梦梅表演得入木三分,观众看得如痴如醉,简直不敢相信,一位八十三岁的老人,竟能把十八岁的少年演得神韵毕现!

黄佐临说:这就是中国昆剧的魅力。

风雅俞振飞的魅力。

何谓大师?

此之谓也。

然而,时隔三十年以后,2011年夏,在上海纪念俞振飞诞辰一百零九周年的会议上,曾经有过非常不和谐的声音。

蔡正仁发言说,有人出了一本所谓的书,攻击俞老,到了很不像样的地步。"给我感觉乌云满天,没有真理可说","非常气愤,非常不能容忍"。

俞振飞是一个大好人,是一个德高望重的艺术家。蔡瑶铣说,"俞老在台上台下都是温文儒雅,说话慢条斯理。"那本书却把他写得一塌糊涂。李蔷华义无反顾向卢湾区人民法院起诉。意想不到的是,竟然败诉。

蔡正仁在叙述了事件的经过以后说,所幸真理还是存在,乌云遮不住太阳。就在纪念俞振飞活动期间,上海市中级人民法院终审判定李蔷华胜诉……

也正是在纪念活动期间,费三金先生撰写的《俞振飞传》开始发行。这是一本资料翔实、文笔流丽且充满了智慧和正义感的作品。非常佩服费先生洞幽察微的纪实风格。本章部分细节就取材于先生的传记。

俞振飞和"传"字辈有着六十年的友谊。说昆曲不可能不说"传"字辈,同样,也不能不说俞振飞。

现代昆曲的谱系,可追溯到清代的叶堂,其后是他的再传弟子韩华卿,再下来是俞粟庐,俞粟庐下面有"一龙二虎","龙"姓顾,"虎"为二俞:俞振飞、俞锡侯。

昆曲界有"俞家唱"或"俞派唱腔"之说,它的创始人是俞粟庐。俞粟庐是清代道光年间的人，二十一岁在松江当守备，四品武官，二十六岁拜师学昆曲。松江老一辈艺人感觉俞粟庐是一个唱曲的人才，一百多出戏不仅能够背出来，而且唱得非常好，嗓子非常好，就向韩华卿推荐。

韩华卿已经定居在上海，也是松江人。俞粟庐每个月到上海住五至七天，拜韩华卿为师学唱昆曲。韩华卿说：等了三十年，这一门绝学没有人可以传，今天看到俞粟庐能够唱那么好，我放心了，可以传给他了。

俞粟庐说过，教曲先生肚子里有八百出戏，八百出戏都能背得出来，都能随手写下来！他就跟这样的老师学，学了九年，最后两年辞了官职。所以能够传叶堂正宗唱法的就只有俞粟庐。在浙江、江苏、上海，那些唱昆曲的人都拜俞粟庐为师。

俞粟庐主持昆剧五十年，教成的学生也有十几个，有嘉兴的，有乌镇的，有杭州的，有枫泾的，有松江的，有上海的。可惜这些学生都没活到六十岁，都死在了俞粟庐之前。

1902年7月，俞粟庐五十五岁时俞振飞出生。俞振飞三岁丧母，俞粟庐自己抚养他，每天就唱昆曲催眠，唱了三年。俞振飞六岁的时候，俞粟庐在厅堂里教几个学生唱戏，两个学生唱来唱去不入调，俞振飞说，我来唱。一唱，字正腔圆！俞粟庐觉得他是一块料，就天天让他唱曲，每天两个小时，一直唱到十九岁。俞振飞在十四岁就当"先生"了，已经代替他父亲去拍曲了。苏州的顾家也都是俞振飞去教的。

俞振飞最大的贡献，就是把清曲和舞台结合在一起。俞粟庐是清曲家，不上台的，有一次一定要让他扮个神道，他坐在中间也不动。俞振飞就不一样了，他是一个文人，唱清曲出身，又将清曲跟戏剧结合起来，跟舞台结合起来，这是一个非常大的贡献。

攻击俞振飞，有个冠冕堂皇的"理由"：唱京剧去了。好像他们是昆曲的"卫道士"。

社会动乱，活不下去了，为了有口饭吃，只好去唱别的。周传瑛、王传淞就跟朱国梁一起唱苏剧，才不至于饿死。同时不同剧种也互相渗透，在苏剧里头唱了很多昆曲，也间杂了演出昆曲，朱国梁还带头演昆曲。"传"字辈唱苏剧无可厚非。

同理，俞振飞单演昆曲也维持不下去，只能去拜京剧老师程继先，下海，既演京剧也演昆曲。跟四大名旦在一块儿，也经常演昆曲，这也是在那种情况下，他对昆曲所负有的责任和作出的贡献。拿这段历史攻击俞振飞，不是别有用心，至少也是吹毛求疵。

事实上,这期间俞振飞跟程砚秋排京剧《春闺梦》,很多是昆曲的元素。

不错,俞振飞唱京剧去了,当然是以配戏为主。要是唱昆曲,昆曲小生他当然演主戏,梅兰芳程砚秋都是配戏。可是唱京剧,他就只能配戏。"长期以来我一直是给人家配戏做配角的。我就是配戏长大的。"

俞振飞在大会上说,我就是演了一辈子的配戏,我照样是俞振飞嘛!

有一个故事很能说明俞振飞的人品。

抗战期间,梅兰芳蓄须明志。抗战胜利后,上海的观众盼望梅兰芳登台演出。梅兰芳就请了把胡琴吊嗓子,不行,京剧的高度他拔不上去。多年不唱了,梅兰芳急得直搓手。俞振飞知道后,就想出一个办法,他说你不唱京剧,你就唱昆曲行不行?京剧没有高音你没法唱,昆曲没有这个问题。

梅兰芳说这个倒是可以考虑的。

俞振飞说我给你吹两段吊(嗓子)两个来听听。

就拿了笛子在梅兰芳住的地方(梅家)吹,《琴挑》《游园惊梦》,梅先生嗓子还是蛮好啊,唱京剧的高音他觉得吃力,唱昆曲绰绰有余!于是梅兰芳决定在美琪大戏院演出。

演昆曲,都是要配戏的,笛子就是朱传茗吹。后来言慧珠、俞振飞演的所有昆曲全是朱传茗吹的。梅兰芳演杜丽娘,俞振飞演柳梦梅,就配他。梅兰芳有些戏没有需要俞振飞要配的,俞振飞就给他吹笛。

抗战胜利以后,梅兰芳首次登台就演昆曲。演出轰动一时。蔡正仁说,半个月演下来,"不要说梅先生,就是那些从北京来演配角的,回去都可以买好几幢四合院"。

梅先生非常感激俞振飞,他说这一次是你把我救了,我要是唱京剧,没有三五个月我恢复不起来。大家都在等待,还不演,这个多难过。这样一来呢,皆大欢喜。梅兰芳拿了一大把包银,重重的,送给俞振飞。俞振飞一看,太多了,远远超过姜妙香的包银。就亲自跑到梅兰芳那儿,他说我不能拿这么多,我帮你梅先生演昆曲是应该的,抗战胜利以后你能京剧不唱唱昆曲,我已经是非常非常感谢,我怎么还好意思拿这么重的包银?全都奉还了。梅先生说不行,你不拿我无法平静感谢你的心情。想来想去,实在没辙了,他说你既然什么都不肯拿我的,我只有最后一条路,我欢迎你加入我的梅剧团,这总可以了吧?俞振飞一想,加入梅剧团是高兴的事,好。拿多少包银?还是那句话,我绝对不能多过姜先生一分钱,他拿两千块,我也两千块。因为梅兰芳给俞振飞开出的价钱远远超过给姜妙香的。而俞振飞如果不参加梅剧团,别人请他去,他起码是三千块以上。

那个年代,俞振飞能做到这样,容易吗?!

在这次纪念俞振飞的活动期间,来自北京、香港和上海、南京等地的专家,都做了热情而实在的发言,他们对俞振飞的人品和艺品给予了充分肯定与赞扬。与会者在说到1956年,俞振飞根据组织安排做上海戏校校长后的表现时,称赞他的气度非常人可比:原来的校长是周玑璋,俞振飞上任后,实际上日常工作都是周玑璋在做。俞振飞从来没说过这样的话:这个事情我怎么不知道?你怎么没告诉(请示)我?从来不!有什么事情,周玑璋尊重他,就告诉他这个事情怎么怎么,俞振飞说没问题,就照你说的办。俞振飞从来不去争权夺利。这是一;第二,他也很主动地说,我呢,就做一块招牌就行了,有时候我做这块招牌是需要的,对事业有利,但是具体的事情周校长还是您来。

这个境界一般人达不到。

所以什么事情,周玑璋一签字,他都是说行。从来不会去责问为什么没有向他请示,从来没有。他说该你管你来,我呢就做个招牌就行了,有时候我这块招牌比你更有用,那你就把我这个招牌打出去。

气量之大,境界之高,恐怕一般人很难做到。

梅兰芳给他高薪他都不要,他还要什么呢?他既不要名也不要利,同时还再三地跟学生们讲,他是演配角出身的。

所以上海昆大班能出这么多人才,空前绝后,自然少不了俞老的功劳。

《太白醉写》的故事

俞振飞的风雅和书卷气体现在方方面面。

《太白醉写》,一个不得不说的故事。

这出戏俞振飞二十岁学,四十多岁才敢演。

沈传芷的父亲沈月泉,时称"大先生"。俞振飞跟他学《吟诗脱靴》(后来改为《太白醉写》)。学了,不敢演,怕演不好,他觉得他二十岁不具备演好李太白需要的高深的文化修养和气魄。要想演好,太难了。就默默地把它藏起来,会是会了,但他不演。一直到四十岁出头,他才敢试演。

蔡正仁很想学这个戏,听这么一讲,就不敢提了。

蔡正仁十四岁进戏校,学了四年,十八岁了,想都不敢想要学《太白醉写》,根本不敢。可是"大跃进"年代,学校领导几次三番找他谈话:蔡正仁,你敢不敢提出来赶超俞振飞?

蔡正仁一下就吓傻掉了,要我来赶超俞振飞,从前叫捏鼻子做梦、异想天开、不知天有多高地有多厚！逼到后来，没有退路了，他就说，我向俞老师学习，学俞老的本事，超是绝对不敢。

蔡正仁跑到俞振飞办公室，到了却不敢进去，就在外面徘徊，转来转去，就是不敢开口。可是领导逼着，没有退路，只能硬着头皮说。"你找我什么事？""班里头找我谈话，要搞'攻尖端'。""好啊。""问我敢不敢向俞老师学《太白醉写》，我很害怕学不好，我要不提出来……"

不料俞振飞先说"这是个好事情"，又说"这个戏确实难"。

蔡正仁一听，完了，没戏唱了。谁知，俞振飞接着说，这样，我这个戏呢跟沈传芷老师的父亲学的，我跟你沈老师是一个师傅教的，我建议你先跟沈老师说，是不是请沈老师先教，把身段啊什么的教完了以后，你再来给我看，我再把我演出的一些体会教给你。

先找俞振飞，俞让找沈再去找沈，沈会不会不高兴？见了沈老师，蔡正仁也是吞吞吐吐的，就怕沈老师给脸色看。但是沈传芷一点也没有这个那个的，说，好啊，你明天就来学。非常爽快！

写到这里，忽然想到，所谓大师，应该具有"大气"的内涵。每每听说，这个那个之间就因为学生没有"专一"跟一个老师学，就闹得不开心，甚至给脸色看，弄得学生手足无措……想想俞振飞和沈传芷，今天的有些所谓的"大师"该会汗颜的吧！

蔡正仁学了不到两个礼拜，就把这个戏学下来了。蔡正仁再跑到俞振飞那儿，一遍一遍演给他看。《太白醉写》蔡正仁就是这样子学会的。学校听说他学会了，马上响排，十八岁，蔡正仁就在学校实验剧场演出了。记者都来看，俞振飞和沈传芷坐在下面看。那天演完了俞振飞和沈传芷到后台看蔡正仁，蔡请老师说说对不对，两个老师都对着他笑。俞振飞很客气，说蛮好蛮好。"蛮好蛮好"是很勉强的，或者说存心是安慰安慰。沈传芷更有意思，说，可以还可以。蔡正仁最怕沈传芷说"你还不是桩事情呢"这样从根本否定的话。就是说，并没有彻底否定他，当然也没有夸他。

谁知，第二天上海报纸上都出来了，《新民晚报》登了一大篇文章。蔡正仁也说不出是什么滋味，总之是高兴不起来，因为他觉得老师并没有这么肯定他，报纸上说得再好，心里也不踏实。

1979年，上海昆剧团到南京进行巡回演出，在人民剧场演《太白醉写》。观众掌声如雷！可是蔡正仁却一点也高兴不起来，晚上辗转反侧，怎么也睡不着。不是演砸了，也不是演得不好，而是他自己不满意。距第一次演出《太白醉写》已经过去二十余年，蔡正仁已经四十多岁了，他忽然感觉到，这个眼神啊气韵啊都不够到位,总而言之是不满意自己的演出!到半夜还是睡不着,干脆就起来开个灯提笔写信,给俞振飞写信——

  老师,《太白醉写》自从跟您学了以后,"文革"我中断了十多年,这次在南京我又演了。我以为随着我的年龄增长,也已经过了四十了,我想应该是越演越好,可是我忽然感觉到,越演越觉得自己不够、很不好,越来越不满意自己在台上的表现,浑身难过。我说老师,为什么会产生这种感觉?

俞振飞很快回信,蔡正仁赶紧扯开一看,第一句话就说,"我终于等到了你的这封信!"

蔡正仁一愣,他想我没跟老师说过要写信啊,再一想,老师说终于等到了这封信,他想说的大概是你终于说出了"我几十年想要你说出的话"这个意思。

  你现在都不满意自己,感觉到这个不灵那个不灵,我看到你写这样的一封信,我感到非常高兴。这个说明什么?说明你是真的懂得了,有进步了。我们俗话说,初学三年走遍天下,再学三年你就寸步难行。这个你懂了,开始有进步了。你现在感觉到《太白醉写》难演,你觉得浑身不好受了,恰恰说明你有进步了。如果你还是自以为自己很好,根本看不到自己不足的地方,把那些缺点都看成是优点,你蔡正仁就不可能进步。

这就是俞振飞,即便教学生,也表现了他的儒雅风度。

进京演出,习仲勋接见

俞振飞在梨园界的名声越来越大,高层领导也都喜欢看他的戏。

1986年9月,文化部特邀上海昆剧团进京演出。俞振飞激动不已,列出最强的阵容,浩浩荡荡百余人来到首都。

9月22日,和郑传鉴演出《八阳》片段。陈丕显等中央领导特地从外地赶回北京观看。

9月25日,已经蜚声梨园的华文漪要求和先生同台演出,俞振飞欣然应允。他们的《游园惊梦》博得满堂彩!这是他第一次和得意门生华文漪一同登台演出,激动之情溢于言表,第二天俞振飞还在《人民日报》(海外版)发表了《有心情那梦儿还去不远》……

9月28日,中共十二届六中全会闭幕,俞振飞应邀率弟子进中南海为大会作专场演出。演出前,习仲勋接见了俞振飞夫妇,称赞他们为京昆事业作出了杰出贡献……

晋京演出结束后,邓小平夫人卓琳、习仲勋夫人齐心、陈丕显和夫人谢志成,先后邀请俞振飞夫妇到家中做客。卓琳还告诉俞老,1984年他的那封给胡耀邦总书记的信,就是她转呈的。

俞振飞感到了前所未有的激动和兴奋。

也在这期间,上昆计镇华、华文漪、蔡正仁、岳美缇、王芝泉同时获得第四届戏剧表演梅花奖。

一个剧团有五人同时获得戏剧表演最高奖,成为梅花奖史上空前也许还会绝后的佳话。

须知,这时候的梅花奖都是货真价实的。

俞振飞喜上眉梢!

俞振飞光彩无限!

脱离苦海

写到这里,我们不得不打住。

必须回过头来,接着前面的话题,说说俞振飞蒙难蒙羞的日子。

俞振飞名声赫赫,天下谁人不识?康生甚至曾拍着俞振飞的肩膀对人说:"没有看过俞振飞《迎像·哭像》的,就不算一个真正的中国人!"康生还写了"艺苑奇葩"的条幅相赠。

"文革"开始,康生立刻变脸,在北京大骂俞振飞。

俞振飞在劫难逃。

先是"文斗",接着"武斗":批斗会造反派架住他做"喷气式"押进会场,年轻人使坏拼命跑,已经六十五岁的老人跌跌撞撞跟不上。先生想起和程砚秋合作《春闺梦》跑圆场的劲头,索性收腹疾走,几个"圆场"跑到会场,造反派累得气喘吁吁,先生居然心不慌气不喘……

抄家。你管你抄家破"四旧",我管我闭目养精神。

"打倒了",落难了,依然气定神闲,风雅无边!

想到了先生对昆曲巾生的阐释,从"脂粉气"到"书卷气",何止是对表演方式的改革,其实是对中国传统文人儒雅外表下仙风道骨的精辟理解。

"脂粉气"是不可能对抗乱世乱象的。

"书卷气"却可以演化通透,以不变之心,对抗世事之变。

俞振飞渡过难关熬出了头。妻子言慧珠却经受不起折磨,1966 年 9 月 11 日,一根白绫结束了年仅四十七岁的生命!

"文革"的阴霾逐渐散去,可是家中的阴影却是没完没了。这时俞振飞住在华园路,楼下一个客堂间,不到二十个平方。两条长板凳,上面加一个棕绷就是他的床。华园洋房是言慧珠的,抄家的时候三楼楼顶被划了一个大洞,外面下大雨里面下小雨,一直从三楼通到二楼再到楼下,往往就水漫金山。

一天雷阵雨,蔡正仁想老师今天够呛,肯定一晚上没睡好觉。果然,六点不到,天蒙蒙亮,楼里看管公用电话的老头就喊了:51 号蔡正仁电话!蔡正仁赶紧跑下去听,阿姨说,蔡正仁你快来!怎么了?老师在床上下不来了。蔡正仁就穿了雨衣踩着自行车飞奔而去,从同仁路(现在延安路友谊电影院)到华园,华山路江苏路那个地方,一看,房间里头全是水,老先生坐在床上下不来了,四周都是水,这个床成了一个孤岛!

俞振飞说,蔡正仁你看我下不来了。蔡正仁说老师你别动,就把鞋子脱了走到里头走到床边,把老师扶下来,一步一步从床上一直扶到门外。在门外厨房间那儿弄个椅子让他坐好,说,你千万不能动啊,我来拿脸盆把水往外倒。折腾了好半天,总算给弄好了。因为潮湿,那个墙壁都酥掉了。就去买了十几张马粪纸,用订书钉钉在墙上。这样勉强可以靠一靠。

华园洋房是言慧珠的,住在这里不是长久之计。

俞振飞"收拾起"破旧行李,离开华园,在蔡正仁家里住了三个多月,一百天吧。蔡正仁骑个自行车,天天跑政府部门,最后给老师要了一套房子。

俞振飞原来有自己的房子,在五原路公寓。言慧珠房子在华园,两人结婚后,言慧珠要俞振飞住到华园去。他就跑到上海市房产局说,五原路的房子我主动上交了。局长很感动,说这么好的房子,人家主动放弃,上交。又说,以后你如果需要房子,你仍然来找我们。

就凭这句话去找局长。原来那个局长早退了。结果一查呢,确有其事,可是没有字据,很难办。

一个多月,蔡正仁什么事也不干,就跑这事。处长啊科长啊局长啊,全找。感动了不少人,说,像你这样的学生倒蛮少的。蔡正仁说,俞老师亲人没有了,我学生不跑谁跑啊?

同时又给市委领导写信,双管齐下。终于成了。

蔡正仁高高兴兴,带俞振飞去看房子,最后选中了泰安路的一处,两室一卫,隔壁再过去就是杜宣,再过去一点,马路对面呢是巴金。很理想。蔡正仁就动手清扫,房子长期没人住,脏得一塌糊涂,整整弄了一个下午。

饱受折磨的俞振飞总算脱离苦海了!

李蔷华:爱他的艺术和人品

有句老话说,风雨过后见彩虹。俞振飞度过了艰难甚至是悲惨的岁月,迎来了一段至今传为美谈的婚姻。

这时俞振飞七十多岁了,孤身一人,帮他介绍对象的人很多。一次俞振飞问蔡正仁,你最近在外面有没有听到一些什么?外面传得很厉害。我现在这个年纪讨老婆,讨一个跟我年龄差不多的,到底是我照顾她还是她照顾我呢?这是个问题。讨一个年龄比我小很多的,相差太大又不合适,所以我现在基本上不考虑。

可是传言越来越多。一次好多人把蔡正仁叫去说,我们现在得到一个消息,老师要跟武汉京剧团的李蔷华谈恋爱……我们去讲也没有用的,只有你去可以讲讲,他有可能会听你的。

蔡正仁听了,一口回绝:且不要说我是俞老的学生,今天我就是俞老的亲生儿子,我也不能回到家里跟我的老头子说你不能结婚。

你眼睁睁看着你老师,一个快要八十岁的老头子,再讨老婆,不是要把他一条命送掉了?

蔡正仁说,我认为我的首要任务是去托人了解一下李蔷华的为人。俞老如果看中一个人,有人愿意来照顾俞老,有什么不好的!我们学生不可能整天在老师身边,大家都有事情,对吧?最多下班了我们帮他做做事情,绝对不可能代替他的老伴儿。现在的问题是要了解李蔷华的为人,如果我们了解下来李蔷华为人方面有问题,那不要你们说,我立刻跑到老师那里劝阻。

大家一听有道理,就"分工",分头找武汉京剧团的朋友去打听,约定一个礼拜以后再来碰头。

五个人去跟五个人打听,一个礼拜后答案出来了,都说,李蔷华老师非常好!蔡正仁说,还好我没听你们的话!现在要做的就是:劝俞老师赶紧结婚!

也是巧,开完这个"会",才回到家里,俞振飞电话来了,说蔡正仁,我呢明早想叫你们几个学生来梅龙镇,大家一起吃顿饭。蔡正仁马上猜到,老师可能要讲这个事情了。

第二天大家坐下来吃饭,差不多的时候,俞振飞说,有个事情呢蛮重要的,想跟你们说一下,听听你们的意见。就说了。说了以后这一帮俞门弟子没有一人开口,大家都不说,你看看我我看看你,一时间有点尴尬。还是蔡正仁先说了,我们其实老早就知道这个事儿了,我们也没有告诉你,瞒着你托人去打听了一下李蔷华老师的为人,李老师人非常好。老师我先表个态,我们绝对不会反对,而且我们积极拥护非常赞同,我个人意见,不要再犹豫了,你就下决心结婚吧!

俞振飞很开心,很高兴,就说你们想想看,大概什么时候可以办这桩事情。

大家一致说,老师您就不要再犹豫,明天办就可以,越快越好!

俞振飞就等他们这句话呢!他说,好,吃完饭以后你们大家回去,蔡正仁你留下来。只有两个人时,俞振飞就说,你不是说明天就可以吗,怎么个办法?蔡正仁说,很简单,缺什么我们去买什么……

据费三金《赏心乐事》一书中说,俞振飞和李蔷华这对忘年情人第一次"约会"是1979年夏天,在广州,因为李蔷华明确说,不宜在上海也不宜在武汉,结果由薛正康安排在广州百花宾馆见面。"月下老人"是薛正康的同门弟子顾铁华夫妇。"在广州的日子里,铁华朝夕在未来的师母耳边叨叨:我师父好哦,人品好,脾气好。其实蔷华早已拿定主意,要挑起照料俞老的重担。大事既成,俞老剥了一颗大红喜糖,送到夫人手里,说道:'这事算是成功了,只是太委屈你了!'"

如此看来,俞振飞和李蔷华在确定关系后,进一步征求蔡正仁他们的意见,不仅是为了更加"保险",也是为了皆大欢喜吧。

结婚后,两个人相亲相爱,共同生活了十四年,俞老百年之后,李蔷华在接受媒体采访时说:我对俞老最初是同情,后来我们有了感情,最后感情变成了爱情。年轻人可能会笑我们:你们这么大年纪还会有爱情吗?是的,我很爱他。爱他的艺术,爱他的修养,爱他的人品……

都说,和李蔷华的结合,是俞振飞晚年的"福气"。

两个聋子的对话

谁都听不见对方的声音,但是我相信,谁都知道对方在说什么!
其实,听不见声音的何止他们自己?!
听见了也未必就能听懂,这才是最为悲哀的。

"抢救性采访"

2008年10月2日,与苏州大学朱栋霖教授约好,一起采访倪传钺。

早上四点钟就醒了,再也睡不着。

"传"字辈老人仅存两个,他们是昆曲的"活化石"。

车如流水。节日的火车站,潮起潮落,为了留下影像资料,我还特意请了昆山电视台的钱高炎,他扛着摄像机,和我一起从火车站潮水般的人流中穿过,找到了地铁一号线。地铁车厢比沙丁鱼罐头还要挤!早上起来还是凉风飕飕,车厢里空调也使劲地运转,可是"人肉罐头"实在太拥挤,一会儿就汗流浃背了!

好在出地铁站就是石龙路,振南花园也是移步即至。朱教授已经先一步到了。我们一起上楼。

非常明亮的房间。倪传钺的儿子倪大乾招呼我们后,就去隔壁书房通报老人。

一百零一岁的老人缓缓起身,颤巍巍移步,走到了我们面前。

一头稀疏的银发,显眼的长寿眉,肤色出奇地白,白得高洁、淡雅。就如昆曲的品质。他背后的白墙上唯一的装点是一幅字,去年老人百岁,上海戏剧学院赠送了一幅著名书画家戴敦邦的墨宝:"传承千秋"。

对倪传钺这样的百岁老人,必须进行"抢救性"采访,让老人"口述历史"目的是为了留下珍贵的资料。为了不至于荒疏好不容易得来的采访机会,朱教授事先拟定了一个详细的提纲,整整八页。我们事先商量,老人年事已高,不能搞疲劳战,一次只能聊一个小时左右,每次集中一两个问题,然后再做第二次、第三次⋯⋯

递上名片。老人让儿子拿来放大镜,认真看后,客气地说"久仰久仰",然后就开始阅读朱教授拟好的采访提纲。他读得很慢,说得更慢,而且,不少地方我们听不清楚,只能用心揣摩,只是,他说的大致意思还是能明白的。

朱教授说,现在要了解的是,艺术具体是怎样传给你的,比如沈月泉如何教的,具体怎么传的?

老人说,时间很长,讲起来很长,我耳朵不大好,骨质疏松,只能蜻蜓点水……传习所1921年开始,到1938年就散了。教我的老师,时间有长有短,最长的五年,最短的两年。传习所的一代,题目能大能小。全部介绍,要写本书。

朱教授问起沈月泉的情况。

老人说,教了四年。实习演出,到上海,他没跟着,留在苏州了,苏州那边学生多。

沈斌泉呢?

我们没毕业他就过世了。"传"字辈毕业到上海演出,他没跟,就过世了。

说到这里,老人戴了老花眼镜再看朱教授准备的采访提纲,然后说,有本书,《昆剧"传"字辈评传》,苏州桑毓喜写的,花了几年工夫,这本书写出来不容易……也有偏差,不大完整,有的细节不符,不准确。我同他讲了,他也承认,要重新再写,不知道哪能(怎么样)了?这是去年的事。

尽管朱教授反复说,凑近了甚至是贴住老人的耳朵说,不一定全讲,讲得慢一点。可是,毕竟是一百零一岁的老人了,尽管头脑还很清楚,但是说话非常吃力,因此听起来也比较费劲。我们原先所期望的"抢救性采访",看来是不可能按计划实现了。

但是,我们毕竟是见到了老人,见到了"传"字辈的"活化石",尤其是,他对于历史的认真和执着,对于昆曲传习所的那份感情,我们可以说是感同身受了。

最后,朱教授问:苏州长远(很长时间)没去了?

老人没听见,他的儿子大乾说,娘的坟在苏州,以前每年都去的。后来苏州开会,也去了,非物质遗产会议,是最后一次去。昆山也去的。以后,啥地方也不让他去了。

还唱吗?

2002年苏州虎丘曲会,还唱的。后面一次(2004年),上海小剧场,也演出的。再后来也唱,耳朵听不出了,唱的和伴奏配不准了。

大乾还说,1937年抗战开始,传习所就不演出了。主要是教学生,还有曲友,也教。解放后在公司,做丝绸业务。后到上海戏校,一直到退休。

大乾说,父亲讲得比较客观。现在关于传习所的文章,大同小异,也有小同大异的。有的把剪报寄来,父亲看看,不是那么回事!我就说,你也不要多讲,人家是人家的回忆,回忆很难完全一样,让研究历史的人去考辨吧。1981年苏州纪念传习所成立六十周年,当时没人做这个事情,没有把大家召集在一起,互相启发,如果当时做这个工作,大家共同回忆就最好了,最权威了。可惜没有做。

关于昆曲,大乾认为,如果没有联合国教科文组织把昆曲列入世界非遗名录,它还会和过去一样,"慢慢淌到哪里是哪里"。

朱教授说,我们想保留点资料,过去也有,但那都是访问后通过第三人称的口气叙述的,现在要口述历史,就是用第一人称,完全地记录,还保存录音、录像。

倪大乾说,你们想问的问题,中央电视台拍了几天。他们也是这个意思,抢救。内容比较多。2006年拍的,大热天,拍了几个小时。当时父亲身体还可以,耳朵也比较灵。你问的问题,那里有的。你们有熟人,可以问他们要。

我们这次采访,多亏了王芳的引荐,她跟倪家熟,也了解我们两个,否则,恐怕是很难的,因为实际上,采访的人未必就是为了昆曲,为了文化。

大乾就说,采访的人开始都说得好好的,他们拍好了,屁股一拍,走了。打电话去,就说忙啊!不拷贝给我!阿拉(我)要求,给阿拉一个盘……结果(很多人采访)只有一个给了我!采访完了就走了,电话也不好打……打通了也要不到。阿末(最后)一次,又要采访,我就拒绝了。

一个多小时的采访,使我们感受到了世纪老人的辉煌人生。告别时,老人站着目送我们。他的儿媳妇说,老人身上的器官都不行了,现在就靠他儿子照应。可是这样的"国宝","享受"的也只是普通病人一样的待遇。曾经有个副市长说,看病要设高级知识分子待遇,说了还批(示)了,但就是办不了。

也难怪,上海是"大"上海,上海的大知识分子太多,这个"口子"难开啊……

不过,即便身体情况这样,昨天一个晚辈结婚,他还是赶去参加了婚礼,下午两点出门,晚上九点才回到家!

听此言,我几乎不敢相信自己的耳朵:一百零一岁的老人,出门七个小时,第二天又如约接受我们的采访。

一个奇迹。

昆曲本身就是一个奇迹。

中午,我和钱高炎在火车站的"肯德基"吃午餐。一个排队买票,一个排队等座位。当我们好不容易坐下来用餐时,我就想,大千世界,茫茫人海,有谁还知道,有谁还愿意听一位一百零一岁的昆曲老人,回忆1921年昆剧传习所成立那天的情景呢?

先生为我题写书名

  一个月以后，我将刚刚完成的一部书稿定名为"昆曲之路"时，就想请倪老题写书名。这个意愿能否实现，自己一点把握也没有。只是想，看我的缘分或者是福分了。

  后来才知道，大乾对此事非常负责，他很快将我的意思传达了老人，但由于身体状况的原因，老人一时没有动笔，大乾为此还特地写了邮件发过来说，等老人身体好些时再写。没过几天，字写好了。

  字写得非常文雅。

  12月12日，专程赶往老人家里面谢。

  大乾说，老人写了好多遍，最后选了自己满意的一张。我说写得非常好，我特地来表示感谢的。我准备了一个红包，只能说是一点点心意吧。不料大乾和老人都坚决不收！我说这是表达我对昆曲的尊重、对老人的尊重啊，但是不行，老人连声说，不可以，不可以！

  就和大乾聊天。说说就十二点过了，大乾留我一起吃饭，我想，能和世纪老人一起吃饭，该是一种福分，就不客气地坐下了。

  老人现在全靠儿子和儿媳妇照应。儿子、儿媳妇都很孝顺。老人的生活很有规律。早上一般是喝牛奶，吃鸡蛋、麦片；中午小半碗饭，吃肉，而且喜欢红烧，要带肥的，纯精肉不吃，蔬菜要煮烂一点的。骨头汤，每天都有。晚上就吃粥了，天天如此。

  2009年元月2日下午，第三次登门拜访倪传钺先生。我带了刚刚由中国社会科学院文学研究所与昆山企业家沈岗等人联合编校、中华书局出版的《草堂雅集》《玉山璞稿》《玉山名胜集》一套，还有一小块昆石，作为给倪老拜年的礼物。

  大乾说，不用这么客气啊！

  我说，新年了，给倪老拜个年。这套书，是昆曲发源地的见证；昆石虽小，却是世间稀有之物，也有一个"昆"字。

  大乾就去请倪老出来。

  可能是因为天气原因，倪老的精神不如前两次好了，只是，当他颤巍巍在沙发上落座，看见茶几上的昆石时，眼睛立刻就放出光来，说，这是昆山石哦！

  我笑说，倪老不仅是昆曲的专家，对昆石也很了解哦。

  倪老自言自语：昆山石非常稀少，小时候(我)也去挖过，挖出来，洗去石头上的泥……因为识货的人太多，都去弄，越来越少了，(政府)不许挖，(昆石)都是宝贝！

大乾说父亲现在精神不行了，老了的人，对昨天前天发生的事记不住，相反，越是远的，记得越清楚，小时候的事情都清清楚楚。

我说，多亏你们夫妇尽心尽力！

不知怎么就说到了虎丘曲会，我说，两位"倪老"倪传钺和倪征燠，在千人石上唱的是哪一曲，问了几个人，都说唱过，却说不出唱的哪一曲。

倪征燠，吴江黎里人。他是荷兰联合国国际法院的中国籍大法官。他20世纪30年代就跟"传"字辈学习昆曲。他说自己"一生没有离开一个'法'字"。同时，一生也没有离开一个"昆"字。无论公务多么繁忙，每天必做的一件事就是唱昆曲。他说养生的"秘诀"就是唱昆曲。

2002年，倪传钺九十五岁，倪征燠九十六岁，他们先后登台唱昆曲，成为虎丘曲会绝版的辉煌！

倪征燠次年以九十七岁高龄去世，倪传钺依然健在，只是，老人听力极差，加上我不会说吴语，普通话也说不像，采访就很吃力。善解人意的大乾就去倪老的房间拿出一块写字板，在上面写了我的问题，倪老缓慢地接过笔，颤抖着，歪歪斜斜地在上面写道："他（倪征燠）唱《闻铃》中的唐明皇。"

大乾几次用箭头示意，倪老又写下他自己唱的曲子：《弹词》【一枝花】。后来，又补充写了"长生殿"几个字。意思是都是《长生殿》里面的。

根据当时参加曲会的人的回忆，倪老当时身着统一的橘黄色背心，在儿媳的陪同下，健步登上千人石，中气十足，字正腔圆。标准的昆曲手眼身法步，曲友曲家朗声叫好！

虎丘山神清气爽，千人石掌声雷动。

"传"字辈传来天籁之音，"传"字辈传来世纪绝响！

"朝圣"之约

先生已经一百零三岁了。2010年初，就想去看看先生。可是难，大乾说，（倪老）已经不能说话，也认不出人了。我说不是一定要怎么样，就是见一面，就是"朝圣"啊！

大乾被感动了，就答应。却依然约了好几次。不是他有事，就是先生转院，便只能一再推迟。

6月29日，梅雨连绵。一早起来，和酬兰一起乘车去上海看望老人。想买花，昆山花店没开门，上海就近寻不见，就买了水果去了。

大乾夫妇往往谢客,"不能让人来打搅他(倪老)"。对我却是热情有加。我问了先生的病况,两人笑着说了一番令人深思的话——

  去年下半年开始,越来越不行了。脑梗和心血管病,还有褥疮。11月肾衰竭,心力衰竭,医生叫准备后事,谁知过了四天又醒过来了。后来认不出人了。

  什么"国宝"?不是"高级知识分子",一般医院都不收。住一个月,转院,再住,再转。已经转了七八回了!什么人也不管。我们是全上海的"孝亲敬老模范家庭"啊,《解放日报》采访写了一整版的。现在遇到具体问题了,谁管?

  以前给分管副市长写过信,作为世界非物质遗产传承人,能不能照顾点?就是看病给个"高知"待遇吧。副市长也批了,却没办法落实。这回我找到上海戏校,说如果缺钱来找他们。我们从来没去要钱!找市文广局,局长跟卫生局说,卫生局跟区局说,区局安排人给我打电话,说安排青浦养老院,我说去那里我用得着找你们吗?就是要近点,我们好每天去看啊;我也六十六岁的人了,每天跑那么远,行吗?其实很容易解决的。某京剧院琴师生病,住两人间的"高知"病房。非常不错了。可某领导去看,说怎么条件这么差?当天晚上就换到单人病房去了!所以不是不能,是不为。

  上海的电视也播放过我爸爸的病况,期望引起全社会的关注,但是没用。不是捐几个钱的问题。后来我给某领导写了信,想想又没有发出。最后还是自己解决了,我给漕河泾街道党委书记写信,当天就落实了。条件是差点,但是比较近,我可以每天都去看。因为一天不去,老人就不高兴。

大乾和他妻子是笑着说的,我却感到一阵心酸。这不是特例。在某些官员那里,文化只是一个华丽的符号,昆曲之美,只不过是政绩的光环而已。文化(昆曲)所急需的具体而实际的工作,有几个人愿意去做呢?!

中午在大乾家吃饭。大乾自家包的芹菜饺子,很香,猪排做得很嫩。大乾夫妻二人善良、尽孝而且乐观。久病而有孝子,天下少见。也因为他们的孝心,才有"传"字辈艺人的百岁传奇。

下午去看倪老。大乾带了一袋鸡蛋到医院。先生现在"每天两只鸡蛋,两盒牛奶,还有香蕉"。

走十多分钟,就到了"漕河泾街道卫生服务站"。有电梯,但为了省钱,定时定人才开的。我们爬楼梯上楼。病房在五楼,一间四人,先生在靠窗的床位。先生面色依然白皙,手臂枯槁,却柔软。没有什么表情,却是气定神闲。

昆曲给了一位百岁老人仙风道骨。

大乾俯身,大声说昆山的杨先生来了。老先生目光呆呆地投向我,没有反应,说了几遍,先生终于有了反应,微微点头,认出了我,却不能说话。

自2008年10月第一次采访先生起,已经是第四次和先生见面了,第一次还可以简单交流,不久还为我题写了"昆曲之路"的书名,之后每况愈下,至多只能在写字板上回答我的问题了。

临别,先生几次朝我微扬起手臂。

走出"卫生服务站",就是车水马龙的繁华景象!

大上海只有一个昆曲"传"字辈老人了。

这次拜访后,我写了短文在《苏州日报》发表,大乾从朋友处得知后,辗转索得报纸一份,说"要给上海有关部门的领导看看"。

过后不到一月,倪老溘然辞世。

给昆曲老人拜年

想采访吕传洪,朋友说,别说采访,就是见一面,也非常难!

原因很简单,他太太担心他的身体,拒绝来访。

但是有一个人,似乎比较容易接近他,这就是朱继勇。

"继"字辈演员,世人只知道张继青、柳继雁,殊不知,苏州"继"字辈演员还有好几个。朱继勇即是其中之一。他早年和吕传洪来往较多,所以有什么事,大家往往多是通过他来联系。

钱璎任苏州市文化局局长多年,在位时为苏州文化建设作出的贡献得到公认,退休后依然孜孜不倦,兢兢业业为昆曲操心劳碌。两年前,吕传洪说起有两出戏,几十年没演过了,他不教,"眼睛一闭就没有了"。

一出是《昆山记》中的《磨房产子》,写昆山人顾鼎丞的故事。顾曾经"代皇三月",尤其是在抗击倭寇时,他从皇帝那里特批了二百两纹银,为昆山筑城墙,抗倭寇,使昆山减少了重大损失。但他是丫环出身的二夫人琼荷生的,遭到大房妒忌,在磨房出生后差点被淹死,却被大房的亲生儿子救了下来。《磨房产子》就是说的这个故事。

另一出《弥陀寺》,是《琵琶记》中的一折。赵五娘寻夫途中,落难弥陀寺唱曲,两个吃白食的混混入戏,感动、同情,没有钱施舍,就把衣服脱下来给赵五娘,又把帽子、鞋子给赵五娘,再往后,泪流满面的两个混混没有什么好送了,竟然将戴在嘴上的胡须也摘下来送给她！赵五娘还是声泪俱下地唱,两个混混实在受不了,就把琵琶抢过来,说,不要再唱了,我们受不住了……

两折戏,都非常特别,前者说昆曲故乡人的故事,后者把人性深处的善层层挖掘,并且,以其独特的表演带来罕见的效果:台上哭,台下笑,台上越是哭得厉害,台下越是笑得开心……

两折戏,还是20世纪40年代有过演出,以后再没有在舞台上出现,昆曲耆老顾笃璜说,他都没有看过！

钱璎得知这个信息,就和姚凯一起,找了柳继雁、章继涓、朱继勇、周继康、尹继梅等一起商量,怎么把戏"抢"到手,哪怕"偷",也要"偷"到手！

经过两年多的辛苦,两折戏都排了,演了,录像了……

为了表示感谢,他们决定登门拜访吕传洪,同时给老人拜年。

我说我去,一定去——给倪传钺拜过年了,也要给吕传洪拜年,这是我的心愿。

夜里做梦"见"到了老人,梦里甚至出现了拜年的情景。早早醒了,窗外一片漆黑,想再睡会儿,可是怎么都是想采访的事,索性起来了。天有微光就匆匆出发。钱璎、姚凯、朱继勇、章继涓,还有昆曲博物馆的易小珠,我们一起到了老人的家。

没想到的是,吕传洪老人非常高兴,见了钱璎,格外兴奋:"老局长,我估计你会来的！""老局长啊,(为昆曲)操了多少心！"

更没有想到的是,老人身体很健实,说话声如洪钟。

1926年昆剧传习所在上海徐园公演时,吕传洪被招入所,是"传"字辈小班学员,先习老生,后改丑行。20世纪40年代初失业在家,1953年参军,先后在华东军区、总政歌舞团、新疆军区工作,1959年入党,1970年退休回苏州定居。

在新疆军区政治部文工团任舞蹈队教师时,有一件事他至今说来还觉得意——司令员在北京看了《刘三姐》,回来就找文工团团长,下命令:排！团长召集中层开会,结果一个个都摇头,不敢排。走投无路,就找吕传洪,试着问他,能不能排？他说,我是共产党员……他将歌舞和昆曲的身段糅合在一起,演出后大获成功！为此他连升两级,从营级升到正团。

说了这个故事后,九十二岁的吕传洪大笑不止,眼睛发亮:作为一名党员,组织上有需要,有什么条件好讲？哪怕千难万难,也要站出来——

老人衣着简朴,戴着一顶黄军帽——很旧很旧的黄军帽……

关于《弥陀寺》,老人说,最早是沈传芷的叔叔沈斌泉演的,当时沈传芷还没演戏,父亲沈月泉不让他演戏！他十四岁那年,在苏州老郎庙看了这出戏,笑得肚子疼。回家说,我要演戏!父亲拗不过他,就同意了。可见《弥陀寺》的魅力。

吕传洪说,他是从沈传芷那里学的,边看边模仿,自己看也会了,"这种戏用不着专门教的啊,没啥花头经啊!"老人哈哈大笑,"丑角戏蛮容易学的。主要靠演员自己发挥。"

他对朱继勇说,你们学,我教你们!

朱继勇说,老人说过以后,他将剧本送给苏州昆剧院的领导看了,"隔一个礼拜去,剧本在台子上,再隔一个礼拜去,还在台子上,隔了三个月去,剧本上厚厚一层灰……"

最后还是钱璎牵头,姚凯忙前忙后,《弥陀寺》和《磨房产子》才都排了。冷门戏抢救下来了。录像时为省钱,钱璎亲自出面给昆剧院打电话,借了服装和化妆师。

2009年1月,两折戏的宝贵资料在昆曲博物馆完成录像。没想到的是,这天有许多青年昆曲爱好者闻讯赶来,照相、摄像,忙得不亦乐乎!

2月8日下午,忠王府举办"吴歈雅韵昆曲元宵联谊会",柳继雁和朱继勇、周继康、张继霖四位平均年龄七十四岁的"继"字辈演员同台演出《弥陀寺》,场内笑声不断,掌声热烈……

交谈中还发现,与外界传说完全相反,吕传洪非常希望有人来家里,哪怕是看看也好。"苏州昆剧院从来没来过,院长没来过,演员也没来过(看我)。"(按:后来钱璎向苏州文广局说了这事,几天后,文广局艺术处长徐白云和王芳来给老人拜年了。)

他关心地问钱璎,过年阿有啥演出?听说正月半(元宵节)有演出,老人兴奋了,说,过年,观众就喜欢看戏,尤其是在昆山农村——昆山是(昆曲)老祖宗啊!打花鼓的,观众嘻嘻哈哈,来得个闹猛!所以要看对象,啥对象演啥戏。

老人说,苏州昆剧院的戏"太少了!""传"字辈那么多戏,还没传,演来演去就那几个戏。他急切地希望有人来跟他学:"来了我教啊!"临别时又一次叮嘱说,有空再来,要啥戏,我会的我就教……

两个聋子的对话

老人的身体不错,乐观,开朗。老人说,我不抽烟,不饮酒,一直这样的。平常吃的方面非常注意。我身上没啥毛病,以前练功,早上起来先活动一个小时,再吃早饭,一天四堂课! 就是年纪大了,零件老化了,一只耳朵(右)聋了,一只(左)还好听听。牙也掉光了(大笑)……

耳朵不行了，可他还会给上海的倪传钺打电话——谁的电话都可以不接，可是这两个"传"字辈里相差十岁的"老弟兄"，只要是对方来的电话，无论如何都要接，而且越说声音越大，越说声音越响亮，尽管，谁都听不见对方在说什么！

"两个聋盲在打电话！"

谁都听不见对方的声音，但是我相信，谁都知道对方在说什么！

其实，听不见声音的何止他们自己？！

听见了也未必就能听懂，这才是最为悲哀的。

2010年，倪传钺以一百零三岁高寿离世。自此，"传"字辈只剩下吕传洪一个人。

一个孤独的老人。

真正的孤独是没有地方说话。哪怕这个人是聋子，只要能感觉得到对方的存在，想象得到对方的理解，就不会孤独。

如果吕传洪想到了要打电话，那么，打给谁？往哪里打？

2015年初，七十九岁的朱继勇去看望九十九岁的老师吕传洪。老人已经神志不清了，但是说到昆曲，依然能接上话。师母告诉他，有时候，凌晨两三点钟，老人会爬起来，穿上衣服要往外走，问他做什么，他说去演戏……

2016年1月27日上午，苏州昆剧院的吕福海书记看望先生后，发了一条微信——

> 吕传洪老师今年正好一百岁，吕师母说，他已经不认人了，儿子孙子都不认得了。可我站在他面前，吕老师很激动地向我拱手，我问：认得我吗？他连连点头说认得，还说出个吕字。吕师母觉得奇怪，说今天怎么突然清醒了？我想是因为我跟他学过戏，是因为昆曲的缘故吧。
>
> 吕老师拉着我的手很清醒地说："我对国家贡献不大，可国家给我的待遇很高，我感到惭愧！"又说，"我现在不能做什么了，要靠你们了……"

拳拳之心，殷切之情！百岁老人的昆曲情结，依然溢于言表。

半年以后，7月31日上午九点，老人走了。据说，走的时候很平静。

更为平静的是昆曲界，我没有从任何地方看到有昆曲的相关组织出面凭吊、说话，或者发文悼念……

昆曲不是很热闹吗？不是轰轰烈烈你方唱罢我登场吗？大千世界，大美昆曲，有多少人是怀着敬畏之心做昆曲的？

吕传洪走了，最后一个"传"字辈谢幕。

辉煌也多多，遗憾也多多。十几年的采访，不时会感慨，会遗憾：不仅"传"字辈，还有一些昆曲老人走了，走了就把很多戏带走了，永远地消失了……

吕传洪仙逝，去了另一个世界，他和先一步而去的倪传钺，曾经的两个"聋子"，见面时会不会大声说话，说昆曲，说遗憾？

大武生 "活关公"

有个误会,以为昆曲多是文戏。《牡丹亭》啊《玉簪记》啊什么的。昆曲武戏也很出色的。武戏是大梁!京剧的武戏都是移植昆曲的。希望你帮我们呼吁呼吁,走出这个误区。现在武戏失传了很多。

一辈子演戏,就靠练。说到底,还是要真功夫。有机会,年轻时可以风光一阵子,但到后来,还是凭实力。

——侯少奎

关老爷给我气场

先说一个关于武生的故事——

2011年,举办纪念盖叫天逝世四十周年活动,主办方安排演出盖叫天的代表作《武松》。

寻遍全国,没有一个演员可以演出全本!

无奈,找了八个武生演员,才勉强把全本演下来。

有人说,武戏被排挤到舞台边缘了。

石小梅听了说,武戏被昆剧踢下舞台了!

唯其如此,大武生侯少奎、大武旦王芝泉才显得尤为珍贵。

2013年11月初,在香港城市大学,赫赫有名的大武生侯少奎对笔者说:"我还有个法国名字呢!"

原来,侯少奎出生那年,天津发大水,他经常发烧,两腿红肿。还没到一岁的时候,有一天肚子突然胀大,中医看不好,瘦得皮包骨,已经奄奄一息。父亲看看无望,就订了小棺材、小寿衣,妈妈抱着整天哭……

绝望之际,有朋友建议,可以请西医试试。侯家对面就有个天主教堂,可是侯家不信教,也没有想到西医可以看病。只是,到了这时候也顾不得那么多了,就请了教堂的修女过来,来了好几个,好像她们都懂医术,就消毒,打针,一针打下去，慢慢就见消肿了，肚子瘪下去了！腿上肿块不消，就开刀做手术，脓水和血水流了两盆子。

之后屋内天天消毒，天天给侯少奎打针，侯少奎眼见一天天好起来。一个月后，完全好了。

一家人欢天喜地。父亲就琢磨怎么报答救命之恩。可是修女不要报答，说，要么让他加入天主教吧，再就是给起个法国名字，好让他将来记住。

父亲当即就让侯少奎入了教，脖子上挂个教牌，有时候"生病了就舔那个牌子"。至于法国名字，却是渐渐淡忘了，法文也说不像，只能依稀说出，一旁的郑培凯教授却听出端倪了，他说，一定是 Andre，中文通常叫安德鲁或安德烈。

这就是侯少奎法国名字"安德鲁"的来历。

如今，法国的天主教堂还在，只是当年救人的修女早已不知去向，想来她们怎么也不会想到，被她们救活的那个体弱多病差点夭折了的孩子，日后会成为中国昆曲界气场最强的武生！

侯少奎撩起大腿，说，那时开刀的伤疤还在，又说，咱得记住人家，得报恩……

报恩的最好方式就是在有生之年，为昆曲的传承多做些实在的事。

2012年第五届中国昆剧节。7月1日上午休息，听侯少奎和唐荣、沈国芳聊天。

侯少奎人称"活关公"，中国第一"大武生"。他说，每次演出，好像无形之中就有个神灵在，"关老爷给我气场"。

与上昆大武旦王芝泉一样，侯少奎在舞台上威风凛凛，生活中倒是个小生性格，像个大小孩。

侯先生说，他前一阵录了《夜巡》，为了"夜巡"，原先一顿三十五个饺子这回改为十个。以前西瓜肚，现在线条板齐了！用 G 调唱，比小宫调高两个，"老天爷还没把我嗓子收回去！"

你们不要学我戏，要学我的心态，学我做人！要以气带戏。我心态非常好，国家养着，为什么不多演戏多教戏？

团长杨凤一问他下一步做什么，他说：《五人义》。《五人义》说的是苏州周顺昌老爷，清官，与北京以魏忠贤为首的宦官不合。魏忠贤派校尉捉拿周顺昌赴京问罪。耍哥儿们义气的五人打抱不平，将校尉杀死。魏忠贤又派多名校尉来苏州，捉拿这五人和周顺昌。最后，这五人和周顺昌终于寡不敌众，全都就义。老百姓收尸，葬于虎丘山。

说到此，侯少奎以其独有的大武生气势吼了一嗓子："来此已是山塘街了！"

好不威武!

"这个戏,南昆没有,京剧移植过,也没了。我要演!这次去美国看女儿,带了本子去,复习,回来就教。"

"有个误会,以为昆曲多是文戏。《牡丹亭》啊《玉簪记》啊什么的。昆曲武戏也很出色的。武戏是大梁!京剧的武戏都是移植昆曲的。希望你帮我们呼呼呼吁,走出这个误区。现在武戏失传了很多。

"以前不收徒弟,现在谁愿意我都收,你(沈国芳)愿意拜我,我也收!"

侯少奎的故事说不完,回忆过去,总有无限感慨。

"文化大革命"期间,军代表主政的时候,要侯少奎"改行",不演戏。

大江东去浪千叠,怒眼圆睁吼如雷:不服从!侯少奎门一摔,走了。

这还得了?!

先生念念不忘母亲所说:厚道厚道,后面有道。平时厚道,脾气很好的,实在也是被逼到墙角了,不反抗就没路走:不演戏,还有什么路?

为了抵制军代表的"指示"并预防可能的报复,他斗胆给当时一位中央领导写信,骑车直奔中南海!

门卫拦住。

请门卫转交。

几天后,市委书记吴德派人来到北方昆曲剧院,传达领导指示:一、叫侯少奎马上回团工作;二、侯老师(父亲侯永奎)的病要有专人负责,组织提供一切方便……

就这样,侯少奎得以继续在舞台上演出,他父亲的生活和医疗条件也有了很大改善。后来毛主席要看戏,指定了几出戏,其中就有《夜奔》。当时他父亲生病,那位领导就把侯少奎叫去试演,并且决定由侯少奎给主席录像。

留在了舞台,留住了昆曲,留下了"武"美——

2006年,六十八岁的侯少奎在长安大戏院演出《四平山》。京昆两下锅,演李元霸。消息传出,连香港的观众都赶来了。全场爆满,台下有人直喊"万岁"!

侯少奎说,他不是喊我"万岁",他是表达对传统的尊重,多少年看不到这种戏了,兴奋哪!这是在给昆曲艺术喊"万岁"!

"活关公"和"残疾闺女"

2012年3月初的北京,春寒料峭,北风凛冽。

亦庄开发区,陌生的地名,必须造访的小镇。没有导航,司机凭感觉开车。

由于建城时避讳，不是按皇城正南正北的架构设计，道路是斜的，所以即便到了地儿，依然找不着北，晕头转向团团转。

在"亦庄"转圈圈，耽搁了将近半个小时，才见到大武生侯少奎。

我迟迟不到时，侯先生几次出门，在冰天里候望。见到我才舒了一口气。我赶紧说，快进门，别冻着！

先生人高马大，大红的运动衣，即便素装，也显示出"关公"的威武和"赵匡胤"的皇家气度。（侯少奎在《送京》中演赵匡胤，在《刀会》中饰关公。）

曾经问先生，听说每次演关公，都要焚香沐浴？

先生说，（演出）前一天要沐浴净身……

关公是"神"啊！

想起了一件传闻——

某年，在陕西拍关云长的戏，先生横刀立马，正待开机拍片，当地围观的老百姓突然齐刷刷跪地，频频磕头！他吓了一跳。一问才知道，老百姓看他在马上就像关公再世，不由自主就匍匐跪拜。

由此可见，先生的扮相气质和关公是何等吻合！

亲见，果然名不虚传。

然而，很快就看到了先生的另一面——

进门后，见有一只干干净净又肥嘟嘟的白花狗，十分健壮，却站不稳，歪歪地作欢迎状。

原来，这是一只路边捡来的伤残狗，显然是被汽车轧的，一只腿已经腐烂。先生女儿晓牧见了，用塑料纸包好，急忙送去宠物医院。腿保不住了，伤口生蛆，要截肢。截肢，保住了狗的命。女儿把这个名叫"牛牛"的伤残狗寄放在父亲身边。先生精心养护，宠爱有加。显然，三条腿的牛牛过得非常幸福、开心。

先生笑谓，我又多了个"残疾闺女"……

没有神，眼睛就空，越大越空

侯少奎说，演戏全靠"气"。"气贯全身""气到戏到"！就如当年有人问他父亲一样，也有学生问先生，你那"气"是怎么来的？他说，得用气，不是吹气，提气，是贯通，是精神。用不好会"僵"。比如眼神的运用吧，关公丹凤眼、卧蚕眉，全靠眼神。关公的眼是微睁，似睁非睁，关公一睁眼就要杀人了。"大江东去浪千叠"，必须有眼神。眼神又不能乱用，得有节奏，有神。没有神，眼睛就空，越大越空。

有人一辈子悟不出来。

先生又说,嗓子从高和窄,到宽和亮,全靠练。一辈子演戏,就靠练。说到底,还是要真功夫。有机会,年轻时可以风光一阵子,但到后来,还是凭实力。很多人不愿意吃苦。现在练功,跟我们那个时候没法比了。比如一出《夜奔》,我要天天练。基本功,压腿劈腿,腰功腿功旋子……单项练了还要拉戏,就是从头至尾唱一遍,也没有乐队伴奏,一天拉两遍,每天两遍!你拉一遍,台上演一遍,就感到"吼吼呼啦呼呼啦",喘,这叫"拉风箱"。你不能台上拉风箱啊!内练一口气,外练筋骨皮。这一口气,从头至尾不喘!越唱(演)越有劲,到最后,下场以后感觉,啊,很轻松!(如果)看的观众跟你一起累,那真叫累!不能让观众看到你累。欣赏你的作品嘛,不能看到你累,如果是"哎呀太累了,快下去吧"——那就完了!

现在孩子不吃那个苦,就想台上一鸣惊人。这可能吗?不行的。现在年轻人,条件吧,我要求的嗓子达不到,唱昆曲必须得有好嗓子啊,难度很大,又没有过门,一句接一句地唱,你不能唱了上句就没气了。《夜奔》,一句唱一个动作,载歌载舞四十分钟!

功夫不是天生的。看我轻松,其实真不容易。我学戏比较晚,是在初中毕业的时候,十六岁以前没有练过功。我就到戏班看戏多,京剧,偶尔有昆曲。京班也有唱昆曲的。京剧老人我都见过,很有眼福。都见过,梅尚荀程。父亲不让我学戏,想让我上学。我喜欢画画、写字。结果我拿了自己写的画的去报考,就考上了中央美院。考上了我没去。北方昆剧院也要我。父亲让我自己选择。父亲说,你还是做艺术家,画画写字,丑话说前面,演戏苦。我十五岁就成名了,你十六岁才开始学戏,吃得了这个苦吗?我没教你学戏,就是(因为)太受苦了。不过他让我自己决定。我说演戏。他说你选择,我不反对,可是得准备吃苦。

十六岁,那时我骨头硬了,个头也长了,一米六七,个头长成了。那练功苦啊。我自己下决心,既然来了,就不怕。我唱没问题,就练功。夜以继日。人家一遍,我两遍。每天四点钟起来,我的恩师就是大武生侯炳武老师。这是我大武生的开蒙老师。搨着一条腿,扳着一条腿。光踢还不行,还得扳,让你筋能更快地抻长。疼啊,撕心裂肺的感觉,像上刑似的。但是我没掉过一滴泪!

老师开玩笑:你招还是不招?我说不招!不招!咬牙不招。老师说我好样的。我每天还吊腿,把身子拴在柱子上,把腿一吊,等把绳子一松,哇,就摔在地上,过几分钟,再换另一条腿,再吊……

我疯练到什么地步?每次下班以后,剧院都没人了,我们住在剧院的,练完功晚上十点多钟了,我就从宣武门跑到西单,穿着白厚底(练功鞋),再从西单跑回来。马路上有行人,老看我,可能心想:这人神经病吧?杨老师,你看我都练到这种地步了。后来我的直圆场为什么跑得特别好?从出场到台边,刷!

我就出去了。为什么？因为我老跑嘛。

就这么，真练出来了。

早上四点钟，老师叫我，我起不来啊，晚上我练得那么累，那时洗澡条件又没有，晚上就打一盆水，拿毛巾擦一擦汗，就钻被窝了，睡觉了。早上四点，天还黑啊，冷啊，这老师抽烟的烟袋锅，烟嘴铜的，冻得特别凉，往我被窝里一戳，哟！我说您来了，几点了？甭管几点，起来！我就爬起来，上大厅了。没有暖气，烧炉子，工友七点多才来，生炉子。四点钟，里面多冷啊。结果老师说，踢！踢二百下腿。正腿二百下，还有旁腿、偏腿，好几百下呢！踢得我满头大汗。还冷吗？我说不冷。过会儿天亮了。回去，洗脸，漱口，吃早点，又赶上大伙练功了，我们八点上班啊，再跟大伙一块练。

学了三出戏，我的功架扎住了。

练到一定程度，差不多了，彩排、汇报。可以演出了。我就变成实习演员，就演《倒铜旗》。结果来了个电话，让我父亲接，是马连良老师打来的。父亲说马老师啊，您有事吗？他说少奎见报了，少奎要演《倒铜旗》，那我得看去，给我两张票，我好多年没看这出戏了。结果马连良老师带着王金璐来，看完了马连良老师就到后台，说，少奎啊，你的嗓子个头扮相都好啊，好好努力啊，希望能看到你其他的戏，我特别喜欢你的嗓子，你嗓子好，你嗓子盖着唢呐唱哪！（什么意思？就是不能跑调，但是我比你(唢呐声音)高)你嗓子真好，得多学戏啊。

第一场戏得到马老师的肯定，信心就更足了。我自己特别爱看戏，学习啊！北京有演出，我蹬着自行车去看。看戏就是学习啊，加上私下跟这个师哥跟那个师哥学《夜奔》。我会唱，我的唱是我姑姑教我的，姑姑侯永娴，她嗓子特别好，她跟那些老师学过戏。解放天津时，炮弹呜呜地响，天天晚上，我就蒙着被子，被子捂得严严实实。没事啊，姑姑说我教你唱，就教《夜奔》，那个时候学的。唱我会，私下就跟师哥学身段，也没打搅父亲，就跟他们把《夜奔》学会了。学会了我就让父亲看了一遍，看了说，你就这么练吧！我就天天练。

所以成功是各种因素的组合。先天条件少不了，但更要后天的努力。

英雄美人两相惜

2011年10月，纪念周传瑛诞辰一百周年时，看过侯先生和周好璐的《送京》，感觉非常好。

谁知，侯先生说，你不知道，那次我膝盖受伤了。头天走台，就不对，疼啊。后来还是坚持了，带年轻人，我义不容辞，死在台上也不怕。为什么，我为昆曲死,值得。

先生说,《送京》,要悟。过去演,觉得赵匡胤志存高远,要坐天下,没有儿女情。后来我慢慢地悟,觉得赵匡胤是有情的,千里送京娘,孤男寡女,怎么可能没有情?但这种感情是健康的,不是坏的。所以我就糅进了赵匡胤的感情因素,不是无动于衷,而是有动于衷,但这个"动情"并没有把建功立业的主旨压倒。所以就要把握这个度。

演《送京》,父亲反复强调"不动情",一动情就走不了了。有情,不能动情,正眼都不能看。我几十年演下来,也琢磨,千里送京娘,不可能一点也没有感情,赵匡胤肯定是有感情的,人心都是肉长的,只是不能动情,不能乱,不能儿女情长,因为他是有大目标、大志向的,所以临别要上马了,赵匡胤看着京娘说:"贤妹,后会有期!"

《夜奔》在上海演过,苏州也演过。在苏州开明大戏院演出时很轰动。挺好玩的,演完后,我们回住地,有人说,少奎,有人找你。我说怎么会,苏州怎么会有人找我?说,真的,一个女的。我更不相信了。你真不见我跟人家说了啊。就去吧,看看是谁。一看,很漂亮的一个女孩子。我说你找谁啊。我找侯少奎(卸妆了嘛)。我说我就是。就是演《夜奔》的侯少奎吗?我说是啊。她说我看了,我非常喜欢(你),我是苏州唱评弹的。我说我喜欢评弹啊。她说你喜欢评弹,今儿您去听我唱评弹吧。我说行。她穿旗袍,抱着琵琶,漂亮极了。她说我喜欢你——当时我已经有女朋友了,我二十岁,女朋友十七岁,要没有女朋友……

看完评弹,第二天她约我,说请我吃饭,我说我请你。就吃了顿饭。她说你走时我送你。我说别……谢谢你,咱们后会有期(赵匡胤送别京娘语也)。后来我们就没有联系,因为我有女朋友了,不合适。

英雄自有美人爱,"京娘"古今有灵犀。一个名叫"醺"的女孩,被《刀会》震撼,倾慕英雄,芳魂颠倒。暗恋,苦恋,痴恋!发誓非侯先生不嫁。先生夫人走后,女孩不再折磨自己:翁帆可,我何不可?便直奔北京,当面表白:愿以芳心结同心,陪伴英雄到白头!

先生感喟不已,依然英雄本色,有情却不动情,再次上演现实版"送京娘"。

女孩无望,远走天涯,去了加拿大……

先生说,年逾古稀的我,不能累了芳家青春。

2004年退休时,先生特意写了幅字:颐养天年。可是这字仿佛是写给那条缺了一条腿的残疾狗牛牛的;牛牛每天吃好睡好玩好,先生却是教学、讲学,或者录像甚至演出,忙得不亦乐乎。

先生虽高大魁伟,其实内里并不结实。高血压,心脏病,身体里有七个支架,"一个支架三万元,好买一辆雪佛莱轿车了!"

尽管这样,先生乐观开朗,当年做完支架刚出院,就和邓婉霞在苏州演出全本的《义侠记》……

现在先生的生活比较简单,住在亦庄,离市区很远,相对清静许多了,所以就"回归"老本行:写字画画。先生的字遒劲内敛,像他的武功,有一股气,"气贯全身";以前是气到戏到,现在是气透纸背,"气到笔到"。

青春始终在先生身边徘徊。

先生的青春是在香港曲友吴洁贞出现之后。

吴洁贞是广东人,喜欢看戏,什么戏都看,有一天看到岳美缇的《惊梦》,从此一梦不醒,只追昆曲,海内外无论哪里有昆曲,她都飞过去看,而且是"独行侠",并不加入任何一个"粉丝团",都是自己买票自己看,一个人去体验,去欣赏,去和昆曲对话、交流……

这就认识了侯少奎,惊艳人间亦有如此英雄!为了和"老师"沟通,以前只说广东话的吴洁贞赶紧用心学普通话。

2013年11月初,笔者在香港城市大学的三天,但见侯老师和吴洁贞二人出双入对,恩爱有加。老师精神焕发,气色绝佳,在示范表演《夜奔》时,一腿跃起,超过九十度!他俩说起日常生活,都由衷地称赞对方——

侯说,她很会照顾人……

又说,老天眷顾我,给我精神给我功力给我嗓子给我……

吴说,老师会做饭做菜,非常好吃!拉面时依然气势威武,不愧为"面神"!

老师女儿很喜欢"阿姨",几乎每天都要和她微信联系,要她叮嘱爸爸注意些什么——吴洁贞打开手机,把昨天晚上的微信语音放给边上的张继青听……

郑培凯说,这喜事什么时候办?广东人的女婿应该在广东吧?

吴洁贞说,老师说要在北京……

都说,这是侯老师的福气,也是昆曲的福气!

2019年6月7日。昆曲小镇昆山巴城,阳澄曲叙,来自长三角的曲友相聚在昆曲发源地,悠悠雅韵,清流绵长,当此时,一位高大伟岸的北方汉子出现了,见到多年的朋友,他笑逐颜开:我又回来了!

回来了,回"家"了——侯先生好几次来巴城,已经把这里当成了他的"家"、昆曲的"家"。

这回他是来为改造后的"巴城影剧院"举行"开台"演出的。

"开台"并不罕见,难得的是,先生说,我身体不行了,在美国期间,痛风,那个疼啊……还不小心跌了一跤,半个脸肿得像个大面包——我不演戏了,这次来巴城演出,可能是我的"封箱"之作,也是向"老祖宗"(昆曲发源地)汇报,以后我就不演了,不能再演了……

现在,先生以八十一岁高龄,来巴城为改造后的影剧院"开台"演出,是昆曲小镇的福气,也是昆曲人的福气!

晚上七点,演出准时开始,《宝剑记·夜奔》《青冢记·出塞》,都是侯派艺术的代表作品,接着是先生的《刀会》,这是大武生的经典,也是侯派艺术的巅峰之作。

"大江东去浪千叠",先生一嗓子,关老爷的英雄气概便震慑全场,掌声雷动,观众无不大呼"过瘾"!

演出结束,接受记者采访,先生说,巴城是我们昆曲的源头。北昆也是从南昆过来的,乾隆时,老师们把昆曲带到北方,有了北昆。这是整个昆曲的骄傲。巴城是我们(昆曲)老祖宗的地方。我们的"开台"演出,是(阳澄)曲会的一部分。

我把先生现场演出的照片发给吴洁贞女士,她表示感谢,并称赞说"拍摄得真棒",她也看了现场直播,说演出非常棒,非常成功!

不一会儿,吴洁贞发来一组"从没有发表过的"图片,都是她饰演京娘的剧照,我不由得惊艳也惊讶:美哉,京娘!有一幅是先生教她如何演京娘的。吴洁贞还说:我的《千里送京娘》是少奎亲授的,他教学生时我陪伴在侧;回到家呢,他有空就常常教我唱腔,给我配合,指导我的身段表演,分析京娘的人物和内心感情,真是非常认真的。

见此,不由心动,《夜奔》《刀会》《送京》一一从眼前快闪而过,于是提笔写道——

　　大江东去浪千叠
　　英雄美人两相惜

"好声音"与"活皇帝"

　　华文漪饰杨贵妃，气度高华，技艺精湛，有"小梅兰芳"之誉。当家小生蔡正仁饰唐明皇，扮相儒雅俊秀，表演洒脱大方，完全是"俞派"风范。

——白先勇

　　与其争论莫言是否应该得诺贝尔文学奖，不如去听张继青。张继青才是真正的中国"好声音"。

——薛仁明

曲罢泪还流

　　昆曲大美，美在其"韵"。
　　我不懂韵，只是喜欢，喜欢它的"味"。
　　昆曲的"韵"和"味"，是好声音的极致。
　　能让你听十遍还喜欢的是好歌。
　　听一百遍还喜欢的是经典。
　　这样的"经典"在我听过的昆曲里已经有好几个。
　　要是听了一千遍还喜欢的呢？
　　比如张继青的"三梦一魂"，我听得早过了一千遍。
　　问题是——
　　一、还没听懂；
　　二、还好听；
　　三、还要听。
　　汽车一动，就听昆曲；电脑一开，就听昆曲；办公室一坐，就听昆曲。如是三年五载，昆曲就成了无时无处不在的空气。
　　这就是昆曲的魅力所在。究竟好在哪里？"道可道，非常道。"不会说，不能说，一说就错，不如不说。
　　不可言说，只能感受。

听张继青当面唱昆曲,就成了我的一个梦。

很难有机会的,她很忙,当然是在忙昆曲。找她学戏的人太多,要全都答应,那就连看病的时间都没有了。每次见她,都说,请您来玩啊。其实还有句话没说:请您来我的工作室唱昆曲。她总是笑得藏住了眼睛,说,好的,好的。

好不容易有了个机会。2012年10月21日,菊黄蟹肥的季节,中国古琴学会会长朱晞、秘书长陶艺,琴人、学者裴金宝,曲家张继青、姚继焜、毛伟志、顾再欣,还有曲友高敏怡等人,先后来到巴城老街酬途楼。

半井小院,残荷如画。秋意正悄然徘徊,琴曲便幽然入室。好风景好情致也!

朱晞是昆山人,琴棋书画皆有造诣,回家的感觉自是亲切,先就题字:善亦懒为何况恶,富非所望不忧贫。此唐六如四十自寿句也,用以状酬途楼之性情,倒也贴切。陶艺见了,也来兴致,左书"佛"字,状雅集之禅意也。

没有程式,没有客套,甚至没有开场白,就这么进入琴曲雅集的主题。

张继青人称"张三梦",我说"三梦"再加一"魂",都是绝版。听她早过千遍,当面听却是几年前就有的梦,岂能错过机会?

可是,唱什么呢?

径直就说,《离魂》【集贤宾】!

张老师说和笛师合一下。谁知立刻入戏。"海天悠,问冰蟾何处涌",那情景孤凉凄寂,那韵味撩魂摄魄。全场静,屏息,凝神,到后面,我忍不住跟着唱了,唱的是心情啊,"须不是神挑鬼弄,心坎里别是一般疼痛……"先生唱得太好,我也太投入,禁不住泪水涟涟……

秋风萧瑟处,曲罢泪还流。

张继青似有歉意,说,你要我唱《离魂》的啊。

我说没关系,是我想听……

难怪,台湾作家薛仁明说:"与其争论莫言是否应该得诺贝尔文学奖,不如去听张继青。张继青才是真正的中国'好声音'。"

薛仁明是懂昆曲的。

二十多年前的《牡丹亭》

须知,早在二十七年前,张继青的《牡丹亭》就引起了空前的轰动——

1986年,巴黎秋季艺术节。这个艺术节是由法国总统蓬皮杜倡议设立的,始于1972年。十多年来,全世界几十个国家的艺术团体相继在这里登台献艺,产生了广泛久远的影响。

9月15日,江苏省昆剧院出访团到了戴高乐机场。都是第一次出国,所以对什么都感觉新奇,而最让他们惊奇的是,从机场到市区几十千米的公路两侧,张继青饰演的杜丽娘的头像以巨幅广告的形式,占据了非常显要的位置!

然而,陪同的冉马赫先生也提醒说,最近恐怖分子活动很猖獗……

惊奇之后是惊心。代表团的艺术指导姚志强和秘书长王海清的心头都蒙上了一层阴影。

中国去了八个团,除江苏省昆外,其他还有中国木偶剧团、上海越剧团、四川清音剧团、苏州评弹团等,共二百多人的团队。这是法国方面亲自来中国挑选的,而开幕式表演恰恰就选中了江苏省昆剧院的《牡丹亭》。

此前,江苏省昆在日本东京和德国柏林演出都很成功,到了法国,却没有底了,不仅因为恐怖活动,还因为,这里的观众能否接受在中国都罕有观众的昆曲。

没人理会他们的心情。车站、地铁、邮局、警察局频频挨炸。18日首演,人员密集的大地商场又传来爆炸声!人心惶惶的巴黎,连平时最繁华的香榭丽舍大街也冷冷清清。

偏偏这一天正是中国的中秋节!可是,此时此刻,谁都没心思思念祖国的亲人,他们担心的是这第一场戏能不能打响,现场会不会如香榭丽舍大街一样清冷?

演出前,大街上警车呼啸不停,进场都必须安检。

安检归安检,却丝毫没有影响法国观众对中国文化的向往和痴情。

出乎意料,第一场就爆满!

莫加多尔大剧场,四层,一千八百个座位,座无虚席。

没有扩音设备,没有"小蜜蜂",甚至也没有字幕。事先花了很多资金准备的同声翻译等,都不要。只要原声真唱。尽管中方一再要求,艺术节的实际主持人玛尔科维茨女士却微笑着说:"请你们相信法国观众的欣赏水平!"

大幕徐徐拉开,杜丽娘一曲【绕地游】,"梦回莺啭,乱煞年光遍",让观众听得提神凝目,荡气回肠!就这么,一声声,声音圆润,一句句,句句动情。水袖飘飞如水波涟漪,台步轻移若步步莲花。眉目传情,情深似海,缠绵绕梁,婉转流连。

好一个张继青,把一千八百名老外"调教"得如痴如醉,皆为君狂!

针掉地上都听得见。

中国驻法国大使轻声问身边人:什么叫【山坡羊】(曲牌名)?

立刻就有老外制止,"嘘——"不许说话。

演出结束,谢幕十八次之多!

演出后,主办方举行那些年在巴黎很少见的盛大宴会,庆祝演出成功。

玛尔科维茨女士对中国领队说："告诉你们一个秘密,刚才演出时,我比你们还要紧张!今晚获得如此成功,我心上的一块石头才算落地,这证明我们的演员和剧目选对了!"

艺术节主席、法国前文化部部长米歇尔·居伊对张继青说："你的演出非常成功,观众都被你迷住了!"

法国歌剧女主演也为之折服,对张继青说,我们是全场只唱不动,你却是满场跑,简直不可思议!还连声感叹:只有十五个人的小乐队,怎么就出来这么美妙的音乐?!

米歇尔·居伊说他们带来了中国最美丽的声音,表示愿意亲自陪他们去游览风景名胜。因为恐怖活动,卢浮宫关闭,埃菲尔铁塔又因为大修不对游人开放,经过说项,特许中国团队去参观。

米歇尔·居伊、希拉克(时任巴黎市长)夫人、巴黎商会总会会长、中国驻法国大使周觉等出席首演与演出后的庆功宴会。

法国观众从不轻易给人捧场,媒体更以挑剔刻薄著称,但对张继青的演出却是不吝赞誉之词。法国《解放报》《费加罗报》《十字架报》等大报,都在头版报道了《牡丹亭》的演出,还在二版、三版用一整版篇幅刊登演出剧照和文字介绍,他们称赞张继青是"中国苏州公主和西方维纳斯的完美结合"!

连演五天,场场爆满,天天轰动。巴黎的大街小巷,全都是张继青的"杜丽娘"倩影,与之相匹配的,只有罗马教皇的头像。

然而,这样的轰动似乎并没有在国内引起什么反响。

尽管,姚志强以"一曲牡丹亭,轰动巴黎城"为题,在《新华日报》报眼位置发表,王海清写了《异国舞台幽兰香,牡丹含情有知音》的文章,在《剧影月报》刊登,中央电视台、《人民日报》都跟踪报道了这次演出,但是,其影响的面依然很小。

为什么?中国的经济还没有腾飞,新闻传播渠道也比较落后,这从下面的故事可以看出来——

当时,电视机等所有家用电器是要凭票供应的。而出国人员却可以每人拿到一张票。"艺术指导"姚志强就凭票在北京买了电视机带回南京,而另一位随团人员因为把票弄丢了,伤心得号啕大哭!

"好声音"从昆山起步

或许是我在昆山工作而昆曲就发源于昆山的缘故,所以对张继青的采访一开始就非常融洽,尤其是,谈话很快就勾起她几十年前少女时代在昆山学戏的一段往事——

　　那时张继青还在苏州,一次顾笃璜带他们到昆山,吃住、排练都在"大有蚕种场"。这里挂的牌子是江苏省戏曲学校,但是条件却非常简陋,好在这里很偏僻,除了伙食费,别的也没什么开销。不过,给他们上课的却是俞振飞、言慧珠、王传淞、张传芳、华传浩这些大师。

　　这是她终身受益的艺术启蒙。

　　没几天,俞振飞、言慧珠从上海乘火车赶来昆山了。学校有时候用黄包车去火车站接,有时候舍不得车钱,只能步行去接站,俞振飞也从不摆谱,走就走啊,走到南街县文化馆,歇歇脚,喝口水,再走到蚕种场。

　　所有的老师都是这么走来蚕种场的!他们给小演员教戏,也没有什么拜师仪式,来了就教。张继青学的是《琴挑》,演陈妙常,那时她才十多岁,尽管还不懂事,但是学戏却非常认真,老师都很喜欢这个"小丫头"。

　　最让她记忆犹新的一件往事是,1956年吧,在苏州新艺剧场演《白蛇传》,俞振飞演许仙,让她演白娘子。白娘子有一个典型的爱恨交加的"冤家"一句,而且是直点着许仙(俞振飞)的鼻子说的。她一个小姑娘,怎么敢这么对"师傅"?紧张得直冒虚汗!可是俞振飞一点不介意,笑谓:没关系啊,你是在演戏,是在对许仙说话,该怎么表演就怎么表演啊。一点架子都没有,这才让她慢慢放松了心情。

　　张继青还说,当时昆山有不少昆曲艺人,有个叫吴秀松的,快要八十岁了,依然是一副"清秀"的面庞,他的戏路很宽,很成熟,无论点到那里,他说唱就唱,连笛子都不用。还有一个叫徐振民的,也有唱不完的昆曲。昆山在她的艺术生涯中留下过许多美好的印记。

　　昆山是昆曲的发源地,昆山也是张继青从艺起步并且最早感受大师们风范的福地。

　　"好声音"从昆山起步。

今古情场,问谁个真心到底

　　昆山是昆曲的故乡,昆曲人和昆山的关系一定是密不可分的。

　　蔡正仁和昆山的关系尤其密切。昆山与昆曲的几件大事,包括当年争取举办中国昆剧节和后来当代昆剧院成立等,都与蔡先生有关,而更具戏剧性的是,先生遇难,也是昆山人及时抢救的——

　　1994年5月,先生和梁谷音、岳美缇、张静娴等人去苏州参加沈传芷追悼会,晚上八点多回沪,途经昆山遭遇车祸,四人重伤,蔡正仁额头被车窗碎玻璃砸伤,血肉模糊……

文化局领导闻讯紧急赶到,又通过卫生局,连夜喊来眼科顾医生,手术一直做到次日凌晨三点,缝了一百多针!

这期间,上昆的人向上海市委宣传部汇报,宣传部又向市政府汇报,市政府答复:连夜抢救后,立刻送上海!

由于抢救及时,加上昆山的眼科医生手术高明,蔡正仁的脸部伤势得到最佳医治,以至于后来上海瑞金医院的外科医生拆线时连声惊叹:(手术)太完美了!完美到了他当时都不敢动手拆线。他还向领导汇报,要求开一个"现场会",把昆山的顾医生请到上海……

不几日,上海市政府给昆山市政府发了感谢信。

至今,蔡正仁念念不忘:多亏了昆山的朋友……

先生与昆山始终保持着联系。

2009年6月,第四届昆剧艺术节期间,笔者几乎天天和蔡正仁老师一起看戏。自那时起,我们来往甚多,一有什么事,就互通信息,电话不断。

先生反复说着同样的话题——昆山是昆曲的发源地,昆山是全国百强县(市)之首,全市二百多万人口,可是昆山没有昆剧团……昆山的昆曲好做大文章啊,怎么就不做呢?黄幡绰是昆曲的祖师爷,这是有根据的。黄幡绰、顾阿瑛,还有梁辰鱼,都是昆山的,应该做大文章啊!

慢慢就发现,不仅是昆山,整个昆曲界,许多重要事情,都与先生有关。书写中国当代昆剧史,先生是一个绝对不可以绕开的人物。

先生担任上昆团长十八年,这期间,上昆发生了许多重大事件,成功和遗憾都有,正能量和负面新闻并存,但是,谁都不能否认的是,这是"昆大班"的能量发挥到极致、成就也最为辉煌的岁月。

《长生殿》和《太白醉写》是先生艺术生涯的两座丰碑。

《太白醉写》前面已说到,这里只说《长生殿》。

《长生殿》先后创作十年,三易其稿,是洪昇"一生才力的结晶",《长生殿》和《桃花扇》是清代戏剧的双璧,都是昆剧长演不衰的剧目。

1987年,上昆紧锣密鼓排练《长生殿》,由唐葆祥、李晓整理改编,将原剧五十折改编为八折,突出李、杨的爱情,而政治风云则作为背景,烘托和强化爱情的分量,本身的戏份则加以淡化。

实际上,观众所关注的、最易受到感动的也是李、杨的爱情。

剧本确定后,唐明皇和杨贵妃的扮演者便成为此剧成功与否的决定因素。

当今"皇帝",非蔡莫属。从扮相到演唱,一招一式,无不显出皇家气派,又见得儒雅俊秀,满腹才情,尤其是先生的唱,浑厚宽亮,膛音充足,底气饱满,满宫满调,天生就是一个大官生!

蔡正仁和华文漪是扮演唐明皇和杨贵妃的不二人选。

唐明皇是大官生的代表戏。演好唐明皇,绝非易事。最难的是:天子之位,九五之尊的唐明皇,偏偏是个"情种",六宫粉黛无颜色,情有独钟杨贵妃。演唐明皇既要演出皇家气度,又要见其情痴本色。两者之间的游离和重叠、交叉,还有"高处不胜寒"的无奈等,对于一个演员来说,的确需要十分功力才能把握。

显然,蔡正仁把握了原作者创作的主旨:今古情场,问谁个真心到底?

可以用"华贵"与"凄美"来形容蔡正仁和华文漪的《长生殿》。

华贵:帝王宫殿,皇家气派,贵妃气质,雍容华美;

凄美:马嵬自缢,香消玉殒,佳人绝配,黄土一抔。

"庭花不及娇模样",以此开端,《长生殿》大幕徐徐拉启。

一个是皇帝,一个是贵妃。

一个是"情种",一个是"爱神"。

六宫粉黛无颜色,三千宠爱在一身。

皇帝有梦,夜夜梦贵妃;

妃子有梦,生死不离分。

《定情》爱之初,《絮阁》醋之酸,《密誓》爱之巅,《惊变》爱之难,《埋玉》爱之毁,《雨梦》梦之圆。

《埋玉》一折是全剧之高潮。六军不发,逼驾逼宫,先杀杨国忠,再杀杨玉环——唐明皇虽为天子,却是无能而无奈,虽然痛苦挣扎,五内俱焚,在社稷与美人之间,最终还是选择了江山。杨玉环倾城倾国,名副其实,倾覆了城池也倾覆了国家,先是芳容失色,再是痛彻心扉,继而舍身自尽。

天上人间,生离死别,寻寻觅觅。

缠缠绵绵,撕心裂肺,凄凄惨惨。

战争与爱情,权力与无奈,起伏跌宕。

华贵与凄美,华美与苍凉,纠结缠绵。

《埋玉》是华贵与凄美的极致。

待到《雨梦》,经历了盛与衰,超越了生与死,爱情长跑,轰轰烈烈臻于圆满。

"情种"之情深似海;

"爱神"之神美如仙。

蔡正仁的唐明皇,当今无出其右者。

白先勇有话要说

1987年4月7日,《长生殿》在上海市府礼堂首演。

4月10日,首演的最后一场,一位特殊的观众感慨万分。

1946年,年仅九岁的白先勇,曾经跟随父亲在上海美琪大戏院观看梅兰芳和俞振飞的昆曲《游园惊梦》,从此,幼小的心灵埋下了大美昆曲的种子,四十多年以后,先生故地重现,旧梦重圆,深为震撼,用"惊为天人"一词来赞美蔡正仁的"唐明皇"——

> 华文漪饰杨贵妃,气度高华,技艺精湛,有"小梅兰芳"之誉。当家小生蔡正仁饰唐明皇,扮相儒雅俊秀,表演洒脱大方,完全是"俞派"风范。两人搭配,丝丝入扣,举手投足,无一处不是戏,把李三郎与杨玉环那一段天长地久的爱情演得细腻到了十分。其他的角色名丑刘异龙(高力士)、名老生计镇华(雷海清),都有精彩表演。而且布景、音乐、灯光设计别出心裁,无一不佳,把中国李唐王朝那种大气派的文化活生生地搬到了舞台上。三个钟头下来,我享受了一次真正的美感体验。①

谢幕。闭幕,再谢幕!如是反复八次。

白先勇起立,鼓掌,迟迟不舍离去。

> 我想我不单是为那晚的戏鼓掌,我深为感动,经过"文革"这场文化大浩劫之后,中国最精致的艺术居然尚能幸存!而"上昆"成员的卓越表演又足证昆曲这种精致文化薪传的可能。昆曲一直被人批评曲高和寡,我看不是的,我觉得20世纪中国人的气质变得实在太粗糙了,需得昆曲这种精致文化陶冶教化一番。②

白先勇说,他1987年回到上海,最有意义的事就是看了上昆的《长生殿》,之后他又去南京看了张继青的"三梦",一样为之折服。

---

① 白先勇:《惊变——记上海昆剧团〈长生殿〉的演出》,《华文文学》,1988年第2期
② 白先勇:《惊变——记上海昆剧团〈长生殿〉的演出》,《华文文学》,1988年第2期

从此,白先勇开始了他的"昆曲义工"之旅。

这一走,就出来了后来的青春版《牡丹亭》。

日本殿下接见中国"皇帝"

1988年,为纪念中日和平友好条约缔结十周年,日本文化财团邀请《长生殿》剧组去演出。

杨贵妃和唐明皇的故事,在日本家喻户晓。民间传说,杨贵妃在马嵬坡没有死,骗过六军之后,辗转逃至扶桑。日本歌舞伎还据此编演了《玄宗与杨贵妃》。

这样,选中《长生殿》就在情理之中了。

但是,邀请方万万没有料到的是,《长生殿》会在日本引起极大的轰动。

根据谢柏梁和钮君怡所著《蔡正仁》一书记载,9月6日,《长生殿》在东京国立剧场首演。全国人大常委会副委员长、中国国际信托投资公司董事长荣毅仁携夫人观看演出,出席首演的日方代表则是天皇的侄子高园林宫殿下夫妇,以及众议院、参议院等政界要员,日本著名戏剧家尾崎宏次、石泽秀二也端坐观众席。

蔡正仁自是见多识广,只是这样规格的大场面还是第一次经历。他全力以赴,倾情投入,待至《埋玉》一折,杨玉环与唐明皇生离死别,"唐明皇"与"杨贵妃"泪眼相对。真情入戏若此,全场静寂无声,但听李、杨泪水落地……

NHK电视台全程直播了这场演出。

国际演剧协会副会长尾崎宏次说,今天的演出是我看昆剧以来最成功最精彩的一场戏!

演出间隙,高园殿下接见了蔡正仁和华文漪——

殿下说,我第一次看昆剧,很优美,很高兴。我和我的夫人,自始至终都被你们的演出迷住了!

"7月7日长生殿,夜半无人私语时",殿下吟诵着白居易《长恨歌》中的名句,说,《长恨歌》他在中学时就读过,至今还非常喜爱!

日本殿下接见中国"皇帝",一时传为美谈。

《长生殿》在东京国立剧场六天连演十一场,场场爆满。原本含蓄的日本观众变得异常热情,就如跟风追星的时尚青年一样,要求签名合影的观众挤满了后台。尾崎宏次慨叹不已,说,日本观众看戏比较冷静,这种现象在日本是不多见的。

东京演出结束后,《长生殿》剧组又赶赴横滨、大阪、福冈、京都等地演出。有观众还一路跟随,看了一遍又一遍……

2011年,昆曲入遗十周年。

5月14日,上昆在北京长安大戏院演出《长生殿》,贵妃改由张静娴饰演,皇帝依旧由蔡正仁担纲。

剧院经理说,蔡老师你想不到吧,票卖光不算,连站票也供不应求!

长安大剧院位于车如流水的长安街一侧。

长安街,长安大剧院——

大唐盛世,都城就在长安(西安)啊!

杨贵妃和唐明皇的故事,就发生在长安啊!

《长生殿》以罕见的盛况,穿越了一千二百年!

有观众跑到后台,对蔡正仁说,他是从上海坐飞机赶来的。

上海演过,你没看?

看了,不过瘾。

去香港演出,又有上海的观众坐飞机赶过去看!

北京演出,八次谢幕!观众不肯走。

一位名叫李婧的曲友告诉笔者,大幕落下之后,她直直地立着,泪眼模糊,口中念念有词:怎么可以这样呢?怎么会这样呢?!

蔡正仁说,我真的很感动。这情景,多少年没见过了!

《长生殿》和《太白醉写》,成了先生艺术生涯中的两座丰碑。

不料,梁谷音说,(蔡)演得最好的是《撞钟·分宫》。遗憾的是,笔者至今没有看过。

不过,第五届昆剧节上,先生的弟子黎安演出了由《撞钟·分宫》改编的《景阳钟变》,成为昆剧节上最大的亮点。

也正是凭借这出戏,黎安获得了第二十八届戏剧梅花奖。

满庭花雨　姹紫嫣红

比较一下,我觉得培养出一两个、三四个昆曲人才,比我一个人在舞台上演戏更好。

——杨凤一

昆曲院团在一起,大家都清楚,一锣一鼓,一声一语,都清楚,无法忽悠。昆曲圈内,不须多说,大家心知肚明。要经得起"晒"!

——谷好好

铺好的路不是路。自己走出来的路才是路。别人做了的我不做,别人不愿意做、不敢做的我做。

——柯军

杨凤一:转换角色　出人出戏

2009年8月,杨凤一任北方昆曲剧院院长。

"演而优则仕",昆曲演员担任领导的还真不少。大陆七个昆剧院团的"一把手",除苏州昆剧院,其他都是演员出身。

当"官"了,还演不演戏?艺术生命和管理者之间,怎么处理才恰当?

要处理好恐怕很难。每个人有每个人的实际情况和不同的处理方式,因而外界也有不同的评论。

杨凤一很清楚,作为主要领导,想演戏肯定没问题,演什么都可以,演多少都可以!她是刀马旦,当然就朝这方面去做,全院的演员都得围绕她这个"思路"去转。可是要这样,年轻人的路肯定就窄了,刀马旦之外的戏,演员就很难出来了……

杨凤一不仅是梅花奖得主,更是全国党代会代表,她的视野和胸怀开阔,在决策中就显示出巾帼不让须眉的大气。

她尽可能给年轻演员创造机会,她说:"比较一下,我觉得培养出一两个、三四个昆曲人才,比我一个人在舞台上演戏更好。"

后来(2015年),杨凤一在接受采访时说,北昆这些年出人出戏,不光有魏春荣这样的品牌演员,邵天帅、翁佳慧、朱冰贞等一批年轻演员也是屡挑大梁。他们都在三十岁以下。

北京市要宣传两个典型的"领军"人物,要树立北京的品牌,一是昆曲的,一是话剧的。北京市领导点杨凤一的名,可是她毫不犹豫,把这个"领军人物"的称号让了出来。

轰动昆剧界的"大师"版演出,她让魏春荣出场助阵,自己则在幕后运筹。

做到这一点不容易。

转换角色,尤其是在大名大利面前,如何对待?"其实真的很痛苦。这种角色的转换不是很容易的,也有一个内心挣扎的过程。但是我很自豪,我战胜了自我。"

2012年3月7日,陶然亭路14号,北方昆曲剧院。杨凤一院长接受采访时说了她的三个目标——

第一个目标是出人出戏;第二个是想尽办法改善办公环境;第三是改善演员的待遇。

第一步,出人,以戏带人。2009年在北大演出北昆的几个大的看家戏,像《牡丹亭》《长生殿》《义侠记》《西厢记》,全部由二十五岁左右的年轻演员来挑大梁。这在北昆的历史上是头一次。在社会上引起了关注,邵天帅、朱冰贞、张媛媛,等等,在观众的心中慢慢地产生了一定的影响力。

第二步,出戏,以人带戏。两年排了四部戏。一部全本的《红楼梦》,一部《旧京绝唱》,还有一部革命题材的《陶然情》,一部摘锦版的《西厢记》。《旧京绝唱》反映的是北昆老艺人在新中国成立前闯荡京城的一些经历,是一出大戏。

"出人""出戏",相辅相成。

演员要演戏。2010年演了365场,2011年265场,演出年收入都在六百万以上。这在北昆历史上是没有过的。演员几乎没有休息日,很累,但是很充实。

演出多了,收入自然也就多了。员工的收入几乎翻了一番,年终奖,翻了不止一倍。

她说,现在"我们院里的演员,平均年薪可以到十一万元。但我还是觉得少,起码得再翻一番!"

果然,到了2018年,她看看报表,一般演员年收入在二十万元上下,而品牌演员高达三十万元上下。

待遇提高了,也就能够安心了,最起码感觉生活和事业有保障了,演员就不会去外面走穴。现在北昆议论得最多的是:我跟这个老师学什么戏,他跟那个老师学什么戏。

杨凤一有个目标,就是要让自己院里的这批优秀演员在四十岁时能够成为被全国观众认可的角儿。"虽然并不容易,要克服的困难很多,但至少,我在北昆搭起了一个供他们展示的平台"。

杨凤一坦言,艺术规律和现实生活往往会出现矛盾,有时候她也很无奈。但是她的角色转换依然很成功,北昆在她手里红红火火蒸蒸日上。

为了昆曲,为了工作,家人、孩子都顾不过来了,儿子十三岁,"根本就顾不着他"。

还有很多的电影、电视剧的片约,一部影片的片酬相当于她十年的收入!但她不能去。所以有得有失,"舍了小家,丰富了大家"。

杨凤一是昆曲界唯一的中共十七大代表。参加党代会,参加人大和政协会议,她从来没有忘记自己的昆曲人身份,所以每会必说昆曲,说北昆局促、破旧的房子和全体北昆人积极向上的精神状态之间的反差。无数次的争取和呐喊,终于引起各方面的注意,市委书记亲自批示,北方昆曲剧院的新址新建筑项目,列入了十二五规划。

2019年10月的一天,在昆山巴城老街俞玖林工作室,杨凤一讲述了北昆的前世今生,在说到角色转换时,依然心情激动,依然为自己的坚守而自豪。尤其是,对于一个管理者来说,坚守还意味着无数欲说欲休的辛酸。为了建造北昆的国际文化艺术中心大楼,因为一个小小的细节,她被骂了整整三个小时!而在同时,一位老艺术家,为她准备了喜欢吃的牛肉,在寒冷的冬天,等她等到深夜两点多……其中的酸甜苦辣,有社会经验的人都可以体会,只能意会而不可言传——说到这里,她几次哽咽,泪涌不止。温馨与委屈同在。而正是因为有温馨,所有的委屈都可以烟消云散!

"负责"的谷好好

见过一篇对上昆谷好好的访谈,题目就叫作"喜欢昆曲,就要负责",正是"负责"两个字,促使我要对谷好好做一次采访。

现在以昆曲的名义做非昆曲、吃昆曲、害昆曲事情的人不少,所以"负责"两个字就显得尤为珍贵!

2011年9月7日下午,谷好好如约在办公室接受我的采访。围绕"负责"的话题,她说了自己的体会——

对远在他乡的父母负责。我是温州人,现在父母还在那里。十多岁到上海学艺,小丫头闯荡大上海,放弃了很多天伦之乐。也是两难的,既然我选择了这一行,就一定要负责,否则早就打道回府了!这种情感,沉甸甸的,放在我心中,也是我的一个支撑点;

对老师负责。老师像亲人,是我的旗帜。老师把一辈子的艺术积累教给我们。我承载的是刀马旦的传承使命。武戏很辛苦。要天天练,受伤是经常的,也是正常的。练功躺倒、骨折,我都有过。但我有一种使命感,一定要把老师的艺术传承下去。三百六十五天都得做,都要练。否则扛不动!要继承,也要创新,责任重大,总觉得时间不够用,事情做不完;

对观众负责。世界关注,国家重视,我们昆曲人要有责任感。每一场演出都要全力以赴,因为可能的观众只会看这一场,或者第一次看这一场,所以演出质量每一场都同样重要,要尽心尽力,把最好的状态呈现给观众。变味了的话,怎么对得起观众!

以前大幕拉开,台下空空如也!现在台下黑压压的。观众的票是自己花钱买的,我们得对得起观众;

对自己负责。二十五年摸爬滚打,我们跟昆曲在一起的时间远比跟家人在一起多,所以昆曲和家人一样亲。天天在练功房,今天上午还练,"八仙过海",全身都被汗水湿透了!刚洗过,衣服晾了就过来。

对剧团负责。现在我任上昆副团长、副书记,分管创作和人才培养。会议多了,练功时间少了。要出人出戏,压力很大。可是我们不做,谁做呢?

要找到好的题材、好的编导,很难。煞费苦心!往往整夜睡不好。昆曲和其他门类的艺术不一样,不可能一夜成名。唱歌和影视行业可以有一夜成名,但戏曲要千锤百炼。所以光有爱未必行,还要综合各种条件。

我们上昆八月份集训,一个月。不是喊喊口号,是负责的。炎热的夏天,十个折子戏,其中《吴汉杀妻》《夜思》(穷生戏)两出是原创,还有两个是改编,其余六个是传承。底下可以嘻嘻哈哈,上了训练场,很严的,不能客气。流汗流血都得练!

9月2日,请老艺术家来看我们汇报演出,大家很赞赏。

最大的"结"是昆曲,最大的幸福在于昆曲,最大的动力也是昆曲——怎一个"昆"字了得!

说到底,喜欢昆曲,就要对昆曲负责。

昆曲是大剧,是"万象",是要求文武双全的。不能只文不武。

上昆就我一个武旦了!好在,昆山巴城来的钱瑜婷不错,是"昆五班"的主力了,我想让她来接我(班)。

说到这里,谷好好笑了,很欣慰的感觉。
接着,手机响了。是她妈妈从温州打来的。
原来,今天是她的生日!
想起来了。谷好好说过,"舞台,是心里一条回家的路,蜿蜒到天涯……"
2004年,谷好好迎来了自己的第一部大戏《一片桃花红》。为了最好的呈现效果,找编剧、找导演,拉赞助、打广告……事事亲力亲为。
2009年,谷好好被推上了管理岗位。2013年,她出任转型关键时期的上昆团长。不久后,她担任了上海演艺集团的总经理。
现在她不只是要对昆曲负责,还要对上海京、昆、越、沪、淮五大剧团和剧种负责!
谷好好说过一句很有底气的话:昆曲院团在一起,大家都清楚,一锣一鼓,一声一语,都清楚,无法忽悠。昆曲圈内,不须多说,大家心知肚明。要经得起"晒"!
2017年,她当选党的十九大代表。2018年5月,她入选第五批国家级非物质文化遗产代表性项目传承人。
2018年12月25日下午,身着中式服装、戴着绣花帽的谷好好风尘仆仆来到"昆曲小镇"巴城,在俞玖林工作室讲课。
这才知道,她学了六年闺门旦,在张洵澎老师的教导下,奠定了文戏的基础;结果阴差阳错,她被大武旦王芝泉看中,成了王老师的爱徒,形成"文武双全"的个人特色,赢得了"百变刀马"的赞誉。
不论是业务上的转变还是职务上的变化,谷好好都从容应对,在更大的舞台上展示她一贯的"负责"精神。

柯军:情怀与担当

2005年1月,江苏省文化厅实施改制,昆剧院成为中国第一个也是唯一一个由事业转为企业的昆剧院。柯军受命任院长。
改制了,还好吗?
2008年8月9日,收到柯军发给我的一则不算短的短消息。

昨天奥运开幕式,把昆曲放在礼乐里面,而不是放在戏曲里面,用昆曲来吟诵《春江花月夜》！将古诗词与昆曲结合,正好代表诗和乐两大儒家传统,看来昆曲已经不仅是一种传统艺术,而且是一种文化象征,一种精神气韵,一种中国内在文化根源的外在体现了,这个地位非常高了!

2008年10月,南京举办世界"名城会"。

偏偏秋雨绵绵,凉意袭人,"江雨霏霏江草齐,六朝如梦鸟空啼"!

29日下午,从中山陵打的,赶在约定的时间,到了江苏省昆剧院所在地朝天宫,门楣的匾额是"江宁学府"四个浑厚苍古的大字。细雨中,步入可以容纳一百三十位观众的小剧场。

正在排戏,柯军忙前忙后,或言语或动作,精神而精干——为了赶"名城会"的一台晚会,要将《桃花扇》压缩到四十分钟。

默默看了十几分钟,才到柯军的办公室,坐下来采访。在我采访的几个小时内,柯军不断接到电话,给人的感觉,就是一个字:忙!

问:你们这样紧张,为什么?

答:动力!我们等不及了。再等下去,(昆曲)死得更惨!你看,明清时,昆剧有三千多个戏,1949年前,到"传"字辈,剩下不到六百个,蔡正仁、张继青这一辈,不满三百个了;到我们这些人,二百多,我们的学生辈,一百多,再下去,五十个都没有了,三十个都没有了——

传一代,少一半!这样下去,遗产没有了,弄来弄去,没有了!

可以想见,富有文化情怀的柯军,此刻的心情该是何等焦虑。

柯军十二岁就离开了家乡昆山。他小时候喜欢文艺,表现的欲望很强烈,学校领操的总是他。但走上昆曲之路,并不是自觉的,最初是为了躲避上山下乡——弟兄两个,只要有一个出来工作,另一个就不下乡了。1977年底,省戏校招生,七万多人报名,只收六十几个。考场在苏州马医科巷。他考上了。1978年到戏校不久,上山下乡的"政策"取消了,有不少人就回去了,不学戏了,他选择留下来,学了七年,1985年被分到省昆剧院。

在昆剧院很苦,每月工资只有三十八元五角。柯军走投无路,就去做替身。拍《七侠五义》,大冷天,被一脚踹到水池里!反复做这个动作。冻得发抖。还是做,到天快亮,揣了四十元回家!四十元,比工资还高啊。回家时浑身冰凉,钻进被窝,妻子龚隐雷抱住他帮他焐,两个人抱头痛哭!

可是为了小孩子的奶粉钱,只好做这个。

后来到温州的草台班子,不是给活人演,活人没有要看的,戏是演给"鬼"看的!

2006年去挪威前,在上海经贸大厦,柯军想起过往经历,感慨万端。

1996年去北京演《桃花扇》,演员是住在地下室的,那里没有窗子,闷得像棺材!外面人家问是做什么的,根本不敢说是演昆曲的,昆曲人没有一点尊严。

同年,到常熟演出《看钱奴》,头天晚上卡车把道具运到剧场,经理问,"你们来做什么?""演昆曲啊。""什么?昆曲?没有搞错吧?""没有啊,事先联系了的啊。"经理说,"你们演一场多少钱?""两千元。""那好,我给你们三千元,你们回去吧!"后来找了关系,才勉强答应演几场。住的都是大通铺啊,四五十个人住一间!地上还血淋淋的,不知是杀猪还是杀鸡留下的,狼藉不堪。

不但如此,有一回晚上演《风筝误》,台上二十多人,加上乐队等,有四五十人,可是台下的观众只有三个人——一个嗑瓜子,一个打瞌睡,还有一个闲逛。

没路走也还得走!

坚守,读书,深造。

1997年,有电视台拍戏,要柯军演英王陈玉成,已经试过镜头,通过了。十六集,每集片酬六千元,这一部戏的片酬,在当时,相当于他十几年的收入,是一笔普通人做梦都不敢想的巨款!

就在同时,柯军被任命为省昆院长助理。

一边是金钱,一边是昆曲。

何去何从?

难!人生的十字路口,最难。

夫妻两个商量,舍不得也么哥!舍不得艺术,舍不得昆曲——就从这一天(1997年元旦)开始,柯军决定戒烟——无他,为了昆曲,要锻炼自己的意志。

2004年第二十二届梅花奖,榜首。荣誉接踵而至:省劳动模范、全国人大代表……

担任院长,还是演员,知道演员想什么,什么才能调动演员,这样才能让他们有激情,才能使他们不怪领导怪自己;同时,做过中层,知道中层干部想什么,怎么才能使他们有积极性。

柯军要求一级演员每年必须举办两个个人专场,连续五年不停,剧目还不得重复。一个专场三个折子,五年三十个了!八个一级演员,五年下来,每人三十个,就是二百四十个!基本上不重复的。到2008年底,就有二百个了!好比一个饭店,有"菜谱",你就可以"点菜",在几百个"菜"(戏)里面挑选,点哪个都可以。这样让演员知道,昆曲是什么,好在哪里,美在何处,真正对昆曲肃然起敬,然后拼命去学。

以前一个剧团一个舞台,现在每个演员都有自己的舞台,有多少演员就有多少舞台。就是乐队,也要求开音乐会,将幕后推到台前。

集训,比赛,展演,评奖,青年演员每年两次考核,跟工资挂钩。

理论上也做了探索,出版《昆剧艺谭》,请专家顾聆森来编,每年一期。

2007年,江苏盛世宝玉有限公司创始人倪国栋到昆剧院,本来是想找个形象代言人的,随意问了下收入,说扣除其他,剩下几百,不到一千了,他很感慨,甚至是难过:这样高雅的艺术,怎么收入这么低?那些超男超女一开唱就是几十万啊!就说,现在你们每周六演出一场,能不能增加一场,周日也演?柯军说,增加一场当然没问题,天天演也可以啊!

倪先生担心,这样行吗?柯军说,肯定能行——尽管当时心里也不十分有底,但是既然说了,就一定要做到,什么事情不是逼出来的呢?

很快排出了第一年三百六十场"盛世宝玉昆曲公益专场"的演出剧目表,除了常演剧目外,还包括了那些奄奄一息的"冷戏"和业已失传、但可以被挽救的折子戏。每场赞助五千元,一年三百六十天,一百八十万元。

2007年11月28日至2008年11月28日,每晚七点一刻(周六下午两点)于江苏省昆剧院(江宁府学)进行昆曲公益演出。

看着一年的演出日程和节目单,不仅惊讶,而且有点发呆——如此密集紧凑的演出,三百六十五天"天天演",谈何容易啊!

作为院长,在某些方面,柯军和杨凤一有点相像。柯军坦率地说,我的人格是分裂的:作为一个艺术家,我柯军不为名不为利;作为一个院长,我又不得不考虑名和利!

这就是柯军的情怀与担当。

演出是唯一的出路。工厂不生产,商店不开门,不就是倒闭了吗?可是演员不演戏,谁都认为很正常!这很奇怪。所以我们走自己的路。

铺好的路不是路。自己走出来的路才是路。别人做了的我不做,别人不愿意做、不敢做的我做。

这样就更难——不难,要男人做什么?要你做什么?我是昆山人,昆山是昆曲的故乡,昆山现在是全国百强县(市)之首,作为昆山人,也要力争昆剧院做出最好的成绩。当然归根结底是为了昆曲,他爱昆曲,爱之深,所以做之切。他和班子其他成员一起,同心协力,打造了一个全新的昆剧院——

以前几天没有一件事情,现在一天有几件事情。往往在同一天,就可能有几场演出,去年(2007年)6月2日,同一天在四地有四场演出:德国、瑞士、周庄、兰苑剧场。今年11月7日，又是同一天演出四场：香港、东南大学、观江艺术馆、兰苑剧场。

请看江苏省昆剧院的演出记：2005年，235场；2006年，313场；2007年，380场；2008年半年已经是348场！（按：全年演出532场。）

正是这一千多场演出，锻炼了队伍，传承了昆曲，也培育了观众。他们欣喜地发现，观众群发生了微妙而令人欣喜的变化，出现了"三多一少"的现象——

年轻人多了，文化层次高的多了，外国人多了，年老的少了。

幸甚至哉，中国神曲！

浙昆：从林为林到王明强

2008年12月23日上午，开车到杭州，下午采访。

门前就是高架桥，桥上桥下车水马龙。

很难想象浙江昆剧团就在这样的马路旁边。

更难想象的是，剧团没有剧场，没有施展得开的排练场地——地方本是有的，就在边上，以前剧团困难时，租给人家用了，租期是二十年。

林为林说："交了税，剧团拿不了多少钱。"又开玩笑说，"等房租到期，我怕也要退休了！"

可是，吴语中有一句话，叫作"螺蛳壳里做道场"，就是在这样的条件下，剧团不仅演出逐年增多，拿了大奖，演职人员的收入也有了提高。

历经磨难、曾经作出杰出贡献的浙江昆苏剧团，"文革"中凄然解散，1977年恢复，1993年京昆合并。2002年底京昆分开，林为林任团长至今。

林为林刚届不惑之岁，却是一路坎坷，风雨相随。

十四岁那年，浙江昆剧团招生，他被考官看中，可是父母反对，理由是学戏没出息，尤其是武生练功有危险。一定要他去读书考大学。

少年壮志，他竟然用绝食来要挟高堂。

父母撤退，儿子如愿。

练功是苦活，劫难又在瞬间发生：左腿摔断。少年不知愁滋味，躺在病床上，左腿被石膏包裹，不安分的右腿照样练！

十八岁，他凭借《界牌关》获得了浙江"优秀小百花奖"。二十一岁，获得中国戏剧界的最高奖：梅花奖。喜悦没有多久，悄然到来的商品经济大潮又把他卷进了一个迷乱而迷茫的世界。

外面的世界很精彩！昆曲人也是人，昆曲人和全中国的文化人一样，经历了艰难的选择和探索,经历了空前的一次洗牌。改行的、出国的、嫁老外的、辞职经商甚至是做二奶的,林林总总,五花八门,各奔前程,原本一架正常运转的机器,又被拆散了,不少零件从此就消失了,永远也找不回来了!多少人为了生存、为了过上有尊严的日子而挥泪告别了昆曲啊……

浙商奇才举世闻名,林为林想,以我之能,赚什么钱也会比演戏练功省力吧。

听说篆刻来钱快,马上去拜师学艺;听说厨师赚钱,就拿了三级厨师证,杭州楼外楼的人都知道来了个会踢腿的师傅;后来说出国开饭店最好赚钱,立刻就扎进了北京秀水街,办护照要排长队,排着排着就没耐心了,就回来了。人回心没回,再去秀水街。来自维也纳的大使望着林为林,觉得有些不可思议:你这样有成就的演员不演戏,太可惜了!

说归说,签证还是下来了。林为林没有像其他人那样,"漫卷行李"出国忙,反而神情凝重;没有欣喜若狂,反而越发迷茫!

好在父母也反对他出国,就如当年反对他学戏一样。只是,当年是心疼,如今是惋惜:梅花奖都拿了,又要改行,值吗?

犹疑再三,止步。

毅然归队,置身梨园,"寻梦"不已!

正是在这样的心境下,他的艺术在逆境中精进,不久,他和古兆申成了好朋友。

关于林为林,回避不了的一个话题是昆剧新编历史剧《公孙子都》。

《公孙子都》耗去了林为林十年的心血,也得到了能够得到的所有奖项,并被列为文化部十大"精品工程"之首。

尽管业界尚有微词,但是窃以为,作为一出戏来说,还是很精彩的。

《公孙子都》说的是春秋列国争霸,郑庄公以颍考叔为帅,子都为副帅,发兵讨伐许国。考叔争功心切,趁许国将破之际,抢得帅旗,子都气愤不平,一念之差,发暗箭射死考叔……为赏子都之功,郑庄公将考叔之妹颍妹赐嫁子都。新婚之夜,颍妹泣求子都为她找出杀兄仇人。子都惊恐醉倒,幻见考叔前来,说他非常敬佩子都的美貌和武功,一心要把妹妹嫁给子都,却又自觉不配,所以要争头功以期和子都"门当户对"。子都自责,梦中呓语,说自己杀了考叔。颍妹得知丈夫原来就是杀兄仇人,欲爱不是,欲杀不能……事后,郑庄公得知真相,十分震惊,但右膀已失,再杀子都,左臂将丧,于是隐忍不发……子都登台拜帅,郑庄公叫祭足递给子都一个锦囊。子都一看,竟是射杀考叔的弩箭。再加癫狂了的颍妹的到来,子都精神彻底崩溃……

主角公孙子都从一个小人变为英雄。因为一念之差而射杀主帅,躲过天诛、地诛、法诛,最终却逃不过良心的"心诛"!

悲剧落幕,回味无穷;道德良心,铭心刻骨。

"一念之贞成了英雄,一念之差成了罪人;一念之贞难,而一念之差易。"

"为了这个戏,吃了很多苦,三次摔断了骨头,还有精神上的压力、外界的非议和批评。但是我不放弃。"

因为这出戏,林为林再次获得中国戏剧界最高奖"梅花奖",成为极少的几个"二度梅"得主之一。

接着,林为林又用十年功夫,排演了《大将军韩信》。

之后,浙昆领导易人,王明强主政,最早听说是和浙江婺剧团联合排演昆剧《钟楼记》,说是法国名著《巴黎圣母院》的昆剧版。主创方称,排演这个剧目,是用世界级非遗演绎世界名著,"让中国传统戏曲走向世界,让世界了解中国传统文化"。结果如何,业界自有说道。2020年9月28日,在永嘉采访王明强,我回避了这个话题,主要请他说说如何培养年轻人。

王明强说:近年来,我们主要的工作就是培养第六代"代"字辈,今年已经第八年了。在他们身上花费的精力、人力、物力、财力,可以说任何剧团、院校都比不上的。这批孩子在戏校就有高水平的老师辛勤教导。从开始招生培养到进团实习,虽然只有七八年的时间,但是我们聘请了全国最著名的表演艺术家给孩子们上课,投入了大量的资金,就是为了倾尽全力培养这批人。

2018年,他们在戏校学了四年半,我提前一年半让他们开始实习,用剧团的力量对他们分批次进行定向培养。这几年,精力、财力等全部向他们年轻人倾斜,一年三四百万是很正常的,主要用来排戏学戏。

2019年,他们毕业汇报演出演了五台全本大戏《西园记》《牡丹亭》《雷峰塔》,还有《雁荡山》的经典折子戏专场。《雷峰塔》分上下两本,全部让"小朋友"亮相,以青春的气息演绎杭州的故事,小青、白娘娘、许仙,都是一场到底。这样的难度,要他们在这样的年龄阶段去呈现,是一件很不容易的事情,但是获得了专家学者的认可,还在昆曲的粉丝群产生了良好的影响。

今年9月20日,我们给"代"字辈生行王恒涛举办了专场,他的三出戏是《拾画·叫画》《闻铃》《雅观楼》,巾生、官生、武生齐全。这三出戏同时上,一般小生演员演不了,可是王恒涛拿下来了!

还有一位倪润志,武旦,全本的《雷峰塔》,就是她担任主角,从头到尾文戏武戏一肩挑。

在这批人里,还有一个比较突出的闺门旦吴心怡,全本《牡丹亭》由她来演,活脱脱一个杜丽娘。还有演《西园记》的方楚玉。王文惠,我打算让她来演全本的《玉簪记》。还有两个小花旦才十八岁，其中一个可以唱全本的小青，是昆山人张唐逍。

明年，打算让她们在上海逸夫舞台连演五天，五台戏——《雷峰塔》《牡丹亭》《西园记》《徐九经升官记》（改编的），还有王恒涛的专场。

当然其他人也要办专场，9月21日"万"字辈的专场，也体现不同行当的浙昆中青年演员的实力。之后，我们举办的专场会有更多，让演员通过这种方式对自己进行全面的挑战和呈现。同时，我们也将对每个专场进行投入，一个人五十万的预算，从宣传、包装等方面对他们进行推广。

不错，他们的上一代"万"字辈常常感觉到失落，其实更多的也是一种羡慕，在他们当时的环境下，没有很好的条件。现在昆曲迎来了春天，年轻化是我们接下来传承之路不可回避的话题。因此，我们也需要统一思想，确立砸锅卖铁也要培养年轻人的宗旨。当然，我也相信他们会有好的成绩来回报现在的投入。我们只有给青年演员机会，"以老带新，代代相传"，昆曲才可以走得更远。

如何看待王明强，就如当年如何看待林为林一样，存在着两种意见，主要是说，年轻人起来了，可是艺术日臻成熟的中年一代却被"闲置"一旁，实在可惜……尽管王明强意识到了也注意到了且尽可能地弥补了，可是，依然受到一些人的诟病。

有得必有失，世界上任何事情都不可能是十全十美的，只能相对而言吧。无论如何，年轻人起来总是好事。

在同一天，笔者还采访了永嘉昆的徐显眺。2018年，就采访了永嘉昆的夏国强，之后又两次去永嘉采访刘文华，接着是张胜建，几次接触，感觉一个突出的问题就是：剧团条件太差。

出乎意料的是，和浙昆一样，现在的永嘉昆条件也明显改善了："目前在建的大楼五层六层大概四千平方都是我们的！有小剧场、排练厅、录音室、办公室等，这是硬件。我们今年招了三十五个小学生，送到省艺校委培，毕业后陆续解决事业编制。"

至于投入的费用，虽然不像浙昆那样"牛"，但也是明显改善了，"每年常规的费用一千多万""不好跟昆山比，但和其他剧团比，算是多的了"。

这么好的条件，"不干点成绩出来，良心上过意不去的"。

"五年五个大戏。《钗钏记》《罗浮梦》《孟姜女送寒衣》《白兔记》《红拂记》。"另外，还恢复了大概二十多出折子戏。

高处不胜寒

> 整个戏剧界需要了解，没有优秀大演员的剧团和剧种，是软弱的剧团和剧种，而获奖人物也应该认识自己的作用与责任，从而更加谦虚谨慎，继续向艺术高峰攀登。
>
> ——刘厚生

孔爱萍：《牡丹亭》里的梦

2013年初，《昆山日报》办"昆曲"专版，要我担任"顾问"。开头不敢答应。生活中可以看到很多"顾问"，大多徒有虚名，也许可以有一份"报酬"，只是，我要这些东西作甚？！

后来想想，中国最早列入世界非物质文化遗产名录的昆曲，说起来都重视，但做实事的人并不多。《昆山日报》这么做，是需要胆识需要担当的。我有这方面资源，为什么不能助其一臂之力？

其实，在这之前，企业家沈岗出资（之后巴城镇政府加盟，成为主办单位），办了以推介昆曲为主的《玉山草堂》杂志。杂志的品位引起业界注意，昆山的民办杂志上百家，南京大学图书馆唯一收藏的就是《玉山草堂》。

现在，《新华日报》报业集团下属的《昆山日报》要办"昆曲"专版，多好的一件事啊！

再说，"昆曲"专版的稿件和《玉山草堂》还可以共用呢。

于是全身心投入。为了昆曲啊。不仅自己写，还四处约稿，全国七个昆曲院团，还有所有能联系上的昆曲人，都约。同时在网上发布约稿函。

这样，中国报纸第一个也是唯一一个"昆曲"专版诞生了！

每周一期，这一版上全是昆曲……

看稿、编稿是很愉快的事。不过，遇见文字水平差的甚至是很糟糕的，就苦了：不能退，改又难……

也有稿件非常漂亮的。第二十四届梅花奖得主孔爱萍的《牡丹亭里的梦》就是其中之一。文章思路清晰,文笔简洁,而且有自己的见解,一望便知孔爱萍是个有文化底气的艺术家——

  《牡丹亭》中最为经典的一句话,便是"情不知所起,一往而深"。这句话在我看来不单是用来形容爱情的,世间至情之事物皆可比拟。一如我被杜丽娘的深情所吸引。百年之前,梧桐锁秋的深深庭院,杜丽娘款款走来,岁月的交替轮回让她成为多少代人心中不灭的神话,犹如不败的雪莲,始终散发着恬淡幽雅的清香。

  想起豆蔻梢头的我,第一次接触这个人物的时候,只有含糊的认识,只知道照搬老师的唱腔和动作,不像自己,更不像杜丽娘,青涩、仓皇。随着年龄的增长,演出的次数越来越多之后,我也逐渐理解了这个人物,心中原本模糊的影像也越发清晰,几乎可以触碰到角色的内心……

  演了这么多年的杜丽娘,其实每一次都是不一样的。她是那个时代的乖乖女,但是内心又不甘于束缚,整天处于矛盾的状态中,最后只能把愿望寄予想象,在梦里寻求自我,但最终决然地冲破世俗禁锢。这些都是在每次的演出中慢慢积累的感受,每演一次就觉得自己对人物的性格多了解了一分,对角色的理解更进了一步……

  "一千个人心中有一千个哈姆雷特",同样,"一千个人心中也有一千个杜丽娘"。我赋予杜丽娘以我自身对她的理解和感受,因此我对她的理解只属于我个人。这样的杜丽娘在戏曲舞台才是不可复制的,才是"唯吾独有"的。她柔在身段,绵在节奏,却在骨子里透出顽强的生命力,是张弛得宜的细处之美。她不是绵柔无力的,我在杜丽娘的身上读出的更多的是灵性美、坚毅美、律动美、生命美,所以我在演绎的时候让杜丽娘美在过程,美在内涵,美在健康,美在执着。即使是简单的水袖婉转,我都希望落下的是绵长深情。在那没有陈设的舞台上,我就用身段、眼神,给观众讲述着这穿越生死的爱恋。情之所至,生可以死,死亦可以生也。

  昆曲还总是能够把你引领进一种美轮美奂的境界里,惹人沉醉。中国文字的神奇也在于此,简单的几个字,往往勾勒出来的景象却是动人心魄的,让人感叹于它的惊艳决绝。如果说浪漫,那我认为古人更为浪漫:那惊梦一折,落花垂地,就是这轻轻的一落,竟扰了杜丽娘的梦。细想一番,觉得自己的呼吸都轻软下来。而这梦,引出的竟然是一场惊世姻缘。峰回路转,其变陡生。这颗心便也就随之沉溺其间,不愿醒来了。

  《牡丹亭》是丰富而多元化的,走进杜丽娘,每个人都会有各种各样的体味与感受。在这个传奇里幽静和繁华并存,坚守与开放兼容,挣扎与执着互生,在生生不息的流变中永生,越发莹润。原来世间万变不定,皆因情起。

魏春荣:"月下海棠"的演出和讲学

魏春荣,第二十一届梅花奖得主。初见,名门闺秀的感觉,眼蓄神采却内敛,就如月下海棠,清新流丽。

人人都说《牡丹亭》,闺门旦无不以演出杜丽娘为荣,魏春荣最喜欢的却是《玉簪记》里的陈妙常,她说,《牡丹亭》两个人之间还是有点……过于浪漫,不够现实,杜丽娘的那个个性有点太超凡了,太理想化了,所以我就说"回生"以前的最好看。"大团圆"就没有那个感觉了。

恰恰这个《玉簪记》,她觉得它很有戏。唱腔也很好听,里边有喜有悲。《琴挑》每次唱都很累,但是就是喜欢。为什么喜欢? 就是因为这种人物的把握,其实很难,就是那种很深的心思,嘴上讲的和心里想的实际上是不一样的。内心澎湃得不得了,但是面上又不可以太露,不能做作。这就是把握的难度,也是表演的深度。

2009年3月,魏春荣的中英双语版个人艺术画册《月下海棠——魏春荣昆曲艺术》出版,画册展示了她从艺以来所主演的十余部经典名作的剧照、化妆照和造型照外,还特意展示了她拍摄的一组时装写真。尤其是,画册还收录了魏春荣亲自撰写的随笔,记录了她"挑战拍摄极限"的艰辛与感触,还有报考北方昆曲剧院学员班的初衷、坐科的不平凡经历,以及对昆曲艺术的感悟等。简约而充满文化气息。

魏春荣说:"作为一个演员,每一年的状态都不一样。那时候觉得做这件事还是蛮合适的。"又说,"教学也是,要动脑筋,要把自己的演出体会和感悟运用到教学中去,最起码找出几条把它落实到文字上,然后再讲给别人。然后你会发现教学中有这种情况,你按一种方法教了学生,她吸收不了,怎么办? 然后你就会找另一种方式,用别的方法告诉她,到她能理解能吸收了,这无形当中就是在开发你的这个能力。"

魏春荣觉得教学好难,所以通过教学,她对自己的老师也就越发地敬重。因为教人要比自己演难很多,因为她知道自己的实力,了解自己,能做出来多少她知道。可是教学生就不知道,没有办法去掌控,所以就特别难,有时就眼看着,有种无能为力的感觉。

我说,听侯少奎讲,他父亲"把大概三分之二的戏带走了",当时听了就愣住了……

魏春荣说:"的确,现在的戏越来越少了!我们身上可能几十出,我们的老师有一百多出,老师的老师有四五百出,有的甚至更多,然后到我们这就几十出了,然后我们这后边这些演员可数的,三出、会四出的就了不得了。想想真的很可怕,他们也都二十好几了,都快三十了。那就是青春的尾巴啊,不抓住就完了。

"人都是两条腿走路,做事都是两只手,但主要的精力还是要放在传承上。学了以后不一定要能够演,但为什么有人会几百出、上千出?你说,一千出的话真正能演的是多少出?他为什么要学这么多出?因为要积累。

"我们学了这么多年,也是有选择的。大浪淘沙,东西不是都吸引观众,有的我们也看,有时也会想,老戏怎么这么差,也没有任何故事情节,就唱。但是它为什么要这样?也可能这个戏它唱腔好,可能表演上不够,可是唱腔好。有的戏呢,它常年做的,可能做得比较好,所以学这个,几百出几千出无非就是一个积累,积累多了自然就出彩。

"……想做什么也不一定能做什么。比如说我们院长她想做些什么,也不一定能做;到下面,我们演员、主演想做什么,也不能做。包括领导、演员、编剧,都有难处,各有各的难处,这样就影响了昆曲的整体传承,所以这个轮子就转得慢了。就不知道这种状况,要几代以后才可能好一些。就像我们这一代,传到下面的好的东西多一点,不好的东西少一点,再往下传……可能慢慢会好一些……但是很难,我也发现,你真的好的东西给他们的话,他们不见得会要,因为不好的东西还是蛮容易学的,好的东西学是要付出努力和汗水的。就和教小孩一样,你教他说话,教什么这话那话,他不一定会,你要是教一句骂人的话,小孩马上就学会了。"

完全没有想到的是,魏春荣还说了这样一番话:"做演员到现在,越来越'怵'演戏了,因为现在演戏不能像你想象的那样,一个戏可能一年演不到几次。因为戏你必须得在舞台上滚,你私下再怎样,你就是老背戏不在台上演也没用。所谓怵,就是怕好东西慢慢慢慢丢掉了,然后就好像觉得会不会让观众觉得这戏怎么演得不如以前了,就是心里有这种担心。"

高处不胜寒!魏春荣的"担心",魏春荣的"怵",就是对艺术的敬畏之心。身在"高"处,意识到或感觉到"寒",正是一个艺术家永不止步的动力。

2013年11月23日,北昆在苏州演出《续琵琶》,魏春荣饰演蔡文姬,大才女的悲情心路,表现得张力十足。当时就想,恐怕也是因为有"怵",才会有如此精彩的表现吧?

黎安:把自己揉碎了交给昆曲

"投身昆曲是命中注定的缘分。我愿意把自己揉碎了交给昆曲。名利不重要,我们不需要让昆曲成全我们,而是要用生命来成全它。"

黎安的这一番话让人深思。

2012年2月6日晚,看黎安和沈昳丽的《花魁女》。该剧在导演构思和演员表演上,与苏剧有所区别,苏剧秦钟是花魁女的配角,昆剧却突出了秦钟如何"占"花魁的过程。

秦钟(黎安饰)的戏与美娘(沈昳丽饰)的戏相得益彰,却不是平分秋色,他是《占花魁》的主角。秦钟以善良与诚实"独占"花魁,以平等的一夜(《受吐》),赢得了尊严的一生。

第五届昆剧节期间,天天看戏,有时一天看两场,看多了有点进入"状态",好像不是在看戏,而是在世外的云端中缥缈浸淫,整个人都有点云里雾里、幻里梦里……

突然一声"钟变",突然一声震撼!

《景阳钟变》来了。

阳刚!大气!

评委、嘉宾和所有的观众为之震撼。

毫无疑问,这是昆剧节上最好的二三出戏之一。

成功在于剧本好,传统功底扎实,没有标新立异、随意"创新",只在传统的《撞钟》《分宫》的基础上,向深处开掘。崇祯皇帝不是无用无为的昏庸之辈,他宵衣旰食、勤政为民,与先帝们笙箫歌舞完全不一样。但在国家危难之时,群臣贪腐无能、国丈擅权敛财而一毛不拔。"大明三百年皇图一旦休"。至"景山"一场,王承恩点明,用人不当、用人多疑,这是历史教训。

末日的夕阳中,发现误国的正是皇帝自己。

君非亡国之君,国有亡国之相。

皇帝无能,回天乏力,其实是历史的必然。

悲戚、悲凉,甚至有点悲壮。

黎安在这样一出大戏中找到了自己,全身心地投入,倾其才华尽情表现……

7月6日,评委们连夜开会评奖。

现在几乎所有的评奖都是"平衡",其中也隐含着诸多不可言明的"关系"。但是一般情况下,一等奖都是比较过硬的,这是评委的颜面或者曰坚守的底线。

听张继青说:"(会)开到十二点,睡觉已是凌晨一点了,三点钟醒,过会儿,四点又醒了……""评弹那边评奖一直评到天亮。那边参演的演员太多了!"

7月7日闭幕式。果然,《景阳钟变》获得剧目和演员两个大奖,得票都是第一。

2013年5月20日晚,由中国文联、中国剧协等主办的第二十六届中国戏剧梅花奖大赛结果在成都揭晓。上海昆剧团优秀青年演员黎安凭借《景阳钟变》中"崇祯"一角的出色表演喜摘"梅花奖"。

黎安在用生命成就昆曲的同时,昆曲也成就了黎安。

雷玲:我会老去,昆曲永远年轻

与黎安同时获梅花奖的昆曲演员还有雷玲。

雷玲是湘昆当家花旦,是张洵澎倾心传艺和罗艳"人才大计"结出的一枚硕果。

为了看雷玲的《白兔记》,那天我舍弃了另外一出好戏。有网友说她"基本功好,身上柔中有刚,嗓音好,唱得也不错,脚底下漂亮极了!圆场跑起来像一阵风,又轻又美。'养子'时表演怀着孕担水、推磨、倒水,惟妙惟肖。'团圆'时再次表演担水、推磨,又完全没有怀孕的样子而有沧桑感"。

第一次见雷玲是2010年在南京,当时我为《我的"浣纱记"》到江苏省昆,恰逢罗艳带雷玲造访柯军,中午一起吃饭。对湘昆的发展,新任团长罗艳似乎胸有成竹,雷玲则不多言语,但倘若论酒,恐怕坐中无人可匹。

第二次,2011年,全国昆曲院团集聚昆山,纪念昆曲列入"非遗"名录十周年。我邀请罗艳到昆曲源头巴城转转,路经顾阿瑛所植六百年之银杏树,一起瞻仰留影。在我的工作室,喝茶聊天说昆曲,很是放松。只是当时时间紧,没听到雷玲的唱。

第三次,2012年夏日,第五届昆剧节之后,罗艳和雷玲取道上海来酾途楼,就一个"项目"做可行性探讨。这次听雷玲唱了几句,味道就如罗艳的老师张洵澎那样:干净,很纯。

之后知道,雷玲曾经有十年没上舞台。她甚至曾去开了个饭馆,做了四五年"老板娘",不为赚钱,只是打发时光。认识的新朋友,竟然都不知道她会唱昆曲,而她自己也不愿意提起。失落,心灰意冷!那岁月的蹉跎,在她心里留下隐隐的痛不说,更难忍的是,钟情钟爱的昆曲竟如飘在云端的美人,可望而不可即!

十年煎熬,一旦回归,就如新娘回门那般亲切那么温馨,第一次回到阔别已久的舞台,她不由泪眼模糊:我的嫡嫡亲亲的姐姐呵……

罗艳知道雷玲最需要的是什么,她请张洵澎为雷玲说戏。为了昆曲,三个女人走到一起,三个女人上演了一台几近完美的好戏!

雷玲懂啊!这么美好的机会怎能白白错过?

雷玲用心。用心学,用心练,用心悟——一个"悟"字,天资,基于勤奋,更基于文化底蕴。十年不演戏,梦里面也在舞台上唱!如今她的昆曲梦变成了现实,她怎么能不用心?!"一年当五年,两年当十年。"不仅是提升,也是飞跃,"张老师这个老师太高级了,她教学五十年,舞台表演六十年,储存的能量非常大。她的表演细腻得不得了,讲究得不得了,念白讲究、唱腔讲究、身段设计讲究,几个讲究,人物就跳出来了。"又说,"老师学的传统太多了,她的创新是化在里面,糅进去的,看不见,如果传统没学到家,放新的东西在里面,会很生硬。别人也问过我昆剧的创新,我说传统还没学够,奶还没吃够,怎么能吐出东西?我现在刚入门,知道昆曲原来这么有味儿,越学越觉得自己懂得少,要能多会几出戏多好。"

雷玲有两句话,很精彩——

"昆曲是毒药,一沾上就会上瘾。太美了,永远学不够。"

"昆曲是值得我用一生去追求的爱人!只是我会老去,而昆曲永远年轻!"

沈昳丽:饮尽那份孤独

看过沈昳丽的《蝴蝶梦·说亲》,印象颇深:一身素衣的田氏,情到处,突然亮出一方鲜艳红亮的丝巾。田氏的内心世界"抖落"得鲜明生动。

没料到,竟能和她"撞"见——

2011年7月17日,参加纪念俞振飞诞辰一百零九周年活动。晚上看演出前,因为她的铁杆粉丝陆梨青的关系,我们在一起用餐。就这么和上海昆剧团的沈昳丽不期而遇。

沈昳丽很阳光,也很"宅"。

演出时忙忙碌碌,得便了就寻找一份清静,一份"宅"意。焚香、品茶、操缦,一个人。"柏子座中焚,梅花帐绝尘"。

茶香与檀香,袅袅沁脾,散发丝丝禅意。

琴声与心声,悠悠融会,恍若隔世神交。

自得其乐,自我陶醉,或者,孤独地"宅"思冥想?

古琴,穿越千年,与古人对话,与心灵私语。

姹紫嫣红,还是断井颓垣?

高山流水，还是对牛弹琴？

无所谓，无所求。

爱上古琴是一个偶然。《紫钗记·折柳·阳关》，经典的唱段。原先霍小玉弹琵琶，沈昳丽说能不能改古琴？霍小玉不是"秀"，是情深意笃的内心独白。古琴更能体现此情此景。她是忽然想到，也是随便说出，不料竟当了真。古琴减字谱，天书啊。天意所属，天书也读。看她这段表演，唱到"镜里鸾孤"，一个"孤"字，揪心裂肺，痛彻骨髓。不仅掏空了自己，也掏空了观众！

孤独是艺术的酵母。

没有孤独，一点也不"宅"，只有阳光的一面，沈昳丽会有今天的成就吗？！

挑战吗？沈昳丽对谁挑战啊？跟自己过不去吗？《长生殿》杨玉环有独舞。霓裳羽衣舞，在翠盘上跳。一般是绸衣团扇。她觉得这样很难突出杨玉环的大气华美与高端的"独"舞境界。就查阅资料，推敲，切磋，琢磨。敦煌飞天也是露了手臂的。和服装设计师商量，重新设计，手臂多露，裙摆放大，突出旋转（胡旋舞）的美感。果然，沈昳丽在翠盘上独舞，淋漓尽致地表现了杨贵妃的大美、大孤独！同时，为其击鼓的唐明皇（黎安饰），也享受了属于"孤家寡人"的"鼓"（孤）独境界……

作为观众的我，再一次看到了镜里鸾"孤"！

有"宅"，有孤独，才更阳光，更灿烂！

2011年12月10日下午，我和朋友一行五人，驱车直奔南京朝天宫——沈昳丽在这里举办个人专场。

《蝴蝶梦·说亲》，感觉比上一回表演更加开阖自如，尤其是她的兰花指，十分抢眼。田氏自见王孙，终日不茶不饭，自叹"鸾孤凤寡"，只是"不如意事常八九，可与人言无二三"。苍头登门，田氏急不可耐，但求苍头为她说合……其间，田氏的内心活动都在兰花指间显现。即便经典的红丝巾突然抽出的细节，也是在兰花指的微妙迅疾的动作中表现的，之后红丝巾落地、捡起，那背后的兰花指对空抖索，把田氏爱河决堤却又面对着亡夫和礼教制约的内心矛盾和挣扎，表现得惟妙惟肖……

不知怎么的，接下来我的注意力几乎全在她的兰花指上了。

《连环计·拜月》，月明星稀，貂蝉拜月，愿为养父（国家）排忧解难。养父王允以为她儿女情长，待明白乃为社稷担忧后，遂说出精心设计的连环计，将貂蝉先许吕布、再献董卓，实施反间。因为前有貂蝉忧心忧国的铺垫，到此也就顺理成章。伴随剧情展开，沈昳丽不断地变换"指法"，时作绕指柔，时见劲如钢，魔幻色彩，细腻传神——

因为兰花指的神奇魅力,竟然忘了,此时此刻,外面的天空正在上演月全食!

接下来是《南柯记·瑶台》。檀萝国四太子围攻瑶台,公主在城楼做男儿状,据理力斥,且欲以粮草、女子退兵。四太子不允,反以言辞羞辱。面对草莽贼寇,瑶台孤军,弱女子一个,如何巧妙周旋,全靠演员的表演,且要文武兼备。或者温柔,兰花指婀娜多姿;或者安定,兰花掌沉稳内敛;或者威风,兰花拳剑影刀光。软硬兼施,刚柔相济。其间,公主双手悬空,控腰后仰,沈昳丽不仅功底尽显,而且,就在这个高难度的动作中,兰花指一样配合默契,煞是惊艳。

突然想起了杨丽萍的孔雀舞。杨丽萍的指尖便如装了轴承,雀舞灵动,妙不可言。沈昳丽的兰花指正是这样的境界:如水似韵,如花似柳,如歌似舞。铅华洗尽,妩媚灵秀,出神入化。喜亦如画,悲亦如画,刚亦美,柔亦美……

兰花指乃昆曲一绝,只是,这么明显这么直观形象的感觉,是沈昳丽专场的赐予。

2012年9月13日晚,上昆在兰心大剧院演出。有沈昳丽和黎安的《密誓》,非看不可的。之前在上昆,见蔡正仁和张静娴给他们排戏拍曲。沈黎二人素衣素面,却很用心。舞台上会是什么样子?

高铁,地铁,一站又一站,一程连一程。到了就买票。快客满了,剩下几张票,赶紧买了。

早早进场,场内多是年轻人。只是奇怪得很,怎么就感觉我和剧场内所有的观众都不一样呢?他们喜欢昆曲,或者兼为沈昳丽等人的粉丝。我不是。我只想看到不一样的杨贵妃——看多了《长生殿》,见多了杨贵妃,沈昳丽会和她们一样吗?

完全的模仿或克隆,是对传统的误读,没有自己的解读,传承也就虚妄。蔡正仁和黎安拍曲,在某些细部和老师俞振飞就不完全一样,还说,这样处理肯定好得多。

尽管有这样的心态准备,可是待到入戏,就忘了。只管看戏。看着看着,突然就从"杨贵妃"的脸上看到了"佛"意!是表情?是神态?是虚渺的感觉?还是潜在的内心?我不知道。我就这么从她的面部,从她的眼神和灵魂中感觉到了"佛"的意境!

想到这,我自己都吃了一惊。《长生殿》的戏,影像碟片不算,光在剧场里,也已经看过四五次了。但这样的感觉,佛的感觉,却是突然的也是第一次"发现"。

问题是,杨贵妃怎么会有佛意?!

杨贵妃受宠,直至"六宫粉黛无颜色"。但杨贵妃已经从爱之巅峰的状态里感觉到了危机的存在和迫近。《絮阁》一折,正是爱的巅峰状态渐转的必然。高力士的劝慰化解了杨贵妃的醋意,却不可能完全消弭她心中留下的阴影。或许正为这,所以要谋求机会,让唐明皇与她"密誓"……

山盟海誓又如何?!以杨贵妃之才智,恐怕在"谋求"密誓的同时,已经预感到了不幸的结局,却又因为囿于爱的沉醉,她无法解脱或超脱,那就必须寻求一种精神的寄托。在佛教盛行的唐朝,杨贵妃把自己置于"佛"的境界,想来也是在情理之中的:爱之永恒在于超越,只有从朝朝暮暮的恩爱中超脱出来,才是爱情的无穷期!

这就是杨贵妃潜在的"佛"意。

这也暗合了马嵬坡悲剧的内涵。

想起来了,沈昳丽闲时会"品茶、焚香,一个人"。"茶香与檀香,悠悠袅袅,散发出丝丝禅意"。

禅与佛相通。

难怪,沈昳丽会体味出杨贵妃的"佛"境!

沈昳丽的与众不同就在于,她一直在传统和现代之间游弋。在回答《解放日报》记者"尝试过大胆的实验戏剧后,回头再唱传统戏,感觉如何"的提问时,她说:我觉得更加自如了。实验戏剧并不是对传统戏的爆破。实验戏剧给我带来的,更多是一种思想的更新,这种思想的更新无形中会带动技艺的进步。记者问她,有戏迷曾说,沈昳丽演戏,从来不"端"着,有点像在"玩"。沈昳丽说:我觉得演戏,要有"放下"的心态。我不喜欢端着,总是端着,人就不通透。如果我的状态是不通透的,观众看我演戏,也会有一种"堵"的感觉。只有自己舒服了,观众看我才会舒服。

张富光:穷生戏也出彩

1979年,周传瑛带浙江昆剧团到郴州,演出期间两团进行了交流演出,张富光在《昭君出塞》中饰马童。次日李楚池先生带他到周传瑛住地(郴州旅馆)去拜见、求教。周听他唱了一段昆曲(《玉簪记·琴挑》【懒画眉】)后说:"这孩子形象好、个头好、嗓子好,又有武功底子,从今天开始这个孩子你们就不用管了,由我来教他。"

从此,周传瑛根据他的条件,精心安排剧目教戏,并且说:"'穷生'戏必须要在学好'巾生''小官生''大官生''翎子生'等的前提下去学。因为'穷生'戏表演身段要求是'收',表演要求主要是'穷''酸''傲''儒',所以,如果先学'穷生'戏再学其他的话,功架表演就容易学坏。"

为此,周传瑛首先教《红梨记·亭会》《牡丹亭·拾画叫画》《牡丹亭·惊梦》

《连环计·小宴》等剧目,而后再教《彩楼记·拾柴》,他对张富光说:"此戏是昆曲小生行里的冷戏,非常难演,演得不好就没效果,戏很冷。要演好《拾柴》中的吕蒙正,除规范的体现昆曲程式化的表演形式之外,最重要的是要演活吕蒙正这个人物。吕此时虽穷困,但必须要把他身上的'儒气'(书卷气)、'穷气''傲气''酸气'演出来,这样人物也就活了。"

张富光谨记教诲,不断细细体会,观察生活,多方了解吕蒙正史料(吕而后中状元,曾三任宰相),找准人物基调,充分利用昆曲"穷生"程式化的表演手段,发挥周派昆曲"穷生"的表演特色与风格,准确将《拾柴》中吕蒙正的"穷气""儒气""傲气""酸气"呈现给观众。

1994年,张富光带着《彩楼记·拾柴》和《荆钗记·见娘》(小官生)等剧目,在北京"人民剧场"举办个人专场演出,因此获第十二届中国戏剧梅花奖。

吴双:净行梅花

因为饰演新编历史剧《川上吟》中曹丕一角,吴双获得第二十七届戏剧梅花奖。

昆剧发展的过程中,昆净曾与大官生、正旦、正末并称为"四根台柱",如今却已是主戏甚少,配戏不多,又不可或缺的一支昆曲家门,几乎处在了"边缘化"的状态,因此,《川上吟》的成功,的确是值得庆幸并发人深思的。

在《探索昆净的传承与发展》一文中,吴双不仅仅就突破一般认知的曹丕形象的塑造,还就唱腔的运用以及表演程式的探索等,做了独到的阐释——

"戏乃大千世界,曲是半壁江山"。一出戏的精彩与否除去剧本之外,唱腔也是至关重要的。在昆剧舞台上,昆净主演的剧目俱以"北曲"为套式,给人豪迈高亢、爽快粗犷的曲感,而低回婉转、细腻多情的"南曲"几乎与昆净无缘。就声腔而论,"南曲""北曲"各有所长亦各有所短,但昆剧毕竟以"南曲"为重,诸多行腔技法也只在"南曲"中才能得以体现。未能立足"南曲"应是昆净渐而边缘化的一个重要原因。

机会总是可遇而不可求的。《川上吟》中"曹丕"面对"甄宓"时的柔情与面对"曹植"时的纠结心理正适合"南曲"抒情性的曲风。无独有偶,同样面对《川上吟》剧本,著名曲家、该剧作曲顾兆琳老师为剧中"曹丕"的核心唱段处铺排了数支"南曲",更在一番谨慎思考后采纳了我的想法——于第一场演唱"皂罗袍"。

"皂罗袍"几乎是大众对于昆剧的一条认知线。因为太经典,以至于经典到除却《牡丹亭》,不再有二闻。动用这支曲牌绝非我一时兴起之念,在心中那方臆想的舞台上我已吟唱过很多次,我坚信那深沉曲婉又大气稳健的行腔一定是第一场中江山方初定、悲喜竟交加的"曹丕"内心最好的抒情曲唱。

　　果然,在其后的排练演出中,原先对此持审慎态度的同仁们都转而认同肯定,纷纷说"恰到好处"。而此曲的运用更与全剧结尾处那大段"胜如花"在声腔上形成首尾呼应的"南曲"格局。昆净担纲新编大戏的主演,还以细腻的"南曲"套式为主唱,实在是迈出了难能可贵的一步。

　　选定曲牌后,不能不考虑的便是身段的编排。不可否认,在诸多新编剧目的排演中,程式化的表演方式让人深感行为之难,这其中一个重要原因便是服装样式的改变。传统戏曲服饰是在明代服饰的基础上经摸索而形成的最适宜戏曲传统舞台表演的艺术服饰;而新编戏的服装则是以还原历史形态为重点,依据当时时代的服饰感觉去设计、再创造而呈现出的具有现今审美态势的服饰。……但戏服设计思路的改变,毫无疑问地反映了时代审美观念的改变。狂飙妄进不可取,固步自封更不行。我们要考虑的是如何使传统的程式化行为同新编服饰相和谐,如何在新编历史传奇中呈现昆剧的意韵,如何在新的境遇中开辟拓展从而形成属于我们的新的表现方式。这才是我该为之探寻的方向:《川上吟》中的"曹丕"的表演塑造应将程式化与体验相融合。

　　基于这番考虑,我最终选择了新式的戏服设计方案,没日没夜地在排练场中反复设计、练习与之相适应的身段动作,如"斗篷"怎样耍出人物的英武?没有了"水袖"的宽袍大袖,如何舞动出"他"的柔情?在繁杂且重的服装穿戴中如何彰显身段动作中所蕴含的情态意蕴?这一切的设计安排又如何与剧中曲辞、人物情绪相结合?这些说说写写很容易,做起来着实不易。传统的程式化表演是在勾栏瓦舍等小舞台上渐而形成的以"中和"为美的形态化表演方式,面对如今观演距离放大的新式大剧院,如何释放它的感染力,还需要不断地摸索、实践与打磨。

单雯,往前走

　　2013年4月26日,这一天都在和昆曲打交道。先是坐地铁赶往江宁竹山,和中文系教授解玉峰说南大昆曲社。而后匆匆赶回,约好了吴新雷老师做采访,时间到了，我还在地铁上，到站就赶紧跑，从广州路南大后门进南园，五十年前初进校园的情景依然历历在目，曾经的宿舍楼还在，没变，学校大门依然简约大气，莘莘学子青春如花，穿梭往来。老师原本要带我在校园转一个小时，看时间紧，就带我去了曾经的中文系办公楼：南大校庆，这里变成赛珍珠纪念馆了！

不免感慨：任你是三头六臂神仙客，也会被时间打磨和消遣。

接着去江南剧院看单雯的专场。不仅有《牡丹亭》之"离魂"，还有《狮吼记》之"跪池"和《凤凰山》之"百花赠剑"。显然她是在有意识地拓宽戏路，改变和提高自己。单雯在时间的打磨中变化了，而且变得踏实，变得让人眼前一亮。我和吴老师坐在一起，不时和他说几句感想。

形似之外，更多在神似上下功夫。单雯给人的印象，该是小家碧玉型的美女，无论是杜丽娘，还是李香君，多在此列吧，尽管，杜丽娘是大家闺秀，但是单雯的演出，往往还是让你往小家碧玉那边去想。与这些形象不同的是《跪池》中的柳氏，泼辣而凶悍，为了惩戒花心的丈夫，罚其跪池，即便老苏（苏东坡）来了，也不留情面。然而，所有这一切，形也。吴老师说，与封建礼教抗衡的柳氏，她内心是爱着自己的丈夫的。正所谓：越是爱，越是恨，下手也就越是狠——这么做，实属无奈之举，若不做"河东狮吼"，丈夫很可能从花心到出轨，进而毁了这个家。单雯的演出，正是在形似之外，更多在神似上下功夫。所以柳氏让陈季常"怕"，但不会"恨"。怕而不恨，单雯把握的这个度，应该说是比较到位的。

不仅悦目，还要悦耳。单雯漂亮，舞台上的靓丽扮相是粉丝们追捧的原因之一。赏心悦目，悦目是外形容易做到的，但就昆剧而言，悦耳或许更难。所谓唱念做表，整体的功夫好了才能使艺术永葆青春。观《离魂》，我就等着听单雯如何唱。张继青老师可就在现场哪。张继青的"集贤宾"该是绝唱，听了上百遍了，每每再听别人唱的，很难不发现缺憾。几年前听单雯的唱，的确透出些许稚嫩，或者说声韵掌控上还没有很和谐——单雯昆山的粉丝不同意我这么说，她说你听的是以前的，现在可好了！果然，从头至尾，气息匀和，曲水流觞，至少没有让我这个听了无数遍的外行感觉出什么不舒服。吴老师说，的确不错。

拓宽戏路，永葆艺术的青春。作为演员，单雯有着先天的诸多优越条件。从扮相到家庭环境的熏陶，她都是得天独厚的。但所有先天的优势都会随着时间的流逝而逐渐减弱。保持艺术的青春需要培养文化的综合底气。显然，单雯意识到了。这个专场便是她走出的挑战自我的踏实的一步。《百花赠剑》文戏中兼有武戏，外在的武戏蕴含的恰恰是最温柔的情感戏。百花公主威风凛凛上场，猛然间瞥见家中有一个男人，她杀气顿生，拔剑相向，然而，海俊的气质却让她杀气顿收，且渐渐产生爱慕之心。这样的迅疾转变是非常难演的。记得第四届昆剧节上,《虹霓关》的表演就曾受到一些论者的质疑:东方秀和王伯当由仇人变情人、亲人,似乎缺乏可信的依据,尤其是惨烈的结局改为以大团圆收场,更是"失败的颠覆"。单雯的表演是通过她的眼神来体现转变的。眼神的变化贯穿了故事的始终。杀气转为爱意,是生活中的一见钟情。只是我感觉,可能是单雯的性格所致,她的"杀气"似嫌不足,爱意似乎也略显表象,百花公主内心潮水般突然涌动的情感似乎还没有充分地展示。对此,吴老师颔首认可。

次日,我回昆山,下午在保利看单雯的《游园惊梦》和《寻梦》,一个半小时,没有串场,她一口气演唱下来,不容易。

第三天,又在周庄看她的《琴挑》。连续三天看同一个人的演出,且剧目无一重复,这还是第一回!的确,单雯变了。这使我想到母校,想到中文系如今成了赛珍珠纪念馆,南大还是南大,中文系还是中文系,但是,很多东西都改变了,前进了。同样,单雯还是单雯,但是单雯变了,前进了。

由形似而神似,悦目、悦耳而悦心,是从演员到艺术家的过程。单雯,往前走——

走到2019年,单雯获得了中国戏剧梅花奖。

毫无疑问,单雯还要往前走,还在往前走。

孤独为艺术发酵

"坚守"是很难的,因为存在太多昆曲(艺术)之外的影响因素,表面上的或者一时的成功也不很难,但是艺术的长久却需要坚持。

周好璐:因为敬畏,所以不敢不努力

周好璐是北方昆曲剧院的国家一级演员、创研室主任,艺委会委员。她是现代昆曲兴盛的亲历者、见证者和践行者。对于出生于百年昆曲世家的周好璐来说,昆曲已经融入了她的血脉。

记得2015年炎夏的一天,我早早赶到北方昆曲剧院采访,谁知才八点多,他们九点才上班呢!转悠到楼上,却见一位娉婷女孩正开着门在练功。望着她汗津津的脸,我说,这么早就来,怎么空调也不开?她说,习惯了……

2006年,周好璐获得中国戏曲学院文学硕士后,进入北方昆曲剧院,成为首位活跃在舞台一线的硕士演员。在剧院培养下,她相继主演了"摘锦版"《牡丹亭》《西厢记》《拜月亭》,以及《怜香伴》《陶然情》《千里送京娘》《红梨记·亭会》《疗妒羹·题曲》《西楼记·楼会》《打花鼓》《连环记·小宴》等生、旦经典折子戏。

年纪轻轻就演了这么多大戏,已经非常不容易了,但她依然怀着敬畏之心兢兢业业往前走,至今她都是每天第一个到剧院练早功的演员。

坚持舞台实践的同时,周好璐刻苦学习,不断积累文化知识,二十七岁就出版了音韵专著《圆音正考注说》。郭汉成先生称赞周好璐为"戏曲界集演、著、研究于一身的青年才俊"。

在舞台之外,她又在宣讲台上展示着自己的才华,先后在首都博物馆、北京大学、清华大学、国家大剧院、台北市立女子高中、美国罗格斯大学孔子学院等地举行昆曲讲座,共三百余场,让更多的普通大众有机会了解昆曲、喜爱昆曲。

2020年3月,周好璐受到中国宋庆龄基金会金凤台艺术基金邀请,同年7月,由她独立完成的一百二十期昆曲专题讲座《好璐传音》,在喜马拉雅正式

上线。

绵绵昆曲情,一讲就是一百年。2021年,昆剧传习所成立一百周年,作为"传"字辈代表人物周传瑛的嫡孙女,一路走来,周好璐有诸多感慨,她有一句话,我印象特别深:因为敬畏,所以不敢不努力!

沈国芳:活出自我,"春香"突围

2013年4月2日,上午11点28分,突然收到沈国芳的微信——

> 杨老师,最近有缘读到《苏州作家》研究您的一卷,您的精神力量令我深为震撼!您的孤独、独立、孤立、独行让我联想到自己,在昆曲艺术中我一名六旦的艺术走向,想突围就只能孤独地去学习,独立去完成自己的目标,谢谢您,您的精神将激励我勇往直前、坚持自我!

我和沈国芳没有任何交往,只知道她是青春版《牡丹亭》中春香的扮演者。收到这条微信,十分意外,也很感动。一个演员对"孤独、独立、孤立、独行"有感觉和感慨,这个演员也一定是孤独的。孤独是艺术的酵母,孤独为艺术发酵啊。

想了想,作了回复——

> "春香"您好!
> 很意外收到您的微信。您看到的那本资料,该是我以前的小结。之后,我全部精力都在昆曲上了。尽管,至今我还在昆曲门外,但我知道了很多有关昆曲的人和事,往往也会感叹或者感慨:同样是昆曲人,却区别很大……
> "坚守"是很难的,因为昆曲(艺术)之外的因素太多,表面上的或者一时的成功也不很难,但是艺术的长久却需要坚持。
> 您说的"突围",我能够想象,那是何等的艰难……
> 不过没关系,心无旁骛,朝前看,往前走,活出自我就好!

想不到的是,"春香"要演《跃鲤记·芦林》中的庞氏了!从六旦到正旦,不仅是角色上的飞跃,更是艺术生涯中勇敢而不无冒险的跨越。

不久,去苏州看她的《芦林》。倘若不是事先知道,我绝对不敢把庞氏和沈国芳联系在一起。六旦到正旦,这一步走得扎实,让人"惊讶"甚至"惊艳",也感慨:

一个好的演员可塑性和突破的空间太大了!

"春香"很多,"突围"很难。

推而广之,全国的昆曲演员号称"八百壮士",沈国芳是其中之一,如果所有的演员都能这么苦苦追求和突破,昆曲的春天一定会更加灿烂。

沈国芳的"突围"始终没有停止。

由于和制作人萧雁的一次偶然交谈,便萌生了将《浮生六记》改编为昆曲并在园林演出的创意。

昆剧《浮生六记》取原著精华,在沧浪亭实景演出,假山真水,花木扶疏,诗书画印……勾勒出一幅苏州市井生活的简约图景。沈复、芸娘心心相印,志趣相投,平淡而又坚韧、朴实而又难得的夫妻爱恋,在诗情画意中娓娓展观。

2019年6月1日,再次来到沧浪亭。"沧浪之水清兮,可以濯吾缨"的千古名句不觉在耳边回响……品赏昆剧《浮生六记》,渐入佳境。沈复所处的时代,昆曲正在由盛转衰,《浮生六记》中没有关于昆曲的片言只语,但是至少,他应该是知道昆曲的吧,不过,"机关参透,万虑皆忘"的沈复,无论如何不会想到,二百多年以后,竟然有人把他的故事改编成昆剧在园林中上演了……

就这么云里雾里梦里情里,沧浪之水,曲水流觞。宁静的园林,灵动的昆曲。你中有我,我中有你。雅俗一体,形神兼备。"剧终"移步,却不知今夕何夕,不知是游园,还是惊梦,也不知是身在园林,还是人在戏中。

据说,《浮生六记》去年在沧浪亭演出以来,备受关注,票价不菲却一票难求。尤其是,过来看戏的大多为北上广深的年轻人,而且多是昆曲圈外人……

这让我感到意外,但仔细想想,倒也不免生出小窃喜——

苏州之小,园林之小也,与北京皇家园林属两个世界、两种生活形态。前者精致玲珑,后者恢宏大气。苏州园林往往是官宦赋闲之后的精神归属,体现的是文人雅士的品位追求。他们到了园林,便剩下一个字:玩。顾阿瑛的玉山佳处是一个园林群,昆山腔便是在这园林中"玩"出来的。

"玩",不是"玩世不恭"的玩,而是有品位的雅玩。有钱有闲有文化的"玩",是园林,是昆曲。昆曲和园林,都是这么"玩"出来的。现在昆曲"回归"园林,园林与昆曲浑然一体,何尝不是一种时尚?!

年轻人追逐时尚,追到了沧浪亭,追到了《浮生六记》。

经济发展之后经历短暂的迷茫或者迷失,然后是寻找与守望。寻求精神和心灵的安放,寻找寻常百姓柴米油盐式的平静安适的生活,守望一份属于有钱有闲也有文化的"文明"。

有茶,有酒,有小馄饨,有小文章、小浪漫,哪怕发发小牢骚。

小生活，小情趣，小世界。

沈复还有"小女人"芸娘。

所谓"烟火神仙"是也。

这回沈国芳出演芸娘，闺门旦。

六旦到二旦（正旦）又到五旦（闺门旦），沈国芳再次让我眼前一亮。

角色的转换，需要艺术的积累和升华。

"布衣菜饭，可乐终生"，物质的需求是有限的，精神的追求却是无限的。所谓"烟火神仙"，就是说，浮生，布衣菜饭可矣，而沈复所追求和向往的，却是参禅人生之后的彻悟，是云淡风轻的大隐隐于市的人生境界。

这样的生活，这样的品位，雅到俗，俗到雅，雅俗共赏，便是园林与昆曲的结合。

这，或许就是北上广深的年轻人追捧园林版《浮生六记》的初衷，也是笔者为之"小窃喜"的原因所在。

不是逃避，是物质丰富之后精神上的追求，有了这种提升生活质量的追求，才有了园林，有了昆曲……

演出结束，还没有安神，就听几个年轻人在沧浪亭外，轻弹吉他，唱起一首动人的歌曲。

歌名叫"青衫"，是年轻的音乐人专为《浮生六记》创作的。

《青衫》是芸娘唱给三白的歌吗？

此时此刻，沈国芳（芸娘）可能有点"小开心""小过瘾"，从六旦到五旦，"小丫鬟"成了"小娘子"，毕竟不一样啊。

不知怎么的，一直回旋在耳畔的"沧浪之水清兮，可以濯吾缨……"竟然变成了"沧浪之水清兮，可以濯吾心……"

余彬："相爱相杀"三十年

2020年11月3日，天淡云闲、阳光温暖的深秋午后，俞玖林工作室"知名昆曲演员分享会"迎来第二十三讲，主讲嘉宾是来自上海昆剧团的国家一级演员余彬。一袭长裙，典雅明艳。分享现场，她娓娓道来，和大家分享自己同昆曲"相爱相杀"的缘分，一路走来点点滴滴的思考与收获等，令人如沐春风。

"这是我第一次到巴城老街来，"分享开始，余彬先和观众们分享了初次到老街的感受，"太美了……"

余彬结缘昆曲三十多年，"唯一没变的就是发型"。那变的是什么呢？是对昆曲从零开始、由浅入深的了解，是一个演员从幕后走到台前、台中，从不自信到自信、自如的蜕变。

说到蜕变，自然离不开她的恩师张静娴老师多年来台上台下的关爱与鞭策。余彬幸福地回忆起自己和张老师相识的这些年。第一次见张老师，是在毕业汇报演出时，当时她演《刺虎》，她说这是"冥冥之中的缘分"。在此之前，她经历了从坐"冷板凳"到登台的转变，也经历了从闺门旦到正旦的转行，但一个演员在台上的自信和作为闺门旦所必备的"发嗲"功力，都是在进团以后和张老师学习的过程中，一点一滴积累起来的。

张老师对一场演出的态度——对自己、对观众负责的态度，手把手教自己《偷诗》时的耐心和关爱，每一次看自己排练、演出时"爱的小抄"，以及演大戏时台前幕后从表演到妆容各个方面为自己把过的场……都成为她艺术生涯、人生路上的宝贵财富。

就这样，在老师的提携下，也在自己的不断琢磨和努力下，凭着一个演员对舞台的执着，余彬也慢慢变成了那个"在台上哪哪儿都美、怎么都美"的人，慢慢在台前站稳，站成台中心的人。

说完学戏过程中的酸甜苦辣，余彬又重点和大家分享了闺门旦的行当特色以及自己演绎过而且很喜欢的三个颇具代表性的闺门旦角色。

在她看来，《玉簪记》是一个特别符合昆曲气质的戏，陈妙常这个人物亦然。而《狮吼记》则是昆曲中少有的极具喜剧色彩的一个戏，柳氏这个人物在"悍"之外，有她的"雅"和"慧"，她和陈季常也有小夫妻间特有的情致，人物层次丰富、性格鲜明才吸引观众，才能流传至今。余彬笑称，原本觉得这个戏特别适合在"三八节"演出，很给女同胞"长威风"，演出中发现男士也能会心一笑，从中悟出夫妻和谐相处之道，也可以说是很有现实意义的一出戏了。

《长生殿》不用说，是经典，也是对余彬而言有特别意义的一部戏，它见证了她在艺术之路上的成长；杨贵妃这个人物，能在深似海的后宫"集三千宠爱于一身"，无疑是非常聪慧的。以《絮阁》为例，细析了杨贵妃"吃宫醋"的智慧，以及整个过程中复杂的、层次丰富的心理活动。与此同时，《定情》中的风光、《小宴》中的柔情蜜意、《密誓》中的隐忧、《惊变》中的惊恐、《埋玉》中的悲情等，都让杨贵妃这个人物比其他角色更为丰富，对演员来说也更有挑战性。

《小宴》作为表现唐明皇和杨贵妃感情高潮的一场戏，充分展示了两人之间的恩爱默契，也展现了杨贵妃雍容典雅、天香国色的美。说到这里，余彬起身，现场为大家带来其中最有代表性也最为精彩的一段【泣颜回】。有现场观众说，老师起范儿的瞬间，就把自己惊艳到了，"我全身的汗毛都竖起来了"！

由腾腾：师徒情　母女心

2019年，年轻的"昆昆"来了年轻的由腾腾。

由腾腾最早进入我的视线是在2012年昆剧节期间，她演《相约·讨钗》中那个可爱又顽皮的芸香，非常出挑。之后去永嘉采访，团长刘文华特地安排了一个演出专场，腾腾演《十二红》，再次让我眼前一亮……

显然，在永嘉的十三年，她的老师刘文华、张玲弟、郑淑兰等，都很喜欢她，用心带她、教他，刘文华则更是全心全意培养她，她几乎拿到了那个年龄段可能获得的所有荣誉……

然而——人生往往总在这"然而"面前举步维艰……

最终，她还是选择了告别，来到了"昆昆"。

我对她也对她老师胡锦芳说，就写师生情吧。

2020年8月31日，由腾腾发来了一篇文章——

冥冥之中就有这段师徒情。

2006年我进入浙江永嘉昆剧团，自京剧转昆曲。对昆曲一无所知的我，找各种昆曲的影像资料，后来同事送了我一张胡锦芳老师的全本《窦娥冤》碟片，看后便记住了这个名字：胡锦芳。

2008年永昆排《琵琶记》，我在剧中饰演牛小姐，团长刘文华就请了胡老师来指导。记得老师说的第一句话是：哎呀，台上比台下漂亮！又说：有没有耳朵痒啊，一路都在夸你呢！原来2007年在杭州参加全国青年演员展演，老师就是评委。

这回跟老师只有短短三天的接触，但是印象深刻，很多小细节至今还历历在目。可是傻乎乎的我，之后都没跟老师联系过，甚至连电话都没留！

转眼到了2012年，团里创排大戏《金印记》，我在剧中饰演苏秦的夫人"周氏"，是个小正旦的角色。戏的艺术指导正是胡锦芳老师。记得戏中有段【山坡羊】，老师给我弄了一周时间，当时感觉自己哪哪都不对，根本就不会动了，都开始怀疑自己是否适合做演员了。胡老师也在想，这还是我在台上看到的那个由腾腾吗？但是胡老师有着深厚的调教演员的功力，凡是经她之手的演员都会变个样子。这个戏应该也算是我的幸运戏，在全国、省、市收获了不少荣誉。

也不知哪里来的勇气和自信，当时我就暗下决心要拜胡老师为师。

2013年初，我跟老师联系，说想改闺门旦，想跟老师学，想先学《牡丹亭·游园》。记得老师当时正好在北昆排《红楼梦》，老师说你要考虑好，转行当非常痛苦的，要不你学其中一段，我先来看看。我说好的，我就去了北京。老师一边在北昆排戏一边给我上课，先从《惊梦》的【山坡羊】开始学。第一天上完课老师就说，你学闺门旦可以的，但是要下大功夫。

从此迈入了闺门旦行列。2013年12月文化部组织"名家传戏"拜师，我终于如愿拜在了胡锦芳老师门下。

2014年全国昆曲院团在北京展演，我也开始跟老师学《牡丹亭》。因是小花旦出身，又从来没有接触过闺门旦，用老师的话来说是宁愿在一张白纸上画，画什么是什么，现在是要把画好的擦掉，还要不留痕迹，真的很难。但是决定了就要努力往前走。从台步开始，但这几步走就是找不到感觉，又一次觉得哪哪都不对，当时我一边流眼泪一边走台步，老师说，怎么刚开始就坚持不了啦！这是一个非常艰难、非常痛苦的过程，好好想清楚到底要不要改行当，现在回头还来得及，回头后还是个非常好的小花旦。我记得我就站在阳台旁边哭了一会儿，擦干眼泪跟老师说我要改，老师说"好"，那就好好努力，能成的。

那时老师在外面做艺术指导也非常忙。老师到北京我跟到北京，老师到河南我跟去河南，都是老师一边排戏，一边抽空帮我上课。7月份《牡丹亭》在永嘉开排了，七八月的永嘉真是热到不行，排《牡丹亭》两个月，老师跟我一起在排练场磨了两个月，累了就在排练厅沙发上休息一下，然后接着说戏，那一幕幕我永远都忘不掉。

老师是一个对艺术要求非常高的艺术家，我一直开玩笑说，《寻梦》的上场，一个上午都没上上去，都没达到老师的要求。老师说每次看我演戏比她自己演还累，好紧张，尤其是在北京展演的时候，我头天走台全场没在状态，第二天就要演出了她还怕我有压力又不能多说。还好演出效果不错，没有辜负老师的辛苦付出，自己也算完成了闺门旦的第一部戏。

慢慢地跟老师一折折地开始学习折子戏，从《琴挑》《活捉》《题曲》到今年迈入的新家门《投渊》。这样跟老师的感情也越来越深，老师对我而言是"亦师亦母"。因老师自身的唱腔、表演都非常细腻，所以她说戏不放过任何细节，非常严厉，我一达不到要求就会被骂。老师在生活上也特别细心，是会照顾人的人，是那种一边排戏骂我，一边看我排戏辛苦烧好吃的给我的人。慢慢地，很自然地我就称老师为老娘、胡妈妈。

去年加入了昆山当代昆剧院，今年传承了老师的代表剧目《双珠记·投渊》,一出大正旦戏。每次老师到昆山,看到我就说,又瘦了!第二天一大早就到菜场买了一堆菜去我家烧,烧好后分袋装起来,把冰箱塞得满满的,所以我说胡妈妈来了,我就可以改善伙食了。

吕佳:"一直在路上"

苏昆年轻的一代,也就是"小兰花"那一批演员,出了不少人才,观众熟知的有俞玖林、沈丰英、周雪峰、唐荣,另外,还有去了北京的顾卫英。俞玖林在凭借青春版《牡丹亭》红遍天下之后,没有停止脚步,他的《白罗衫》成功挑战了自己,在从小生向官生转型中取得了新的成功。2019年看他和沈丰英的《玉簪记》,以我的直观感受,他的表现比之2008年在上海《玉簪记》举行新闻发布时的表演成熟多了。

还有朱璎媛,她不仅演得好,还会填词写诗。不由感叹:有文化底子的昆曲演员太少了!我曾对她说——

年轻凭长相和机遇;
中年靠实力;
老了靠文化和品性。

这么说,当然是有所指的,这里不去展开。

苏昆还有陈晓蓉,她演《养子》,把王芳的精髓学到了,真好!而拓展戏路积极"转型"的也不止沈国芳一个。即便如司笛的施成吉,听她讲课,就如听导演说戏,很难得……

苏昆的人才的确不少。

好多年前问梁谷音:你觉得你的学生中谁把红娘演得最好?她就说了吕佳。当时还没看过吕佳的戏,后来渐渐注意到,吕佳的表演和演讲能力俱佳,当然,她最早成名还是因为红娘的表演。我就约她说说红娘。以下是她发来的文字的片段——

《佳期》是全剧的戏眼。以红娘为主线,讲述张生因思念莺莺而生病,莺莺在红娘的帮助下夜会张生,热心的红娘为有情人一夜望风,想起背着老夫人促成一桩美好姻缘,心中十分得意。主曲【十二红】极为著名,是昆曲迄今为止最长的一支曲牌,十四分钟的唱、念、做、舞一气呵成,极需功力。白先勇老师曾说过,"《佳期》用第三者来形容男女相恋,而红娘又是个非常天真的女孩子,让你觉得一点儿都不淫邪。通过一个天真无邪的小姑娘来叙述男女之间一段纯纯的爱情,这就动人了。"【十二红】辞藻华丽、文辞香艳,但在台上的表演却是纯净雅致。这段戏一方面是红娘对张生、莺莺爱情的赞美,另一方面也显露出她情窦初开,潜意识里对爱情懵懵懂懂的向往。

  梁老师向我传授《佳期》时说,她的恩师,昆剧"传"字辈的姚传芗老师曾讲过,"任何人演旦角都要有女人味,也就是你们现在讲的性感,女人最性感的是下巴和肩膀,红娘这个角色也不例外。"这些话让我受益匪浅,于是我把它用在了这段【十二红】的表演中。当唱到"一双才貌世无赛"的"无"字时,我面对观众侧身踏步站,左手叉腰,右手在胸前,微微摇手,当唱到"赛"字时,边缓缓半蹲边转身。"世无赛"是唱红娘的心理,是她对张生、莺莺的羡慕,也是得意,因此这里的表演要做足文章。"赛"启口时,"s"从齿尖慢慢吐出,随着"a"音慢慢打开,感觉延伸至下巴,头轻微摇两下,幅度细微到若有似无,在"i"尾音的时候下巴微抬一下,嘴唇也略微变化。这样处理,少女的娇媚自然流露出来。当唱到"花心摘,柳腰摆"的"摆"字时,在"腰"字原地转身之后,侧身面朝观众,双手外翻分开,右手慢慢抬高至头侧伸直,按掌并轻压手腕,左手向下慢慢贴至身侧,按掌并抬手腕。当"摆"字出口时,左臂沿着身体一侧慢慢前后摆动,强调的是动作要非常缓慢,摆动幅度要非常小,随之身体慢慢下蹲,"摆"字是一板三眼带赠板,在最后一拍尾音时,双肩微微一耸,双手顺势放下,含胸低首,身体完全下蹲,双手在膝盖前交叠。这段动作是红娘细想莺莺的体态如弱柳扶风一般轻盈柔软。这组动作的画龙点睛之处就在于双肩的微微一耸,这样的红娘可爱娇俏,越发生动感人了……

  诸如此类的表演处理还有很多,这也是我通过梁老师的口传心授和自己十多年来的舞台历练和思考获得的感悟。传承,不能狭隘地概括为继承传统,承是承上启下,在吸收总结前人经验的基础上,融入自我的理解,使新旧再次融合,这样的创新,我觉得才是对传承最好的诠释。

  但愿我所演绎的红娘能受到观众们的喜爱。

  艺无止境,我一直在路上!

翁育贤:"不争"

  2019年12月9日晚上,去苏州昆剧院观看周雪峰主演的《别母》《撞钟·分宫》和翁育贤的《刺虎》。翁育贤是以演闺门旦见长的,她的性格我用"不争"两个字来形容。除了舞台,其他场合很难见到她。记得刚刚开始采访昆曲人物的时候,王芳就跟我说到了她。再后来,往往听别人在背后说她在台上十分出挑,平时却普通到几乎可以"忽略不计"。她和那种在任何场合都要强势突出、抢镜出彩,巴望所有人的目光都"聚焦"在自己身上的人相比,只能用"不争"两个字来形容。

当然,所谓"不争",并不是不努力,或者不作为。便如杜丽娘,她的外在是"不争",而内心却是涟漪频起,甚至波涛汹涌。

可是,翁育贤今天要演《刺虎》!

"转型"成功! 看完演出,在回家的路上,我给翁育贤发了这几个字。的确,作为宫女的费贞娥的形象,是具有其特殊意义的。帝国沉没,群臣无能,却有一个宫女,怀揣深仇大恨去"刺虎"! 费贞娥佯娇假媚,哄得一只虎喝酒沉醉,然后刺虎报仇。其间费贞娥情感的波涛时隐时现,翁育贤掌控得很是到位。

两天后,综合了几个观众和戏迷的意见,我说,"整体是成功的。只有一点,想想还是说了,即表演中有些许贵妃气。"(2021 年 1 月 14 日,在苏昆看《铁冠图》,其中《刺虎》一折,依然是翁育贤演费贞娥,这次她的表演不仅没有了贵妃气,而且情感的细微之处,演绎得惟妙惟肖,非常出彩!)

也就在这次微信交流中,我意外地发现,翁育贤写的都是繁体字。我说,她是我知道的大陆演员中唯一一个写繁体字的。她说,老剧本都是用繁体字,感觉更喜欢写繁体字。

于是我对"不争"有了新的诠释。所谓不争,其实是不求闻达不求浮华虚名而已,内心还是在努力,在争取,在寻求突破,努力攀登更高的艺术境界。

毫无疑问,演员的成功,开头往往是因为机会、机遇或者说是机巧,但要取得持久的成功,却需要底气——做人的底气、文化素养的底气。昆曲传统戏往往就是国学底蕴的综合呈现,识得繁体字,多读"老剧本",检验着演员的功力和底气。有底气,才会在"不争"中"力争"艺术的长进和突破。

杨崑:这辈子就"赖"上昆曲了

在浙昆和永嘉昆采访王奉梅和林媚媚的时候,她们都说到了杨崑,都对杨崑赞赏有加。我却没有看过杨崑的戏。

2018 年 9 月,听说她要来巴城俞玖林工作室讲课,就准备了一套《昆曲大观》送她。

杨崑与昆曲结缘,源于 1992 年的一次偶然。当时在江山市婺剧训练班做学员的她,听到张继青唱《牡丹亭·游园》【步步娇】"袅晴丝吹来闲庭院",一下子就被昆曲婉转缠绵的韵致迷住了,这么好听的声音!十七岁少女的心被俘获了!就说要学昆曲。正是被宠的年龄,父母很快就答应了。赶紧拿了"学费"去报名。自费的学员比公费的更懂得珍惜,所以更加卖力,练起功来不要命。下课了别人休息逛街,她还在那里压腿下腰,黑灯瞎火了还在吊嗓子。老师王奉梅纳闷,这谁啊?门缝里看,杨娟(杨崑原名)呢!父亲去"探班",见她身上青一块紫一块,心疼得流眼泪,恨不得当场就把女儿拽回家……

老师也心疼,心疼这么好的苗子,便更加用心地教。教学相长,杨娟进步很快。进入浙江昆剧团后,自是接连出彩,不久,又凭借《张协状元》一出戏,拿到了文华大奖。也许是这个奖的激励,也许是对昆曲的理解已经深入心魂,她觉得我杨娟把能交的全都交给昆曲了,生生死死就是昆曲的人了,于是索性把名字也改了,改成杨崑——

可是至今也说不出是怎么回事,风华正茂"赖"上昆曲的杨崑,演出却是断断续续,有时轮到她了不知道怎么又被换下来。好在她自己却从未有一天空耗。有空就去古戏台,那边很清静,自己化妆,跟着录音表演。慢慢地,曲友们知道了,纷纷围过来,一起唱同期。

没戏演就去读书。读书和演戏都是一辈子的事。整整四年,她租了房子在上海戏剧学院攻读硕士研究生。她时刻提醒自己,要砥砺前进。

昆曲是内敛的,杨崑也是。她"封闭",自省,心无旁骛,只在昆曲的艺术里游弋,"两耳不闻窗外事",也为这,她可以看到别人看不到的,同样,别人都知道的她也许一无所知:来巴城讲课之前,竟然不知道俞玖林已经做了苏昆副院长!

待到讲课了,"赖"上昆曲的杨崑,说的是乔小青和杜丽娘"寻梦"的异同。由此切入,极妙:同是春闺梦里人,但一个是小姐,一个是小妾,梦的向往、梦的感觉、梦的结果是不一样的。乔小青的寻梦是——

冷雨幽窗不可听,
挑灯闲看《牡丹亭》。
人间亦有痴于我,
岂独伤心是小青!

此刻,听得入神的我却走神了,我听见的是:人间亦有痴于我,赖上昆曲是杨崑!

施夏明：两个书生，两个贾宝玉

施夏明的眼睛里透出潜在的书卷气。

他的出道缘于《1699桃花扇》。这是江苏省昆剧院精心打造的一出大戏，全剧阵容庞大，而男一号侯方域由施夏明扮演。随着《1699桃花扇》的广受好评，施夏明走进了昆曲观众的心。

2010年北昆《红楼梦》选秀，施夏明再次脱颖而出，饰演下半场的贾宝玉。《红楼梦》在国家大剧院和中国台湾演出，均引起轰动。

我问施夏明，侯方域和贾宝玉，两个"书生"，你怎么区别？

一个在乱世，一个在末世。侯方域更多承载着国家衰亡的悲愤。寻找李香君不得，一声"香君哪里"，呼号的不仅仅是红粉佳人。贾宝玉是女儿国的知音，成婚不见林黛玉，心中的失落是家族衰败的预兆，更多的是对红颜知己的凭吊。

两个书生不一样。

2012年昆剧节，施夏明要演两部《红楼梦》中的贾宝玉。

一个是北昆的，一个是江苏省昆的。

难了。

上午是北昆的《红楼梦》下本，正好是他唱主角，晚上是省昆的《红楼梦》，他也是男一号。

两部"红楼"，构架、思路、音乐、舞蹈还有配戏者都不一样。无疑，这是对施夏明的考验。

北"红楼"侧重于故事，用昆剧的形式展示《红楼梦》全本的内容；而江苏省昆则是以折子戏的形式，抽取书中某个章节，加以生发演绎。

唱腔设计、舞台动作，多有不同。北昆更多应用了现代年轻人喜欢的元素，比较华丽，而江苏省昆的《红楼梦》则更多保留了昆剧的原味，舞台布置简约质朴。尤其是音乐，施夏明说，他尽可能融合了南昆腔韵，所以唱起来比较入味。

再者，江苏省昆的"红楼"中，贾宝玉才十二三岁吧，所以他融合了一些娃娃生的程式，显示贾宝玉比较顽皮率真的性格。而北昆的"红楼"演的是下本，正是贾府衰败没落的时节，所以贾宝玉的年龄大一点了，对家族衰败的情景也更多了切肤之痛。

施夏明很聪明。他喜欢摄影，在排练演出的间隙，常举着相机拍照。他观察的角度很细微，也很自我：老建筑的一点、一角、一隅，还有小小的有古典韵味的首饰……耳环系在桃花枝上,立刻生动唯美;斑驳迷离的老墙前,一朵荷花入镜,现成的一幅水墨画……所有这些,都是昆曲的韵味。

我说,你可以出摄影集了!

当然,没想到的是,他的摄影还帮了我的忙,后来我写《昆曲大观》,出版时用了大量图片,除了昆曲博物馆提供的和本人之前积累的,就是元味(骆惊)和施夏明友情提供的了。

邵天帅:何谓观其复　为何观其复

北昆的《红楼梦》,让我们熟悉了施夏明和翁佳慧,知道了邵天帅和朱冰贞。邵天帅还因此获得中国戏曲家协会举办的戏曲节优秀表演奖。

然而,《红楼梦》的剧本、唱腔,尤其是音乐,受到多方面诟病。我相信他们大多是从专业角度说话的,可以理解,可以探讨。我想说的只能是也仅仅是,从一个喜欢昆曲的作家的感觉来说,《红楼梦》推出了年轻演员,也使更多的年轻人知道了昆曲,这就值得肯定。

2012年3月7日下午,对北昆院长杨凤一的访谈结束后,看看还有点时间,就想和邵天帅聊聊。她在读研,下课了,就匆匆赶过来。

橘红色的外衣,将她的模特身材映衬得十分出挑。生于哈尔滨的邵天帅给人的感觉阳光而靓丽。

我说了外界对北昆《红楼梦》的质疑。显然,已经不是头一回听见这样的声音了,所以她显得从容,很平静也很大度。

唱腔上还是昆曲,每个情节每个细节老师都很用心思。以北昆为主,也有南昆的味道。比如【葬花】,就是《牡丹亭》"寻梦"中的曲牌,还有【懒画眉】啊,等等。

邵天帅继续说——

开始只觉得辛苦(排练)。我们对那个年代还是缺乏了解。我是东北人,平时大大咧咧,跟男孩子差不多。演《红楼梦》,让我变得纤细、柔婉,更喜欢老的一些东西。还在慢慢摸索和体会那个年代的生活、思想。我们去努力,只要用功夫,演戏就会长进。

后来感觉,因为《红楼梦》,我比以前更"静"了。以前比较"闹",不是说表面上那个讲话啊,就是感觉、气质、性格。现在知道怎么"静"了。为什么说成熟了?就是沉得下来了吧。

(对于外面的批评)我们一直虚心接受,这些都会帮助我们提高……

邵天帅的心态很积极,很阳光。

然而,成名容易,成"家"难!

2019年7月27日晚,邵天帅来到昆山巴城,俞玖林请她来讲课,才知道,她原来是学舞蹈的,当时她同时考上了中央民族大学舞蹈系和北方昆曲剧院,结果她选择了昆曲。

邵天帅说,这些年来,演了十三出大戏,一共四十多个折子。尤其是,角色的转换和拓展,非常难得,她不仅仅演闺门旦、正旦,刺杀旦(《刺虎》)和风骚旦(《潘金莲》)也都演了!

此时,邵天帅已经是国家一级演员,还是北昆演员中心的副主任。

次日下午,她的讲课别具一格。她说"观其复"系列。何谓"观其复"?"观其复"出自老子《道德经》:"万物并作,吾以观其复。"意思是,不论万物如何变化多端,终会回归根本。正是出于这样的"初心",所以要沿袭古法,排演有意思的老本子,打造复古风格的昆曲。

邵天帅以《怜香伴》《墙头马上》《望江亭中秋切鲙》为例,对"观其复"的理念作了富有深度的阐释。并总结道:追随古人,是对昆曲本源的致敬,是对崇高艺术的敬畏,也是在物质生活丰富之后在精神层面的寻找与守望。

邵天帅说,作为一名文艺工作者,能够专心做自己喜欢的事情,是一件幸福的事。"一辈子做一件事就足够了。"她说,"坚持不一定成功,但不坚持就一定不可能成功!"

所以邵天帅不仅很用功,很用心,也很有自制力。她来讲课,就一个小背包,但讲课却是异常认真,用的并不是打印成文的反复用过的讲稿,而是专为这次课堂准备的上万字的手写稿!如此敬业,实属难得。

邵天帅讲"观其复"很享受。

听邵天帅讲"观其复",很享受。

研究生毕业的邵天帅,已经在大学开课讲昆曲了。

钱瑜婷:武旦有戏

昆曲的武戏不多,且往往不受重视,舞台上的武生尤其是武旦就更加少见。

好在上昆有王芝泉和谷好好,上昆的武戏特别是武旦就见得传承有序,且熠熠生辉。

钱瑜婷是上昆年轻一代的武旦。她是昆曲小镇巴城人,曾经做过李沁的搭档,演春香。进入上海戏校后,被大武旦王芝泉看中,收为徒弟,一路走来,十年功夫,终得开花结果。

小荷才露,身手不俗。这几年看过她不少戏,感觉她在成长,在前进。有时候甚至想,可不可以办个专场?

果然,钱瑜婷的个人专场来了!

"刀马出手,薪声夺人"是钱瑜婷的,也是上海昆五班的第一个个人专场。钱瑜婷谦和认真,在她身上,看不到昆曲"圈内"或多或少存在的那种俗气,她的为人为艺受到圈内外的认可,很难得。

2018年11月19日晚,才进上海大剧院,就见昆大班的岳美缇、计镇华、梁谷音、张铭荣都来了!从这个"阵容",可以看出老一辈艺术家们对钱瑜婷的喜爱和寄予的厚望。

首先是《盗库银》。之前看到的小青大多是《断桥》和《水斗》中的,前者表现恨铁不成钢,后者则可展现一个剧团武戏的集体阵容。《盗库银》让小青的形象"升华"到了对贪官污吏的蔑视和反抗。钱瑜婷的表演,使得小青超越了对白娘子和许仙的爱恨情仇。其间,小青和库神、小鬼等的群舞满台生辉,十分精彩。

然后是《昭君出塞》。一时间几乎找不到什么词来形容我的感受了。惊讶、惊喜还是震惊、震撼?似乎都不恰当。最后也只能用一个最常见也最普通的"感动"来概括。

感动之一,这里有武旦的"文戏"啊!出塞前的无奈无助和缠绵哀怨乃至对文武百官的愤恨(还有蔑视),钱瑜婷把王昭君的内心独白用大段的唱词演绎出来了。"频把泪弹"的王昭君,她恨,她怨,她的孤单和凄怨只能对苍天诉说……所有这些,常见的都是花旦的戏啊!以演武旦见长的钱瑜婷在这里把一个闺门旦的柔美和凄怨表演得到位极了。文官济济武将森森,全都噤声无语,却让一个"红粉"弱女子去"和亲"(和番),她的内心是何等哀怨,又是何等的愤恨啊!她的眼神和唱念中写着千言万语,虽是身着戎装,却是实实在在的一个女娇娘。

通过外化的表演,我们看到的是内在的灵魂。

刚毅英武的外表,柔软多情的灵魂。

钱瑜婷的"文戏"原来竟这么缠绵悱恻,柔肠百结,感人至深!

原来武戏并非只是打打杀杀,武戏也是"人戏",七情六欲,悲喜怨恨,无不表现得丝丝入扣,一样漂亮。

原来钱瑜婷的"武旦"形象还有另一面,就是她的闺门情愫。

感动之二,武功和情感的交融。出塞是武戏。出宫之后,骑在烈驹上的王昭君则显示出钱瑜婷的另外一面。她不仅武功扎实,舞姿也灵活多变。文武兼长,刚柔相济,一个完美的王昭君形象活跃在舞台上。乱花渐欲迷人眼,飒爽英姿女儿家!"南马不过北"啊。到了汾关,南北交界,番汉接壤,王昭君的内心交织着思乡情和对番邦的陌生感,甚至恐怖和听天由命的无奈。几多内心的煎熬,几番悲情的挣扎。朔风狂卷,花容失色,水火煎熬,大漠凄怆。

情与景,灵与肉,内外糅合。可怜王昭君,身无所依,心无所寄,如花的灵魂无处安放!显然,钱瑜婷入戏了,她揉碎了自己,揉碎了灵魂,"武"和"舞"结合,刚与柔相辅相成。翎子功运用得恰到好处,所有的细节呈现都是灵魂的战栗。

感动之三,完美的圆场。作为一个"武旦",钱瑜婷舞姿挥洒自如,发挥得酣畅淋漓。她的圆场一样圆融而圆熟:有时缓若溪水,有时急如旋风,一会儿行云流水,一会儿疾风暴雨、风驰电掣。好个钱瑜婷,光这个圆场,就把观众看得目瞪口呆!

马夫和王龙的扮演者谢晨和朱霖彦,作为配角,他们的表演也可圈可点,尤其是舞蹈,完全起到了绿叶扶红的效果。三人的"集体"舞非柔非刚,却是刚中含柔,柔中显刚。看上去美轮美奂,异彩纷呈。

武旦有戏,有好戏!

之前看过钱瑜婷的《盗仙草》《扈三娘》《水斗》《三战张月娥》等,这次看她的专场,尤其是看到后面一折,就想,钱瑜婷"长大了"。

演出开场前,王芝泉去了后台,然后笑眯眯地来到观众席上,和大班的同学们坐在一起,待演出结束,她款款走上台去……

祝贺钱瑜婷,祝贺上昆,昆曲武旦后继有人了。

徐栋寅:师生就像"谈恋爱"

由腾腾跟老师胡锦芳有"母女情",徐栋寅跟老师林继凡却更像"谈恋爱"。

徐栋寅是丑角。

关于昆丑,可说的很多。某研究者在亲历亲见了一些现象后,准备写一篇论文,其题旨为:昆丑的台上和台下……可是因为触及的话题太敏感,就没动笔。

2019年12月23日,林继凡在俞玖林工作室讲课,题曰"丑中美"。没有美女,没有水袖,如何吸引听众?林继凡讲昆丑,感觉可以用一个字来表述,即"度"。丑角必须夸张,夸张是为了与常人有别,以此来博人眼球,逗人笑。可是,所有的夸张都必须掌握一个"度",不到火候不行,但是如果"过"了,哪怕是一点点的"过",就是俗,俗了就不是昆丑之美,俗了就只剩下了"搞笑",丑便是真丑,丑便是恶俗!

丑角之难,怕就难在对这个"度"的准确把握!

即便如娄阿鼠(《十五贯》),小偷、杀人犯,也不是表面去夸张演绎就行的。娄阿鼠也是人,他赌钱输了,百无聊赖,忽然发现有机可乘,于是行窃,在行窃的前前后后,他眼神里还是有一点点亮色的。娄阿鼠也是有"温度"的。

再如《活捉》中的张文远,他不是个"色鬼",他有文化,还是个小官吏,即便谈不上是风流才子,至少,他也是对阎惜娇动了些许真情的。既然如此,就不能表面化地把他演成一个流氓无赖或者纯粹的好色之徒。

林继凡反复强调,昆丑之美,"最美就在那一瞬间"!所谓夸张有"度",一定要留有余地,就如作画,必须"留白",不能到"顶",不能满,满则溢,满则亏,所以,必须"含蓄",有所"节制",留有余地。过则不美,过则流俗;满则不雅,满就是丑。

因为,"度"是一种境界。

林继凡说,昆剧所有的大戏,都有丑角展示的空间,可是,纵观昆剧舞台,丑角给人以美的感受的,恐怕不多。

林继凡出生于书香之家,父亲是名医,"满门读书人"。一次他演出带苏白的昆剧《下山》,俞振飞说,你是标致的小花脸。"标致"不仅仅是指外形,也指气质、人品。生活中造假、做作,舞台上也很难不造假、不做作。所以林继凡认为,演昆丑是需要文化底蕴的,就是要有"书卷气",也就是陈从周所说的清丑之"清"。不清之丑,是为真丑。

也为这,"标致"的昆丑非常难得。

作为昆丑艺术家的代表之一,林继凡也不忘传承和教学。为了带好徒弟,他倾尽其力。

有一回,几个学生排队在那里让他挑,他一眼就认定了徐栋寅:他就是我艺术生命的延续。

徐栋寅谈不上"标致",但他身上有一种天然的可爱和纯真。他的丑戏最大的特色就是不过,不造作,去雕饰,无论什么定位的小丑,看上去也感觉有可爱之处。这与刻意夸张和下意识要观众去"笑"的演员有明显区别。那样的演员或许还是"大牌",但是没有了"度"的"大牌",归根结底是臭牌。

其实,他开始是不喜欢演丑角的。为什么?"难看",不招人喜欢。无论男孩子女孩子都喜欢唱小生的,像俞玖林就圈粉无数。

跟徐栋寅聊天，聊怎么跟老师学戏。他无意中冒出一句：就像谈恋爱，互相吸引……

好个"谈恋爱"，把师徒之间的亲密和认真表述得形象而又生动。

显然，师傅喜欢徒弟，徒弟喜欢师傅。师徒间的这层亲密与和谐，是徐栋寅能够学好演好的"秘密"所在。

我问：现在一共学了几出（折）戏？

他说：大约有十五六出（折）吧。

再问林继凡，还有多少没教？

林继凡说，还有啊。我会教好的。

徐栋寅的路还很长。

年轻的"振"字辈在成长

年轻的"振"字辈正在成长。新排的《连环计》，全部由"振"字辈演员担纲出演，刘煜、徐超、唐晓成、吴嘉俊、李洁蕊、徐佳雯、殷立人等"振"字辈，都因这部戏开始走上前台。可惜他们的戏我看过的很少，但巧的是，"振"字辈里周婧的《戏叔》我却看了三次。

知道周婧，是因为她演的春香，后来看了她的《思凡》。昆曲人有句话，叫作"男怕《夜奔》，女怕《思凡》"，《思凡》之难，在于从头至尾一口气要唱三十分钟。《戏叔》不一样。潘金莲不是小尼姑那样单纯那样简单可控，潘金莲是个复杂的女人，她貌美如花，却有着青春无处消遣的苦衷。潘氏"戏"叔，想象自己会轻易"拿下"武松，毕竟自古英雄爱美人啊！谁知武松丝毫不为所动。面对武松的指责和辱骂，潘氏针锋相对，她说："我是不戴方巾的男子汉，顶顶当当的妇人家！"这是"戏眼"。在不幸婚姻的特定环境里，潘金莲大胆追英雄，并对此有合情合理的解释，而在遭到拒绝之后，她又强烈反击，这也成为了角色独特的闪光点。

周婧是不是把握住了这一点？就我看《戏叔》的感觉，她是用心求解的，至少她的表演是层次分明的，这已经很难得了；如果要说可提升之处，那么恐怕还是外在的动作和内心的情感如何融汇。

从"春香"到"小尼姑"，再到"潘金莲"，周婧在努力，在用功，她还说要学《活捉》，这无疑是新的挑战。阎惜娇和潘金莲又不一样，阎惜娇是鬼魂，是到阳间来"捉"她的情郎张文远的，《活捉》表演之难，不亚于《戏叔》，但是相信有了之前的积累，周婧不会让人失望。

和所有"振"字辈演员一样，周婧还在往前走，相信她一定会走得更远、更好。

张充和的"昆曲之路"

张充和才貌双全,不仅诗书画兼长,唱昆曲更"无纤毫俗尘",引诸多文人雅士仰慕,诗人卞之琳用情尤专。只是"落花有意,流水无心",张充和以诗言志:昆曲是最爱,知己非干情。

中国最大的帝王宫殿是北京的紫禁城,九千九百九十九间半;中国最大的官僚府第是曲阜的孔府,九百九十九间半;中国最大的平民住宅是南京的甘熙故居,九十九间半。

苏州九如巷

九如巷是苏州的一个文化符号。

1921年,张冀牖"毁家办学",创办乐益女中,张闻天、匡亚明等人先后在此任教。

1925年五卅运动,女中师生搭台表演,为大罢工募捐,张家几乎全体出动,三个姐姐和四个哥哥演出了《昭君出塞》《风尘三侠》《人面桃花》《空城计》等戏。其中《昭君出塞》为传统的昆曲折子戏,其他多为京剧或结合现实的"文明戏"。演出三天,轰动一时。女中师生还坐火车去无锡募捐,先后一个月,募得六千多块大洋。罢工结束后,上海总工会把余款退回,女中学生和工人一起,用这笔钱把学校东边的小路拓宽,取名为"五卅路",路名一直沿用至今。

张家姐弟十人,多为才子才女。1929年,兄弟姐妹在九如巷家中合办家庭刊物《水》,发表自己的作品,自己刻版、油印,后在离散中停刊。1996年,又在九十多岁的张允和倡议下复刊,《水》随张家后人流向大江南北,直至大洋彼岸、世界各地。这本家庭刊物被出版家范用先生誉为"本世纪一大奇迹"。

后来,沈从文描述过"水的德性",说它"兼容并包",什么都不排斥,又柔中带刚,滴水穿石,无坚不摧。有人就说刊物叫《水》就源出于此。其实不然。笔者倒是认为,把它理解为昆曲的心性倒更恰当,昆曲乃水磨腔啊。

也因为昆曲，我走进九如巷。

雾霾过去，薄雾轻来。2013年12月13日下午，我和郑培凯先生一起，走过苏州五卅路，弯进九如巷。说是巷，其实已经没有了传统中的小巷的味道，原先这里只能容一辆黄包车经过，倘若对面来人，就得停下来让路。今天的九如巷已经宽了些许，原先青砖黑瓦的古建筑也几乎荡然无存。

按铃，门开了，映入眼帘的是精致的小花园。花园后是一排红瓦白墙的平房。

被沈从文称作"小五哥"的张寰和先生坐在躺椅里，他的太太周孝华老师说，先生肺部发现钙化点，病了一场，医院住了半个月，不过看上去气色尚好，还能自己倒水喝。先生健谈，思路清晰，只是借助助听器才能交流。

闲聊中得知，先生吃的方面比较"疙瘩"，海鲜、河鲜几乎都不吃，最多就是猪肉和海蜇。小吃倒是喜欢的。周老师端来苏州小吃慈姑片，先生说，他小时候就喜欢，用草纸包着吃。周老师还说，周有光也喜欢，常常寄去，生的熟的都寄。

提起过去，先生的话就多。我把事先打印的为五卅运动捐款演出的剧目给先生看，问哪是昆曲，先生便一一道来，连细节也不放过。

生怕影响先生休息，我们聊了一会就告辞了。周老师带我"参观"她的花园，蜡梅花开了几朵，香韵悠悠，一棵无花果裸露着骨质的枝干，十分劲实。郑教授说，他吃过这棵树结的果，"那是我吃过的最好的无花果！"

说起无花果，周老师说：1978年秋天，四姐充和第一次回到日思夜想的九如巷，寻寻觅觅，不见了她的"绣房"，但是见到了她的昆曲老师沈传芷，吃到了阳澄湖大闸蟹，还有记忆中非常喜欢的无花果，百感交集，甚至有了回国定居的念头……

我说，无花果树该有一百岁了吧？

周老师说，这是抗战后种的……

我说，可是充和先生确确实实已经一百岁了！

与昆曲有关的百岁老人，一是倪传钺，一是张充和。

合肥张家是近代史上的名门望族，大姐张元和嫁给著名昆曲演员顾传玠，二姐张允和嫁给语言学家周有光，三姐张兆和嫁给文学家沈从文，四姐张充和嫁给德裔美籍汉学家傅汉思。

四姐妹琴棋书画无不精妙，同时又都是昆曲的曲家。据张允和著《昆曲日记》说，元和跟周传瑛学身段，跟张传芳学曲子，跟方传芸学武技……她能演生、五旦、六旦，她最爱演《红梨记》的《亭会》。1983年4月26日在《七十年看戏小记》中说，演过的戏共28出，绝大部分是昆剧；看过的戏有524出！

《昆曲日记》上、下两本，五十四万字，由中央编译出版社出版。日记记述

1956年9月14日到1958年8月17日、1978年11月18日到1981年12月29日,先生参加和主持"北京昆曲研习社"的活动、演出及与各界人物的交往等,事无巨细,概有记载。这是中国当代昆曲历史的一份珍贵的资料。

而张充和的"昆曲之路"从年幼时就开始了。

合肥叔祖母识修膝下无子女,父母就把充和许之寄养。识修是李鸿章的侄女,知书达理,信仰佛教。识修给充和讲《牡丹亭》的故事,还教她诗词,识工尺谱……浸润了国学的充和,十六岁从合肥回到九如巷,受酷爱昆曲的父亲影响,随即跟"江南笛王"李荣圻度曲,参加苏州道和曲社和幔亭女子曲社,她的老师是沈传芷、张传芳。

张充和才貌双全,不仅诗书画兼长,唱昆曲更"无纤毫俗尘"。

章靳以曾在苏州听充和唱昆曲《芦林》,听到泪流满面。"你站在桥上看风景,看风景人在楼上看你。明月装饰了你的窗子,你装饰了别人的梦。"诗人卞之琳用情尤专,只是"落花有意,流水无心",张充和以诗言志:昆曲是最爱,知己非干情。二姐允和与周有光在上海结婚时,张充和就献上了一曲"艳词"《西厢记》的《佳期》。

抗战时,充和颠沛流离到重庆,其间与西南联大师生拍曲不断。1946年回苏州,适逢联合国教科文组织的人员来苏州考察昆曲,并在拙政园里观看演出,张充和参与演出《牡丹亭》,扮演杜丽娘,连演六场,直至累到吐血……

孤军奋战,"百战悬沙碛"

1949年,张充和随夫君傅汉思去美国定居。身在异国他乡,心系昆曲雅韵;为昆曲的传播,先生不遗余力。《昆曲日记》1983年10月31日记载,先生二十六年(1953—1979)中,在北美洲二十三所大学演出、推广昆曲。除加拿大著名的多伦多大学,其余都是美国的大学,其中六所在美国大学中排名前十,如耶鲁大学、芝加哥大学、斯坦福大学、加州大学、普林斯顿大学、哈佛大学。

其间,先生演出过六本戏(《牡丹亭》《长生殿》《邯郸梦》《西厢记》《孽海记》《雷峰塔》)中的九折,尤以《牡丹亭·游园》演出最多,一共演了二十一次。

先生孤军奋战,"百战悬沙碛"。最初演出时,自己先录笛子伴奏带,表演时放送伴奏。化妆更麻烦,没有人为她梳大头,只好自己做好"软大头",自己剪贴片,用游泳用的紧橡皮帽吊眉,这是"沙碛"上的奇迹。

后来,海外老一辈昆曲家项馨吾、著名语言学家李方桂、徐樱,青年一代的李卉、陈安娜,还有充和先生的女儿傅爱玛先后加入,就不是"一个人的昆曲",而是"一群人的昆曲了"。

值得一说的是,爱玛能演二十多个折子戏！爱玛第一次登台时只有九岁。先生不但培养她唱曲、演戏,还教她吹笛。母女二人,有时你吹我唱,有时你唱我吹。其情其景,想来国内也属罕见。

海外昆曲社现任社长陈安娜在文章中说,第一位把昆曲艺术介绍到美国的是梅兰芳先生。1930年春,梅先生率领剧团访美演出,先后在纽约、芝加哥、旧金山和洛杉矶等地公演,所带的剧目中有《刺虎》《思凡》等著名昆曲折子戏,而《刺虎》更是最受美国观众欢迎的剧目之一。

不过,梅先生当年莅美只是表演昆曲。最早在美国宣扬昆曲、传授昆曲的是中国银行保险业的先驱项馨吾先生。项先生早年经常与俞振飞先生合演昆剧,是"一王四后"中的一后(或曰"一个茶壶四个杯"中的一个"杯")。先生20世纪40年代赴美,后与朋友成立雅集曲社。

20世纪50年代以后,在美国传授昆曲的,除了傅汉思、张充和,还有李方桂、徐樱夫妇。1974年,李方桂应邀到夏威夷大学去教书,他们就把昆曲带到了夏威夷,"彩虹曲社"由此诞生。八十七岁的罗锦堂教授,如今说起往事,依然滔滔不绝……

张充和、李方桂还长于吹笛。两个人是曲友,也是挚友。据加州李林德先生说,他们一个住在加州,一个住在西雅图,相距上千英里,可是,他们或者从加州到西雅图,或者从西雅图到加州,开车十几个小时见一面,见面就是唱昆曲！

数十年来,他们所教导出来的中、美学生,遍布全美各地……

现在,我们歌颂白先勇,歌颂所有为昆曲的传播作出贡献的大小义工,我们却很少知道,张充和、傅汉思夫妇,还有项馨吾、李方桂、徐樱等人,早就在北美的大学里播下了昆曲的种子！

百岁传奇

充和先生清雅一生,步入百岁,依然那么雅致、清贵,为纷扰嘈杂的当下留住了一朵幽兰,一缕风雅。

纽约曲友说,其度曲清唱,如清风明月,干净而纯粹。

遗憾的是,百岁倪传钺我采访过三次,张充和先生却从未谋面。

2012年2月初,在上海看《占花魁》,又和纽约海外昆曲社的曲友黄筱莹女士不期而遇,黄女士说起,5月13日,纽约曲社将为张充和先生举办百岁庆典,就想,飞去美国不可能了,但至少,我得为先生写几句话。

其实,4月份就已经有好几批人分别去给张先生拜寿。昆曲老师学生们每年都要去拜访她。在美国的岳美缇老师,也择日单独拜访,还和张先生一起度曲。上海昆大班在美国的王泰祺、袁玉成、闻复林,昆二班的史洁华、蔡青霖、吴德章等人,也先后拜访了张充和先生,每次都十分尽兴。

5月1日,枯坐电脑前,冥冥之中有个声音告诉我,有件事可别忘记了——过些天就是张充和先生百岁寿诞!赶紧写了几句,托曲友转送先生——

> 九如巷口张家女,
> 雅乐为寿诗书画。
> 楼上人去风景在,
> 百岁还唱胜如花。
> 曲人鸿爪不经意,
> 探骊得珠是方家。
> 风花雪月消磨暗,
> 绝版仕女在天涯。

曲友收到,说会转达心意,只是,鉴于充和先生今年身体状况,他们4月已赶赴先生家中专门曲叙庆生。5月13日祝寿公演希望她到场,但是最后还要根据她的健康情况而定……就是说,张充和先生届时能否到场,还是个未知数。

临近庆典时日,我发邮件给曲友:令人期待的时刻即将到来。昆曲绝版的场景啊!恨只恨不能插翅飞去!愿苍天保佑先生康健!愿昆曲永恒!

5月13日下午两点,纽约海外昆曲社假纽约Flushing市政厅小剧场欢庆张充和女士百岁寿诞举行幽兰雅乐祝寿公演,由纽约中国民乐团和昆曲社联袂演出——

民乐有:《幸福年》《鸟投林》《姑苏行》《欢乐歌》《草原上》《百鸟朝凤》。

昆曲有:《长生殿·小宴》《牡丹亭·拾画》《狮吼记·跪池》。

是日天气和丽,先生状态良好,由她的管家陪同,按约定时间准时到场,观看了全部演出,结束后和大家合影留念。

曲友黄女士将照片传给我——

先生百岁,慈眉善目,仙风道骨。

想不到的是,2013年,又从报上看到了先生"百岁庆典"的消息。这回"海外昆曲社"邀请了江苏省昆的孔爱萍、沈扬和笛师王建农参加公演。

建农先生应约写了文章,介绍了当时的盛况,发在《昆山日报》的"昆曲"专版上。

先生题"昆曲之路"

久有一个心愿,想请先生为我题字。

可是远隔重洋,怎么可能?

机会来了。2014年,曲友李伯卿寻寻觅觅找到我,请我工作室的依兰教她唱昆曲。回美国前,我说你想办法请先生为我写几个字。她说:好的,我请安娜带我去,不过,我不能保证哦。

一个多月后,大洋彼岸的消息来了,伯卿说,写好了!马上就微信把图片发来,先生写的四个字是:昆曲之路。这时先生已经不能用毛笔写字了,先生是用签名笔写的,尽管如此,四个字依然干净、清雅,无烟火俗气。

不知怎么的,有了先生的字,就更想拜见先生了!我和海外昆曲社的尹继芳联系,我说我要来纽约见充和先生。她和安娜商量,告诉我说,充和先生去年突然"不行了",生活不能自理,她的家人谢绝一切来访。

一盆冷水浇下来,不免沮丧。

但我坚持要来纽约。这是一种心情,一种表示。何况,正好有"张继青大师经典折子戏展演",也好就便采访。

2015年4月18日,十几个小时的空中"旅行"飞到纽约,主要是想见充和先生,可是安娜和尹继芳依然说"不","这是对充和老师的尊重"。

我明白"尊重"两个字,不再"争取"。

没有见到充和先生,但我分明感觉到了充和先生的魅力和无处不在的影响。这次"昆曲传承演出",安娜和继芳事无巨细,全身心投入,曲社曲友尽心尽力,用"有力出力,有钱出钱"来形容海外昆曲社,是最为恰当的了……

我问安娜,这么做,为什么?她说,是老师教我们的。充和老师他们都这样。到他们家里,做好了吃的端到你面前,就是要你好好学昆曲,就是恨不得把肚子里的东西全都掏出来给你……

美国之行,有遗憾,也有欣慰,纽约、旧金山、洛杉矶、夏威夷的昆曲圈,到处都见到充和先生的影响。先生在海外的"昆曲之路"上留下了一串精细而雅致的脚印……

不多久,收到继芳的微信,说她去探望从医院回家的充和先生,先生精神不错……

我说,哪天可以,我随时来美国!

继芳说,不行啊,我们谁也不能保证先生哪天可以见客人啊……

孰料,一个月不到,6月19日,传来了先生辞世的消息。

民国最后的才女走了,带走了风花雪月,带走了琴棋书画,带走了吴歈芳声!幸好,先生的"昆曲之路"还在,还在延续,在延伸……

甘家大院　九十九间半

现当代的昆曲和张充和是分不开的,同样,南京的甘家大院,也注定要和昆曲联系在一起。

民间传说:中国最大的帝王宫殿是北京的紫禁城,九千九百九十九间半;中国最大的官僚府第是曲阜的孔府,九百九十九间半;中国最大的平民住宅是南京的甘熙故居,九十九间半。

九十九间半,可以说出九千九百九十九个故事。

故事中的故事是昆曲。

故事的主人叫甘贡三。

甘贡三(1889—1969)毕业于政法大学经济科。诗词书画、戏曲音乐无一不精,更精通音律,民乐方面精于笙、箫、笛,弹拨乐器中擅长三弦、琵琶,对昆曲尤为酷爱,曾跟随昆曲老艺人谢昆泉学艺。

20世纪20年代至新中国成立前夕,南京相继出现了"雅歌集""公余联欢社""新生社"等社,都在南京活跃多年。戏剧部门下设京剧、昆曲、话剧三组,昆曲组组长就是曲坛上早享重望的"江南笛王"甘贡三先生。

新生社成立于1935年夏,地址就设在南捕厅15号甘家花厅内,甘贡三之子甘南轩任社长。

谈笑有鸿儒,往来无白丁,当时的名流、艺名为红豆馆主的爱新觉罗·溥侗(溥仪的堂兄)、梅兰芳、奚啸伯、童芷苓、言慧珠等常常出入甘府,拍先雅韵,绕梁不去。

抗战胜利后,甘贡三曾担任"江宁师范学校"的昆曲教师,每月在南捕厅举行票友会。上海百代唱片公司曾邀请他灌制唱片《寄子》《扫松》等昆曲折子。全国各地不少戏曲爱好者、昆曲戏迷,以及知名人士,都先后到南京来跟甘先生学习昆曲,于是"甘家大院"也随着甘贡三先生的名字而闻名于国内戏曲界。

1948年,为庆贺甘贡三六十大寿,甘家宅内举行堂会。甘贡三亲自粉墨登场,和子、女、孙、媳、婿等合演昆曲《天官赐福》,甘贡三扮演天官(福星),寿、禄、喜三星分别由长子南轩、四子律之、大女婿汪剑耘扮演,其余宫女、文堂由媳、女、孙扮演。

这场堂会一时传为佳话,或者称为绝版。

甘贡三先生的事业后继有人,在其影响下,长子甘南轩组织"新生社";次子甘涛,1949年前任"中央广播电台"音乐组组长,后为南京艺术学院教授,是杰出的二胡、京胡演奏家和指挥家;四子甘律之,擅长扮老生、小生,能弹琴;长女甘长华、幼女甘纹轩,特别擅长昆曲。

新生社成员中,甘贡三长婿汪剑耘艺术造诣最高,他饰演的青衣和花旦酷似梅兰芳,有"南京梅兰芳"之称。1951年,汪正式拜梅兰芳为师。

1936年的一天晚上,昆曲组走进来一位器宇轩昂、身着西服的中年人,进门后独自坐在一旁听唱。

曲罢,听者起身告退。

有好奇者问,先生您……?

先生非常谦和地说:"我是张学良。"

在场的人听后都很震惊,因为张学良当时是副总司令,竟独自一人来欣赏昆曲!

原来,西安事变后,张学良被软禁南京的时候,蒋介石只许他去两处,一处是夫子庙,另一处就是京昆票社。

张学良将军是著名的京昆票友。笔者后来到夏威夷采访,罗锦堂先生说,张学良在夏威夷日久,一直是彩虹社的常客。

著名黄梅戏表演艺术家严凤英和甘家大院也有一段故事。

严凤英天性聪慧,出道早,作为安庆黄梅戏头牌花旦的她,为躲避地痞流氓骚扰,1949年流落到了南京,在米高梅舞厅当舞女,不久便结识了甘贡三的小儿子甘律之。两人一见钟情。由于门不当户不对,两个人只好在甘律之的朋友处同居。

后来,严凤英到甘家大院习唱京剧昆曲,严凤英悟性高,一学就会,唱什么像什么,甘贡三很高兴。得知儿子律之与凤英已同居,不仅没反对,反要儿子将严凤英接回家。

严凤英因京昆戏曲结缘甘家,正式成了甘家一员。

1951年,安庆派人来南京,力邀严凤英重返黄梅戏舞台。之后节外生枝,风波不息。无论结婚离婚,甘律之"不但懂得优雅退场,同样知道及时救场"。

如今,他们结婚和生活过的房间仍保留在南捕厅15号院内,"严凤英故居"的牌匾赫然在目!

1984年,江苏省委宣传部王霞林部长亲自挂帅,拍十四集电视连续剧《严凤英》,全国播放后,观众说,严凤英怎么唱得那么好听啊?殊不知,严凤英在甘家大院受到昆曲的熏陶,黄梅戏注入婉转流连的雅韵,所以更加动听了!

2019年夏天,昆山团市委组织年轻的昆曲爱好者听讲座,让我去讲课,其间,有听众说到唱黄梅戏的严凤英,说她如何如何,我当即说,不错,严凤英在黄梅戏表演上创造了一个高峰,可是,你知道不知道,她在黄梅戏上的成就,与她在甘家打下的京昆基础是密切相关的……

清曲甘纹轩

2009年2月23日下午,乍暖还寒的天气,绵绵细雨无声地洒落。从江苏省昆剧院所在的朝天宫步行十几分钟,就到了位于建邺路边上的甘家大院。马路对面是金融票据中心、工商银行大楼、现代大厦,还有迪厅、KTV,车水马龙——

就在这时尚与现代的城市中心地带,一垛青砖围墙圈出了"九十九间半"!

如今的"甘家大院"面积为九千六百平方米,现为南京民俗博物馆。这是一组具有典型明清建筑风格的古建筑群,从北门的"南捕厅15号"进去,就走进了一段"城南旧事"浓浓的氛围之中。

遗憾的是,甘家后人、南京昆曲曲社的秘书长汪小丹远在深圳,她的表弟袁裕陵热情地接待了我们,他的女儿则为我们当起了导游。

3月5日,我从北京到南京,和吴新雷老师一起,专门约见了汪小丹女士。她说他外公甘贡三就像武训劝学一样,逢人便说昆曲怎么怎么好,更对她说,小孩子少玩点,多学点昆曲。还说,趁我还在,多学几首啊,我走了,你们就没地方学了!

汪小丹七岁就跟外公学昆曲,第一次学的是《春香闹学》,九岁就上电视台录音,"外公吹笛子,我唱。"

汪小丹说:现在每每走进甘家大院,就觉得前辈老人在天上注视着我,审视着我,听我唱,看我演……

就为这,汪小丹总是忙忙碌碌,为曲社尽心服务,每周三下午,还要去大院边上的府西街小学辅导昆曲,难得给自己放假去深圳看望女儿,不知怎么被那里的曲友知道,就要和她见面,向她求教……

甘家大院始建于嘉庆年间,为甘熙之父甘福所造,旧名"友恭堂"。甘熙故居里最让人敬仰的当推"津逮楼",津逮楼藏书十六万卷,有宋、元版的书,其中包括足本宋版《金石录》,现藏于北京图书馆。

"津",渡也,"逮",达到也。"津逮楼",当是寓意通过读书达到某种境界吧。

可惜,太平天国时津逮楼毁于战火!

物质的"津逮楼"毁了,精神的"津逮楼"尚在。据《南京日报》报道,2004年10月,南京京昆艺术文化研习中心的成员在甘家大院聚会,庆祝取名昆曲"水磨腔"的"水磨"戏曲茶社揭牌。研习中心有四十名成员,多为大学生、银行职员、医生、教师等,最小的十来岁,最大的王琴生老人已九十三岁。研习中心负责人汪小丹表示,她希望能够再现百年前甘家大院戏迷票友结社唱戏的联欢盛况。

多年来,汪小丹为曲社的票友们提供了真诚热心的服务,受到曲友一致称赞和敬仰。甘家大院成为南京昆曲清客的固定聚会场所,每到周六,丝竹之声在古建筑檐梁之间缭绕回旋。

2008年11月初,为纪念甘贡三诞辰一百二十周年,甘家后人在甘家大院筹办了"甘氏家族戏剧音乐会",以纪念先人为京昆艺术传承作出的贡献。

意味深长的是,同是九十九间半,几年中经历了这样的变化——先是南京市文物保护单位,后来是省文物保护单位,现在则是全国重点文物保护单位……

2013年3月17日,春风暖暖地吹,春雨霏霏地下。曲家甘纹轩先生在汪小丹女士的陪同下,犹如一阵幽兰的清香,悠悠地飘进了巴城老街醽途楼。

先生是著名曲家甘贡三的小女儿。尽管先生自谦小时候"不成才",见了父亲"怕",要"逃",因为父亲见了她就要逮住唱曲拍曲;但毕竟甘家大院往来无白丁,天天是雅曲,才子佳人,上流名士,往往鱼贯进出,在鸿儒雅曲的浸润下,先生便与昆曲结缘终身,成为清曲大家。如今,先生已经八十八岁高龄,依然眉目清秀,气韵脱俗。大家闺秀,果然不凡。

为了先生的"雅临",我便请昆山曲友过来唱曲,以求先生指导:冷冷的《长生殿·小宴》【泣颜回】第二支,高敏怡的《牡丹亭·惊梦》【山坡羊】,依兰的《西厢记·佳期》【十二红】……听罢演唱,先生的侄女汪小丹说,"中规中矩",甘先生则更多鼓励:"年轻人唱,真好!"

我注意到,每当笛声起时,先生便玉指轻弹,一个节拍都不会落下。倘若有一句没唱完,先生便会提醒:还有一句!

其间,先生还问:一个星期活动几次?什么时候曲会?先后问了十多次!起先还有些不解,后来我明白了:高龄的先生虽健忘,但灵魂里,却紧紧地装着昆曲。

我看到了先生的父亲甘贡三的影子。就请先生唱,先生笑说,不唱不唱,多少年不唱了,参加上海曲社活动,也是"只带耳朵不带嘴,不唱的"。

汪小丹可谓甘家大院最后的传人了。她一身清雅,干净而纯粹,为了昆曲的传承,苦心支撑着南京昆曲社。她唱了《牡丹亭·寻梦》【懒画眉】一曲,由衷的掌声随即响起。

禁不住曲友们的期盼和热情,甘先生还是唱了一曲《牡丹亭·惊梦》【山坡羊】。

曲家清曲,无一丝烟火气,纯之又纯也!

春雨越下越大,曲会越唱越静。不知是春雨滋润了昆曲,还是昆曲滋养了春雨。雨水,雅韵,润物,润心,润灵魂。所有在场者气息相通,酃途楼从未有过的宁静。

其实,好几年前就想请甘纹轩先生来酃途楼了。只是先生年事已高,不出远门,偶或出来,一定是汪小丹陪着。今天能请甘先生来酃途楼唱曲,实在三生有幸!

最后,合唱《玉簪记·琴挑》【朝元歌】——

　　长清短清,云清水清……
　　有谁评论,怕谁评论……

春雨绵绵,檀香袅袅,笛声雅韵。

酃途曲会,奢侈享受!

为了今天的曲会,特地请著名笛师王建农司笛,更有香港城市大学中国文化中心主任郑培凯夫妇参与——郑教授还是第一次这样全身心地投入一场昆曲的曲会!他的太太鄢秀女士素有学养,她说,回去要将手机铃声改为昆曲,还要安排时间学昆曲!

曲会完美,意味深长。

曲会结束,我陪甘先生看前厅"百岁张充和"的照片,说,先生百岁时,我们一定为您举办曲会庆贺!

先生笑了,鱼尾纹如清曲般化开,美丽无比。

"昆虫"追梦八十年

> 昆曲是中国文化的精髓,是中国文化的骄傲,做不好,我们对不起昆曲,对不起祖先。
>
> ——侯北人
>
> 很多人觉得自己说昆曲,就觉得自己很高尚。我最讨厌这种人。喜欢昆曲要比喜欢其他有更多的投入。
>
> ——邓砚文

五岁"昆虫"

王芳,苏州昆剧院副院长,梅花奖得主,全国人大代表。她在圈内外口碑极好,用"德艺双馨"来形容她,是再恰当不过的了。

她的粉丝遍布海内外,这里只写三个代表:少年、青年和老人。

重庆市九龙坡区有个叫石婉玉的小女孩。2004年9月出生的她,对奥运会开幕式的宏大场面没有什么感觉,却被昆曲的元素迷住了,迷愣了,她对妈妈说:我要学昆曲!

妈妈问"为什么",婉玉说"好听"。再问,还是说"好听"。妈妈和爸爸商量:孩子喜欢,就学吧。可是重庆哪来昆曲老师?重庆只有川剧,阳刚的川剧。偏偏女儿要学昆曲!妈妈就在网上搜索,昆曲的世界转了个遍。最后,夫妻俩觉得,苏州的王芳比较理想。

王芳,不认识啊。七转八弯,找到无锡的朋友,朋友说他苏州有熟人。也巧,那熟人恰恰和王芳也很熟悉……

不久,王芳接到重庆打来的电话。听了来意,她一喜一惊又一犯难:喜的是山城有昆迷,惊的是那么小的孩子就爱上昆曲,犯难的是:路那么远,人又那么小,怎么教啊?

婉玉妈妈说,我们见面再说吧。

父母带着婉玉来苏州了。望着可爱的小女孩,王芳喜爱感动之余,想:父母舍得吗？放心吗？值得吗？再说，自己要演出，要上课，还有社会活动！这样的学生，收，还是不收？

父母非常诚心，执意要让女儿学昆曲。妈妈还说，昆曲特适合女孩子，能养颜。王芳笑了，收了这个才五岁的学生。婉玉笑了，深深地鞠躬：王老师好！

2009年7月，妈妈在王芳家附近租了房子，又请文联帮忙，让婉玉在幼儿园就读，爸爸妈妈都有工作，爷爷奶奶就赶过来"陪学"。

从此，王芳在繁忙的工作之余，就去给小婉玉上课。孩子毕竟是孩子，往往只有"十秒钟兴趣"，热情过了就走神。王芳耐心，哄啊逗啊，压腿，松腰，练指法，走台。一字字一声声，慢慢地哺育，特别注意趁她有兴趣时"塞"进去。有时忙得来不及，就让她的得意学生翁育贤代教。

差不多了，就专去订做婉玉的服装。夏天开始"彩排"，穿衣服时，婉玉哭了。热啊，受不了！可是不行啊，哭也要穿，否则怎么演出？

学了《思凡》【哭皇天】一段，又教《小宴》【泣颜回】。

重庆小婉玉有模有样地登上了苏州昆曲的小舞台。

2010年8月，婉玉圆了她人生中的第一个梦，回到重庆，回到爸爸妈妈身边。

她还带回"苏州市少儿艺术节"金奖和全国"红梅杯"大奖赛银奖两个奖杯。

做梦女孩是知音

王芳更多的粉丝是年轻人。

香港红磡"八月居酒家"，邓砚文坐在我面前，小小的，耐看，很可以把她当作追星的中学生。她却是位律师。她初中二年级就去加拿大读书，高中毕业到香港大学学法律。五岁就看粤剧，全家都喜欢看，在加拿大时也没少看（录影）。她什么戏都看，是个戏迷。但她绝不曾料到，有一天会"百戏看遍，独钟昆曲"，而这个"突变"竟是因为王芳！

2007年8月，全国昆剧院团在香港会演，四代演员齐聚，阵容非常强大。五天的演出，都看了！王芳演的是《白兔记·养子》。邓砚文不喜欢苦情戏，本来是不想看的，不知怎么鬼使神差竟然去了，这一去不打紧，就那么电光一闪，她"呆"了：她觉得"阿姨"（王芳）有一种能力，就是不让你去想下一个谁都知道的"动作"，她的眼神会和观众"联系"，和你交流，她不是在表演自己，甚至也不是表演角色，她是带着观众的身份去看自己的，在和你（观众）一起看她表演的人物，你不得不走进角色，走进她的内心世界，那种感觉就是她在"飘"，生怕她会在瞬间消失……于是你就"不可救药"了……昆曲这么漂亮,"阿姨"这么漂亮啊!这个"漂亮"是她无法说清楚的。舞台,服装,扮相,都不是很漂亮的,表演却让她惊愕,暗自感叹:很纯,很真,这才是昆曲啊!

邓砚文对昆曲的理解很不一般。她说很多演员都不错,很"完美","但不一定就能打动我",他们是演员,仅仅是演员,没有站在观众的角度看,和观众是不平等的,有的是居高临下的,这样就有了距离,观众是观众,演员是演员,怎么也美不到心里去;

"都说昆曲美啊,这个美,那个美,说来说去,美啊!可是,京剧就不美吗?粤剧就不美吗?那么多名家说昆曲美,都是强调某一方面,我还是没弄明白他们说的是什么。

"舞台美,音乐美,形象美……其实都不是最重要的,怎么表演才是最重要的。我看了很多剧种很多戏,还有国外的电影,唯有昆曲,特别使我着迷;

"很多人喜欢昆曲是因为文学,就如喜欢小说才去看电影一样,我不是。

"很多人觉得自己说昆曲,就觉得自己很高尚。我最讨厌这种人。喜欢昆曲要比喜欢其他有更多的投入。"

她写了一篇文章,非常"文学"的文章——

台上卿卿演得如痴,台下我我看得如迷。这不是一个失落了的梦,因为有您。要十多年时间才得见您面,就算不是自己的错也只好怪自己。我心里满是欢喜也是惆怅,为这突如其来的袭人香气。那是您出场的刹那。那是如戏人生的缥缈。那是您有意无意间流露的妩媚。您的气质。您的动静。您的名字。芳。

我说,你不该做律师,你应该是作家哎!
她的手机音乐是《牡丹亭》【尹令】:则道来生相逢,乍便今生相见!
她是王芳的知音,也是昆曲的知音。说起王芳,眼睛里便会闪出一抹晶亮。她和朋友一起建了"芳流"网站,还有"芳流严选"土豆网账号、豆瓣小组。凡是与王芳有关的一切,都是她关注的焦点。

我说我认识王芳一二十年了,她说你好幸福哦!
我说你是昆曲的知音,她笑了,说,我是做梦的小女孩哦!所以也追星——我只追阿姨,我觉得她好漂亮!

她和她的"阿姨"迷们,不许王芳喝酒、晚睡,让阿姨穿衣要暖,不准说"不准你们再来(苏州)",要戴围巾,不能看不良电影……

粉丝耶?

非也。

是知音。

昆山、昆曲都结缘

何谓知音?

青春版《牡丹亭》在美国伯克莱大学演出时,有一位九十岁的老人,场场都看,而且,也许他是全场唯一一位用不着看字幕就能听懂而且全神贯注从头看到结束的!

他就是出生在辽宁辽阳地区的侯北人先生。

先生与昆曲有缘,却没有想到,若干年后,也会与昆曲的故乡昆山结缘:与昆山文联副主席赵宗概成为忘年交之后,得知日本华侨朱福元将三百多幅隋、唐、宋、元、明、清的字画捐赠昆山,政府为之建"昆仑堂美术馆",先生心动了。经过几年考察,将所藏傅抱石、张大千等人的作品和他自己创作的三百多幅字画捐赠昆山,2004年,昆山为之建"侯北人美术馆"。

先生精于国学,犹善画,为中西结合的典范,截至2019年7月,侯北人的画在深圳、南京、北京、西安、沈阳、杭州、哈尔滨、银川、香港、台湾等二十七个省市和地区展出,行家给予高度评价。

然而,先生几次对笔者说:我是画家,可是我最爱的不是绘画,而是昆曲!

20世纪40年代,先生在北京看了程砚秋演出罗瘿公编的昆剧《霍小玉传》。当时是京剧当家,昆曲没地位,往往只在演出当中插个把折子,捧京剧演员的多,昆曲只是"配角"。"程砚秋那次演得柔婉哀伤,很成功。"

何时再品雅曲,约会梦中情人?

梦中情人,梦里家山……

2007年,先生来昆山,有人把笔者奔波几年做成的王芳的"兰韵"光碟送给他。先生欣喜有加,在加州老杏堂,丹青与昆曲一起磨,先生与太太一起品,不仅慰藉了他几十年对昆曲的思念之情,还令他立刻就成了王芳的超级"粉丝"!当时就写了两句话:

丹青染罢闲无事

水磨腔落苦茶中

写毕,太太看着很喜欢,就拿来挂在自己房间里了。

不久,苏州昆剧院到美国演出青春版《牡丹亭》,侯先生得到消息后,马上就让他的学生买票。

他对我说,俞玖林《拾画·叫画》是最好的。沈丰英《寻梦》最好,三十分钟,完全入戏了,最后哭了,非常好!王芳的《寻梦》,哀怨动听,她的音韵更到位,更入戏。沈丰英稍微硬了点。这是两个人的性格区别。还说,王芳的《折柳·阳关》更好。"比程砚秋演得都好,程是男旦,总有点硬,王芳是原味,哀怨缠绵,娇媚,绝了!"

先生说,青春版《牡丹亭》,功不可没。好多外国人,不了解中国戏剧,看了就惊讶,中国的戏剧竟然有如此大美!

追梦八十年

说起来,先生早就是京昆的粉丝了。十几岁时在北京读书,就是追星族。当时北京有捧童芷苓的,也有捧吴素秋(按:京剧表演艺术家)的,学生中分成两派。先生是追吴素秋的首领,每当吴素秋演出,就组织追星族捧场。遇见吴素秋和童芷苓同时演出,两边还会互相攻击,甚至大打出手!

看戏要钱,追星要钱。父亲请了个老师教他英文,每周一课,每月四块大洋。岂料先生上课没见学生,学生跑到戏院去看吴素秋了!

往往没到月底就囊空如洗了,可是吴素秋还有演出,无奈就做了"啃槽帮"——没钱买票,只能在边上"遥观","看白戏"。还是熬不住,就学会了赚钱的本事:写文章。先生的稿费全都用来买票看戏。京剧昆剧文戏武戏都看,要是吴素秋主演,哪怕摔锅卖铁也要看!

吴素秋美啊,人美戏美,一切的一切都美。后来,美人与武生演员结婚,追星团们像泄了气的皮球,无不沮丧……

四十多年以后,20世纪80年代,吴素秋在美国加州老杏堂,和她的铁杆粉丝侯北人见面了。

恍如隔世,相看俨然!

百感交汇,妙不可言!

吴素秋之后,先生追王芳。

说是追星,其实是追梦——

中国文化博大精深,先生国学精湛,底蕴深厚,先生所追,乃中国文化之梦。2008年11月5日,先生梦寐以求的一天到来了。

我开车去昆剧院接王芳,五点多,准时到了李公堤。

薄雾笼罩金鸡湖,蒙蒙细雨柔无声。灯火明灭,波光粼粼。

水磨的秋风,水磨的苦茶,水磨的雅韵。

王芳一袭风衣,素面素装。先生眼角眉梢都是笑,恨不能作少年狂！先生太太也高兴,饮碧螺茶,品茅台酒,兴致浓郁,恭敬举杯,当年风韵,优雅再现。

王芳特意带了《长生殿》和《牡丹亭》的光碟送先生,先生则事先就写好了字,没有当众展示,却让我悄悄送给王芳……

11月7日,阴雨。次日我去湖南采访,不能为先生送行,上午去昆山宾馆看望先生夫妇。之前,我跑遍了昆山所有的书店,只要是昆曲的片子,都买,一共买了十六盘。

先生说:这是我最想要的！

说到了前天在李公堤上的"雅集",先生还特别说道,你可以写下来,这是很不错的一次"雅集"。

不错,是雅集,而且是颇为完整的一次雅集:有书画家、诗人、作家、艺术家,还有为侯先生的画展提供全程赞助的沈岗先生,这不,都全了！

为了这次雅集,侯先生还写了一首诗。

我问,送给谁？说,送给你杨老师的！我就暗笑:前两句是在美国加州写的,就是看了王芳的《折柳·阳关》写的,后两句,是前天晚上见了王芳之后续的。今天又补写了四句,而且在诗中特意嵌了"王芳"二字,这分明是为王芳写的嘛！

先生是王芳的超级"粉丝",先生对王芳是钟情至深。

说到王芳,先生就妙语连珠；

见到王芳,先生就眉开眼笑。

昆曲使先生年轻。

一个月以后,收到侯北人先生从美国寄来的信,送我两帧书法,是他修改后的诗和长短句,诗曰——

> 丹青染罢无他事,
> 水磨腔落苦茶中。
> 难忘阳关折柳唱,
> 也曾堤上踏灯红。
> 王孙清醇邀小宴,
> 芳草幽香露华浓。
> 休道千里无故旧,
> 姑苏冬雨思重重。

二〇〇八年十一月五日杨守松老师王芳院长老铁诗人赵宗概馆长沈岗先生余及内子张韵琴同游姑苏李公堤适值江南冬雨景色更为动人因得此诗归美后书之以呈守松先生雅教侯北人于老杏堂
二〇〇八年十一月三十日

　　同时,还有先生给王芳的书画,托我转送,画的什么? 写了什么? 不知道。就如当年先生之追吴素秋,如今只追王芳:王芳是最好的!

昆曲万岁

　　2010年,先生在上海世博会期间举办画展后,11月底来昆山办展,颇有趣的是,先生知道我在写昆曲,所以我们在一起,从来不说字画,只说昆曲,而且一旦切入就如昆曲一样丝丝入扣,绵绵不绝。

　　典型的"昆虫"!

　　先生对昆曲的关注,远远超过一般人的想象。这次先生以九十四岁高龄,远涉重洋来昆山,画展开幕式上,先生精心准备了一幅画,送给他的昆曲偶像王芳,王芳为先生唱了《牡丹亭·寻梦》。之后,先生依然念念不忘说昆曲:昆曲是最好的,昆曲是中国文化的精髓,是中国文化的骄傲,做不好,我们对不起昆曲,对不起祖先。

　　昆山没有昆剧团,好在我的酾途楼有两个昆曲演员,就说好请先生过来听昆曲。

　　12月7日,气温骤降,还担心先生不会来,不料,下午三点,先生按时来到。过桥时,嫌搀扶的人走得太慢,非要两级一跨! 走过老街,很快来到酾途楼。室内暖意融融,投影仪放了先生年轻时追捧的吴素秋和现在的最爱王芳的图片。先生心花怒放,笑意盈盈。

　　酾兰和依兰为先生演出《游园》,之后酾兰表演《惊梦》。先生入迷,手指轻叩,神魂轻醉,颔首吟唱。先生太太笑盈盈在他耳边悄语,又对我说:真好,她(酾兰)的形象比某某某还要好!

　　接下来,依兰又唱了《寻梦》。先生由衷地喜欢,说,不错,是可造之才! 这么夸奖,出乎我的意料。趁着高兴,先生站起来说,我来画两幅牡丹给她们。当即兴笔,画白牡丹、墨牡丹各一幅。可见先生如何开心了。

　　晚餐时,官员到场。先生应酬,念念不忘的依然是昆曲,对他们说的也是昆曲,甚至举起手,高呼"昆曲万岁"。

大洋彼岸一位九十四岁高龄艺术家在昆曲源头喊出这样的心声,其内涵及所引发的思考,让我这个在昆山生活了四十多年的作家感到深深的震撼。

不知道昆曲故乡的人听了会作何感想。

寻梦之旅

2009年9月,收到先生自美国加州寄来的信——

守松大兄:

　　接诗篇及《昆曲之路》大作,正细细研读,知昆曲过去多难过程,希望热心人士能多多支持,不致使此国粹衰落。对于王芳,她的艺术造诣,实非一般艺人所能及,尤其她的气质内涵,在弟有生之年所接触过的艺人,无人可与之对比,这是她之所以在艺术上成功的唯一条件。她是昆曲界的瑰宝,昆曲出了一个王芳,是值得珍惜的,希望吾兄能多予扶持、爱护。为了昆曲的前途!!

　　好了,下次再谈。谢谢您的大作,还在细读。近好。

弟　侯北人上
二〇〇九年九月十五日

先生言辞恳切,对昆曲的拳拳之心一以贯之,同时,先生对王芳的赞誉和"珍惜"也溢于言表。

至今,先生给我的信札已十余封,其中先生的诗词七首,差不多每一首都会嵌进一个"芳"字!

2011年3月,又收到先生的一首诗,并且说,"王芳允于秋冬再到昆山时为弟献演《牡丹亭·寻梦》。"读后感慨不已。先生对中国传统文化的敬畏之心,尤其对昆曲表演艺术家王芳的崇敬和痴迷,已经超越了一般意义上的"粉丝"层面。我立刻将先生的心愿告知王芳,并且当下就和她预约:先生11月将来昆山,请无论如何留个档期,为先生表演《寻梦》一折。王芳欣然应允。我将此意转告先生,并且涂鸦一首,题曰"寻梦",并请赵宗概先生书以寄赠先生——

　　漂泊十万里,一线牵幽魂。
　　梦里望家乡,水袖一片云。
　　美人在云端,秦楼何处寻。

丹青作方舟，方舟载我心。
老杏堂前雨，李公堤上情。
北人听南曲，美酒伴美声。
返老沧桑意，还童说化境。
素秋至雅芳，圆梦真如神。

诗是写了，话也传到了，只是，我对先生"寻梦"之旅能否成行，尤其是王芳是否得空，心里其实一点也没有底。先生高龄，虽十分健朗，但毕竟九十五岁了，万里劳顿，怎么也是令人担忧的；再说，王芳有演出、讲课，还有社会活动，十分繁忙，也难绝对保证可以为先生演出啊。

9月，得知先生行期已定，马上告知王芳，她说"应该没问题"。"应该"不是"肯定"，多少还是有点悬的。直到10月11日虎丘曲会时，遇王芳，再次说起，她说，中旬可以。我悬着的心落了地。谁知，后面又生波折：先生11月9日到，王芳10日回苏州，12日去武汉，之后又要去日本，这样算来，唯一能演出的时间只有11日了——

显然，王芳感动于先生的痴情，所以能够在这样繁忙的情况下，见缝插针地为先生表演，她说："也是了却一个心愿……"

最后的担心是：这几天昆山官方如何安排？是否会见先生？时间会不会冲突？

为了协调，不知道打了多少电话、谈论了多少细节。关于演出节目，预先想了三个方案，先生裁定，演《惊梦》和《寻梦》。至于演出地点，和王芳商量，征求意见，再去现场，再和美术馆领导沟通……先后有过六个方案，最后从诸多方面考虑，演出决定放在昆山宾馆琼花厅。当下即去现场，然后将演出场地布置及相关细节，共十五项，传达给美术馆馆长霍国强……

一切都在有条不紊地准备和进行。

老天更是帮忙，连续多日的阴雨，"秋黄梅"着实恼人，先生一到，竟然秋高气爽，丽日高照。下午和先生聊昆曲——我们在一起，除了昆曲，绝无其他，而且是"无话不谈"，先生说，王芳的了不起在于她有内涵……

天高云淡，秋色浓郁。琼花厅水磨雅韵，水袖飘逸。《牡丹亭》之《惊梦》和《寻梦》，王芳演得很用心、很投入，越到后面越出戏，偌大的琼花厅，针尖落地都听得见！侯北人夫妇看得如痴如醉，先生目不转睛，意醉情迷。

演出结束后，先生说，能这么近距离欣赏王芳的表演，的确是魂牵梦绕已久的夙愿，此生足矣！太太也说，他（先生）认为王芳比谁都好！我也跟着他享受，到家都是(昆曲),到这里(昆山)也是……为表谢意,她特地买了丝巾,加上她精心挑选的先生画的荷花图,一起送给王芳。

寻梦之旅,曲折多变。好在苍天不负有心人,九十五岁的侯北人先生,不远万里飞越太平洋到昆曲故乡昆山,如愿以偿,欣赏了高雅美丽的昆曲艺术,满脸洋溢着幸福的亮色,自言"一生只有一回"!

我说,还有啊,先生一百岁,我去美国看您,别的不带,就带昆曲……

王芳说,能够为这么热爱昆曲的侯先生表演,也是我莫大的幸福!

先生一笑,满脸纹路若鲜花盛开。

九五老顽童,二八正年轻!

寻梦之旅,还在延续……

2013年,浙江省美院和泰州市为先生举办了两个大型展览。

九十七岁的侯北人再次飞越大洋来到昆山。

先生依然神采奕奕,见面后三句未及,就说昆曲,就说王芳,"我写了一幅字,自己很满意,准备送给王芳!"随即展开,但见苍古遒劲几个大字——

斟翻绿蚁是南柯

"这是《紫钗记》的最后一句,送给王芳!"

11月17日下午,王芳在苏州演《柳如是》,先生自是要看,看得十分投入。谢幕时,先生稳步上台,将字送给王芳。台上台下齐声鼓掌,却鲜有人知道,这位白发老者是从大洋彼岸飞来的九十七岁大画家!

看戏的还有从香港赶来的邓砚文,还有那个五岁就迷上昆曲的重庆女孩小婉玉!

很可惜,没有让三代粉丝齐集,和他们心中的偶像一起合影。

好在第二天,王芳拨冗来昆山,在侯北人美术馆,和侯北人、邓砚文一起见面,成就了昆曲界的一桩佳话……

两代粉丝,铁杆"芳迷",与他们心中的偶像一起合影,那份幸福,那种美丽,是无法用语言来表达的。

百岁老人:此生足矣

我和王芳说:先生明年再来昆山,请你和蔡正仁老师演《小宴》。

王芳说:一定。

侯老听说,笑得比蜜还甜。

然而,侯老的夫人张韵琴身体欠佳,2014年秋天的"约会"不得不取消了。

2015年4月,先生九十九岁,国人有"做九不做十"的说法,于是,先生家人和学生决定为先生祝寿。

机缘巧合,天助侯老!得知王芳一行将于4月去美国演出,而且最后一站就是旧金山,我赶紧把这个消息告诉侯老,同时和苏州昆剧院联系,一而再再而三问清并确认演出的时间和地点——假如有可能,让王芳参加先生的寿宴,岂非美事美谈美不可言?!

终于确认。侯老的学生陈秀姗和接待方认识,几经沟通,决定:26日中午的寿宴,请王芳参加。

清晨五点多,王芳一行乘车从洛杉矶出发,经过五个多小时奔波,及时赶到了位于硅谷的状元楼饭店!

接待方事先和王芳说好了节目,却关照主持寿宴的黄春丽、陈秀姗,不要告诉侯老……

宴会热烈隆重。学生们精心策划的齐唱《最浪漫的事》将宴会推向高潮,侯老夫妇笑逐颜开,喜不自禁。此时,王芳上场,她说了和侯老"相识、相知、相爱"的过程,而后说,为了我的一个承诺,今天我要为侯老唱一段《长生殿》里的《小宴》——

　　花繁秾艳想容颜
　　云想衣裳光灿
　　新妆谁似
　　可怜飞燕娇懒
　　名花国色
　　笑微微常得君王看
　　向春风解释春愁
　　沉香亭同倚阑干

王芳的《长生殿》,侯先生看过三回了,可是感觉她今天唱得特别地好!

先生追梦八十年,竟然在加州的门口,以九九高龄,听他的梦中"女神"、二度梅花奖得主王芳唱昆曲,该是何等喜事、幸事、盛事?

我代先生说一句心里话——

此生足矣!

异国他乡有知音

> 文化的力量是跨越国界的,它做到了政府不能做到的事情。
> ——章启月

> 《牡丹亭》既是现实又是非现实的,有种玄机在里面,我觉得非常好。
> ——坂东玉三郎

从欧洲到澳洲

艺术没有国界。昆曲的种子在世界很多地方发芽生根。

维也纳科学院影印资料馆有个"昆曲特藏室"。

做这个事情的是布莱德尔(Brandl)教授。

他的太太嫁给他就做助手,帮他收集和整理昆曲资料,精心管理他们的"昆曲特藏室"。

特藏室已经拥有了相当不错的规模。

可惜,正当先生充满信心有计划地进一步做下去的时候,太太却于2011年不幸去世了!

太太去世,他觉得那么大的别墅留着也没用,何况,睹物思人,也容易伤感,索性就把房子卖了,然后,全身心投入做昆曲!

2013年6月,洪惟助、谢柏梁带昆曲团去演出,就是布莱德尔接待和安排的。

在澳大利亚,最早是几个年轻的学子聚集在昆士兰大学说昆曲、学昆曲,也没有想太多,因为没有正式的老师和曲家教,只是凭一点兴趣"玩玩",后来苏州的尢梅俊去澳大利亚探亲,和他们认识了。

尢梅俊早年追随曲家宋选之、吴秀松,2010年起先后在苏州博物馆、苏州工业园区科文中心、苏州大学等处举办昆曲讲座。后来他担任苏州优兰昆曲社的名誉社长,并出任指导老师。他还曾经受邀前往台湾,参加"昆曲唱念艺术国际研讨会"。

在异国他乡,有人喜欢昆曲,尢梅俊十分开心,从此和年轻人成了忘年之交。也正是在他的建议下,2017年,布里斯班昆曲研习社正式成立。那以后,研习社每周一次的拍曲活动从未停止。尢梅俊每次去澳洲探亲,都去研习社教习,从《牡丹亭》到《长生殿》,学员们已经学会了数十支名曲。2018年,布里斯班研习社的曲友还远渡重洋,来苏州参加了虎丘曲会。

伦敦大学也有个昆曲社。

2015年2月26日,中国侨网上有一篇题为"中国传统戏曲亮相伦敦中餐馆·昆曲惊艳外国观众"的文章。令人意外的是,唱昆曲的不是黑头发、黑眼珠的华裔,而是一个地地道道的标准的英国小伙子。

他就是正在中国攻读昆曲博士学位的Kim Hunter Gordon,中文名字叫郭冉。

2009年,郭冉在北京做记者,当时他喜欢看京剧,他的一个朋友说,你怎么不去看昆曲?!他就去看了北昆魏春荣和邵峥的《牡丹亭》。这一看,就改变了他的研究方向,甚至改变了他的人生轨迹:昆曲真的好!他决定不当记者了,他要研究昆曲。他在北京听了一个学期的昆曲课,期间,还去张卫东的曲社听昆曲。

2012年郭冉到了南京,作为伦敦大学的交流生,他一边读书,一边跟钱振荣学昆曲,同时就做了江苏省昆剧院的"义工",把南昆版的《牡丹亭》翻译成英文。

2013年,作为交流生,他到上海戏剧学院就读,在这里,郭冉认识了袁玉冰,她是叶长海的博士生,也是上海昆曲研习社的社员。郭冉很高兴,继续跟她学昆曲。这年底,在上海市淮海中路社区文化活动中心的昆曲公益演出中,郭冉的一曲《玉簪记·琴挑》,咬字清晰,韵味十足。

对昆曲的了解越深,郭冉越是感觉到昆曲的大美。他决心把昆曲带到英国,带到伦敦大学。2014年1月,他发起成立了伦敦大学曲社——全称叫伦敦大学戏曲网络。曲社不仅有华裔学生,更有英国的少男少女。会员有十到十五人,最多时有三十人左右。曲社里女生多一点,一般都学《游园》之类。曲社不但定期开设昆曲清唱与身段基本课程,同时也教学京剧。

2014年,郭冉请袁玉冰到伦敦大学教学生唱昆曲。为了提高学生的兴趣,不仅教清唱,同时教身段和化妆。活动的时候,郭冉就带彩演出。袁玉冰说,郭冉的水平不错,没有"洋"味,十分难得。

完全想不到的是,2019年5月6日,在唐·斯诺教授的陪同下,郭冉在昆曲小镇巴城我的工作室出现了。

郭冉应聘到昆山杜克大学做教师!

昆曲的缘分是注定的。我特地准备了一套《昆曲大观》送他,他说,最近常在苏州,给园林版的《浮生六记》做翻译,对于来杜克大学任教,他很高兴,愿意为昆曲尽力,其间,还唱了一曲《荆钗记·见娘》【江儿水】,可谓有板有眼。

唐·斯诺:昆曲大家庭中的一员

郭冉到杜克大学任教,当然同学校对昆曲的重视有直接关系。昆山的大学有好几所,但真正对昆曲热心并一直坚持的只有杜克大学,其原因,离不开非常热心而且专注的唐·斯诺教授。

早些年,江苏省昆在保利演出,免费!但偌大的剧场,一般只有四分之一左右的上座率,这时候,昆曲在故乡昆山还没有受到起码的重视,昆山的曲友也只有屈指可数的那么几个。偏偏唐·斯诺和杜克大学的昆曲爱好者却是固定的观众,从来没有缺席过。

我从内心里感谢和尊重唐教授,也为昆曲故乡对昆曲如此冷漠而汗颜!

我约唐教授的学生沈森垚为《玉山草堂》写了一篇文章,现征得作者同意,摘录如下:

2004年,唐·斯诺还在南京大学任教的时候,一个偶然的机会,让他第一次接触了昆曲。某天,唐教授和他的妻子在楼梯口碰到了当时同在南京大学工作的一位瑞典教授,后者向唐说起上周末欣赏过的昆曲表演,觉得意犹未尽,可无奈自己听不懂昆曲念白,于是想邀请唐和妻子这周末一同观看演出。这场昆曲演出给唐教授留下了深刻的印象,尽管当时的他对昆曲可以说是一无所知,尽管苏白对于会讲普通话和广东话的他来说仍是种挑战,但台上演员的专业程度还是让他感受到了昆曲是那么美的一种艺术。

那以后,每周六在江苏省昆剧院听昆曲成了唐教授和妻子的一项常规活动,他和昆曲的缘分也越来越深。在妻子的影响下,唐教授开始购入昆曲方面的书籍。后来,唐教授结识了一个在南京大学学习的名叫Josh的年轻人。Josh对昆曲十分感兴趣,他说服了江苏省昆剧院的相关工作人员让他为省昆工作,并把很多昆曲折子戏的故事简介翻译成了英文。在Josh的带动下,唐教授不仅阅读了更多昆曲方面的书籍,而且逐渐和省昆的演员、工作人员熟悉起来,剧院里也有越来越多的人把这位老外看作"自己人"。

在来到昆山杜克大学之前,唐教授和昆曲"小别"了三年。所以来到昆山这个昆曲的发源地,又有机会参与相关的活动,对于唐教授而言,是和昆曲的一次重逢。这时候,在唐教授的脑海里,隐隐约约有一些关于昆曲活动的想法:他觉得传播昆曲应该不仅仅是他的个人行为,同样应该是昆山杜克大学应有的一份情怀,是昆山这座城市的一份责任。但是,万事开头难。在最初的日子里,只有唐教授和妻子以及其他两三个学校工作人员对昆曲感兴趣,陆洲就是其中一个。通过陆的努力,一些和昆曲相关的活动、机会渐渐"浮上水面"。唐教授和其他昆山杜克大学的昆曲爱好者们一点点寻找资源,慢慢认识昆曲圈子里的人,自己利用业余时间去听昆曲,去影响周围的学生、同事,慢慢让这个昆曲兴趣团体壮大了起来。

随着校内对昆曲感兴趣的人逐渐增多,成立一个昆曲社团似乎水到渠成。在昆山杜克建校后的第二个学期,昆曲社诞生。社团的活动从最初的每周日由唐教授带队,去保利剧院看昆曲折子戏,到如今参观昆曲博物馆和昆剧院、邀请老师来学校给大家上昆曲课、组织到校外听名家的昆曲讲座……社团规模也从刚开始零星的几个人,发展到现在的二十多位成员。所有丰富多彩的活动都源于唐教授和其他昆山杜克昆曲爱好者们的那份初心和坚持。社团成立后,校内越来越多的学生、老师、工作人员通过社团活动了解了昆曲,校外也有越来越多的人知道昆山杜克有个爱听水磨调的美国教授和一个昆曲社。

关于未来,唐教授说他希望昆山杜克昆曲社可以成为联络昆山当地和国际社会的一个平台,把昆曲传到更远的地方,吸引更多人关注这门古老而伟大的艺术。"我希望可以为昆曲点燃这最初的星星之火。"唐教授笑着说。

至于唐教授自己和昆曲的情缘故事将怎样续写呢?他说对他自己只有两个"点头"的期望。第一个"点头",是希望自己能认识更多昆曲大家庭里的成员,在路上走时,能和更多人点头问好。第二个"点头",则是希望自己能了解更多昆曲折子戏,在听昆曲时可以点头和身边人说"这个折子我知道"。

诺奖得主遇昆曲

昆曲是纯粹的中国国粹,可是有一个奇妙的现象是,中国的观众往往听不进去,咿咿呀呀的、"慢死人",可是根据所有昆曲院团在国外演出的记录,无论是在亚洲其他国家,还是在欧美诸国,差不多每次演出都非常轰动,而老外到了中国,就如唐·斯诺和郭冉,只要有机会接触昆曲,几乎都要被它迷住。

法国诺贝尔化学奖得主 Jean-Marie Lehn 教授,就是一个典型的例子。

这是郑培凯教授亲身经历的故事。

Lehn应邀到香港城市大学讲课。讲完课,晚上无意中走过一个酒会,还以为是为他准备的,谁知品酒之后才发现,这是昆曲示范前的酒会。

教授不无尴尬,接着幽默地一笑,Chinese Kun Opera?

是的,昆曲。联合国教科文组织列为世界非物质文化遗产,就是在法国公布的。

Lehn教授的"化学反应"极快,马上问,可不可以参加你们的沙龙?

陪同的很为难,因为学校为他准备了隆重的晚宴……郑教授说,不急,明天晚上还有示范演出。Lehn教授这才依依不舍地离去。

谁知,示范结束,沙龙已近尾声,学校一众领导簇拥着Lehn教授回来了!

问清了第二天晚上七点半还有演出,只是又有宴请,Lehn教授就说,让主人宴请延后些,先过来看,八点前就走,可以吗? 可以啊。

第二天晚上七点半,Lehn教授准时来到。观众见一仪表堂堂的白发洋人出现,惊诧不已,郑教授说,这是法国诺贝尔化学奖得主,因为想看昆曲,把一个宴请推迟了。

全场掌声雷动!

Lehn教授聚精会神,看了《魂游》和《幽媾》两折,一直到演出完毕才退场,这时已经是八点一刻了。

须知,先生还要去赴主办方的宴请。

第三天是示范演出的最后一场,出乎意料的是,Lehn教授又出现了——原来,先生晚上有演讲,可是他舍不得这边的演出,就跟主人商量,把演讲推迟,先过来看昆曲。看了《婚走》和《如杭》两折,已经八点半了,还不走,像个年轻的粉丝,挤在献花的观众之中,一脸的兴奋,还走上舞台,和演员一起拍照……

如此美好的戏剧性场面,编是怎么也编不出来的!

老外对昆曲的痴迷,由此可见一斑。

更有日本人不仅痴迷,而且奇迹般地学了并演出了!

坂东玉三郎的"杜丽娘"

2009年3月13日,古老的姑苏城迎来了一个非常特殊的演员,他就是日本歌舞伎大师坂东玉三郎。他在《牡丹亭》中的出色表演,博得了观众无数的掌声,还有痴迷的坂东迷从日本和台湾地区赶来,就是为了亲眼看见玉三郎的风采……

一衣带水,昆曲日本有知音!

玉三郎来昆山演出《牡丹亭》，在当时是一件大事！中国对外文化交流协会秘书长李冬文发来了贺信，副会长潘震宙专程从北京赶来，和日本驻上海领事馆总领事横井裕一、江苏省委常委、苏州市委书记王荣、市委常委、宣传部部长徐国强等人一起，观看了中日合作版《牡丹亭》的精彩演出。

玉三郎在歌舞伎界是举足轻重的人物，被誉为日本的梅兰芳。他的偶像、他的崇拜对象就是梅兰芳。他的爷爷也是日本戏曲界的泰斗，跟梅兰芳一起演出过，到中国来是梅兰芳接待的，梅兰芳到日本去，是他爷爷接待的。

坂东是日本家喻户晓的人物，他无论到哪里，都有粉丝追随。天皇接见，也是恭敬有加，坂东是在上座的。日本人对艺术家是绝对敬畏的。

1986年，张继青在日本东京国立剧场演出《牡丹亭》，玉三郎对昆曲一见钟情！

二十年后，坂东玉三郎通过朋友找到苏州昆剧院的蔡少华，然后打电话找张继青；张继青起初还以为仅仅是采访呢，见了面才知道，玉三郎要她教《牡丹亭》。

玉三郎说，我这个梦做了二十年，今天来圆梦了。

张继青笑了，说，你二十年前怎么不来找我？那时我年轻，可以和你一起演，现在这么老了……

玉三郎说，艺术永远年轻！

连夜就教《惊梦》。过了年，他又到苏州，张继青继续教他，先后教了一个月。为演好杜丽娘，坂东将张继青的录像拆开来，分三块，一是面部表情，二是身体语言，三是嘴唇（嘴唇动作就是声音）。而后一点一点学，苦练，揣摩，硬记。他用中文唱《离魂》【集贤宾】，风度，气质，几可乱真！

曾有人提出，中日文化交流是对等的，他说，没有对等，昆曲是最好的！

对于昆曲，坂东玉三郎也是"最认真"的。他不懂中文，但他全部唱中文。《游园》《惊梦》一折一折地唱，《离魂》都拿下来。除了演出以外，在飞机上都在听，然后把昆曲标上音，标好了音自己练，用各种颜色区别，就这么唱下来。尤其是，他对艺术的理解比一般的艺术家都要高；对杜丽娘性格和命运的把握，惟妙惟肖，入木三分！

首演选择在京都南座剧场，这是日本国歌舞伎发源地。他说只有在这个地方才适合昆曲首演。这里演出最好。

演出二十五场，场场爆满！日本各地的观众坐火车坐飞机过来看，饭店都订不到，只好到周边去住。一般演员都是跪着跟他说话的，没有一个人敢轻易接近他。

这种地位、声望，让苏州昆剧院的演员们都傻了。这才是艺术家啊！艺术家不是吹出来的，不是"评"出来的，也不是"奖"出来的，艺术家是票房堆出来的，是社会认同才算的。

2008年2月，坂东玉三郎在东京演，5月在北京湖广会馆演，中国的艺术家看了都觉得惊奇、惊讶，也惊艳。

全国政协副主席、中国文联主席孙家正也去看了，还请他吃饭。

NHK拍的电视专题片全力宣传。这是日本主流社会对昆曲、对中国文化的认同。

2009年3月5日，在苏州昆剧院，通过翻译初延安，本书作者采访了坂东玉三郎和中日合作版《牡丹亭》制作人、执行导演靳飞。

靳飞到日本，开始很失落，一年没出门，在家里读书。太太让他去散散心，看玉三郎的戏。一看就傻了，一直为没有赶上梅兰芳感到遗憾，这不就是梅兰芳吗？就上后台去找他，进去后玉三郎说他对中国很有感情，就开始跟他聊戏，就开始交朋友。

后来玉三郎在佐渡岛给一个日本乐团排练，他特别喜欢牡丹，靳飞就送他一点牡丹的花籽。牡丹花开的时候，靳飞跟玉三郎说，要不试试《牡丹亭》？玉三郎说，可以啊。

之后玉三郎渐入佳境，一心扎进去，终于梦想成真。

以下是我和玉三郎的对话——

问：演昆曲会不会影响您的歌舞伎表演？

玉三郎：在这么短的时间内，我觉得没有什么影响。反过来说，中国文化在以前就传到日本来，比如说：《牡丹亭》有《幽媾》一折，在日本也有类似的戏剧故事情节。我也是花了很长的时间，本来想用日语演出《牡丹亭》，但是这个音乐就觉得和日语不太合。真的要说有什么影响的话，可能要再过一段时间。以后有可能会把《牡丹亭》带回日本的歌舞伎，也说不定。

问：昆曲至美，昆曲也至难。中国人懂昆曲的都非常少，十几亿人口只有七个昆剧院（团）。您不会中文，却能将昆曲表演得如此惟妙惟肖，怎么做到的呢？其间，最难的地方在哪里？最能支撑您取得现在成功的是什么？

玉三郎：因为我比较喜欢音乐性的艺术。所以我是从声音开始记昆曲的。二十几年前，我请梅葆玖先生教我男旦方面的动作，从梅葆玖身上学到了男旦的动作。

理解杜丽娘之前要先去理解写《牡丹亭》的作家的思想灵魂,首先把《牡丹亭》故事的大致内容了解一下,整体上理解之后,一些具体的问题就在排练的时候一个个解决。在理解整体作品的基础之上,再做好具体的事情。《牡丹亭》既是现实又是非现实的,有种玄机在里面,我觉得非常好。

最难的地方还是音乐,其次就是苏州话。

我觉得最能支撑我取得成功的是昆曲界的各位同仁,当然还有在上海啊、北京啊等地帮我宣传的人,我也非常感激。要说对我帮助最大,还是靳飞老师,还有苏州昆剧院。我觉得正是有青春版《牡丹亭》这样的成功,才能让大家敞开心扉来接受我。

我觉得事情都是有波浪形的变化的,昆剧在底端时,又突然迎来一个高潮。假如波浪形发展到零点或者零点以下的话,可能就没有办法复活了,如果一直在零点之上,即使有谷底也有发展有高潮。我希望以后一直是向上发展的状态,但是没有衰退到快到底点的过程,就没有逐渐发展起来的过程。

我最近也一直和靳飞老师谈论一个话题,就是现在这个时代像我们这样六七十岁的人,以前还看过男旦演戏,所以说趁我们这些人还健在的时候,请男旦来演出昆曲,抓住时机做一些好的作品出来,这样昆曲就不会衰退下去。

……先是有了昆曲,然后从昆曲发展了京剧,昆曲却逐渐走向衰落,然后资料都没有了!以前的昆曲究竟穿的是什么衣服?现在的衣服受到了很多京剧的影响,我和昆剧院一些同仁一直在学习啊,就希望能复原以前的东西,像服装啊、头饰啊。现在的昆曲用的服装最早也就是一百五十年前的东西,而昆曲有好几百年的历史。

问:男旦的女人味是怎么演出来的?

玉三郎:从纸上写到的乐谱并不能感到他的灵魂,但是把乐曲奏出来以后,就能从乐曲中感觉到春天、夏天、冬天。男旦啊身体就是他的乐谱,把这些音符串起来以后就形成了音乐,从音乐中感受这些气氛。……你要去演女的,你要锻炼你的身体,怎么能更符合女人的身体,这个要自己来努力。眼也好,嘴也好,声音也好,动作也好,在观察女人动作的时候就把它们一个一个地分开,然后再动脑组合起来,这个动脑能力也要靠自己努力。就说读书吧,书中写的这个女人是不是就是他现实生活中看到的那个女人?她可能就是这样的!要把这个好好理解透。就是说,你在表演剧本中这个女性角色的时候，要从不同女性、很多女性身上找取材的地方，然后把这些组合起来，形成一个角色。

问：您在舞台上表现的大都是古代的女性，而在现实生活中这样的女性越来越少，那您怎么寻找这个model(模特)？

玉三郎：以前的那些画也好、传说故事也好，从那些上面汲取女性的东西，具体来说，如果你穿着裤子走路的话，就没办法理解女人穿裙子的感受。女演员也是一样的，在排练现场要穿那个时代的衣服，感受那个时代女人是怎么走路的，把那个时代的特点在自己身上表现出来，这是需要努力的。比如说昆曲当中要表现很久很久以前的女人，化好妆之后就不能随便走路随便做什么了，从那个地方思想就出来了，这就是从形式产生出来的思想。

问：目前来说，京昆舞台上的男旦越来越少，几乎就绝迹了，如果有人去学男旦，周围会有一些异样的眼光，在您这个级别的大师看来，男旦是要继续有人坚持呢还是顺势而为？

玉三郎：需要把这个异样的眼光变成一个不是负面的关注。这需要演员的准备、演员的努力，这是必要的。

……

下篇

盛世元音

昆大班传奇之"源"

一定要纪念周玑璋,因为没有周玑璋,就没有上昆演员的成绩,这个功不可没。我们要摆事实讲道理,上昆演员的成绩要归功于周玑璋的正确领导。

——方 洋

昆曲,为王选送行

听到一个说法:什么都玩过了,现在要玩"文化"了!当然好。因为文化的确是"玩"出来的。中国历史上三大雅集,都是"玩"出来的。只是,当官员心态只在"政绩"和"工程"时,要"玩"出品位,"玩"出名堂,就难说了……

也为这,伪文化趁机而入,至于空前猖獗。

有多少官员能够识辨其中真伪?

官员大体上是有个"样子"的。具体什么"样",是大"样",还是小"样",是美丽还是丑陋,非干本文,这里只说一位与昆曲有关的人,他的名字:缪学为,他的身份:苏州市委宣传部副部长、苏州市精神文明建设委员会办公室主任。

2008年秋,苏州市委宣传部组织文艺家采风,其中有湖南一站,这时我正在为写作《昆曲之路》搜集素材,可以顺便去湘昆,就参加了。那天飞到长沙,才落地,我对带队的缪学为说,我要请假两天。他很奇怪:叫你出来玩的,请假做什么?我犹豫了,说还是不说?因为这事除了家人,其他人一概不知,最后还是说了实话:我写昆曲,要去湘昆采访。这么说,只是证明我请假的理由正当,没想到他立刻说,这个题材好,我们要资助你。

当时采访非常艰难,在应该重视而还在漠视之中的环境里,一意孤行且孤单无援的我,见到苏州市委宣传部分管文化的副部长反应这么快,态度这么明确、这么干脆,不仅感到意外,甚至有些感动……

《昆曲之路》出版后,他积极宣传、推荐,在昆山的某个大会上,苏州市委常委、宣传部部长徐国强,特别强调了这本书的意义,苏州市委、市政府2010年春节团拜,还把《昆曲之路》作为"礼品",送给所有与会者……

下面要说一个更大的官:全国政协副主席王选。

2006年2月13日,王选离开人世。

春寒料峭,悲风萧萧。在吊唁的人群中,有来自北方昆曲剧院的四十多位昆曲人。一朵白花三鞠躬,哀乐低回送王选。白花幻化成了美丽的兰花,哀乐幻化成了近似昆剧《玉簪记·秋江》那样的伤心离别……

3月1日,全国政协京昆办公室在全国政协礼堂举行了王选追思会。

王选是举世闻名的科学家,怎么戏曲界对他如此深情、如此怀念?

这正是与会委员们的遗憾:王选不仅是"当代毕昇""汉字激光照排之父",同时还是戏曲界的挚友,他为京昆事业作出过鲜为人知的杰出贡献!

王选与昆曲有缘。四五岁开始,每逢周末的晚上,父母就带他和哥哥姐姐们到上海黄金大戏院、天蟾舞台去看戏。天长日久,他们兄弟姐妹都喜欢上了京昆,开始学着唱,王选初中的时候就已经唱得有模有样了。后来王选在科学研究上不断攀登高峰,对京昆戏曲的爱好却一如既往。

2001年,昆曲列入"人类口述和非物质文化遗产"名录,开始并没有引起国人普遍重视。报纸只是在某个角落发了个豆腐块大小的消息。在昆曲的故乡昆山,还在文联主席任上的我,请文化馆拉条标语以示庆祝,结果,标语拉出一个小时吧,就被某"执法"人员扯掉了!理由是有碍市容……

诸如此类的事屡见不鲜。

好在清醒的官员也有。

王选是最早认识并付诸行动的官员之一。

2003年,京昆室的第一次主任会议就决定了对全国昆曲院团的考察工作,正是在王选的具体领导下,对全国昆剧六团一所做了全面调查,结果发现,"八百壮士"就剩下六百多,青年演员的工资只有七百元钱,许多优秀演员都走了,"情况非常凄惨"。北京大学教授、京昆室的副主任叶朗委员执笔写了报告,王选直接把报告呈送给党中央和国务院。

三天之内,多位中央领导先后批示。多少年积累的问题在四天之内得到了解决:国家每年拨出一千万元专项资金扶植昆曲。

全国政协成立五十五周年,王选亲自带领京昆室主办了全国昆曲剧团进京展演,仅演职人员就有一千多人,工作非常繁忙。演出后,他还与各昆剧团的演职员见面、合影、畅谈。

政协十届三次会议的时候,两位政协委员和上海昆剧团要求到北京演出昆剧《桃花扇》,这本来是文化部安排的事情,可是王选千方百计地通过大会秘书组,建议并安排了这场演出。

2004年,王选主持编选了《中国昆曲精选剧目曲谱大成》,汇集了全国昆剧院团半个多世纪以来创作、演出的七十部优秀剧目。王选亲自撰写了这部曲谱大成的序言。在庆祝新中国成立五十五周年和全国政协成立五十五周年的时候,举行了曲谱大成的首发式,使五百多年的昆曲艺术通过文字和曲谱的形式得到了比较全面的总结和保护。

功在当代,利在千秋。

难怪,昆曲人常说,王选是昆曲界的大功臣!

昆曲,为王选送行。

再往前追溯,可以看到,20世纪50年代以来,就有一些在职的官员,为昆曲复兴作出了重要贡献,前文所说第一届中国昆剧节的召开,便是许多官员努力的结果。

"昆大班"是一个传奇

2012年8月,中国第五届昆剧节上,有一个拜师仪式。

老师端坐在上,徒弟虔诚跪拜,奉上鲜花,磕头谢师。

这是文化部为传承昆曲采取的一个重要举措。全国十一个"国宝级"艺术家正式收徒。其中北方昆曲剧院、浙江省昆剧团和江苏省昆剧院各一名,其余八人为:蔡正仁、岳美缇、张洵澎、计镇华、王芝泉、梁谷音、方洋、刘异龙——

他们都来自上海"昆大班"!

何谓"昆大班"?

20世纪50年代初,上海华东戏曲研究院开办了第一届"昆曲演员训练班"。按照公办戏校模式,培养专业的昆曲演员。这个"训练班"后来被习惯性地称为"昆大班"。

正是这一届的学员,成就卓著,成为影响至今的一批昆曲艺术家。

1978年2月1日,"文革"后的上海昆剧团正式成立,首任团长为俞振飞,其主要演员就是昆大班的学生。

正是这一届的"昆大班",会集了"七梁"(华文漪、计镇华、蔡正仁、岳美缇、梁谷音、王芝泉、刘异龙)"八柱"(方洋、史洁华、姚祖福、段秋霞、陈同申、陈治平、张铭荣、蔡青霖),此外还有后来去北昆的蔡瑶铣等,他们共同创造了昆大班的卓越和辉煌。

昆大班是一个传奇,一个空前绝后的奇迹。

自2016年以来,对昆曲人的数百次采访中,我经常会问(有时是自言自语):昆大班,怎么就那么辉煌、那么伟大呢?大班的辉煌之"源"究竟在哪里呢?

当然,一般想象中的原因都是可以说的,可是我总不能满意,总觉得有点牵强,总感觉是泛泛而谈不得要领。

2012年9月12日,上海宾阳路某小区,采访方洋。

方洋是赫赫有名的"大花脸",也是第一次收徒仪式中的"大师"之一。先生字斟句酌,说话严谨。然而,在陈述了"传"字辈老师对他的影响后,却随意地也是非常认真地说道:昆大班的成就,和校长周玑璋是分不开的——

"我举个例子,当时'传'字辈老师要拿两百到三百的工资,当时的两三百相当于现在的两三万哦,那么周玑璋拿多少呢?他才拿一百多块。我一直讲周校长功不可没。在纪念俞振飞、言慧珠的时候,我再三提出来,一定要纪念周玑璋,因为没有周玑璋,就没有上昆演员的成绩,这个功不可没。我们要摆事实讲道理,上昆演员的成绩要归功于周玑璋的正确领导。"

"归功于……正确领导",耳熟能详却已经远去了的句式,忽然在昆剧表演艺术家方洋的口中出现,我愣了一下,然后,仔细品咂,回味许久,我感觉到了方洋话语中的真情、实在和话语的分量。

周玑璋,一个陌生的名字跳进我的视线,挥之不去,历久弥深。

懂艺术的老革命

周玑璋是1933年入党的老党员,之前做过吉林和龙县立第六小学校长,其间结识了地下党,后来在大连《泰东日报》任编辑,因为撰写爱国文章,被伪警察逮捕,刑讯二十多天,坚贞不屈。也正是这次遭遇,使得他对"革命"的信念越发坚定,不久便加入了中国共产党,在南京铁道部职工教育委员会主办的《铁路职工》周刊任编辑,宣传抗日思想,同时以此作为掩护,营救了三名地下党员。

他的一生充满了传奇。抗战爆发后,他被党派往沦陷区,开展救亡工作,并且以编辑的身份,巧妙地抄送情报。1942年6月,党内出了叛徒,地下党组织面临被"一网打尽"的危险。危急关头,周玑璋一瘸一拐,冒死跋行在白山黑水之间,同志们得以一个一个转移脱险……

解放战争时期,他在第三野战军文工团时,创作了京剧《小仓山》《精忠报国》,鼓励将士冲锋杀敌,部队主管魏文伯(1949年后为华东局和上海市委副书记)高兴不已,推荐上报,受到陈(毅)粟(裕)大军领导的表彰。

编辑生涯,戏剧创作,枪林弹雨,白色恐怖,他都经历过。

他是老革命。

他懂艺术。

为了艺术,他可以不顾一切。

1953年底,《十五贯》还没有走红,昆曲的命运还是一个未知数。受国务院指示,华东文委开始筹建"华东戏曲研究院昆曲演员训练班",次年招生开班,周玑璋任"班主任"。翌年,周玑璋任上海戏校校长。

招生伊始,一个非常严峻的问题逼近了周玑璋:是遵循艺术规律,还是论出身成分?

须知,在那个年代,"阶级路线"是一个极其严肃、十分敏感的原则问题、立场问题。

革命刚刚成功,共和国建立才三年多,镇压反革命的风暴的余波还在,周玑璋做事须小心翼翼。

然而,作为主考官的他却明确表示:谁有才,就招谁,绝不论出身是否"剥削阶级"。据张洵澎说,周玑璋认为,家庭条件好的,往往更能理解、更适合演出昆曲的小生和闺门旦角色……也因此,招生不受家庭出身影响,只要条件符合,就收。

周玑璋这样做,无疑要承担巨大的政治风险。

幸好,对艺术的虔诚和忠贞,在一个共产党领导干部的自信中表现出来了。

幸好,大上海就是大上海,即便在那样的历史时期,周玑璋的上级也表现出了大智慧和大胸怀。

没有干涉,没有问责,更没有问罪。

张洵澎和蔡正仁,家庭条件都是比较好的,后来都成为昆大班的栋梁之材……

其实,何止是蔡正仁和张洵澎?如果不是周玑璋,至少,有三分之二的大班学员无缘昆曲!所谓"七梁""八柱",也一定无从谈起。

跛残者的威严

1954年3月25日,上海华山路1448号,昆大班正式开办。

周玑璋坐了一辆三轮车来了,他目光冷峻甚至严厉,他拄着拐杖,尽量使自己站稳站直,可是身体依然有点倾斜,然而,他的言语却声若洪钟,直冲云天:"不办好昆班,我死不瞑目!"

颇像一位将军,决战疆场,要么凯旋,要么马革裹尸。

然而,他是一位跛残者,一位拄着拐杖的"矮子"。

就是这位"矮子",身体力行,呕心沥血,把昆大班办成了一个人才辈出、群星闪耀,至今无法超越的楷模。

周玑璋跛残,为了照顾他,组织原想给他配一辆二手的小轿车,他坚辞不受,有一辆三轮车他已很满足。

一根黑色的拐杖伴随他的一生。黑色的拐杖和冷峻森严的黑眼圈,还有那吱吱呀呀的破旧发黑的三轮车,组合成了一幅别致的图画——幽默,或者滑稽,但是令人敬畏。

昆大班的学员,只要听见三轮车的轮毂响,就汗毛竖起。

如果黑手杖的"笃笃"声传来,更是灵魂出窍!

周玑璋严肃、严谨、严厉、严酷……

严到了"吓死人"。

"吓死人!"这几乎是大班学员们的一句口头禅。

昆大班学员蔡瑶铣回忆说,周玑璋"连花衣服都不准穿,有同学穿花衣裳,被他看见了,老远就喊着学生的名字:'你给我脱下来!'"[①]

京剧班的李炳淑回忆:"有人悄悄烫了一头领风气之先的卷发,不料立即被周校长看出端倪,挨了一顿结结实实的训斥后,再次灰溜溜地将平剪短。有人偷偷修改了自己的裤脚,变成很有腔调的小脚裤,这也逃不过校长的法眼,很快就不情愿地被'打回原形'。还有人不知从哪里买来一双拉风无比的尖头皮鞋,还没走遍校园的每一个角落,就被早早下岗,搁置进不见天日的鞋柜里,再无声息……"[②]

周玑璋规定,戏校学生男三十岁、女二十八岁才允许恋爱结婚。当时的婚姻法规定是男二十岁、女十八岁,整整推后十年,这不是"违法"了?他轻轻敲着他的黑手杖,眼睛射出冷峻的光芒,说,国家花这么多钱来培养你们,十几二十岁就恋爱,肚子一大,整个艺术生命就完了,还演什么戏?!

力排众议,严守他的"准则"。

谁要违反,就去养猪!

再不行,开除!

真就有人去养猪。

真就有人被开除——昆大班开班不久,就有三名学员卷铺盖走人。

[①] 摘自《周玑璋纪念文集》(上海戏校 2012 年编)
[②] 摘自《周玑璋纪念文集》(上海戏校 2012 年编)

这一招很绝,也很灵。花前月下成为梦想,卿卿我我成了云烟,戏校的恋爱之风戛然而止,男欢女爱只在舞台上呈现——

在台上,生生死死由人恋;

在校园,同窗同学只谈戏。

"舞台上的柳梦梅和杜丽娘、薛平贵与王宝钏、张生与莺莺……你侬我侬,台下却连一句多余的话都没有。"(李炳淑)[①]

如今想来,周玑璋的确有点"过",甚至有点不近人情。可是,在那样一个特殊的历史背景下,如果不采取行之有效的措施,如果不是周玑璋严苛的"校规",昆大班很可能就如当时上海某个剧团那样,恋爱成风,待到排戏,这个怀孕,那个大肚子,堂堂几十号人马,竟然凑不满一台戏!至于若干年后,中国昆剧节上第一次大师收徒,恐怕就轮不到昆大班了,更何谈占据了绝大多数!

铁骨柔情

就是这样一位看似严苛得"吓死人"的周玑璋,却有着超乎寻常的一腔柔肠。

一座假三层的旧洋房和窄小而简陋的三开间平房,六十名学生和五十五位教职员工教学、办公、住宿、吃饭和练功,都在这里。

这就是昆大班开班时的物质条件。

螺蛳壳里做道场。

共和国建立之初,百废待兴,百业待举,能够突破常规,开设昆班,足见高层的智慧与远见,可是,物质生活的的确确是非常艰苦的,不可能给予昆大班特别的"照顾"。

可是,事在人为啊!

戏校和当时的剑青中学是同门进出的,周玑璋跟剑青中学的人商量说,学生在水泥地上练功,太苦了!我们一起跟文化局说,要点钱,建一座小礼堂,作为共有资产,上午我们用,下午你们用。

对方欣然同意……

小礼堂建成后,教学条件改善了许多。随着业务不断扩展,周玑璋又争取到文化部和文化局的经费,建起了五层的教学大楼,还有一座被称之为"蒙古包"的小剧场……

周玑璋对学生们说:你们看,我周玑璋还是那么"矮",可是戏校长"大"了长

[①] 摘自《周玑璋纪念文集》(上海戏校 2012 年编)

"高"了,你们的水平也要水涨船高啊!

　　看见校长难得的笑容,学生们想笑却不敢,只是频频点头。

　　望着正值青春期的学生,周玑璋想,戏校条件改善了,可是,孩子们训练辛苦啊,应该争取再争取,给他们好一点的生活待遇。

　　就为这,周玑璋时不时拄着那黑色的拐杖,一瘸一拐地登楼爬梯,到文化局,甚至去宣传部,说软话,赔笑脸,苦巴巴地求爷爷告奶奶,领导同情他,但是,也不能为昆大班单独"吃小灶"啊。

　　周玑璋不气馁,大班毕业前小剧场实习演出多,演员体力付出大,看着孩子们饿着肚子演出,他咬牙拄杖,再次颠簸着去到文化局……

　　文化局领导被感动了,同意给演员每月十元钱的补贴——那个年代,普通人家一个月的开支,也不到十元! 大班学员有这样的"待遇",可算是"特例"了!

　　张洵澎在《感恩老校长》一文中说:"周校长对学生的生活关爱有加,不仅请来了几位苏、锡帮好厨师,每周还能吃西餐。这还不够,用当时算新潮的列宁装、咖啡呢裤、花棉袄、麻纱花衫、棉大衣来打扮六十位男女生。又为我们包下了十三辆三轮车,三人坐一辆,或看戏,或游玩,浩浩荡荡行驶在马路上,也成为当时大上海的一道风景线。都说周校长富养了昆曲,又富养了昆曲人。"①

　　2012年7月16日,在上海采访,七十多岁的张洵澎重复说到这段经历时,面若桃花,如沐春风,充满了自豪和感恩。

　　1962年,大班学员剧团实习一年,要"定级"了。按教育部规定,中专毕业生,少数定二十三级,一般定二十四级和二十五级。周玑璋向局里请示说,戏校的学制比一般中专长,昆班要八年,按照一般中专标准定级不合理,要求局里向上报告,能不能上升定级标准。

　　文化局经请示宣传部,同意统统定二十二级……

　　富有戏剧性的故事还在后面,市委副书记石西民知道后说,少数拔尖的演员,可以与本科大学毕业生一样,定到二十一级!

　　昆大班风光无限。

穷追猛打,请来"传"字辈

　　1921年8月,昆剧传习所在苏州成立。传习所的学生,称之为"传"字辈,他们学了六百多个昆曲折子戏,全方位传承了昆曲,使得奄奄一息的昆曲一直延续

---

① 摘自《周玑璋纪念文集》(上海戏校2012年编)

到共和国成立。也正是"传"字辈的演员,改编和演出了昆剧《十五贯》,轰动全国,"一出戏救活了一个剧种"。

《十五贯》成功演出之前,"传"字辈演员散落在四面八方,极少有人关注他们,更不会有人想到要请他们来做"技导"。

周玑璋想到了。

周玑璋有危机感。他清楚,昆大班要成才,必须有好的老师。没有好的老师,再好的学生也成不了才。

人才短缺,迫在眉睫。

求贤若渴,穷追猛打。

上海滩上的名技导(导演)郑传鉴,就是周玑璋各方奔走,好不容易请来的。

当然,一个老师不够。"传"字辈演员各怀绝技,生旦净末丑,行行都很出色。可是,要一个一个请过来,谈何容易?上海只能管上海,其他省市和上海"平级",话就不那么好说。上海文化局领导感到为难,周玑璋就建议,向文化部报告,争取部领导的支持。

果然,文化局报告上去后,文化部同意并正式具文,还经国务院领导批转有关省市,这样,沈传芷、张传芳、朱传茗、薛传钢、王传蕖、周传沧、刘传蘅,还有倪传钺,"传"字辈八位艺人先后来到上海戏校任教。

这时,倪传钺在四川任职,还是个副科长,听说上海戏校要人,可以"重操旧业",兴奋不已,很快办理好手续,到了上海戏校,担任老生行当的老师。

不仅如此。

"传"字辈老师的待遇,超过校长周玑璋,工资是校长的二到三倍。

怎么可能?

怎么来的?

周玑璋争取来的。

周玑璋懂啊!周玑璋惜才爱才啊!周玑璋知道"传"字辈命运多舛啊——

抗战爆发,"传"字辈仅存的"仙霓社"衣箱被日军炮火炸毁,艺人们四散飘零,各寻活路。当家大官生赵传珺饥寒交迫猝死街头;打鼓师赵金虎贫病交加卧轨自尽;张兰亭死了棺材都买不起,最后靠"施棺材"(相当于今天的众筹)才下葬的;更惨的是王传淞母亲病重,无钱看病,还跟着戏班"跑码头",结果死在舞台下,而王传淞正在台上唱《奈何天》……

五六搭剩水残山,七八个颓梁乱瓦。莫道是天籁之音,都付于断井颓垣。凄凄惨惨戚戚,冷冷清清泣泣。

现在,"传"字辈盼到了新时代,新旧对比,天壤之别,何况,一个共产党的领导,他们的校长,居然让他们的工资远远超过自己……

感恩的"传"字辈,掏心掏肺都心甘情愿!

"共产党对我们太好了!"倪传钺说出了所有"传"字辈老师的心声,所以无不竭尽全力教学。沈传芷病倒在床,还在为学生说戏,"文革"后"传"字辈第一次相聚,不少人牢骚满腹,埋怨这个那个不好,倪传钺说,"四人帮"害我们,可是共产党一直对我们好,趁现在还有口气,赶紧做点事,把戏传下去……

昆大班实力见长,昆大班辉煌初现。

然而,"传"字辈小生、青衣、旦角、小花脸,这方面比较强,花脸、武生、武旦、武丑这方面相对来说比较弱。周玑璋清醒地看到了这一点,为了让昆大班行当齐全,文武齐全,他又请了很多京剧老师。武的方面,请了毯子功老师,京剧界翻跟斗很棒的,教学生毯子功,还有跟斗大王、把子大王,都请到了上海戏校。

行当方面,武旦请了王芝泉、宋雪芳老师,然后再请了武生老师盖春来,花脸则请了陈富瑞老师,他出身昆曲世家,他的曾祖父在北京皇宫里头专门演戏给慈禧太后看的。《芦花荡》《醉打山门》《钟馗嫁妹》几个戏,都是陈富瑞教的。

请进来的同时也走出去。

周玑璋不惜工本,把学生送出去,送张洵澎去浙江跟姚传芗学《寻梦》;送岳美缇去跟周传瑛学《西园记》;还把方洋送到北京跟侯永奎学《刀会》,从而有了方洋南北结合的《刀会》,方洋还跟北昆侯玉山学了在"传"字辈老师那里已经没有了的《通天犀》。

"传"字辈文戏擅长,武戏不擅长,北昆则相反,是武戏擅长,文戏不擅长。所以当时要进行南北昆会演,南昆以文戏为主,北昆以武戏为主。周玑璋的目的就是要求文武双全。

果然,昆大班做到了文武双全!

对专家,毕恭毕敬

昆大班热热闹闹红红火火。

1957年5月,组织上突然派来了俞振飞任校长、言慧珠任副校长。

这在常人看来,周玑璋一定会疑虑、反感甚至抵触,或者设置障碍。

没有。

周玑璋胸怀坦荡,他只想把学校办好,把学生教好。俞振飞艺术精湛,会在业务上更好地把关掌舵,这对昆大班来说,是求之不得的大好事啊!

所谓大公无私,周玑璋可以作为楷模。

妙就妙在俞振飞,他和周玑璋一样胸襟开阔,他看得清楚,说得明白:我这个校长,就是块招牌,你们用得着的时候拿出来,用不着的时候就放在一边。意思就是要周玑璋放心大胆地开展工作。

的确,周玑璋平时不去"请示汇报",更不把难题推给校长,他按照既定的目标继续向前,没有顾忌,只问耕耘,而对于俞振飞积极合理的建议,他一概言听计从——

俞振飞上任不久,发现闺门旦人才济济,而岳美缇气质儒雅,举止洒脱,建议让她学小生,否则很可能淹没了岳美缇的才情。俞振飞这样说是需要胆识的,因为在当时,普遍认为男旦和女小生都是旧社会遗留的畸形现象。周玑璋不可能不知道。可是,出于对专家的尊重,他明确同意,并积极协助做好岳美缇的工作。

果然,岳美缇走上了一条至今风度翩翩异彩纷呈的艺术之路。

一次,英国芭蕾舞剧团到戏校参观,昆大班演出《游园惊梦》,张洵澎演杜丽娘;华文漪演花神,群众演员,当她从陪同看戏的俞振飞面前走过时,俞振飞眼前一亮,他发现了华文漪的无限潜质,他对一旁的周玑璋说,这个学生天赋好,可成大器……周玑璋立即组织对华文漪重点培养。

果然,华文漪脱颖而出……

周玑璋懂艺术,所以他懂俞振飞。

因为懂,所以尊重。

周玑璋几次撰写文章,在《文汇报》《解放日报》《新民晚报》和《上海戏剧》杂志发表,称赞俞振飞是"杰出的表演艺术家"。

有趣的是,周玑璋属虎,俞振飞也属虎。"二虎相处,必有一斗"。然而,共产党的官员周玑璋和艺术大师俞振飞二虎一心,和谐共处,难怪昆大班如虎添翼,虎踞群雄。

官员和专家,能做到这样和谐知心的,我们见过多少?

工作上对专家毕恭毕敬,在剧本创作上,他也尊重昆剧的规律。

南戏《幽闺佳人拜月亭》是关汉卿的代表作之一,也是元杂剧四大爱情传奇之一。作品通过动乱年代大家闺秀王瑞兰和秀才蒋世隆一对年轻人互助、互帮到互爱的悲欢离合的故事,戏剧性地展示了人性中的美好与善良。周玑璋很喜欢这部戏,就有了想要改编演出的念头。

可是,尽管在1949年前他曾经写过京剧剧本,他和昆剧"传"字辈老师很熟悉,和俞振飞大师合作愉快,耳濡目染,从他们身上学到很多很多,但是,他有自知之明:要创作和改编昆剧剧本,绝非易事。

他请来懂行的汪一鹣先生,他的谦虚和虔诚,使得两人一拍即合,同心合力,共同切磋、打磨、改编,终于有了新编昆剧《拜月亭》。主教老师是沈传芷。1959年公演,主演是蔡正仁、张洵澎。

　　此时此刻,作为现场观众的周玑璋,非常难得地微微笑了——欣慰,还有那么一点点得意。

　　只是,他一定不会想到,五十三年以后,2012年,上海昆五班的学员,再次排演了《拜月亭》,还参加了在苏州举办的第五届中国昆剧节,获得"优秀剧目奖"。

　　作为观众的我,很快入戏,其间,泪水止不住泉涌……

　　这是昆剧节一股清新美丽的风韵。当时我还不知道周玑璋,没想到这样一出好戏,最早是由戏校校长亲自改编的。

　　又过了八年,2020年9月,上海戏校再次演出《拜月亭》,艺术指导正是六十一年前《拜月亭》的主演蔡正仁和张洵澎。

　　《拜月亭》成了上海戏校的"保留剧目"。

　　周玑璋在天有灵,当驻足含笑,并且举起他那威严的黑色拐杖,吼一声:同学们,昆大班是最棒的!

　　最棒的昆大班,因为有最棒的校长!

一身傲骨

　　可是,当年周玑璋挖掘传统戏,改编传统戏演出剧目,官方却是不待见的。再后来,样板戏当道,几乎占据了全国戏剧的所有舞台。周玑璋的命运就有些悬悬的了。

　　当时上海分管文教的市委副书记,他十分卖力地搞样板戏,常常往来于京剧院和戏校之间,不是开会就是座谈。

　　座谈座谈,其实就是灌输灌输,就是要搞样板戏!

　　周玑璋也搞"样板戏",他还和陆兼之、冯少白合作编写过现代昆剧《琼花》,主演是华文漪。

　　1964年10月,《琼花》在广州演出二十二场,场场客满,上座率(包括加座)104%。

　　接着在深圳连演四场,同样爆满,观众五千多人中,有两千多人是港、澳同胞。最后一场演出结束,台下观众高呼:"毛主席万岁!"

　　笔者找来剧本,仔细阅读,感觉基本上是按照昆剧的艺术规律来写的。故事情节环环相扣,吴琼花和洪常青两个人物的形象亲切可信,即便在今天,用不着怎么修改，也可以上演。

在那样的时候，能写出这样的剧本，实在令人敬佩。

可是市委有关领导不喜欢。

样板戏"横扫一切"，市里面亦步亦趋，步步紧跟，那位市领导横加干涉，尤在如何塑造英雄人物等方面，一再指令，要怎么怎么写，怎么怎么做。

周玑璋"不唯上"，对的听，不对的，他置之不理，甚至当面反驳。

一次讨论现代戏，某位领导认为，为烘托英雄人物的高大形象，一上场就要有大段唱腔。

周玑璋不知道那位是不是说的《琼花》，因为《琼花》的确没有这么写。不过，无论是不是，他都不同意这样的"指示"，他不知天高地厚，拄着拐杖站起来说，这样说不符合艺术规律！英雄人物当然要大段唱腔，但不能机械地一上来就唱半天，要根据剧情，该唱时唱，不该唱时不能硬塞进去……

这谁啊，这么大胆！

那位市领导不高兴了，当场就拉下了脸。

周玑璋轻轻点了下拐杖，自报家门：我是戏校的校长；然后说，难道不是吗?！

面对正气凛然的周玑璋，那位善于跟风的领导竟然一时无语。

事后，周玑璋依然愤愤不平，甚至不依不饶，公开说："对牛弹琴还有个牛呢，牛都没有还弹什么琴呢？"

高大的跛残者

昆大班之所以成为传奇，成为经典甚至是绝版，当然和1949年共和国新成立，全国老百姓欢欣鼓舞，学校老师和学生都有翻身感，对共和国前途充满了希望和憧憬有关，因为这对学校管理和教育十分有利；同时，不可否认，十分关键的一个原因就是有周玑璋。

周玑璋是共和国官员领导艺术十分成功的一个典型。

"不办好昆班，死不瞑目！"

想想当初周玑璋的誓言吧，这不是口号，不是应付，也不是心血来潮，这是一个懂艺术的老革命的心声。他言行一致，说到做到，的的确确就实现了他的誓言：昆大班不仅办好了，而且，只要说起昆大班，没有一个不佩服不称赞不骄傲——为有周玑璋这样懂艺术且全心全意以行动践行党的文艺方针的领导而感到幸运！

至今，只要说到昆大班，都使人想起周玑璋，想起那位一瘸一拐的跛残老人，拄着他黑色的拐杖,在上海戏校旧址,那一棵见证了昆大班历史的香樟树下,踽踽而行——

他在看什么？不知道。

他在想什么？不知道。

就如当年,他一瘸一拐赶去为地下党员通风报信,走在路上,谁会想到,匆匆赶路的一个不起眼的瘸子,是在冒着生命危险去营救同志呢？

就如后来,又有谁会想到,他的严苛教育只为昆曲培养传奇人才,几十年以后,这些学生中,会有人成为新中国昆曲艺术的顶梁柱呢？

也许,他觉得自己过于严厉,甚至严苛？

可是,不严格,不用"重典",学生们会在练功房的大立镜前起早贪黑练功吗？会因为"抢地盘"而忘记吃饭和睡觉吗？会在上床时把腿紧扎在小木床的栏杆上通宵达旦吗？

没有汗水和泪水,哪来鲜花和掌声！

也许,学生们会当面怕他,背后骂他,身后恨他？

怕,一定。

骂,不敢。

恨,有一点,有两点,或许更多。

可是,从培训班开班,整整七十一年了,一个甲子的轮回也早过了,时光流逝,物是人非,当年的大班学生多已年逾古稀,要说恨,已经渐渐淡去,若说爱,却日益显现——

2012年采访著名的大花脸方洋时,他说昆大班的成就,"要归功于周玑璋的正确领导"。

2013年7月,连续一个月的高温天气下,笔者在苏州采访蔡正仁时,说到了周玑璋,先生充满了无限的敬意和深深的怀念,他说:"当时没有一个学生不怕他,没有一个不恨他,可是现在,没有一个不说他好……"

政声人去后,民意闲谈时。

在位时有权,说话管用,可是周玑璋在去世几十年后,人们依然怀念和称赞他,这是难得的甚至是罕见的！

陌生的周玑璋,在我的心目中逐渐清晰起来。

那个在戏校走路一瘸一拐的"矮子"周玑璋,这一刻是如此高大……

何谓学者　何谓大师

真正的学术,注定了是天涯孤旅。行到尽处,必只一人。已无一人可对语言,唯见云林自莽苍。

——王　宁

为昆曲,还是吃昆曲

何谓学者,何谓大师?

首先想到的是吴新雷。吴老师可不可以称作"大师"? 至少我心中认为够了。但是不忙,我说没用,报纸电视说了没用,甚至昆曲人(学者、演员、曲友等)说了也没用,要在今后,至少一百年两百年以后,人们认可了才算数。

可是当下自称"大师"的多呢! 就连昆山也有自称"大师"的人呢! 难怪黄永玉先生在一次公开场合说,"教授满街走,大师多如狗"。当然说得刻薄了些。但是的的确确,现在这等乱象实在并不罕见。有的人才知道一点皮毛,就以昆曲"当之无愧"的专家学者自居了——别说一个县一个市了,就全国来说,称得上昆曲专家的,一共有几个?!

这事自是不值一提。说到演员,由于舞台的受众面广,演员有自知之明,"好自为之"才妥,可是偏偏有的才演了那么一两个戏,才被媒体(媚体?)说了几句好话,就在那里沾沾自喜飘飘然了。更有甚者,不仅口口声声以"艺术家"自居,还在听到别人奉承他为"大师"后沾沾自喜含笑默认——本君早就想自称"大师"呢,别人说,岂不更好!

其实,不过就是个演员,不过就是靠吃青春饭或者其他途径"成名"的演员罢了,恐怕连"艺术家"都算不上呢!

但是,与前文说到的翁育贤的"不争"截然相反,任何场合,他都要"争强",都要显示自己是全世界(岂止是昆曲界)最出色的——我就是最伟大的!

这里说的是一般的小有成就的演员,那些年龄稍大、能说会道、可以把黑猫吹成花猫白猫的,更是"不得了",哪怕被知情人看到了光环背后的"小",也依然趾高气扬（或者说装腔作势），一有机会，就滔滔不绝地自我吹嘘，无非就是想说：我就是大师，我就是唯一！

至于他的老师以及同辈，无一可以入得他的"法眼"，到后来，虽为孤家寡人，倒也乐得游说天下，宣示"本宫"的丰功伟绩。

难怪，他的老师说这等人就是"白眼狼"。

当然，成就斐然举世公认的艺术家，也未必就一定是堂堂君子，更遑论大师风范——

2019年12月8日，我和蔡正仁先生说道，十多年前，对昆曲界几乎一无所知，现在接触多了了解多了，"也烦"：因为有的"家"，甚至有的获得戏剧最高奖的"家"，其艺术成就和为人品性却不一致，不但不相称，甚至成反比。老师说，"这恐怕也难免……比如×××，我也知道……"

今年秋，原文化部副部长王文章先生来巴城，在我的工作室说到类似问题时，他说，演员只是一个职业，演员在舞台上演戏，至于为人如何，是另外一回事……

这倒让我有点"茅塞顿开"了：演员就是演员，舞台上可以演好人，不等于做人也是那么光彩那么好；舞台上演丑角，也不等于生活中就一定是丑角……

还有一点，大家几乎都是认同的：无论是哪个艺术门类，最早是靠天赋和机遇，包括个人的努力以及或许还会有但不可言说的其他手段，但到最后，"拼的是人品"。

闲话带过，说说本章的主题：学者，昆曲的学者或者大师。

昆曲原本是一个冷僻的学问，试图走捷径是绝对不可能的，必须长期钻研，必须习惯而且乐于坐冷板凳。就如王宁先生所言，"真正的学术，注定了是天涯孤旅。行到尽处，必只一人。已无一人可对语言，唯见云林自莽苍。"

然而，笔者跑了十多年，发现昆曲的专家似乎颇多，他们当中，不少是有所成就的，至少是认认真真在那里做学问的，包括一些中青年的后起之秀，也表现了对学问的执着追求，只是，也有那么一些人，往往围绕着所谓"活动"转，或者围绕着官员的意志转，如果说得直白点，就是哪里给钱，他就在哪里出现，他的论述就朝哪里倾斜……

至于有些外行从网上胡乱拿了点鸡零狗碎的东西，便在那里自吹是"当之无愧"的昆曲研究专家了，此等"百度"专家，恐怕也不是个例。

说到底，他们不是"为昆曲"，他们是"吃昆曲"，"吃昆曲"还心安理得，从来不知道对文化要有敬畏，更不知人间有"羞耻"两个字！

好在中国的文人还是有的，学者依然是学者，专家依然是专家，他们不会受大千世界五彩缤纷的诱惑,他们坚守着文人的操守和风骨,始终默默无闻在那里从事昆曲的研究,上海艺术研究所研究员李晓就属于这样的学者。

李晓是上海昆剧团《长生殿》的编辑之一,同时也是研究昆剧的学者。2015年12月18日,上海剧协主持召开了"在学习中研究,在研究中学习——李晓戏剧艺术研究研讨会"。会议围绕李晓的昆曲研究以及李晓的戏剧评论等方面的内容进行了深入研讨,四十余名戏剧专家学者参加了座谈会。

中国艺术研究院院长王文章给予极高的评价:李晓先生是一位很纯粹的学者,他的理论研究和处世为人都让人钦敬。

戏剧大家刘厚生在他的书面发言中说,李晓是在戏剧评论和理论研究领域取得卓越成就的名家。刘厚生希望李晓发挥既专注昆曲研究,又非常关心并研究话剧这一"两门抱"的优势,在对东方最成熟的舞台戏剧昆剧,同西方最成熟的话剧的比较研究方面有新的成果出现。

有报道说,李晓长期致力于古典戏曲、戏剧、艺术史的研究和实践,特别是在昆曲领域有着一定的影响力,其专业著作及论文在业界有重要的地位和影响,他是上海难得的长期专注戏剧、戏曲研究的学者之一。与会者认为,为李晓举办学术研讨会,既能为老学者总结学术经验,梳理老学者的专业研究体系,又能倡导甘于"坐理论冷板凳"的为学理念,激励后辈在专业道路上勤勤恳恳、脚踏实地、严谨治学。

下面要重点说到我的老师吴新雷。

《中国昆剧大辞典》

曾经请教过好几位专家和学者:"从纯学术的角度看,当今中国,谁对昆曲最有发言权?"

异口同声,非常明确:吴新雷。

中戏教授谢柏梁说:"没有人比吴先生更了解昆曲了。"

老师是"纯粹的学者",习惯"坐冷板凳"的学者,但是他的性格和李晓不一样。有人说,他看上去像个"糙老头",说话略显啰唆,加上浓重的江阴口音,听起来非常吃力……

然而,就是这样一位貌不惊人的老头,却完成了皇皇巨著《中国昆剧大辞典》的编著。

1991年,南京大学中文系俞为民教授拍摄《戏曲百花园中的幽兰——昆曲》,聘请吴新雷为顾问。吴新雷、俞为民、顾聆森三人到昆山拍摄实地资料。其间,顾聆森提出,要吴新雷主编一部中国昆剧大辞典。吴新雷一听,就如惯常那样哈哈一笑,没答应。他清楚,这样的"工程"不仅面广量大,而且没人没钱没出版社(肯出版),太难了!

偏偏顾聆森和俞为民却一再撺掇,把吴新雷放在炉子上"烤":到了现在这个地步,昆曲出辞典已经是势在必行了,你不带头谁还敢做?

到后来,吴新雷拗不过,同意了。

于是,三位"夫子"握手为盟,决定编撰一部《中国昆剧大辞典》。

为此,吴新雷去找一家出版社,说了这个打算。

出版社说,可以考虑,但是要看质量。这是个中性的表态,可进可退怎么都可以的表态。

吴新雷说,能不能先给一点经费?

没没没!

吴新雷又动脑筋,想通过社科院渠道申请经费,结果是:上面下达的"指导性"名单中,根本就没有昆曲的影子!

又想通过省文化系统申报,回答是:僧多粥少,自身难保……

据说,这些申报表还存放在吴新雷的案头,每每见到,不免慨叹甚至伤感。

骑虎难下。退也没处退,因为已经约了好多人了,怎么能说变就变?

逼上梁山。硬着头皮做。编撰中要牵涉一百多人,最难的是演员,要提供许多资料照片啊。好在吴新雷1956年开始就跟他们打交道了,所以还都给他面子,要的资料都尽可能提供。

这一下就耗费了六年工夫! 到了1997年,书稿差不多就完成了。

交给出版社,说要看看质量再定。

一"看"就是四年。

这四年,吴新雷不抛弃不放弃,正好利用这个时间进一步加工补充。

2001年,昆曲列入世界非物质文化遗产代表作名录。

机会来了,吴新雷赶紧去找出版社。

回答说,钱的问题没落实……

等啊,又等了一年,2002年,南京大学百年校庆,要献礼,要把有分量的、学术价值过硬的成果拿出来献礼,研究来研究去,觉得还是这本昆剧大辞典最有价值,最过硬。

这才列入出版计划。

整整十年,三百万字,吴新雷校对了七遍!!

曾经是吴新雷学生,时任文化部部长、党组书记的孙家正,为大辞典题写了书名。

这样一本皇皇巨著,不戴"帽子",不穿"靴子",就是说,"主编"下面,没有挂上几个毫不相干但是有权给钱或者不给钱的官员的名字,"编委"之后,也没有一长串似乎相关其实与作品完全不相干的"长"字号的或者所谓名人的名字……这在中国绝大多数的所谓"工程"、所谓著作中,不说绝无仅有,至少也是非常罕见的!

以"民间"之力,编撰一部三百余万字的"大辞典",这在中国,也是十分罕见的!

为什么会这样?为什么要这样?因为在这之前,由吴老师主编的一本专著,事先明确是老师编写的,没有任何人提出过异议,然而,待到著作出版以后,"主编"竟然凭空增加了一个人,而且,还列上了一长串他听都没有听说过的不知为何方神圣的人名。

所以,这回老师说,不能有其他任何人的名字出现。

就是三个人——

主编:吴新雷,副主编:俞为民、顾聆森。

还有一个小小的"花边故事"——

台湾学者在官方资金支撑下,从1992年开始,前后十年,编了一本《昆曲辞典》。听说大陆的《中国昆剧大辞典》5月出版,就提前召开《昆曲辞典》的新闻发布会。

匡亚明曾是唯一的听众

吴新雷老师还曾经为匡亚明校长唱过昆曲——

那是1975年,"文革"接近尾声,"下放"在中文系"劳动改造"的匡亚明虽然还没有"解放",但已经比较自由了,也正因为这个特殊的历史背景,他和中文系的老师都熟悉了。

一天他问吴新雷,你是做什么学问的啊?

吴新雷说,我研究戏曲,主要是昆曲。

匡亚明一听眼睛就亮了,啊呀!我怎么不知道啊。当年在苏州第一师范读书时,我就听吴梅讲演了,20世纪20年代在苏州乐益中学做语文老师的时候,适逢传习所的艺人登台,我看了好几次呢。

吴老师一听,恍然大悟:乐益中学是昆曲的"大本营"啊!校长张冀牖酷爱昆曲,特请曲师为子女拍曲,张家四姐妹不仅都是著名的曲友,而且不遗余力,毕生为昆曲事业奔走……这样,匡亚明校长喜欢昆曲也就在情理之中了。

1968年,台湾"中国文化学院"张其昀院长倡办"中华昆曲研究所",举办昆曲欣赏晚会,1980年更召集各大专院校昆曲社团,参与台北市戏剧节。

而喜欢昆曲的大学校长匡亚明,不仅没有也不敢举办类似活动,就连他喜欢昆曲的事,全校也几乎没有人知道!

至少,我在南大五年,从来没有听说过。

这是一个非常奇特的现象,因为政治的原因,往往喜欢的却不敢说,必要时还会"口诛笔伐"。革命先驱瞿秋白,为了宣传"普罗文学",就曾经发表名为《乱弹》的文章,将昆曲批判得一文不值,而瞿秋白是非常喜欢和懂得昆曲的!所以,南京大学竟然无一人知道校长匡亚明钟情昆曲,也就是可以理解的了。昆曲是"封资修"(封建主义、资本主义、修正主义)的东西,校长是不会也不敢公开自己嗜好的啊。

可是现在,因为昆曲,校长和老师有了共同语言。

忽一日,匡亚明悄声问,你会不会唱(昆曲)啊?

老师说,会几句。

"能不能唱给我听听?"

"匡校长要我唱,哪能不唱?不过,只能悄悄地唱,不敢大声,怕别人知道了会找麻烦。"

老师说,就小声唱吧,有时候,我还到匡亚明家里去唱给他听。

吴歈雅韵,久别重逢,还在落难之中的校长露出也许是"文革"以来最早也最灿烂的笑容,那种怡然凝神的情状,至今深深刻印在吴老师的记忆中。

吴老师还想办法去弄上海华文漪、岳美缇、梁谷音的录音磁带给匡校长听。

校长很感激,可是听录音毕竟不如当面听唱的感觉好啊。

过了一阵子,或许是潜藏的昆曲兴趣被激发出来了,或许是觉得光是"干唱"缺少滋味,匡校长就对吴老师说,你认识的人中有没有会吹笛子的?

老师说,有一个人,我去说说看。

于是就找到了高慰伯,他们早就认识,还是好朋友,老师就对高慰伯说,有一个人,特别想听昆曲,我带他过来,我唱,你吹,好不好?

那时高慰伯还没有退休,省戏校的人因为放假,大多回家了,他一个人住在集体宿舍,也没什么事情,何况,他对吴老师很尊敬的,听这么说,当下就答应了。

这天,鼓楼公交车站,有两个人上了一辆公交车,其中一人还抱了个硕大的有一二十斤重的老式录音机。如果不是戴了宽边眼镜,差不多就像个老农民了,谁还会把他和赫赫有名的南京大学校长匡亚明联系在一起呢!

吴老师说,校长带录音机,是为了回家后,随时都可以听。

到了草场门,吴老师和校长缓步下车,然后去了高慰伯的住处。

《玉簪记·琴挑》【朝元歌】,唱得悠扬婉转,吹得荡气回肠……

"有谁评论,怕谁评论!"不知亲爱的校长在听到这句唱词时,作何感想?

听了几回,校长又不满足了,因为吴老师唱小生,有"生"没"旦",总是缺憾。老师就想到了他大学同学的夫人朱继云,她在戏校拍曲,就找个机会去请了,也不说明是谁要听昆曲,只说到一个地方去唱,有个人特别喜欢听昆曲,云云。

又是草场门,又是高慰伯伴奏,这回是生旦齐了,"陈妙常"和"潘必正"都到了,"柳梦梅"和"杜丽娘"成双成对了……

可是他们浑然不知,"主持"这场特殊而又特别的昆曲"曲会"的,却是堂堂南京大学校长匡亚明。

校长对昆曲热爱到家、痴迷到家。1978年省昆剧院恢复后,已经"解放"的匡校长关照,凡有演出就告诉他,只要公务得以脱身,他就一定来看。当然,现在陪他看昆曲的,还是吴新雷老师,以至于昆剧院的人都称他们一个是"大曲迷",一个是"小曲迷"。

正是这个"大曲迷",恢复职务后,为昆曲做了很多工作,作出了不小的贡献。

当然,就专业而言,"小曲迷"对昆曲的研究和贡献更是业内业外所公认的。

大师风范　学者品格

在南大中文系读研究生的时候,吴新雷老师就在陈独秀和蔡元培的高足陈中凡教授的指导下,立志于昆剧的研究。

吴老师的重大贡献之一,就是从文化部"访书专员"路工那里发现了魏良辅的《南词引正》。

吴老师不仅学养厚重,写文章"无一字无来历,"而且为人师表,受到同行普遍的敬重。所以,白先勇做青春版《牡丹亭》,那么多专家教授啊,他就特请老师去做"访谈",请老师写文章,因为他再清楚不过:专家是否认可,吴老师一言九鼎。

为了写好这本书,笔者曾经请教过好几位专家和学者:"从纯专业的角度看,当今中国,谁对昆曲最有发言权?"

异口同声,非常明确:吴新雷。

谢柏梁先生说:"没有人比吴先生更了解昆曲了!"

当今做学问的多了,有成就的也不少,只是,以我所知,做学问和做人完全统一，且达到同样高度的，实在寥寥无几，而吴老师显然名列其中！

1963年，我考进南京大学中文系，吴老师上课时那种和蔼可亲声情并茂，尤其是整日笑哈哈的风度，给我留下终生难忘的印象。大学毕业后，我对老师在学界的影响时有耳闻；我在昆山的情况，老师也有了解。与老师见过很少的几次面，最近一次是几年前在苏州，高马得的昆曲人物画册首发式上，那时，长我十岁的老师已经白发染鬓了，而今天我也已经是银丝染霜，可见时光真是毫不留情。

唯有昆曲，在时光的流逝中青春不老，大美依旧。

2008年6月26日下午三点，约定的时间，在南京大学汉口路的新杂志茶楼门口，我们几乎是同时发现了对方，又同时高高扬起了手——我是根据老师走路的特有姿势辨别出来的：身子前倾，节奏有力，显得特别精神。我紧步迎上去，说，老师好！

想不到老师一开口就大声说：杨主席，你是昆山的大功臣，你的《昆山之路》影响大得不得了！

老师的话让我感到非常突兀，一时竟然不知道如何回答，顿了下才说，老师，我早退休了……

老师说，好啊好啊，现在喊你杨主席，进了门我就喊你小杨——说时脸上带笑，还是几十年以前那样的笑，带着天真的很灿烂的笑。

巧的是，我们转身上楼时，省昆剧院的院长柯军也到了，他知道我要拜访吴老师，赶过来一起"听听"。他和我一样，对老师非常敬重。我们一起静静地听老师叙述。

1960年暑假，老师去北京。当时二十出头，是中文系的研究生（整个南大中文系只有五个研究生），傅惜华先生和周贻白先生对他说，路工先生家里有"好东西"，但是秘不示人，劝他这个"讨人喜欢的""小青年"：你去试试看！

他便去"探班"，"像福尔摩斯一样去侦探、试探"，打听到了路工家的地址，小心翼翼去敲门（当时一般人家里都没有电话）。路工对这个"娃娃脸"的不速之客很警觉，问他做什么的，他说研究昆曲的。路工高兴了，说，我也喜欢昆曲，你会不会唱？老师知道这是在考他，好在他在陈中凡教授的要求下，已经唱了三年了，有这个底气，当下就唱了《琴挑》小生和《游园》旦角的两个曲子。

路工高兴得不得了！想不到新中国成立后大学里还有人唱昆曲！就说，我有昆曲的新材料，你这么喜欢，我给你看！就把他带到书房一只大木桶前，"木桶里面全是书！"路工特别拿出其中一本《真迹日录》，郑重其事让他看。老师一看，是昆山人张丑辑录的，里面有抄自文徵明手写的魏良辅《南词引正》，老师看到其中"惟昆山为正声，乃唐玄宗时黄幡绰所传"几句，还有顾阿瑛建立"昆山腔"等，当下拍案叫绝！说,只知魏良辅有《曲律》,未闻有《南词引正》,这样昆山腔的历史不是往前推了二百年了吗?! 又说,这个材料太重要了,这么好的材料,为什么不拿出去公布？

路工说,看来你是个"识货"的人,你在这里抄吧,抄了你拿去发表！

就这样,吴老师在路工的书房里抄了一个半小时——尽管这已经是四十八年前的往事了,但老师说来还是掩饰不住异常的兴奋和激动,眉飞色舞,笑逐颜开。

然而,老师并没有按照路工的建议自己拿去发表(尽管,这是一个成名成家的绝好机会)！

在这里,老师表现了中国传统知识分子的高风亮节。他考虑的不是自己,他要让他的老师钱南扬先生"恢复名誉",有个出头之日(钱先生在浙师时被打倒,不得翻身,陈中凡先生好不容易"挖"过来的,但是还没有"名分"),就把抄录的资料和有关信息给了钱先生,让钱先生发表。

钱先生为此"手舞足蹈",大喜过望！

这样,钱南扬就将这个发现在《戏剧报》公布了。

这等于为钱先生恢复了名誉。

一个发现,改变了昆曲的历史,将昆曲前身昆山腔的产生年代往前推到了六百年前顾阿瑛的"玉山雅集"时代。这就如在平静的水面扔了一颗炸弹,立刻在戏剧界引起了极大的轰动……

两个小故事

说两个小故事,看看老师做学问是何等严谨。

《大美昆曲》送出版社后,颇受重视,从部门主任到副总编都亲自审看了,可还是有吃不准的地方,还要进一步打磨。

2014年5月27日,上午接出版社电话,说,文稿中出现"两个秦腔班",是不是重复了？我倒一时无语,按照常理,很可能是重复了同一句话,直接删除便了。

为了慎重起见,我还是给吴新雷老师打了电话说了情况,老师听后,稍微顿了下,而后说,我去图书馆查一下,看到原始资料再告诉你。

当天晚上,电话来了,原来第二句是"两个琴腔班":是"琴",不是"秦"。

老师还说了出处：朱家溍《故宫退食录》,北京出版社,1999年版,第585～586页。

一个是秦腔班,一个是琴腔班。

一字之差！两个戏班，两个概念。

我服了。

自从开始走昆曲之路，每每遇见难题，多去求教吴老师，第一本昆曲著作《昆曲之路》，不仅书名是老师闲谈中说到的，而且，为怕出错，尤其是常识性差错，初稿全文打印了请老师看，老师从头至尾，一字一句地修改……

之后采访写昆曲，始终小心翼翼，力求不出差错。

直到 2020 年 3 月，在修改《大美昆曲》准备出修订版时，其中《何谓学者》一章，因为主要是写老师的，所以请老师审定，没想到，我自以为没什么问题吧，结果，需要修正的地方老师竟然指出了十八处之多！比如，"情伤曲唱啭悲吟"，我想当然认为应该是"啭"，老师则改为"转"，倪征燠改为倪征噢，如此等等。

还有一个故事，老师已经八十八岁，却跟上时代，把微信"玩"得熟门熟路，之前通过电话或者书信说的事，现在都是微信直接发来了。

2020 年 3 月 23 日，老师发来一段微信说——

【小学补证】因访谈录必须简要，不能搞成长篇考证，所以我谈云亭山人的云不能误改为雲，只说了一句涉及文字训诂学（传统称为小学）的问题，没有展开来谈。这里我稍作补充谈议。《说文解字》：云，古文。于省吾《殷契骈枝续编》：云为雲之初文，加雨为形符，乃后起字——

这与现代的简体字繁体字无关！进一步讲，孔尚任自号云亭山人，实大有深意存焉！其中有典故，出典于《史记·封禅书》：神农、炎帝、尧、舜诸圣，皆至山东泰山地域封禅，尧舜"禅云云"，黄帝"禅亭亭"，云云、亭亭均为山岭之名，联语作"云亭"，唐太宗《帝京篇十首》之十曾有"方嗣云亭响"之句！今出版社里有些编辑学殖单薄学力不够，竟妄改云为雲，违背了孔尚任崇尚圣贤之志趣的原意，铸成大错闹出笑话了！

下附《史记·封禅书》书影为证……

云和雲，粗看是简体字和繁体字的区别，而老师却从《说文解字》中找到依据，把云和雲的来龙去脉说得一清二楚！

黄幡绰是应该纪念的

吴老师做学问一向严谨，当年他亲自抄录了《南词引正》，而后来钱南扬的

《南词引正校注》和路工后来所写的《访书见闻录》，因为铅字排版等原因，都出了点差错，比如，路工将"惟昆山为正声"错作"惟昆曲为正声"，等等。作为除路工外唯一看过原文的老师，觉得有责任加以校正，于是专门写论文，做了校勘，并进一步深入研究——

张丑所抄乃"文徵明真迹"，那么，为什么会有文徵明这个"真迹"？老师说，文徵明非常喜欢昆曲，可以"从早上一直听到晚上"，所以他书写这个也是在情理之中的。

现在，载有《南词引正》的《真迹日录》，已于2002年由北京图书馆出版社据路工藏本影印出版，研究者爱好者都可以看到珍贵的史料。

关于黄幡绰，老师从魏良辅的《南词引正》中找到了"新的研究方向"，他说，到了21世纪，"我的胆子大了"，"黄幡绰还是可以说的。当然也不要说过头，不要说昆曲在唐朝就有了。但是可以追溯到黄幡绰。魏良辅说得很清楚了，是黄幡绰'所传'。黄幡绰是唐明皇梨园中的'明星'，大名人，'安史之乱'以后他跑到民间，和老百姓打成一片，和老百姓一起演出，宋朝就有《吴中纪闻》和《玉峰记》讲到这个事了，是唱傀儡戏，有记载的，老百姓都喜欢……"

我说，是不是可以简单地画一个流传的大致线路——

黄幡绰原来是宫廷乐师，高高在上的，因为战乱这个特殊的历史背景，他流落到民间，到了昆山正仪（今属巴城）傀儡湖一带，他和老百姓结合，雅与俗结合，渐渐就有了"新声"，再后来，又被文人雅士提炼改造，成为更高更雅的昆山腔，之后又发展提升，南曲与北曲结合，形成水磨调（即昆曲），最后流转又回到了"宫廷"（阳春白雪）……

老师说，可以这么说。黄幡绰最早是在民间开展"文娱活动"，到了元朝末年，杨维桢、倪瓒等人在顾阿瑛的玉山草堂，一起研习昆山腔，提高，提升，雅了——

这就是昆曲的来龙去脉，昆曲的源流……

就昆曲源头这个话题，想请老师写篇论文。

老师答应了，却迟迟没有动笔。每当问起，他总是笑呵呵的，不置可否。

就在这期间，2009年夏天，冒出来一个"教授"，说他在日本东京图书馆发现了顾坚不少新资料，有鼻子有眼睛，言之凿凿地说顾坚是昆曲的"鼻祖"。

差不多是爆炸性的新闻在昆曲界尤其是苏州，掀起不小的波澜。

有人大呼过瘾，甚至把"教授"的"发现"与《南词引正》的发现相提并论！

也有"研究"者生怕抢了自己的风头和"主导"地位，立马加以否定。

后来老师对我说，他看到了那个"发现"，但没有看到原始资料，尤其是佐证资料，比如说，有一张图，说是画的顾坚，可是，谁画的？什么年代画的？没有边款，没有印章，怎么就好说成是顾坚呢？！

是或不是，都要凭证据说话。

这期间，老师就我约写的文章，不断查阅资料，同时对关键材料一一核对，寻找相关的当事人，比如，日本国立图书馆的相关人士，到头来，所有来龙去脉弄清楚，所谓"重大发现"，其实是藏头掐尾的断章取义……

老师在杭州《文化艺术研究》2012年第2期发表《昆山腔形成时期的顾坚和顾阿瑛》，对上述所谓"发现"予以否定，又在《文学遗产》2012年第1期上，发表《论玉山雅集在昆山腔形成中的声艺融合作用》，就玉山雅集对昆山腔形成所起到的决定性作用做了翔实的论证，同时，对上述所谓"重大发现"也做了有理有据的批评："发现"无来历，"证据"不靠谱——即便此时，可以说真相已经大白，老师依然"期待"，只要拿出证据……

此外，还有一个故事——

老师写了《20世纪前期昆剧研究》一书，写了，却不能全部出版。为什么？涉及到昆曲界的乱象啊，写是写了，却只能留一半尘封在书柜，已出版的部分，内容从1900年起到1949年为止。

要说，就说实话，说真话。

不能如实说，宁可不说！

这就是学者的风格与风骨。

这就是文化人的道德和良知。

我和昆曲有故事

2018年6月29日下午，我和工作室俞真真、朱依雯一起去看望吴新雷老师。天气闷热难熬，找到小区却进不去，兜了几个圈子，才弄清楚。进得家门，但见老师赤着膊，因为儿子陪孙女在复习功课，所以我们就在一个小书房坐。老师说要出一本书，书稿好了，是关于昆曲的回忆，书名未定，我当即说，书名可以叫"我和昆曲有故事"——这个题目通俗易记，而且，说实话，这个题目也只有老师您可以用！老师说，好的好的，就用这个题目。我就说，这样吧，我们工作室来帮您做。而后抱回一大沓手稿，请人打印、校对、组合，作为"昆曲小镇"（巴城）系列丛书中的一本，2019年重阳曲会期间，《我和昆曲有故事》正式出版发行。

有个名叫"基地君"的网友，给予此书高度评价，说它"既有故事性可读性，又富学术性史料性"。因为——

第一,言之有趣。作者虽然是昆曲理论家,但语言朴实而生动,读此书如与作者促膝谈天,娓娓道来,终卷仍意犹未尽。除了大量生动有趣的故事外,书中还插配了很多照片,均是作者亲自挑选的几十年来与昆曲相关的留影。吴新雷教授乐观豁达,每一张照片都笑容满面,这些照片既增加了读图证事的意趣,也感染了读者,令人如沐春风。

第二,言之有据。正如作者在序言中说:"我之治学,崇尚考据,虽是回忆往事,绝不能信口开河。于是翻箱倒箧,查证手记资料,对于昆坛往事,务必做到确考时地,言之有据。除了时间地点应该确切外,诸事应求真求实。记忆不清的话,宁可不写。"基于这样的严谨,此书极具史料性和学术性。

第三,言之有物。书中记叙了很多学术会议,却并没有千篇一律,每一篇都有深意。1978年,苏、浙、湘、沪三省一市的昆曲工作者在南京举行昆曲工作座谈会。这是"文革"后一场赋予昆曲新生的会议,吴新雷教授以亲历者的眼光记下了与会者的热情,让读者感受到老一辈昆曲人振兴昆曲的渴望。再如记述2000年首届中国昆剧艺术节,作者以"古老的昆曲要过'节'了!"开篇,不仅细致描绘了艺术节的诸多精彩之处,还生动记录了与会者就昆曲继承创新发表的重要见解,如:"文学性和音乐性是昆曲得以飞翔的两个翅膀,不要伤筋动骨地去改动,不要弄得它飞不起来。"

第四,言之有情。从成为新中国第一位主攻昆曲的研究生,到"文革"后参与赋予昆曲新生的座谈会,再到20世纪90年代遍访各地编撰《中国昆剧大辞典》,书中写了作者数十年来与昆曲的故事,饱含深情地记下了众多可敬可爱的昆曲人。作者写了学术泰斗俞平伯、匡亚明,记下了他们在人生低谷时念念不忘昆曲,以昆曲点亮生活的故事;写了青年时意气风发的蔡正仁、石小梅,记下了如今名满天下的戏曲名家们当年的成名之路;写了曹禺、倪征噢、谭其骧、白先勇,记下了各界名士对昆曲的挚爱。

《我和昆曲有故事》是吴新雷老师的昆曲回忆录,更是他以生动的笔触为一个时代的昆曲人立下的传记。昆曲因为吴老师的多角度记述而变得立体,因为他生动的笔触而变得有温度。多年以后,后人再作昆曲之传,这部书也必然是一部绕不过的文献,因为它不仅写下了一个时代的昆曲历史,更记下了昆曲人亲历历史时的神情与心态,而这些,往往是史书中不曾写到的。

之后,陆续有评介文章发表,甚至远在东北的《长春日报》也刊登了题为"水磨昆腔,浸润心魂"的文章。北大昆曲基地推荐阅读的书籍,其中就包括《我和昆曲有故事》。

江南昆曲老名士

　　昆曲就像文人的诗社，古琴的琴社一样，无欲而成，共同的愿望就是在一起玩。如果建立在商业角度上，建立在跟社会潮流走的基础上，最后将是饮鸩止渴。

——张卫东

　　现在昆曲形势非常严峻！列入世界遗产后，昆曲变成肥猪，大家来吃！有人搞昆曲不是保护昆曲，他们是吃昆曲。猪是要让人吃的，但种猪不能吃了！吃了昆曲就没有了。种猪变成杂交猪，也不是昆曲了。

——顾笃璜

幽兰香飘恭王府

　　北有张卫东的危言："正宗昆曲，大厦将倾！"
　　南有顾笃璜的呼号："保卫昆曲，垂死挣扎！"
　　20世纪50年代，浙江钱法成主动打报告要求从省文化局去"国风"剧团工作，苏州的顾笃璜更加"另类"：1957年，他放着好端端的苏州文化局副局长不做，却要辞职去剧团"搞业务"！
　　正在"反右"。顾笃璜作为共产党员，这样做是"反常"的，给个"右派"的帽子也"顺理成章"，但是，宣传部凡一部长给予了极大的理解，没追究。
　　之后，他在苏昆剧团工作了几十年。
　　顾家是苏州望族，他十几岁就是昆曲"小票友"。祖上"过云楼"藏书非常丰富，明四家的画都有。1949年后，祖上所建怡园和"过云楼"藏书悉数捐赠国家。
　　1982年，顾先生力主重建了昆剧传习所。据先生女儿顾其正说，主要依靠自身的力量，至今已经排演的传统大戏和折子戏有《长生殿》《牡丹亭》《白兔记》《红楼梦传奇》以及《狗洞》《照镜》《扯本》《醉监》《做鞋·夜课》等。
　　1989年，他还变卖了一部分房产，和苏州大学中文系一起，办了个昆曲本科班。这是在昆曲列入联合国教科文组织非物质文化遗产名录之前。

天下昆曲人多矣,宁有如顾笃璜者乎?

2011年6月28日,为纪念昆曲"入遗"十周年,中国昆剧古琴研究会会长田青,力邀苏州平均年龄七十岁以上的"继""承"两辈演员,在恭王府上演了四出传统的折子戏,成为古都北京一道厚重亮丽的风景。这是苏州昆剧传习所的顾笃璜、薛承钰和退休的钱璎、张澄国等人费心费力做的一出戏。

7月16日下午,在苏州昆剧院"汇报"演出。

《楼会》,明袁于令所作《西楼记》之第八出。写于叔夜与名妓穆素徽西楼约会。扮演穆素徽的柳继雁,以七十多的高龄,居然款款移步,嘤嘤婉唱,将"梦影梨云""病不胜娇"的女子演得神韵毕现。虽然"烟花贱质",却与"阀阅名流"一见钟情。其间细微之处,表演非常精妙。尤其是她的唱,莺声燕语,婉转缠绵,真可谓"一声一字万种悠扬"!

《卖子》,明沈鲸《双珠记》之一折,写郭氏因丈夫入狱,义不独生,决然卖子后与丈夫诀别投渊。这是大悲剧。出卖亲生骨肉,如何了得!尹继梅的表演层层递进,先是波澜不惊,似乎卖儿就如卖菜,而当王章说要收下她的儿子时,顿起波澜,一举一动,一声一念,无不令人唏嘘揪心。而郭氏在失子昏迷醒觉之后,一个习惯性的抱儿子的动作落空,她突然明白,她的骨肉没了!她的心被掏空了,整个人就只剩下一副躯壳!哭无声,喊无言。只是撕心裂肺地干号……尹继梅的表演步步掘进,扣人心弦,催人泪下,堪称大美。

《狗洞》,明末清初阮大铖《燕子笺》之一折。鲜于佶胸无点墨,请人代笔,得中状元。主考官设局将其禁闭室内,命其作文三篇。鲜于佶窘极无奈,竟掀去衣冠,从狗洞爬出。故事荒诞不经,却是揭露科场黑暗的经典,讽刺活灵活现,倒让人联想起当今徇私舞弊的种种乱象。扮演鲜于佶的朱承泓,拿捏得颇有分寸感,把一个几乎是目不识丁的"状元"的丑态演绎得活灵活现。于是观众跟着剧情,时而会心地笑,时而暗暗地恨,时而又巴望眼下的贪官污吏也这么钻进狗洞以大快人心……

三出戏是沈传芷和徐凌云传授。排演特别注意严格保留文学剧本和音乐曲牌的本来面目,不做改动,更无"创新"。表演多为"原始"状态,舞台和音乐也是"原配"。一桌二椅,甚至没有任何布景和道具。

演出的意义或者不仅仅在于呈现昆曲的"原生态",更在于让今天的观众品味昆曲的昨天——了解昨天,才会珍惜现在,也才会尽心呵护它的过去、现在和将来。

为了这次演出,北京的一位名叫刘洪庆的作家,张罗忙碌了一阵子,还写了一副对联送给顾笃璜——

园可怡心青春褪尽孤枝指天犹劲
云又过眼暖冬归来牡丹伏地长生

顾笃璜是"继"字辈和"承"字辈共同的精神支柱。

千万不要把种猪吃掉

2008年9月20日，走进车如流水的苏州凤凰街，弯几步就是著名的清代诗人沈德潜的故居。"阔家头巷"又叫圆通巷，是清代达官贵人居住的地方，这里有全国重点文物保护单位网师园，还有圆通寺。

小巷窄窄，不过丈余，小巷浅浅，只有几十米，却是一条穿越时空的线，穿连了几百年的历史，也串联了几十家琳琅满目的小店铺。

重建的"昆剧传习所"就在路口的沈德潜故居。

乾隆皇帝称沈德潜为"江南老名士"，顾笃璜是不是也可以称作现今的江南昆曲老名士？

每周二、周六的上午，顾笃璜都会在这里"传习"他对昆曲的执着甚至是执拗。

头发花白，根根竖起，密匝匝却条理清晰。眼睛烁亮，颧骨分明。手里捧着个硕大的塑料茶杯，蓝宝石的颜色。二十元买的，上面有标识：一千毫升。他喝自制的"茶汁"。每天上、下午各一杯。一把折扇，两面都是孙中山的字：一面是"博爱"，一面是"天下为公"。

初次见面，顾笃璜并不如外界所说古板严肃、难以接近，几句话过后就可以无拘束地交流了。

顾老指着北京来的昆曲的追随者说：你看看，他们都是时尚的青年！果然，穿着牛仔、宽袖装、露背装或者是超短裙的，都有。

台湾人说：前卫人士看昆曲。

还有一句：最好的昆曲演员在大陆，最好的昆曲观众在台湾。

就苏州昆剧，他写了本书《艰难曲折的历程》。还写了《昆曲衰落的思考》，他说，我养猪，他们吃肉，但是，千万不要把种猪吃掉！遗产就是遗产，创新就是创新，不能混为一谈。

"现在花很多钱，搞的是'非艺术'。保护就是保护，不能乱改。

"现在是拿政府的钱，编戏，演员和导演都有份，'先富起来'，然后活动，去拿个什么奖……

"我从来不在昆曲上拿一分钱。包括《长生殿》，我导演，也没要一分钱。我不是吃昆曲。"

实在说,这时候笔者还没有理解或者说体会到先生所言"吃昆曲"的含义,十多年以后,当昆曲真正成为"时尚",成为政府部门都"大手笔"投入的时候,我不仅知道了什么是"吃昆曲",而且事实上,"吃昆曲"的的确确是比比皆是了!

当然,此时此刻,还极少有人想到"吃昆曲"。

这时候昆曲很寂寞。

十天后的9月30日,国庆长假的第二天,再次拜访顾笃璜先生。

观前街满眼都是人,潮水般这边涌过来,那边推过去!南腔北调的游客,把个偌大的观前街挤压得水泄不通,家家客满,店店超员。百姓度假,商家大乐。所有的商店都是人头济济,即便卖栗子、热狗、椰子和竹筒饭的小摊点,也要排队,价格不菲的哈根达斯,想去尝尝,对不起,请排队!

观前("钱")街只管数钱便是!

与观前街截然相反,昆剧传习所却是清冷得出奇。沈德潜老人静静地坐着,"老名士"目光炯炯,穿透时空,笑人间繁华如梦,又敬人间寂寞如许。

七个老人,在传习所的里间,开会。

既然放假,又是长假,总得让人们无牵无挂地休闲啊!所以,即便在被认为全世界会议最多的中国,节日长假也不开会了。

本人素不喜欢开会,可是,现在,当我面对传习所几位老人的会议时,却肃然起敬了:他们正在商量,如何利用忠王府这块阵地演出昆曲剧目。说话的正是顾笃璜,他说,从10月6日开始,周二至周日,能不能天天演?我们不去,上海(昆剧院)会来,他们条件好。至于演员,要自愿,不能勉强。排一下,能参加的有几个,可以做工作的有几个,等等。

"我们白天演出,不收门票。晚上卖票。观众看中的是我们的传统,不是看'海派'!"

原来,"承"字辈要碰头,传习所秘书长薛年椿就希望顾笃璜能来说说,顾老觉得没有太大把握,说,也不一定我说了就有用。最后答应来说说。

"甚至不能寄希望于昆曲从业人员!"

先生突然冒出这句话,令我感到震惊。先生接着又说,"正宗的昆曲正在流失。这是文人欠的一笔债!"我又不解。先生解释说,(因为)没有把艺术传给艺人。

关于青春版《牡丹亭》,先生说,最早是他提出来的。古兆申给浙江写了个本子,演出以后,不怎么理想。我请他来苏州。他来了,就去拉白先勇造势。白先勇一来,古兆申自己就没有立足之地了,就退出了。

这是颇有意味的一段"逸闻"。

先生依然沿着他的思路往下说——

古兆申是很有艺术的。艺术只能意会，不能言传。

白先勇宣称：原汁原味，只删不改。因为是古董，只能欣赏，不能损伤。实际上，不可能，损伤很多！他们以为，这样改了，接近观众了，他们不知道，观众是要培养的。真正的昆曲观众是要用最高标准来培养的。

保存和创新是不一样的。就如美声歌唱家，和流行歌曲演唱家，都需要，不能互相排斥；交响乐要，摇滚乐也要，但不是把交响乐改成不伦不类的摇滚乐！

可以创新，但不能改造，不能替代。

青春版《牡丹亭》是"借"传统说现在，是昆曲的"改造"。"只不过是把古建筑的门窗换成了铝合金。"他认为，《牡丹亭》艺术上的成败得失，可以讨论，有些要留给后人(说)。

十一点三刻，我送顾老上汽车，公共汽车，931路。每周二、周六，或者其他时候，他就搭这一路公共汽车，从家里来传习所，再回家，两点一线。

目送老人登上公共汽车的刹那，我感觉老人的身躯有些高大起来，只是高大得有些模糊。他的观点未必都是真理，但是，在昆曲成为"时尚"、成为某种符号时，是不是很需要这样执着甚至是顽固的"守护神"？

忽然就想到一句老话：人无完人，金无足赤。顾笃璜性格中似乎存在某种弱点，但是，他对昆曲的虔诚和对昆曲所作出的贡献，是谁也否认不了的。

顾笃璜是昆曲的"清客"。十多年的采访中，遇到几个这样的清客，他们视昆曲为身份，视昆曲为生命，视昆曲为精神的家园……

他们人数极少，却坚持不懈，自我欣赏也自我感动，大千世界的纷扰休想染指他们一丝一毫，他们对昆曲的理解固执而偏执，任何关于昆曲的言论，只要与之不一致，就会表现出几近恐怖的愤怒！

北京昆曲研习社的朱复便是其中之一。2013年9月下旬，我联系采访，开始他不接受，说要得罪人，后来被我说动了……

就这么摸到了他家。他态度非常鲜明，言辞也十分激烈。

他最佩服的是吴新雷：《中国昆剧大辞典》三百一十万字，先生亲自校对了七遍……有哪个专家教授能做到这样？！

他对台湾地区的昆曲传承也有自己的评判：这些年给台湾曲友教唱的都是大陆去的演员，而不是徐炎之那样的曲家，不是纯粹的昆曲……

对大陆的"昆曲热"他表现得非常不满，对某些人以"改革""创新"的名义糟蹋昆曲的乱象，尤其反感。

我说，扬州一位已故曲家说，昆曲是佛前灯，长明，但不会爆燃。

他说，佛前灯也要有和尚照应……

他的意思：和尚不照应或者和尚念歪了经，（昆曲）灯也会灭！

临别时他起来送我，因为曾患小儿麻痹症，他的身体是倾斜的，但是我依然感觉到他精神上的独立。

独立和孤独往往联系在一起。

孤独，也是一种美丽。

将军白发征夫泪

2008年6月19日，苏州"承"字辈联谊会成立，每周五唱曲，很活跃。10月9日下午，第四次活动。

苏州碑刻博物馆。红墙外面是繁华的人民路。碑刻的长廊过尽千百年的历史，却没有留下一页关于昆曲的残篇断章。

不大的一间会议室，却是"座无虚设"，以致后来者只能坐在门槛上。"大班长"薛年椿说，今天来了二十四人，写《昆山之路》的作家杨守松也来了——好像他们都知道《昆山之路》，大家鼓掌。

顾笃璜是特意赶来的。在这些中老年昆曲演员中，顾笃璜享有至高无上的权威。所以薛年椿把顾笃璜请来，让他说说话，为"联谊会"鼓气。

顾笃璜习惯性地摇着他的扇子，一字一句，沉重，激愤，斩钉截铁——

这个联谊会是松散型的组织。现在昆曲老人多，"继"字辈七十岁至八十岁了，"承"字辈也六十岁上下了，承担不了传承昆曲的重担。我今年八十一岁，实足是八十岁了，我的辰光（时间）不多了，目前身体撑着，还可以，只是总不好同以前比了。

依然是顾氏风格、依然是斩钉截铁。他说，现在昆曲形势非常严峻！列入世界遗产后，昆曲变成肥猪，大家来吃！有人搞昆曲不是保护昆曲，他们是吃昆曲。猪是要让人吃的，但种猪不能吃了！吃了昆曲就没有了。种猪变成杂交猪，也不是昆曲了。

又说，继承遗产，一定要把昆曲原来的样子弄出来。原来是怎样的？非昆曲的删除，原来昆曲的放进去。

接下来是大家发言，很集中，就是要钱没钱，要人没人。还有人说，某个领导见了就问，有没有困难？其实只是客套几句，没有人当回事去做的，要么你拉下面子去要。

顾笃璜说，不是每个人都能不要面子的，所以，"不要面子也是一种能力"！

就有人说，我们不要光忧心忡忡地空讲，就是讲一千遍一万遍也没有用，我们要问自己，自己能做点啥，愿意做点啥。

情绪渐渐好些了。

每次讲困难，每次都有积极性。

顾笃璜说，有积极性就能创造条件。

散会后，我在博物馆转了转，大门进去的地方，都做了文物商店，销售古董古玩，也销售手机、销售充值卡，因为生意清淡，几搭人在打麻将，喇叭里放的都是流行歌曲，《月亮之上》高亢嘹亮，与"承"字辈联谊会的气氛形成绝妙的对比。

再往里面转，是朱熹书匾的"明伦堂"。

范仲淹有诗——

> 羌笛悠悠霜满地，
> 人不寐，
> 将军白发征夫泪。

苍凉，凄凉，悲凉，全有了。

对了，范仲淹有名句曰："先天下之忧而忧，后天下之乐而乐。"

二十多位老人对昆曲的忧虑，是不是也有那么一点意思？

寂寞而美丽的"传奇"

十年以后，2018年10月，第七届中国昆剧节。繁花似锦，异彩纷呈。几十场演出，其中不乏"大制作"，就有一个把经典的话剧改编成了"经典"的昆剧，并且号称全国所有大奖都要拿到！

演出后，虽收获一些场面上的客套话外，但私下里，人们无不贬之笑之……

10月14日，中国昆剧博物馆演出古本《红楼梦传奇》。本剧分别节选自乾嘉年间江苏泰州仲振奎（号红豆村樵）据小说《红楼梦》改编的《红楼梦传奇》《葬花》《听雨》，及太仓吴镐（字荆石）改编的《红楼梦散曲》《焚稿》《诉愁》，四折合为一剧予以重排。

全剧以"悲金悼玉"为主线，保留了曹雪芹笔下丰富的人情世态，体现了《红楼梦》的精华。据说，在节选时，除适当删节外，凡入选的曲词即一字不改，所选四折，共七十支曲，留用了六十七个不同的曲牌，既有北曲，又有南曲，更有南北合套者,行家见之即可吟唱,例如《听雨》【锦中拍】"听空檐乱敲"一曲即如此。

更为难得的是,悉用旧谱,连一个音符也不改。

顾笃璜先生为这次重演设定的目标是:充分运用传统手法,力求再现古本原貌,"仅用简单的一桌两椅,不去借助华丽的舞美灯光,还原最传统、最本真的昆曲形态,以演员的表演艺术为中心"。

在苏昆老艺人朱文元导演下,饰演宝玉、黛玉、紫鹃、李纨的四位青年演员,为观众奉献了一台恪守昆曲之魂的"古剧"。

尽管,从纯专业的角度看,依然有不少可以提高的地方,但就整体而言,尤其是相对某些背离了昆曲的昆曲"大制作"而言,业界给了好评……笔者屏息静气看完,深深为之感动,油然生出一股敬意。

而这个戏的费用是前面所说的"大制作"的一个零头。

想起了《浣纱记》中一句话:还是他们是他,终是咱们是咱!

出于对顾先生的敬重,想请他写几句话,可是,先生手提起便颤抖,已经无法握笔,特意请书法家蒋元祥写了送我——

  顾笃璜老嘱写
  大美昆曲
  贵在传承
  海枯石烂
  矢志不渝

传承、创新和创作

> 我们必须明确：遗产是不能"被发展"的，它只能被继承。
> ——田 青

> 没有人不想创新、出新，但前提是，你要知道你身后有没有"粮库"，有没有创新的"资本"，而老祖宗留下来的那些戏，就是"粮库"，就是创新的源泉。
> ——裴艳玲

> 一个戏的修改发展是很正常的，但要具备改戏资格的人才能去改，刚学会的人是没有资格的，还没消化好，就凭主观去改，是改不好的，也不会有好的发展。
> ——朱家溍

拆得堤防纳众流

昆曲高雅，是"雅部"，是在厅堂里供少数人享受的。但当昆曲而昆剧之后，就很难免俗了。"剧"者，戏也。演戏看戏，岂能仅仅就是一个"雅"字？最为明显的就是增加了"净丑"，这就使得昆剧向"雅俗共赏"靠近了。所谓"家家收拾起，户户不提防"，也无非是说昆曲"大众化"了。

昆曲当然是阳春白雪，但是昆曲也有"下里巴人"。昆班也会上演一些非常通俗的剧目。2013年10月11日，南京江宁织造博物馆红楼剧场，南京昆曲社和台湾中华昆曲艺术协进会联合演出，名为"水墨江南中的昆曲情怀"。一边是甘家大院后人汪小丹，一边是台湾师范大学的杨振良、蔡孟珍夫妇。演出前，我仔细浏览节目单，拜张继青为师的蔡孟珍，不仅演六旦，还演正旦，汪小丹的得意弟子窦笑智演《刺虎》……再往下看，突然就冒出来一个《小放牛》——着实惊讶甚至惊异：有没有弄错啊？昆曲也有《小放牛》？

就问一同看戏的吴新雷老师，老师说，昆曲艺术被很多地方戏学习、吸收，昆曲也从地方戏中吸收营养（即前文所说"纳众流"）。乾隆时期，昆曲从二十多种民间地方戏中吸收营养，昆班上演《小放牛》，就是一个例子。

清末昆剧艺人演出,开场前的"跳加官""跳财神"等,都是市井乡民所好。"传"字辈艺人邵传镛、沈传锟、周传铮、薛传钢、郑传鉴等都串演过男加官,为沈斌泉(亦说为吴义生)所授。华传萍、姚传芗、王传蕖、倪传钺、包传铎等还演过女加官,为尤彩云所教。

所以,庙堂之高,乡野之俗,都曾经是昆曲的"知音"。

昆曲的产生,是雅与俗结合的结果。

昆曲的生命,也在雅与俗里面延续。

合肥四姐妹中的四姐张充和答允和二姐观昆曲诗,题目曰"不须"——

> 收拾吴歌与楚讴,
> 百年盛况更从头。
> 不须自冻阳春雪,
> 拆得堤防纳众流。

"雅部"的昆曲有时候也流俗。还有,针对当下,今人和古人表演的内容和形式是不一样的,古人多讽喻时事政治,今人多歌颂或者抒发文化情怀。

都需要,都很美。

不过,前者往往能成为经典,后者却只能上演一时,没有也不可能流传。

中国艺术研究院有一位研究员、博士生导师也说过,两万个新编戏,能留下去的至多万分之一!

1949年以后,创新或者新编昆曲,成为经典的似乎仅有《送京》一折。

《送京》是侯永奎和李淑君成功的合作。

1961年,焦菊隐妻子秦瑾根据流传颇广的千里送京娘的故事,以"野旷天高"四个字作为创作的气韵,编了《送京》这出戏。

陆放写的曲子,很好听。

侯永奎一起把关设计动作。

新编的戏,成了经典,成了"传统"。

其实,现在一些常演的折子戏,不少就是"传"字辈老师们"捏"出来的,《百花赠剑》《墙头马上》,都是朱传茗谱的曲。

在《红娘也性感》一文中,梁谷音就谈了她在细节处理上如何"加"了自己的东西——

> 这时候的红娘,你说她懂,她也懂,说她不懂,她也不懂;他们两个在屋

里了,你站在当中干什么呢?她也傻乎乎地不走,所以张生说,红娘姐外面有人来了,她也当真了:"在哪里呀在哪里?"两个人进去了,把门关上了。红娘:"张先生,没有人,没有人。"

这里是我加出来的,老的本子是红娘跑到这里就直接叫:"张先生,开门呀,开门呀。"我也觉得有点空,所以加了句词。

采访张洵澎的时候,她说——

体操没学,但是我一直是看他们表演的。我是敢于去吸收的。但是吸收不是照单全收。……我这个昆曲的核心我要抓住的,我是要美化它,我提升我自己的剧种。

为什么我的步子丰富了?不是光走个台步,不是的,我有很多步子,迈克尔·杰克逊的步子我放在乔小青里,到杜丽娘死了的时候那段唱,我叫她"阴步",就是迈克尔的,《题曲》演到她兴奋的时候,我用的是爱尔兰踢踏舞步,但是你看不出来,因为有裙子遮住。吸收了以后为我所用。

你看,连"爱尔兰踢踏舞步"都用上了!还不够"创新"不够"大胆"吗?可偏偏就是好看。

怎么回事啊?

请注意"为我所用"一语。记得在一次观看张洵澎的录像时,有行家说,张老师运用了芭蕾舞的技巧,她用,一点也不生硬,就是好看,别的人怎么也学不像,一跳就让人觉得别扭,难看!所以,说到底还是个艺术的功力问题,有底气,就会"化开",就会"为我所用",否则,往往就如东施效颦,适得其反。

有朋友说,上海昆大班的一些演员,在舞台上表演时,往往会"自由发挥",同一出戏的不同场次的演出,都不会是刻板的重复,从细微处看,每一场都会有不同的呈现,但是无论怎么"变",万变不离其宗,都是昆曲,都非常精彩!

为什么?因为他们有底气,所以能融会贯通,进入艺术的自由王国。

说到底,就是:你懂吗?

皇家粮仓《牡丹亭》和 $\frac{1}{2}Q$

北京有个王翔,拿了明代皇家粮仓的经营权。他煞费苦心,试图找出昆曲与粮仓的契合点。在"像垃圾一样"的实验失败后,于2006年底遇到汪世瑜,两人决定合作,开始南昆北演历程。

2007年5月,厅堂版的《牡丹亭》在话剧导演林兆华和昆曲导演汪世瑜精心筹划下开张。

粮仓分成两块,一边做了饭店,一边就是昆曲"厅堂版"的演出场所。每周演出三天。最高1980元的票价,可谓"天价",但是依然上座率很高。

2008年12月6日晚上,本人北京遇车祸后次日,紧赶慢赶到皇家粮仓采访。事先联系的付垚小姐说很抱歉,董事长王翔临时有外事活动,不能过来……

就看戏。已经客满,好在汪世瑜老师在,他简单跟我说了下,然后安排我在楼上看戏。这里可以俯瞰整个剧场。演员和乐队尽收眼底。四五十个座位座无虚设。演员与观众面对面,"零距离"。舞台布景虚实结合,时间空间的调度新奇而亲切。书法与绘画是当场创作的。雨丝从"天上"下,风片在身边吹。"杜丽娘"还魂,突然从后边的舞台亮相,穿过观众的通道也穿过阴阳两界的时空……

"零距离"地"把玩"。

厅堂外冰天雪地,厅堂内暖意融融。

汪世瑜说,可以这么演,给极少数人把玩,也可以走向大众,十元或者不收门票,"只有昆曲能做到这点"。

六百年的粮仓,六百年的昆山腔。

厅堂版《牡丹亭》取得了不俗的票房。按照刘洪庆的说法,王翔是"企业家中的文化人,文化人中的企业家"。

昆曲人的热情和探索精神始终没有停止。

2010年7月,上海昆剧团郭宇率团在南京演出,12月28日,柯军率团到上海演出:所有剧目,基本上都是两家演员同台献艺——因为上海与南京有高速铁路,两地演员和观众可以便捷往来,所以就取了"昆曲高铁"这个名头。

过去是"跑码头",现在是"跑高铁",能一样吗?!

2011年国庆前,南京媒体传播了一条醒目的新闻——

《新华日报》:"'杜丽娘''柳梦梅'昨乘地铁——昆曲'穿越'之旅惊艳众人";

《现代快报》:"穿越六百年·昆曲'咿咿呀呀'进地铁";

《南京日报》:"地铁二号线开出'昆曲专列'"——

9月27日,昆剧名段在南京地铁新街口站和二号线列车车厢内上演,来自江苏省演艺集团昆剧院的六名昆曲演员为地铁乘客表演了《长生殿》《桃花扇》《牡丹亭》等三段昆曲经典曲目。

大雅光临,大美"下凡"。惊讶惊奇也惊艳!高速运转匆匆忙忙的脚步,被昆曲的一个"慢"字吸引了留住了——哪怕只是留住了一瞬、一秒,也是艺术当下的奉献。

在台湾,有个 $\frac{1}{2}$ Q 剧团,是几个年轻人组织起来的,其中就有我采访过的杨汗如,上海昆剧团的吴双也在这个团队之中。据说,这个剧团开宗明义,就是有"二分之一"的昆曲,然后把所有时尚的年轻人喜欢的元素都糅进去,糅到昆曲里面去。

2013 年 10 月底,他们演出"创意新昆剧"《情书》,故事由《西楼记》脱胎而来。香港的票友邓砚文和梁淑明专程赶过去看。舞台不大,但是"融会贯通",既是西楼,又是书房,还是车和船。可开可合,收放自如,根据剧情发展,随时变换场景。邓砚文让我看她的手机录像,唱的确是昆曲,唯美,只是结合了现代年轻人的审美情趣,高科技也运用得恰当。

11 月 1 日晚上,香港弥敦道 63 号 isquare 国际广场三十楼,众声喧哗的餐厅里,两位年轻人兴致勃勃向我叙说了这个剧的好。

还说,票价四百元台币,很便宜。光凭这,"一定是不够的",虽然有文化基金方面的补助,但是肯定不足,就是说,年轻人自己还得贴钱进去。

好在有观众,有生存的空间。

园林版《牡丹亭》和《春江花月夜》

由谭盾和张军担纲制作人、张军昆曲艺术中心出品的中国首部实景园林昆曲《牡丹亭》,自 2010 年至 2019 年 7 月,在上海青浦朱家角课植园上演了 226 场,已经成为上海的一张文化名片。

其间,我和家人专程赶去看。票很紧,还好买到了三张。"原汁原味"的园林,幽静而优雅地上演了一场生死爱情的悲喜剧。想来《牡丹亭》原本就该是这个样子的。演出结束后,和正在卸妆的张军聊了会儿,感觉到了他的艰辛和幸福——和之前完全不一样了,过去一切有团里担着,自己除了演戏还是演戏,什么都不用自己操心,而现在,一切都得靠自己,连舞台的桌椅什么的都得考虑,来不及了就自己搬……

好在,创作带来的幸福感是其他东西都无法冲淡、无法取代的。

2012 年 11 月底,由美国纽约大都会艺术博物馆和美中文化协会联合监制、张军昆曲艺术中心出品并演出的实景园林《牡丹亭》世界巡演,在首站纽约上演六场,并通过大都会博物馆官方网站向全球直播。这是纽约大都会博物馆首次承办戏剧类演出项目,博物馆还为演出特地举办了为期五个月的大型展览《中国花园:亭阁,书斋,隐退之地》,而演出录像也将被博物馆永久收藏。

园林版《牡丹亭》在纽约的成功上演被文化部誉为近年来中美文化交流的典范之作。《纽约时报》和《华尔街日报》等美国主流报纸均给予了大版面的图文报道。

也在这一年,昆山也有了克隆:昆山亭林公园后山的遂园,按照"实景版"《牡丹亭》的需要,重新规划建设……

毫无疑问,"好看"多了。

质疑之声却伴随而来。比较集中的是说它炫技和炫耀,甚至是炫富:昆山有钱……

于是有人担忧:昆曲是这样的吗?这也算"创新"吗?这到底是高科技为昆曲梳妆打扮,还是昆曲为高科技涂脂抹粉?!

不止于此。亭林公园青山绿水,碧波环绕。遂园是其最典型的一个景点,陈从周评价为"江南园林甲天下,二分春色在玉峰"。

如今遂园却被人为改变了……

曾经在这里工作多年的画家和园艺家刘建华,看了心疼不已!同为画家的陆伯平,他在这里写生画画十二年,画了三千多张画,对这里的一草一石一花一木,都有很深的感情,他说跟它们就像朋友,可以对话,可以有交流。遂园破土,他说是破相,只好遗憾离去,从此不再在这里写生画画……

所以形式上的克隆未必就好。就如周庄的旅游,多少地方克隆复制,却无成功的一例。

其实张军自己比谁都清醒,这里不去展开。

张军一直在沿着创新的思路往前走。2015年6月26日,张军的新编昆剧《春江花月夜》在上海大剧院开演。

如果说,园林版的《牡丹亭》是创新的话,那么,《春江花月夜》则是创作,全新的创作。早先从苏昆看到过本子,转来转去,不知怎么就到了张军手中。

开演前十天,三场演出近五千张票悉数售出,大剧院破例加座仍供不应求,如此火爆的场面在申城戏曲演出市场实属罕见。

《春江花月夜》剧本由"八零后"剧作家罗周创作,张军领衔主演。同台演出的有北方昆剧院当家闺门旦魏春荣、史依弘、关栋天等戏曲名角,他们也是当代京昆两界一时之选。

"人界演的是情感,鬼界演的是荒谬,仙界说的是超越;《春江花月夜》并不标新立异,而是传统再造的新编昆曲。"导演李小平说,"剧中的张若虚原是游戏人间的公子,但遇见爱情后开始扭转人生,有了想坚持的事情。我想放大那个转折点,到底是什么改变了一个人? 而穿越时空的再遇见,也说出了人与人情感间超越输赢的刻骨铭心。"

中国剧协副主席罗怀臻高度称赞它是"几十年一遇的作品"。在艺术研讨会上,来自北京、上海等多地的专家、学者和昆曲艺术家表示,尊重传统艺术样式,联合艺术优势资源,创新推广营销,是这出戏赢得市场的奥秘所在。

《春江花月夜》最值得褒奖的成功是它的真诚,从头到尾,都严循艺术规律和市场规律。换句话说,这是一部良心之作。

"良心"二字说出了张军的心声,也道出了当今昆曲(文化)界缺少或者缺失良心和良知的"通病"。有些所谓文化人所谓昆曲的"腕",他们和之前社会上流行的"一切向钱看"的人并无两样,却偏偏要借着昆曲的名义打着"创新"的招牌招摇过市……

"春江"是一部良心之作,因为它遵循了艺术的规律,遵循了昆曲的曲牌韵致。

归根结底,从编辑到导演到主演,他们懂。

懂昆曲,懂艺术,这是"春江"成功的前提。

张军说,说到当代的昆曲,他对"当代"这两个字,是"战战兢兢"的,因为越当代越要传统,因为整个剧本的肌理是非常传统的。

"战战兢兢",可说是"良心"的另外一种表述。艺术家一旦失去了良心和良知,一切所谓的包装和炒作就都显得苍白和虚伪。

任何一部作品都不可能十全十美,或者说所有的人都"一致"看好。据说在南方某地演出时,就有曲友贬之否之。但是笔者依然认为在新编昆剧中,这是一部上乘之作。

愿《春江花月夜》继续打磨,成为经典,成为将来的"传统"!

创新,你懂(昆曲)吗?!

有人说,"上昆交给张军,省昆交给柯军,昆曲要完!"

让我们静下心来说话。

所谓原汁原味,应该指昆曲的灵魂,昆曲的"核"。是不是按照二百年、三百年、四百年前的样子演出才叫原汁原味? 那么,又有谁见过二百年、三百年、四百年前演出的原汁原味呢? 即便那样,食古不化,又怎么可能为今人接受和欣赏呢？

再，过去的演出多在厅堂，观者多为文人士大夫，到了"传"字辈时候，基本都在跑码头，田头场边或者小庙小店，观众则为乡野百姓和闲杂人等。现在呢，演出场地大多在剧场，观众则多为新世纪的年轻人，而且观众是几十几百甚至上千。一切的一切都不同了。

事实上，作为艺术，经过任何一个人的手，就不可能是纯粹原汁原味的了。对昆曲创新提出反对意见的人（这里不含他们意见的正确部分），自己在编排昆剧时，都没有也绝对不可能是他们自己所说的那样原汁原味！

不能说，自己的"创新"就一定对，别人的"创新"就一定错。

任何改编、新编和复排等，都是一个新的创造，一个新的"版本"。

区别仅仅在于：品位的高下。

2009年全国昆曲工作会议暨院团长联席会议上，文化部艺术司十分明确甚至是语重心长地提出了每个院团的"保留"剧目问题。这是意味深长的题旨。

说白了，就是无论是创新还是传承，都不是最重要的，重要的是：你的剧目是不是经得住时间的考验。

真正的成功在于：你的剧目能够成为保留剧目！

保留就是成功，就是精品，就是经典，就是"传统"。

所以，柯军也好，张军也好，对他们所有的探索或曰创新，都不要急着下结论。反对者的心情可以理解，赞同者也不必计较。不要争论，更不能折腾，要做好，做出成就，让观众让时间去检验。

2006年2月，联合国教科文组织文化助理总干事穆尼尔·布什纳吉在给《人类非物质文化遗产代表作》一书写的"序言"中说，"《公约》的着重点不在物质遗产本身，而更在于遗产的动态进程……并随其所处环境与自然界的相互作用而能够不断再创造。"

"动态进程"与"不断再创造"，应该就是改革与创新吧？

昆曲几百年后还要存活，它的基因不能变，我们要寻找古典的神韵，但不能忘记，昆曲是艺术，艺术不发展不创新就是陈列品，就没有生命了。好比室内和室外，室内是仓库，是家当，室外是现在的场景，时代的天空。打造了新的，成功了，再放到仓库，那就是新的"传统"了。

古为今用，历来如此！

《桃花扇》就是为当时的人服务的，它大胆地针砭时事，我们为什么不可以？！我们不能只是"仓库保管员"，昆曲的功能是多元的，我为别人用，别人也为我用，昆曲的好多东西被其他剧种拿去用了，昆曲为什么不可以把其他剧种好的东西

"拿过来"?

昆曲作为艺术,是小众的;昆曲作为文化,是大众的。

昆曲规范、完美到了极致,极致就可能固化。比如画一个圆,你画得太圆,就跳不出去了,就把自己圈在这个"圆"里面了。如果画了圆而不接头,朝外面延伸,那就是越画越大,就如长江源头,很细很小,到了下游可以无比宽广,最后汇入大海。

拆得堤防纳众流!

关于昆曲的保护与创新,这样的课题,还会永无止境地争论下去,因为精神的东西,文化的东西,不是物质的,不是物质遗产,不能量化。如果不争不论,必然死水一潭;百家争鸣,昆曲这朵兰花才会越发美丽。

世界是多元的,文化是多元的,昆曲的传承和创新,是不是也应该是多元的呢?是不是也可能是多元的呢?

还有一点,恐怕是被忽略了或者模糊了,即:清曲与剧曲是不同的。

清曲是极少数人的文化消遣,不化妆,不喧闹,伴奏乐器简单,就是竹笛一支,至多双笛或者加鼓板。清曲会出曲家,曲家更偏向研究清曲。清曲定词定谱,腔格口法都是准的,非常严格,从不越雷池一步。

剧曲是演出时唱的。清曲唱给自己听、几个人听,剧曲唱给观众听,你得适应观众,再者,不单单唱,同时要表演,水袖啊身段啊等,这就决定了你不能完全像清曲那样唱。

清曲和剧曲,一个昆曲的两路传承。应该是相得益彰,缺一不可。

不能互相取代,也不能互相否定。

同时——或者说尤其要强调的是问题的另一面,即所谓创新,有一个前提:懂。

昆曲,你懂吗?

再说一句,昆曲,你懂吗!

还要再问一句,昆曲,你懂吗?!

王仁杰先生生前说过:"我不敢写昆曲,我只能做一些剪裁的工作,我们今人写不出昆曲的味道了。光词,我们就过不了关,昆曲的每一首都是好诗,我们没有那个水平,写不好会降低昆曲的文学品格。"

王先生是国内为数极少的杰出的剧作家之一,尚且如此说,足见其对昆曲的敬畏之深,也足可见昆曲是何等高雅深邃。

所以我说,不懂,就不要瞎指挥,不要异想天开、胡编乱造。

盖叫天儿子、武生张二鹏曾经说过:"创新多容易啊,越是身上没玩意的人,越能创新,除了'创新',啥都不会。成天创新,喊戏剧改革,我看那该叫戏剧宰割。"

章诒和先生在博客中写道——

> 戏曲学院学生问我的好友、音乐学家田青:"你让我们光挖掘传统,不发展不改革,那梅兰芳就改革。为什么他可以改,我不能改?"
> 田青答:"就是他可以改,你不能改。梅兰芳能演四百出戏,你只会演两三场折子戏。你还不知道戏曲的精髓在哪儿呢。"

1947年,齐如山赴台湾前,在上海,梅兰芳向他说起拍电影《生死恨》的情形,齐如山说,"你刚才说的那些理由,说来确是理由。听着也没什么不合理的地方,可是有一个要紧的理由,得说在前头,就是必须先懂得中国戏。要真懂了国剧之后,无论怎样改动,也不会出了国剧的原理。若不懂国剧,那是你一动就必要出毛病的!"

还有一个故事,裴艳玲说——

> 前年有团请我去演《夜奔》,请了很有名的灯光设计师。我在下面一看灯光,我说"停一下,你这满天星斗给谁预备的?"他说,"夜奔就应该有星斗嘛!"我说,"哦……真开眼界了,那要是三岔口呢?"他愣了愣说,"三岔口是黑的舞台,得切光了吧?"我讽刺他,他觉得我奉承他!

又,据说,上海曾盛情邀请裴艳玲到上海观看新编京剧《梅兰芳》,从一开始,裴就生气,欲离场。第三场幕间有个安静的片段,裴突然站起身,背手昂立,全场为之肃静。裴大骂一声,声震全场,骂完后,扬长而去。

裴艳玲说:"我不愿意说话。我觉得好,就参与,觉得不好就不参与。你非让我说,我就骂娘。骂你了!怎么了?你不让我来,正好,我去遛狗。"

裴艳玲说:"没有人不想创新、出新,但前提是,你要知道你身后有没有'粮库',有没有创新的'资本',而老祖宗留下来的那些戏,就是'粮库',就是创新的源泉。有人说我保守,我得对他们说声谢谢,我觉得我'守'得还不够。如果我再多'守'一点,再牢固一点,我比现在还强大,比现在唱得还更好。"

以上故事,说明同一个问题,你在那里说艺术、做艺术,那你首先要懂艺术。不懂就是不懂,虚心点,少说,不说,请教了懂的人以后再说再做。不懂装懂,或者去问其实不懂的伪文化人,而后就以为懂了,然后就胡乱指挥,随后安个什么名号就冠以"创新"的名义,这么做的结果,只能是糟蹋艺术。

昆曲的灵魂是独立的

创新,为昆曲,还是为我?

为昆曲,可能成功也可能失败,无论鲜花灿烂还是头破血流,都是一种美丽!

为我,所谓创新,昆曲仅仅是赚钱或者升官的工具,无论成功(特指获什么奖)还是失败,都一样丑陋!

对昆曲,已故南京大学中文系教授解玉峰有自己的理解——

"昆曲"之所以称为"曲",主要是"诗、词、曲、赋"的"曲",在过去主要是文人的一种活动——一种文学写作,魏良辅、梁辰鱼以来也有些文人参与或指导曲唱,所以产生清曲唱的组织——今所谓"曲社"。在清末民初时,各地以文人为主的曲社极多,赵元任、罗常培、吕叔湘、唐兰、李方桂、俞平伯、谭其骧等许多近现代著名学者皆雅好昆曲。文人作曲、唱曲本是一个很好的传统,可惜近半个世纪来基本上中断了!

解玉峰说,很多人认为昆曲过去曾经是一种流行文化,恐怕有问题。虎丘曲会上万人,"家家收拾起,户户不提防",此类的文献记述确实有,但很可疑。如果我们承认昆曲是一种高雅文化,也自然就是"曲高和寡",怎么可能很"流行"?像《牡丹亭·惊梦·寻梦》那么文雅的曲词,过去一般的老百姓怎能听懂?

有很多人试图使昆曲成为流行文化,认为当代人应努力改造昆曲、增加一些新元素,以便与时俱进,吸引现代观众。其动机可能是好的,但其做法却往往是很危险的。观众或者接受者本来文化品位、趣味不一,我们究竟该考虑哪一类观众?每个时代的人审美趣味也不断变化,如果不断"与时俱进"地改造昆曲以迎合一时之需,最终只能把昆曲改得面目全非!

读书人,或者作为文化人、知识分子,有责任、有义务努力宣传昆曲的文化价值,努力让国人认识到:不能很好地理解、认识这种高雅艺术,可能反映了自己文化修养的不足,正如自己没有足够的西洋音乐文化修养不能很好地欣赏交响乐一样。我们怎能反过来要求改造昆曲或交响乐以迁就一般大众的口味呢?即使这样能成为流行文化,又有何意义?

当初,笔者写《大美昆曲》写到传承和创新时,也觉得左右为难,搁浅了!想到中国昆剧古琴研究会会长田青,他不仅懂行,而且敢于直言,赶紧联系,约定了时间,马上飞北京……

提前一个小时找到了艺术研究院。传达室的人跟我说,你找田青?(他)忙得"我们都见不到他的影子"。意思是,约好了吗?否则是不可能见到他的。

田青来了。来也匆匆!因为一个小时后他还要开会。可是就一个小时,要害和"要闻"都说了。有的话不适合发表,还是引用被广为转载的《昆曲等你六百年》吧——

……假如我们为了迎合所谓青年人的审美趣味和生活节奏,为了适应所谓的"市场需要",把迤逦婉转、舒缓典雅的"水磨腔"改成摇滚的节奏,把可以"舞幽壑之潜蛟,泣孤舟之嫠妇"的曲笛改成吉他或电子琴,把具有不可替代的特殊韵味的文言改为现代白话……那么请问,等现在的这些青年人变成老年人之后,再想寻觅一种宁静的节奏时,该到哪里去找?当我们的儿孙来找我们要这些祖先的遗产时,我们该如何对答?

除了错误的发展观外,我们还应该逐步树立文化多样性的观念。未来的社会文化形态,一定是多元的,不同的群体、不同的年龄段、不同的文化程度,都会有不同的喜好和热衷的艺术形式,不应该、也不太可能再出现那种全国只有"八个样板戏"的情况了。昆曲与其他传统戏剧最大的不同是其唱词不是口语而是文言,假如昆曲演员在舞台上唱出"我爱你,你爱我吗"的生活语言的时候,昆曲也就不称其为昆曲了!当然,我们的文艺应该贴近生活、反映生活,但我愿意"斗胆"问一句:我们目前还有大约二百个不同的剧种,我们可不可以让其中一百九十九个剧种都反映当代生活,只留下一个昆曲来反映我们祖先的生活,行不行?

我以为是可以的,因为我们祖先的生活,也是生活!而且,是那样丰富、美丽、精致、动人、光彩夺目、有滋有味的生活!似乎可以这样说:我们祖先生命中最精彩的部分,一直活在昆曲里,一直活到今天!

田青的话让我想到了日本的能剧,能剧得到了原汁原味的保存。能剧不仅高雅,而且高贵,从来不用担心她的流失或者灭绝,人们都以一睹能剧作为身份的标志。

昆曲,能不能也这样?

昆曲遇见"小人物"

草根昆曲,需要社会的关怀;
平民昆曲,需要政府的支撑。

——摘自"客船"的微博

做文化,不能糟蹋文化;做昆曲,不能糟蹋昆曲!做昆曲,就得尊重它,懂它,我们千万不要以任何理由亵渎了昆曲的原味!

——林政德

你好,粉墨宝贝

近年来,以昆曲的名义来找我的人越来越多。这本是好事。可慢慢地就发现,他们当中大多仅仅是以昆曲的"名义"罢了,很多美其名曰"文化产业",其实不为文化,只图产业:赚钱。赚钱没错,又不这么说,总说得花好桃好,仿佛真愿为昆曲两肋插刀、英勇献身。结果呢,昆曲不过是幌子,是包装,是漂亮的忽悠人的工具而已!

林政德先生也来了。林先生十八岁就拜台湾地区著名漫画家蔡志忠为师,成名作《青春战士》(Young Guns),在高手林立的台湾漫画市场突破百万册销量,至今系列销量依然维持第一。他的粉丝遍及宝岛。

2011年底,先生在转战南京、广州、上海之后,悄然来到昆曲源头昆山巴城,开始了从漫画到动漫的全新的征程。

作为一个文化人、漫画家。他做昆曲,也该在"小人物"之列。

2020年8月,林政德先生撰文写道:

2012年初到昆山市巴城镇开设公司时,作为昆曲的发源地,除了市区的亭林公园古戏台有对昆曲的简单图文介绍外,嗅不到一点昆曲的味道。后来结识了在巴城老街有工作室的杨守松老师,这在当时,是我所认知的唯一的昆曲踪迹了。

我们初次见面,杨老师即慷慨馈赠了自己的作品《昆曲之路》等昆曲相关文字资料,这成为我开启昆曲研究的一把钥匙……也找到了自己创作《粉墨宝贝》的方向,与动画里所需承载的社会责任。

于是决定以游人罕至却极富江南水乡特色的巴城老街为《粉墨宝贝》故事中的主场景,并在动画中透过创意想象力来设计美化老街的景观。

2012年10月,三分钟3D动漫样片《粉墨宝贝》成功推出,在当月的戛纳秋季国际动漫节上,一亮相就赢得喝彩一片,在12月份中国动漫协会的年度评选中,获得"2012最具开发价值奖"提名,文化部文化产业司副司长高政给予高度赞扬,特地关照浙江卫视赶赴巴城,拍摄专题片。之后在杭州国际动漫展会上,中宣部副部长蔡赴朝见了"粉墨宝贝",十分欣赏,著名作家陈祖芬看了激动不已,和林先生谈了两个多小时后,在《光明日报》上发表了一篇长文,极力推荐。

"粉墨宝贝"蕴蓄了巨大潜力,很快赢得央视的青睐,想要购买版权,价格不菲。

昆曲回故乡,演出一百场,大多在学校演出,每场演出前都放映《粉墨宝贝》,开演前孩子们在场子里嬉笑打闹,一放片子,那六百年的风花雪月,化为儿童装扮的生旦净末丑,将孩子们很快带入了粉粉和墨墨的世界。那一番奇妙的景象,林先生自己看了也感动不已。

他的团队结合了祖国大陆和台湾、香港的动漫精英,都说,这次是他们做得最苦的! 然而,当3D动漫《粉墨宝贝》受到各方热评之后,他和团队成员都很自豪,非常有成就感。

"粉墨宝贝"名声大噪! 为了让"宝贝"尽快走进千家万户,林政德等不及了,在投资商一时没有敲定的情况下,无论如何,先做起来——

马年到来的时候,他义无反顾,卖掉了台湾和广州两处房产,聚集起一批优秀的动漫设计师,紧锣密鼓,先做十二集《粉墨宝贝》……

2015年6月11日至30日,3D国粹元素动画片《粉墨宝贝》在央视少儿黄金时间首播!

这是观众第一次看到古老的昆曲表演变成充满创意和现代感的昆曲主题动画。虽然昆曲篇幅占不到全片的十分之一,但那昆曲优美的演出片段却成为全片的精华和亮点所在。精致细腻的《粉墨宝贝》动画美术风格,完全符合昆曲向来既有的个性与格调。

令人惊艳的是,动画中的可爱人物形象一开口演唱昆曲,竟然是江苏省昆剧院的演员单雯、施夏明、徐思佳等的原音配唱,连片中昆曲伴奏都由昆曲演出的专业乐团来演奏，片中处处体现了对传统艺术的用心与尊重。

昆曲在当下是少数人痴迷的艺术，林先生透过动画将古老的昆曲重新包装，以符合现代人观赏习惯的方式打造出一部既时尚又亲民的昆曲推广动画片。动画这种时代的流行艺术也成为弘扬中华传统文化的利器，也让中国的动画发展走上民族文化复兴应该走的路子。

喜讯接踵而来！《粉墨宝贝》成了获奖"专业户"：国家广电总局第一批"中国梦"主题重点动画片项目；中国动画学会"最佳产品开发价值奖"；文化部"2013年度国家动漫品牌建设和保护计划'最佳创意'"；香港插画奖"中华区最佳插画奖"；2014年中国十大卡通形象；2014中国国际动漫节金猴奖"最佳动漫形象"；2015年国际动漫节"最佳系列片"金猴奖金奖……共十余项。

2015年9月8日，由国家新闻出版广电总局主办的"原动力"中国原创动漫出版扶持计划名单公布，《粉墨宝贝》成为江苏唯一入选的项目。

《粉墨宝贝》动画在各大电视台、视频网站上公开播出后，接踵而来的是在国内外各动画比赛中取得的佳绩，至今已获得八十多个奖项！

2017年七八月暑假旅游黄金月，《粉墨宝贝》更登上中国第一高楼——上海中心大厦的顶楼119层观光厅，主办方在那里举办了一场主题动漫展——"上海之巅·粉墨绽放"。在六百多米的高度举办六百多年历史的昆曲艺术的展览，可谓是别开生面且别具意义。该展览让全世界到上海来的观光客走近昆曲艺术，使得《粉墨宝贝》剧中的可爱人物形象，成为弘扬昆曲艺术的形象代言和文化使者。

随着《粉墨宝贝》由初创到成长，昆山市的各个公交车站都高挂着《粉墨宝贝》动画人物的戏曲造型图片，"粉墨宝贝"俨然成为昆曲发源地的城市吉祥物。

林先生秉着"弘扬传统文化是每个中国人应有的责任"这一信念，不畏"昆曲"题材在动画制作上的艰辛、经济压力与各式困苦，抱持着"如果成功就是皆大欢喜的功德一件，如果失败就当作是一场社会公益，也是功德"的精神，有着"绝对不会白做"的信念。

相信林政德先生的昆曲梦一定会绽放出更加绚丽的光彩！

《描朱记》：年轻"昆昆"的年轻人

2018年的某一天，"昆昆"演员黄朱雨和王婕好来到巴城老街我的工作室，没想到，黄朱雨带来一个剧本——《描朱记》。年轻人有如此进取的精神，实是一件大好事。我看了打印的本子，感觉不错，就希望进一步把本子改好。之后，他又把改好的本子发我。我看过后更加喜欢,便和柯军、龚隐雷两位行家说到这事,希望他们促成"昆昆"实施。甚至我和我的助理还一起和黄朱雨商量,如果"昆昆"不做,或者做不成,我们工作室愿意参与合作做这个戏,连预算或者说几个方案都有了雏形。这样过了一阵子,再过了一阵子,知道"昆昆"确定要自己排了,昆山市政府的工作报告都说了,江苏省艺术基金也给予了支持。

年轻人的创作热情终于得到首肯,我感到十分欣慰。

2020年1月16日下午,黄朱雨和于莎雯、洪敦远三位主创一同来到我的工作室。坐了一会儿,不知怎么他们就又来了灵感,赶紧就到隔壁去商讨剧本修改的事情了。我对三位年轻人的创作热情和勇气十分欣赏。相信他们会做得好。我还开玩笑说,"昆昆"要排《浣纱记》,还要请大编辑大导演,那个是"大制作";你们是"小人物",小人物就做"小制作"……

2020年5月15日,为了纪念昆曲入遗十九周年、"昆昆"成立五周年,昆山录制一档节目。作为现场"嘉宾",导演周志刚和我都投入了真诚和热情,我说,作为"昆昆"自己年轻团队的"首秀",一定要是传统的,但又是年轻人喜欢的。

其间,播放了黄朱雨和王婕妤排演的《描朱记》片段。场外嘉宾于莎雯在她的微信朋友圈说过,"我们《描朱记》的女主角王婕妤,这位小姐姐是比较罕见的扮相和风度非常'昆曲'的闺门旦,是气质很典型的'昆旦'。如今的昆曲闺门旦,美艳者多,有温婉闺秀之气者少。"

这段话,其实说到了一个普遍的现象,昆曲圈内"美艳"者众("昆昆"更是"美女如云"),而传统意义上的闺门旦却不多见,因为主事者忘记了或者是故意忽略了一个事实:闺门旦和时尚美女是完全不同的两个概念……

闲话带过。

不得不说的是,文本基础虽好,和舞台呈现却是不同的两回事。文本是供人阅读的,而舞台呈现是给观众看的。年轻人光有热情还不够。文本和舞台演出是不一样的艺术。必须根据昆曲的规律及舞台表演的需要做大的修改。

其间,为了尝试,导演周志刚有意识让年轻人自己"捏"戏,结果和导演设想大相径庭!

黄朱雨明白了,自己感动不等于观众感动,热情再高也必须遵守昆曲的规律。

年轻人的热情与昆曲艺术之间的反差和碰撞是难免的,有时候还非常激烈。但也正是这样的诸多"折腾",年轻"昆昆"的年轻人,备尝艰辛也收获多多。

10月11日,"昆昆"成立五周年庆,《描朱记》首演。年轻的"昆昆",将一部完全属于自己的大戏,呈现在世人面前。

观众反应不错。首先,是昆剧,不是其他。这是新编昆剧最难得的成功。

后来知道,为这出戏,周志刚导演全心全力投入,前后整整八十天。这在昆曲消费"快节奏"的当下,是非常难得的了。

还有一点不得不说,《描朱记》还在演出,还可以继续演出,而有些所谓"创新"的大制作,几百万上千万砸进去,演一场两场就"入库",就销声匿迹了……

"小人物"走进大学讲堂

2011年12月25日,没想到有两个活动邀我参加,只是,之前已经约了吕成芳,因为和昆曲有个约会,便推掉了新的邀约。

我是从网上知道吕成芳的。作为一个非科班的昆曲爱好者,却登上了北大和北师大的讲台,一定有过人之处。一定要见她。

平江路伏羲茶馆,"品茶听琴赏昆曲"的招牌赫然入目,我悄然进门,"杜丽娘"正在娓娓说道——吕成芳在讲《牡丹亭》,从春愁闺梦说到云霞翠轩,从身段说到唱腔,从水袖说到兰花指,从汤显祖说到莎士比亚,从昆曲常识普及说到艺术高端品赏……形象生动,妙语连珠,演讲的技艺和文学的品位水乳交融,且深入浅出,实在难得。

边讲边表演,这是吕成芳之所以成功的又一特色。从《游园》到《寻梦》,几个经典唱段,多在娓娓道来的讲述间演唱。由于评弹的功底,仅就"皂罗袍"几句,足足说唱了近半个小时。说得透,演得美,游客坐得住,听得进,看得有滋有味,就连我这个看得多听得也多的"昆虫",也觉得有滋味。

昆曲是吕成芳演讲和表演的主题,同时穿插了评弹和苏州地方文化掌故。弹琵琶,唱评弹,古琴也懂,多才多艺的吕成芳,把苏州文化作了全方位的展示和玲珑剔透的讲析。观众多是游客,而且基本上是"第一次",他们自己去看昆曲,很难有这么立体的感受,听导游吹牛更是一头雾水真假莫辨;在伏羲茶馆,伴一杯清茶,就品出了苏州文化的韵味。

吕成芳的聪明在于不仅传授了昆曲,普及了苏州的文化,而且还不时与观众(游客)进行互动。这种互动不是推销,而是蜻蜓点水式的提示或曰点缀。将近三个小时,听者意犹未尽,还要和吕成芳聊一会儿,合影,索要名片……

好不容易等到日场结束,吕成芳水都没喝一口,就坐下来接受我的采访。

起先以为是她自己的茶馆,待我发现营业执照上法人不是她,一问才知,原来她仅仅是个"打工"的:伏羲茶馆开张后,有过昆曲,有过评弹,还有古琴,都没成功,留不住观众,后来组织个小型的丝竹乐队,吕成芳唱了,老板感觉她最适合,就请她了。也怪,她一来,茶馆生意就兴了,就火了。国庆长假,七天演了十四场,场场都兴,时常爆满,有时加座加到楼梯上……

从3月份到圣诞节,已经演出了四百多场!

晚场应该十点结束,往往要延长到十一点多……

在这里,每天都可能有新的故事发生。

2012年8月,苏州还吹着炎夏的热风,北京游客倪之维走过平江路,被"梦回莺啭,乱煞年光遍……"的声音吸引,隔窗看去,二八佳人,款款移步,莺声燕语,煞是迷人。不由进门坐定,品茶,听曲。

这一坐就是两个多小时,他被吕成芳的讲述和表演深深打动,他觉得吕成芳的好处就在于:即便不懂昆曲、哪怕不知道昆曲的人,一旦见到听到,不消几分钟,就会被黏住,想走也挪不了步——昆曲的传播,不正需要这样的人吗?他萌发了将平江路的茶馆"卖唱"搬到北京大学课堂的想法。

两个人彻夜长谈,一拍即合:为昆曲,去!

众所周知,一出戏的排演,动辄花费几百万上千万甚至更多,而吕成芳的这次北京之行,加上笛师姜健钧,总共花费不到一万元!12月3日、4日两天,吕成芳和倪之维完成了一个常人难以想象的"壮举":一个非昆曲科班出身也非职业演员的曲友,通过自己的演讲和表演,为北京大学和北师大的学生上了一堂美丽生动的昆曲课,上完课欲罢不能,只好"加演"半个小时,一些学生被她的演讲所迷倒,甚至追到住处,要拜她为师……

吕成芳说她有"戏缘",出身的地方就在况公祠边上,父母都是戏迷,"胎教"就是戏曲。自己还是个文学青年,喜欢写诗。2004年有机会她看了青春版《牡丹亭》,从此迷上昆曲,发疯似的买了碟片学。去北京上课前,她去苏州昆剧院请教了老师,纠正了一些以前的唱法。她说自己喜欢昆曲,要用自己的方式传播昆曲文化。

她的生活非常简单,白天在一家公司上班,晚上过来表演,双休日和节假日则是下午和晚上演两场。频繁的演出,使得她"黑的变白了(白发多了),白的变黑了(皮肤黑了)"。很累,可是很开心。收入很少,可是心甘情愿,即便有开高价的请她去,她还是留在了伏羲茶馆。"唯一的遗憾是玩的时间没有了!"她是个贪玩的人,现在这么紧张,哪还有玩的空啊?

不错,也有些人不理解,非议多多,甚至讥笑她是"卖唱"的,似乎昆曲只在庙堂,不可入俗。她说,昆曲从来就是在民间发展的啊,传习所就是民间组织啊。说我"卖唱",我也不生气,我一个卖唱的能走上北京大学的讲台,够啦……

昆曲网络课堂

与吕成芳年龄相仿,2012年裘彩萍四十八岁,她忽然觉得自己老了！老了,又是个被称为"边缘"角色的老旦,"这半辈子也没干什么事情出来"。儿子出国了,老公早出晚归,白天枯坐,想儿子就和他视频,偶然发现可以多人视频,就想,多人视频可不可以教学？

5月12日儿子回来,她说妈妈有这个想法,但是呢我已经老了,开始走下坡路了,我想做点事,做网络昆曲课堂,只是这一步跨出去,我不知道会怎么样。

儿子讲,你千万不要觉得自己老！美国大选,七十多岁的老头还竞争总统呢?！妈妈您五十岁还没到,正年轻呢！

裘彩萍不犹疑了,不错,她年龄不小了,但年龄是道坎,年龄也是道菜,只要做得好,就可以有滋有味！

就在网上调研,有很多人留言想要学昆曲,可是没有老师,到外地找老师不方便,小女孩出远门更不放心。再看看那些喜欢的,自以为会唱的,唱得都是走歪了,有的连简谱都不会,更谈不上工尺谱了。

慢慢地,她找到了适合教学的VV平台,尝试着跟曲友交流。首先引入工尺谱。这是什么东西呀?！有这个奇怪的东西？偏偏蛮好听的。她把工尺谱的谱子印出来,传到网上,然后告诉大家,什么是工尺谱,为什么昆曲要唱工尺谱……

就这么摸索了两个月,到了7月份,"裘彩萍的网络昆曲课堂"正式开课了。

网络是个奇妙的东西。有老师教昆曲,而且可以一对一,具体问题可以一一解决。消息不胫而走,在网上疯传。大家从"围观"到参与,裘彩萍很快"火"了！

几年来,昆曲的种子已经遍布海内外。笔者在广州采访,接待的曲友竟然就是裘彩萍的学生。只要有互联网的地方就可能有她的学生。再偏远的角落里,也可能传来吴歈雅韵,也可能有网络昆曲课堂的学员。

有个青海的高中生,要跟裘彩萍学,让他唱一段试试,节奏没节奏,音准没音准,什么都没有,就扯着嗓子吼。乱七八糟！"抓狂"啊,难受啊！裘彩萍说你跟我从头学起,学了以后给我"回课"……

而今,高中生成了大学生,班上文娱活动,他唱昆曲,同学们都惊呆了:青海哪来的昆曲啊？他神秘地一笑:网上看去！

前文说到的澳门李卉茵,特别喜欢昆曲,可是广东人说那个"二"字,怎么也张不开嘴的！很多很多时候,裘彩萍"就是掰她的字",就是"掰"她的吐字。网上教学啊,又不能动手,要是面对面,恨不得"拿根筷子把你嘴撬开"。

好在李卉茵有一股韧劲,虽然工作很忙,但一到学昆曲,她就来劲了。所以裘彩萍不厌其烦地教,死盯着她,纠到她改掉为止!现在,李卉茵发音基本上改过来了,连普通话都说得很不错了,唱起来离字正腔圆也差不远了。

到底有多少学生?她还真的说不清楚,因为都是网上的,学生也不完全是固定的,有些是"潜水"的,真姓真名是什么,也不完全弄得清。

可是一有机会,这些学生就聚会了。裘彩萍到哪里出差,他们就会自动聚拢来跟她见面,"汇报演唱"。或者有什么昆曲演出,他们也会趁机聚会。一次到南京看演出,先在上海集中,头一回见面,"师兄师妹"的,抑制不住激动,乐得要疯,半夜里就在旅馆大堂唱起来,唱到一两点钟还是意犹未尽。

有个网名叫"四周"的学生,听说她要去杭州,高兴死了,马上打电话说,我要跟你说个事。说什么事儿啊?她说你救了我的命!啊?你学昆曲,我怎么会救你呢?她说你来了以后我告诉你。

原来她得了一种病,这个病在杭州各大医院都看了,检查出来,是痉挛!一痉挛就要这样揉,气都喘不过来,而且发病间隔时间越来越短。最短的是半个月一次,而且痉挛时间越来越长,医生说危险了,威胁生命了……

亏得学昆曲,网上交流,练发声,到西湖边上喊嗓子,结果,有八个月没发病了!

采访时,裘彩萍是江苏省昆的二级演员,一辈子从事的是她并不十分喜欢的老旦行当,但是谁也没有想到的是,"老旦"老了的时候,却为昆曲的普及和教育作出了意想不到的贡献!

当然,一堂课两个小时,要跟许多人交流,跟不同的学员交流,很累。刚开始的时候,一下就瘦了十几斤。开头是为了找点事做,消遣消遣,但是做了以后,别人对你有指望了,别人信任你,就把你"架"上去了。裘彩萍就没有退路了。

至于报酬,她说一直免费,但是学生说老师这么辛苦,我们不好意思,你就收点辛苦费吧。她就收了一点。他们开玩笑说,相当于是个"盒饭钱",要是男人,"买烟的钱"都不够。

裘彩萍很坦率地说,你图名图利了,你就干不下去,也不会快乐。我觉得我自己很简单,我就是在网上上这个课,就是传播昆曲,普及昆曲,给人解决问题,谁相信我,谁就来。

学员们相信她,喜欢她,关心她。有一阵她咳嗽,咳得不得了,课又不能不上,大家眼巴巴地都指望着呢。河南郑州有个学员的丈夫是中医,就赶紧开药方给她……

裘彩萍乐此不疲,她说她"活明白"了——

2004年底的时候,她生了一场大病,高烧不退,说是变态反应性亚败血症。吃激素,吃得人都不行了,都浮肿了,整个精神都垮掉了,典型的抑郁症。好不容易调整好一点了,2012年感觉又不行了,老了。

没有价值的体现,没有一个让她精神上愉快起来的平台,抑郁症怎么也好不了!

也正是这一年,她跨出了网络教唱昆曲的一步,结果是,抑郁症彻底好了——

年龄是道坎,她跨过来了;

年龄是道菜,她做好了……

其实,你也可以把昆曲当作一道菜,就看你怎么做。

七里山塘昆曲馆

有了昆曲,山塘街才美到极致。

生于苏州的沈伟,最早被昆曲吸引却是在北京:十多年前在王府井书店二楼,丝丝缕缕的音乐悠悠然进入了他的心灵:美极了——原来那竟然是故乡的昆曲!

从此与昆曲结缘,两个女儿都受影响,双双考入苏州昆曲学校,一个学司笛,一个学花旦。这样,慢慢接触昆曲就多了。女儿所在的学校,学生极少有实习演出的机会,毕业后也大多改行,学以致用的寥寥无几。他替这些可爱的孩子着急。再三斟酌,就"量身定做",为这些学生的现在甚至是将来探索一条路子。他和学校领导沟通,双方找到了共同点。

四十多出头的沈伟,决然丢下生意,开始"经营"他的昆曲馆。没有背景,没有足够的资金,但是他和朋友一往情深,走进山塘也走进昆曲。

2011年3月27日,曼妙清雅的昆曲,犹如宜人的春风,掠过新民桥,飘过七里山塘。游人驻足凝想,悠然神思:这就是昆曲啊,原来昆曲这么美啊!

昆曲成为七里山塘一道清新雅致的风景。

"风景"之奇妙还在于:新民桥熙熙攘攘,车水马龙,昆曲馆笛声悠悠,曲雅韵美。古典与现代交相辉映,大雅与大俗近在咫尺。

然而,沈伟走进典雅也走进了尴尬:几个月下来,社会效应渐入佳境,经济上却捉襟见肘。

难怪,当是时,世界就如新民桥上忙忙碌碌的人流,还没多少人有心思来品味清音,体悟优雅。尽管,昆曲入遗已经整整十年了,历史却还在雅与俗的纠结交错中徘徊。

兰州一位收藏家在这里连看了三个晚上,说太美了,怎么就没人欣赏?!他和沈伟交谈,两人惺惺相惜,知底知心。临走时他买了二十张票带回去,不久又汇来了五千元钱,表示他对昆曲的心仪和心意。

终于,沈伟和朋友之间因为"经营"的理念不同产生了分歧,最后他提出,我们两个或者我退出或者你退出,我都同意。结果,沈伟退出。

好在,他的女儿沈羽楚坚持下来了,至今还活跃在舞台上。在苏州昆剧传习所的《红楼梦传奇》中,她是林黛玉的扮演者,而在昆曲小镇巴城版《浣纱记》中,她又出演西施一角。

遗憾的是,沈伟的朋友也没能坚持住。昆曲茶楼还在,只是再次易主……

冷桂军来了。他在昆曲之路上几度浮沉,经过许多酸甜苦辣,对他的评价至今褒贬不一,但是至少,现在他还怀着一腔热情,想要和朋友把山塘街的昆曲茶楼经营下去。然而,热心肠未必就换来热面孔。他在这里依然折腾,依然面临诸多意想不到的困难。

山塘街的昆曲,在艰难中支撑,在苦苦寻觅中等待。正如"客船"的微博所言:草根昆曲,需要社会的关怀;平民昆曲,需要政府的支撑。

支撑或者说坚持,是很难的。

为了"坚持",从2014年开始,冷桂军多次向山塘旅游公司申请,请求将二楼的天井填平作舞台之用。直到2017年,雨季到来,二楼房顶破损严重,雨漏如帘,穿过二楼地板泻到一楼。其间,他抓住了一个机遇,相关部门终于下定决心重新整修……

2020年7月的一天下午,我们来到山塘街兰芽昆曲评弹馆。河北汉子冷桂军说,如今山塘街又多了一家昆曲评弹馆,还说,我们会坚持走下去,走得更远,更好。

昆曲,成了山塘街一道不可或缺的靓丽风景。

这就够了。

苏州第一张昆曲VCD

一个说起来吊诡却是千真万确的事实是,昆曲入遗,世人欢庆,可是在昆曲的故乡昆山乃至苏州,有些事却让人匪夷所思。

为了王芳的一个VCD光盘,竟然折腾了三年左右!

这是一个有趣的开端:某天,外地一个文联主席来昆山文联"取经",她送了我一个VCD光盘，那是她自己演唱锡剧的一个记录，很不错。也正是由这个VCD光盘，自然而然地，我就想到了王芳，王芳都得了梅花奖啊，难道王芳不应该有一个属于她自己的VCD光盘吗？

王芳和我同是苏州文联副主席，常在一起开会，所以对她还是比较了解的。她不仅艺术成就出色，做人也是有口皆碑。所以我就萌生了为她出VCD光盘的念头。

也是巧，不几天，王芳和文联张澄国主席来昆山，中午吃饭时，我就说了被刺激到的这件事。王芳笑而不言，她不介意，我说不行，你应该出个光盘！张主席说，就是钱……我也不知天高地厚，举起酒杯对王芳说，你要喝了这杯酒，我就做。王芳不喝酒，从来没见她喝酒。可也不知道为什么，也许是当时的气氛比较好吧，大家都开心，王芳就喝了一小口葡萄酒。

酒桌上的事，谁当回事啊。可我是认真了的。喝酒不喝酒我都是认真的。因为很大程度上是出于对王芳艺术成就的尊重，所以就开始找人求人。一个一个找。可是没人接话。所谓求爷爷告奶奶，那种滋味是不好受的。昆曲已经列入世界非物质文化遗产名录，作为昆曲的故乡，怎么对昆曲就那么冷淡呢？

其实一点也不奇怪。历史就这么走过来的。昆曲入遗的消息公布后，还在昆山文联主席位置上的我，请文化馆的朋友在玉山广场拉了一条横幅，表示庆祝。可没过两个小时，横幅就被有关部门的"执法"人员撕扯了！理由是有碍市容，问题是，就在同一个地段，第二天拉了另外一个内容的横幅，却安然无恙……

就在这期间，作为省人大代表，我列席了苏州市人代会，和王芳在一个小组。不在一个小组还好，在一个组，天天见面，我怎么说啊？自己吹牛说做一个VCD的，至今连个影子也没有，怎么交待啊，怎么说啊，怎么好意思说啊？只好避而不谈。当然为人谦和的王芳是不会说什么的，更不会把酒桌上的一句"玩笑"当真。

也是无巧不成书，苏州市委书记到小组来参加讨论了。心里有事，藏不住，我的"发言"就说了这件事，我说昆曲，说王芳，说出一个VCD就这么难！当然也有发发牢骚的意思吧——今天看，无论如何这也是一件不足挂齿的小事，谁知道，我话音刚落，市委书记就说：(王芳出VCD)应该的，你们做，我们政府出钱。大喜过望的我，待会议结束，赶紧把这个消息告诉苏州分管文化的副局长……

然而，至今我也不知道为什么，一个月两个月好几个月了，书记都已经调去外省任职了，这件事却一直没有下文。

郁闷憋屈的我，失望而至于绝望了。

不久的一天，记得是写什么稿子吧，我到昆山开发区找管委会的宣炳龙，聊天中，我无意中说到了这件事。没想到他说，现在外商来昆山，不像以前，什么喝酒跳舞卡拉OK,不是了,他们想看昆山的文化,看昆曲——哪里有昆曲?我不好接话,因为昆山没有昆曲。接着他说,老杨,你说的这件事,我们开发区来做,做好了,可以作为礼品送外商,看不到戏,看看VCD也比去唱歌跳舞好……

宣炳龙是昆山开发区的管委会主任,从职务上看,跟文化跟昆曲毫不相干。可是他对这件事却反应如此迅速且如此明确干脆,实在难能可贵!

我立即把这消息告诉了王芳,第二天,苏州昆剧院蔡少华、王芳和尹建民三位院长就赶来昆山,我带他们去见宣炳龙,几分钟问题就解决了,没多久,开发区就把钱(记得是十万元)直接给了苏州昆剧院。

后面的事都是苏州昆剧院具体操办了。想象也不会那么容易吧,至少经费是少之又少啊。当时整个昆曲界都很拮据,磕磕巴巴地维持着,所以只能看菜吃饭,有多少钱办多少事。

不多久,江苏电子音像出版社出版了名为"昆曲"的王芳个人专辑,其中包括《牡丹亭》和《白兔记》两部戏的VCD光盘。

"出品方"为:中国昆山经济开发区、昆山市杨守松工作室、江苏省苏州昆剧院。

写这文章时,好不容易找到大约是2004年出版的王芳的VCD光盘。已经很旧了,一点也不起眼。但它却是苏州昆曲人的第一张VCD光盘,如果再联系前前后后的故事,它的价值和意义是不言而喻的,甚至可以说,是可以放进昆曲博物馆的。

"大妈昆曲"及其他

后面还有故事。

昆曲入遗十年后的2010年,在昆山一个规格极高的茶话会上,各界代表人物会聚一堂,表演的节目丰富多彩,却不见有昆曲,就问服务员,说了两次,她依旧木然茫然——她不知道昆曲为何方神圣!顿时怒火中烧,忍不住就冲向后台,确认节目单没有昆曲后便脱口而出:我唱昆曲可以不可以?在得到允许后,我拿起话筒,走到台前,说,昆曲列入联合国教科文组织非物质文化遗产名录已经整整十年了,昆山是昆曲的故乡……今天这样的场合没有昆曲,我觉得很遗憾,所以我来唱昆曲《牡丹亭·游园》的【皂罗袍】……

这是我唯一的一次公开唱昆曲,而且是在这样一个非常"正规"的"高规格"的场合。当然唱得不好,节奏在点,韵味却差之甚远。不过,它却表明了我的一种态度。

时间又过去了七八年,也就在这附近,当年被扯断庆祝昆曲入遗标语的地方,一个公共厕所内,笔者发现,有《牡丹亭》杜丽娘和柳梦梅的图片。而有的地方餐巾纸也印着昆曲人物的头像。至于广场、商店、餐厅、广告、招牌、服装(包括鞋袜)等,也多见昆曲元素,有的甚至就以"昆曲"当招牌。

有一次,笔者开玩笑说,除了内裤无法验证外,其他任何地方,都可以见到昆曲的"元素"……

同时,有人大约还没有读过一本像样的昆曲专著,甚至昆曲戏也还没有看过几出,就在那里开设昆曲"讲座"了。几年前,在某个著名的旅游景点,一份宣传册上,有昆曲,有《牡丹亭》中杜丽娘的图像,而文字说明却是:杜十娘。还有一个"高端"的茶楼在装修时,刻制了两条醒目的标语:品昆曲风流雅韵,做垃圾分类先锋;品《牡丹亭》悲欢离合,明垃圾分类刻不容缓……

诸如此类,不胜枚举。

喜耶,悲耶?

读者自可明鉴。

这里重点说说"大妈昆曲"。在昆曲故乡,当昆曲成为"时尚",或者说,"昆曲"两个字被大众所接受和认可之后,学唱昆曲的人越来越多了,其中有一个比较固定的人群,就是年龄在五十岁左右的女同胞。她们热情很高,往往也可以坚持,但由于文化基础弱,加上半路出家的原因,唱得未必入味。可是她们喜欢,于是就有了"大妈昆曲"一说。

大约这其中多少含有一点揶揄或者带那么一点点贬义吧。

可是我觉得,喜欢就好,越来越多的人喜欢昆曲,当然好!不要因为她们是"小人物"就瞧不起她们,更不能"打击"她们的积极性。她们也是昆曲流转传播的一种渠道(因为她们可以影响更多的人),她们不是演员,不是曲家,但她们可以从中找到修身养性的某种轻松愉悦的乐趣,至少,她们可从来没有拿"昆曲"两个字去忽悠去哄人去谋取私利!

2019年12月,《苏州日报》上有一则新闻,题目叫作"当大美昆曲遇上快餐厅",说的是:中国昆曲博物馆携手苏州肯德基餐厅,打造的全国首家昆曲主题餐厅,在著名的拙政园旁亮相。显然,作者是持肯定态度的。

其实在这之前两年多,昆山的一家肯德基餐厅,就出现了诸多昆曲元素。

更早的是,五年多以前,昆山巴城老街就有了"水磨韵",那是真正意义上的苏州"首家"昆曲主题餐厅。

当昆曲成为"时尚",一切都得换一个角度看了。

"大妈昆曲",就如大妈的广场舞一样,总体上应该点赞,至少,可以作为一个

"中性词"来看。

同理,"洋"昆曲只要结合得好,一样是好事,是对昆曲的某种意义上的认可和延伸。

当然,还有一句话不得不说,追逐时尚当然好,但如果有可能懂一点昆曲的基本知识,就是说,在好奇或者赶时髦凑热闹的同时,学一点昆曲的基本知识,那就更好了!

至于借昆曲之名去赚钱的那些人,也请对文化对昆曲多一点敬畏之心,至少不要弄得不伦不类,歪曲了丑化了亵渎了原本高雅的昆曲,以至于弄出诸如把昆曲和垃圾分类硬凑在一处的笑话!

又见"玉山雅集"

　　称美于世者,仅山阴之兰亭、洛阳之西园耳,金谷、龙山而次,弗论也。然而兰亭过于清则隘,西园过于华则靡;清而不隘也,华而不靡也,若今玉山之集者非欤?

——杨维桢

　　其(玉山雅集)所居池馆之盛,甲于东南,一时胜流,多从之游宴……文采风流,映照一世,数百年后,犹想而见之。

——纪晓岚

　　在玉山草堂,有演员有观众,连写《琵琶记》的高明都是这里的座上客。说明有一个氛围,有一个产生昆山腔的基本条件。

　　顾阿瑛是这个雅集的头,先后三十多年,全国有四百多位文化人参加,他们大多是有名的诗人、画家。所以按照杨守松的说法,顾阿瑛就是当时昆山的、苏州的、全国的"文联主席"!

——吴新雷

"玉山雅集"的几个数据

　　这些年,一个非常吊诡的现象就是,满眼满世界的"雅集"! 不想得罪太多,也为了避免伤及无辜,这里不去展开了说。但有一点是必须说的,即,在你自以为或者以为只要冠以"雅集"一语,就会变得高雅脱俗了的时候,其实还不如不说,否则,很可能适得其反!

　　一语带过,还是进入本章正题。

　　都说昆山有"三贤",顾炎武、归有光和朱柏庐,偏偏就把那个创设了中国文化史上三大雅集之一"玉山雅集"的顾阿瑛给疏忽了。

　　顾阿瑛生于元武宗至大三年(1310年),卒于明太祖洪武二年(1369年),他生于豪富之家,十六岁投身商海,三十岁已经成为吴中巨富。四十岁弃商从文,大兴土木,建造玉山草堂园林别墅凡二十四处(也有说二十六、二十八的,但有名无实),以此作物质基础,而后延揽天下名士、文化精英,玉山聚会,草堂"雅集"。以至元末的文化名流,诗文家、书画家、剧作家,十之八九皆曾恭逢盛会,还有和尚、道士、伊斯兰教徒、基督教徒慕名与会。

清代纪晓岚说,"其所居池馆之盛,甲于东南,一时胜流,多从之游宴……文采风流,映照一世,数百年后,犹想而见之。"

根据有实无名的学者祁学明(社科院杨镰教授称其为"奇人")的研究,玉山雅集有三个特点——

一、时间长达三十年之久。

文献记载,首次雅集为至元五年(1339年),有柯九思等人题诗。末次为至正二十八年(1368年),顾阿瑛流放临濠(今安徽凤阳),诗友送别,分别题诗。前后历时三十多年,雅集一百八十二次。

二、人数多,范围广。

资料记载,参与雅集者有名有姓的有四百一十人(在编写《中国昆山昆曲志》时,祁学明提供了全部名单以及相关出处),以民族划分,不仅有汉人,还有蒙古、色目、西夏、女真(满族)等少数民族的人;以宗教信仰划分,儒释道兼有,同时还有基督教和伊斯兰教;雅集内容,包括了诗、文、书、画、曲、词,诗酒乐舞,琴棋书画,无所不有。

三、留存的诗文多。

雅集所写诗词文赋,由中国社会科学院文学研究所作为国家工程"全元诗"第一阶段成果整理出版,包括《玉山名胜集》(上、下)、《草堂雅集》(上、中、下)、《玉山璞稿》,共六本,包括五千多首诗词,相当于整个元朝期间全中国诗词的二十四分之一,相当于元末明初,同期至正年间全中国诗词的七分之一!

中国历史上三大雅集:西园雅集、兰亭雅集、玉山雅集,规模最大的是玉山雅集。杨维桢为玉山雅集作记,文中写道:"称美于世者,仅山阴之兰亭、洛阳之西园耳,金谷、龙山而次,弗论也。然而兰亭过于清则隘,西园过于华则靡;清而不隘也,华而不靡也,若今玉山之集者非欤?"可见,杨维桢对玉山雅集的评价之高。

"挖掘"还是"编造"

时至今日,重视文化,已成共识。如果要说谁谁谁没有文化,比骂他还要惹他生气。至于旅游和文化的结合,也成了一个不争的事实和大趋势。

只是,有一个现象恐怕谁都感觉到了,我们到任何一个地方去旅游,导游小姐往往把当地的传统文化编成故事,说得有鼻子有眼睛。实事求是地说,作为旅游产品的内容,这也是必不可少的。

问题是,有不少故事是凭空编造的、无中生有的,而且,怎么高尚伟大、怎么离奇就怎么编。

旅游没有文化,很苍白;

旅游依仗伪文化,很恐怖!

旅游尤其是导游,用讲故事的方式介绍当地名人和历史典故,以此来吸引游客,原本无可厚非,甚至也是一种需要;不过,当梳理地方传统文化资源时,编造就是对传统的亵渎了。

传统是文化的积淀,传统需要挖掘。

编造很容易,编故事不费力,但是挖掘却需要有敬畏之心,要坐冷板凳,要踏踏实实钻进去潜心研究。

而编造者说,一个晚上可以写五千字"论文",至于旅游小姐需要的故事,恐怕一天就可以编造十个百个,写一万字也是轻而易举的了!

然而,编造出来的不是传统,更谈不上文化。在某一个时段,编故事也许可以理解,但到了今天,如果再把文化的宝"押"在编造上,"押"在谁有本事编谁就是"文化人"上,那就是低俗化的取向或者说是文化的倒退了。

传统是无限丰富的宝藏,传统需要我们挖掘。编造很容易,挖掘很辛苦。编造或可"立竿见影",挖掘却需要时间、需要艰辛的付出。编造的故事往往见不得阳光,经不起检验。

我尊敬那些发现和挖掘传统文化的人。

沈岗便是。他收藏古籍,无论数量还是质量,都是江苏民间收藏之最,在全国则位列三甲。

关于昆曲的古籍,他已经收藏了上百种,累计上千册之多!其中,《新定九宫大成·南北宫词谱八十一卷·闰一卷·总目三卷》,乾隆十一年朱墨套印本,江苏仅南京图书馆、南京博物院和苏州大学图书馆有。还有《纳书楹曲谱》正集四卷、补遗四卷、纳书楹玉茗堂四梦全谱八卷,此外,"传"字辈的手抄本,也有不少。

在这个过程中,沈岗开始关注昆曲的源头,关注源头的玉山雅集。

从2006年开始,经笔者请《人民日报》副刊部王必胜先生联系介绍,沈岗的助理祁学明和我一起拜访了社科院文学研究所的杨镰教授。

第一次见到杨镰时,我感觉他对沈岗和祁学明并没有寄予什么期望。现在有几个有钱人真心实意做文化的?附庸风雅就算不错的了,利用文化来做所谓产业的倒不少,那些名为文化而实质上是在消费文化甚至玷污文化的怪事也屡见不鲜。何况,顾阿瑛的玉山草堂诗集,几百年来没有做过,作为国家的项目,《全元诗》也刚刚开始启动,现在一个乡下人竟然提出与他们合作——

来者何人?意欲何为?

几次来往,杨镰对"乡下人"刮目相看甚至是有些大喜过望了:他和祁学明对话、交流没有任何障碍!他对我说,"乡下有奇(祁)人!""他(祁学明)是我们社科院的水平了!"

没有任何浮躁,也不急功近利,既然做了,就一定要做到最好。顾阿瑛当年的"草堂雅集"刻本早已绝迹,南京图书馆的"影元本"为海内外孤本,为了通过关系找人去查这个版本,本人电话就打了几十次,最后在将近一年的努力之后,才通过省文联原党组书记姚志强联系好,那天沈岗、祁学明和我一起,还带了摄影师,专程去南京,拍照整理,并按规定付了六千多元使用费……

颇具戏剧意味的是:"草堂雅集"共十二本(十八卷),南京图书馆只有十一本(十五卷),另外一本(三卷)竟然为沈岗所藏!

一来二去,决定出版玉山雅集的有关诗集。

经过三年艰辛努力,2009年1月,杨镰与昆山沈岗、祁学明等人联手编校的顾阿瑛著《玉山璞稿》(元)与《草堂雅集》(顾阿瑛辑)、《玉山名胜集》三部共六本的宝贵资料,由中华书局出版了。

这套书是关于昆曲源头最有力的无可辩驳的铁证。

还有一个不得不承认的,也是让杨镰说让社科院文学研究所一些人汗颜的事实是:如果祁学明不参与,那么,同样出版这套书,就会漏掉一百多首!

新"玉山雅集"

2009年3月15日,一场杏花春雨刚刚飘过温润的江南大地,天气放晴,鸟语花香,姹紫嫣红,烟柳醉软。

来自北京、南京、苏州、山西等地的专家一行十八人,为这套书的出版,在昆山雅集。

且列雅集者的名单如下——

陈高华:社科院学部委员、博士生导师、元史研究会会长;

刘扬忠:社科院文学研究所古代室主任、研究员、博导;

杨　镰:社科院研究员、《全元诗》主编、博导;

张燕瑾:首都师范大学古代文学教授、博导;

张燕婴:《文献》杂志编辑;

张颐青:《全元诗》课题组成员、博导；
汤晓青:社科院民族文学所副所长、《民族文学研究》主编、博导；
牛贵琥:山西大学文学院中文系教授、博导、系主任；
顾　青:中华书局副总编；
胡友鸣:《文史知识》副主编；
俞国林:中华书局语言文学编辑室主任；
江继兰:《中国文化报》品牌文化周刊主编；
王　进:中国艺术研究院博士研究生；
吴新雷:南京大学教授、博导、中国昆剧研究会副会长；
朱栋霖:苏州大学教授、博导；
柯　军:江苏省昆剧院院长、十一届全国人大代表；
李鸿良:江苏省昆剧院副院长；
蔡少华:苏州昆剧院院长。

这次会议由社科院文学研究所、中华书局与昆山市委宣传部、巴城镇政府主办，名人文化村玉山胜境有限公司承办。

简单的致辞和赠书仪式后，与会者开始发言。

杨镰:

三部书的出版，和昆山的地域历史文化的关系非常密切。因为"玉山雅集"的一个特点就是地点明确，就在昆山，就是在玉山草堂这个位置上延续，持续进行到元末，战乱期间都没有打断，最后整个家乡都被烧了，都没有办法生活了，顾阿瑛还在进行他的"玉山雅集"！

"玉山雅集"的时代特征鲜明，它是元明之间的过渡，文学从元代过渡到明代，就是在我们苏州，在昆山完成的。

再一个是"玉山雅集"的人员构成，我们统计了是一百一十几位（后来祁学明统计是四百一十位），超过以前的统计，几乎是整个中国文坛的缩影！

我们《全元诗》第一稿做完了，我觉得很有成就感，就准备交了，这时候沈总来找我们说要合作做这几本书，做到了《玉山倡和》和《玉山遗什》的时候，突然发现有五十二个人在我们的数据库里没有……

我觉得确实应该感谢沈岗先生、祁学明先生。我们有一次开玩笑说这部书的总设计师是沈总，祁学明先生有一次还给我拿来了《草堂雅集》和有关著述的目录，拿到我家里，我一看，一愣，这就是达到博导的水平了！

陈高华:

为什么会出现顾阿瑛，出现草堂雅集？这跟地域有关，这里属于江浙行省，浙西地带经济比较发达,海外贸易也很兴盛,当时文化人聚会,不受外界影响,无论你天下大乱、家园焚毁,雅集总是不停。

刘扬忠:

三部书的出版,我可以毫不夸张地说,它具有填补文学史研究重大空白的意义。为什么这么说呢?我们文学史的研究,尤其是古代文学史的研究,一提就是说汉赋、唐诗、宋词、元曲、明清小说,都是这么说的。

实际情况不是这样的,元代的散文是继续向前发展的,散文是有很大成就的。元诗、元词、元文都是有成就的,过去我们竟然都忽略了。所以这个书的出版具有填补空白的意义。不但是研究文学史需要它,而且研究昆山地域文化的时候,它也有填补空白的意义。

张燕瑾:

自从科举制度形成之后,我觉得文人的生活态度,人格心态,好像都是以依附型人格为主体:投靠皇家,赶考,建功立业,但是"玉山雅集"的这些人,他们为什么不?所以不能够只着眼于他们的文学作品,我认为产生这个作品的过程,意义不在作品之下,也就是说雅集的这些形式,他们的目的不在文学,不是要在诗歌史上、文学史上占一席之地,而是体现一种独立的人格。

它为我们提供了一种新的心态,一种新的人格。他们是什么?"儒衣僧帽道士鞋",是儒,是僧,是道,又非儒,非僧,非道。他们是他们自己,我觉得这在中国文学史上是一种非常值得重视的现象。

吴新雷:

这书是研究昆曲发源必不可少的!

在玉山草堂,有演员有观众,连写《琵琶记》的高明都是这里的座上客。说明有一个氛围,有一个产生昆山腔的基本条件。

顾阿瑛多才多艺,不仅会写诗、画画,还会弹奏乐器,阮是昆曲伴奏必备的乐器之一,顾阿瑛弹得最好。

顾阿瑛是这个雅集的头,先后三十多年,全国有四百多位文化人参加,他们大多是有名的诗人、画家。所以按照杨守松的说法,顾阿瑛就是当时昆山的、苏州的、全国的"文联主席"!

沈岗:

今天是一个特殊的日子,农历二月十九日,是玉山草堂雅集的纪念日,六百六十四年前玉山雅集就是在这个日子正式开始的。所以今天是一个非常值得纪念的日子。

我们玉山胜境文化公司是一个专门以书籍整理、恢复弘扬地方文化为己任的公司,我想为现代的文化人做一块净地,同时也是接古传今吧,把好的优良的传统文化延续下去。

实际上在很多方面还是空白,我们没有好好挖掘,比如说顾的关系,和张士诚的,和朱元璋的关系。他的文化是靠经济来支持的,他的经济来源是什么呢?他是通过什么样的资产积累来做这个雅集?这也是我们要研究的。

一年以前我就有个观点,昆山是百强县(市)的第一,在六百多年以前,我们昆山就已经是全国的首富县了。但当时它为什么是首富县呢?跟它的政治和它的经济有关系,比如说港口的开发,对外贸易,所以我觉得现在的改革开放和六百多年前的改革开放是一脉相承的。

……

知识分子的肺腑之言,文化自觉的现场体现。

这才叫挖掘传统文化。

这才有资格称作"雅集"!

其间,去巴城镇石牌小学观看了小昆班的演出,参观了巴城老街的古文物馆、昆石馆和字画馆,尤其是,到现场考察了顾阿瑛玉山佳处的规模、景点和方位,顾阿瑛手植银杏树和并蒂莲的荷花池遗址、黄幡绰墓的遗址等。昆山,昆曲,昆山的文化,在远道而来的学者们面前,展现了它的底蕴、底气及很少为外人知道的文化内涵。

"玉山胜境",被浓缩的玉山佳处的建筑现场。玉山草堂、柳塘春、春晖楼、湖光山色楼……一座座充满浓郁古典色彩和私家园林风格的建筑,微笑着欢迎专家学者们的到来。这些长期在元代文学的故纸堆里面流连的专家,对这样的善举、盛事,不仅惊讶,也惊喜,都说:功德无量啊!

刘扬忠沉吟有顷,提笔挥毫,"步元人陈基(玉山草堂的常客,有唱和诗数十首)韵",留下了新玉山雅集的第一首诗——

> 桃源重现玉山阿
> 池馆亭台绕翠萝
> 旧苑新花春正好
> 骚人雅客兴偏多
> 阿瑛洒落留诗卷
> 吾辈风流发浩歌
> 一脉诗文传不绝
> 界溪日夜泛清波

学者们的情绪被春风撩拨起来了!

学者雅集,文人聚会,酒不可少,诗不可缺。老街饭店,新声雅韵,宾主举杯,觥筹交错,或豪饮,或小酌,或燕语,或浪吼,或歌或舞,或醒或醉,无不尽兴。正是——

> 宾也醉主也醉,唱一会舞一会笑一会。不须繁弦急管吹,吃到月明星西坠!管什么二十岁五十岁七十岁,今日共谋真率醉,莫将时事浊酒杯……

座中最为兴奋的恐怕是柯军,他说,这是政府该做的事情,偏偏是一个企业家来做!这值得我们思考,所以我讲为什么我特别佩服像沈岗这样的人……

柯军特意去察看了新建的玉山草堂。这是苏州最大的木结构建筑。春风拂面,暖意融融,柯军激情四射,立刻又有了新的构想:明年雅集,也许,我会是梁辰鱼,也许会是伍子胥,或者,范蠡……

李鸿良兴之所至,放声高歌【八声甘州】,声震老屋,满座叫好——

> 男儿何不带吴钩,
> 收复关河五十州
> 请君暂上凌烟阁,
> 若个书生万户侯

写到这里,忽然遥想当年,顾阿瑛的玉山雅集,或也如此乎? 不过如此乎?
六百多年以后,草堂重现,雅集再续,顾阿瑛在天有灵耶?
梁辰鱼偕《浣纱记》即将走上"昆山之路",昆曲,如有神助耶?
冥冥之中,仿佛有对话声——
顾阿瑛:伯龙兄,别来无恙乎?
梁辰鱼:小弟躬逢盛会,雅集来也!
昆曲在,雅集兴。
昆曲不灭,雅集永恒。

千古名剧《浣纱记》

1999年,在新世纪即将来临之际,首都北京建造纪念性建筑"中华世纪坛",梁辰鱼和《浣纱记》被写进"浓缩中华五千年文明史"的世纪坛青铜甬道。

铭文曰:"公元1593年,癸巳,明神宗万历二十一年,戏曲家梁辰鱼约本年卒,作《浣纱记》。"

《我的"浣纱记"》

在写《昆曲之路》的时候知道,企业家沈岗有一个百思不得其解的问题,那就是,为什么没有人排《浣纱记》? 那是昆曲而昆剧的开山之作啊,爱国、爱情、爱生活,"正能量"! 这个主题多好啊! 可是,那么多地方政府那么多昆曲人那么多国家扶持经费,怎么偏偏就没有排演《浣纱记》呢? (按:实际上是有排的,苏州就有过《西施》)苏州不排,昆山也不排! 又说,如果有人排,我愿意出资。

采访中,我把这个"信息"广泛传播,见了昆曲界的人就说。

柯军接了话。

应该说,双方都很谨慎。最早是2008年秋,我开车带江苏省昆的人去和沈岗见面。

2009年2月23日,沈岗、祁学明、许玮琪及我一起去南京,正式谈排演《浣纱记》的事。只是说了个大致的构想,柯军的思维立刻急速旋转,强烈的创作欲望被激活,他非常明确甚至是斩钉截铁地说,无须官方参与,我们合作!

之后,双方一起协商、讨论二十多个回合。地点或在南京省昆剧院,或在昆山玉山胜境,主要是剧本的确定、剧本的名称、剧情的斟酌、演员的选择等,还有观看响排、讨论加工修改等。

本子出来了,题名"伯龙夜品"。

10月18日下午讨论剧本。编剧张弘阐述了自己的创作意图,其实是把《浣纱记》的两折剥离出来,进行演绎,更多注入自己的思考。"进退"两字,不仅仅是伍员和范蠡的,也不仅仅是梁辰鱼的,其实每个人都会面临这样的选择,也就是该进必须进,该退一定要退。这也从原来的主题剥离或者说是演绎了。

接下来,讨论作品名称问题。我觉得"伯龙夜品",就事论事,切题上没什么问题,但世上知道"伯龙"为谁的没几个人,很难叫响,而"浣纱记"则是家喻户晓的。所以我想无论如何得有"浣纱记"这三个字。可是现在的本子又不是原来意义上的《浣纱记》。鱼与熊掌,怎么才能兼得?

也是突发奇想,我说,叫《我的"浣纱记"》!

就是说,"浣纱记"这个品牌不能丢,但又不是普通意义上的《浣纱记》,他可大可小,可远可近,怎么理解都可以,再,这个"我",可以理解为梁辰鱼,也可以理解为张弘、柯军、沈岗……甚至也可以理解为一种姿态,一种关注昆曲的姿态。

此建议一出,众皆叫好!柯军尤其叫绝。

《我的"浣纱记"》从开始酝酿到实施完成,差不多两年,辛苦也罢,周折也罢,所幸有了结果:2010年9月29日至10月2日,在第二届中国·江苏国际文化艺术周上正式演出。

柯军说,在昆山上演时,要请梁伯龙后裔梁铸元先生到场。

这是个非常好的创意。为此,我独自去了梁家,告知柯军一行要专门来拜访。

9月13日,一早去高铁站接柯军和孙建安一行,接到后直接去梁铸元家。

去年(2009年)2月12日第一次采访以来,我已经是第七次见梁老了。先生九十三岁,岁月在他脸上留下了沧桑的痕迹,人差不多耗成了一把枯柴。

好在先生精神还可以,说话也勉强能够表情达意。而且,只要谈昆曲,就来了精神。

柯军是昆山人,所以比较容易对话,一再表示了对老人的敬重,并且请先生到时去看戏。

10月10日晚上,《我的"浣纱记"》在巴城玉山草堂演出。当颤巍巍的梁铸元在秋风萧瑟的演出场地出现的时候,所有的目光都聚焦过来了。

梁辰鱼的在天之灵会见到这场面吗?

但无论如何,相信这是昆曲史上必要记下的一笔——

昆曲的源头在巴城,顾阿瑛的玉山草堂为昆山腔的形成起了决定性作用,昆曲而昆剧的关键人物梁辰鱼也是巴城人,四百多年后,根据《浣纱记》创作改编的《我的"浣纱记"》又是巴城企业家沈岗出资赞助的,如今在恢复重建的玉山草堂演出,而且让戏中的梁辰鱼与现实中的梁家后裔"对话",其意义也许远远超出演出本身。

《浣纱记传奇》

2018年6月28日,昆曲表演艺术家蔡正仁和上昆张咏亮、吴双,编剧魏睿一行,来到梁辰鱼的故乡巴城老街,在醄途楼(杨守松工作室)专题讨论新编昆剧《浣纱记传奇》。

《浣纱记传奇》是上海歌剧院青年编剧魏睿的作品,也是上海市文化实事项目。戊戌年春节前,编剧就专程来到醄途楼"请教",上海为此剧本已经进行了两次专题研讨。作者在吸取各方面意见后,对剧本进行了多次修改,现在带到巴城的已经是第六稿了。

蔡正仁做主题发言,说他对第一稿是非常反感甚至是愤怒的,经过一再论证和修改,现在的"大纲"突出了梁辰鱼在昆曲而昆剧的过程中所作的伟大贡献,他能够接受了。比较一致的意见是:主要写"剧",不是写"曲",魏良辅和梁辰鱼不能"平分秋色",所以梁辰鱼要突出,是唯一主角,魏良辅的戏要减。昆山的庄吉对梁辰鱼是有研究的,说得更为具体,对剧本的构想也有创意,即把《浣纱记》和生活中的梁辰鱼、若耶(剧本中魏良辅女儿)对接,一个现实一个梦幻,两者切换闪回……

讨论整整进行了三个多小时。

昆曲从哪里来?

昆剧从哪里来?

昆曲由魏良辅在南曲和北曲基础上研磨而成,梁辰鱼用水磨调写《浣纱记》,就有了昆剧。

魏良辅是"曲圣"。

梁辰鱼是"剧祖"。

昆曲的孕育和产生,历经千年百年,到了魏良辅才有了质的飞跃。昆剧的出现,历经千辛万苦,在严党专权和内忧外患的家国苦难中,梁辰鱼奋笔疾书,挥毫成篇。

新编昆剧《浣纱记传奇》,重点突出由"曲"而"剧"的过程。昆曲人演昆曲事,前无古人。尽管对这出戏的看法多有分歧,多有争论,但是,黎安、吴双饰演的梁辰鱼和魏良辅形象鲜明,个性突出。即便是作为暗线的若耶(罗晨雪扮演)和梁辰鱼的心灵互守,"戏中戏"也颇为得体。

"传奇"还令人深思,叩问心灵:面对先贤,昆曲往哪里去? 面对先贤,我们应该做点什么?

我们总该做点什么吧?!

我们的《浣纱记》

一个心愿

于是就想,昆山应该排演《浣纱记》。之前的戏是重新创作的,如果昆山能够根据《浣纱记》的原著选编演出,岂不更好?!

早在2018年10月的重阳曲会,我就和苏州昆剧传习所的薛年椿老师说,2021年"传"字辈一百周年,传习所准备排什么戏?他说想排《活捉罗根元》,我说,不对哎,应该排《浣纱记》啊……这样,他就回去跟顾笃璜先生说了,后来回话说,顾老同意我的建议。

2019年3月29日,昆山某个会议讨论昆山当代昆剧院下面做什么时,笔者提出,应该是《浣纱记》《昆山记》和《描朱记》:《浣纱记》作者是昆山人,《昆山记》写的是昆山人(顾鼎臣),《描朱记》则是"昆昆"年轻人自己的作品。三部作品都和昆山密切相关。

没有一个人接话。

于是就想:既然如此,我来做《浣纱记》,可否?!

这至少是异想天开。一出戏,牵涉的太多太多,一己之力,怎么可能?!

也罢,先做点案头工作吧。自从和薛年椿老师说过以后,2019年初我就开始准备,主要是看原著,同时学他人之长,把能找得到买得到的所有关于《浣纱记》的演出录像都拿来看,一边看一边思考,然后开始选编……

剧本选编大体有了眉目后,便开始设想排演的几个方案。

就在这时候,11月23日,新任巴城镇党委书记石建刚来我工作室,我就只说这一件事,书记当场拍板:我们是昆曲小镇,梁辰鱼是我们巴城人;为了致敬先贤,传承昆曲经典,我们排。

这是所有方案中最好、最理想的结果。

六字方针

第一稿出来后,先请薛年椿老师带给顾笃璜先生看。前年我被聘为传习所"顾问",也没做什么事,这回也是想尝试一下,跟传习所合作,先生是否认可我选编的文本是关键。

非常欣慰的是,先生明确说:可以。

接着是确定导演。立刻想到周志刚老师,他是个大忙人,可是听我说了后,很快答应了……

于是把稿子发给他,他提了意见,再改。正值新冠疫情期间,都宅家,周老师就开始修饰剧本。改后发我,我再改,第三稿时,自己觉得比较可以了。

在选编文本的基础上,周老师开始做舞台排练本的案头准备工作。

关于剧本的题旨,我写了四句话——

吴越春秋写昆剧,
时人尽道雪艳词。
英雄美人两相惜,
成就千古《浣纱记》。

这是我对《浣纱记》的主题内涵和历史价值的题解,有点类似剧本的"定场诗"。

这样写也是有来由的。

最早采访梁辰鱼后人时,他说梁辰鱼"没出息",就是梁辰鱼既没有当官也没有发财。其实即便在当时,《浣纱记》也没有受到应有的理解。比如王世贞的那首《嘲梁伯龙》诗句,"吴闾白面冶游儿,争唱梁郎雪艳词",诗中说梁辰鱼的影响大,但是名褒实贬,所谓"嘲"也:谁在"争唱"?是那些下九流的"白面冶游儿",而且唱的是"雪艳词"。《浣纱记》岂止是"雪艳词"?!它是大爱,是家国情怀的正能量啊。这个原著的精髓,原著的主题,也就是作者的"初心",不能偏离,更不可颠覆。

为此,我做了三件事——

第一,请梁辰鱼研究者庄吉给全体剧组人员讲课,我说不谈剧本,只说作者,讲梁辰鱼的故事。演员了解作者,才能知道作者为什么要写《浣纱记》。

第二,专题上课。我着重说,《浣纱记》写的是两千五百年前发生的故事。要让全剧组了解和理解剧情,还有作者梁辰鱼写作的本意。如果没有范蠡和西施的爱情线,就不可能"成就"《浣纱记》。

第三,带演员去梁辰鱼出生地澜槽村,在这里追寻先贤的足迹,向先贤致敬;同时,还去绰墩山,在黄幡绰塑像前讲昆曲源头的故事,在顾阿瑛手植银杏树前,说六百年前"声艺融合"昆山腔和玉山雅集的故事……

在这个基础上,确定了六字方针:传统,精致,唯美。

传统,首先是文本,以原著为"本",以范蠡和西施为主线,选编、叠加成"游春、选美、后访、分纱、泛湖"五折,主题突出,脉络清晰,同时在音乐、服装道具等方面,都把"传统"二字作为基调;精致,就是做"小"、做精致,不做也不求"大场面";唯美,考虑现代人尤其是年轻人的审美取向,做到"好看",表演、唱腔和音乐都力求唯美。

六个字的核心是:昆曲姓"昆",向传统致敬,向先贤致敬。而——

不是为了获奖……

导演请对了

周志刚毕业于上海昆二班,师承昆剧泰斗俞振飞和昆剧表演艺术教育家沈传芷,学艺、演出、教学传承,与昆剧结缘六十年,不仅熟悉行当穿装扮相,深谙文武场面及各种乐器,1974年还修习导演学,除在全国八大昆剧院团导戏教戏外,还涉及其他兄弟剧种:京、越、淮、豫、滇等,受过他艺术滋养的"大咖"数起来有一长串。他做事认真严谨,一丝不苟,且尊重昆剧的规律,从不随意"将就"。他坚持昆剧必须姓"昆"的原则,舞台以演员为本,以昆剧的艺术手法来塑造人物。

这期间,为了巴城版的《浣纱记》,北昆、永嘉昆和苏州昆剧院都一再请他去,他都辞谢了。

不巧的是,2019年秋,周老师不慎跌伤,做了手术,一个钢圈三个钢钉打在腿上,可他回家养伤期间,仍在全心全意准备《浣纱记》(选编)的舞台排练本。

排戏开始后,我很快发现,周导做事太认真了!认真的程度超过我的想象。因为演员的基础不是太好,尤其是规范的动作、唱念等,缺乏标准的系统的培训,所以导演就一点一点地捏,一句半句地"抠",一句唱、一声念直至一个动作,往往不厌其烦地重复几十遍,直至满意为止。

传习所的排演条件比较差,空调都没有的,5月还可以,6月开始热了,往往一场下来,导演演员都汗水津津。可是,周老师从来没有因此歇过。在巴城老街联排时,完全可以在台下用喇叭指导,可他还是忍不住,要走到台上去手把手教——须知,他的腿上还打着钢钉,走路还是一瘸一拐的!

薛年椿说,导演请对了。要不然很难说……

五个老人

4月7日,木香开得轰轰烈烈,"雪花飞上酴醾楼",令人惊奇的是,走廊的地板缝隙里,竟然也长出开花的枝条来!天气大好,全体演职人员聚集在苏州昆剧传习所,举行《浣纱记》(选编)的开排"仪式"。

台上坐着五位老人:顾问顾笃璜(九十三岁),导演周志刚(七十四岁),音乐整理顾再欣(七十五岁),统筹薛年椿(八十岁),文本选编杨守松(七十八岁)——

五个人年龄相加,四百岁,平均八十岁!

薛年椿是"传"字辈薛传钢的儿子,原苏州昆剧院老生兼花脸演员,苏州戏曲博物馆副馆长。2015年受聘来昆剧传习所,这次他的全部心力都用在巴城版《浣纱记》上,负责演员的协调和统筹。因为他不仅熟悉演员,也熟悉昆曲,排练过程中,发现问题,随时纠正,绝不马虎;需要什么,他都会想办法去解决,乐队的人员配备,都是他出面商借的,吹笙高手薛峰也是他请来的,第五场渔翁史庆丰和文种的扮演者杜承康,还有第二场两个小花脸,原本是由传习所演员反串的,后来闻说苏昆沈志明即将退休,赶紧去请了来"帮忙"。

顾再欣是堂名世家,退休前是苏州昆剧院首席笛师,对昆曲的音乐有深厚的感情。退休后,他决意"不再做昆曲"了,因为"太难了"(而且,做的人也太多,俗了),就帮曲社整理"十番",反正就是不做昆曲了!又说,昆曲一辈子不够,至少要两辈子才弄得懂!可是,由于薛年椿的邀请,他又义无反顾来到剧组。

由于对昆曲音乐非常熟悉和了解,所以巴城版《浣纱记》的主要音乐,完全按照原来的曲谱制定,第三场、第四场的"金络索"和"二郎神"两支曲牌,每每唱到,都会触动人的心弦。第五场《泛湖》,按照原著,西施唱南曲,范蠡唱北曲,南北合套,使得人物的形象更加鲜明突出。背景音乐和过场音乐,也是根据剧中"一江风""玉胞肚""绕地游"等旋律化开的,道地的昆曲味,非常好听,也容易学。

全剧音乐配器选择昆曲传统曲牌组合运用,唱腔以完整曲牌体的运腔方式进行演唱。文场是笛、笙、琵琶、三弦、唢呐,武场按昆曲音乐特色敲打。乐器共有十二种之多。从剧情需要出发,还有"锣不听鼓"的独特风格。因此音乐也是一个亮点。

正是这五个主创人员(有记者称之为"天团",相信这样的"天团"组合恐怕也是空前绝后的了):大家有着相近的年岁,都是老年人,更重要的是,大家对昆曲都有一份敬畏之心,这种敬畏之心,在《浣纱记》(选编)创作和排演过程中得到了生动的印证。这些老艺术家们,为了一个锣鼓点子,为了一句唱腔,会大声争论,有时候争论竟长达一两个小时,面红耳赤,各抒己见,最后认识统一,没有一个"记仇"。

五位老人同心同德,这是巴城版《浣纱记》成功的关键。而如果不是做人的品性和十多年为昆曲不断的付出,要把这五个老人组合在一起,为了同一个目标做同一件事,是绝对不可能的——

赤手空拳无权无势的一介文人,谁理你?!人家凭什么听你的?!

六个演员

"民非"性质的苏州昆剧传习所,一共只有六个演员,三男三女,两个小生、两个花旦,一个六旦,一个老生,还有三位乐队人员。作为苏州"坚"字辈的演员,他们演出过《牡丹亭》《红楼梦传奇》,尤其是《红楼梦传奇》,受到业内称赞。这次由吕坚珺、吴坚琳、沈坚芸和周坚兰主演范蠡和西施。汪坚芳饰演艄婆,苏坚刚也配合做了一些事务工作,尽管临时借了演员,但在平时的演出中,主要就靠这六个人。

也正因为这个原因,在选编剧本时,必须也只能"看菜吃饭",从实际出发,做"小"不求"大"。好在这样也完全符合主创人员一致认同的"传统"的定位。

对这些演员来说,最大的挑战不仅仅是一招一式如何规范,一切如何按照昆曲的规律来矫正,还有一个不得不面临的问题:如何从之前演出的贾宝玉和林黛玉两个人物中走出来。范蠡和西施,与贾宝玉和林黛玉,是完全不同的两种角色。所以,对于年轻的"坚"字辈演员来说,这的确是前所未有的挑战。

我对演员说,千万要珍惜这个机会,这次《浣纱记》(选编)的排练,收获最大的是演员,导演所传授的,将让你们终身受用!

6月下旬,连续两档五折连排后,周志刚和薛年椿老师露出满意的笑容,都说,有戏了,踏实了!我说演员明显进步了,当然,还有提升的空间……不过,我可以说,我们有底气了!

顾问和他的女儿

我们的顾问是顾笃璜先生,他是诗书传家,祖上闻名中外的过云楼藏书,全都捐献给国家,昆曲衰颓时,先生卖了部分家产,和苏州大学合作,办了一个昆曲班……他的传习所坚持传承为主,在第七届昆剧节上,一出《红楼梦传奇》,收获业内好评。

排练期间,顾笃璜先生由他女儿顾其正搀扶着,颤巍巍来到现场,见导演认真规范,先生很是满意。先生一次坐我边上,轻声对我说,有些人来是"吃昆曲的",你来是为昆曲做事的。先生如此褒奖,想想这些年的辛苦付出,也是值得的了!

先生每次来传习所,都是他的女儿其正开车接送。平时排练,无论在传习所,还是到外面演出,其正都默默地陪着,做着服装熨烫等一些不为人注意的细微事。

一次在巴城文体站连排,我注意到了一个非常有趣的现象:演员们集体分享了其正做的早点!原来她五点就起来忙活早点,整了一大桌,有寿司、面包和酸奶、奶茶,还有巧克力等。薛年椿说她是"无事忙",喜欢做这个。传习所的几个演员也习惯了,被宠惯了。

幕　后

《浣纱记》(选编)这是本人提议并且以"杨守松工作室"的名义做的一个"项目"。之前我只是采访和写作，引进文化名人，挖掘传统，弘扬昆曲文化。策划并参与排戏，则有些战战兢兢。何况本人还一直深受带状疱疹后遗症的折磨……

首先是剧本的选编。大学时喜欢戏剧和电影，还写过剧本，到昆山后也创作过一个小歌剧，词曲都是自己写的。但是，昆曲太难了。

还有其他意想不到的事需要面对。

一个不得不说的现实是：所有的"资源"都是别人的！或者换个说法就是：我们工作室三个人等于要做一个剧团的全部行政工作。十年前省昆和沈岗合作排演《我的"浣纱记"》，从编辑到演员、导演都是自己的，场地、灯光、舞美等，一切都是自己的，至少是可以直接掌控的！可是传习所条件和任何熟知的院团都不能相比。"民非"企业，资金来源主要靠平时演出和极少的政府补贴，演员的收入微乎其微，排练场地连空调都没有……

演员和导演、作曲、乐队、排练的场地、舞美设计、灯光等，一切都得靠别人。所以就必须协调和统筹好，为此，助理俞真真做了非常细致和艰苦的工作，胃病复发，已经约好了上海医生，可是为了排演的事不得不推迟再推迟，一次半夜去医院急诊，第二天又出现在现场；还有，因为是疫情期间，导演的吃住和接送等一系列问题，她都得考虑周全，都要妥善安排，丝毫不能有任何差池。

而这一切还不是最主要的，至多是辛苦劳累罢了，其他不可思议的"问题"多到难以想象却又不得不面对……

工作室的朱依雯，她做的，都是幕后的小事，却是不可或缺的——说一个外人难以想象的细节吧，巴城文体站彩排那天，舞台后面的纱幕，是她和另外一个朋友人工拉合的……

好在，一切都挺过来了，我们做成了，我们无愧先贤，也无愧昆曲小镇巴城。

专家和媒体秀

巴城排演《浣纱记》，媒体很快关注到了。昆山融媒体中心主任左宝昌来了，我说了我们《浣纱记》的来龙去脉，他很支持，办公室茅玉东回去就写了一篇报道，发在5月25日《昆山日报》头版——

标题很醒目："昆曲小镇"又添唯美看点——巴城版《浣纱记》来了！

本报讯(记者 茅玉东 郭燕)5月21日，在巴城老街影剧院，一台巴城版的昆剧《浣纱记》首次进行前三场联排。这台新近打造的《浣纱记》，选取了传统版本中的一条线索：范蠡和西施动人的爱情故事，体现普通人的爱恨情仇和家国情怀。整个演出只有五场，追求传统、精致、唯美，给"昆曲小镇"增添了新的看点……梁辰鱼是昆山巴城人，作为"昆曲小镇"，巴城镇党委、政府致力于历史文化的挖掘和弘扬，排练一出永不落幕的经典昆剧，成为题中应有之义。"通过排练这一版本的《浣纱记》，我们一起向经典致敬、向昆曲源头致敬！"杨守松说。

接着，苏州市和省里的媒体也陆续作了报道。

9月11日，《昆山日报》以整版篇幅全文发表了我的长文《我们的〈浣纱记〉》。

9月19日，经过所有相关人士的艰苦努力，在经受了许多折腾之后，《浣纱记》（选编）终于正式彩排了。

演出前，我给主演之一的兰兰发了微信，并且让她转发所有演员——

兰兰说，没经（历）过这样的舞台……还有舞美，灯光……
我说，有兴奋点，太好了！一定能演好！
相信所有演员都有这感觉，这是非常难得的体验。
登上舞台，整个世界都是你们的了！
放松，放开，放肆！
一定光彩照人！

演出成功！满意。几个主演都发挥正常，且比以往任何时候都出彩。听到唱"金络索"，我忍不住泪流满面……

中江网传媒股份有限公司董事长、总编辑陆峰特地派记者来采访，还有更多记者闻讯过来，昆山融媒体不仅最早反应，彩排后还安排记者进行专题采访……

完全没有想到的是，顾笃璜先生也从苏州赶到巴城看彩排！尽管只是悄然出现不一会儿又悄然离去，但无论如何，先生是这出戏的顾问，能够到场，也足以说明，《浣纱记》（选编）在先生心中的分量……

最难得的是吴新雷老师，在非常不容易的情况下，专程过来看戏，为此还专门找来几个版本的原著，加以比较和品评："选编者杨守松，考虑到传习所只有六位青年演员，为了简头绪、密针线，便没有安排吴王夫差、越王勾践等君王将相出场，也没有设置两军对阵的大场面，而是通过生旦的唱词和念白，交待了政治军事背景,突出主线,隐去副线!舞台上凸显的是儿女浓情,幕后隐现的却是吴越兴亡之史乘大事!观众寓目,以小见大,这种戏剧艺术的处理手法,是十分奇特巧妙的!"

忙得不可开交的柯军,也一诺千金,上午接受苏州电视台的"名人访谈",下午看完戏发表了颇有见解的评论,他对我说:"你把张弘老师的东西(指编剧思路)'偷'来了!"又说,"因为杨老师是作家,他能跳出昆曲看昆曲,他用写文章的逻辑思维对原著做了深入思考和大胆的取舍;对全剧做了精心的探寻,从而提炼出原著的哲学思想和精神内核;杨老师是文人,他是用文化人的情感和情怀对该剧做了人物情感脉络上的梳理和人文品格上的提升。"

徐宏图、朱恒夫和王宁等业内专家也到场观看,并且各自撰写了视角独特的评介文章。9月29日,《昆山日报》整版发表了他们写的评论。

当然,并非完美。一出好戏需要持久、耐心打磨。中秋、国庆长假前夕,主创人员再次集中讨论,对细节的修改和演员的调整,还有服装等,都进行了认真的讨论,意见统一后分头行动。这为十月重阳曲会的正式首演,做了积极有效的铺垫和准备。

2020年10月31日,我们的《浣纱记》在昆山梁辰鱼大剧院公演。分管副市长张桥和文体旅局局长苏佩兰十分支持,当代昆剧院积极配合,而且——说实话,专业剧场的效果要好很多很多……

2008年,笔者采访过梁氏两个与昆曲相关的后人,一个是梁铸元,堂名笛师,且能唱昆曲,还有就是梁雪生,他是陆杨小学的语文老师,昆山玉山曲社的笛师。十年前,《我的"浣纱记"》演出时,梁铸元到场看戏,十年后,《浣纱记》(选编)公演,此时,梁铸元先生已过世,便请梁雪生先生过来看戏,他对记者说,感谢大家对我们祖上梁辰鱼的重视,谢谢大家……

不知怎么的,此时此刻,一种神圣感油然而生。

显然,这是应该记住的一天:梁辰鱼创作的《浣纱记》,五百年后,在以他的名字命名的大剧院演出,而且有梁氏后人在场看戏。这是一个多么意味深长的故事啊!

梁辰鱼在天有灵,该是何等欣慰、何等高兴!

顺便说一个小细节:因为《浣纱记》(选编)在疫情期间就开始运作的,所以我特地请人画了戴口罩的范蠡和西施。在昆山演出时,将这两幅画置于剧院门口,其效果特好、奇好——不仅显示这出戏产生的时代背景,而且疫情没有彻底消失,也提示观众:请戴上口罩哦……

戴口罩的范蠡和西施画像,至今还摆放在梁辰鱼剧场门口。

初心不移

还要特别说一下的是，我们的《浣纱记》从选编到演出，遵循的原则始终是：初心不移。

"初心不移"是《浣纱记·泛湖》一折的唱词。吴灭越兴，西施觉得自己"香残玉破"，配不上范蠡了，但是范蠡说："古和今此会稽，旧和新一范蠡。"西施唱【南园林好】："谢君王将前姻再提，谢君家初心不移。一缕溪纱相系。谐匹配作良媒。"范蠡和西施两人当年于苎萝村结盟，生死相爱，后来因为家国情怀、因为大爱而暂时牺牲了小我，西施去了吴国，现在，吴灭越兴，在经过了这么多生生死死的波澜曲折之后，两人依然深深相爱，"初心不移"，从此泛舟而去，过平常百姓的日子……

这是《浣纱记》贯穿全剧的主线，也是梁辰鱼的"初心"。但在演出后，也听到一些年轻人的不同的声音，主要集中在一点，即，范蠡把自己心爱的女人送给吴王，范蠡是"渣男"。

对此，我也一度怀疑，甚至想迎合观众，对选本做一些修改，诸如，说选美是勾践的旨意，范蠡只是执行者，又如，范蠡无奈奉命执行，却是犹疑再三，是文种出场施压，范蠡不得不咬牙说服西施，还有，西施临别，范蠡儿女情长，迟迟不动身，也是文种以越王之令，催逼施压，范蠡这才送别西施，等等。

导演周志刚不同意。他认为，梁辰鱼的"初心"就是把范蠡写成一个伟大的智者，他从大局出发，认为不仅美人计可用，而且确信，只有西施——他的结盟女人，不仅有色，而且有智有勇，能魅惑吴王，协助越国完成灭吴霸业，并且"初心不移"。所以，范蠡的计策是万无一失的。

对此，上戏教授、博士生导师、上海市剧本创作中心艺术总监罗怀臻认为，"士大夫每在社稷存亡之际，往往有舍情取义之举，非无情而有大爱也。西施受范蠡影响，做出违心选择，正是她高于常人之处。《浣纱记》中的范蠡与西施，乃有超越凡俗之情，泛湖归隐，其事可信。"

梁辰鱼的伟大，不仅在于他写了《浣纱记》，使得昆曲而昆剧，还在于，他在处理范蠡和西施的爱情故事时的超前意识：在那样封建的时代，他冲破旧有的陈腐观念，他把范蠡和西施放在大英雄大美人的定位上来书写，最后让两人泛湖而去，"成就君王事，还我平常心"，所谓"平常心"，也是范蠡和西施的"初心"，更是梁辰鱼的"初心"。

我的自信就在于：选本尊重了梁辰鱼的"初心"。

唯有"初心不移"，这个戏才姓"昆"。

唯有"初心不移"，这个戏才姓"梁"。

唯有"初心不移"，这个戏才有资格叫《浣纱记》。

因为"初心不移"，所以相信若干年以后，昆剧舞台上还一定会有我们的《浣纱记》！

嫡嫡亲亲的"姐姐"

《浣纱记》(选编)是昆曲小镇对巴城先贤梁辰鱼的致敬，是对传统文化的致敬，也是昆曲小镇又一个靓丽的品牌。

颇有意思的是，十年前巴城企业家做的《我的"浣纱记"》和今年昆曲小镇巴城政府打造的《浣纱记》(选编)，剧名都是孙家正同志题的字。

从《我的"浣纱记"》到《浣纱记》(选编)，昆山当代昆剧院在 2020 年 8 月份已经开始论证王仁杰和木鱼的《浣纱记》，12 月下旬，"昆昆"又举行了罗周改编的《浣纱记》剧本研讨会。

相信昆山将来还会有更多跟《浣纱记》有关的昆剧。

所有这一切，都是昆曲故乡的作品，都是梁辰鱼家乡的作品，都是昆山致敬昆曲的作品。

写到这里，忽然想起 2009 年《昆曲之路》在人民文学出版社出版时，我在"后记"最后引的一句话，那是《浣纱记》中的句子。十多年过去，一路走来，甘苦自知。而今复录如下——

笑你驱驰荣贵，
还是他们是他；
笑我奔波尘土，
终是咱们是咱！
我的嫡嫡亲亲的"姐姐"呵……

大美昆曲　美从何来

惟昆山为正声,乃唐玄宗时黄幡绰所传。

——魏良辅

黄幡绰不仅是昆曲的始祖,也是整个戏曲的鼻祖。

——郑培凯

在玉山草堂,有演员有观众,连写《琵琶记》的高明都是这里的座上客。说明有一个氛围,有一个产生昆山腔的基本条件。

昆曲源头就在傀儡湖。

——吴新雷

2017年底,收到会长田青签署的"聘书",本人被中国昆剧古琴研究会聘为"专家指导委员会委员"。因为没有我的联系方式,他们还是通过其他渠道辗转送给我的。这是本人退休后获得的所有荣誉、奖项中,自己非常看重的一个。

然而,我依然认为,就昆曲而言,我不是"专家",不是的,因为很多昆曲的专业知识,我不懂,什么唱念做表等,我说不出来。昆曲文化博大精深,知道得越多,越觉得不了解的多;进去越深,越觉得自己才疏学浅。

好的是,我在昆曲圈内采访,和昆曲人交往了十多年,朋友越来越多,知道的故事也越来越多。对于一些比较常见常听说的事,也有了自己的判断,所以讲课时,我不会人云亦云。2015年7月11日,在国家图书馆讲"大美昆曲·美从何来"。2019年10月28日,在北大讲课,依然是这个题目,只是,掌握的材料更多也更有"底气"了。这一章的内容,就是在北大讲课的底稿基础上整理的。

第一,关于所谓非遗"第一"。

很多媒体都说,甚至连我尊敬的一位专家也说,联合国教科文组织发布的第一批人类口述和非物质文化遗产名录,昆曲全票通过,"位列第一"。

实际上,全票通过的不是只有昆曲,还有日本的能乐等,一共四个全票通过。按照国际惯例,排名是按照英文字母顺序来排列的,不存在谁是"第一"。这期间,文化部外联局邹启山先生,在联合国教科文组织代表团工作,具体负责与教科文组织的文化合作事务,他在法国,在"前方",见证并且参与了中国申遗的全过程。2008年12月4日上午,笔者采访这位有功之臣时,他是文化部外联局国际处调研员,他说,他在接受央视采访时,记者说昆曲是"第一",他就说,"不是的,评委主席在公布时说,第一批通过的十九项,有四项全票通过,其中包括了昆曲。"

第二,关于所谓"百戏之祖"。

这个说法,最早见于《中国昆剧大辞典》,序言说昆曲是近代百戏之祖,请注意,这里说是"近代",有个非常明确的前置定语,如果笼统说,则大谬了。因为一个非常简单的事实是,昆曲产生之前,有元杂剧,有南戏,而且不少昆曲是从元杂剧改编而来,比如经典的《长生殿》,就由元杂剧《梧桐雨》演绎而来。其他诸如藏戏、梨园戏等,也都早于昆曲。实际上,昆剧也不是从天上掉下来的,昆剧也是从"百戏"中汲取营养才华美登场的。所以,"百戏之祖"的说法是不恰当的。而且,并不等于加上"祖"的美誉,就能说明昆曲多么伟大了。不说,一样是昆曲。笔者认为,说"百戏之师",应该是比较恰当的,因为实际上,很多剧种都从昆剧里面汲取了营养。

诚然,由于媒体的"先入为主",一般都习惯了这么说,要改过来似乎很难,但是,笔者以为,真理总要有也一定会有人坚持,相信这样的"常识"迟早会被大众接受。

第三,关于所谓六百年。

昆曲六百年之说,最早见于央视,题目就叫"昆曲六百年",作为影响如此之大的媒体,这个"误导"要纠正是很困难的。但必须承认,昆曲的"鼻祖"或者"曲圣",是魏良辅,这一点没有疑义,那么,魏良辅的生卒年是1489年、1566年,就是说,昆曲实际上是五百年左右。

六百年是昆山腔,昆山腔也不是一朝一夕就产生的,如果追根溯源,最早就要说到一千二百年前的黄幡绰。

黄幡绰

昆曲源头的源头(一千二百年)

《旧唐书·玄宗本纪》载:"玄宗于听政之暇,教太常乐工子弟三百人,为丝竹之戏,号为皇帝弟子,又云梨园弟子。以置院近于禁苑之梨园。"明朝徐渭(1521—1593)《南词叙录》也说,"隋唐正雅乐,诏取吴人充弟子习之"。湘昆的办公室,就供着唐玄宗的塑像。黄幡绰是梨园第一号大明星,另外一个宫廷艺人,叫张野狐,两个人搭档演参军戏——这种由五胡十六国时期发展而来的参军戏,通常有两个演员,一个叫参军,一个叫苍鹘,参军戏说唱逗笑,类似于今天相声的逗哏与捧哏。

唐·段安节《乐府杂录》记载:"开元中,黄幡绰、张野狐弄参军","拍板本无谱,(唐)明皇遣黄幡绰造谱"。

黄幡绰说话幽默。深得唐玄宗喜爱,"一日不见就怏怏不欢"。公元725年12月16日,唐玄宗到泰山举行封禅大典。仪仗队伍前,以各种颜色的马一千匹组成方队,交错排列,盛况空前。为了纪念这次封禅,唐玄宗亲自撰写了《纪泰山铭》一文,刻在山顶大观峰,这就是我们今天看到的洋洋千言的唐摩崖碑。

封禅泰山,宰相张说为封禅使。旧例,封禅后自三公以下,皆迁转一级,唯张说女婿郑镒,本九品官,骤迁五品,兼赐绯服。玄宗怪而问之,镒无词以对,黄幡绰曰:"此泰山之力也。"语带幽默,化解了可能的尴尬。"泰山"作为岳父的代称,即源于此。

黄幡绰还是书法家。清代王士祯所著《池北偶谈》中说,唐明皇之《霓裳羽衣碑》,黄幡绰书,今在蒲州(山西运城西南一带)。

"安史之乱"后,黄幡绰先是在西部安禄山老窝那个地方,安禄山也喜欢看他的戏。安禄山被平戡以后,唐肃宗把黄关起来,但没有杀他,唐明皇(太上皇)说情,说这个人没有做什么坏事,就放了他。黄幡绰就这样流落到昆山正仪(今属巴城镇)绰墩山这一带。

还有一种说法,相传黄幡绰为巴城正仪黄家浜人,八岁跟随陕西线胡腔(又叫悬丝戏,最早的木偶戏)戏班去陕西凉州,开元初入宫。只是这个说法没有充足的依据。

白居易《江南遇天宝乐叟》:

> 白头老叟泣且言:
> 禄山未乱入梨园。
> 能弹琵琶和法曲,
> 多在华清随至尊。
> ……
> 从此漂沦落南土,
> 万人死尽一身存。

"天宝乐叟",有说指李龟年,也有说是黄幡绰。

黄幡绰无以为生,只能靠伶人的看家本领,唱戏。可是,唱给唐明皇的当然不能照搬给乡野村夫,必须和当地的民间小调(即台湾曾永义教授所说"土腔")结合。就这样,他在笠帽湖(亦名东湖)畔演参军戏(滑稽戏),演"水傀儡"(今已失传,唯越南尚存,《东京梦华录·卷七·驾幸临水殿观争标赐宴》有生动记载)。

傀儡戏原是陕西盛行的一种线胡腔,也叫悬丝木偶,黄幡绰谙熟此技,在宫中常演。安史之乱后,玄宗回长安,还忘不了,曾以此作诗感怀人生——

> 刻木牵丝作老翁,鸡皮鹤发与真同。
> 须臾舞罢寂无事,还似人生一世中。

南宋龚明之《中吴记闻》中记载:"昆山县西二十里有村曰绰墩,古老传云,此乃黄幡绰之墓。至今村人皆善滑稽,及能作三反语。"

黄幡绰善演参军戏和傀儡戏,这种戏说噱歌唱并呈,更以滑稽见长,三反语就是切口,是滑稽演员的强项,俗称"打三反"。当年黄幡绰在绰墩传下这特技,到四百多年后龚明之生活的南宋,村民还都能说,可见其流传之久远。

清代《昆新两县志》载:"绰墩在城西北朱塘乡第三保第四保,有绰墩山,上有寿宁庵,下为顾德辉(顾阿瑛)金粟堆。"

笠帽湖通往娄江的一条小河,名叫"行头浜",当地方言,"行"都念"航",以讹传讹,竟然将行头浜写成了"航头浜"。以演员的行头入名,可见当时演出景况之繁盛。

黄幡绰死后,就葬在湖畔。墓有土墩,以"山"名之,曰绰墩山;因为常演傀儡戏,笠帽湖更名为傀儡湖。

"山"以人名,曰绰墩;

湖以戏名,曰"傀儡"。

可见黄幡绰影响之大。

绰墩山上有庙,松柏森森。20世纪七八十年代兴办乡镇企业,农民草房改瓦房,于是挖土烧窑,直至削平土山。如今,湖滨路穿"山"而过。

魏良辅《南词引正》说:"惟昆山为正声,乃唐玄宗时黄幡绰所传。"清代刘亮采辑本《梨园原序伦·论四方音》说得更为具体:"黄幡绰,昆山人,始变为昆腔,其取平上去入四声,正而无腔,字有肩,板有眼,阴阳清浊。"

到了元代,在湖上演水傀儡的风气还盛,元末顾阿瑛在湖边还搭了个傀儡棚,供朋友们观看演出,文友秦约有诗记其事:"人生百年何草草,傀儡棚头几绝倒。"

绰墩山后来成为江南戏曲界敬仰朝圣之地。为表示对黄幡绰的缅怀，每年春二三月，各地戏班都要来绰墩山搭台演戏，叫"春台戏"。

之后，春台戏形成一种地方风俗，宋人《中吴纪闻》说，"绰墩为黄幡绰葬地，戏价较廉，并有时有送者。"《信义志稿·风俗》（信义即正仪，今属巴城）记载，四乡有台戏，唯绰墩最廉，有时还不收钱，皆因是黄幡绰葬地。

黄幡绰受到了历代戏曲界的推崇和纪念。作为地方志的补充，清道光十四年（1834年）顾震涛编纂的《吴门表隐》记载，苏州司抚衙旁有老郎庙，供的是"老郎菩萨"唐玄宗，有李龟年、雷海青、张野狐、黄幡绰等十人陪侍。

昆山腔的产生和形成，也应与黄幡绰有关，在昆曲中可以找到黄幡绰的影子。邑中学者陈兆弘在《昆曲探源》一书中说，昆剧中的副净和副末就是从参军戏的参军、苍鹘演变而来，而傀儡戏又是早期的戏剧形式。这就印证了昆山腔跟黄幡绰传下的唱腔声伎应该有一脉相承关系的说法。

河北大学古籍研究所所长刘崇德教授在《古代曲学名著疏正》"总序"中说，"尤其是昆腔，其南北曲的十三宫调与十七宫调，仍然保留着唐燕乐二十八宫调与宋词乐十九宫调的音乐体系。"

由此也可以进一步印证魏良辅在《南词引正》中所说："惟昆山为正声，乃唐玄宗时黄幡绰所传。"

这"所传"两字，学者吴新雷在《昆曲史论考》中作了这样的解读：

> 从中国戏曲发展线索来立论，黄幡绰把唐代宫廷俳优和梨园歌舞那一套伎乐方式带到了昆山，绰墩村的乡民"传承"了黄幡绰的风流余韵，在民间生根发芽，直接影响了元明之际的声伎活动。

顾阿瑛（1310—1369）

玉山雅集"声艺融合"昆山腔（六百年）

元朝末年，昆山出了两个人：一个叫沈万三，一个叫顾阿瑛。

沈万三是土豪，顾阿瑛是绅士，是儒商。

顾阿瑛的父亲、祖父都做官，他的一个儿子顾元臣，任水军副都万户（相当于海军副司令），他的叔叔顾观及顾观的父亲顾荣中，世袭太仓市舶司政务官（类似海关关长）。他怎么会那么有钱，富到今人难以想象的地步，恐怕也是"官商"的缘故。

大概四十岁的时候，顾阿瑛把所有的生意都交给儿子和女婿打理，然后建"玉山佳处"，二十四个景点，主建筑为玉山草堂。"佳处"东起今登云大学，西至现唯亭收费站，南面娄江，北面傀儡湖——总面积在二十五平方千米左右！这就是玉山佳处的地盘。这个园林规模大到什么程度，读者可以想象了。

建园林，就邀请天下文人雅集。大画家、大诗人倪云林，杨维桢……都来了。顾阿瑛有家班艺伎，琴棋书画，诗酒唱和，歌舞表演。就是在这样一个氛围里，在以前黄幡绰流传下来的一些曲子，或者说是民间"土腔"的基础上，再进行加工改造，从而产生了昆山腔。

这里要说到一本书《昆曲探源》。

2002年夏天，正仪镇（后并入巴城）党委书记黄健邀请我和陆家衡、俞建良等去帮助建设"书法之乡"，在走访过程中，我发现昆曲跟正仪有着太多联系，也就想，要是能做一个全面梳理就好了，因为自己不熟悉这方面的知识，就请昆山文史专家陈兆弘来做这个"专题"。他答应后，非常用心，当时正值非典期间，他不辞辛劳，奔走于上海和苏州之间，去图书馆查阅资料，最后写成了《昆曲探源》一书，2003年由中国社会出版社出版。2008年，作者又做了补充和修订。

这是学界第一次提出昆曲源头的命题，具有独特的学术价值。中戏谢柏梁教授到昆山，就这一专题，特地和作者作了交流。香港城市大学郑培凯教授在昆山参加研讨会，接受记者采访时说，他将把《昆曲探源》一书带回香港，在高校进行推广。苏州大学王宁教授给研究生开的必读书单中就包括了《昆曲探源》。上海文化出版社2015年出版的《昆曲志》（上、下），在"专著"一栏收录了这本书，主编亲自撰写的介绍中，肯定作者"对昆曲的源流提出了自己的见解"。

在《昆曲探源》一书中，作者指出，昆山腔不是也绝不可能是哪一个人一朝一夕产生或"发明"的。它必须要具备四个条件：第一有人写（作家、剧作家）；第二有人唱（演员、声伎）；第三要有地方唱（舞台、剧场）；第四还要有观众（雅集的文人）。

这四个条件，顾阿瑛都具备了。所以，玉山雅集的伟大功绩还在于，它"声艺融合"了昆山腔。

根据上海图书馆所藏顾心毅稿本《顾氏重汇宗谱》所载《五十四世德辉公传》记载：

> 德辉，字仲瑛，别名阿瑛，昆山人……卜筑玉山草堂，园池亭榭，伎馆声伎之盛甲于天下……

所谓"饩馆声伎",就是说顾阿瑛家中蓄养的家班声伎。其"盛""甲于天下"。

顾阿瑛著《玉山璞稿》第4页,顾阿瑛写给张翥的诗《张仲举待制以京口海上口号见寄瑛以吴下时事答之五首》(其三)说——

> 莫辨黄钟瓦缶声,
> 且携斗酒听春莺。
> 河西金盏新翻谱,
> 汉语夷音唱满城。

张翥是当时文坛宿儒,顾阿瑛以诗代函,邀请他一起来参加雅集。春莺,即"春莺啭",唐代诗人张祜《春莺啭》诗:"内人已唱春莺啭,花下傞傞软舞来。"(傞傞,舞姿如痴如醉貌)据有关伎乐的文献介绍,唐玄宗时除了宜春院、教坊外,还有随伴身旁的"内伎"(也叫内人),这些内伎的容貌、才艺远远胜过其他女乐,其中大多是胡姬。她们跳的舞分软舞、硬舞两种,春莺啭属软舞:胡姬一人立于桌面的红毡上,进退旋转边歌边舞,但不能离开红毡;其服饰:头戴花冠,身披轻纱,腰束柔带,脚穿飞头靴。

这首诗的后两句是关键,介绍了雅集时唱的歌调:(我们)把"河西后庭花"和"金盏儿"那些北曲曲牌,翻成了新腔("新翻谱")。这里的"汉语"和"夷音",广义上说,是"国语"和所有外来语言,狭义上说,是吴语(当地)和外来语,因为玉山雅集汇聚汉人和少数民族以至于外国人(色目人等),也涵盖了儒释道各种信仰的文化人,所以"雅集"是各地区、各民族的融合,是汉语和夷音的融合。昆山腔的雏形,也正是多民族多种类音乐包括北曲和南曲的融合。

又《玉山璞稿》第66页《寄城南弹筝美人》说,"银甲弹筝玳瑁筵,新声翻在十三弦。"可以看出,玉山雅集时唱的是"新声",是昆山腔。

据记载,玉山雅集也演出过关汉卿的《玉镜台》,那是典型的北曲。

可以说,顾阿瑛的草堂雅集是昆山腔的实验区、昆曲的产床。

早在2008年6月,《中国昆剧大辞典》主编吴新雷接受笔者采访的时候,就作出了"昆曲源头就在傀儡湖"的论断,2016年8月,又重新强调了这个观点。大约过了三到四年的时间,吴老师写了论文《论玉山雅集在昆山腔形成中的声艺融合作用》,发表在《文学遗产》2012年第一期上。论文以翔实的资料,非常专业、无懈可击的论述,说明"玉山雅集"之于昆山腔形成的"声艺融合"作用。

迄今为止,这是关于昆曲起源或者说昆曲源头最具有学术含量的一篇论文。

如今,绰墩山"行头浜"边,有一棵高大伟岸的银杏树。银杏树六百年了。

《玉山璞稿》卷五第174页,顾阿瑛《和陆麒》诗曰:

> 轩外重栽小银杏,
> 愿汝亭亭高十寻。
> 下看白鹤走阔步,
> 上听黄鹂啼好音。

毫无疑问,顾阿瑛所栽银杏树是在昆山腔("好音")婉转优雅的声音中成长的。也即是说,这棵银杏树是考证昆曲源头所能见到的最为可靠的也是唯一存活的物证!

关于"顾坚":孤证不立

《南词引正》说,元朝有顾坚者,虽离昆山三十里,居千墩,精于南辞,善作古赋。扩廓帖木儿闻其善歌,屡招不屈。与杨铁笛、顾阿瑛、倪元镇为友。自号风月散人。其著有《陶真野集》十卷、《风月散人乐府》八卷,行于世。善发南曲之奥,故国初有"昆山腔"之称。

按说,顾坚是元顺帝时掌管天下兵马大元帅、河南王王保保(即扩廓帖木儿)屡招不屈的歌唱"腕"儿,这么一个有气节有名望的人,参与草堂雅集在情理之中。

可惜的是,迄今为止,我们没有找到任何其他的哪怕是一点一滴的与此相关的证据。

顾阿瑛和跟顾阿瑛同时代人的著作,其中记录了很多诗词歌舞活动参与者的名字,这些人中有雅有俗,雅的有元季名宦宿儒和文坛叫得响的诗人画家,他们除了姓名,还有字、号和身世简历;俗的有乐工名伶和家养的歌伎,所谓"张筵设席,女乐杂沓",但这些俗客中有才艺的,都记了姓氏或艺名,如果是外来的腕儿,就更郑重了,像杭州名妓桂天香光临的"秋华亭雅集",像胡琴高手张猩猩,虽然生得黄须白面名不入经传,可是照样在诗文中被多次提到。唱曲的家班女孩子,写到提到的有十五个,全都有名有姓,最少的如玉奴提到一次,最多的琼花六次、小琼英七次。

可在玉山雅集五千多首诗里面,没有一个字提到顾坚!

杨铁笛(杨维桢)、倪元镇(倪云林)的所有文集、全集中,也没有顾坚的影子!

如果说,某某一个人没有说到顾坚,或许可以理解,而《南词引正》中说到的所有的人,都没有一个字提到顾坚,那么,顾坚这个人是否存在就值得怀疑了,至少,顾坚不是他们的所谓朋友。

或曰,顾坚是歌手,没有地位,所以文人雅集不见其名。问题是,按当时元朝的规制,歌伎属于"乐籍",是社会上最低等的人,歌伎是可以送人可以买卖的,顾坚至少比歌伎社会地位高——岂止是地位高,简直是牛上了天,连堂堂大元帅扩廓帖木儿都闻其善歌,而且"屡招"。可是偏偏歌伎可以入诗,顾坚的影子却没一个。

岂非咄咄怪事!

又曰,《南通顾氏家谱》十卷首一卷有顾坚之名,其年代正是元末,《上海图书馆藏家谱提要》也查到顾氏家谱谱系有顾坚之名。于是就说,有"旁证"了。

非也!有这个人,或者说有同名同姓之人,却没有谱传,即关于此君,没有一个字的实际内容。

顾阿瑛有传,那么,如果顾坚确如《南词引正》所言,那么了不起,那么伟大,那么,为什么竟然没有他的哪怕是只言片语的"谱传"?!

所以显然,有顾坚这个名字,却不能作为《南词引正》中关于顾坚如何如何的"旁证"。

那么,其他相关文字,比如著述,也都没有或者失传,因而无从考证。至于扩廓帖木儿"屡招不屈"云云,更是连一丝痕迹都没有。

概言之,有关《南词引正》中提到的所谓顾坚的评述,迄今为止,没有找到哪怕一丝一毫的旁证。

既然如此,我们是否可以说,顾坚或许查无此人?

陆萼庭(1925—2003)《昆剧演出史稿》说,"顾坚是名士,是声律家,又有这些大人物可以替他造舆论,跟他一起切磋琢磨,更有大名鼎鼎的《琵琶记》供他实践,为什么顾氏所创的昆山腔始终地位不高,不受重视,影响远没有弋阳腔、海盐腔来得大?因为从明初(1368年)到嘉靖(1522年)的一百五十多年的长时间里,我们看不到有关昆山腔的有力记载,更不必说明初昆山腔曾演唱的材料了,这不是个奇怪的现象吗?""魏氏也知道自己人微言轻,不足凭信,于是他先尊唐朝的黄幡绰为远祖,再奉元末的顾坚为近宗,满以为这样一来,就足以抬高昆山腔的身价了。这十分可能是魏良辅与文人交游所弄的一种玄虚。其实,这种伎俩屡见不鲜,绝不是魏氏的创举。"

这样我们就很好理解了。魏良辅创建的水磨调(昆曲)远没有得到广泛承认,更没有"有关昆山腔的有力记载",为了增强信心,提高自己的"地位",他把顾坚与当时东南文坛领袖杨铁笛、顾阿瑛、倪元镇扯在一起,说明水磨新调是多么伟大多么了不起。这和我们今天屡见不鲜的有的人张口闭口说我和某某大师是朋友是铁哥们儿，或者是某大师"关门弟子"是差不多的意思。

归根结底一句话，关于顾坚，迄今为止，仍然是"孤证"，而关于黄幡绰，则有一个完整的证据链。

南京大学文学院教授解玉峰著《臻于"纯粹"的布衣文士：洛地先生》一文中说，已故著名学者、戏剧史家胡忌先生曾敏锐地指出洛地先生的思维特点："洛地是相信'理'、不相信'材料'的！"因为洛地先生常常是以事物之"理"审视各种"现象"（所谓"事实"或"材料"），故凡符合"道理"的现象、过程、说法，才相信；比如顾坚，洛地先生认为，虽然史有其人，但《南词引正》说顾坚"善发南曲之奥""国初有'昆山腔'之称"，他横竖是不相信的，因为直到祝允明（1460—1526）时代，祝笔下的"昆山腔"仍是"随心令"一类的歌唱，而昆腔成为一种以官话入唱、高度规范的曲唱是16世纪中叶的事，说顾坚那样的人国初唱"随心令"，这是魏良辅一类的人编出来的鬼话，（为的是）抬高自家身价！（摘自《中华戏曲》第五十四辑）

另外，据明周玄晖《泾林续记》说，明太祖召见昆山百岁老人周寿宜时问："闻昆山腔甚佳，尔亦能讴否？"这里可以说明两个问题，第一，这时有昆山腔，而不是昆曲（水磨调）；第二，如果顾坚唱得那么好，那么有名，为什么朱元璋只知道周寿宜而没听说顾坚？！难道是王公大臣们故意不报皇上？欺君若此，可能吗？！

所以，可以作两方面理解，第一，顾坚根本就不存在，没有这个人；第二，即便有这个人，也根本没有地位，没有身份，更遑论其他了，就是说，他的地位还不及玉山草堂顾阿瑛家班有名有姓的小琼英等艺伎！如果用现在通俗的话来说，就是：你不配，我们不带你玩，更遑论什么朋友什么座上客了！

做学问的有一个规矩，叫作"孤证不立"。因此怎能就凭《南词引正》一句话，顾坚就被想象，被编造，被无限演绎夸大，就说顾坚所在的地方就是"昆曲发源地"！甚至说他是昆曲"曲圣""鼻祖"。

关于"顾坚"，还可以参阅东南大学艺术学院的学报《艺术学界》，2014年第十二辑彭剑彪的文章，原题为"顾坚：查无此人"，后来作者对该文进一步充实，题名"臆造出来的昆曲'鼻祖'顾坚"，收录在文汇出版社出版的《玉山草堂（文选）》一书中。

中国戏曲学会原会长、中国艺术研究院原副院长薛若琳在《昆山腔产生的年代与梁辰鱼的贡献》一文中说，"除《南词引正》明言顾坚是昆曲的创始人外，没有任何其他资料证明他从事过昆曲的活动，因此，顾坚不能再混迹于昆曲队伍中。自然，'国初有昆山腔之称'的美誉，也随之云消雾散，'舞榭歌台，风流总被雨打风吹去'。"

说得多好——

"顾坚不能再混迹于昆曲队伍中。"

再补充一句,即便有了关于顾坚的其他旁证,也不能说,某地有个唱昆山腔唱得好的人,所以昆曲就发源于某地。梅兰芳京剧唱得好,能说京剧发源地就在泰州吗?

最后,关于顾坚,笔者比较倾向于"事出有因,查无实据"。

但我们还是期望,与其在资料不足的情况下妄下结论,不如花力气去挖掘"顾坚"的相关史料,找出证据,像黄幡绰和顾阿瑛那样,有一个完整的证据链,用证据说话。

发现"媚体"

昆曲是一个无限深厚的宝库,需要专家去挖掘,去研究,像吴新雷那般名副其实的学者那样,坐冷板凳,花真功夫,拿出真凭实据,写论文,出版专著。至于学术性的分歧、争论等,都属正常现象。

只是,当今乱象已经不只是学术界,新闻媒体也不乏人云亦云者。

2009年夏天,比利时年轻的学者罗德,想拍一部关于昆曲的专题片,就请江苏省昆孙建安帮他联系。孙建安说,你怎么知道昆曲源头在某地? 他说,电视上这么说啊。于是就去了。可是,到了某地,转了半天,除了一个"纪念馆"之外,他们没有找到一丝一毫昆曲的痕迹。罗德和他的助手哭笑不得,怎么号称昆曲源头的地方,一点点昆曲的影子都没有呢? 孙建安就建议,到《昆曲之路》作者写到的地方去看看。结果罗德打我电话,急匆匆赶到巴城,我跟他说傀儡湖,说黄幡绰,说顾阿瑛,说梁辰鱼,带他们去梁辰鱼出生地澜槽村,去采访梁辰鱼后人梁铸元。梁铸元不仅说"家史",说昆曲,还吹曲笛,唱昆腔……罗德喜出望外,说,这才是昆曲……

可惜的是,因为时间实在太紧,他没有来得及去看玉山草堂,看见证昆山腔诞生的银杏树。

后来,罗德还专程来昆山,跟我签订了同意他在欧洲播放这次采访内容的协议。

罗德的敬业精神使我感动。

可是我也见到了另外一种媒体人。

2011年春节前,收到某电视台一个人的短消息,说,早看过你的《昆曲之路》了,我们做"昆曲源头"这个专题,要过来采访你,云云。很像那么回事,也十分职业化。据说,通过初步的采访,她就发现了以前所知道的一些情况不靠谱。接着,就有昆山文化部门的领导电话说,某电视台要来拍"昆曲探源"的专题片,要采访你,请给予支持,云云。

不久,记者说要来巴城找我,可是我正在外地采访,就说,春节后过来吧。

节后不久,果然来了。听她说的,很认真,很真诚,像是要做篇好文章了。非常需要啊!昆曲列入世界非物质文化遗产名录,昆曲很快成了"时尚",有为昆曲尽力尽心的,也有利用昆曲为自己谋取什么的。比如"昆曲源头",原本是非常严谨的学术课题,却有人随心所欲,把学术和所谓旅游混搭在一起,学界也存在谁给钱就帮谁说话的现象……

出于对乱象的警惕,我当下明确表示:如果不是纯粹的学术探源,如果谁给钱就宣传谁,谁有话语权就照谁说的去做——两者有其一,我就不接受采访。

有朋友听了就说:你这么说不就完了?她还会采访你吗?

我一笑:本来就无所谓啊,你要我说,我就说,说真话。不要我说,省心。

真的省心了。好。

与之相关的,还有一件事——

他们去找沈岗。沈对顾阿瑛研究做了非常大的投入,说昆曲探源这样的话题,那是绝对绕不过顾阿瑛、绕不过玉山佳处的,然而——

因为沈岗不愿意出资(更准确地说,是不愿意和他们合作),所以他们就不拍顾阿瑛,不去拍相关的镜头了!

……

于是,昆曲源头这样严肃的学术问题,也就成了一个任人随意打扮的"小姑娘":给钱,无题变有题,小题可以大做、可以特做;否则,有题可以不做,大题可以小做、可以一带而过……

魏良辅(1489—1566)

昆曲鼻祖、曲圣

关于魏良辅,一是历来论著很多,二是没有什么大的分歧,所以这里只是简略带过。

魏良辅字师召,号此斋,晚年号尚泉,又号玉峰,新建(今江西南昌)人,嘉靖年间"流寓娄东、鹿城之间"。娄东即太仓,鹿城即昆山。而当时娄东(太仓)属于昆山。其活动范围在今太仓南码头及昆山周市、玉山和巴城一带。太仓有个叫张野塘的"戍卒",唱北曲,非常好听。魏良辅喜欢昆山腔,也喜欢北曲,就把女儿嫁给张野塘,他与女婿互相研磨,"十年不下楼",不仅取北曲南曲(昆山腔)之长加以融合,还改良乐器,这就有了水磨调(昆曲)。沈宠绥《度曲须知》说,魏良辅"腔曰'昆腔',曲名'时曲'。声场禀为曲圣,后世依为鼻祖"。

魏良辅是昆曲的"鼻祖""曲圣"。

魏良辅生活的年代距今五百年左右,所以说昆曲六百年是不对的,六百年的是昆山腔。昆曲是五百年左右。

梁辰鱼(1521—1594)

昆曲而昆剧

由于本书《千古名剧〈浣纱记〉》一章中已写到梁辰鱼,所以这里也只是简略带过。

梁辰鱼字伯龙,号少白,《康熙地方志稿》记载,梁辰鱼为"巴城西澜槽村"(几经划并,现属高新区)人。清朝开始对汉文化是排斥的,这个"地方志稿",仅仅是抄本,直到1994年,才由江苏科技出版社出版。到乾隆、嘉庆时,地方志就都有记载了。梁辰鱼著有《红线女》《江东白苎》等杂剧,尤其是《浣纱记》,轰动一时。张大复《梅花草堂笔谈》说他"风流自赏,修髯美姿容,身长八尺,为一时词家所宗……歌儿舞女,不见伯龙,自以为不祥人,有轻千里来者"。之前昆曲只唱不演,此后便昆曲而昆剧了。

梁辰鱼和魏良辅具有同样伟大的贡献,明末清初著名诗人吴梅村诗曰:"百余年来操南风,竹枝水调讴吴侬。里人度曲魏良辅,高人填词梁伯龙。""就凭这一重大贡献,梁氏可与魏良辅齐名而无愧。"(陆萼庭《昆剧演出史稿》)

梁辰鱼写了《浣纱记》,四十五折。原来只能清唱,现在被搬上了戏剧舞台,成了演出剧本。

当然,在同时期,不仅仅只有梁辰鱼的《浣纱记》,还有汪廷讷的《狮吼记》、高濂的《玉簪记》等,只是,作为昆曲而昆剧的第一部大戏,《浣纱记》的影响太大,所以别的都被遮蔽了。

昆曲而昆剧,距今大约四百多年。

简而言之,大体上可以这么说——

源　　头:黄幡绰(一千二百年前)

昆山腔：顾阿瑛（六百年前）
　　昆　曲：魏良辅（五百年前左右）
　　昆　剧：梁辰鱼（四百多年前）

以上是北大讲课的全部内容。大美昆曲，从何而来？来龙去脉，一目了然。下面就事论事，记下对几个点的实地考察情况。

实地考察，两天穿越千年

2013年3月16日至17日，以"杨守松工作室"的名义，以电子邮件邀请香港城市大学中国文化中心主任郑培凯教授来昆山。主旨非常明确，就是实地考察与昆曲有关的几个节点，从一千二百年前的黄幡绰，到六百年前的顾阿瑛，再到四百多年前的梁辰鱼及其后人梁铸元……

笔者和祁学明先生全程陪同。

桃花流水，春雨霏霏。郑培凯教授和夫人鄢秀怀着浓郁的兴趣，来到昆山巴城绰墩山村。这里"山"清水秀，环境优美，面对粉墙黛瓦前的黄幡绰的雕像，郑先生端详了一阵，说，这服装是明代的。老祁说，不错，当时找不到唐代服饰图案，就这么对付了。郑说，不过，现在的戏剧舞台上，大多都是明代服饰，唐代的几乎没有见到。

郑教授说："黄幡绰不仅是昆曲的始祖，也是整个戏曲的鼻祖。"

郑教授恭恭敬敬在黄幡绰像前照相留影。

在傀儡湖畔，我说："可惜的是，水傀儡已经失传了！"

郑教授说："越南还有！曾经组织看过的，不过也是岌岌可危了。"

后来在台湾地区采访，学界也说，越南的"水傀儡"也到台北演出过。

昆曲水傀儡失传，昆曲木偶（傀儡）戏还在。

昆曲发源自昆山，而后以苏州为中心，向全国扩展。就近的吴江纺织工人多，操作时，梭子上下滑行，往上用手，往下用脚，唯一空着的是嘴，嘴就用来唱昆曲。有这个基础，就出来个沈璟，成为昆曲吴江派的领军人物。

清朝道光（1821—1850）年间，吴江七都建立了木偶昆曲剧团，演木偶，唱昆曲，"日唱堂名夜唱戏"，"双手提活生、旦、净、丑千般态，一口唱妙喜、怒、哀、乐百样声"。他们活跃在江、浙、沪一带，有《长生殿》《邯郸梦》《白兔记》等五百多出拿手剧目。20世纪60年代，剧团人员响应"下放"号召，回乡务农，从此木偶沉寂，无声无息。

2008年,经过紧急抢救,唯一在世的八十八岁高龄的木偶戏传人姚五宝,收下孙青、孙菁等学徒,传授技艺,使得濒临绝迹的昆曲木偶戏枯枝发芽,绝处逢生。不久,七都木偶昆曲团成立,接着又以七都中心小学为示范点,开展木偶昆曲特色教学活动,弘扬普及古老的传统文化。

也在这一年,江苏省昆曲研究会换届,陆军担任会长,昆曲研究会和吴江市人民政府一起,于11月26日召开《沈璟与昆曲吴江派》学术研讨会,南方五个昆剧院团的领导全都赶来参加会议,研讨会收到海内外专家学者寄来的论文四十多篇,会上发言踊跃,上午到十二点半,下午说到六点多,夕阳西下,大家依然兴致不减。

11月27日,孙青、孙菁演出了木偶昆曲《游园》,木偶柳梦梅和杜丽娘在前面水袖善舞,游园惊梦,孙青、孙菁在后面牵线,唱昆曲:原来姹紫嫣红……

一边跟郑教授说木偶戏,一边继续往前走,黄幡绰雕像过去,就是顾阿瑛所建寿宁庵旧址了——

寿宁庵已经不在了,现在是"老年活动室",门前一棵银杏树却高大苍劲地矗立着。

"轩外重栽"之"小银杏",经过六百年风雨雷电,不仅高过"十寻",而且卓然独立,高古弥健,直插苍穹!

郑教授仿佛见到了顾阿瑛当年"儒衣僧帽道士鞋"的神韵,十分兴奋,忙不迭从不同角度拍摄了几张照片,还和夫人在树前合影留念。

银杏树下,有新建的水泥桥,车辆往来频繁。桥西原为广灵庵,庵堂已毁,广灵桥依然健在,它是关于昆曲源头的另一个物证。桥已翻修,但原先的部分石块和桥躯尚存。桥下小河曰"行头浜",演员的"行头"入名(前文已有详解),可见当年傀儡戏的演出是何等热闹繁盛!

值得一提的是,今人只说金粟庵,而实际上,顾阿瑛建有三座庵:寿宁庵、广灵庵、金粟庵。

与银杏树遥相呼应,湖滨路西侧,是顾阿瑛所建的金粟庵原址。

离开金粟庵原址,汽车开几分钟,到了界溪。界溪之西,则为顾阿瑛兄弟的属地了。

界溪水缓缓流淌,从阳澄湖穿越312国道,过娄江,再入吴淞江。几百年来,水系没有大的变动,只是几经战火,玉山草堂被毁,如今已了无踪影。但并蒂莲却被留存了下来。

据《昆山县志》记载:顾阿瑛于东亭池种植并蒂莲,相传荷种来自天竺(印度)。东亭荷池池底铺以石板,板上钻孔如莲房,荷茎从孔中钻出,这样可以防盗，古莲才得以繁衍至今。

张元和在她的回忆文章里就写到，1936年夏天某日，在昆山演出后，她和顾传玠夫妇二人，去正仪观赏并蒂莲，还拍了一张照片留念。（见张元和著《顾志成纪念册》，2002年出版）

2007年6月7日下午，为了寻找古莲池，笔者请昆山文史专家陈兆弘带路，找到八十六岁老人张泉兴，他指认了当年东亭和西亭所在，说，东亭和西亭之间有君子亭，一个名叫褚荣根的无锡人（都叫他"小无锡"），专门看护并蒂莲，还给"游客"泡茶，甚至提供麻将供大家玩。无锡倪云林和顾阿瑛是远亲，所以无锡人来看亭子，也是在情理之中了。

只是，20世纪80年代，因为水利工程，开挖新河，古莲池不复存在，一位名叫吴承英的正仪人，将并蒂莲移至昆山亭林公园。之后正仪也新建了荷花池，移栽了并蒂莲，莲花每年盛夏开放。

民国二十二年（1933年）春，国民政府交通总长叶恭绰偶得一方古砚，背后刻有"玉山"二字。他认为这应该是顾阿瑛"玉山佳处"的遗物，当即来昆山正仪东亭探访遗迹。因为是初春，但见芳草萋萋，玉山佳处早已沧海桑田。村民告诉他，东亭池塘有并蒂莲，于是相约夏日探荷。7月盛夏，叶恭绰偕画家江小鹣、摄影家郎静山等赶赴正仪，当地书法大家李肖白陪同赏荷，成为一时佳话。

之后，叶恭绰竟使当时的京沪火车于并蒂莲盛开季节，破例停靠正仪小站，以便游客赏荷，一时东亭荷池名声大噪。

叶恭绰还发起成立了"顾园遗址保存委员会"，整治园林，将东亭荷池重新修葺，池旁建大方亭一座，名"君子亭"，着专人看守，此规延续至1949年后，直至"文化大革命"方告终结。

只是可惜，因为水利工程，并蒂莲池被切割挖毁，当年的"君子亭"已经面目全非，好在并蒂莲已经移栽至亭林公园，苏州等地园林亦有种植。在巴城所属正仪老街改造时，专建两个池塘，一大一小，种并蒂莲，建"君子亭"，上有抱柱联，为叶恭绰1933年所撰：孤亭当渡堪休足，清水如泉好润喉。

梁辰鱼出生地西澜槽村，原属巴城，近年撤并，现属昆山高新区。郑教授兴致不减，冒雨步行，夫人鄢秀撑伞伴随左右。面对刻着"澜槽村"三个字的巨石，郑教授注目凝视良久，而后走进村内，寻寻觅觅，流连忘返。

郑教授此行，不仅瞻仰梁辰鱼出生地，还拜访了梁辰鱼后裔梁铸元。

鑫茂路，鑫茂小区。新建的农民拆迁房，排排新屋整齐漂亮。梁铸元住在车库里，极小的一间，堆积杂物，阴冷丝丝。九十五岁的老人坐在轮椅上，嘴巴瘪进去,长寿眉挑出,听力聪敏,眼睛浑浊却闪亮,精神尚可,应答十分清楚。

郑教授让老人签名。老人握笔凝重,写下"梁铸元"三个字。郑教授见了,很高兴,直夸"很好"。接着,老人又应教授所求,写了四个字:昆曲传承。

我说,老人也是自学,吹拉弹唱都会,2009年2月第一次采访时,老人不仅吹笛(昆曲曲牌),还能唱,时隔六年,如今是不能了。

听我这么说,老人很自豪地接话:我会唱五六出戏!《长生殿·闻铃》《西厢记·游殿》,都会。还说到,当时(堂名)多,你唱一出,我唱一出,不能重复的,你唱这个,我就唱那个。

郑教授问,(堂名)一般几个人?答:九个,八个鼓手、道士,一个人唱。也有两个人唱的。

说到梁辰鱼,老人说:他(即梁辰鱼)荒唐,吃酒,吃昏了,"卖唱"(唱的是昆曲)!

奇妙的是,梁辰鱼被梁家看不起,被认为是最没出息的,偏偏贡献最大、青史留名的就是他!

老人对昆曲念念不忘。苏州电视台每周日下午五点,有昆曲,他从来没有拉下,一定要看的!

9月2日,因为一场感冒,老人安然去世。

两天穿越千年,千年之后依然传承……

我对郑教授说,昆曲大美,冥冥之中,总有神助,总有传承:昆剧传习所十二位董事之一吴粹伦是巴城人;与俞振飞、梅兰芳配戏的曲家殷震贤,巴城正仪人;青春版《牡丹亭》柳梦梅扮演者俞玖林,上海昆五班钱瑜婷、袁彬、尤磊、徐敏、马一栋等主要演员,都是巴城人!

我问郑教授:感受如何?

郑教授说,没想到,有关昆曲的这么多人和事,都集中在这样一块地方!

我说,大美昆曲,美从何来?从一千二百年前到现在,非常清晰的一条线:几个关键的节点,几乎都在巴城……

郑教授颔首,笑曰:是,是。

昆曲故乡人和事

我们就是要有昆曲，昆山这个城市，要绿化，要昆曲，不搞昆曲可耻，不搞绿化"死化"！

——陈从周

堂名"拍先"　堂名遗老

"堂名"是流传于苏南、浙北地区的民间音乐班社。清乾隆时就见记载，嘉庆年间起，"堂名"活动范围逐渐扩大至苏、淞、杭、嘉地区，19世纪下半叶渐成气候。根据历次调查的数据，仅苏州市区、昆山、太仓、常熟、吴江、吴县一带，大小堂名班子就有一百六十多个！

"堂名"以坐唱为主，昆曲、道曲兼有。在昆曲日趋式微、大厦将倾之际，堂名依然活跃。昆剧传习所成立之前，昆剧演员几乎都是"堂名"中出来的。赫赫有名的"大先生"沈月泉，有"小生全才"之誉，他在进入职业昆班之前，就是"小堂名"乐班出身。其他如尤彩云、朱传茗等，几乎无一例外，都自"堂名"出道，或者就是出身堂名世家。堂名的存在，对昆曲的传承起了巨大的无可取代的作用。

20世纪90年代，昆山王业和黄国杰二人对昆山乃至苏州一带的堂名做了细致深入的调查和研究。他们的调查研究，留下了不少宝贵的资料。就如昆剧"传"字辈，若不是桑毓喜先生倾一辈子的心血去收集整理，随着"传"字辈老人的相继离世，关于昆剧传习所的珍贵资料就会永远地消失了；如果没有王业他们的努力，关于堂名的资料，即便雪泥鸿爪，也很可能无法寻觅了。

也正是从这份资料中，我们知道了吴秀松、徐振民等一批在苏沪一带享有盛誉的曲师、拍先，至今，张继青在说到他们时，依然充满了敬仰之情。

稍后于他们的有高慰伯，前文曾经提到，他是德高望重的堂名"拍先"，1987年文化部振兴昆曲指导委员会在苏州举办第三期培训班，请"传"字辈老师教戏、录音，司笛就是高慰伯。1988年录制沈传芷《偷诗》《哭魁》《扫花》《三醉》，司笛也是高慰伯。

2005年秋，笔者从昆山文联主席的位置上退休后，去看望高慰伯先生。一把笛子吹了六十多年，竹笛已被吹得斑驳毛糙了！

忽然觉得惭愧，自己在任时没有把他的非常重要的资料整理出来。为了弥补这个缺憾，在几个月内，我先后找了几个人，想筹集点资金，为他写一本传记，没成。即便完全相关的部门领导，也毫无反应……

后来一次偶然的机会，苏州财政局文教处徐仲民处长说，你和我们局长严文奎说一下，只要他同意，具体操作我来做。

严文奎曾先后担任过昆山财政局局长、分管财政的副市长，对我非常了解。正是由于他的支持，加上朋友的相助，昆山文联在20世纪90年代就结束了起初"上无片瓦，下无寸土"的窘境，有了独立的千余平方米的办公大楼，加上书画院和侯北人美术馆，文联有三千多平方米的房产。这不仅在当时，就是到现在，仍然是全国县（市）级文联中拥有资产最多的。有这层"关系"，找他是找对了人的。于是联系，约好了去金鸡湖边一个酒店，早餐时和他说。因为怕误点，我就失眠了，天还没亮就起来，赶到金鸡湖边等他。简单跟他说了这个愿望，他当下就说，可以可以。后来，苏州财政局就作为专款，拨出八万元到苏州文广局，再"戴帽"转到昆山文广局。这点钱也许算不了什么，但是我可以说，我尽力了。我对昆山文广局局长管凤良说了这事，我说我不懂昆曲，希望有人用心去做。

这样，由于多方努力，郑涌泉所著《一代笛师——高慰伯的昆曲生涯》于2006年秋得以初步完成。

听说还开了个会进行宣传，书还被政府选作礼品送人。

此时，高老身体越发不如从前了。

记得2007年夏天的一个晚上，我还专程将高老请到巴城老街。这是高老最后一次离开昆山城区度曲。

2008年7月2日，听说高老又生病住院了，我立刻买了花去看他……

9月3日，高老又住院了。即赶去。他在挂水，咳嗽带血，背和胸痛。有曲友要为高老做九十大寿，我说到时我一定要参加的。后来因为医院觉得高老病重，经不起折腾，反对，才作罢。

怎么也没有想到的是，这竟是与高老的最后一面！

11月，我在郴州采访，9日晨，接到《昆曲探源》作者陈兆弘的电话，得知高老凌晨去世的噩耗。当即愣住，随后泣不成声。

停了会儿，调理了一下思绪，给朋友发去我想到的四句话——

高老仙逝
昆曲之殇
笛师不再
奈何奈何

请他写了送去高老的灵堂，表达我对高老的哀思和悼念。

昆山习俗，有为逝者做"五七"的祖例。2008年12月13日，是高老的"五七"，下午赶去高家，一进门，见高老的几个学生在唱昆曲——是唱给高老在天之灵听的吗？

吹笛的是上海复旦大学昆曲社的小吴，他和几个曲友赶来，既是表达对高老的怀念，也是参加一次曲友的聚会。现场有上海穆藕初秘书的孙女沈女士在，七十七岁仍精神健朗，唱起来有板有韵，她还带来了父亲抄录的《牡丹亭》的工尺谱，可惜仅有一册，其余都散落了。

不一会儿道士开始做道场，"法师"在铺地的毯子上，用米粒画画，不知怎么的，就见他的手指绕来绕去，人物、宝剑、莲花等，就这么一个个成了形，成了一幅"米画"！

接下来，法师带领，四位道士各司其职，七八样乐器，差不多每个人都要两样，轮流着打击、弹奏，若非具备一定功夫，是成不了曲调的。

令我惊诧的是，怎么听起来和昆曲颇为相似呢？

原来道曲很多是从昆曲借鉴来的！也为这，昆山唱道曲的和唱昆曲的往往可以互相借用，只要具备音乐的基本素质，两家曲友合并到一起，稍微整合一下，就可以组成一个班子了。

就和几个道士聊天，他们多在五六十岁，最大的已经六十八岁了，问起有没有"接班"的，他们回答非常肯定：年轻人没一个肯学了！

没有人学，就意味着，一旦这些人过世，至少在昆山一带，道曲的音乐就灭绝了！

暗自遗憾，假如今天来的是唱昆曲的堂名班子，岂不是更加完美了吗？

可惜，老人们说，昆山的堂名班子没有了，一个也没有了。只是，在昆曲源头巴城正仪，唱堂名的老人还有两个。

三天后，12月16日下午，我和工作室的王酬兰一起到了巴城镇正仪街道的一个小区，找到了堂名老人的家。

卜金和十几岁就跟父亲学唱昆曲，每有"大人"（长辈）出去做堂名，他就跟了去，跟着唱，很快就会了许多，拍曲度曲，也有那么几下子了。后来"大跃进"、人民公社化了，他入党，担任了村支部书记，再也没有接触过昆曲。退休后，闲来无事，或有喊去做"生意"（唱堂名）的，也就重操中断多年的旧业，好在功底可以，拾起来非常容易。

王则明的眼睛小小的，却透射着执拗和善的光亮。他和卜金和是连襟，小时候一起学的昆曲。他们共同的老师就是卜金和的父亲卜增福。

卜金和说，20世纪50年代，他父亲还被江苏省戏曲训练班请去做过老师。父亲用旱笔（毛笔）抄写的昆曲折子戏有"好几十本"，都是工尺谱，可惜在"文革"中当作"封资修"而焚毁了，偷偷藏起来的几本劫后余生，他还特意带来给我们看，我翻了一下，是《孽海记》的《思凡》，《宝剑记》的《夜奔》，《草庐记》的《花荡》，字迹清晰工整，工尺谱也依稀可辨，只是由于虫蛀和岁月的侵蚀，见得破碎残缺，发黄发霉。

卜金和还说，早先正仪一带的堂名班子有好几个，宜庆堂、雅宜堂、鲜庆堂，都是很有名气的。卜增福是跟吴县的"小金寿"堂名班头学的，小金寿的名气特别响，父亲学了回来也成了班头，功夫十分了得。

说起当年堂名的盛况，两位老人的眼睛都现出了亮色。那时候的"清客"（有钱的公子、少爷）是都要学昆曲的，要不就会被人瞧不起。夏天乘凉，无论城里还是乡下集镇，往往就是比赛唱昆曲。唱曲就如吃鸦片，须臾不可离开。堂名班头吴秀松、夏湘如，都是赫赫有名的，还打擂台。面相凶凶的夏湘如，一声"将军令"，对面的玻璃都震得打颤，四乡八邻没一个敢跟他"叫板"的！

说着说着，两位老人就有些技痒，于是王则明吹笛，卜金和唱曲：月明云淡露华浓……笛声悠悠，韵味依然，老人中气尚可，尤其是，昆曲的原味十足。

昆曲之美，在老人的声韵中呈现出淡淡的凄凉。

昆山堂名班子一个都没有了！

而且，再没有一个年轻人愿意跟他们学了。

可是他们喜欢，也想做"小生意"赚点小钱，所以就屈就了、降格了，只要道曲的班子需要，他们随叫随到。

一旦遗老过世，昆山的堂名就永远地名实全无了。

后来知道，老人听说我们来拜访，激动得一夜没睡好。今天约好下午两点半见面，他们十二点就过来等了！

只教人击节慨叹：凭谁问，廉颇老矣，尚能饭否？

2018年秋，当我找到朋友表示想去看看两位老人时，朋友回答说，早几年就过世了……

《昆曲拾遗》

这时候,昆山可以称得上曲家的,只剩一个人。

民国时候,昆山有名有姓的曲家有上百人之多。最有名者有因善演《金雀记·乔醋》一折而号称"殷乔醋"的殷震贤,他在上海滩和俞振飞齐名,有"殷笑俞撒"双璧之说。而新中国成立初期,笛师吴秀松、徐振民、夏湘如、蔡乃昌等人在南京、北京、杭州等地戏校或曲社教学,直到20世纪80年代还有高慰伯在江苏省戏校任教。

1953年,吴秀松受时任副县长周梅初的托付,在政协和昆山中学拍曲,时年二十岁不到的黄雪鉴也去学校唱曲,矮小的他被指定习旦行。前后三年多,仅仅只学了二十几支曲子,其严谨由此可见一斑。其间,吴秀松还带着黄雪鉴向俞振飞和"传"字辈老师们求教,乃至与"继"字辈同场练习。

除了坚持拍曲外,黄雪鉴还写了不少关于昆曲历史和昆曲音律等方面的文章,其钻研和专业的程度,令初近昆曲的年轻人彭剑彪惊讶也敬佩。征得同意,2014年秋,他初步整理了黄雪鉴的文稿。后来,又经过五六次的反复校对,终于得以完成。

得悉此事,我即约黄雪鉴先生在亭林公园见面。先生苍苍白发,但是两眼炯然有神。之前已经认识,几年前还送过一篇昆曲的文稿给我,想不到他还有一系列的比较专业的昆曲论文。

原来他奔走于苏沪宁之间,查阅资料,请教方家,还和北京等地的曲家保持书信往来,这是他能够写出一系列论文的原因所在。

黄雪鉴说话不多,面对冷漠或者喧嚣的尘世,他一如既往地沉湎在自己的世界中。

不由生出几分敬意:没有任何"名分",不着一丝痕迹,却做出了某些所谓"专家"根本无可比拟的成就。

谈完了事情,已经八十岁出头的黄雪鉴,骑着老旧的自行车离去。望着他瘦小如枯枝一般的背影,不知怎么就想到了顾笃璜先生。我想无论这个世界怎么嘈杂纷乱,也无论那些自吹的"专家"如何欺世盗名,总会有一些人在坚守。这正是文人的情怀和风骨所在。

我想应该为他做点什么。

之后,和昆山市高新区文体站站长高敏怡说了这事,她当即决定,利用她主编的《玉泉》刊物,将黄先生的文稿印出来,听听专家意见,再做下一步打算。

2015年夏,由黄雪鉴撰写、彭剑彪整理的名为《昆曲拾遗》的文稿和读者见面了……

这是昆山人研究昆曲的一个重要成果。

三年后,2018年1月,黄雪鉴老人去世。

但愿先生的作品会受到业界的注意,受到行家的尊重,同时,也期望先生辛辛苦苦取得的成果,不要被他人"拿"去……

赏心乐事片玉坊

官方的、半官方的,还有民间的,总有人想为昆曲在故乡的复兴努力。前文说到老书记吴克铨,早在1987年,就积极推动成立了昆山市第一中心小学小昆班,为昆曲建大戏院,建古戏台,甚至申请举办中国昆剧节……

2012年8月19日,高温在昆山持续不退,高速发展的城市一片喧闹,尤其是人民路,更是熙熙攘攘,繁华时尚。然而,就在人民路边上,隐约传来一丝丝清音雅韵。

循声走到西寺弄,原来是"昆玉堂"的曲友们在拍曲!

这是高新区文体站高敏怡做的一件好事。

说起来还有一个故事:好几年前,高敏怡和文化及园林部门的领导们一起,去河南参观学习。对方热情,吃饭时让服务员唱豫剧,而且请客人随便点,点到谁就谁唱,唱得差不多了,以为尽兴了,谁知主人又让厨师们出来,在客人面前一字排开,齐刷刷背诵诸葛亮的《出师表》!

好了,主人展示了他们的文化,该轮到客人了:我们的豫剧粗犷,不好听,昆曲是百戏之师,昆曲是最好听的,你们自昆曲故乡来,请你们唱段曲我们听听,也让我们一饱耳福……

此时此刻,包括"昆曲研究专家"在内的全体昆山人,全都大眼瞪小眼,傻了!最后还是高敏怡唱了一段沪剧勉强应付过去。

这件事对她触动很大,之后一直希望能有机会学昆曲,还曾经来我的工作室"求教"……没想到,她就不声不响办起了一个"昆玉堂"——主人有心,没有忘记在园内立一块"片玉",而且曲社名称也带了一个"玉"字……

清末《昆新两县续修合志》记载:"太史第,太仆少卿徐应聘所居。在片玉坊,内有拂石轩。(注:应聘与汤显祖同万历癸未科,显祖客拂石轩中,作《牡丹亭》传奇。)"人物、时间、地点以及作品名称等,一应俱全:汤显祖,《牡丹亭》,原来和昆山片玉坊有如此渊源!

一段"佳话",一线文脉,昆玉堂好幸运。

也没去多想,只觉得片玉坊有昆曲就好了。我后来知道,高新区的昆曲文章一篇接着一篇,几乎被人们遗忘快要失传的堂名十番,还有那气势恢宏的"将军令",都在专业老师整理后恢复演出;昆曲回故乡在这里上演,昆山籍著名演员俞玖林、顾卫英和上海昆五班年轻演员钱瑜婷,先后在这里举办个人专场;高新区的娄江小学小昆班也悄然开办……

高新区的昆曲文化越来越热,以至于笔者在这里举办昆曲讲座时,高新区主要领导黄健都来听课。

一边是经济繁荣,一边是文化兴盛。

一边是昆山之路,一边是昆曲之路。

经济和文化,一体两翼。比翼齐飞,飞得更高,飞得更远。

于是我再一次从人民路走到西寺弄,走到汤显祖客居写《牡丹亭》的片玉坊所在地。楼上依然是雅韵清曲,我在雪白的太湖石前流连,我想寻找汤翁的痕迹,寻找汤翁写《牡丹亭》时的感觉。汤翁写"赏心乐事谁家院",这"谁家院"是不是就指他客居的片玉坊?而《游园》中的"湖山石边",是不是就是"拂石轩"呢?他写"良辰美景奈何天",是不是在形容他仕途失意的无奈?或者是诉说心中虽有"良辰美景",却奈何天不作美……

古人的心境是无法揣摩了,不过,有一点是可以肯定的,汤翁无论如何也不会想到,五百多年以后,他写作时的"片玉坊"附近,会有如此繁荣昌盛的人民路;当然,他更不会想到,五百多年以后,片玉坊依然是曲韵悠悠,依然有他的众多粉丝们在唱他的《牡丹亭》,念他的"不到园林,怎知春色如许"。

正想着,楼上传来一句"赏心乐事谁家院,良辰美景奈何天",不由得感慨系之,随口哼出声来:赏心乐事片玉坊……

昆玉堂犹如一池清水,微风徐来,涟漪渐渐散开,春色渐渐舒展。

戏曲之乡　雪峰之梅

周雪峰是淀山湖人,淀山湖镇是文化部命名的著名的戏曲之乡。这里的戏曲文化源远流长,古时磧礋寺名僧至讷就是有名的曲家,他的演唱在民间影响深远。千年戏曲的种子一直延续至今。沪剧、锡剧、越剧在这里都有广泛的群众基础。他们自编自演了大戏《浅水湾》三部曲,至今传为佳话。

可惜没有昆曲。

2010年秋,笔者赶去淀山湖找镇长韩晓燕,我说,在昆曲发源地昆山,"戏曲之乡"没有昆曲,总是说不过去。建议小学能把小昆班办起来。她十分赞同,当下就把分管的党委宣传委员和小学校长喊来,一起商量……

就这么,小昆班办起来了!

2011年3月15日,约好去拜访党委书记宋德强。路上两次迷路,后来竟然开到上海边界了——为了"昆曲之路","昆山之路"都不认识了!不免苦笑。好在没耽搁太多时间,好在书记抽出足够的时间和我说文化。他说,正在规划建设"新江南特色镇",淀山湖文化上一个明显的特色就是有戏曲之乡的美誉,现在要进一步完善和提高,要的就是昆曲,有周雪峰,我们更有底气了……

就说昆曲,说周雪峰。宋书记介绍说,春节前,小学就开了戏曲班,昆曲小演员已经悄露头角。我们还要帮周雪峰出版光碟,举办以周雪峰为代表的完全由本地演员演唱的戏曲专场……

近午,我们在暖意融融的春风里品茗,但见碧水森森,鸥鸟飞翔,娴雅清静,一片休闲的生态环境,一座适合昆曲"水磨"的天堂。昆曲因水而生,因水而兴:北有阳澄湖,因而出了俞玖林,成就了青春版《牡丹亭》;南有淀山湖,因而出了周雪峰,成就了苏昆官生的后继有人,也成就了戏曲之乡的靓丽。一南一北,相得益彰,遥相呼应,天意乎?

2011年12月18日,"戏曲之乡·雪峰之吟——淀山湖镇第一张昆曲VCD首发式"在淀山湖镇举行。中国戏剧家协会和央视戏曲频道有关人士远道赶来祝贺,周雪峰的老师蔡正仁更是拨冗前来,为得意弟子捧场。

回想2004年,我做苏州昆剧界的第一张VCD,那个难啊,煞费苦心,甚至惊动了市委书记都没有做成,最后还是昆山开发区的宣炳龙帮忙,才得以如愿。相比之下,现在做昆曲的事容易多了!

2015年5月20日晚,主题为"中国梦·梅花梦"的第二十七届中国戏剧梅花奖颁奖典礼在广州大剧院举行,周雪峰凭借一个月前在浙江绍兴举办的"雪峰之吟"专场演出,一举夺得梅花奖。

2020年12月10日,淀山湖镇举办小昆班十周年纪念活动,我和工作室的俞真真、朱依雯一起,上午去苏州昆剧传习所,下午就去了淀山湖。蔡正仁和张洵澎也特地从上海赶过来。晚上看"湘蕾"十周年汇报演出,节目异彩纷呈,让人看了喜不自禁。

我在这天的日记写道:"想来时间就这么神奇,十年前,专程过来,先是找镇长韩晓燕,把小昆班办起来了!接着找书记宋德强,把周雪峰的VCD以及后来的宣传做成了。再以后,周雪峰工作室的成立也水到渠成。不久前,向现任党委钱书记建议,考虑到实际可能,给周雪峰工作室配置日常的管理人员,很快,镇上便开始实施。"

这世界,总在进步。

周庄与昆曲

2013年"五一"小长假,游客从五湖四海来到周庄旅游。快节奏的游客到了周庄,被慢节奏的昆曲吸引,不由得生出感慨:周庄,文化了!

连续两天,古戏台上演名家昆曲。我坐在露天看戏。艳阳灼人,可是我"雅兴"不减。

国家一级演员、梅花奖得主孔爱萍,国家一级演员钱振荣、徐云秀,还有当红花旦单雯、当家小生施夏明……如此阵容如此精彩的演出,给周庄的节日增添了令人惊艳的亮色。

不知怎么的,看着看着就突然意识到:周庄古戏台的昆曲演了十二年了啊!

2001年5月18日,昆曲列入世界非物质文化遗产名录时,周庄反应迅速,斥资建古戏台,并且和苏州昆剧院达成协议,每周定时上演昆曲。

可以想见,当时上演昆曲,游客能够坐下来看的不会有多少,所以不仅古戏台冷冷清清,政府还得不断地投入。

只出不进的事总会有人反对。

好在周庄坚持了。

然而,好事多磨,不多久,一些人还是没挺住,他们思前想后,觉得与其做这种"亏本"生意,还不如把场地租出去给私人经营,那样多少还会有点房租收入。于是,不声不响,古戏台的昆曲销声匿迹了,古戏台就要变成饭店了,一整套餐具都买好了,装修和改造工程也开始实施……

为此,苏州昆剧院的蔡少华和王芳两位院长找到我说这事,我就带他们去找市委书记张雷。书记听了很惊讶,也很生气,当着我们的面,就给周庄的领导打电话,说,古戏台要演昆曲,要坚持下去。饭店哪里不好开,非要开在这里?对方似乎做了什么解释。书记说,不管怎么说,给我赶紧打住!对方还要解释,书记就说了狠话:你们不演昆曲,以后我就不来周庄……

如此这般,古戏台一切恢复正常,一年四季,周庄每周六天有昆曲。

正是周庄,在昆曲低迷的时候,大多数人还没有认识到昆曲重要性的时候,为生存都非常艰难的苏州昆剧院提供了自救和喘息的平台。

也正是在这里,日后成名的俞玖林、沈丰英、周雪峰等人,有了表演和锻炼的机会。

周庄对昆曲,功莫大焉!

依然有反复。一年两年,三年五载,古戏台总是没有经济效益,每年还要拿出去一百多万,是不是"赔本"了?还有的主张不演昆曲而演越剧、沪剧和锡剧,甚至是杂技、魔术等,以为那样可以造"人气",吸引观众。

好在周庄算的不只是经济账,不只是小账,他们算的是文化这本大账:每年游客三百万上下,古戏台是必经必过的景点,哪怕其中十分之一、百分之一的看了、听了或者参观了,那就是三十万、三万人知道、了解了昆曲,其中有的人还可能从此喜欢昆曲迷上昆曲——起码,他们知道了周庄有昆曲,周庄有文化,周庄不仅有沈万三不仅有万三蹄,周庄更有昆曲有文化……请问,这是怎样的一笔账?

周庄为昆曲,没有急功近利;周庄做昆曲,不是为了政绩,甚至也不是为了旅游,所以不去胡编乱造,不在浅层面做文章;周庄只是为昆曲做事,做实事,做具体的事。

这就是周庄的品位,周庄的坚持。

所以周庄的旅游长盛不衰。

昆曲大美,周庄大美。

周庄是全球最美的十个小镇之一。

还要说明的是,周庄古戏台的昆曲并不是阿猫阿狗都可以演的。苏州昆剧院演员档期周转不过来时,曾经有草台班子过来,周庄人就觉得不入眼,所以赶紧换了,这几年是江苏省昆剧院过来演出,合同里就分明写了:一级演员、梅花奖获得者,必须有几场演出……

至今,已经十三年了,周庄的昆曲成了"惯例",成了品牌。

每周六、周日有昆曲,每天上午两场,下午三场。

算下来,十三年已经上演了近两千场!

试看今日之中国,有几座城市几个区县乡镇,做到了周庄这样?

为了昆曲,周庄直接的投入早就超过了一千万元!

如今,镇领导一班人说起来,都显得很淡定,很从容:无论从什么角度看,周庄这样做都是应该的、也是值得的。

昆曲不仅是昆山的也是周庄的文化名片啊。

昆曲源头"小梅花"

2000年12月,"小梅花"在昆山石牌中心校诞生。

静悄悄的,几个离退休的老人,闲着也是闲着,找点事做做,当然是自己喜欢的,自己懂行的,锡剧、越剧、沪剧,还有昆剧。昆剧没有人唱了,只几个堂名老人在做道场时哼哼,要是不传承,昆曲会在昆曲故乡彻底消失。他们就教孩子唱:昆曲是昆山的,昆曲的源头就在巴城,你们不好好学,说不过去啊!

学生喜欢,就学。但是家长闹不明白,咿咿呀呀的,比春蚕吐丝还慢,这声音会有用?考试掉了一分就紧张,就关"禁闭",不许到学校练功。于是几个老师就家访,一起登门说项。一次不成两次,两次不成三次,说多了,家长还嫌烦,老师说我们不嫌烦,我们要孩子成才,学昆曲也能成才的啊!

说归说,几人能听得明白?再说,条件苦啊!没有练功房,只能在体操房坚硬的水泥地上练。道具是老师自己动手做的。春夏秋冬,都是汗水和着泪水。

梅花香自苦寒来。老师和家长眼见着一个一个孩子出息了、成才了,中国戏曲小梅花等奖项拿了数十个。

金花银花迷人眼,荣誉奖状贴满墙。

蔡正仁闻讯赶来,一手就牵走了五个!新版《红楼梦》选秀,"杜丽娘"李沁从四十万应聘者中脱颖而出,成为前二十九集薛宝钗的扮演者,之后成为国内一线明星,演艺之路日臻宽广。

"杜丽娘"李沁走了,"小春香"钱瑜婷还在,如今已出落得"婷婷"玉立,《扈家庄》《挡马》《出塞》《水斗》成了她的保留节目,"刀马旦"演得有声有色,老师和领导都看好……

在发展过程中,锦上添花当然好,雪中送炭更珍贵!最困难的时候,总有人在默默地关注和支持他们,为他们祝福。当时的昆山宣传部部长毛纯漪闻听学校排练条件艰苦,便赶去现场,当天就呼吁镇政府和文化部门一起出力,最后买了两台大功率空调,水泥地被富有弹性的地板所取代,上面还铺上了一层厚厚的羊毛练功地毯。笔者还开车专程去苏州接了王芳,为小昆班的演员们义务教课。

石牌小梅花已经成了一个亮点,一个值得骄傲的品牌。

每当说起石牌小梅花,就会想起当年默默奉献的几位老师。就在笔者修改本文时,黄国杰发来一篇深情的回忆文章,说到当年的老师们,"春去夏来,秋逝冬至,日复一日,年复一年,整整一十九个春夏秋冬,七千余个日日夜夜,你们默默耕耘在少儿戏曲园里,不知疲倦,忘却劳累,耗掉了整整十九年的年华。试问,人的一生有几个十九年,尤其是在退休之后!可你们无怨无悔始终如一。""正是那正鑫、王小楼、魏神童、顾富荣四位艺术家十九年来矢志不渝的努力,才铸就了小梅花的许多神话,成就了小梅花靓丽的品牌。如今,四位老师走了,永远离开了我们。他们的精神永垂不朽,值得永远怀念。"

品牌的好处之一就是具有广泛传播力。小梅花的效应在昆山发酵，宣传部极力宣传和推广，政府在资金上给予支持，如今，昆山十个镇区，已经有十八个"小梅花"。

尽管也有人表示不同意见，但普及和推广昆曲的实际效果已经显现出来，它还培养了一批人，有不少已经成为昆剧或者其他剧种院团的专业演员。

上海"昆五班"的主力，好几个是从昆山石牌的"小梅花"走出去的。

昆曲回故乡

2013年5月27日，阴，有阵雨。昆山亭林公园古戏台笛声悠悠，雅韵绵绵。由昆山市委宣传部主办的江苏省昆剧院"昆曲回故乡"百场演出的第九十场正在这里上演。

花木扶疏，空气清新。演出犹如一杯清茶，戏迷和游客静坐静听，悠然闲品。国家一级演员、刚刚因主演《梁祝》获得江苏省戏剧表演奖的主持人龚隐雷说，昆山是昆曲的故乡，昆山也有一些昆曲爱好者，下面就请昆玉堂的曲友清唱一段《玉簪记·琴挑》……

百场演出，几乎每场都有不同形式的互动。全程参加演出的国家一级演员钱振荣说，在张浦小学，当小学生走上舞台，学曹志威的《山门》做起模仿秀的时候，尽管不怎么标准，但是全体师生给予了热烈的掌声！

演出结束，钱振荣环顾了一下古戏台说，这么好的舞台，要是能够经常在这里演出多好！我说，也许将来会的吧，如果百场演出能够继续，或许会成为一个品牌。

我们到昆山文联的会议室聊天。钱说，昆曲回故乡，演出一百场，是好事。当然，比较而言，在城市的剧场演出，不仅设备齐全，更有稳定的粉丝和观众，现在我们一行十六人到昆山，吃住行都得自己操心，条件当然不能和城里比，到学校、企业和社区，一般上午、下午都要演出，而且要赶场次，有点像1949年前的"跑码头"。大家都很累，很辛苦，但是情愿：最主要的是普及了昆曲。每场演出前，都会有简单的昆曲知识的普及。然后会问：看过昆曲的请举手！我们惊讶地发现，绝大多数没有看过昆曲，哪怕是在电视上看过的，也极少，更谈不上喜欢了。我们送昆曲上门，一百场演出，一场观众多的千余人，最少也有一两百，一百场就有四五万观众。这是个很实在的数字，至少通过这个活动，他们知道了昆曲，再有，他们当中即便百分之一的喜欢昆曲了，那也是了不起的收获。

教育从娃娃抓起，昆曲也该从娃娃抓起。现在昆山每个镇都有小昆班，我们发现，不只是石牌，近几年成立的几个小昆班，也有一些非常好的昆曲苗子。在淀山湖，小女生演《雅观楼》和《扈家庄》，真把我乐坏了。陆家、新镇和开发区，都有很理想的苗子。

昆山经济发达了，文化上的需求越来越多，也越来越高了。昆山是昆曲的故乡，昆山人应该也非常有必要受昆曲的熏陶，不要说唱了，最起码应该知道和理解基本的知识。有的说我们是"及时雨"，在最需要的时候送来了高雅的文化。在华东台商子弟学校演出后，校长一再表示感谢，还特地制作了一面大大的锦旗送给我们。

钱振荣说，我们这样做，是一种责任。演员不仅辛苦，甚至也有点"心苦"，因为长期在外，很少有时间对艺术进行琢磨和锤炼，更谈不上排练大戏、新戏了。纠结是难免的。但是，昆曲回故乡，理应尽责！即便是"卑微地生存"，也体现了责任，体现了尊严——特别是观众认可的尊严。

百场演出已经临近尾声，钱振荣说起来感慨颇多，他说，尽管很辛苦，但是每当看到热情的观众，看到学校、企业和街道的观众和领导的反馈信息，就感到幸福感到自豪，因为他们都有一个共同的愿望：昆曲回故乡，不要仅仅是一百场，还要演下去，再演一百场（2014年的一百场已经落实）、一千场——

什么时候，也能像遂昌县那样，上万人齐唱"袅晴丝吹来闲庭院"？

至少，有一天问在场的有多少人看过昆曲时，人们的回答能够异口同声：我们都看过……

"昆曲"专版和《玉山草堂》

2013年，昆曲专版正式面世！

《新华日报》报业集团所属《昆山日报》是一家大报，这里说的"大"，不是指版面大，我说的是它有一般县级报纸所没有的比较开阔的视野，它不局限于某个地方的"小"疆界、小圈子，就如昆山的经济，让人感觉到的不仅仅是一个县级市的规模，一个县级市的胸怀……

也为这，作为昆曲故乡的党报，总编樊万朝跳出了地方文化某种狭隘的格局，独立思考，创办了有史以来第一个"昆曲"专版。

先是电话联系，然后副总编曹勇带着总编的意见，来到了巴城老街醞途楼。

尽管在昆曲中浸淫多年，从专业的角度说，我至今还是个门外汉；但这时候我大体上已经能够判断，谁是以昆曲的名义吃昆曲，谁又在真心实意为昆曲了。

《昆山日报》办"昆曲"专版，一定是也只能是为昆曲！

昆曲故乡办"昆曲"专版,应该是在情理之中的事,只是,谁都知道,当下许多人做事,往往就是一个"钱"字当头,没有收入而且明摆着是贴钱的事,有几人会做?

须知,没有哪一个领导指令你做啊!可是他们却铁了心要做,总编樊万朝说,杨老师,我们是慎重研究决定的……

我说,行。第一,写稿,"昆虫小语"的文章由此开始;第二,向所有能够联系到的昆曲界朋友约稿;第三,随时候命,具体解决办版过程中遇到的实际问题。

报社副刊版的编辑高超、吴阳辉等人,兢兢业业,做事十分用心,这也是"昆曲"专版得以成功办了将近三年并且受到业界注目的原因所在。

"昆曲"专版办了三年,每周一版,累计下来,已经一百五十期左右了,专版中或许也有一二并不严谨的文章,但专版的宗旨没变,它坚持了自己的品位。

毫无疑问,《昆山日报》"昆曲"专版,是昆曲故乡昆山的一张文化名片!

可惜,之后由于说不清的原因,这个版面不见了。

好在,另外一张"名片"坚持了,而且时间远远超过昆曲专版,那就是《玉山草堂》杂志。

《玉山草堂》创办于2009年。

这是一本纯而又纯的刊物,由企业家沈岗发起,缘起于对顾阿瑛"玉山雅集"的研究。沈岗认为,创办这样一份杂志,就是要传承顾阿瑛的文化精神。

我和祁学明先生具体负责组稿、写稿。我们有一个共同的非常明确的宗旨:一定要说真话,一定要办出特色,一定要把以昆曲为代表的"地方"文化挖掘到极致。

一个字:雅。

一句话:有品位。

绝不办成地摊文化!

地摊杂志用不着负责任,只管吹嘘做广告即可,但要办出特色、办出品位,说起来容易做起来很难。不但写稿难,约稿也难。尤其是约稿,要尽可能约到海内外名家、大家的稿件,那个难度是一般人难以想象的。每期稿件从组稿到付印,仅约稿电话数就一定有三位数……

2015年,巴城镇领导出于地方文化品牌的考量,参与主办《玉山草堂》。

辛苦付出,收获的不只是业界的认可,还有南京大学图书馆的收藏。昆山民间杂志上百家,南大图书馆收藏齐全的,只有《玉山草堂》。

盛世元音中国梦

经济可以在较短时间内突破,实行超常规发展,但是文化却需要长期的积累,绝不可能一蹴而就。文化需要积累,积累到一定时候,才会发光见彩。

昆曲是中国梦的一个符号,一个图腾,一个折射政治、经济和文化起落兴衰的标志。

从"昆山之路"到"昆曲之路",这是昆山人实现中国梦过程中两个相互关联的重要节点,也是可持续发展的必然抉择。

"中国梦,永远属于你!"

早在 1990 年,笔者写了《昆山之路》。

三十年来,"昆山之路"经受了考验,创造了奇迹。

2015 年 11 月 23 日,《人民日报》发布中国中小城市科学发展评价指标体系研究成果,2015 年综合实力百强县(市、区)榜单新鲜出炉,昆山荣获第一!

同时,昆山还荣获 2015 年度中小城市最具投资潜力百强县(市)第一!

稍后,12 月 4 日,福布斯中文版发布《2015 中国大陆最佳县级城市三十强》《2015 中国创新力最强的三十个城市》《2015 中国大陆最佳商业城市》等榜单,昆山分别列第一位、第十一位和第三十九位,三项排名均居全国县级市首位。

这是昆山连续七年在《中国大陆最佳商业城市》排行榜中位居县级市首位,同时,也是《中国大陆最佳县级城市》"七连冠"。

也在这一年,《昆山之路》再版发行。

一部侧重写经济发展的报告文学,二十五年后再版,所显示的不仅仅是作品的前瞻性,更重要的是,它所宣示的在改革开放的大背景下,一个充满活力的城市所具有的强大的创新能力和可持续发展的巨大空间和无限潜力。

"昆山之路"辉煌灿烂。

然而,正如杜克大学(昆山)唐斯诺教授也许是漫不经心的发问所揭示的,昆山是昆曲的故乡,昆山为什么没有昆剧院?

须知,中国梦不只是经济的强盛,还有文化的兴旺繁荣——

一个民族没有文化的支撑将是没有精神家园的民族,就如一个人一个民族一个国家没有理想没有梦,即便钱多了、物质丰富了,那也是外强中干,不可能持久。

伟大的中国梦,是中华民族每一个人的梦的集中体现,是经济、社会、文化、生态文明等方面全部理想的聚合与升华。

2015年10月12日,中国第六届昆剧节在昆山开幕。

也在这一天,"昆山当代昆剧院"宣告成立。

昆山人的梦,昆曲人的梦,圆了。

昆曲界也因此激起新的波浪。

为什么昆山的昆剧院会如此受到瞩目?

早在20世纪80年代,昆山曾经雄心勃勃想要举办中国昆剧节,文化部已经发文批准了,可是由于诸多原因,最后成了一纸空文。

随着改革开放的深入,经济的持续发展,文化人和相关部门的努力,昆剧节如期举办,2015年已是第六届。随着昆剧节的举办,成立昆山昆剧团的呼声也越来越高了!

2011年酷暑之际,笔者请蔡正仁老师专程来昆山,就昆山成立昆剧团的有关问题,和当时的宣传部部长说了整整两个小时……

从昆山走出去的柯军、李鸿良,多次和市主要领导、部门领导谈,建议成立昆剧团,他们先后递交了好几个方案……

可是,所有的方案,没一个有下文。说不清道不明。柯军忍不住了,他以家乡人的身份,当着有关部门某个人的面数落了一通!当时笔者刚好在现场,我还从来没见柯军如此愤怒过。

往事如烟,风过无痕。不说也罢。

过程很闹心,结果很称心:现在,昆曲故乡终于有了自己的昆剧院。

2015年2月4日下午,就昆山成立昆剧院这一专题,笔者采访了苏州市副市长、昆山市委书记徐惠民,他说:经济发展了,成立昆剧院也可以说是水到渠成了。因为我们也知道,昆曲受众面比较小,肯定要政府财政来托底、来扶持。昆山现在有能力有条件,经济发展之后来反哺文化,特别是反哺我们的传统文化。

徐惠民还说,昆曲(昆山腔)已经六百多年了,要回到人民当中。因为昆曲来源于民间,只有回到民间的土壤,大家能够喜爱,能够喜欢,这样才能传承。所以还是两方面,一方面是传统的,我们要尊重经典,比如《牡丹亭》《长生殿》,你不要去乱改,就像保护文物一样,不要再去动它。这个是我们历史的财富。另一方面在新排的节目当中,我们可以结合新的故事、新的剧本,来试用新的唱腔或者来设计道白,也可以借鉴京剧现代戏一些成功的经验,让大家,至少昆山人看得懂、听得懂。我说这样昆曲才有生命力。

徐惠民说,政府给了昆剧院最好的硬件设施。这是位于昆山市中心的文艺中心(大戏院),五万多平方米。今年年底前改造好,就作为昆剧团的演艺基地……昆山有两万多家企业,每天有几万商务人员来昆,他们在商务活动结束之后希望了解中国传统文化,希望了解当地的一些民俗风情。但是现在没地方,没有窗口,除了古镇可以去看一看外,其他的文化精神产品没有。所以我在想我们可以采用一种文化惠民的方式。就是办一张文化惠民卡,政府给你文化引导基金,让你去消费文化产品。现在商务接待主要是宴请,以后要文化消费。企业来客人,可以听昆曲。在国际惯例中,安排看传统戏曲演出,是非常高的礼遇,是高规格的接待。

颇有意味的是,文化中心(大戏院)这个地方,三十年前很小,几千平方米吧,但却贯穿了一个意味深长的故事——

为什么造大戏院?就是为了昆曲,为了举办中国昆剧节。蔡正仁和吴克铨书记做了很多工作,文化部正式文件都已经发了,要举办中国昆剧节,在昆山办。

蔡正仁看了人民路上的老电影院和人民剧场,破旧不堪,那怎么行啊!吴克铨书记把他喊到现在大戏院这个地方,他说蔡老师我准备在这里造一个大剧院。蔡正仁觉得不可思议,那个时候还是一片稻田呢!结果后来真就造好了!造好了吴书记就调走了……

颇有意味的是,三十年以后大戏院翻建了,又全都给了昆曲!

顺便补充两句:吴克铨是吴江人,徐惠民也是吴江人。

蔡正仁也是吴江人。

吴江历史上还有个沈璟,以他为代表的"吴江派",为昆曲作出了很大的贡献……

三十年前,"昆山之路"刚刚起步,对文化对昆曲,可以说是心有余而力不足,比如,昆山跟上海昆剧团签了一个合作协议,剧团每年来演出,昆山政府给五万块钱,但这五万块钱最后变成了三万块。

三十年后,昆山成了"天下第一县"。

"昆山之路"从头越,"昆曲之路"则迈开了全新的步伐。

三十年河东,三十年河西。

三十年经济,三十年文化。

三十年的梦想，三十年的穿越，弹指一挥间！

难怪，徐惠民受到拙作《大美昆曲》的启发，将央视播出的昆山形象广告主题定为：大美昆曲，大好昆山！

点堪东风第一花

大好昆山的大美昆曲开始发力了。

2017年10月，大师传承版《牡丹亭》在昆山上演。

伴随着浓浓的桂花香，八个晚上，八大院团，同一个《牡丹亭》，不同的水磨腔。老中青同台竞技，昆曲人异彩纷呈。

昆山的经济是开放的，"昆山之路"胸怀博大，面向全国面向全球，昆山的经济总量连续多年稳居全国百强县第一，荣获福布斯中国大陆最佳商业城市"七连冠"（县级市）。昆山的经济"大"矣！

然而，昆山的文化却总见得"小"，所谓"小"，即心眼小，路子小，格局小，拉不开大阵势，见不到真功夫。以昆曲为例，昆山是昆曲的故乡，可是多年来，"昆曲之路"在昆山不仅"大"不起来，甚至迟迟没有上"路"，即便走起来也是磕磕绊绊，时不时被冷落。

蓦然间，大师传承版《牡丹亭》在昆山上演，犹如平静的河面突然爆起冲天水柱，全国七大院团的实力演员齐聚昆山，有香港的邓宛霞、台湾的温宇航，有的还是头一回在昆山亮相……

这是何等的幸事何等的荣耀啊！粉丝们兴奋至极，奔走相告，美国的粉丝李伯卿，坐十几个小时的飞机到浦东，下了飞机打的直奔昆山大戏院……

4日开幕，剧场门口，那种欢庆热烈的场面，至少在昆山，我还是头一回看到。殊不知，之前的昆剧节在昆山开幕，都是一流的演员，苏州几十场场场客满，在昆山，座位是"宽松"的，某领导看戏只是出于礼节，其间不时走到场外，或打电话，或抽烟……之后在保利的演出，政府买单，都是一线演员，可是，每次观众都稀稀拉拉，上座率从未超过一半。可怜昆曲在昆曲的故乡，竟遭如此冷遇！

好在，只要有心，那梦就不远！昆山当代昆剧院的成立，就是一个明显的标志。当然，有了，不等于好了，还必须要有真真切切实实在在的行动，这次阵容强大的演出，就是一次最好的呈现。

上海"昆大班"，江苏"继"字辈、浙江"世"字辈，演员多是七十以上高龄，他们却以精湛的技艺征服了观众。张继青的《离魂》，是这次最吸引观众的亮点之一，尽管高龄,神韵犹在,不少观众看得泪流满面;蔡正仁出场最多,宝刀不老,掌声如潮;年事最高的八十二岁的柳继雁,以她完美的表演,赢得了鼎沸的掌声……

这次演出,场外气氛如桂花般浓烈,场内恰如幽兰般清净:观众只是静静地入迷地欣赏,罕有以往常见的杂声异动。尤其让我惊讶也惊喜的是,昆山市委常委、宣传部部长许玉连,几乎场场都出现在观众席上,而且尤为可贵的是,他不是蜻蜓点水"点"一下、"意思"一下就离席,只要没有特殊情况,他都会从头至尾看到结束……

观众用心了,观众进步了;
领导明白了,领导上心了。

演出期间,蔡正仁和柯军专程到巴城,参观了黄幡绰唱"傀儡戏"的绰墩山,"昆曲学社"和梁辰鱼的出生地,顾阿瑛的"玉山草堂",以及巴城老街上的俞玖林和杨守松工作室。上昆的张铭荣,北昆的沈世华、周世琮、朱雅,浙昆的王奉梅、何炳泉,湘昆的刘娜,永嘉昆的由腾腾,先后到昆曲小镇巴城,差不多异口同声:这就是昆曲!

昆曲人到昆山,是"回家",那种亲切是无法用语言形容的。武汉和嘉兴的曲友看了戏,还专程到昆曲源头巴城"朝圣"。

颇有意味的是,"昆昆"穿插了一场摘锦版《牡丹亭》的演出,还有让昆山小昆班演员代表给"大师"们献花致敬——分明是向世人表明这次演出的"传承"意蕴,也昭示着昆曲在它的故乡已经生根,一定会绵延恒久。

大师版《牡丹亭》先后在北京、上海演出,一个是首都,一个是国际大都市;昆山只是个县级市,县级市能够做出这样的大动作,把海内外老中青三代昆曲代表人物请到,且圆满收官,的确是一件非常之举,非常之功。

文化需要积累,积累到一定程度,才会发光见彩。"昆昆"的发力,就体现了昆山文化由"小"而"大"的积累。祝愿"昆曲之路"和"昆山之路"一样美轮美奂。

正是:昆曲回家有好戏,点堪东风第一花!

新编昆剧《梧桐雨》《顾炎武》

2018年6月29日晚,昆山当代昆剧院《梧桐雨》在南京紫金大剧院首演。
世界杯鏖战正酣,光荣与梦想,激情和疯狂!
此时此刻,"昆昆"却奉献了一份婉约和温情。
婉约是美,是水袖的飘逸和水磨调的雅韵。温情是爱,海誓山盟三千宠爱在一身的爱。一骑红尘,妃子娇笑;梧桐树下,玉环雅兴;霓裳羽衣舞,江山美人图。

《梧桐雨》,既不同于白朴,也不同于洪昇,它是"昆昆"自己的。

《梧桐雨》的编、导、演和作曲、舞美等,都是一流,"说戏人"周志刚和胡锦芳,在缺乏参照的情况下(白朴的原著没有舞台本,洪昇的《长生殿》又不能照搬"拿来"),要把戏"说"出来,"捏"出来,其难度可想而知。可是,"昆昆"们同心同德,钱振荣和龚隐雷两位主演倾情投入,一出全新的大戏华丽诞生了!

《梧桐雨》打开了元杂剧的一扇窗、一扇门,它告诉我们:元杂剧是传统文化的宝库,里面有无数奇珍异宝!

《梧桐雨》之后,"昆昆"继续发力,新编昆剧《顾炎武》新鲜出炉。

这是"大题材",由于人们习惯性的思维,尤其是"天下兴亡,匹夫有责"的名言已经家喻户晓,所以写这样的剧本,难!最早是请郭启宏先生写的,昆山还开了一个作品研讨会。后来请罗周写。罗周清楚,不是写"传",写的是思想,是大儒顾炎武的精神递进和升华。导演卢昂也明白,顾炎武"复兴经史,继存绝学",是一个"浩大的文明补遗和传承的工程"。卢昂是走进人物内心的。

无疑,一切都得由柯军来"担当"。编、导、演,最终在于演。柯军表演不俗。

《思归》,顾炎武的"乡愁",老态龙钟的顾炎武想家,想母亲,想故乡的一草一木——大思想家的小心结;《诀母》,远行的儿子回家了,日思夜想的母亲却要"远行"。母亲绝食而亡,绛儿决绝报国;《惊碑》,好,拼死一战,败了。苏州屠城到残碑破碎,山河破碎到文化破碎。"收拾碑石纷裂碎,不许文章尽成灰!"接下来,《对狱》,对文明破碎的思考,在这里遭遇了生和死的考验,体现出顾炎武的责任和担当:正人心,拨乱世,续文脉,保天下。独立的人格和思想境界在此升华了;《问陵》,少年康熙(玄烨)的"问陵",可以理解为皇帝的"问治"或者"问贤"。他求贤不得,问贤或可。对顾炎武的"三问",隐含着深深的无奈,尽管多少带有至高无上的皇权对一个文人的轻责,但应该说,这里更多的是对一位大儒的尊崇。顾炎武没有正面回答。只是,当剧情发展到面对明太祖的"荒冢"时,顾炎武关于"亡国"和"亡天下"的深邃思考,以雷霆万钧之态,强势发力,振聋发聩。

观众无语自思:所谓"天下兴亡,匹夫有责"的"天下",乃指道德文明。天下者,人心也,人伦也,人理也……概言之,三观也,文明也。

此时此刻,相信柯军内心深处,一定是惊涛骇浪,也一定是酣畅淋漓的。

柯军有情怀,对昆曲对文化有敬畏之心,这是他能演好顾炎武的前提。

当然,不是说《顾炎武》已经十全十美。没有。专家们有很多好的建议,反对的声音也从来没有停止过。不赘述。就如"昆昆",不断磨砺,一定会更好。

基金会和百戏节

在昆山市委宣传部、昆山市文体广电和旅游局、昆山阳澄湖文商旅集团公司支持下,2019年10月19日,由昆山阳澄湖文商旅集团有限责任公司注资一千万元,挂牌成立了昆山昆曲发展基金会。同时,基金会建立多元化资金筹措机制,吸收社会各界人士的捐赠。接受了天合集团、昆山城投集团、昆山房地产协会、昆山农村商业银行、金都建设等理事单位和社会团体的捐款。

昆曲发展基金会还设立"梁辰鱼奖"、实施"昆曲回家"工程及实景版昆曲演出回归计划等。

昆曲发展基金会还将与南京大学教育发展基金会、南京大学白先勇文化基金会合作,共同推动昆曲艺术的弘扬与发展。支持昆曲进北京、南京、上海等地高校演出,努力支持昆曲走精、走深、走出影响力。

基金会的成立,预示着昆山的昆曲将步入一个更加健康的充满活力充满希望的轨道。

"昆山之路"一个突出的精神财富就是:敢为天下先的担当。

前文所述,1991年昆山争取举办"中国昆剧节",便是一个突出的表现。

当"昆山之路"走向"昆曲之路"的时候,昆山人再一次表现出了"天下兴亡,匹夫有责"的文化自信和担当。百戏节的举办,便是一个空前的"壮举"。

从2018年开始,昆山连续三年举办戏曲百戏盛典,全国三百四十八个戏曲剧种的经典剧目(折子戏)集中在昆山进行展演。南腔北调全面展示,实现了前所未有的"大团圆"。

显然,这原本不应该由一个县级市举办或者说承担的,偏偏昆山办了,办成了。而且,颇有意味的是,当年昆山举办"昆剧节",是文化部直接发文到昆山;而百戏节在举办两年以后,第三年,即2020年,主办单位"上升"为:文化和旅游部、江苏省人民政府,承办单位是:文化和旅游部艺术司、江苏省文化和旅游厅、昆山市人民政府。

三十年前,昆山举办昆剧节,无疾而终;

三十年后,昆山举办百戏节,成功圆满。

昆山前进了,时代前进了。

关于百戏节,诸多媒体的报道和评论文章不胜枚举,笔者无意重复,这里只是想说——

第一,"昆山之路"到"昆曲之路",这是一种伟大的转折,是作为全国百强县市之首的昆山人"敢为天下先"精神的又一次突出表现,更是昆曲故乡人的文化情怀和担当!

第二,百戏节刺激或者说激活了全国所有剧种的活力,尤其是处于委顿状态的剧种,参加在昆山的会演,必定对剧团所在地的政府部门产生触动。百戏节的辐射作用和影响力的延伸,是不可估量的。

第三,百戏节反过来会刺激昆山刺激昆曲。昆曲乃百戏之师,可是,昆曲也应该而且必须从百戏中汲取营养,丰富自己。梨园戏、藏戏等,早在昆曲产生之前就有了,他们是相对独立的体系。还有,一些剧种活跃、强盛,具有深厚的文化底蕴和群众基础,它们甚至不需要政府的扶持,也活得滋润。相比昆曲境况,这也是一个令人深思的课题。

第四,喜欢看戏的昆山人,显然是满足了、过瘾了,但是也有识者叹息:昆山的戏迷毕竟屈指可数,少之又少,实际上主要靠单位组织和买票——换言之,如果百戏节在北京或上海举办,那影响和效果会好无数倍!言下之意,百戏节应该在大城市举办。

第五,如何从理论和实践等方面加以总结和宣传,百戏节的"品牌"效应如何延伸,还有很多文章要做……

《中国昆山昆曲志》

昆山要编写《中国昆山昆曲志》。

这是一项"工程"。

最早是昆山档案局的陈勇和徐秋明两位局长在我的工作室说及此事。

太好了!但说实话,我当时心中并没有底,因为我深知编写的难处,所以本人一开始就明确表示,由于带状疱疹后遗症,无法从事太多的文字工作,但是会为志书的完成尽心尽力。

众所周知,昆曲发源于昆山,可是,千百年来,昆曲在昆山并没有得到应有的重视。明清的方志,对此几无涉及,倒是张大复的《梅花草堂笔记》,有一些鲜活的记载,主要也只是写了梁辰鱼的一些活动。

顾炎武矢志抗清,创造了昆山文化的辉煌。之后昆山的文化几乎一蹶不振,默默无闻,所以从某种意义上说,在很长一段时间里,昆山的文化呈现巨大的断层。

正因为如此,编写昆山昆曲志,的确是一个艰难的工程。没有先例,没有参照,必须到浩如烟海的史料典籍中去寻觅。

昆山几个退休的老人，凭着一份责任感和尚存的记忆，各自提供了不少资料。所以说，如果现在不做，再过十年二十年，要编写昆山昆曲志，恐怕就无从谈起了！

所幸我们这些七老八十的人还在，当代有些事是亲历的，编写起来至少省点时间和力气。所以我们都很珍惜这个机会，各尽所能，各尽其力。

初稿，二稿，三稿……先后十次左右修改和补充，每一次都会发现问题，尤其是在体例和一些提法上，还有在作为志书之"志"所必备的科学严谨性方面，以及记事不评论，尤其是不做结论的原则的执行情况，等等。对一些外界以讹传讹甚至"约定俗成"的提法，志书中如何求真求实地加以处理，都经过集体讨论一一定案。比如，关于"百戏之祖"这个提法，本人一向反对甚至反感，因为昆剧之前就有南戏等，最早甚至可以追溯到唐玄宗时的"梨园"。本人的提议得到认同，最后统一为"百戏之师"……

其间也有分歧。尤其是，出于某种习惯性的思维，有时会把旅游文化和志书混为一谈。旅游文化不是"信史"，志书也不是某个部门某个单位的流水账的汇集。为了吸引游客，导游可以演绎，但绝对不能把旅游说辞写进志书。如果这一点做不到，那还叫什么"志书"？没有我的名字，怎么写与我无关。可现在我不仅参与，还是"主编"，怎么可以做这样没原则的"主编"！所以几次想要"撤退"。后来，还是从大局考虑，说到底，为了昆曲，为了填补昆曲故乡没有昆曲志的空白；同时，相关领导和工作人员，表现了难能可贵的敬业精神，哪怕只有一点点线索，也会穷追猛打，直至把原始资料拿到手，这使我感动。我没有理由"撤退"。

在有些细节上，不得不有所"让步"——说好听点是"和而不同"，但是在原则上，我依然力求严谨。

在方方面面的理解和支持下，一部五十余万字的《中国昆山昆曲志》得以按原计划顺利编定出版。

记得采访北昆周万江时，先生说过一句话：我作为一个昆曲人，一辈子做昆曲，遗憾的是，至今没有到过昆曲的故乡昆山。我就想，具有同样感觉的肯定不止周万江，还有不少无法亲临昆山的昆曲人。希望通过这本志书，能让他们了解昆曲发源地、昆曲发展的脉络，拉近和昆曲故乡昆山的距离。

值得一说的是，这本书请了南京大学中文系教授、《中国昆曲大辞典》主编吴新雷老师写序。炎炎夏日，老师怀着对昆曲的敬畏之心，以充满感情的笔调，洋洋洒洒写了一万多字的长文，而且成稿后又先后修改七八次之多！

南京大学中文系毕业的孙家正同志，破例为本书题写了书名。

作为"主编"的我,也毕业于南京大学中文系。

这是一种美丽的巧合吧。

所有这一切,都是因为昆曲。

当然,由于史料的缺乏,还有参与其事的人文化水平参差不齐,加之时间也紧,所以志书中问题是一定存在的,也不可能十全十美。

好在,我们做了,我们努力了。感谢昆山档案局和给予资金支持的昆山旅游度假区,感谢所有为编写这本志书付出辛劳的朋友。

昆曲小镇,实至名归

就昆山的昆曲文化建设,笔者曾经向市里建言,概括起来是"三个一":一个"中心",就是"昆昆"为中心,政府全力打造的昆山昆曲的"中心";一个"点",即昆曲小镇巴城;一个"面",包括周庄、千灯和淀山湖等乡镇,其中仅小昆班已经有十八个之多。概括起来八个字:抓好中心,以点带面。

前文说了"中心"也说了"面",现在说说"点"。

昆曲小镇,源远流长。

黄幡绰的参军戏;

顾阿瑛的昆山腔;

梁辰鱼的"雪艳词";

与俞振飞、梅兰芳配戏的殷震贤;

传习所十二个董事之一的吴粹伦……

名人集聚的巴城老街,正在建设中的百戏博物馆……

这一切都是巴城这个"点"的精华所在。

2005年秋,笔者退休,2006年,应巴城镇党委书记张伟刚力邀,决定到巴城"落户",从"昆山之路"走上了"昆曲之路"。

其间,自费采访,跑遍全国七个院团(最少的两次,多的十余次)、有关高校和研究机构,还去了香港、台湾、纽约、夏威夷等地,遭遇过车祸,九死一生……先后采访数百名昆曲人,其中七十岁以上的超过八十人(如今已有十多人过世)。

先后出版《昆曲之路》《昆虫小语》《大美昆曲》《昆曲大观》(六卷,由昆山宣传部出资)、《昆曲大观评论》(巴城镇政府出资),共约三百万字。

同时,策划出版约八十万字的《昆剧"传"字辈年谱》(彭剑彪编著)。

十多年来,本人始终与海内外昆曲人保持着友好往来。凡来工作室(酬途楼)做客的昆曲人,均请其于"竹林"留名,而后竹刻、上色。经过细心编辑,于今年印制了一本《竹林百贤》画册。三根竹竿上面，密密麻麻刻满了昆曲人的姓名，已经有一百八十多个了。

初到巴城时，老街除了几户人家和两个小饭店，再无其他。当是时，本人明确而固执地建议：绝对不能复制"周庄模式"。周庄是特定历史时期的产物，而且是诸多因素综合作用的结果。周庄是成功的。中国发展了，时代前进了，必须顺应时势，错位发展，尤其是巴城，必须以文化为主线（后来很快形成以昆曲为主旨的思路）。所幸，此意受到历届党委、政府的认同，主要领导都认可这样的思路，否则，巴城的昆曲、巴城的文化不会是今天的局面。

十多年来，本人没拿政府一分钱，先后引进九个文化含量极高的专题文化艺术馆和名人工作室：

玉峰古文物馆，这是老街第一个馆。藏有旧石器时代以来的文物三百余件。中国昆古协会会长田青说："就是到北京，也拿得出手"；王同宝书画馆，馆藏几乎囊括所有现当代书画大家的作品；严建民的昆石馆，昆山昆石散落民间，而真正集中展示的仅此一家。还有陈东宝的笛子馆，倪小舟的江南木雕馆、竹刻馆，以及水磨韵和昆曲小舞台，还有诗书画印皆精的霍正斌主持书法协会工作。国家非遗传承人朱熙的古琴工作室、香港特区政府特聘的非物质文化咨询委员会主席郑培凯的工作室，也先后落户老街。

可以非常自信地说，一个镇，能有这么多含金量极高的馆藏和名人工作室，堪称绝无仅有。

这里重点说下俞玖林工作室。俞玖林先在黄泥山村设个人展馆，后在老街成立工作室。2014年12月13日，白先勇亲临老街为俞玖林工作室挂牌，2016年8月3日工作室正式运作，先后开展"大美昆曲"讲座及示范演出、知名昆曲演员分享会、戏里乾坤讲座等。截至2020年底，共举办活动近五十场。同时不定期举办雅集、演出等活动。自2015年9月起，工作室承担教学工作的石牌小昆班，连续五年获得中国少儿戏曲小梅花荟萃活动金花奖，向专业戏校输送人才十余名。

俞玖林工作室已经成为昆曲小镇的响亮品牌。

这期间，2010年10月27日，企业家沈岗发起，本人出面邀请吴新雷、蔡正仁、顾聆森，加上沈岗和祁学明，就重阳曲会的专题进行座谈，从早上一直谈到下午两点才吃饭。

2011年6月25日，从上午到下午，蔡正仁在玉山草堂说昆曲，说重阳曲会，前后整整说了十个小时！

2015年、2016年的"重阳曲会"，由于诸多原因，未成气候。2017年后，巴城镇政府参与主办,年年重阳,岁岁重阳,曲会影响越来越大,成为海内外一个知名的昆曲文化品牌。

2016年缘源昆曲社成立,开始活动以来,先后聘请曲家毛伟志和周志刚、朱晓瑜夫妇,为曲社拍曲,一个新生的曲社很快在海内外曲社中拥有了一席地位。2020年起,又开设了初级班,供零起步的爱好者每周拍曲。一个镇,每周有两次常规曲社活动,也是绝无仅有的。

2018年开始,我又参与策划和组织"阳澄曲叙",即端午前后,邀请长三角地区的曲友来巴城拍曲。

现在,缘源曲社组织的每周拍曲、上半年长三角曲友的阳澄曲叙、海内外曲友参加的重阳曲会,形成组合,成为昆曲小镇的文化名片。

2016年8月,我就昆曲小镇建设向市委姚林荣书记汇报,书记批示宣传部,对巴城建"昆曲小镇"给予肯定和提供支持。

在主要是自费的情况下,杨守松工作室助理俞真真统筹安排,积极鼓励和支持,由工作室朱依雯(早期还有王婕妤)进行昆曲教唱和普及昆曲知识的授课。2011年至2019年底,上课总数在六百余课次,受众约一万五千人次。

2019年3月,朱依雯《品味大美昆曲·彰显文化自信》被列入苏州市委组织部干部教育培训首批精品课程。

去年,朱依雯随团去新加坡表演,今年,又作为江苏青年代表团成员,参加"第九届苏港澳青年精英论坛",在澳门讲昆曲。

2019年1月,文化和旅游部命名巴城为"昆曲之乡"。

2020年7月,江苏省发改委正式发文,将巴城列入特色小镇(昆曲小镇)创建名单。

"昆曲小镇",来之不易。它不仅仅是昆曲源头的当下呈现,也是巴城坚持挖掘传统文化的必然结果。作为精神文明建设的一项重要成果,"昆曲小镇"的命名也彰显了传统和现代结合的无穷魅力。

"昆虫"小语:坚持与守望

昆曲的核心是传承人。人是活的,昆曲也是活的。人有人品,曲有曲品。品格是昆曲的灵魂。人有家园,昆曲的家园是一个有尊严的生存空间。

昆曲之路的延伸,是有它自己的规律的。

做文化是不能急功近利的。

文化遗产不是文化商品;文化事业不等于文化产业,昆曲不能简单地"产业化";昆曲不是一般的娱乐商品,否则就可能庸俗化、粗鄙化。

文化是人类的精神家园。

物质贫乏,精神代替不了物质;

物质丰富,同样代替不了精神。

经济可能在较短时间内实现"快速""高速"发展,实行跨越式发展(比如"昆山之路"),但是文化,尤其是昆曲这样精致的艺术,其发展繁荣必须也只能是一个长期积累的过程,需要付出持久而艰苦卓绝的努力。

这是更加艰难的"路":昆曲(文化)之路。

大美昆曲　　盛世梦圆

盛世元音,昆曲大美。

观之不足,余韵绵长。

大江南北,幽兰芳馨。

海内海外,暗香浮动。

这世界,节奏那么快,那么"高速"!

这世界,变化那么大,那么眼花缭乱!

好在,还有梦。

快节奏的经济需要有"慢"节奏的文化。

中国昆剧节已经举办了八届;

昆山昆剧院如愿成立;

昆曲人的队伍一天天扩大;

昆曲在传承中前行,在前行中传承。

昆曲或昆曲人,都赶上了好时代,自"传"字辈始,昆曲人做梦也没有想到昆曲会有今天这样的地位和声誉。尽管众声喧哗,纷纭复杂,好在真假优劣,业界心知肚明;大千世界,大浪淘沙,留下来、传下去的才是真的好的美的……

昆曲是中国梦的一个符号,一个图腾,一个折射政治、经济和文化起落兴衰的标志。

梦之美丽,梦之神奇,梦之伟大,至情至圣——

1921年,在上海,中国共产党诞生;在苏州,昆剧传习所成立。政治的梦和文化的梦,两个不能相提并论但又是紧密联系在一起的梦,经过了近一百年的风云变幻,如今都青春焕发,充满无限生机……

共和国风风雨雨走过了七十多年,已经超过了一个甲子,尽管经历了风风雨雨,尽管挑战依然存在,但是,伴着中华民族不断前进的步伐,伴着中国人民的文化自觉和文化自信,中华民族伟大复兴的中国梦一定会如愿实现!

大美昆曲,大美中国。

中国梦,大美无比!

    2019 年 11 月 修订稿初成于昆曲源头
          巴城老街酺途楼
    2020 年 12 月改定

后记

2002年，出版《杨守松文集》1—11卷。

2012年，出版《杨守松文集》12—19卷。

其中包括长篇小说《迷楼》《淘江湖》《追日》三部，还有报告文学《救救海南》《昆山之路》《苏州"老乡"》等。

"昆山之路"已经成为一个品牌。

2005年退休，次年入驻巴城，走上"昆曲之路"，先后出版《昆曲之路》《昆虫小语》《大美昆曲》《昆曲大观》。

《昆山之路》写经济，《昆曲之路》写文化。

有专家曰：《昆曲之路》《大美昆曲》的内涵及价值，超过《昆山之路》。

经济大发展的同时，牺牲了很多文化；

文化大发展的同时，伪文化也变得猖獗。

写"昆山之路"，是一种解脱；

写"昆曲之路"却是一种抗衡。

中国作协副主席廖奔曾说："从'昆山之路'到'昆曲之路'，从经济改革到文化传承，从黑发森森到白发苍苍，杨守松先生以生命注入文字，以文字激发时代，将物质本我转化作了精神的永恒。"

有一点是很明白的："昆山之路"和"昆曲之路"，都是发乎生命尊严的"寻找"，都是生命尊严的吟唱。

好在——

"昆山之路"造就了糊涂楼；

"昆曲之路"成就了酾途楼——

就如两条"路"都是生命的追求，都是生命的吟唱一样，糊涂楼和酾途楼，都是生命的追求，都是生命的吟唱。

无论如何，"路"，还会继续，还将延伸。

2020年12月